ullstein

REMY EYSSEN, geboren 1955 in Frankfurt am Main, arbeitete als Redakteur u.a. bei der Münchner Abendzeitung. Anfang der Neunzigerjahre entstanden seine ersten Drehbücher. Bis heute folgten zahlreiche TV-Serien und Filme für alle großen deutschen Fernsehsender im Genre Krimi und Thriller. Mit seiner Krimireihe um den Gerichtsmediziner Leon Ritter begeistert er seine Leserinnen und Leser immer wieder aufs Neue und landet regelmäßig auf der Bestsellerliste.

Von Remy Eyssen sind in unserem Hause bereits erschienen:
Tödlicher Lavendel · Schwarzer Lavendel · Gefährlicher Lavendel · Das Grab unter Zedern · Mörderisches Lavandou · Dunkles Lavandou · Verhängnisvolles Lavandou · Stürmisches Lavandou · Trügerisches Lavandou

REMY EYSSEN

Dunkles Lavandou

Leon Ritters sechster Fall

Kriminalroman

Ullstein

Besuchen Sie uns im Internet:
www.ullstein.de

Wir verpflichten uns zu Nachhaltigkeit
- Papiere aus nachhaltiger Waldwirtschaft und anderen kontrollierten Quellen
- Druckfarben auf pflanzlicher Basis
- ullstein.de/nachhaltigkeit

MIX
Papier
FSC FSC® C083411

Originalausgabe im Ullstein Taschenbuch
1. Auflage Juni 2020
3. Auflage 2023

Umschlaggestaltung: zero-media.net, München
Titelabbildung: © FinePic®, München (Himmel); Sharpshooter / Redux / laif (Dorf)
Gesetzt aus der Quadraat Pro powered by *pepyrus*
Druck und Bindearbeiten: CPI books GmbH, Leck
ISBN 978-3-548-29127-7

Meiner Frau und meiner Tochter
für ihre Geduld und ihren Rat

Prolog

Der Sand war so warm, und die Wellen schlugen mit sanftem Rauschen an den Strand. Für einen Moment glaubte die junge Frau sogar, die wärmenden Strahlen der Sonne auf ihren geschlossenen Augenlidern zu spüren.

Wach endlich auf, mach die Augen auf!, mahnte sie eine innere Stimme.

Bitte, lass mir nur noch diese Minute, dachte die Frau und spürte, wie die Angst an ihrem Körper hochkroch. Das da draußen, das war nicht die Sonne, und es gab auch kein Meer und keine Wellen. Da draußen gab es nur noch das Böse. Da draußen, da war die Hölle.

Die Frau öffnete die Augen und blinzelte in das Licht einer Kerze, die in einem roten Glas stand. Der Raum, den sie nur spärlich erhellte, war kein wirkliches Zimmer, eher eine Zelle. Es gab kein Fenster und keine geraden Wände. Dieses Verlies schien aus grob behauenem Stein gebaut. Die Wände bestanden aus Fels, der sich wer weiß wie tief in die Dunkelheit erstreckte. Sie würde es nie erfahren. Sinnlos, darüber nachzudenken.

Die Frau senkte ihren Blick, und doch musste sie immer wieder zur gegenüberliegenden Wand sehen. Dorthin, wo die Knochen lagen und die Schädel. Sortiert und gestapelt in steinernen Nischen, bedeckt vom Staub der Jahrhunderte. Sie schloss erneut die Augen, so fest sie konnte. Nicht hinsehen, sagte sie sich, erinnere dich an die schönen Dinge. Sie dachte an ihre pinkfarbenen Flip-Flops mit dem Sternenmuster, die sie sich in einer Boutique am Hafen gekauft hatte. Wann war das gewesen? Gestern, vor einem Monat, vor einem Jahr?

Sie sah sich den Strand entlanglaufen und zurückklettern in das blau-weiße Fischerboot, das in der Bucht dümpelte. Da waren die anderen, die lachten und ihre Hände in das kühle Wasser hielten. Und da war der junge Mann, der sie ansah mit seinen großen, warmen Augen und dem wunderbaren Lächeln. Sie konnte das Lachen hören und den Duft des frischen Baguettes riechen und den gekühlten Rosé auf der Zunge schmecken.

Aber dann waren da plötzlich grobe Hände, die sie packten und zu Boden rissen. Heftige Schläge trafen sie. Harte Schläge, schmerzhafte Schläge mit Gerten und Peitschen. Sie versuchte, sich zu schützen. Hörte sich schreien. Nicht die Tonne, nur nicht das Wasser. Nicht noch einmal die Angst, ersticken zu müssen. Bitte, bitte, hört auf damit! Sie fühlte die Verzweiflung über sich zusammenschlagen wie eine Welle schmutzigen Wassers.

Die junge Frau öffnete erneut die Augen. Ihr war schwindlig. Hatte sie geschlafen? Wieso stand da ein Teller mit Brot? War er wieder hier gewesen? Ihr Atem kam jetzt stoßweise. Sie starrte in die Dunkelheit. Was war das für ein Geräusch, dieses leise Knirschen? Kam da nicht jemand den Gang entlang? Doch das waren keine Schritte, die über den harten Boden schlurften. Das war ein anderes Geräusch. Es klang wie ein entferntes Schluchzen. War da jemand? Gab es etwa in dieser Hölle jemanden, der ihr Schicksal teilte?

»Hallo?«, versuchte sie zu rufen. Aber ihre Stimme war so brüchig, dass ihr Ruf von der Dunkelheit verschluckt wurde wie ein Falter in der Nacht.

Die Frau versuchte, sich aufzusetzen, als sie mit einem hellen Schrei wieder zurückfiel. Ihr Körper war ein einziger Schmerz. Schultern und Knie stachen, als steckten kleine, spitze Nadeln in den Gelenken. Aber es waren nicht nur die Gelenke. Es war auch ihre Haut. Dort, wo sie die Flüssigkeit auf sie gegossen hatten, konnte sie die dunkelroten, aufgeplatzten Blasen sehen, und ihre Haut brannte wie Feuer.

Sie hätte schreien mögen, aber die Genugtuung wollte sie ihrem Peiniger nicht geben. Sie wimmerte leise vor sich hin. Wofür kämpfst du noch?, fragte sie sich. Du wirst sowieso in diesem Drecksloch sterben, und du kannst nichts dagegen tun.

»Verdammtes Schwein«, wollte sie schreien, aber sie hörte die eigene Stimme nur als heiseres Krächzen. Vielleicht war sie längst tot. Vielleicht stimmte ja die Geschichte vom Tag des Jüngsten Gerichts. Vielleicht war sie ja wirklich in der Hölle gelandet. Wieder spürte sie, wie eine Welle von Traurigkeit über sie hereinbrach und wie sie hemmungslos zu schluchzen begann. Es dauerte Minuten, oder waren es Stunden, bis sie sich beruhigt hatte. Sie fror, und die Schmerzen waren immer noch da. Nein, sie war nicht tot. Sie war definitiv nicht tot.

Mit einer letzten Anstrengung stemmte sie sich ein Stück an der Wand hoch, bis sie sitzen konnte. Vorsichtig hob sie den Kopf und betrachtete ihr Lager. Sie saß auf einer zerschlissenen Isomatte, die einmal hellblau gewesen war. Vielleicht hatte diese Matte an einem Strand gelegen, und Kinder hatten darauf gespielt. Jetzt war sie voller Risse und verkrusteter brauner Flecken. Sie versuchte nicht darüber nachzudenken, woher diese Flecken stammten. Neben der Matte stand der Blechteller und eine Plastikflasche mit trübem Wasser. Sie wollte aufstehen, aber das Klirren der eisernen Kette erinnerte sie daran, dass sie eine Gefangene in diesem Verlies war. Festgekettet mit dem Handgelenk an einem Ring in der Wand. Wieder ein Geräusch. Kam er jetzt? Kehrte er zurück, um ihr noch mehr Schmerzen zuzufügen? Sie sah nach rechts. Dort im Halbschatten stand die schmutzige Wanne, gefüllt mit brackigem Wasser. Bitte, nicht noch einmal das Wasser!

Die Frau atmete die feuchte, warme Luft. Sie hatte plötzlich wieder den metallischen Geschmack von Angst auf der Zunge, spürte, wie ihre Finger zu kribbeln begannen, wie eine fremde Macht die Kontrolle über ihren Körper zu übernehmen schien. Ihr blieb die Luft weg, und sie hörte ein Brausen in den Ohren.

Sie begann schneller zu atmen, in hektischen, flachen Stößen. Ihr wurde schwindlig. Sie zog die Knie eng an den Körper, ließ sich zur Seite kippen. Bitte, es soll aufhören, dachte sie. Einfach nur aufhören. Die Angst rollte über sie hinweg wie eine Welle.

Sie lag auf der Seite, die Knie angezogen wie ein Kind, das sich vor dem Einschlafen fürchtet. Jetzt konnte sie wieder ruhiger atmen, aber die Schmerzen kamen zurück. Wie viel Schmerz kann der Körper aushalten? Anfangs hatte sie gedacht, dass sie vielleicht den Geist von ihrem Körper trennen könnte. Dass der Schmerz sie nicht erreichen würde. Wie bei den Märtyrern, von denen sie gelesen hatte. Aber das hatte sie nicht geschafft. Sie hatte ihrem Peiniger die Genugtuung verschafft, sie leiden zu sehen, die Kontrolle über ihren Körper zu verlieren und alle Hoffnung aufzugeben.

Es war wieder ganz still um sie herum. Würde man nach ihr suchen? War überhaupt jemandem aufgefallen, dass sie nicht mehr da war, da draußen in der anderen Welt, in der jetzt vielleicht die Sonne schien und die Bougainvilleen in ihrem Garten ihre blassrosa Blüten öffneten. Die Frau merkte, wie ihr bei dieser Vorstellung die Tränen kamen. Der Gedanke an das Licht, die Wärme und das Meer machte sie unendlich traurig. In diesem Augenblick hörte sie schlurfende Schritte, die lauter und lauter wurden. Sie hörte Gemurmel und vergaß zu atmen. Er kam zurück, und er wollte zu ihr.

1. Kapitel

Morgens um acht waren die meisten Händler noch mit dem Aufbau ihrer Stände beschäftigt. Manche reisten von weit an und folgten dem Wochenmarkt von Tag zu Tag in einen anderen Ort. Jetzt schien die frühe Junisonne flach über das Meer, und es ging noch gemütlich zu auf dem großen Parkplatz an der Avenue Vincent Auriol. Es war die Zeit, bevor sich die Touristen durch die schmalen Marktgassen drängten. Zwischen Ständen mit Olivenöl aus dem Massif des Maures, Wildschweinwurst aus dem Domaine de la Forêt, Doraden aus dem Meer und billigen Hawaiihemden aus China. Aber das würde sich schnell ändern. Wenn die Sonne höher stieg und den Markt aufheizte, würde es hier schon bald nur noch nach Schweiß und Sonnenöl riechen. Dann würden sich die Touristen gegenseitig zur Seite drängen und Einkaufen zum nervenaufreibenden Abenteuer machen. Aber noch war alles entspannt. Die Verkehrspolizei stellte die Umleitungsschilder auf, während die Gendarmerie nationale dafür sorgte, dass die vorgeschriebenen Abstände zwischen den Ständen und Auslagen eingehalten wurden.

Leon war an einem schlichten Stand stehen geblieben, der etwas ramponiert wirkte. Auf zwei Klapptischen wurden Oliven in Plastikschalen und Kräuter in kleinen Tontöpfchen präsentiert, an denen selbst gemalte Etiketten klebten. Darauf stand »Rosmarin«, »Herbes de Provence«, »Thymian« oder »Wacholder«. Ein einzelner Schirm sollte die Kunden vor der Hitze schützen. Aber auch der hatte Löcher, durch die schon jetzt die Mittelmeersonne brannte. Ein handgemaltes Schild über der Auslage pries »Délices Provençaux«, und genau deswegen war Leon hierher, ganz ans Ende des Marktes, gekommen. Wegen der provenzalischen Köstlichkeiten, die Monsieur Clément Roman auf seinem Hof in den Hügeln herstellte und mit Unterstützung seiner Frau und seines Sohnes auf dem Markt verkaufte. Leon deutete auf eine Schale mit Tapenade, der köstlichen, schwarzbraunen Olivenpaste.

»Davon hätte ich gerne was«, sagte Leon und atmete den Duft von Rosmarin, Koriander und Majoran ein. Der Korb an seinem Arm war schwer von den Leckereien, die er bereits auf dem Markt eingesammelt hatte.

»Bien sûr, Docteur.« Monsieur Roman, der Besitzer des Standes, war Ende vierzig, groß und wirkte etwas schlaksig. Sein Gesicht war schmal, und die leicht schräg stehenden Augen gaben seinem Blick etwas Verlorenes. Dabei war Monsieur Roman immer freundlich und zuvorkommend. Im Hintergrund sah man seine Frau Amélie zusammen mit dem zwanzigjährigen Sohn Rodolphe Flaschen mit Olivenöl in Holzkisten von der Ladefläche des Transporters räumen. Die Frau musste früher eine Schönheit gewesen sein, dachte Leon. Ein Hauch von Karibik schien ihre Erscheinung zu umwehen. Monsieur Roman hatte einmal erwähnt, dass sie aus den französischen Überseegebieten nach Le Lavandou gekommen waren. Aus Guadeloupe, wenn Leon sich richtig erinnerte. Jetzt wirkte die Frau blass und müde, als würde sie sich von einer Krankheit erholen, dachte Leon. Amélie Roman schaute schnell zur Seite, als sich ihr Blick mit Leons traf.

»Amélie, gib mir mal eine von denen!« Roman zeigte auf die

Flaschen mit dem selbst gepressten Olivenöl, und seine Frau reichte ihm eine, die er an Leon weitergab.

»Danke, aber davon habe ich noch«, meinte Leon.

»Ein Geschenk des Hauses«, sagte Roman mit einem Blick, der keinen Widerspruch zuließ. »Ist von der letzten Ernte.«

»Danke vielmals«, erwiderte Leon. »Dieses Jahr will ich aber dabei sein, wenn Sie das neue Öl pressen.«

»Das haben Sie letztes Jahr auch schon gesagt.«

»Die Arbeit.« Leon zuckte mit den Schultern.

In diesem Moment hörte man hinter dem Stand das Klirren von zerbrechendem Glas.

»Kannst du nicht aufpassen?«, raunzte Clément Roman seinen Sohn an.

Rodolphe erschien neben dem weißen Transporter. Er war ein ganzes Stück größer als sein Vater. Nur sein Kopf schien irgendwie zu klein geraten für den massigen Körper, der dem jungen Mann die Tapsigkeit eines Bären verlieh.

»Tut ... tut mir leid«, entschuldigte sich Rodolphe mit piepsiger Stimme, die nicht zu seinem Aussehen zu passen schien. »Waren alle leer, kommt nicht wieder vor, Vater.«

»Schon gut«, meinte Roman milde. »Pass auf, dass du dich nicht schneidest, wenn du die Scherben forträumst.«

Leon lächelte verständnisvoll.

Lilou, die sich an dem Nebenstand Gürtel und Jeans angesehen hatte, kam zurück und sah in Leons Korb.

»Wer soll denn das alles essen?«, fragte sie.

»Oh, da kenne ich aber jemanden.« Leon sah die Sechzehnjährige mit einem Lächeln an. Sie trug zerfranste Jeans, die sie sich kurz über dem Knie abgeschnitten hatte, und als Oberteil ein übergroßes T-Shirt, von dem sie einen Zipfel hinter ihren Gürtel geklemmt hatte. Ihre wilden dunklen Haare waren zu einem Dutt gebändigt, den sie auf dem Hinterkopf verzwirbelt hatte und der von einem Klemmkamm in Form einer überdimensionalen Erdbeere gehalten wurde. An den Füßen trug sie Jesuslatschen. Es war ein wüstes Sammelsurium an Klamotten, aber an ihr sahen sie aus wie der extravagante Entwurf eines Modedesigners.

»Du hast gesagt, dass wir noch einen Kaffee bei René trinken«, drängelte sie.

»Da will ich Ihre Tochter natürlich nicht aufhalten.« Monsieur Roman schaute Leon nachsichtig an und reichte ihm die Plastiktüte mit dem Olivenöl und der Tapenade über den Tresen.

»Landet irgendwann sowieso alles im Meer«, sagte Lilou, und Monsieur Roman sah sie fragend an. »Die Plastiktüte. Irgendwann verschluckt sich ein Walbaby daran und stirbt.«

»Sie ist Umweltschützerin«, erklärte ihm Leon.

»Du brauchst dich nicht für mich zu entschuldigen.«

»Au revoir«, sagte Monsieur Roman, und es klang verdächtig nach: »Sie haben es aber wirklich auch nicht leicht ...«

»Also, was wolltest du mir sagen?«, fragte Leon, als sie weitergingen.

»Wieso, was meinst du?«, tat Lilou überrascht.

»Wenn du so früh mit mir auf den Markt gehst«, Leon war vor dem Café Mobile stehen geblieben, »dann führst du doch irgendwas im Schilde.«

»Bonjour, Docteur.« Der Mann hinter der Theke des fahrbaren Cafés hieß Cyril. Er war Ende vierzig und übergewichtig. Ständig strich er sich mit den Fingern über seine Glatze, als gäbe es da noch irgendwelche Haare zu ordnen. Er wirkte immer etwas schmuddelig, doch heute hatte er eine weiße Schürze umgebunden, die erstaunlich sauber war. Das Café, mit dem Cyril von Markt zu Markt fuhr, war in einem uralten Citroën-Transporter Typ H untergebracht, der mindestens fünfzig Jahre auf den Achsen hatte. Die rechte Längsseite des Fahrzeugs ließ sich über die ganze Länge aufklappen und so in ein mobiles Bistro mit Vordach und Tresen verwandeln.

Auf den beiden Herdplatten hinter Cyril standen Pfannen, in denen Steak haché und Frites gebrutzelt wurden. Hier arbeitete Jaqueline. Die blonde Frau war mindestens fünfundzwanzig Jahre jünger als Cyril. Sie war die neueste Geliebte des Chefs, der seine Gefährtinnen häufiger wechselte als die Reifen seines fahrbaren Bistros. Leon staunte jedes Mal, wie es dem Wirt des *Café Mobile* gelang, dermaßen attraktive junge Frauen für sich und das entbehrungsreiche Leben in seinem fahrenden Imbiss zu gewinnen.

»Café crème für den Docteur?«, fragte Cyril sofort. »Und Mademoiselle?«

»Ich nehme auch einen Café crème«, sagte Lilou, der der musternde Blick des Wirts unangenehm war.

»Also?« Leon beugte sich zu Lilou und rückte etwas von dem Gast neben ihm ab, der um diese Uhrzeit bereits ein Hacksteak mit Fritten verdrückte und dazu ein Glas Rosé schlürfte.

»Es ist wegen der Ferien«, druckste Lilou herum. »Also Ingrid und ich, wir …« Sie zögerte. »Ich habe dir doch von dem fantastischen Haus auf Korsika erzählt, das ihre Eltern haben.«

Lilou brach ab und wartete auf Leons Reaktion. Der ließ sie einen Moment schmoren.

»Verstehe. Du willst also mit Ingrid nach Korsika, und ich soll Isabelle überreden zuzustimmen.«

»Du weißt doch, wie Maman ist.« Lilou sah Leon an. »Sie tut so, als wäre ich immer noch zwölf.«

»Ach, bist du nicht?« Leon grinste das Mädchen an. Lilou war die Tochter seiner Lebensgefährtin Isabelle, aber Leon hatte sie inzwischen ins Herz geschlossen, als wäre sie sein eigenes Kind. Dabei hatte Isabelle gute Gründe, vorsichtig zu sein. Die Entführung ihrer Tochter lag kaum vier Jahre zurück. Lilou hatte das Erlebnis längst überwunden, aber Isabelle holte gelegentlich noch die Erinnerung an die schrecklichen drei Tage ein, in denen Lilou verschwunden war.

»Bitte sprich du mit ihr«, sagte Lilou. »Auf mich hört sie ja nicht.«

»Weil sie Angst um dich hat. Das weißt du doch.«

»Und wie lange soll das noch gehen?« Lilou klang frustriert. »Bis ich dreißig bin oder vierzig?«

»Wie wäre es erst mal mit achtzehn?«, fragte Leon und erntete den verständnislosen Blick eines Teenagers. »Kommen Ingrids Eltern auch mit?«

»Ha, ha ...« Lilou klang genervt.

»Und Bertrand?«, fragte Leon beiläufig.

Diesmal sah Lilou demonstrativ an ihm vorbei. Bertrand war Ende dreißig und arbeitete im Immobilienbüro. Leon hatte ihn einmal kurz kennengelernt. Er war höflich und charmant gewesen, ein wenig zu charmant, wie Leon fand. Und definitiv viel zu alt für ein junges Mädchen, das noch zur Schule ging und im nächsten Jahr sein Baccalaureate machen wollte. Lilou hatte natürlich abgestritten, dass Bertrand mehr als nur ein netter Bekannter war. Aber Leon war nicht die Nervosität entgangen, die Lilou befiel, wenn das Gespräch auf Bertrand kam.

»Das deute ich mal als ein Ja.«

»Ingrids Bruder Marc kommt jedenfalls mit«, sagte Lilou schnell.

»Bestimmt?« Das war immerhin ein Lichtblick. Leon kannte den Sohn der Nachbarn, der in Nizza Jura studierte und ein sehr verantwortungsbewusster junger Mann war.

»Glaubst du mir etwa nicht?« In Lilous Stimme schwang Trotz mit. »Denkst du, ich lüge?«

»Nein, ich denke, du hilfst nur der Wahrheit ein wenig auf die Sprünge.« Er sah sie abwartend an.

»Keine Ahnung, ob Bertrand auch kommt.« Lilou klang genervt. »Ich weiß nicht. Ja, vielleicht kommt er mal vorbei.«

»Aber Ingrids Bruder ist die ganze Zeit dabei?«

»Zumindest die erste Woche.« Lilou sah Leon an. »Er will eine Rucksacktour durch Korsika machen, mit seinen Freunden.«

»Also die meiste Zeit ...« Leon sprach den Satz nicht zu Ende.

»... sind Ingrid und ich alleine«, ergänzte Lilou, »na und?«

»Nicht ganz alleine«, meinte Leon cool. »Ich meine, nicht wenn Bertrand vorbeikommt.«

»Du nervst.« Lilou nahm einen Schluck von ihrem Kaffee. »Wenn Marc zurück ist, bleiben wir noch ein paar Tage, dann fahren wir alle gemeinsam zurück nach Lavandou. Das ist schon alles.«

»Klingt ja harmloser als ein Aufenthalt im Kloster.«

»Immer tun alle so, als wollten wir den ganzen Tag Party machen.«

»Wollt ihr etwa nicht?«, fragte Leon, und Lilou verdrehte die Augen. »Liegt vielleicht daran, dass Eltern auch mal sechzehn Jahre alt waren. Kaum zu glauben, oder?«

Lilou wollte etwas erwidern, überlegte es sich aber dann anders.

»Na gut, ich spreche mit Isabelle«, sagte Leon. Lilou gab ihm einen Kuss auf die Wange. »Aber nur unter der Bedingung, dass Marc auch wirklich mitkommt und dieser Bertrand nur ein guter Bekannter ist.«

»Du bist so was von misstrauisch«, schmollte Lilou.

»Nur vorsichtig«, meinte Leon. »Ich rede mit Isabelle.«

»Echt?« Lilou nickte glücklich. »Danke!«

2. Kapitel

Die Wache der Gendarmerie nationale war vor einigen Jahren aus dem Zentrum des Ortes in ein Neubaugebiet verlegt worden. Das war nicht aus städtebaulichen oder ästhetischen Gründen geschehen, sondern der alte Steinbau war einfach zu klein geworden und den Aufgaben einer modernen Polizeistation nicht mehr gewachsen.

Die neue Wache war ein schlichter einstöckiger Bau, ockerfarben mit dem Flammensymbol der Gendarmerie nationale auf den Glastüren. In den Wintermonaten dämmerte die Wache vor sich hin. Doch wenn im Juni die Touristen kamen, erwachte die Polizeistation schlagartig aus ihrem Dornröschenschlaf und verwandelte sich in ein hektisches Provinzrevier. Denn mit den Touristen zog es jedes Jahr auch Frankreichs Ganoven in Richtung Süden. Vom Autodieb bis zum Trickbetrüger, vom Taschendieb bis zum Hochstapler, während der Sommersaison hofften sie alle, an der Côte d'Azur das schnelle Geld zu machen. Für drei Monate wurde aus dem idyllischen Ort am Mittelmeer ein summendes Wespennest und verschaffte den Flics von Lavandou mehr Arbeit, als ihnen lieb sein konnte. Aber kaum gingen mit der ersten Septemberwoche die Sommerferien zu Ende, packten auch die Ganoven ihre Koffer, fuhren zurück in die Metropolen, und in Le Lavandou kehrte wieder Ruhe ein.

Capitaine Isabelle Morell, stellvertretende Polizeichefin, drängte sich durch den Flur der Wache. An den Markttagen war immer besonders viel los. Streitereien zwischen verärgerten Bürgern und genervten Flics drangen aus den Büros. Es ging um gestohlene Handtaschen, eingeschlagene Autoscheiben, ungerechte Strafzettel oder Fahrraddiebstähle.

»Madame? Madame ...!« Jemand tippte Isabelle energisch auf den Arm.

»Capitaine«, korrigierte Isabelle und sah den Mann an, der neben ihr stehen geblieben war. Er war Mitte vierzig, leicht übergewichtig und trug eine hellblaue Bermudashorts, dazu ein ehemals weißes Hemd, das ihm über den Gürtel hing. Sein Gesicht zeigte hektische rote Flecken, und sein schütteres Haar konnte die Halbglatze nur unzureichend verdecken.

Isabelle hatte sich so umgedreht, dass der Mann die drei goldenen Streifen auf ihren Schulterklappen erkennen konnte, die sie als Capitaine der Gendarmerie nationale auswiesen.

»Capitaine, excusez-moi«, sagte der Mann betont höflich, als hätte er etwas gutzumachen. »Ich möchte Anzeige erstatten, jetzt gleich.«

»Da gehen Sie am besten den Gang hinunter und melden sich bei Lieutenant Kadir.« Sie deutete den Gang hinunter. »Da vorne, die dritte Türe links.«

»Da war ich schon. Der hat mich ja zu Ihnen geschickt«, sagte der Besucher gereizt.

»Zu mir?«, fragte Isabelle. Offenbar hatte der Besucher auch schon ihren Kollegen genervt, was ein schlechtes Zeichen war. »Tut mir leid«, sagte Isabelle. »Ich habe jetzt eine Besprechung.«

»Es geht aber um einen Anschlag auf unsere Republik«, sagte der Mann sichtlich empört, und Isabelle sah ihn für einen Moment irritiert an.

»Es geht um unsere Freiheit und unsere Werte als Franzosen«, ergänzte er theatralisch. Also doch ein Spinner, dachte Isabelle und überlegte, wie sie den Mann wieder loswerden konnte.

»Was für ein Anschlag?«, fragte sie und wusste im selben Moment, dass das die falsche Frage war.

»Schrauben ...« Der Mann sprach plötzlich mit gedämpfter Stimme.

»Schrauben?«

»So ein Bursche aus dem Maghreb«, sagte der Mann. »Wollte dreihundert Schrauben kaufen, sechs Millimeter. Dreihundert Stück ...!?«

»Sie arbeiten im Eisenwarenladen, richtig?« Jetzt war Isabelle wieder eingefallen, woher sie den Mann kannte.

»Sie wissen doch, was diese Leute mit Schrauben machen?« Der Besucher sah Isabelle mit schräg gelegtem Kopf an.

»Nein, sagen Sie es mir.«

»Sie bauen Bomben. Die Schrauben kommen in den Sprengstoff, und dann: kawumm!« Der Mann riss seine Hände auseinander.

»Kawumm ...?«, widerholte Isabelle, als hätte sie nicht genau verstanden.

»Die Schrauben werden zu Schrapnellen, reißen Menschen in Stücke.« Der Mann sah die stellvertretende Polizeichefin mit zweifelndem Blick an. »Wer kümmert sich hier sonst noch um Terrorangriffe auf unsere Republik?«

In diesem Moment sah Isabelle ihren Kollegen Lieutenant Didier Masclau den Gang entlangkommen.

»Didier, kommst du bitte mal. Ich brauche dich hier.« Der Kollege sah seine Chefin fragend an. »Es geht um die Sicherheit der Republik.«

»Worum?«, fragte Didier irritiert.

»Das ist Lieutenant Masclau. Unser Spezialist für Terrorabwehr.« Sie zwinkerte ihrem Kollegen zu. »Dieser aufmerksame Monsieur möchte helfen, einen Terroranschlag auf unsere Republik zu verhindern.«

»Was denn für einen Terroranschlag?«, fragte Didier.

»Ich möchte eine sehr wichtige Aussage machen.« Der Besucher richtete sich auf und drückte sein Kreuz durch. Dann sagte er leise zu Didier: »Was ich hier sage, bleibt doch anonym?«

»Wieso? Haben Sie etwas beobachtet?« Didier sah argwöhnisch zu seiner Chefin herüber.

»Ich sage nur: dreihundert Schrauben und: kawumm«, antwortete Isabelle. »Nimm doch bitte seine Aussage auf. Und falls die Republik untergeht, ich bin bei Zerna in der Besprechung.«

Isabelle ließ den Lieutenant und den besorgten Bürger stehen und lief zum Ende des Gangs, wo Polizeichef Zerna sein Büro hatte. Es war wirklich an der Zeit, dass sie für ein paar Tage hier herauskam. Sie freute sich schon auf das verlängerte Wochenende, das sie mit Leon auf der Insel Port Cros verbringen würde.

3. Kapitel

Leon hatte das Verdeck seines alten Peugeot Cabrio aufgeklappt, nahm den Fuß vom Gas und rollte langsam über die schmale D 42. Er liebte diese Straße, die an zahllosen Weingütern vorbeiführte und sich in endlosen Kurven an haushohen Pinien und alten Korkeichen vorbeischlängelte. Natürlich hätte er auch die vierspurige Schnellstraße durch das Hinterland nach Hyères nehmen können, vorbei an Gartencentern und Supermärkten. Aber dann hätte er sich um einen der schönsten Momente seines Tages gebracht. Wann immer es seine Zeit zuließ, fuhr Leon diesen Umweg. Im Schatten einer großen Platane hielt er an. Er stellte den Motor ab, lehnte sich auf dem verschlissenen Ledersitz seines Wagens zurück und genoss den Blick über die schier endlosen Weinfelder, die jetzt im Juni in frischem Grün standen. Leon konnte den Atem der Provence riechen, den Geruch von Thymian, Rosmarin und ein wenig von dem Staub des ockerfarbenen Bodens und der salzigen Meeresbrise, die von den nahen Buchten heraufwehte. Nach einigen Minuten absoluter Entspannung startete Leon erneut den Motor und stellte das Radio lauter. Auf dem Sender Nostalgie sang Charles Aznavour »La Bohème«.

Eine gute Viertelstunde später bog Leon auf den Parkplatz des Krankenhauses Saint Sulpice ein. Die Klinik war ein großer Bau, der aus dem alten Trakt und einem Neubau bestand. Nicht gerade ein architektonisches Highlight, dachte Leon während er seinen Wagen auf einem der begehrten Plätze im Schatten einer mächtigen Zeder abstellte. Leon klappte das Dach zu und betrat die Klinik durch den gläsernen Haupteingang. Hinter dem Empfang winkte ihm Schwester Monique zu. Leon grüßte zurück und verschwand durch die Tür zum Treppenhaus.

Die Räume der Rechtsmedizin lagen im Souterrain des Neubaus. Leon nahm stets die Treppe, wenn er in die »Unterwelt« wollte, wie die Pathologie in der Klinik spöttisch genannt wurde. Das Treppensteigen hatte nichts mit Fitness oder Kreislauftraining zu tun, sondern damit, dass Leon Aufzüge hasste. Genauer gesagt fürchtete er enge Räume, und ganz besonders schreckte er vor dem Gedanken zurück, den Lift eventuell mit jemandem teilen zu müssen, den er nicht mochte. Also ging er lieber gleich zu Fuß. Achtunddreißig Stufen hinab in die Unterwelt und achtunddreißig Stufen wieder hinauf.

Leon liebte seinen Beruf, und es kam ihm inzwischen wie ein Geschenk vor, dass er ihn hier in einer Klinik mitten in der Provence ausüben durfte. Das war nicht immer so gewesen. Als er damals seine Stelle an der renommierten Universitätsklinik in Frankfurt am Main kündigte, um den Job als Rechtsmediziner in einer unbekannten Provinzklinik irgendwo in der Provence anzunehmen, erklärten ihn seine Kollegen für verrückt. Alle waren sich einig, dass Leon nicht einmal die sechsmonatige Probezeit überstehen würde. Das war jetzt fünf Jahre her.

Natürlich hatten die Kollegen recht gehabt. Kein Rechtsmediziner, der vorwärtskommen wollte, gab freiwillig eine Universitätskarriere auf. Aber damals waren ihm all diese Dinge egal gewesen. Die Universität, die Klinik, das Haus. Er wollte nur noch weg, so weit wie möglich. Weg von allem, was ihn an den Tod seiner Frau Sarah erinnerte. Es war mehr als nur ein Ortswechsel gewesen. Es war eine Flucht vor der Vergangenheit. Heute wusste Leon, dass er richtig entschieden hatte. Mehr noch, er war überzeugt, dass es irgendwo da oben einen großen Masterplan gab, der ihn absichtlich in diese kleine Stadt am Meer geführt hatte. Damit er hier ein neues Leben beginnen konnte. Damit er hier Isabelle kennen- und lieben lernen konnte. Hier hatte ihm das Schicksal eine Familie geschenkt, und hier war er so glücklich geworden, wie er es in Frankfurt niemals mehr hätte werden können.

Leon war in dem von Neonlicht beleuchteten Gang der Abteilung für Rechtsmedizin stehen geblieben. Für einen Moment hing er seinen Gedanken nach. Bei schönem Wetter fiel es ihm gelegentlich schwer, die Arbeitsräume in der »Unterwelt« zu betreten. Nicht, weil ihn der Job bedrückt hätte. Ganz im Gegenteil, Leon war fasziniert von seiner Arbeit, und er sah einen tiefen Sinn darin, den Tod von Menschen zu untersuchen. Er wollte herausfinden, warum die Opfer gestorben waren, das schuldete er ihnen. Er wollte ihre Geheimnisse lüften, ihre Geschichten erfahren. Das war auch einer der Gründe, warum er die Toten konsequent als seine »Patienten« bezeichnete. Nein, sein Zögern hatte einen anderen Grund. Er wollte noch einen Augenblick der Wärme nachspüren, die die Junisonne draußen auf seiner Haut hinterlassen hatte.

»Docteur!« Die Stimme seines Assistenten Olivier Rybaud riss ihn aus seinen Gedanken. Wie immer war der Assistent völlig geräuschlos im Gang aufgetaucht. »Können wir, Docteur?«

»Wie? Ja, natürlich«, sagte Leon schnell.

»Ich habe die Patientin schon vorbereitet«, sagte Rybaud.

Leon ging in sein Büro, zog sich seinen grünen zweiteiligen Arbeitskittel an und nahm sich eine der Einmalschürzen aus dem Karton. Dann betrat er den Obduktionssaal, in dem bereits sein

Assistent auf ihn wartete. Olivier Rybaud war der perfekte Mitarbeiter. Er hatte gute medizinische Kenntnisse, war ein präziser Beobachter und schien immer den nächsten Schritt seines Chefs vorauszuahnen. Der große, stille Mann wäre bestimmt selber ein guter Rechtsmediziner geworden, davon war Leon überzeugt. Rybaud besaß die richtige Mischung aus Neugier und Fantasie, um offene Fragen zu beantworten. Einmal, am Ende einer anstrengenden Obduktion, die bis spät in die Nacht gedauert hatte, gestand Rybaud seinem Chef, dass er vor Jahren ein Medizinstudium begonnen hatte. Er wollte nicht erzählen, warum er es abgebrochen hatte, und wann immer Leon seitdem dieses Thema ansprach, schwieg Rybaud beharrlich.

»Paulette Caumer, zweiundachtzig Jahre alt, Gewicht dreiundfünfzig Kilo, Größe hundertfünfundsechzig Zentimeter.« Rybaud hatte immer alle Daten eines »Patienten« im Kopf.

Auf dem Seziertisch unter dem weißblauen Licht des LED-Spots lag die unbekleidete Leiche einer alten Frau. Sie war blass und voller Altersflecken. Die Haut war übersät von Falten und Runzeln, wie ein Stück teurer Stoff, der nach jahrzehntelangem Gebrauch zerknittert und verschlissen war. Leon umrundete langsam den Tisch und betrachtete die Tote. Über dem Jochbein hatte sie eine tiefe Schürfwunde, die die Haut bis auf den Knochen aufgerissen hatte. Eine ähnliche Verletzung zeigte sich am rechten Ellenbogen und an der rechten Schulter. Keine der Verletzungen schien stark geblutet zu haben. Es war etwas anderes, das den Tod dieser Frau so bemerkenswert machte und ihre Leiche auf Leons Sektionstisch befördert hatte. Ein etwa siebzig Zentimeter langer, dünner Metallstab hatte sich ein paar Zentimeter unterhalb ihres hinteren linken Rippenbogens in den Brustkorb gebohrt und war knapp unter dem linken Schlüsselbein wieder ausgetreten.

»Als sie gefunden wurde, lag sie zwischen ihren Tomaten«, sagte Rybaud ungerührt.

»Gestürzt?«, fragte Leon.

»Wie es aussieht, ist sie von ihrer Terrasse gefallen, genau in das Tomatenspalier.«

»Aber?«, fragte Leon. Er wusste, dass sein Assistent immer gut informiert war, wenn die Opfer aus der Gegend stammten. Rybaud hatte gute Verbindungen zu Staatsanwaltschaft und Polizei. »Was spricht man in der Gerüchteküche?«

»Madame Caumer hatte Geld. Ihr verstorbener Mann war Bauunternehmer gewesen. Sie hatte keine Kinder, nur einen Neffen. Dem hat sie jahrelang das Studium finanziert.« Rybaud hatte das in abfälligem Ton berichtet. »Aber statt zu studieren, hat er das Geld in teure Autos und die Bars von Toulon und Marseille gesteckt.«

»Was der Tante nicht besonders gefallen hat, wie ich vermute.« Leon zog die Lupe zu sich heran, die an einem Gelenkarm von der Decke hing. Er schaltete die eingebaute Beleuchtung ein und betrachtete die Austrittswunde des Eisenstabes genauer.

»Sie soll stocksauer gewesen sein«, sagte Rybaud, »und sie hat die Zahlungen eingestellt.«

»Geben Sie mir bitte mal die kleine Sonde.« Leon hielt die Hand auf. Rybaud reichte ihm das Instrument.

»In seiner Stammkneipe hat er getönt, er würde seine Tante fertigmachen«, berichtete Rybaud. »Am nächsten Tag lag sie tot zwischen ihren Tomaten.«

»Und der Neffe?«, fragte Leon.

»Sitzt in U-Haft. Er war ihr letzter Besucher.«

»Einen Schuldigen hat die Polizei also auch schon. Sehr fleißig.« Leon klang zynisch. »Ein wenig voreilig, denke ich.«

»Haben Sie was gefunden?« Rybaud beugte sich neugierig vor.

»Nein, nichts, aber manchmal führt ja gerade das zum richtigen Ergebnis«, murmelte Leon und betrachtete die Schürfwunde im Gesicht des Opfers.

»Verstehe ich nicht?« Rybaud verfolgte jede Bewegung seines Chefs.

»Ich kann so gut wie keine Blutungen entdecken«, sagte Leon. »Wer hat das Opfer gefunden?«

»Der Neffe. Die Flics vermuten, dass er die Tante über die Brüstung gestoßen hat.«

»Die Polizei täte gut daran, die Untersuchung der Rechtsmedizin abzuwarten«, meinte Leon.

»Die Nachbarn wollen einen Streit auf der Terrasse gehört haben.«

Leon schwieg und betrachtete aufmerksam die Wunde im Gesicht des Opfers. Dann richtete er sich auf.

»Fangen wir an.« Leon griff zu dem Mikrofon und drückte den Aufnahmeknopf. »Vor mir liegt eine zweiundachtzigjährige Frau. Gewicht dreiundfünfzig Kilo, Größe hundertfünfundsechzig Zentimeter ...«

Eine gute Stunde später hatten Leon und sein Assistent die Tote obduziert. Den Körper geöffnet, Organe gemessen und gewogen und Proben genommen. Zuletzt hatte Leon den Schädel mit der elektrischen Rundsäge geöffnet, obwohl er wusste, was ihn erwartete. Das Gehirn lieferte ihm nur die letzte Bestätigung der Vermutung, die er von Anfang an gehegt hatte.

»Ich denke, der Neffe von Madame Caumer kann sich freuen.« Leon betrachtete das Gehirn, das jetzt in einer glänzenden Nirosta-Schale lag. Er deutete auf eine Stelle im linken oberen Hirnlappen, wo sich das ansonsten weißlich gelbe Gewebe dunkelrot verfärbt hatte. »Machen Sie davon eine Aufnahme, und dann brauche ich einen Schnitt von der Stelle.«

»Sie glauben nicht, dass sie gestoßen wurde?« Das war mehr eine Feststellung als eine Frage von Rybaud.

»Nur minimale Blutungen an den Schürfwunden.« Leon deutete auf die Verletzungen, während er sprach. »Mehrfache Fraktur der Rippen rechts und links. Wieder nur sehr geringe Einblutungen. Und schließlich der Metallstab.«

Leon griff nach dem Metallstab, den sie aus dem Brustkorb gezogen und neben den Körper des Opfers gelegt hatten.

»Schwache Blutungen an der Eintrittswunde, genauso sieht es an der Austrittswunde aus«, sagte Leon und legte den Stab zurück.

»Ging nur knapp am Herzbeutel vorbei.«

»Ich bin sicher, das hätte auch keinen Unterschied mehr gemacht«, sagte Leon.

»Sie meinen, sie war schon tot, als sie in das Tomatenspalier gestürzt ist?« Rybaud sah seinen Chef an.

»So gut wie.« Leon deutete auf die Dunkelfärbung des Gehirns. »Die alte Dame hat Sekunden zuvor einen hämorrhagischen Apoplex erlitten.«

»Ein geplatztes Gefäß ...« Rybaud betrachtete das Gehirn.

»Der Schlaganfall hat zu sofortiger Bewusstlosigkeit und Organversagen geführt«, erklärte Leon. »Die Frau muss nach vorne gekippt sein und ist dann über die Brüstung nach unten gestürzt.«

»Und wenn er sie doch gestoßen hat?«

»Eher unwahrscheinlich. Erst kam der Schlaganfall, dann kam der Sturz. Sie ist innerhalb von Sekunden gestorben.«

»Sie und ihr Neffe haben gestritten. Vielleicht hat sie ja deswegen den Schlaganfall erlitten«, überlegte Rybaud.

»Möglich, aber mit seiner Tante zu streiten, ist kein Straftatbestand«, meinte Leon.

»Der Richter wird den Verdächtigen freilassen müssen.« Rybaud klang fast etwas enttäuscht.

»Habe ich doch gesagt: Für den Neffen ist das ein echter Glückstag.«

4. Kapitel

Isabelle war genervt, sie fühlte sich in letzter Zeit überhaupt schnell müde und abgespannt. Ob sie sich eine Erkältung eingefangen hatte? Wahrscheinlich war es nur der Stress der letzten Tage, tröstete sie sich. Mit den Touristen kamen jedes Jahr auch die Probleme, und mit den Problemen kam die Arbeit. Das war heute bereits das dritte Meeting in der Gendarmerie nationale. Und wie immer ging es um nervigen Kleinkram, ganze Berge von nervigem Kleinkram.

Da war zum Beispiel der kilometerlange Graben entlang der D 559. Für die superschnellen Glasfaserleitungen. Vor zwei Monaten hätten sie fertig sein sollen. Natürlich war nichts geschehen. Die Kabel waren noch immer nicht verlegt. Himmel, sie hatten Hauptsaison! Und jetzt hatte sie den Ärger mit den Umleitungen. Es fehlte an Schildern. Es hatte beim letzten Mal eine Dreiviertelstunde und den Einsatz von sieben Beamten gebraucht, bis der Verkehr wieder floss.

Am Nachmittag lieferten sich ein paar betrunkene Holländer eine Schlägerei mit einer Gruppe nicht weniger betrunkener Belgier. Das hatte zu zwei Festnahmen geführt und einem verletzten Belgier, dem jetzt ein Vorderzahn fehlte. Außerdem machte die Gendarmerie nationale Jagd auf eine Diebesbande aus Rumänien, die gezielt in Appartements einbrach, wenn die Bewohner am Strand waren.

Die Telefone standen nicht still, und ständig erschienen neue Bürger, in der Hoffnung, dass die Polizei ihre Probleme lösen konnte. Inzwischen hatte sich vor dem Büro, in dem die Polizei die Anzeigen aufnahm, eine Schlange gebildet, die bis zum gläsernen Eingang der Wache reichte. Da die Besucher unentwegt die Lichtschranke blockierten, blieb auch die elektrische Schiebetür ständig offen. Das wiederum führte dazu, dass die Klimaanlage nicht mehr arbeiten konnte und die Temperatur in der Wache inzwischen auf über dreißig Grad angestiegen war.

Im stickigen Besprechungsraum wedelten sich die Frauen und Männer der Gendarmerie frische Luft zu und hofften, endlich zurück in ihre Büros zu kommen. Aber noch stand Polizeichef Thierry Zerna vor der großen Wandkarte, die das Gemeindegebiet von Le Lavandou abbildete, und erteilte Anweisungen an sein Team. Zerna liebte diese Auftritte, bei denen er sich vor seine Leute stellen konnte, auf den Fußballen wippte und versuchte, ein wenig größer zu erscheinen, als er es mit seinen ein Meter zweiundsiebzig in Wirklichkeit war.

»Die Einsatzleitung für das Saint-Pierre-Fest übernimmt wie immer meine Stellvertreterin Capitaine Morell.« Mit einer galanten Geste wies er auf Isabelle.

»Das geht leider nicht«, sagte Isabelle, als müsste sie ihren Chef an etwas erinnern, das doch sowieso klar war. »Ich bin nicht da.«

»Was soll das heißen, Sie sind nicht da?«

»Ich habe schon vor Monaten meine freien Tage eingereicht, und das Saint-Pierre-Fest gehörte dazu. Das wurde von Ihnen persönlich abgezeichnet.«

»Moment, Sie können doch nicht …«, wollte Zerna lospoltern,

obgleich er genau wusste, dass er die Sache mit den freien Tagen vermasselt hatte.

»Doch, ich kann, und ich werde auch«, entgegnete Isabelle selbstbewusst. »Es sind meine freien Tage. Die werde ich mit meiner Familie verbringen und ganz bestimmt nicht hier im Büro.«

Jedes Jahr im Sommer wurde in Le Lavandou das traditionelle Fest zu Ehren von Saint-Pierre gefeiert. Er war der Schutzheilige der Fischer, und einmal im Jahr wurden in seinem Namen Fang und Boote der Fischer gesegnet. Das war ein wichtiges Ritual, das schon, solange man denken konnte, gefeiert wurde. Früher war es nur eine kleine Feier gewesen, inzwischen war das Fest zu einer gewaltigen Touristenveranstaltung angewachsen, die den ganzen Tag dauerte.

Das Fest begann damit, dass die Figur des Heiligen durch den Ort bis an den Strand getragen wurde. Dann wurde sie auf ein Boot gehoben, mit dem der Priester in die Bucht fuhr und seinen Segen sprach. Nachdem er alle Fischerboote gesegnet hatte und Dutzende kleiner Blumenflöße aufs Wasser gesetzt worden waren, schipperte die Prozession wieder zurück in den Hafen. Danach versammelten sich Einwohner und Gäste zum großen Gottesdienst unter freiem Himmel auf dem Bouleplatz.

Anschließend folgte der beliebteste Teil dieses feierlichen Tages: Gäste und Einheimische stürmten Cafés und Bistros, um sich mit einem oder besser gleich mehreren Gläsern eisgekühltem Rosé nach den frommen Anstrengungen zu entspannen. Was allerdings gelegentlich zu wenig christlichen Exzessen führte, bei denen nicht selten die Polizei einschreiten musste. Die Überwachung der Veranstaltung war daher wenig beliebt bei der Gendarmerie.

»Dann übernimmt in diesem Jahr Lieutenant Masclau die Leitung.«

»Das geht leider nicht, Patron. Da habe ich schon einen dringenden Termin.« Der Lieutenant zögerte. »Ich will meine Mutter in Toulon besuchen.«

»Das können Sie auch an jedem anderen Tag machen, Masclau.« Zerna klang nicht so, als wollte er diskutieren.

»Aber, Patron …«, versuchte es Masclau noch einmal.

»Sagen Sie Ihrer Mutter, Sie müssten einen Heiligen bewachen. Das wird sie bestimmt verstehen.«

Gelächter unter den Anwesenden, die Ersten drängten zur Tür.

»Sonst noch etwas?«, fragte Zerna in die Runde.

»Es gibt da eine Vermisstenanzeige, der wir nachgehen sollten«, sagte Isabelle. »Es geht um eine junge Frau, Mitte zwanzig.«

»Eine Touristin? Die verschwinden doch ständig!«, rief einer der Beamten.

»Strandurlaub ist Gift für jede Beziehung«, rief ein anderer. Die Männer stießen sich an und feixten.

»Natürlich, weil den Frauen da erst klar wird, was für Langweiler sie zu Hause haben«, warf eine der Polizistinnen dazwischen. Einige Frauen lachten.

»Die taucht bestimmt wieder auf«, rief eine der Kolleginnen.

Genau in diesem Punkt war sich Isabelle nicht so sicher. Natürlich verschwanden ständig Menschen, und die Sommerferien waren laut Statistik eine besonders kritische Zeit. Aber – und auch das sagte die Statistik – über neunzig Prozent der Vermissten standen innerhalb der ersten Woche wieder vor der Tür. Meist waren es reumütige Ehefrauen, die zurückkamen, verwirrte Teenager oder Männer, die am Strand die Liebe ihres Lebens kennengelernt zu haben glaubten. Aber kaum ging der Urlaub zu Ende, schmolz die Leidenschaft schneller dahin als das Eis am Strand.

»Sie stammt hier aus Le Lavandou«, sagte Isabelle. »Aline Moreau.«

»Das ist doch die mit dem Küchenladen?«, rief jemand, und Isabelle nickte.

»Ihr Bruder hat uns informiert«, sagte Isabelle.

»Ich dachte, die wären verkracht«, meldete sich Masclau, der immer noch sauer war, dass er seine Chefin am Saint-Pierre-Tag vertreten musste.

»Wie lange ist die Frau schon verschwunden?«, wollte Zerna wissen.

»Vier Tage«, antwortete Isabelle. »Sie sei mit dem Firmenwagen unterwegs, meinte der Bruder.«

»Irgendwelche Anzeichen eines Verbrechens?«

»Nein«, musste Isabelle einräumen.

Isabelle kannte die Bestimmung, die das Polizeiaufgabengesetz für solche Fälle vorsah. Demnach wurde nach Erwachsenen nicht automatisch gesucht, außer es lag ein Verbrechen vor, das zu ihrem Verschwinden geführt hatte, oder sie wurden seit mindestens einer Woche vermisst.

»Dann würde ich sagen: Wir warten noch das kommende Wochenende ab.« Zerna sah zu seiner Stellvertreterin hinüber. »Aber halten Sie mich auf dem Laufenden, falls Sie in der Sache etwas hören.«

Damit war die Besprechung beendet.

5. Kapitel

Das Chez Miou war immer gut besucht, was kaum an der Ausstattung des Bistros liegen konnte. Das Lokal hätte schon längst renoviert werden müssen. Die Korbstühle waren durchgesessen, die Sonnenschirme ausgebleicht, die Beleuchtung stammte noch aus den Siebzigerjahren und die Toilettentür ließ sich seit mindestens einem Jahr nicht mehr richtig schließen. Aber das Bistro hatte dafür etwas, was den meisten anderen Cafés fehlte. Es hatte Charme, und es lag direkt am Bouleplatz.

Für Leon gab es kein besseres Bistro im Ort, und darum war das Chez Miou aus seinem Leben nicht mehr wegzudenken. Auch heute, nachdem er den Obduktionsbericht geschrieben und noch ein paar administrative Dinge in der Klinik erledigt hatte, war er hierhergefahren. Jetzt saß er auf seinem Stammplatz, direkt neben den weit geöffneten Glastüren, die sich bei warmem Wetter wie eine Ziehharmonika zusammenschieben ließen. Auf diese Weise wurde eine Art Zwei-Klassen-Gesellschaft geschaffen: Innen saßen die Stammgäste, und die äußeren Plätze unter den Sonnenschirmen waren für die Touristen. Die Gäste schätzten vor allem die gigantischen Eiskreationen des Lokals, für die sein Besitzer berühmt war. Sie trugen so vielversprechende Namen wie »Sommerliebe« oder »Sex on the Beach«.

»Voilà, Docteur. Hier kommt der Café crème für meinen Lieblingsgast.« Mit einer schwungvollen Bewegung stellte Yolande die Tasse auf den Tisch und beugte sich weit nach vorne, was ihre Oberweite besonders gut zur Geltung brachte.

»Der Lieblingsgast hat sich schon den ganzen Nachmittag auf Ihren Café crème gefreut«, sagte Leon mit breitem Lächeln.

»Ach, Sie Schmeichler.« Yolande gab ihrer Stimme noch ein wenig mehr Timbre, wie sie es bei den Femmes fatales in den alten Filmen so bewunderte.

»Haben Sie von dem Anschlag gehört?« Yolande sah sich um und rückte noch ein wenig näher an Leon heran, der sie fragend ansah. »Es heißt, Terroristen haben den Saint-Pierre-Tag im Visier.«

»Unseren Schutzheiligen, ganz sicher?« Leon konnte sich ein Lächeln nicht verkneifen.

Das Chez Miou war die heimliche Nachrichtenzentrale der Stadt, und Yolande war die ungekrönte Herrscherin über jede Art von Gerücht. Sie schien jedes Gespräch, das ihre Gäste führten, zu belauschen. Sie wusste immer als Erste Bescheid. Egal, ob es um Trennungen, Krankheiten oder Schwangerschaften ging. Allerdings musste man ihre Informationen mit Vorsicht genießen, denn gelegentlich ging die Fantasie mit ihr durch. Außerdem liebte sie Verschwörungstheorien, aber damit war sie im Chez Miou nicht die Einzige.

»Sie glauben mir nicht?« Yolande klang etwas empört.

»Ich denke, der gute Saint Pierre wird auch dieses Jahr die Fischerboote segnen. Genau wie in den hundert Jahren davor«, meinte Leon.

»Ich weiß es von einem der Flics.«

»Sie kennen doch die Flics. Das ist nur Gerede. Glauben Sie mir.«

»Von wegen!«, kam es von der Bar. Dort stand Michel, in der

Hand ein randvolles Glas Pastis, das er schon nicht mehr ganz ruhig halten konnte. »Liegt alles an den Flüchtlingen. Die wollen uns fertigmachen. Jeden von uns ... Ihr werdet es sehen.«

»Komm mal wieder runter, Michel!« Die alte Véronique, die ebenfalls mit einem Pastis in der Hand an der Theke stand, sah Michel nur kurz an. »Trink deinen Pastis und nerv uns nicht.«

»Halt die Klappe!«, fuhr Michel die Frau an. »Du weißt doch gar nicht, worüber wir hier reden.«

Wenn er betrunken war, wurde Michel schnell ausfallend. Er besaß den Tabakladen an der Promenade und bemühte sich seit Jahren vergeblich um ein Mandat bei der Front National. Bei der letzten Wahl hatte er es immerhin auf die Kandidatenliste geschafft, aber dann war er auf ganzer Linie eingebrochen. Eine bittere Erfahrung, von der er sich noch immer nicht erholt hatte.

»Na, wird unser Spitzenkandidat bei der nächsten Wahl wieder antreten?«, fragte Véronique ihn provozierend.

Véronique war dreiundachtzig Jahre alt, Kettenraucherin und noch vor fünf Jahren mit dem eigenen Boot zum Doradenfischen gefahren. Inzwischen hatte sie ihren Kahn verkauft und genoss das Leben einer Rentnerin. Sie war selbstbewusst, schlau und die beste Boulespielerin der Stadt. Jedenfalls war das die Meinung von Leon. Und die Siege, die er mit Véronique auf den Bouleplätzen von Le Lavandou und Umgebung erkämpft hatte, schienen ihm recht zu geben.

»Ihr wisst ja hoffentlich, dass diese Kerle jetzt doch ihre Moschee La Londe kriegen«, sagte Michel lauernd. Die »Kerle« waren für Männer wie ihn die Muslime im Allgemeinen, die er auch gerne als »Kanaken« bezeichnete.

»Jetzt kommt diese Geschichte wieder«, stöhnte Véronique. Michel sah sie mit glasigem Blick an.

»Lass ihnen doch ihre Moschee«, brummte Jérémy, um den Frieden in seinem Lokal besorgt. »Die stört doch niemanden.«

»Stört niemanden …?« Michels Gesicht lief rot an. »Wartet nur ab, bis sie von ihren Türmen runterjaulen.« Er schwenkte sein Glas und verschüttete dabei den Rest seines Pastis auf dem Boden. »Mach mir noch einen«, blaffte er Jérémy an und knallte sein Glas auf die Theke.

»Du hattest genug, Michel. Geh nach Hause.« Jérémy nahm das Glas und stellte es in die Spüle.

»Ihr habt doch alle keine Ahnung.« Inzwischen hatte sein Bluthochdruck Michels Gesicht tiefrot gefärbt, und Leon fragte sich, wie lange das Herz des übergewichtigen Ladenbesitzers noch durchhalten würde.

»Zehnmal am Tag wird vom Turm gejault. Aber sagt nachher nicht, ich hätte euch nicht gewarnt.«

»Fünfmal.« Der Mann mit dem Panamahut, der am Ende des Tresens stand, hielt die rechte Hand hoch und zeigte die fünf Finger.

Der Mann hatte bisher nur stumm zugehört. Er war Anfang vierzig und trug einen Dreitagebart. In seinen Jeans, den abgewetzten Sneakers und seinem weiten Leinenhemd sah er aus wie ein Abenteurer. Leon war nicht entgangen, dass Yolande schon ein paarmal interessiert zu dem Gast hinübergesehen hatte. Über dem Hemd trug der Mann eine Anglerweste, in deren Taschen statt Angelhaken und Ködern ein Notizblock, verschiedene farbige Stifte, ein Kompass und eine Sonnenbrille steckten.

»Was soll das denn wieder heißen? Fünf?« Michel drehte sich um, starrte den Gast an, und Leon konnte sehen, dass er auf Krawall aus war. Aber sein Gegner war mindestens zehn Jahre jünger, nüchtern, sportlich und leicht einen halben Kopf größer als sein Herausforderer.

»Sie beten fünfmal am Tag.« Der Mann sprach mit dem aufgebrachten Michel wie mit einem bockigen Kind. »Der Muezzin ruft vom Minarett zur ›Salat‹, das ist das Gebet der Muslime. Fünfmal am Tag. Muslime dürfen übrigens überall beten, außer am Freitag, da schreibt der Koran vor, dass sie in die Moschee gehen sollen.«

»Ach ja, ist das so?«, fragte Michel sarkastisch.

»Ein Mann vom Fach«, sagte Leon anerkennend und hob seine Kaffeetasse zum Gruß. »Bei Ihnen kann man noch was lernen.«

Der Gast erwiderte den Gruß mit seiner Tasse und einem Lächeln.

»Die jaulen trotzdem von ihren scheiß Türmen runter«, maulte Michel und schickte ein provozierendes *»bêcheur«* hinterher, was in dieser Gegend so viel wie »Klugscheißer« bedeutete.

»Jetzt hör schon auf, Michel!« Véronique sah durch die weit offen stehenden Türen hinauf zum Abendhimmel, an dem feine Wolken wie zerrissene Seide aufgezogen waren. »Wir bekommen Mistral«, erklärte sie in Richtung des Gastes. »Das macht manche Leute ganz wuschig im Kopf.«

»Was ist das überhaupt für eine beschissene Religion, wo sie sogar die eigenen Leute foltern und umbringen«, brummelte Michel. »Zum Glück sind wir Christen anständige Menschen. Wir haben nämlich Kultur.«

»Das hat man ja bei den Hexenverfolgungen gesehen«, bemerkte der Gast mit dem Panamahut trocken.

»Touché!« Leon lachte und wies auf den freien Stuhl an seinem Tisch. »Kommen Sie, setzen Sie sich zu mir.«

»Aber gerne.« Der Mann nahm seine Tasse und ging zu Leon.

»Daniel Simon«, stellte er sich vor. »Danke für die Rettung.«

Leon war aufgestanden.

»Lassen Sie mich raten: Sie arbeiten an der Universität.« Simon lächelte und nickte. Leon deutete auf ihn. »Kirchengeschichte?«

»Nahe dran. Kunstgeschichte.«

»Leon Ritter.« Er reichte Simon die Hand.

»Und Sie sind Arzt?«

»So etwas Ähnliches ...« Leon sah ihn an. »Rechtsmediziner.«

»Wirklich? Das stelle ich mir spannend vor.«

Normalerweise versuchte Leon tunlichst zu vermeiden, seinen Beruf zu erwähnen. Rechtsmedizin schien für die meisten Menschen ein Synonym für Gruselgeschichten zu sein. Dass der Job nicht nur gute Kenntnisse in Medizin, sondern auch in Chemie, Physik und ein großes Maß an psychologischem Vorstellungsvermögen verlangte, interessierte offenbar niemanden. Die Leute wollten Horrorgeschichten hören.

»Ich wette, Ihr Job ist genauso aufregend«, sagte Leon ausweichend. »Woran arbeiten Sie? Oder machen Sie hier Urlaub?«

»Nein, ich untersuche Kapellen in der Provence. Schwerpunkt ist das späte Mittelalter.«

»Aha, daher die Hexenverfolgung.«

»Nein, es geht um Baustile: Nur ganz wenige Kapellen hatten eine Krypta, und genau nach denen suche ich.«

»Klingt spannend.«

»Aber was die Hexenverfolgungen angeht, die gab es tatsächlich hier in der Provence. Sogar noch bis ins achtzehnte Jahrhundert.«

»Da bin ich froh, dass wir in so aufgeschlossenen Zeiten leben.«

»Das haben die Menschen im ausgehenden Mittelalter auch gedacht. Die haben die Renaissance als Geburtsstunde der Individualität gefeiert. Dabei ging da die Hexenverfolgung erst richtig los. Prozesse ohne Anklage, Folter, Scheiterhaufen.«

»So viel zu den guten alten Zeiten«, meinte Leon amüsiert.

»Kann ich Sie zu einem Rosé überreden?«, fragte Simon.

Leon hob die Einkaufstasche, in der Zucchini und Lauch zu sehen waren.

»Aber nur einen für den Weg. Ich muss nämlich noch kochen.«

Als Leon eine Viertelstunde später das Miou verließ, schlug er den Kragen seiner Jacke hoch. Es war kühler geworden. Vor dem Café wirbelte eine erste Windböe eine Staubfahne hoch. Wir werden einen Sturm bekommen, dachte Leon.

Stunden später, nach einem fulminanten Ratatouille und einem köstlichen roten L'Angueiroun Réserve, lag Leon im Bett und hörte neben sich die regelmäßigen Atemzüge von Isabelle. Der Sturm hatte an Kraft zugelegt, schleuderte jetzt dicke Regentropfen gegen die Scheiben und zerrte an den Dachpfannen, dass sie klapperten. Isabelle drehte sich zu ihm um.

»Denkst du, das Dach bleibt dicht?«, fragte sie flüsternd.

»Keine Sorge«, beruhigte Leon sie leise. »Ich habe mir das Dach erst letzte Woche angesehen.«

»Lieb von dir«, murmelte sie mit sanfter Stimme. »Danke für das leckere Essen!« Sie kuschelte sich an ihn.

Leon legte seinen Arm um ihren warmen Körper und zog sie noch näher an sich heran. Draußen flammte ein Blitz auf. Leon mochte den Mistral.

6. Kapitel

Der Mann war sauer. Ja, er hatte etwas getrunken. Natürlich, wie sollte er sonst diesen Scheißjob aushalten? Man musste trinken, wenn man mal ein paar Stunden zwischendurch schlafen wollte. Schlafen?! Um fünf Uhr waren die Flics aufgekreuzt. Vor Sonnenaufgang, das musste man sich mal reinziehen. Er solle weiterfahren. Er würde den Verkehr behindern, weil er die Auffahrt zur Tankstelle versperrt habe. So ein Schwachsinn! Sollten die doch selber mal nach einem Parkplatz für einen Vierzigtonner suchen. Nachts, irgendwo auf der Autoroute. Mit hundertzwanzig scheiß Schweinen im Aufleger. Lebendigen Schweinen. Grunzenden, quiekenden, stinkenden Viechern. Und er musste ihnen auch noch zu saufen geben und zweimal am Tag Futter in die Tröge schmeißen. War er Trucker oder ein scheiß Schweinehirt?

Ob der Transport legal war? Nein, war er nicht. Aber was sollte er denn machen? Die Mistviecher mussten nach Genua. Quer durch Frankreich. Von Brest bis nach Genua, weiter ging es wirklich nicht. Und das im Sommer. Gestern hatten sie fast dreißig Grad auf der Autobahn gehabt. Da konnten einem die Viecher fast leidtun. Na klar gab es Vorschriften. Jede Menge Vorschriften. Es gab Transport-Vorschriften und Vorschriften vom Veterinäramt. Und es gab die Vorschriften der einzelnen Départements. Wenn er sich an all die beschissenen Vorschriften halten würde, dann müsste er den Viechern auch noch 'ne Gutenachtgeschichte vorlesen. Schweine durften nämlich keinen Stress haben, sonst schadete das später dem Fleischgeschmack. So ein Schwachsinn. Wer interessierte sich eigentlich für den Stress, den er hatte?

Gestern Abend im Aufleger lag eins von den kleinen Viechern tot in der Scheiße. Die anderen waren drauf rumgetrampelt. Da hatte er es auf dem Parkplatz hinter die Büsche geworfen. Was hätte er denn machen sollen? Er war dafür verantwortlich, dass die Schweine lebend in Milano ankamen. Der Kunde interessierte sich einen Dreck für seine Probleme. Und was taten die Flics? Die lauerten doch nur darauf, Männern wie ihm das Leben schwer zu machen. Deswegen fuhr er mit gefälschten Papieren. In denen stand, dass sein Transport nicht in Brest sondern in Orange losgegangen war. Da hatte er den Flics mal eben tausend Kilometer unterschlagen, na und? Wenn die Flics gewusst hätten, dass er die Schweine quer durch Frankreich transportierte, in einem Rutsch und auch noch alleine ohne Beifahrer ... Die hätten ihn noch auf dem Parkplatz verhaftet.

Jetzt donnerte er mit seinem Vierzigtonner durch die Nacht, hielt sich am Lenkrad fest, hatte Kopfschmerzen, und ihm war schlecht. Dabei hatte er sich geschworen, keine Flasche mehr anzurühren. Doch er war schwach geworden. War ja auch kein Wunder, bei der ganzen Scheiße, die er an der Backe hatte.

Er griff zwischen die Sitze und zog eine leere Flasche Armagnac hervor. Dann ließ er die Beifahrerscheibe herunter und schleuderte die Flasche nach draußen. Mit dumpfem Knall zerbarst sie an einem Straßenschild. Der Mistral schob den Laster vor sich her und wehte den beißenden Gestank von Schweinemist in die Kabine. Fluchend schloss der Mann wieder das Fenster. Vor sich, auf der vollkommen leeren Autobahn, konnte er einen ersten fahlen Lichtstreifen am Horizont sehen.

Die Fahrt wurde ordentlich bezahlt. Aber das löste noch lange nicht seine finanziellen Probleme. Die Bank saß ihm im Nacken. Zwei Raten für das Haus waren überfällig. Er hatte sich verschuldet, um das Haus zu kaufen. Natürlich war es zu groß. Aber seine Frau hatte so lange Druck gemacht, bis er Ja gesagt hatte. Dieses verdammte Haus. Er war schon zwei Wochen nicht mehr dort gewesen. War ja auch kein Wunder. Die Straße war besser, als zu Hause das Stänkern seiner Frau zu ertragen.

Der Mann saß hinter seinem Lenkrad und schüttelte den Kopf. Irgendwie hatte er sein ganzes Leben verkackt. Er starrte geradeaus. Er konnte die Höhen des Massif des Maures sehen, dessen Konturen sich im Licht der Morgendämmerung am Horizont abzeichneten, während über dem Laster noch die letzten Sterne funkelten. Der Mann fluchte gerne, aber in Wirklichkeit mochte er diese einsamen Momente auf der Straße. Alle Probleme schienen weit weg zu sein. Er ließ seine Scheibe ein Stück hinuntergleiten, und der kühle Wind machte ihn wach. Und er fühlte sich auf einmal frei und glücklich. Der Mann betrachtete die Brücke, unter der der Laster jetzt hinwegglitt. In diesem Moment tat es einen lauten Schlag. Für den Bruchteil einer Sekunde schien ein fremdes Gesicht ihn durch die Windschutzscheibe anzustarren, dann rutschte es nach unten. Ein Körper wirbelte durch das Licht der Scheinwerfer und verschwand unter der Fahrerkabine. Fast im gleichen Moment spürte er, wie die schweren Doppelreifen etwas überrollten.

Der Mann hatte den Truck vor Schreck instinktiv nach rechts gerissen. Im nächsten Moment versuchte er seinen Fehler zu korrigieren und zog das schwere Fahrzeug zurück auf die Spur – zu spät. Die Lenkung bewegte zwar die Zugmaschine nach links, aber der schwere Aufleger schoss unverändert geradeaus weiter. Fahrzeug und Anhänger klappten zusammen wie ein Taschenmesser. Vierzig Tonnen ungebremste Energie drängten nach vorne und zermalmten alles, was sich ihnen in den Weg stellte. Der Mann spürte, wie sich das Führerhaus auf der Straße drehte. Die Reifen kreischten über den Asphalt. Die ganze Fuhre driftete unkontrolliert auf den Mittelstreifen zu. Der Mann hielt sich am Lenkrad fest, dann kam der Graben. Die Verbindung zum Anhänger brach. Der Aufleger stürzte auf die Seite und wurde von der Straße geschleudert. Schweine schrien in Todesangst. Der Aufleger wurde von der Leitplanke zerfetzt. Plastik, Metall und tote Tiere wirbelten durcheinander.

Dann trat Ruhe ein. Während sich eine gewaltige Staubwolke über das Unfallchaos senkte, wurde es für einen Moment so still, dass der Mann den Wind in den Büschen hören konnte. Er war wie durch ein Wunder dem Chaos entkommen. Nur an der rechten Hand war ein blutender Schnitt.

Er sah sich um. Rauch stieg aus dem Motor auf, die Warnblinkanlage leuchtete auf, zuckende Schweine lagen mit gebrochenen Beinen in ihrem Blut. Der Mann schloss für einen Moment die Augen und wünschte sich, dass er diese gottverdammte Fuhre nie angenommen hätte.

7. Kapitel

Als Leon eine halbe Stunde später am Unfallort eintraf, erinnerte ihn die Szene an Dantes »Inferno«. Blaulichter blitzten in der Morgendämmerung. Scheinwerfer beleuchteten diesen Ort der Verwüstung, wo Polizisten laut rufend hin und her liefen und die verletzten Schweine erschossen. Da einige der Tiere die Mittelleitplanken überwunden hatten, musste auch die Gegenfahrbahn gesperrt werden, um neue Unfälle durch herumlaufende Schweine zu verhindern.

Isabelle war um zehn Minuten nach fünf Uhr morgens angerufen worden, und die Einsatzleitung hatte Leon gleich mit angefordert. Wenn sie ihre Kollegen richtig verstanden hatte, war auf der Autobahn ein Fußgänger überfahren worden, was einen gewaltigen Unfall ausgelöst hatte. Isabelle sah sich um. Die Einsatzleitung hatte nicht übertrieben.

»Guten Morgen«, begrüßte Lieutenant Kadir den Médecin Légiste und seine Chefin, »ziemliche Schweinerei würde ich sagen.«

»Was ist mit dem Fahrer?« Isabelle ging nicht auf Momos Scherz ein.

»Er kann sich nur noch erinnern, dass jemand gegen seine Scheibe geknallt ist«, meinte Kadir. »Dabei hat er den Lenker verrissen.«

»Gegen die Frontscheibe?«, fasste Leon nach. »Die ist doch mindestens zwei Meter über der Straße.«

»So hat er es aber gesagt.« Kadir klang, als wollte er sich für den Fahrer entschuldigen.

»Hat die Polizei schon das Opfer gefunden?«, fragte Leon und sah zum Wrack des Lastwagens, das eine breite Spur der Zerstörung hinterlassen hatte.

»Liegt da vorne.« Kadir deutete in die entgegengesetzte Richtung, wo in etwa siebzig Metern Entfernung eine schmale Brücke über die Autobahn führte. »Kein schöner Anblick. Ich glaube, es ist eine Frau. So genau habe ich nicht hingesehen.«

»Wo ist der Fahrer des Lkw?«, fragte Isabelle.

»Sitzt im Krankenwagen«, antwortete Momo. »Hat einen Schnitt in der Hand. Nichts Schlimmes. Der Wagen steht gleich da vorne.«

»Ich sehe mir das Opfer an«, sagte Leon. »Wir treffen uns später.«

Leon trug seinen Arztkoffer in der Hand, in dem er die wichtigsten Instrumente hatte, um erste rechtsmedizinische Untersuchungen an Opfern vor Ort durchzuführen. Leon schätzte die Arbeit in der ruhigen, klinischen Atmosphäre seines Obduktionsraumes. Aber er war überzeugt, dass man mehr über ein Opfer und dessen Tod erfuhr, wenn man den Tatort begutachten konnte.

Kurz vor der Brücke hatten die Beamten der Gendarmerie einen Sichtschutz am Straßenrand aufgestellt. Leon wurde von Didier Masclau begrüßt. Der Lieutenant hatte ein etwas gespanntes Verhältnis zum Médecin Légiste. Es war eine Mischung aus Bewunderung und Neid und der Tatsache, dass ihm der Docteur bei einem Einsatz einmal das Leben gerettet hatte, was dem Verhältnis keineswegs förderlich war.

»Bonjour, Lieutenant«, sagte Leon freundlich. »Liegt dort das Opfer?« Er deutete auf den Paravent.

»Ist wegen der Gaffer mit ihren Handys.«

»Gute Idee.« Leon sah zur Brücke hinauf, was Masclau nicht entging.

»Die Brücke haben wir auch abgesperrt.«

Leon nickte. Er rückte den Sichtschirm zur Seite und musste einen Moment stehen bleiben. Der Anblick war gewöhnungsbedürftig, selbst für einen so erfahrenen Rechtsmediziner wie ihn. Die schweren Zwillingsreifen des Sattelschleppers waren der Länge nach über die dunkelhaarige Frau hinweggerollt. Sie hatten den Körper zerquetscht und in eine ungeordnete Masse von Muskeln, Sehnen, Knochen und Organen verwandelt. Nur das schlichte Baumwollkleid, das die Frau trug, schien den Körper noch irgendwie zusammenzuhalten und so der Toten einen letzten Rest von Würde zu verleihen.

»Meine Fresse, dass Ihnen das so gar nichts ausmacht.« Masclau drehte den Kopf zur Seite und hielt sich demonstrativ die Hand vors Gesicht.

»Da irren Sie sich, Lieutenant«, sagte Leon ganz ruhig. »Es macht mir was aus. Jedes Mal.«

»Verstehe ich nicht«, meinte Masclau.

Wie sollte der Polizist das auch verstehen, dachte Leon. Es gab einen Grund, warum Leon sich jedes Mal verpflichtet fühlte, einen Fall zu Ende zu bringen. Aber darüber hätte er niemals mit so einem groben und unempathischen Menschen wie Lieutenant Masclau gesprochen. Leon hatte das Gefühl, dass er den Toten etwas schuldete. Er spürte einen inneren Zwang, alles daranzusetzen, herauszufinden, woran sie gestorben waren.

»Ach du Scheiße«, sagte ein junger Polizist, der Leon neugierig zum Unfallopfer gefolgt war. Der Polizist hatte sich abgewendet, sich vornübergebeugt, die Hände auf die Oberschenkel gestützt und atmete flach.

»Wenn du kotzen musst, dann verschwinde hier«, fuhr Masclau den jungen Kollegen an, der würgend davonstolperte.

Leon war in die Knie gegangen und betrachtete das Opfer im Schein einer kleinen, hellen Taschenlampe, die er in der linken Hand hielt. Mit der Rechten tastete er vorsichtig das Opfer ab. Er trug jetzt dünne Latexhandschuhe. Der Körper war stark zerstört. Die schweren Lastwagenreifen hatten erst einen Teil des Gesichts weggerissen und dann den Oberkörper eingedrückt. Dabei hatten sich Rippen in die Lunge gebohrt. Der folgende Reifen hatte den Unterkörper des Opfers auf Höhe des ersten und zweiten Lendenwirbels vom Rest des Körpers nahezu abgetrennt.

Die beste Methode zur Bestimmung des Todeszeitpunkts bestand immer noch darin, die Körpertemperatur des Opfers zu messen. Mit dem Tod eines Menschen sank sie kontinuierlich um etwas über ein Grad in der Stunde ab. Allerdings war bei diesem Opfer eine rektale Messung nicht mehr möglich. Leon beschloss das Thermometer irgendwo im Körper zu platzieren, es würde keinen Unterschied machen. Aber er ahnte schon jetzt, dass das Ergebnis für eine Überraschung sorgen würde. Etwas stimmte mit dieser Toten nicht.

»Können Sie mal halten«, fragte Leon und reichte dem Lieutenant die Lampe. Masclau richtete den Lichtschein auf die Leiche, während sich Leon auf den Boden hockte und über das Opfer beugte.

»Sie ist da einfach so runtergesprungen«, sagte Masclau und sah hinauf zur Brücke, wo man im frühen Dämmerlicht ein rostiges Geländer erkennen konnte. »Und dann genau vor den Laster. Wennschon, dennschon.«

»Ich brauche mehr Licht.« Leon ärgerte sich über den herablassenden Ton, in dem Masclau über die Tote sprach.

»Ist doch nicht zu fassen«, plauderte Masclau weiter. »Wenn die gewusst hätte, wie sie danach aussieht.«

Leon hob den Körper der Toten ein wenig an und schob den Stoff des Kleides an den Schultern zur Seite. Längliche Hämatome und schmale Platzwunden zogen sich quer über den Rücken.

»Der Camion hat sie wirklich voll erwischt«, kommentierte Masclau.

Leon ließ den Körper wieder auf den Boden sinken. Er griff zur linken Hand des Opfers und versuchte einen der Finger zu bewegen. Er war steif, als wäre er zusammen mit der Hand aus einem Stück Holz geschnitzt worden.

Leon stand wieder auf. Die ersten Sonnenstrahlen des frühen Morgens erwärmten langsam die taufeuchte Landschaft, und die Zikaden begannen zaghaft zu singen. In diesem Moment erschienen Zerna und Isabelle.

»Bonjour, Docteur.« Zerna sah angewidert und gleichzeitig fasziniert zu dem zerstörten Körper, der da am Boden lag. »Mon dieu! Was für eine schreckliche Art zu sterben«, sagte er.

»Sie muss den Laster genau abgepasst haben, als sie gesprungen ist«, sagte Isabelle und versuchte, nicht zu der Toten hinüberzusehen. Für einen Moment sagte keiner etwas.

»Sie ist nicht gesprungen«, unterbrach Leon das betretene Schweigen. »Zumindest nicht von dieser Brücke.«

»Was soll das heißen?« Zerna bevorzugte einfache Erklärungen, er hasste komplizierte Theorien über Tatabläufe. Besonders, wenn sie von seinem Médecin Légiste aufgestellt wurden.

»Das bedeutet, dass sie nicht hier gestorben ist.« Leon ließ die beiden Schlösser seines Medizinkoffers zuschnappen. »Das ist alles, was ich im Moment sagen kann.«

Es gäbe da noch einiges mehr, dachte Leon. Aber er hatte gelernt den Mund zu halten und Opfer in der Autopsie sehr genau zu untersuchen, bevor er nur einen vagen Verdacht aussprach.

»Ich sehe einen schweren Verkehrsunfall, und ich sehe hier eine überfahrene Frau. Da muss man doch nur eins und eins zusammenzählen.« Zerna blickte die Straße hinunter, wo inzwischen die Feuerwehr dabei war, die Straße zu räumen.

»Wir wissen vom Fahrer des Lastwagens, dass die Frau von oben gegen seine Scheibe gefallen ist«, mischte sich Isabelle ein.

»Das glaube ich auch«, sagte Leon. »Das muss aber nicht bedeuten, dass sie gesprungen ist.«

»Aber geflogen ist sie auch nicht«, bemerkte Masclau flapsig.

»Didier, bitte«, mahnte Isabelle.

»Der Körpertemperatur nach zu urteilen, ist sie seit etwa fünf Stunden tot«, sagte Leon ganz ruhig.

»Wie können Sie das noch messen?«, wunderte sich Zerna.

»Das wollen Sie nicht wissen, Patron.« Masclau verzog das Gesicht bei der Erinnerung daran, wie Leon das Thermometer in eine offene Wunde am Bauch des Opfers geschoben hatte.

»Die Unfallmeldung ist um vier Uhr zehn reingekommen«, sagte Masclau. »Das weiß ich, weil ich sie angenommen habe.«

Isabelle sah auf ihre Uhr. »Also vor zweieinhalb Stunden.«

»Jetzt mal langsam.« Zerna hob die Hand und sah Leon an. »Bei diesen Außentemperaturen sind die Messungen nie so genau. Das sagen Sie doch selbst immer.«

»Das gilt aber nur für hohe Außentemperaturen«, antwortete Leon. »Wenn es so kühl ist wie heute Morgen, dann verkürzen sich die Zeiten höchstens noch.«

»Sie wollen also behaupten, Docteur, die Frau sei gar nicht gesprungen.« Zerna sah Leon an, als hätte der gerade erklärt, dass die Welt eine Scheibe ist. »Und wie kommt dann die tote Frau auf die Straße?«

»Keine Ahnung.« Leon klang total entspannt. »Aber die fortgeschrittene Leichenstarre bestärkt mich nur noch in meiner Einschätzung des Todeszeitpunkts. Vor vier Stunden, wahrscheinlich sogar fünf.«

»Ich glaube, ich kenne die Frau ...« Isabelle sah zu der Toten, konnte den Anblick aber nicht lange aushalten.

»Sie kennen sie?«, fragte Zerna erstaunt.

»Ich bin mir nicht sicher, aber ich glaube, es handelt sich um Aline Moreau.«

»Die von ihrem Bruder als vermisst gemeldet wurde?«, fragte Zerna und sah zu Lieutenant Masclau. »Irgendwelche Hinweise auf die Identität des Opfers?«

Masclau hatte sich nicht überwinden können, das Opfer genauer nach Papieren zu untersuchen, wollte aber auch nicht als Feigling dastehen. »Ich weiß nicht, ich meine: Nein.«

»Warum trägt sie so ein altmodisches Kleid?«, wunderte sich Isabelle.

»Was meinst du?«, fragte Leon.

»Schau doch hin: graue Baumwolle, bis weit über die Knie.«

»Sieht für mich eher wie ein Nachthemd aus«, meinte Leon.

»Aline Moreau war zweiundzwanzig«, sagte Isabelle.

»Das heißt?«, fragte Zerna.

»In diesem Alter zieht eine junge Frau sich doch nicht an wie ...« Isabelle suchte nach einem Vergleich, »... wie Jeanne d'Arc auf dem Weg zum Scheiterhaufen.«

»Was ist auf der Brücke?«, fragte Leon.

»Nichts«, antwortete Masclau, »bis auf ein paar Bierdosen und 'ne vertrocknete Kröte.«

8. Kapitel

Über die Brücke führte eine einspurige Straße, deren Belag aufgebrochen war. Ursprünglich sollte die Brücke den Winzern den Transport der Ernte von ihren Weinfeldern zu der nahe gelegenen Genossenschaft erleichtern. Doch die Planung war nicht mit den Betroffenen abgestimmt worden. Also gründeten sie ein eigenes Kollektiv auf ihrer Seite der Autobahn. Seitdem benutzte kaum noch jemand die Brücke, und sie verfiel zusehends. Inzwischen rankte sich Dornengestrüpp durch das verrostete Geländer. Am Boden lag Abfall. Und in den Spalten und Ritzen des brüchigen Asphalts wucherten Rosmarin und Mimosenbüsche.

Was für ein verlorener Ort, dachte Leon. Lieutenant Masclau war vorausgegangen und am Geländer stehen geblieben. Er stellte sich mit dem Rücken zur Autobahn und breitete die Arme aus.

»Von hier muss sie gesprungen sein.« Masclau lehnte sich mit dem Rücken gegen das Geländer, das ihm etwa bis zur Hüfte reichte, und sah nach unten.

»Vorsicht, da könnten Spuren sein«, rief Leon.

»Was denn für Spuren?« Masclau sah die Brücke entlang. »Sie kam die Brücke entlang und ist hier übers Geländer gestiegen.«

»Kommen Sie da weg, Lieutenant«, rief Polizeichef Zerna. Masclau machte ein paar demonstrative große Schritte weg vom Geländer.

»Ein Sprung in die Dunkelheit vor einen Lastwagen ...« Leon sah Isabelle an. »Untypisch für eine Frau.«

»Was wäre denn typisch?«, fragte Isabelle mit leicht provozierendem Unterton.

»Frauen nehmen meist Tabletten, um sich umzubringen«, erklärte Leon sachlich. »Oder sie öffnen sich die Pulsadern im warmen Badewasser.« Er war jetzt nach vorne gegangen und sah über das Geländer auf die Straße. »Erschießen, Erhängen, ein Sprung vor einen Zug. Das sind typisch männliche Wege, das Leben zu beenden. Männer wollen sich selbst zerstören.«

»Ihrer Meinung nach ist sie also nicht gesprungen?«, fragte Zerna lauernd. Als könnte er so verhindern, dass der Médecin Légiste etwas sagte, was er nicht hören wollte.

»Definitiv nicht«, sagte Leon entschieden.

»Das heißt ...?«, fragte der Polizeichef.

»Die Rechtsmedizin liefert nur die Spuren.« Leon hob abwehrend die Hände.

»Sie glauben ernsthaft«, fuhr Zerna in sarkastischem Ton fort, »jemand hat sie da runtergestoßen?«

»Eindeutig«, meinte Leon. »Wie der Lieutenant bereits richtig bemerkt hat: Fliegen konnte sie ja nicht.«

»Sehr witzig«, murmelte Zerna.

Inzwischen war die Sonne so hell über dem Massif des Maures aufgegangen, dass Leon die Augen mit der Hand abschirmen musste, als er in Richtung Osten sah. Dorthin, wo das Band der Autobahn zwischen den Hügeln verschwand. Die Temperaturen stiegen jetzt schnell. Über den Blüten der Zistrosen flatterten die ersten Zitronenfalter im warmen Sonnenlicht. Am Boden lagen kleine, trockene Beeren. Leon verrieb eine zwischen den Fingern. Es roch nach Wacholder. Ein Windstoß wehte den Samen davon.

Isabelles Funkgerät knisterte, und sie wechselte ein paar Worte mit der Einsatzleitung.

»Die Zentrale fragt, ob die Bestatter die Leiche mitnehmen können«, rief sie Leon zu.

»Ja, es ist allerhöchste Zeit«, meinte Leon. Isabelle gab die Anweisung weiter.

Leon bückte sich, während er sich ein frisches Paar Latexhandschuhe überzog.

»Haben Sie etwas gefunden?«, fragte Zerna und kam ein paar Schritte näher, bis Leon warnend die Hand hob.

Der Médecin Légiste griff in seine Tasche und zog einen Asservatenbeutel heraus. Dann hob er mit spitzen Fingern eine tote Kröte auf, die zu einem braunen Fladen zusammengetrocknet war.

»Was haben Sie denn damit vor?« Zerna sah ihn misstrauisch an.

»Die liegt bestimmt schon seit Monaten hier oben.« Masclau verzog das Gesicht.

»Schon möglich …« Leon betrachtete den Kadaver durch die Folie der Tüte. »Aber irgendjemand hat ihr eine Nadel in den Kopf gebohrt.«

Leon packte die Tüte in die Tasche, als etwas anderes seine Aufmerksamkeit erregte. Es war ein rotes Glas, das der Mistral ganz offensichtlich umgeworfen und in die Abwasser-Rinne am Straßenrand geweht hatte. Wachs war ausgelaufen. Vorsichtig nahm Leon das Glas in die Hand und drehte es im Sonnenlicht.

»Sieht aus wie ein Grablicht«, stellte Isabelle fest.

»Ich bitte Sie, Capitaine«, erwiderte Zerna spöttisch.

»Ich bin sogar ganz sicher, dass es ein Grablicht ist.« Leon hob einen kleinen Blechdeckel auf, der genau auf das Licht passte. Die

Kerze im Inneren des Glases war nur ein paar Zentimeter heruntergebrannt.

»Ein Glas mit einer Kerze«, sagte Zerna abwiegelnd. »Es gibt tausend Möglichkeiten, warum das hier oben liegen könnte.«

»Eine Grabkerze, ausgerechnet an der Stelle, wo eine Frau von der Brücke gefallen ist?«, fragte Leon.

»Und wenn sie sich doch umgebracht hat?« Zerna ließ nicht locker. »Vorher hat sie noch eine Kerze angezündet. So 'ne Art Abschiedsgruß.«

»Ich wusste gar nicht, dass Sie eine sentimentale Ader haben«, meinte Leon.

»Das kann doch auch alles nur Zufall sein«, widersprach Masclau.

»Ich bin Rechtsmediziner«, antwortete Leon. »Wir glauben grundsätzlich nicht an Zufälle.«

9. Kapitel

Das Küchengeschäft lag an der Rue Charles Cazin und stammte aus einer Zeit, als es in Lavandou noch keine Fußgängerzone gab und die Kunden mit ihren Autos direkt vor den Läden parkten. Jetzt wurde das Trottoir mit Betonpollern und Platanen vor übergriffigen Autofahrern geschützt. Das Geschäft hatte zwei Schaufenster, dazwischen lag der Eingang. Darüber ein schwungvoll gemaltes Schild: »La Cuisine moderne«. Monsieur Moreau und seine Frau hatten das Küchengeschäft in den Siebzigerjahren eröffnet. Damals, als es noch keinen »Castorama« und all die anderen Baumärkte gab, die sich an den Ausfallstraßen schneller ausbreiteten als Schimmel im Badezimmer.

Isabelle hatte darauf bestanden, dass sie zu Fuß gingen, obwohl das ein Polizeibeamter wie Didier Masclau eigentlich für unter seiner Würde hielt. Auf der anderen Seite lag die Gendarmerie nationale wirklich nur einen Katzensprung von dem Küchengeschäft entfernt.

»Lass mich erst mal mit ihm reden«, sagte Isabelle.

»Moreau ist ein *bâton merdeux*, ein Kotzbrocken«, sagte Didier. »Lass dich bloß nicht von dem einwickeln.«

»Didier, er hat gerade seine Schwester verloren.«

»Er ist trotzdem ein Kotzbrocken. Weißt du, warum er in die Gendarmerie gekommen ist?«, fragte Didier. Isabelle sah ihn abwartend an. »Nicht, weil er seine Schwester so vermisst hat, sondern weil sie mit dem Firmenwagen unterwegs war ... Da vorne ist es.«

»Ob er schon Bescheid weiß?«, fragte Isabelle.

»Und wenn schon. Glaube nicht, dass er besonders traurig sein wird.«

»Du bist unmöglich.«

Didier hatte Isabelle auf dem Weg die Geschichte der Moreaus erzählt. Die Eltern waren vor vier Jahren bei einem Autounfall ums Leben gekommen. Aline und Pascal erbten zu gleichen Teilen, und dieser Nachlass war beachtlich. Da gab es zunächst einmal das Geschäft in der Rue Cazin, das allerdings mehr schlecht als recht lief. Aber für Pascal Moreau war es die einzige Möglichkeit, Geld zu verdienen. Mit seinen vierunddreißig Jahren hatte er bereits einen Motorradverleih, eine Bar und einen Laden für E-Zigaretten erfolgreich in die Pleite geführt. Er war verschuldet und stotterte einen Bankkredit ab. Dabei hätte Pascal Moreau in Saus und Braus leben können, wenn seine Schwester nur nicht so eigenwillig gewesen wäre. Neben dem Geschäft hatten die Eltern ihren beiden Kindern nämlich auch noch ein Haus mit einem vier Hektar großen Grundstück vermacht. Fünfunddreißigtausend Quadratmeter in bester Lage. Ein Filetstück, nach dem sich alle Immobilienhändler der Umgebung die Finger leckten. Alle paar Wochen gingen neue Angebote bei den Moreaus ein, aber Aline hatte jedes Mal Nein gesagt. Sogar als ein Konzern eine zweistellige Millionensumme für das Land geboten hatte, um dort ein Hotel zu errichten.

Zur Verzweiflung ihres Bruders wollte Aline unter keinen Umständen verkaufen. Das Gelände stieß nämlich unmittelbar an den Forêt des Maures, ein Naturschutzgebiet, das sich kilometerweit die Küste entlangzog. Und Aline war eine glühende Naturschützerin. Wenn sie gekonnt hätte, dann wäre der Besitz schon längst an die Naturschutzbehörde und damit an den französischen Staat gegangen, doch dafür hätte sie – laut Testament – die Zustimmung ihres Bruders gebraucht. Am Anfang hatte Pascal die Sturheit seiner Schwester nur für eine vorübergehende Marotte gehalten, aber nach und nach hatten sich die beiden über das Erbe heillos zerstritten.

Isabelle öffnete die Ladentür, und ein elektronischer Gong erklang. Der Laden war vollgestopft mit Herden, Spülmaschinen und anderem Küchengerät. Zurzeit hatte der Laden transportable Klimaanlagen im Angebot, die sich in den heißen Sommermonaten großer Beliebtheit erfreuten. Ansonsten war das Geschäft leer. Weder Kunden noch Verkäufer waren zu sehen.

»Hallo«, rief Isabelle. »Monsieur Moreau?!«

»J'arrive, j'arrive«, rief eine leicht genervte Stimme aus dem Hintergrund des kleinen Geschäfts.

Im nächsten Moment tauchte ein Mann in Jeans und Polohemd auf, das mit dem übergroßen aufgestickten Firmenlogo den Wohlstand seines Besitzers unterstreichen sollte. Hose und Hemd waren mindestens eine Nummer zu klein und spannten über dem Bauch und im Schritt des Mannes. Ein Anblick, den sich Isabelle gerne erspart hätte.

»Bei diesem Wetter braucht jeder eine Klimaanlage …«, wollte der Mann das Verkaufsgespräch mit Isabelle beginnen, als Masclau um die Ecke kam. Beim Anblick der Uniform verstummte er.

»Sind Sie Monsieur Pascal Moreau?«, fragte Isabelle und zögerte, dem Mann ihre Hand zu reichen.

»Ja, wieso?«, fragte Monsieur Moreau.

»Capitaine Morell, Gendarmerie nationale«, stellte sich Isabelle vor, »das ist Lieutenant Masclau. Wir haben eine traurige Nachricht für Sie. Wir glauben, dass Ihre Schwester tot ist.«

Der Mann stutzte und sah Isabelle prüfend an. »Sie glauben? Wie kommen Sie darauf?«, fragte er Isabelle nach einem kurzen Zögern.

»Wir haben heute Morgen eine Frau tot auf der Autobahn bei Gonfaron gefunden«, begann Isabelle. »Sie wurde von einem Lastwagen überfahren.«

»Aber sicher sind Sie sich nicht?«

»Das Opfer hatte keinerlei Papiere bei sich«, ging Masclau dazwischen.

»Was ist mit dem Auto?«, fragte der Ladeninhaber, und Isabelle fröstelte. »Sie hatte unseren Firmenwagen dabei. Ich wollte nur fragen ...«, stotterte der Mann. »Ich meine, hat sie den Unfall verursacht?«

»Mehr interessiert Sie nicht?«

»Was erwarten Sie denn? Dass ich hier vor Ihnen zusammenbreche?«

»So etwas in der Art«, sagte Lieutenant Masclau provozierend.

Pascal Moreau zupfte mit Daumen und Zeigefinger nervös an seiner Nase. »Wir haben kein besonders inniges Verhältnis, meine Schwester Aline und ich.«

»Aber das Geschäft führen Sie zusammen?«, fragte Isabelle.

»Halbe, halbe«, sagte er. »Sie ist immer bis Mittwoch hier, dann bin ich dran.«

»Sie wohnen hier im Haus?«

»Zum Laden gehört noch eine Wohnung.« Moreau deutete zur Decke. »Aline wohnt in unserem Elternhaus über La Fossette. Wie gesagt, wir können nicht so gut miteinander.«

Das Handy von Moreau brummte und spielte die ersten Takte der Filmmusik aus »Der Clou« ab. Der Mann sah nervös auf das Display.

»Gehen Sie ruhig ran«, meinte Isabelle.

»Ist nicht so wichtig«, sagte Moreau. Als erneut die Musik erklang, schaltete der Mann das Handy kurz entschlossen ab.

»Haben Sie sich in letzter Zeit gestritten?«, fragte Isabelle. Aber Moreau starrte nur auf das Handy.

»Monsieur Moreau?« Isabelle sah den Ladenbesitzer an, der mit seinen Gedanken ganz woanders zu sein schien.

»Sie haben gesagt, es war ein Lastwagen, der sie ...« Moreau zögerte. »Wie kann man von einem Lastwagen auf der Autobahn überfahren werden?«

»Es sieht so aus, als wäre sie von einer Brücke gesprungen«, sagte Isabelle, die beschlossen hatte, Moreau noch nicht die ganze Wahrheit zu sagen.

Moreau stützte sich mit beiden Händen auf eine Spülmaschine und schüttelte den Kopf. Dann sah er Isabelle an.

»Sie sind sicher, dass es Aline ist?«

Isabelle ging nicht darauf ein. »War Ihre Schwester depressiv?«

»Nein. Das heißt, keine Ahnung«, korrigierte er sich. »Über so was hätte sie nie mit mir geredet. Aber zutrauen würde ich es ihr.«

»Wie meinen Sie das?«

»Weil ... sie ist irgendwie anders.« Moreau drehte die Hand mit ausgestrecktem Zeigefinger neben seinem Kopf. »Bei ihr weiß man nie genau, was sie denkt.«

»Nach ihrem Verschwinden haben Sie drei Tage gewartet, bevor Sie zu uns gekommen sind?«, fragte Masclau provozierend.

»Ich dachte, sie wollte mich nur ärgern. Ich sollte arbeiten, während sie bei den Spinnern war.«

»Wen meinen Sie mit den Spinnern?«, hakte Isabelle nach.

»Die Typen vom Institut Provençal. Oben in den Hügeln. Da hat sie gelegentlich geholfen. In der Verwaltung.«

»Und was haben Sie in diesen drei Tagen gemacht?«, fragte Masclau.

»Ich war hier, was denn sonst?«, entgegnete Moreau verärgert. »Denken Sie, der Laden läuft von allein? Was interessiert Sie das überhaupt?«

»Wir versuchen nur herauszufinden, wo sich Ihre Schwester in den letzten Tagen aufgehalten hat. Haben Sie sich das nicht auch gefragt, Monsieur Moreau?« Isabelles Stimme klang jetzt um eine Spur schärfer.

»Wenn ich gewusst hätte, wo sie war, wäre ich bestimmt nicht zu Ihnen auf die Wache gekommen«, verteidigte sich Moreau.

»Wer weiß ...«, meinte Masclau vieldeutig.

»Was wollen Sie denn damit andeuten?«, empörte sich der Ladenbesitzer.

»Nach dem Tod Ihrer Schwester wären Sie der alleinige Erbe, richtig?«, fragte Isabelle betont beiläufig.

»Was wollen Sie mir denn jetzt schon wieder unterstellen?«

»Ich wollte nur wissen, ob es noch weitere Verwandte gibt, die von dem Erbe profitieren würden.«

»Ich denke nicht, dass Sie das etwas angeht.«

»Die Polizei interessiert sich für alles. Besonders, wenn es um einen ungewöhnlichen Todesfall geht.«

»Ich dachte, sie ist von der Brücke gesprungen.«

»Das ist eine ziemlich ungewöhnliche Art zu sterben, finden Sie nicht?«, fragte Masclau.

»Wir möchten Sie bitten, das Opfer zu identifizieren.« Isabelle sah, wie Moreau schlucken musste.

»Ich soll ... meine tote Schwester ...?«, fragte er. »Und wenn ich das ablehne?«

»Dann würde sich die Polizei bestimmt fragen, warum Sie das tun«, antwortete Isabelle nachdrücklich.

10. Kapitel

Es war kühl im Obduktionsraum. Leon war stehen geblieben und betrachtete die Tote, die da vor ihm auf dem Sektionstisch lag. Er hatte dem Leichnam das grüne Abdecktuch über dem Gesicht zurückgeschlagen und das begonnen, was er als »das Gespräch« bezeichnete. Es war der Moment, in dem Leon versuchte, möglichst viele Eindrücke über ein Opfer auf sich einwirken zu lassen. Eindrücke, die sich in seiner Fantasie zu einem Ablauf verdichteten, der zum Tod geführt haben könnte. Manchmal waren es nur verschwommene Bilder, gelegentlich waren seine Vorstellungen aber auch so klar, als hätte er die Tat beobachtet. In diesem Fall war es anders, die Eindrücke widersprachen sich. Als würde ein grauer Nebel seine Assoziationen überlagern. Natürlich konnte er solche Überlegungen nicht in das Obduktionsprotokoll diktieren. Trotzdem, für Leon zählte bei der Begegnung mit einem Opfer der erste Eindruck. Ganz so, als würde dieser Mensch noch leben und könnte für ihn das Geheimnis seines Todes lüften.

Leon betrachtete das Opfer von allen Seiten, zunächst ohne den Leichnam zu berühren. Gelegentlich blieb er stehen, sah genauer hin, erfasste jedes Detail. Die Obduktion mit Skalpell und Säge würde er später vornehmen, jetzt kam es auf die Intuition an. Schon im ersten Moment, als er auf der Autobahn vor dem Opfer stand, waren ihm Details aufgefallen, die Assoziationen von

Schmerz ausgelöst hatten. Schmerzen, die nicht dadurch entstanden waren, dass ein Vierzigtonner über diese Frau hinweggerollt war. Nein, jemand hatte diese Frau zu Tode gequält und dann von der Brücke geworfen, direkt vor einen heranbrausenden Lastwagen. Dieser Ablauf der Ereignisse war im Augenblick natürlich nur blanke Theorie. Aber Leon war sich sicher, dass er die Beweise dazu finden würde.

Plötzlich fröstelte ihn. Er schloss den obersten Knopf seines Kittels. Im Nebenraum hörte er seinen Assistenten arbeiten.

»Rybaud«, rief Leon, »haben Sie die Klimaanlage runtergedreht?«

Der Assistent erschien in der Tür und las den Thermostat ab. »Einundzwanzig Grad Celsius«, sagte er. »Genau wie immer, Docteur. Soll ich wärmer machen?«

»Nein danke. Schon gut so«, meinte Leon, während er die Decke über der Toten ganz zurückschlug. »Fangen wir an.«

Vielleicht hatte er sich eine Sommergrippe geholt, dachte Leon. Schöner Mist, wo er doch mit Isabelle für drei Tage in ein romantisches Hotel auf die Île de Port Cros fahren wollte. Ein verspätetes Geburtstagsgeschenk. Er wusste, wie sehr sie sich darauf freute.

Leon wandte sich wieder dem Opfer zu, während Rybaud den Rollwagen aus Edelstahl heranschob, auf dem die Instrumente für die Obduktion bereitlagen. Er hatte sie penibel sortiert. Jedes Instrument hatte seinen festen Platz. Darauf legte Leon besonderen Wert. Wieder spürte er diesen Hauch von Kälte, als hätte jemand im Winter die Tür nach draußen offen gelassen.

Das Erste, was Leon an der Toten auffiel, waren die beiden unterschiedlichen Arten von Verletzungen, die sie erlitten hatte. Die einen waren zweifelsfrei durch den Unfall entstanden, als die schweren Reifen des Lastwagens den Brustkorb regelrecht halbiert hatten. Dabei waren Rippen in Herz, Lunge und Magen geschoben worden. Es handelte sich um schwerste Zerstörungen der Organe, von denen jede einzelne tödlich gewesen wäre. Aber Leon erkannte auch, dass die Frau nicht an dem Unfall gestorben sein konnte. Beim Zerreißen der großen Gefäße hatte der Körper zwar das meiste Blut verloren, aber nichts davon war in die Haut oder Muskelgewebeschichten eingedrungen. Dafür gab es nur eine Erklärung: Diese Frau war bereits tot gewesen, als sie von der Bücke geworfen und von dem tonnenschweren Lastwagen überrollt wurde.

»Helfen Sie mir bitte mal. Ich möchte mir den Rücken ansehen«, forderte Leon seinen Assistenten auf.

Rybaud griff unter die Schulter des Opfers und hob den Körper vorsichtig ein Stück an.

»Gut so, bitte halten Sie sie einen Moment.« Leon zog die beleuchtete Lupe zu sich heran und begutachtete Hals und Rücken.

»Sieht für mich aus wie Hämatome?«, vermutete Rybaud.

»Zyanosen«, korrigierte Leon.

Am Hals und an den Schultern hatte er handtellergroße blaurote Verfärbungen entdeckt. Solche Zyanosen entstanden, wenn das Blut nicht mehr ausreichend mit Sauerstoff gesättigt war. Erste Hinweise auf einen gewaltsamen Tod, bei dem die Sauerstoffzufuhr des Opfers unterbrochen wurde.

»Ich kann aber keine Würgemale erkennen.« Rybaud sah sich den Hals an.

»Die hat sie auch nicht.« Leon betrachtete jetzt mit der Lupe die Augen der Frau. »Und auch keine Einblutungen.«

Einblutungen in den Augen galten als Hinweis für einen Tod durch Erwürgen oder Strangulieren. Doch in einem solchen Fall hätte man am Hals deutliche Hämatome oder Abschürfungen finden müssen.

»Sie können sie wieder ablegen«, sagte Leon. »Sehen wir uns ihre Lunge an.«

Normalerweise hätte Leon sich an den vorgeschriebenen Untersuchungsablauf gehalten und den Brustraum mit dem sogenannten Y-Schnitt geöffnet. Danach wären die Organe nacheinander begutachtet und Auffälligkeiten protokolliert worden. Aber dies war kein normaler Fall. Der Brustkorb war so stark zerstört, dass ein paar kurze Schnitte mit Schere und elektrischer Säge genügten, um die Lunge freizulegen.

»Aufgebläht, genau wie ich dachte«, sagte Leon mehr zu sich selber.

»Das gibt's doch nicht!«, sagte der Assistent.

Blassrosa lag die Lunge im Brustkorb. Der rechte untere Lappen war von den Reifen zerdrückt worden, aber die restlichen vier Lungenlappen waren gut erhalten. Sie glänzten feucht im kalten LED-Licht der Untersuchungslampe. Aufgebläht wie kleine Ballons.

»Ertrunken …?«, fragte Rybaud ungläubig.

»Eindeutig«, konstatierte Leon sachlich.

»Das ist doch nicht möglich«, meinte Rybaud, der jeden Handgriff Leons genau verfolgt hatte.

»Oh doch. Süßwasser.« Leon drückte mit dem Finger das schwammige Organ etwas zur Seite.

»Aber es gibt keinerlei Hinweise auf eine Wasserleiche.« Rybaud klang regelrecht empört. »Keine Waschhautbildung an den Fußsohlen oder Händen, keine … Treibverletzungen an Stirn oder Zehen. Für mich sieht es so aus, als hätte diese Frau nie im Wasser gelegen.«

»In diesem Punkt sind wir uns völlig einig«, sagte Leon. »Trotzdem hat sie Wasser eingeatmet, und zwar krampfartig. Das hat ihre Lunge aufgebläht, und sie ist erstickt. Danach ist das Wasser durch den osmotischen Druck im Gewebe versickert.«

»Das ist aber nur eine Vermutung von Ihnen.« Rybaud wollte sich seine Zweifel nicht ausreden lassen.

»Wollen wir mal sehen, ob ich Sie nicht doch noch überzeugen kann«, sagte Leon. Er griff nach einer Einwegspritze mit dicker, langer Kanüle.

Leon schob die Nadel vorsichtig in das rechte Nasenloch des Opfers. Nach etwa vier Zentimetern war ein leises Knirschen zu hören, als die Nadel die Wand der Stirnhöhle durchstieß. Im nächsten Moment strömte eine klare wässrige Flüssigkeit aus der Nase. Keine Frage, dachte Leon, diese Frau hatte einen qualvollen Tod erleiden müssen. Wahrscheinlich hatte der Täter ihr den Kopf unter Wasser gedrückt. Taucher lernten ihren Atemreflex so zu kontrollieren, dass sie bis zu zwei oder sogar drei Minuten die Luft anhalten konnten. Doch ein ungeübter Mensch verlor schon nach einer halben Minute die Kontrolle über seinen Atemreflex. Denn ohne Versorgung mit frischem Sauerstoff stieg der CO_2-Gehalt im Blut. Wenn der Wert die kritische Sättigung überschritt, konnte das Opfer den Atemreiz nicht mehr unterdrücken. Es kam zu krampfartigen Hustenanfällen. Der Erstickende versuchte zu atmen und sog reflexartig Wasser in die Lungen ein, die sich dadurch aufblähten. Dies wiederum verstärkte den Hustenreiz. Bei dem verzweifelten Versuch, Sauerstoff zu atmen, verkrampften sich die Muskeln, während der CO_2-Gehalt im Blut weiter anstieg. Dann traten Lähmungserscheinungen ein, und schließlich blieb das Herz stehen. Bis zum Tod konnten zwei Minuten oder mehr vergehen. Entsetzliche, qualvolle Minuten, in denen das Opfer sein Ersticken bei vollem Bewusstsein erlebte. Wie sehr musste man einen Menschen hassen, um ihn auf so eine brutale Weise umzubringen, dachte Leon. Er betrachtete die tote Frau. Was würde ihm das Opfer noch erzählen?

Leon ließ sich Zeit. Wenn man mit einer bestimmten Erwartungshaltung eine Obduktion begann, konnte es geschehen, dass man entscheidende Spuren übersah. Leon schloss für einen Moment die Augen und dachte an das Meer, an den warmen Strand und an den Sommerwind, der die Zweige der Pinien bewegte. Dann atmete er tief durch, öffnete die Augen wieder und machte sich erneut an die Arbeit.

Leon begann mit dem Rücken des Opfers. Schon am Unfallort waren ihm die länglichen Verletzungen aufgefallen, die von Hämatomen umgeben waren. Unter der Lupe bestätigte sich sein Verdacht. Es handelte sich um Spuren heftiger Schläge. Kleine Splitter ließen den Schluss zu, dass der Täter wahrscheinlich mit einer hölzernen Stange, einer Latte oder einem Ast zugeschlagen hatte. Die Schläge hatten die Epidermis bis auf die Unterhaut aufgerissen. Diese Folter musste sich über Tage hingezogen haben, denn einige der älteren Wunden hatten sich bereits entzündet.

»Ich brauche Fotos der Verletzungen und einen Abstrich«, wies Leon seinen Assistenten an.

Er betrachtete den geschundenen Körper. Jemand hatte diese Frau geschlagen und ertränkt. Warum sollte jemand so etwas tun? Die einzigen Begriffe, die Leon dazu einfielen, waren Wut, Hass und Strafe.

Die übrige Obduktion verlief unauffällig, soweit man das über die Untersuchung einer Toten sagen konnte, die von einer Brücke geworfen und von einem Lastwagen überrollt worden war. Es war der Körper einer gesunden jungen Frau Anfang zwanzig. Durchschnittliche Größe, durchschnittliches Gewicht, gut ernährt und sportlich. Es gab einen Jahre zurückliegenden Bruch des Oberarms und eine wenig geschickt durchgeführte Blinddarmoperation, die zu einer Verwachsung im Bauchraum geführt hatte. Ein kleiner ärztlicher Kunstfehler, der der Frau im fortgeschrittenen Alter wahrscheinlich noch Probleme bereitet hätte.

Leon hatte bei Aline Moreaus Zahnarzt die jüngsten Röntgenaufnahmen ihres Zahnstatus angefordert. Der Arzt hatte die Bilder sofort per E-Mail geschickt. Die Aufnahmen ließen keinen Zweifel: Bei der Toten handelte es sich definitiv um Aline Moreau.

Nach gut zwei Stunden war die Untersuchung abgeschlossen, der Bauchraum des Opfers wieder verschlossen und auch das Gehirn untersucht und zurück in den Schädel gelegt worden. Rybaud hatte gute Arbeit geleistet. Sollte der Bruder des Opfers sich in den nächsten Tagen doch noch entschließen, sich von seiner verstorbenen Schwester zu verabschieden, dann würde man ihm eine Leiche zeigen, der man ihr schreckliches Ende auf den ersten Blick nicht mehr ansah.

Trotzdem stand Leon vor dem Opfer und war unzufrieden. Es kam ihm so vor, als gäbe es da noch etwas, das er übersehen hatte. Eine Veränderung, eine Verletzung, irgendein Detail, das ihnen in diesem eigenartigen Fall eine neue Spur weisen könnte. Leon fixierte mit starrem Blick einen Punkt an der Wand. Er sah aus wie ein Raubtier, das sich auf den entscheidenden Sprung vorbreitete. Der Assistent kannte diesen Blick. Die Arbeit war noch nicht zu Ende.

»Ich möchte sie mir noch einmal ansehen«, sagte Leon nach einer Weile.

»Aber ich habe sie doch gerade fertig gemacht, Docteur.« Ein leises Flehen lag in Rybauds Stimme. »Sie haben mir doch gesagt ...«

»Ich möchte sie mir ja nur ansehen, Rybaud.«

»Und das kann nicht bis morgen warten?« Rybaud wusste, dass die Antwort »Nein« lauten würde.

Leon untersuchte das Opfer erneut. Am Anfang stellte er seinem Assistenten noch ein paar Fragen, nach einem bestimmten Blutwert oder einem anderen Messergebnis. Rybaud antwortete jedes Mal mit der Präzision eines Computers. Dabei folgte der Assistent seinem Chef wie ein Geist. Leon beachtete ihn nicht und sprach eine Dreiviertelstunde lang kein Wort. Schließlich blieb er bei den Beinen des Opfers stehen. Hier hatten die Doppelreifen des Lastwagens für schwerste Zerstörungen von Knochen und Gewebe gesorgt. Die Haut war nur noch an wenigen Stellen unversehrt. Leon schob zwei Hautfetzen, die sich von der Oberschenkelmuskulatur gelöst hatten, mit den Fingern wieder zusammen. Jetzt konnte er auf der Hautoberfläche eine Struktur erkennen. Sie sah aus, wie mit einem spitzen Messer oder einer Schere in die Haut geritzt.

»Ich brauche den roten Marker«, sagte Leon.

Rybaud gab Leon den Stift. Der beugte sich über das Opfer und zog die feinen Schnitte mit dem Markierstift nach. Das Ergebnis war eher enttäuschend. Es sah aus wie ein Kreissegment mit einer Spitze in der Mitte.

»Ich kann darin nichts erkennen«, sagte der Assistent.

»Vielleicht ein Boot mit einem Segel?« Leon sah unverwandt auf die wenigen Striche.

»Ein Boot, ein Huhn, ein Fisch, alles ist möglich. Vielleicht ist es auch nur eine weitere Verletzung durch den Unfall«, sagte Rybaud. »Da sind jede Menge Splitter durch die Luft geflogen.«

»Machen Sie auf jeden Fall eine Aufnahme«, ordnete Leon an.

Ein paar Minuten später saß Leon in seinem Büro und machte sich Notizen, die er morgen in den Obduktionsbericht übertragen würde. Sein Blick fiel auf die durchsichtige Asservatentüte, die ihm Rybaud auf den Schreibtisch gelegt hatte. Leon erkannte den Körper der vertrockneten Kröte, die er auf der Brücke entdeckt hatte. An der runzeligen Haut klebten ein paar Gräser und trockene Blätter. Er drehte die Tüte langsam im Schein seiner Schreibtischlampe. Auch ohne Lupe konnte er jetzt die silbrig glänzende Stecknadel erkennen, die jemand in den Kopf des Kadavers gesteckt hatte. Eine tote Kröte und ein geheimnisvolles Zeichen auf dem Bein des Opfers. Gab es da vielleicht einen Zusammenhang?

Leon saß immer noch an seinem Schreibtisch und betrachtete konzentriert das tote Tier, als Rybaud eine Viertelstunde später an die offene Bürotür klopfte.

»Docteur …?«, fragte der Assistent vorsichtig. Leon sah Rybaud an, als hätte er ihn gerade aus einem Traum gerissen. »Ich würde jetzt nach Hause gehen.«

»Ich möchte gerne noch ein Bild machen«, sagte Leon.

»Was für ein Bild?«, fragte Rybaud. »Ich habe die Fotos gemacht, die Sie wollten. Sind alle schon im Computer.«

»Ich möchte noch eine Röntgenaufnahme vom Kopf machen.«

»Es ist schon nach drei Uhr. Ich bin seit heute Morgen um sieben Uhr hier«, sagte Rybaud vorwurfsvoll, aber er fügte sich seinem Schicksal. Er wusste, dass es sinnlos wäre, mit Leon über die Einhaltung der vertraglichen Arbeitszeiten zu diskutieren. Rybaud würde dann gehen können, wenn Leon ging, oder noch besser, wenn er, Dr. Leon Ritter, alle Möglichkeiten einer Obduktion ausgeschöpft hatte.

Später hätte Leon nicht mehr sagen können, warum er auf den Röntgenfotos bestanden hatte. Es war so ein Gefühl, vielleicht doch nicht alles versucht zu haben, was möglich war, um Licht in diesen merkwürdig dunklen Fall zu bringen. Und es war die tote Amphibie, die dort am Tatort gelegen hatte, als wollte jemand auf diese Weise eine Botschaft übermitteln.

Leon machte drei Röntgenaufnahmen vom Kopf und vom

Hals des Opfers, eine von rechts, eine von links und eine von vorne. Schon der erste schnelle Blick auf die Bilder genügte Leon, um zu erkennen, dass er einen Treffer gelandet hatte. Im Hals von Aline Moreau steckte eine knapp sechs Zentimeter lange Stahlnadel. Der Fremdkörper war durch ein dunkles Muttermal in den Hals eingedrungen und nach oben vorbei am Schildknorpel in die Zungenwurzel getrieben worden. Die Stahlnadel hatte dabei zahlreiche Gefäße verletzt, und es war zu heftigen Einblutungen in das umliegende Gewebe gekommen. Das konnte nur eines bedeuten, dachte Leon. Die Frau hatte noch gelebt, als ihr der Stahlstift in den Hals gestoßen wurde.

11. Kapitel

Es war voll auf dem Bouleplatz, wie immer, wenn im Sommer die Touristen kamen. Die Besucher wollten gegen die Ortsansässigen antreten, damit sie später in ihren Büros in Paris, Nantes oder Dijon erzählen konnten, wie sie es den Einheimischen unten im Süden mal so richtig gezeigt hatten.

Diesmal hatte sich eine kleine Gruppe Franzosen aus Rouen dazu entschieden, die Spieler vom Quai Gabriel Peri herauszufordern. Die Männer aus dem Norden trugen kurze Hosen, Unterhemden und Basecaps, über die sie ihre Sonnenbrillen geschoben hatten. Man konnte an ihren rotverbrannten Schultern und den schweißglänzenden Gesichtern erkennen, dass sie zu lange am Strand gesessen und zu viel Wein getrunken hatten.

Leon war gnädig, denn diese Männer stellten keine wirkliche Herausforderung dar. Mit ihm stand die alte Véronique unter den Platanen. Außerdem hatte sich Daniel Simon, der Kunsthistoriker, zu der kleinen Runde gesellt. Leon war am Zug.

Die Kugeln der Spieler lagen dicht um das Cochonnet verteilt. Schon zweimal hatte Leon den Gegner gewinnen lassen. Er wollte den Männern das Vergnügen gönnen, mit stolzgeschwellter Brust nach Hause zu gehen. Jetzt war die dritte Runde angebrochen, die Sonne stand knapp über dem Horizont, das Meer war tiefblau, und eine leichte Brise sorgte auf dem Platz für Abkühlung. Für Leon war das die schönste Zeit des Tages.

»Geben Sie freiwillig auf, oder sollen wir euch vernichten?«, fragte einer der Fremden, der einen zerknautschten Anglerhut trug, übermütig.

»Ende der Schonzeit«, sagte Véronique kühl. »Zeigen wir ihnen mal, wie man richtig Boule spielt.«

»Habt ihr die Alte gehört?« Der Spieler mit dem Hut lachte herablassend und sah Véronique an. »Husch, husch, schnapp dir deinen Rollator und zurück ins Heim.«

Vielleicht hätte er diese Typen doch nicht gewinnen lassen sollen, dachte Leon in diesem Moment. Die Spieler hatten auch dieses Spiel im Grunde genommen schon für sich entschieden. Nur Leon und sein Gegenspieler hatten ihre beiden Kugeln noch nicht geworfen. Leon sah den grinsenden Franzosen an und beschloss, ihm dieses Mal den Sieg nicht zu schenken.

»Sie brauchen nicht unhöflich zu werden, Monsieur.« Leon ging in die Knie und betrachtete den Boden. In diesem Moment hockte sich der Mann aus Rouen neben ihn.

»Sie sind nicht von hier«, sagte der Mann. »Das hab ich gleich gehört. Deutschland, richtig?« Für Leon klang es deutlich nach: »Was haben Sie eigentlich hier zu suchen?«

Leon ging nicht auf die Bemerkung ein. »Können wir?«, fragte er.

Der Tourist deutete zu dem Cochonnet. »Da vorne liegen zwei Kugeln, direkt im Ziel, und die sind beide von meinem Team.«

»Na, dann sollten wir das aber ganz schnell ändern«, sagte Leon und erhob sich wieder. Er schwang den Arm vor und zurück und konzentrierte sich.

»Wird das heute noch mal was?«, fragte der Mann überheblich.

In diesem Moment warf Leon die Kugel. Sie beschrieb eine saubere Parabel durch die Luft und schlug von oben herab, wie ein Habicht auf Mäusejagd, genau zwischen die beiden gegnerischen Kugeln. Die Eisenkugeln spritzten seitlich davon und rissen noch zwei weitere mit sich. Ein leises Raunen ging bei diesem Traumwurf durch die Gruppe der Zuschauer. Jetzt lag Leons Kugel auf der ersten Position.

»Sieht ganz so aus, als wären Sie wieder dran«, sagte Leon entspannt.

»Anfängerglück«, meinte der Mann aus Rouen.

Inzwischen drängten sich weitere Neugierige an den Platz. Es hatte sich herumgesprochen, dass die Stammgäste aus dem Chez Miou dabei waren, ein paar aufgeblasenen Touristen eine Lektion zu erteilen. Kleine Sticheleien waren zu hören, und es gab nicht wenige unter den Zuschauern, die sogar einer körperlichen Auseinandersetzung gegenüber nicht abgeneigt gewesen wären.

»Fahrt doch zurück zu den Sch'tis«, rief jemand. Alle Zuschauer lachten.

»Ta gueule«, fluchte der Mann mit dem Anglerhut und schickte die Kugel mit einem leichten Effet über den Platz. Mit leisem Knirschen beschrieb sie einen Bogen, wurde langsamer und blieb nur ein paar Zentimeter vor dem hölzernen Cochonnet liegen.

»Das war's dann wohl«, sagte der Mann aus Rouen und rieb seine Hände übertrieben aneinander, als müsste er sich den Staub dieser Auseinandersetzung abwischen.

»Eine habe ich noch.« Leon zeigte die abgewetzte Eisenkugel, die er in der Hand hielt.

»Wenn Sie darauf bestehen«, sagte der Mann. »Wer nicht hören will, muss fühlen.«

Leon blinzelte in die Abendsonne und legte den Kopf schief,

um sein Ziel anzuvisieren. Er hatte nur die Chance, mit einem Plomber das Ruder noch einmal herumzureißen und so den Sieg für sein Team zu entscheiden. Das Gemurmel der Zuschauer schwirrte wie ein Wespenschwarm über den Platz.

»Das schaffen Sie schon, Leon«, sagte Véronique. Der Kunsthistoriker sagte nichts und zeigte Leon, dass er beide Daumen drückte.

»Geht's bald mal los?«, sagte der Mann mit dem Anglerhut. »Ich will nämlich endlich meinen Wein trinken.«

Leon konzentrierte sich auf seinen Wurf. Er sah kurz zum Himmel, als könnte er ein Zeichen in den Wolken erkennen. Dann atmete er tief ein und warf. Dieses Mal beschrieb die Kugel eine noch steilere Bahn, erreichte ihren höchsten Punkt und schlug dann fast senkrecht in den staubigen Boden. Es tat einen hellen metallischen Schlag, als Leons Kugel den Gegner zur Seite sprengte und dann wie eingemauert am Boden liegen blieb. Dabei befand sie sich so dicht neben dem Cochonnet, dass manche Beobachter behaupteten, die kleine Kugel habe noch Sekunden nach dem Wurf gezittert. Die Zuschauer applaudierten, und der Mann mit dem Anglerhut sah Leon fassungslos an.

»Ich denke, es ist Zeit für ein Glas Rosé«, sagte Leon. »Es sei denn, Sie wollen noch ein Spiel?«

»Gehen wir rein«, brummte der Herausforderer. Er wollte jetzt möglichst schnell weg vom Bouleplatz, da schien ihm der Tresen ein sicherer Ort.

Die erste Runde ging auf die Herausforderer. Die Situation war ihnen sichtlich unangenehm, und sie verschwanden, noch bevor sie ihre Gläser ausgetrunken hatten.

»Gratuliere, Docteur. Das war großartig.« Yolande musste sich in dem gut besuchten Café dicht an Leon vorbeidrücken und gab ihm dabei einen herausfordernden Stubs mit dem Hintern.

»Da war eine Menge Glück dabei«, sagte Leon und fügte an Jérémy gewandt hinzu: »Die nächste Runde geht auf mich.«

»Auf den Docteur!« Véronique hob ihr Glas, zusammen mit den anderen.

»Heute schon jemanden aufgesäbelt, Docteur?«, fragte Michel, aber niemand lachte über seinen Scherz.

»Pass du nur mal auf, dass er dich nicht aufschneidet«, sagte Véronique.

»Mein Großvater ist neunzig geworden«, sagte Michel. »Da hab ich noch ein paar Jahre vor mir.«

»Nicht, wenn du weiter so viel Pastis in dich reinkippst«, kam es von Véronique. Die Gruppe lachte.

»Haben Sie auch die Frau untersucht, die von der Brücke gehopst ist?«, fragte Michel in Leons Richtung.

»Natürlich hat er das«, verteidigte Yolande sofort ihren Lieblingsgast. »Unser Docteur untersucht jeden Toten in der Gegend. Stimmt doch, oder?«

»Nicht jeden«, sagte Leon, »nur wenn die Polizei oder der Staatsanwalt uns mit einer Untersuchung beauftragt. Aber es stimmt, die Tote von der Autobahn befindet sich zurzeit in der Rechtsmedizin.«

»Hat ja wohl ziemlich übel ausgesehen.« Michel erklärte das den anderen Gästen, als wäre er dabei gewesen. »Ist ein Vierzigtonner über sie rüber. Die haben sie mit dem Messer von der Straße kratzen müssen. Stimmt doch, Doc?«

Leon wunderte sich nicht, dass sich die Nachricht von der toten Frau auf der Autobahn längst herumgesprochen hatte.

»Ist es wahr, dass man bei der Leiche eine Friedhofskerze gefunden hat?« Jean-Claude war mit seinem Rollstuhl in das Café gekommen und hatte noch die letzten Sätze mitbekommen.

Er rollte an die Theke, streckte seine Hand aus, und Jérémy reichte ihm kommentarlos einen Rosé.

»Danke, Jérémy«, sagte Jean-Claude. Dann hob er sein Glas in Leons Richtung. Eigentlich konnte er die Deutschen nicht leiden. Erstens war sein Vater im Kampf gegen die deutsche Wehrmacht gefallen. Das war zwar schon über siebzig Jahre her, aber dann war da noch der Fahrradunfall gewesen, der ihn immer wieder in den Rollstuhl zwang. Der Unfallverursacher hatte einen BMW gefahren, und damit hatten die Deutschen Jean-Claude nicht nur zum Kriegswaisen gemacht, sondern ihn auch noch seiner Gesundheit beraubt. Seitdem waren sie ihm suspekt. Alle bis auf Leon.

»Woher weißt du das mit der Kerze?«, wunderte sich Leon.

»*Bof ...*« Jean-Claude hielt Leon seine Handflächen hin, was der südfranzösische Ausdruck für »Du musst nicht alles wissen« war. »Ich hab ja nur gefragt, weil bei der Engländerin war's genauso.«

»Was für eine Engländerin?« Leon wurde hellhörig.

»Meinst du die vom Cap Nègre?«, fragte Véronique. »Das war eine Französin, und sie kam aus Gap.«

»Dann kam sie eben aus Gap. Ist doch egal«, sagte Jean-Claude und wandte sich wieder seinem Freund Leon zu. »Jedenfalls ist sie von den Klippen runter und zack ins Meer.«

»Sie ist ertrunken?« Leon spürte, wie seine Neugier wuchs.

»Na klar. Und oben in den Felsen brannte ein Grablicht«, sagte Jean-Claude. »Müsstest du doch wissen. Du bist doch der Médecin Légiste.«

»Das war doch, bevor der Docteur zu uns gekommen ist«, verteidigte Yolande ihren Stammgast.

»Stimmt, damals hatte noch der alte Bertrand seine Praxis in Cavalaire«, erinnerte sich Véronique.

»Wo genau ist das passiert?«, hakte Leon nach.

»Am Cap Nègre, ganz am Ende vom Strand«, erklärte Jean-

Claude. »Nur leider hatte sich die Unglückliche verschätzt. Ist genau in die Felsen gesprungen. Am nächsten Tag haben sie Kinder beim Baden gefunden.«

Leon hatte sich an seinen kleinen Stammtisch gesetzt, als Daniel Simon, der Kunsthistoriker, auftauchte. Er hob sein Rosé-Glas und deutete ein »Santé« an.

»War mir ein Vergnügen. Aber schließlich haben wir diesen glorreichen Sieg gemeinsam errungen.« Leon deutete auf den freien Platz. »Bitte, setzen Sie sich doch!«

»Wie ich gerade gehört habe, sind Sie schon wieder am Recherchieren.«

»Erwischt«, lachte Leon. »Aber Sie haben recht. Manchmal habe ich es mit Fällen zu tun, die lassen mir einfach keine Ruhe.«

»Ein Getriebener, das kann ich nur allzu gut verstehen.«

»Darf ich Ihnen eine Frage stellen?«, sagte Leon, und Daniel Simon sah ihn neugierig an. »Was wissen Sie über die Bedeutung von Kröten in der christlichen Mythologie?«

»Hat das mit Ihrem derzeitigen Fall zu tun?« Simon klang neugierig.

»Wenn ich das wüsste ...« Damit sagte Leon die Wahrheit. Vielleicht war die Kröte ja wirklich nur zufällig auf der verrotteten Brücke gelandet. Genauso gut hätte dort auch ein totes Kaninchen oder eine überfahrene Maus liegen können.

»Es gab Zeiten, da wurden Kröten Zauberkräfte zugesprochen.« Der Historiker trank noch einen Schluck Rosé. »Im Alten Testament wird die Kröte als einer der unreinen Geister beschrieben, die aus dem satanischen Tier herausfahren. So hassenswert wie der Teufel selbst.«

»Klingt ziemlich übel«, meinte Leon.

»Wie man es nimmt. Wie so oft hat die Deutung auch noch eine sexuelle Seite.«

»Lassen Sie hören!«

»Im Gesims mittelalterlicher Kirchen finden sich häufig Krötenfiguren. Sie stehen für eine der Todsünden: für die Wollust.«

Leon spürte plötzlich, wie ihm ein kleiner Schauer den Rücken hinunterlief.

12. Kapitel

Das Haus der Familie Moreau lag in den Hügeln über Aigue-Belle. Von der Küste schlängelte sich eine schmale Straße etwa zwei Kilometer die Hänge des Massif des Maures hinauf. Als Isabelle die Höhe erreicht hatte, fuhr sie nach einer letzten Kurve rechts ran und stieg aus. Sie hätte auch mitten auf der Straße anhalten können, denn hier oben, am Rand des Nationalparks, gab es so gut wie keinen Verkehr mehr.

Der Blick reichte kilometerweit die zerklüftete Küste entlang, deren Felsen im späten Licht der Abendsonne rotbraun leuchteten. Das Meer lag scheinbar bewegungslos tief unter Isabelle. Eine Möwe ließ sich von der Abendbrise über die Kämme der Hügel tragen. Es war still hier oben. Sogar die Grillen schwiegen, als müssten sie sich von den Anstrengungen des Tages erholen. Hier oben war der Boden so trocken, dass jeder Schritt eine kleine rostrote Staubwolke aufwirbelte. Der Bewuchs war karg, aber zäh. Es gab Ginster, Zistrosen und dichte Rosmarinbüsche. Die Maquis war ein wildes Land mit einer Flora, so undurchdringlich, dass die Römer vor zweitausend Jahren lieber mit dem Schiff die Küste entlangsegelten, als den beschwerlichen Landweg anzutreten. Jetzt im Abendlicht glühten die gelben Blüten des Ginsters regelrecht, und die Oleanderbüsche wirkten noch farbiger als sonst.

Salbei und Thymian, tagsüber aufgeheizt von der Junisonne, verströmten ihren betörenden Duft.

Isabelle liebte dieses Land, und sie wäre nie in eine der großen Städte im Norden gezogen, wie es einige ihrer Kollegen gemacht hatten. Sie war glücklich hier, mit ihrer Tochter Lilou und mit Leon. Es war ein schönes Leben, dachte sie und spürte gleichzeitig, wie eine Traurigkeit in ihr aufstieg. Denn es gab da etwas, das in den letzten Wochen einen Schatten auf ihre heile Welt geworfen hatte. Isabelle verdrängte ihre düsteren Gedanken. Sie stieg in ihren Wagen und fuhr weiter. Schließlich hatte sie einen Job zu erledigen.

Wenige Minuten später bog Isabelle mit dem Streifenwagen in eine Einfahrt, die von alten Platanen gesäumt war. Der Kiesweg endete vor einem zweistöckigen Gebäude im provenzalischen Stil. Sonne und Regen hatten den ehemals ockerfarbenen Anstrich der Mauern ausgebleicht. Eine gewaltige Bougainvillea bedeckte fast die gesamte Nordseite des Hauses. Dach und Mauern des Gebäudes hätten schon lange renoviert werden müssen, dagegen wirkten die Blumen, Büsche und Bäume des Gartens gepflegt und akkurat geschnitten.

Das Haus der Moreaus war in den Sechzigerjahren gebaut worden. Geräumig, aber schlicht. Es war alles andere als ein architektonisches Meisterwerk. Und trotzdem hatte dieses kleine Anwesen etwas, das auf jeden Immobilienhändler eine geradezu magische Anziehungskraft ausübte. Da war zunächst der atemberaubende Blick auf die Küste und das Meer. Deutlich attraktiver als die Aussicht war jedoch die Tatsache, dass das Haus auf einem Grundstück von fünfunddreißigtausend Quadratmetern stand, das von der Gemeinde schon vor Jahrzehnten zum großen Teil als Bauland ausgewiesen worden war. Für dieses Gelände, das unmittelbar an das Naturschutzgebiet angrenzte, hatten Unternehmen den Geschwistern Moreau bereits einen zweistelligen Millionenbetrag geboten, erinnerte sich Isabelle. Sie konnte Aline Moreau verstehen. Die junge Frau war in dieser Idylle aufgewachsen. Isabelle sah sich um. Ihr wäre die Vorstellung, all das zu verkaufen, nur damit hier ein Luxusresort entstehen konnte, wahrscheinlich auch ein Gräuel gewesen. Manche Dinge waren mit Geld eben nicht aufzuwiegen. Und Isabelle wusste ja bereits, dass die Geschwister Moreau sich darüber häufig gestritten hatten.

Vor einem Jahr war Pascal in die Wohnung über dem Küchengeschäft gezogen, und Aline hatte seitdem alleine in dem großen Haus gelebt.

Isabelle war stehen geblieben und betrachtete das Haus, das verlassen und einsam vor ihr stand, als wäre es zusammen mit seiner Bewohnerin gestorben. Seit der Polizei bekannt war, dass die vermisste Aline Moreau eines unnatürlichen Todes gestorben war, hatte die Gendarmerie das Haus des Opfers versiegelt. Morgen früh würde sich die Spurensicherung aus Toulon über das Gebäude hermachen und alles gründlich auf den Kopf stellen. Für Isabelle war jetzt die letzte Gelegenheit, sich einen Eindruck von dem Ort zu verschaffen, an dem die junge Frau gelebt hatte, bevor sie unter so mysteriösen Umständen ums Leben gekommen war.

Sie stieg die Stufen zur Terrasse hinauf, von der aus man das Haus betrat. Unter dem Vordach standen ein Tisch und zwei verwitterte Korbstühle, von deren Lehnen sich die Bespannung gelöst hatte. Isabelle versuchte, durch das Fenster neben der Eingangstür etwas im Haus zu erkennen, doch es war zu dunkel. Für einen kurzen Moment glaubte sie, ein Licht aufflackern zu sehen, wie von einer Taschenlampe. War es möglich, dass doch noch jemand im Haus war? Sie starrte einen Moment in das dunkle Zimmer, aber da war nichts zu erkennen.

Isabelle ging zur Haustür und wollte gerade den Schlüssel, den ihr Didier überlassen hatte, ins Schloss stecken, als sie bemerkte, dass das Polizeisiegel aufgebrochen war. Sie ging eilig zurück zum Streifenwagen, setzte sich hinter das Steuer und drückte die Ruftaste des Funkgeräts. Lieutenant Masclau nahm den Ruf entgegen.

»Didier, ich stehe vor dem Haus der Moreaus. Das Siegel wurde aufgebrochen.«

»Ist jemand im Haus?«, fragte Didier.

»Ich dachte, ich hätte ein Licht gesehen. Aber jetzt ist wieder alles ruhig.«

»Verstehe. Besser, du wartest, bis ich da bin«, meinte Didier. »Dauert keine Viertelstunde.«

»Ich weiß nicht, Didier.« Isabelle sah zu den dunklen Fenstern hinauf. »Sieht nicht so aus, als wäre jemand zu Hause.«

»Warte trotzdem auf mich, okay?«

»Na gut, aber beeil dich.« Isabelle unterbrach die Verbindung, hängte das Mikro zurück in die Halterung und stieg wieder aus dem Wagen.

Es war ruhig hier oben in den Hügeln. Kaum vorstellbar, dass sich nur zwei Kilometer entfernt in Le Lavandou Touristenschwärme durch die Gassen drängten. Isabelle beobachtete, wie in Lavandou nach und nach die Lichter der Restaurants und Bars angingen und wie sich das Riesenrad geräuschlos auf der Uferpromenade drehte.

Von irgendwoher quakte eine Kröte auf der Suche nach einer geeigneten Partnerin. Fledermäuse flatterten zwischen den Zypressen hin und her, und Isabelle konnte die ersten Sterne sehen. Nur am Horizont tief im Westen hinter Toulon war noch ein letzter zartrosa Lichtstreif der untergegangenen Sonne zu erkennen. Isabelle setzte sich auf die Stufen der Verandatreppe und wartete.

Nachdem Lieutenant Masclau auch nach zwanzig Minuten noch nicht aufgetaucht war, ging Isabelle zu ihrem Dienstwagen, nahm eine starke Taschenlampe aus der Halterung unterm Handschuhfach und klopfte einen Moment später an die Haustür der Moreaus. Niemand reagierte. Isabelle stieß die Tür auf. Im Inneren des Hauses war es kühl, und die Luft roch abgestanden und staubig.

»Hallo!«, rief Isabelle laut. »Gendarmerie nationale, ist jemand zu Hause?«

Keine Antwort. Isabelle blieb stehen und horchte einen Moment in das dunkle Gebäude. Es war nichts zu hören. Sie betätigte den Lichtschalter, ohne Erfolg. Isabelle schaltete ihre Taschenlampe ein und leuchtete in den Gang. Im Flur gab es gerahmte Plakate aus den Siebzigerjahren, die die Schönheit der Côte d'Azur priesen. Die alten Dielenböden knarrten unter Isabelles Schritten. An der Garderobe hing ein wasserdichter Parka, daneben ein Regenhut, wie ihn die Fischer trugen, und am Boden lag ein Paar Gummistiefel. Es war die Ausrüstung einer Frau, die sich auch durch einen Regen nicht von ihrem täglichen Spaziergang abhalten ließ. Auf der Kommode stapelten sich ungeöffnete Briefe diverser Immobilienmakler. Isabelle fiel auf, dass jemand die Schublade aufgezogen und nicht wieder geschlossen hatte. Der Inhalt war offensichtlich durchsucht worden.

Sie betrat das Wohnzimmer. Der Raum war zugestellt mit alten, abgenutzten Möbeln, die so gar nicht zum Stil einer jungen Frau passten. An den Wänden hingen Farbfotografien. Landschaftsaufnahmen, Sonnenuntergänge und Bilder von Treibholz, das die Flut an den Strand gespült hatte. An der Wand gegenüber führte eine halb geöffnete Tür in ein Nebenzimmer. In der Ecke stand ein Schreibtisch. Auch hier waren die Schubladen durchwühlt worden. Isabelle ließ den Lichtstrahl über die Tischplatte wandern. Wer immer hier nach etwas gesucht hatte, hielt es nicht für notwendig, die Dinge wieder an ihren vorgesehenen Platz zurückzustellen.

Zwei Aktenordner lagen geöffnet auf dem Tisch. Soweit Isabelle erkennen konnte, handelte es sich um Kontoauszüge und Steuererklärungen. Isabelle war sicher, dass Aline Moreau ihre Unterlagen nicht so unaufgeräumt zurückgelassen hätte. Es war jemand hier gewesen, dachte sie. Vielleicht der Bruder, aber warum?

Isabelle hörte ein Knarzen hinter sich, und es dauerte nur eine Sekunde, bis ihr klar wurde, dass jemand hinter ihr den Raum betreten hatte. Doch als sie sich umdrehen wollte, war es bereits zu spät. Der Unbekannte stürzte auf sie zu und stieß ihr seine Hände mit voller Kraft gegen die Schultern. Sie wurde zurückgeschleudert, schlug mit dem Kopf gegen die Wand, und alles um sie herum wurde dunkel.

Als Isabelle wieder zu sich kam, lag sie am Boden, und jemand strahlte ihr mit einer Lampe ins Gesicht.

»Ich glaube, sie hat geblinzelt«, hörte Isabelle die Stimme von Lieutenant Kadir.

»Lass sie bloß liegen«, das war Masclau, »ich habe gelesen, man soll Leute nach Unfällen nicht bewegen. Die können auch noch Stunden später eine Gehirnblutung bekommen. Und dann sind wir schuld.«

»Habt ihr ... ihn ... erwischt?«, hörte Isabelle sich nuscheln.

Ihr tat der Kopf weh, und sie schloss die Augen, als die Lampe sie erneut blendete.

»Pass doch auf! Du strahlst ihr direkt in die Augen«, sagte Kadir und beugte sich zu seiner Chefin hinunter, die auf dem Boden lag.

»Habt ihr den Kerl erwischt?«, wiederholte Isabelle und versuchte, sich aufzurichten.

»Vorsicht, du darfst dich nicht bewegen«, sagte Masclau besorgt.

»So ein Quatsch!« Isabelle sah Moma an und stemmte sich auf die Arme. Langsam spürte sie, wie ihre Kräfte zurückkehrten. »Könntest du mir vielleicht mal helfen?«

Der Lieutenant sah sich hilflos zu seinem Kollegen um.

»Jetzt mach schon!«, befahl Isabelle.

Moma nahm sie bei der Hand, und leicht schwankend stand die stellvertretende Polizeichefin auf. Sie sah auf ihre Uhr. Seit sie das Haus betreten hatte, waren keine fünfzehn Minuten vergangen. An ihrem Hinterkopf konnte sie eine Beule ertasten, wo sie gegen die Wand gestoßen war.

Masclau war nach Isabelles Funkruf sofort aufgebrochen. Aber er war umsichtig genug gewesen, nicht alleine zu kommen, und hatte Moma und einen jungen Kollegen mitgebracht. Als sie das Haus der Moreaus stürmten, hatten sie niemand angetroffen außer ihrer Chefin, die am Boden lag.

Das Licht im Wohnzimmer und im Flur sprang an. Der andere Kollege hatte im Keller die Hauptsicherung wieder hineingedrückt.

»Alles klar, das Licht geht wieder!«, rief Moma in Richtung Kellertreppe.

»Ich frage mich, was jemand hier gesucht haben könnte?« Masclau blätterte durch die Unterlagen auf dem Schreibtisch.

»Und du hast wirklich gar nichts gesehen?«, fragte Moma.

»Ich hab es dir doch erklärt, er hat mich von hinten erwischt. Er muss aus dem Nebenzimmer gekommen sein.«

»Offenbar wollte er nicht, dass du ihn erkennst«, überlegte

Masclau und sah sich um. »Scheiße, was gibt's hier schon zu finden?«

»Was würde man in einem Ordner ablegen?«, überlegte Isabelle laut.

»Eine Rechnung, ein Testament. Keine Ahnung«, meinte Moma.

»Ich denke, er hat vergeblich gesucht«, überlegte Isabelle.

»Woher willst du das wissen?«, fragte Moma.

»Er ist planlos vorgegangen. Und ich habe ihn überrascht.« Isabelle sah Moma an. »Er hat mich nicht gehört, weil er abgelenkt war.«

»Er hatte es jedenfalls eilig«, meinte Moma.

»Und jetzt ist er weg«, sagte Masclau. »Können wir vielleicht wieder abrücken? Um zwanzig Uhr spielt Marseille gegen Saint Germain?«

Isabelle hatte gar nicht zugehört. Sie betrachtete neugierig das Bücherregal, das sich an der Wand gegenüber befand. Die meisten Titel stammten aus den Siebziger- und Achtzigerjahren und waren über einen Buchclub bezogen worden. Nur einer passte nicht in dieses Schema.

Sie ging zu dem Regal und zog ein reichlich zerfleddertes Exemplar heraus. Ein Hardcover. Der Titel war mit goldenen Buchstaben auf den dunkelgrünen Einband geprägt. Isabelle hielt das Buch geradezu andächtig in den Händen.

Masclau legte den Kopf schief, um die Schrift auf dem Buchrücken zu entziffern. »Angélique et le Roi«, las er laut. »Was ist denn das für ein Kitsch?«

»Das ist eines der meistgelesenen Bücher Frankreichs«, verteidigte Isabelle ihren Fund.

»Kenn ich nicht.«

»Natürlich nicht. Weil du ein Mann bist. In den Siebzigerjahren war das die Lieblingslektüre aller Mädchen«, erklärte Isabelle. »Die Angelique-Bücher von Anne Golon. Ich habe jedes verschlungen.« Isabelle hielt ihm das Buch hin.

»Bleib mir bloß weg mit dem Quatsch!« Masclau hob abwehrend die Hände.

»Kein Mann würde dieses Buch in die Hand nehmen.« Isabelle klang plötzlich aufgeregt, während sie unter dem Daumen die Seiten durchlaufen ließ. Sie stoppte und blätterte ein paar Seiten zurück. Vorsichtig zog sie ein bedrucktes Blatt aus dem Buch und faltete es auseinander. Es trug eine Unterschrift.

»Was ist das, ein Vertrag?«, fragte Moma.

»Ein *billet á ordre*«, sagte Isabelle und sah ihre beiden Leutnants an. »Ein Schuldschein, ausgestellt und unterschrieben von Pascal Moreau. Demnach hatte er sich bei seiner Schwester siebzigtausend Euro geliehen, die vor drei Tagen fällig gewesen wären.«

13. Kapitel

Als die beiden jungen Frauen das Restaurant verließen, war bereits der Vollmond über dem Meer aufgegangen. In Bormes-les-Mimosas, dem kleinen mittelalterlichen Ort oberhalb von Le Lavandou, hatten die meisten Restaurants schon geschlossen. Nur die Bars und die Bistros waren noch geöffnet. Die beiden Studentinnen waren bester Laune. Nicht nur angeheitert vom köstlichen Rosé aus dem Château de Brégançon, sondern auch von der Tatsache, dass sie ihr zweites Staatsexamen an der renommierten Universität Sciences Po in Nancy mit Auszeichnung bestanden hatten.

»Jetzt freu dich doch mal«, forderte Louise ihre Kommilitonin auf, bei der sie sich untergehakt hatte.

»Du hast ja keine Ahnung, wie das ist, wenn dein Vater …«, wollte Claire sagen, als sie von ihrer Freundin unterbrochen wurde.

»Stopp! Was hatten wir ausgemacht?« Louise sah ihre Freundin mit einem breiten Lächeln an.

»Keine Gespräche über die Familie«, antwortete Claire brav. Die dunklen Haare ließen ihren Teint noch blasser erscheinen. Claire hatte etwas Zerbrechliches an sich. In ihrem roten Kleid und mit der Perlenkette sah sie aus, als käme sie nicht aus einem gemütlichen Restaurant an der Côte d'Azur, sondern von einem

Empfang für die Stiftung Kinder in Not. Claire rang sich für ihre Freundin ein Lächeln ab.

»Du bist jetzt eine echte Anwältin, Claire. Bei deinen Verbindungen werden sie dich mit Jobangeboten nur so zuscheißen.« Louise spürte eine warme Zuneigung zu ihrer schüchternen Freundin aus gutem Hause. Vielleicht versuchte sie gerade deshalb so gerne, Claire zu provozieren und aus ihrer wohlgeordneten Welt herauszulocken. Natürlich war auch dieser Trip an die Küste Louises Idee gewesen.

»Du bist eine viel bessere Anwältin als ich«, entgegnete Claire.

»Unsinn!« Louise stellte sich vor ihre Freundin und stemmte die Hände in die Hüften. Im Gegensatz zu Claire trug sie eine enge Jeans, die bis knapp über die Knöchel reichte, und ein gestreiftes T-Shirt, von dem sie sich einen Zipfel in den Gürtel gesteckt hatte. »Ich komme aus der Provinz«, sagte sie. »Meine Mutter ist Hausfrau, und mein Vater schuftet sich seit Jahrzehnten bei der Bahn den Arsch ab. Und außerdem bin ich 'ne Blondine«, fügte sie hinzu und griff sich dabei demonstrativ in ihre langen blonden Haare. Claire musste lachen.

»Du weißt gar nicht, was für ein Glück du mit deiner Familie hast«, sagte Claire. Sie klang müde und ein wenig traurig.

»Jetzt ist es definitiv Zeit für einen Absacker.« Louise nahm ihre Freundin bei der Hand, als wären sie noch Kinder. Die beiden schlenderten alleine über den einsamen Parkplatz, auf dem nur noch eine Handvoll Wagen standen. Ganz im Gegensatz zum Vormittag, als noch an der gleichen Stelle das geschäftige Treiben des Wochenmarkts pulsiert hatte und Einheimische mit Touristen um die besten Schnäppchen wetteiferten.

Der hellblaue Renault Clio war fünfzehn Jahre alt und gehörte Claire. Sie hatte das Angebot ihres Stiefvaters abgelehnt, einen teuren Sportwagen zu fahren, denn sie liebte ihren kleinen Clio.

Die Einzige, die außer ihr den Wagen fahren durfte, war ihre Freundin Louise. Man sah dem Fahrzeug sein Alter an, und es hatte eine Menge Macken. Aber für die engen Gassen an der Côte d'Azur war der Clio genau das richtige Fortbewegungsmittel. Das Beste war das große Stoffschiebedach, denn es machte das Auto fast zu einem Cabriolet.

Louise schloss den Wagen nie ab. Sie stieg ein, setzte sich ans Steuer und drehte den Zündschlüssel um. Der Anlasser bewegte den Motor, aber er sprang nicht an. Nicht beim ersten Mal und auch nicht beim vierten Versuch.

»Hör auf, gleich ist die Batterie leer«, warnte Claire.

»Schöne Scheiße!« Louise schlug verärgert mit der flachen Hand gegen das Steuerrad.

»Und was machen wir jetzt?«, fragte Claire besorgt.

Die beiden Frauen hatten nicht auf den Mann geachtet, der über den verlassenen Parkplatz auf ihr Auto zukam. Dabei hätte er ihnen schon im Restaurant auffallen können, als er sie von der anderen Straßenseite aus beobachtet hatte. Oder als Louise noch einmal zum Auto zurückgegangen war, um sich ihre Strickjacke zu holen, und er ihr in sicherem Abstand gefolgt war.

Louise drehte noch einmal den Zündschlüssel. Wieder jammerte der Motor nur, doch diesmal klang der Anlasser schon ziemlich kraftlos. Den beiden Freundinnen fiel der Mann erst auf, als er schon fast neben dem Auto stand.

»Bonsoir, mesdames«, sagte der Mann höflich.

Claire sah den Unbekannten erschrocken an.

»Das würde ich lieber nicht tun«, sagte er, als Louise noch einmal den Zündschlüssel umdrehen wollte.

»Das Biest springt nicht an«, meinte Louise.

»Wenn Sie wollen, werfe ich mal einen Blick auf den Motor.«

»Sind Sie Mechaniker?«, fragte Claire.

»Das nicht gerade«, sagte der Mann und betrachtete den Wagen. »Aber diese alten Autos sind lange nicht so kompliziert wie die neuen. Können Sie mal die Motorhaube entriegeln?«

Louise zog den Griff. Der Fremde stellte die Motorhaube auf und beugte sich über die Maschine. Louise war ausgestiegen und sah ihm zu. Es hatte höchstens eine Minute gedauert, da erhob sich der Mann wieder. »Versuchen Sie es jetzt noch mal.«

»Sie meinen, jetzt geht er wieder?«, fragte Louise skeptisch.

»Wenn wir Glück haben …«

Louise setzte sich ins Auto. Der Wagen sprang mit der ersten Schlüsselumdrehung an.

»War nur das Zündkabel. Ist aus der Verteilerkappe gerutscht.« Er drückte die Motorhaube zurück in die Verriegelung.

»Dürfen wir Ihnen etwas dafür geben?« Claire griff nach ihrer Handtasche, um das Portemonnaie herauszuziehen.

»Nein, bitte nicht.« Der Mann hob abweisend die Hände. »Aber Sie würden mir eine große Freude machen, wenn Sie mit mir auf ein Glas Wein gehen würden.«

»Vielen Dank.« Louise lächelte höflich. »Aber wir kommen gerade aus einem Restaurant. Jetzt noch ein Besuch im Bistro, also …«

»Nein, nein.« Der Mann deutete auf die kleine Mauer, die den Parkplatz begrenzte. »Der Wein wird direkt hier serviert. Mit dem schönsten Blick auf Bormes.«

Erst in diesem Moment fiel Louise und Claire auf, dass auf der kniehohen Mauer eine Kerze brannte. Man hatte tatsächlich einen fantastischen Blick über die Dächer bis zum Meer, auf das der Vollmond einen leuchtenden Streifen malte.

»Heute ist der 15. Juni«, sagte der Mann, als müsste jeder wissen, was das bedeutete.

»Das ist richtig, aber …?« Louise sah ihn fragend an.

»Es ist der Tag, an dem meine Frau gestorben ist …« Sichtbar bewegt von der Erinnerung unterbrach sich der Mann. Er sah kurz zu Boden, als müsste er sich sammeln. »Hierher haben wir immer unseren Abendspaziergang gemacht – zwanzig Jahre lang. Seitdem komme ich einmal im Jahr hierher … Entschuldigen Sie, ich bin ein sentimentaler Kerl. Ich möchte Sie natürlich nicht aufhalten.«

»Das tun Sie nicht, bestimmt nicht.« Claire sah ihre Freundin an, und die Frauen nickten sich unauffällig zu. »Wir stoßen gerne mit Ihnen auf Ihre Frau an.«

»Vielen Dank, Sie machen mir wirklich eine große Freude.« Der Mann öffnete einen Picknickkorb, aus dem er drei kleine Gläser nahm und verteilte. Er füllte die Gläser aus einer Flasche Rosé. »Château de Jasson. Das war immer ihr Lieblingswein.« Er hob sein Glas.

»Auf Ihre Frau«, sagte Louise und nahm einen kräftigen Schluck.

»Wie hieß Ihre Frau?«, wollte Claire wissen.

»Florence«, sagte der Mann und hob noch einmal sein Glas.

In diesem Moment fiel Louise auf, dass ihr Gastgeber das Glas nur an die Lippen setzte. Er schien gar nichts zu trinken und musterte die beiden Frauen aufmerksam.

»Wir müssen los.« Louise trank den letzten Schluck und gab das Glas zurück. Auch Claire trank zügig aus.

»Noch einmal vielen Dank, dass Sie mir diese Freude gemacht haben«, sagte der Mann. In diesem Moment spürte Claire, dass sie nicht mehr sicher auf den Beinen war.

»Mir ist gar nicht gut«, wollte Claire noch sagen, als ihre Beine nachgaben und sie zu Boden stürzte. In diesem Moment sah sie, dass auch Louise am Boden lag. Der Mann löschte die Kerze, und die Welt versank in Dunkelheit.

14. Kapitel

Es hatte über Nacht geregnet. Jetzt roch die Luft nach feuchter Erde und frischem Grün. Leon stand auf der Terrasse und sah aufs Meer, wo eine strahlende Sonne am blassblauen Himmel aufgegangen war. Man konnte die Iles d'Or, die goldenen Inseln, wie große Schiffe im Frühnebel treiben sehen. Es würde ein schöner, warmer Tag werden. Die ersten Geckos waren bereits unter ihren Steinen hervorgekrochen und wärmten sich in der Sonne. Leon lächelte, als er ein Geräusch hinter sich hörte, und im nächsten Moment spürte er, wie Isabelle ihn von hinten umarmte.

»Was für eine erfreuliche Überraschung!« Leon genoss die Berührung. »Ich könnte den ganzen Tag hier oben stehen und nur die Aussicht genießen.«

»Das könnte dir so passen. Darf ich dich daran erinnern, dass du einen Job hast?«

»Wirklich? Habe ich ganz vergessen. Welchen denn?« Er drehte sich um und küsste sie auf den Mund. »Was macht dein Kopf?«

»Geht schon wieder. Ich habe uns einen Tee gemacht«, sagte sie. »Steht in der Küche.«

Leon folgte Isabelle in die Küche, wo schon ein Becher mit Tee auf ihn wartete.

»Du sollst mit zur Morgenbesprechung kommen«, sagte Isabelle.

»Sagt wer?«

»Eine Bitte unseres verehrten Polizeichefs.«

»Sag ihm, dass ich lieber hierbleibe und mich noch ein Stündchen auf die Terrasse setze.«

»Ich denke, dafür hätte er nur wenig Verständnis.«

»Er bekommt den Bericht heute Nachmittag.«

»Er will dich aber jetzt sehen. Magst du ein Rührei?«

»Mit Speck und frischen Tomaten?«, fragte Leon.

Isabelle ging zum Herd und schüttelte den Kopf. »Ich weiß wirklich nicht, warum ich das mache.«

»Weil ich so ein wunderbarer Mensch bin?«

In diesem Moment kam Lilou in die Küche. Heute in abgeschnittener Jeans und XXL-T-Shirt, ihre schönen Haare zum Bedauern ihrer Mutter wie üblich zu einem wild verwuschelten Dutt hochgesteckt.

»Mach ihm bloß keine Eier!« Lilou holte sich ihre Milch aus dem Kühlschrank.

»Und warum nicht?«, fragte Isabelle.

»Weil er ein alter weißer Mann ist.«

»Leider nur allzu wahr.« Leon lächelte, er mochte Lilous freche Art.

»Hast du es dir überlegt?«, fragte Lilou ihre Mutter.

»Was meinst du, mein Schatz?«

»Du weißt schon. In drei Wochen beginnen die Sommerferien.«

»Ich weiß nicht … Du bist erst sechzehn und …«, versuchte Isabelle ihrer Tochter zu widersprechen.

»Siebzehn«, unterbrach Lilou, »du weißt genau, wie alt deine Tochter ist.«

Isabelle lächelte und strich ihrer Tochter über den Kopf. Lilou warf einen flehenden Blick in Richtung Leon.

»Korsika ist immerhin Frankreich«, versuchte Leon es vorsichtig.

»La Réunion ist auch Frankreich«, sagte Isabelle.

»Aber Korsika liegt nicht im Indischen Ozean.« Leon deutete aufs offene Meer nach Osten. »Es liegt gleich da vorne, gerade mal hundertsiebzig Kilometer entfernt.«

»Das ist näher als Arles«, stimmte Lilou ihm zu.

»Das ist trotzdem weit weg«, entgegnete Isabelle. »Außerdem kennst du niemanden in Korsika.«

»Niemanden außer einem gewissen Bertrand«, sagte Leon mit Blick zu Lilou.

»Wie, kommt der etwa auch dahin?«

»Das ist noch nicht raus«, assistierte Leon. »Aber möglich wäre es.«

»Vielen Dank«, sagte Lilou vorwurfsvoll.

»Wir wollten ehrlich über den Urlaub reden, war es nicht so?«, sagte Leon.

»Du willst nicht etwa mit diesem Mann in die Ferien fahren?« Isabelle klang ehrlich empört.

»Wir haben schon darüber gesprochen«, sagte Leon. »Mit Bertrand, klares ›Nein‹. Ansonsten ist Korsika möglich.«

»Aber …«, wollte Lilou etwas einwerfen, wurde aber von Leon unterbrochen.

»Unter gewissen Auflagen natürlich«, meinte er.

»Und die wären …?«, kam es misstrauisch von Isabelle.

»Dass Ingrid und ihr Bruder Marc dabei sind«, erklärte Leon.

»Klingt nicht gerade beruhigend«, meinte Isabelle.

»Ihr kennt doch Marc, der ist schon dreiundzwanzig.«

Isabelle warf Leon den Jetzt-sag-bloß-nicht-das-Falsche-Blick zu.

»Ich glaube, Lilou wird ganz gut zurechtkommen«, sagte Leon. »Du kannst ja mal mit Ingrids Eltern reden. Schließlich ist es ihr Haus.«

»Ja, ruf sie halt an und rede mit ihnen«, sagte Lilou schon etwas weniger begeistert. »Ich muss los.«

»Du hast gar nichts gefrühstückt«, sorgte sich Isabelle.

»Ich hol mir ein Sandwich im Schulbistro.« Lilou war noch einmal in der Tür stehen geblieben. »Danke«, sagte sie.

»Ich habe noch nicht Ja gesagt!« Isabelle sah Leon und dann ihre Tochter an.

Aber Lilou hatte gar nicht mehr hingehört. Sekunden später fiel die Haustür ins Schloss.

»Ich verstehe nicht, warum du mir in den Rücken fällst.«

»Du musst dir keine Sorgen machen, Isabelle. Du hast eine wunderbare Tochter. Glaub mir.«

»Ich habe eine unerfahrene Tochter«, widersprach Isabelle.

»Ich glaube, du unterschätzt sie. Sie ist selbstbewusst. Sie weiß, was sie will.«

»Zum Beispiel diesen Bernard. Weißt du, wie alt der ist?«

»Ich denke, sie ist gar nicht besonders interessiert an diesem Bernard. Wir müssen ihr vertrauen.«

»Das sagt sich so leicht.« Isabelle sah auf ihre Uhr. »Wir müssen los. Zerna wartet.«

»Ich weiß nicht, was er sich davon erhofft, dass ich bei der Besprechung dabei bin.«

»Ist doch klar. Er will hören, dass es sich um einen Selbstmord handelt«, sagte Isabelle. »Und dass das Leben in Le Lavandou weiter seinen ruhigen, gemütlichen Gang gehen kann.«

»Ich fürchte, da werde ich ihn enttäuschen müssen.«

»Sei nicht zu streng mit ihm«, sagte Isabelle.

»Ich werde mir Mühe geben«, versprach Leon. »Du hast nicht vergessen, wann heute Abend die Fähre geht?«

»Achtzehn Uhr fünfzehn, ich bin pünktlich.«

»Das will ich doch sehr hoffen«, meinte Leon grinsend. »Sonst suche ich mir eine andere.«

Isabelle boxte ihm liebevoll in die Seite.

15. Kapitel

Die Besprechung fand bei Polizeichef Zerna im Büro statt. Das war ungewöhnlich, immerhin handelte es sich beim Tod von Aline Moreau möglicherweise um einen Mord, zumindest wenn es nach Leons Theorie ging. Commandant Thierry Zerna hatte an diesem Morgen nur die kleine Runde einbestellt. Isabelle hatte sich sogar einen Cappuccino aus dem Kaffeeautomaten mitgebracht. Damit hatte sie eigentlich die Grenze der Respektlosigkeit gegenüber ihrem Chef überschritten. Aber Zerna war heute milde gestimmt und übersah diese kleine Regelüberschreitung. Schließlich war Leon mit im Raum, und Zerna hätte sich niemals die Blöße gegeben, seine Stellvertreterin in Anwesenheit des Médecin Légiste zu maßregeln.

Außer dem Polizeichef waren noch Leon und Isabelle und ein paar weitere Beamte, darunter auch Lieutenant Masclau, anwesend. Zerna setzte bei Besprechungen prinzipiell einen oder zwei seiner Lieutenants mit zu sich an den Tisch. Auf diese Weise unterstrich er seine Wichtigkeit. Außerdem gaben die Mitarbeiter ihm das Gefühl, ein Team von Spezialisten zu leiten, und sie stimmten grundsätzlich allem zu, was Zerna von sich gab. An diesem Vormittag saß er in seinem lederbezogenen Chefsessel und lehnte sich entspannt zurück. Masclau hatte noch einmal die Ergebnisse im Fall Aline Moreau zusammengefasst und über die

Ereignisse des vergangenen Abends berichtet. Zerna hatte zugehört, ohne auch nur ein einziges Mal zu unterbrechen.

»Was sagt Pascal Moreau zu dem Schuldschein?«, fragte Zerna schließlich.

»Wir haben ihn noch nicht gesprochen«, gab Masclau kleinlaut zu.

»Wir konnten ihn noch nicht erreichen«, bekannte Isabelle.

»Was soll das heißen? Moreaus Laden befindet sich mitten in Lavandou?«

»Das Geschäft hat heute geschlossen, Patron«, erklärte Masclau. »Montags ist da immer zu.«

»Es liegt ja auch nichts gegen ihn vor«, sagte Isabelle.

»Wie bitte?«, regte sich Zerna auf. »Der Mann hat Sie niedergeschlagen.«

»Ich habe die Person nicht erkannt, die mich angegriffen hat«, räumte Isabelle ein. »Ich weiß nicht, ob es sich um Monsieur Moreau handelte.«

»Wollen Sie diesen Kerl auch noch in Schutz nehmen?« Zerna richtete sich in seinem Sessel auf.

Leon sah, dass die kleine Ader über Zernas linker Schläfe zu pochen begonnen hatte. Ein sicheres Zeichen dafür, dass der Polizeichef von Lavandou in Rage geriet.

»Wir haben ihn bereits zum Tod seiner Schwester befragt«, sagte Isabelle. »Der Schuldschein ändert an seiner Aussage erst einmal nichts.«

»Es sei denn, wir hätten es mit einem Mord zu tun«, tastete sich Moma vorsichtig vor.

»Immer langsam, Lieutenant.« Zerna hob beschwichtigend die Hände. »So weit sind wir noch nicht. Bisher haben wir nur eine Tote, die sich offensichtlich das Leben genommen hat.«

Leon kannte das Spiel. Polizeichef Zerna versuchte, so lange wie möglich zu verhindern, dass offiziell von Mord gesprochen wurde. Dabei wusste er genau, dass bei Aline Moreaus Tod eigentlich alles in Richtung Fremdeinwirkung deutete. Aber wenn er ein Kapitalverbrechen an die übergeordnete Polizeibehörde in Toulon meldete, würde die sich sofort in den Fall einmischen. Und das würde bedeuten, Kommissarin Lapierre würde nach Le Lavandou geschickt werden und dem Polizeichef mit ihrer ständigen Klugscheißerei grässlich auf die Nerven gehen.

Leon saß entspannt auf seinem Stuhl. Was er zu sagen hatte, würde für einige Aufregung sorgen. Seine Erfahrungen aus endlos vielen Besprechungen dieser Art hatten ihn gelehrt, sich so lange wie möglich zurückzuhalten. Lass die anderen reden und sprich nur, wenn du gefragt wirst, lautete seine Regel. Und heb dir die besten Argumente bis zum Schluss auf.

»Fragen wir doch den Médecin Légiste nach den Ergebnissen seiner Untersuchung«, schlug Isabelle in diesem Moment vor und sah Leon auffordernd an.

»Bitte«, stimmte ihr Zerna wenig begeistert zu.

»Guten Morgen«, begann Leon betont höflich. »Die Untersuchung der Rechtsmedizin hat zunächst bestätigt, dass es sich bei dem Opfer um die zweiundzwanzigjährige Aline Moreau handelt. Im Wesentlichen zeigt die Leiche der jungen Frau zwei Arten von Verletzungen. Da sind einmal massive Traumata, die durch den Zusammenprall des Körpers mit dem Lastwagen entstanden sind und natürlich durch den Sturz auf die Fahrbahn.«

»Sag ich doch die ganze Zeit, die ist von der Brücke gesprungen«, unterbrach ihn Masclau.

»Stimmt nicht«, widersprach Moma, der sich gerne mit seinem Kollegen anlegte.

»Darf ich fortfahren?«, fragte Leon kühl. Die anderen schwiegen. »Es gibt aber, wie schon gesagt, noch eine zweite Art von Verletzungen, und die wurden dem Opfer vor dem Unfall zugefügt.«

»Wie lange vor dem Unfall?«, wollte Zerna sofort wissen.

»Das ist nicht so genau zu bestimmen. Meiner Einschätzung nach zwei, vielleicht auch drei Tage früher.«

»Und was für Verletzungen sollen das sein?« Masclau sah zu seinem Chef hinüber, als er die Frage stellte.

»Verschiedene Schnitte, großflächige Haut und Muskelzerstörungen auf dem Rücken und auf den Oberschenkeln, die durch heftige Schläge entstanden sind. Etwa mit einem Holzstück, aber auch mit einer Eisenstange und einer Peitsche.«

»Mit 'ner Peitsche?«, fragte Masclau.

Leon beachtete den Zwischenruf des Lieutenants nicht und referierte weiter: »Hinzu kommen Schnitte an Armen und Rumpf mit einem sehr scharfen Messer, die ein bestimmtes Muster aufzuweisen scheinen.«

»Was ist das für ein Muster?«, fragte Zerna skeptisch.

»Das ließ sich leider nicht mehr so genau rekonstruieren«, erklärte Leon. »An dem Körper ist durch den Zusammenprall mit dem Lastwagen ein zu starker Gewebeverlust entstanden. Aber alle anderen Verletzungen, die ich Ihnen beschrieben habe, weisen auf gezielte Folter hin.«

»Es geht also um Folter, die man aber leider nicht richtig erkennen kann. Weil der Körper durch den Unfall zu stark zerstört wurde, richtig?« Zerna hatte den Kopf schief gelegt, und der Spott in seiner Stimme war nicht zu überhören. »Was für eine Geschichte wollen Sie uns da verkaufen, Docteur?«

»Ich kann nur die Untersuchungsergebnisse vortragen, die Schlüsse daraus müssen Sie ziehen. Ich kann aber jetzt schon sagen, dass die Spuren auf einen Täter hinweisen, der gezielt vorgeht. Auf jemanden, der Erfahrung in diesen Dingen hat.«

Leon wusste ganz genau, wie er seine Untersuchungsergebnisse so präsentierte, dass die Zuhörer ihm aufmerksam folgten. Es war immer klüger, den Chef der Polizei alleine die Schlüsse ziehen zu lassen.

»Wollen Sie damit etwa andeuten, dass es neben Aline Moreau noch weitere Opfer geben könnte?«

Es wurde unruhig in der Runde. Die Zuhörer begannen sich Bemerkungen zuzuflüstern.

»Mesdames, messieurs, ich bitte um Ruhe«, sagte Zerna streng.

»Ich habe von einem Selbstmord am Cap Nègre gehört. Das war ... Augenblick ...« Leon unterbrach sich und blätterte in seinen Notizen. » ... vor sechs Jahren. Dieser Selbstmord weist einige Parallelen zum vorliegenden Fall auf.«

»Nein, tut er nicht«, widersprach Zerna energisch. »Ich habe den Fall nämlich damals persönlich untersucht, als Capitain. Die Frau ist von der Klippe gesprungen und in die Felsen gestürzt. Da gab es keinerlei Unklarheiten. Das war eindeutig Selbstmord.«

»Ich würde mir trotzdem gerne die damaligen Ermittlungsunterlagen ansehen«, meinte Leon. »Vielleicht fällt mir ja etwas auf.«

»Da musste nicht viel ermittelt werden, Docteur«, erwiderte Zerna. »Die Akte liegt im Keller im Archiv, bedienen Sie sich. Viel Vergnügen!« Zerna lehnte sich in seinem Sessel zurück. Leon wusste, dass der Polizeichef es gelegentlich darauf anlegte, ihn vor Isabelle bloßzustellen. Vermutlich hatte er bis heute nicht verwunden, dass Isabelle sich nach ihrer Scheidung für Leon und gegen ihn entschieden hatte. Aber solche Gedanken würde natürlich ein Mann wie Zerna nicht mal seinem Beichtvater anvertrauen.

»Den Fall können Sie echt vergessen, Docteur«, sprang Masclau seinem Chef bei. »Die Frau damals, die war schizo. Die hatte schon zwei Selbstmordversuche hinter sich.«

»Wer hat damals den Totenschein ausgestellt?«, wollte Leon wissen.

»Das war Docteur Bertrand«, erinnerte sich Masclau. »Hat sie sich nur kurz angesehen und bestätigt, dass sie Selbstmord begangen hat. Das war's.«

»Ging ruck, zuck damals.« Man konnte Zerna anhören, wie sehr er den guten alten Zeiten nachtrauerte, wo die Dinge noch einfach gewesen waren. »Jetzt haben Sie uns immer noch nicht gesagt, woran Aline Moreau genau gestorben ist.«

»Sie ist ertrunken«, sagte Leon emotionslos, als wäre das die selbstverständlichste Sache auf der Welt.

Schlagartig verstummten die Gespräche im Raum, und alle sahen den Médecin Légiste an.

»Verdammte Scheiße!«, sagte Masclau laut.

16. Kapitel

Pascal Moreau war nervös. Sie würden sich wieder melden. Sie hatten sich immer wieder gemeldet, nur diesmal würden sie mehr verlangen. Zinsen nannten sie das. In Wirklichkeit war es glatte Erpressung. Was konnte er denn dafür, dass ihm die Kunden den Stoff nicht aus der Hand rissen? Alles brauchte eben seine Zeit. Und ein bisschen musste ja auch noch für ihn übrig bleiben. Er war ja schließlich nicht die Wohlfahrt. Jeder machte seinen Schnitt in diesem Business. Aber mit dem Kleinkram war jetzt ein für alle Mal Schluss. Jetzt begann eine neue Zeit, und die sah für ihn mehr als rosig aus.

Es war stickig in dem engen Büro, das hinter dem Ausstellungsraum des Küchengeschäfts lag. Pascal öffnete einen weiteren Knopf seines kurzärmeligen Hemdes. Obwohl sie erst Anfang Juni hatten, war es heute schon so heiß wie im August. Der Südwind wehte die Hitze aus Afrika übers Mittelmeer und ließ feinen gelben Wüstenstaub auf die Küste rieseln. Pascal nahm die Fernsteuerung in die Hand und richtete sie auf die Klimaanlage, die er letztes Jahr über dem Eingang montiert hatte. Er hörte, wie das Gebläse ansprang.

Natürlich, er hätte sich von Anfang an nicht auf diesen Deal einlassen dürfen. Hinterher war man immer klüger. Dann würde er jetzt nicht in seinem Büro sitzen und müsste Angst vor ihrer Rückkehr haben.

Pascal Moreau zerkleinerte ein fingernagelgroßes Häufchen Kokain auf einem Handspiegel, den er aus seiner Schreibtischschublade gezogen hatte. Dann nahm er seine EC-Karte aus dem Portemonnaie und zerhackte die Kristalle zu einer Linie aus feinem Pulver. Durch einen aufgerollten Zwanzigeuroschein zog er den Stoff in die Nase. Es war Spitzenware. Zumindest in diesem Punkt hatten seine Kontaktleute nicht zu viel versprochen. Fast augenblicklich fühlte Pascal sich besser. Mehr noch als besser. Geradezu euphorisch. Sollten sie doch kommen, diese hirnlosen Idioten. Sie brauchten ihn und nicht umgekehrt. Sie wollten sein Geld. Also mussten sie dafür sorgen, dass es ihm gut ging. Worüber regte er sich überhaupt auf? Er war in einer starken Position, und er war clever.

Was für eine fantastische Wirkung dieser Stoff doch immer wieder hatte, dachte Pascal. Er ließ einen die Dinge so klar durchschauen. Wo eben noch Chaos in seinem Gehirn geherrscht hatte, war jetzt perfekte Ordnung. Er verstand alles. Alles war sichtbar, alles lief auf eine einzige Person zu – und die war er. Er brauchte nur hier in seinem Laden zu sitzen und in aller Ruhe abzuwarten.

Er machte sich zu viele Sorgen. Alles würde gut werden. Ganz besonders jetzt, nachdem sich die Lage für ihn so erfreulich verändert hatte. Jetzt konnte er genau das tun, was er schon gleich nach dem Tod der Eltern hatte machen wollen – die Dinge kontrollieren. Aber Aline ... Er verdrängte den Gedanken an seine Schwester. Irgendwo war sie ja auch selber schuld an dem ganzen Schlamassel. Ging ihn doch nichts mehr an. Er würde unabhängig sein. Von allem und jedem. Und ganz besonders von diesem scheiß Küchenladen und von den Arschlöchern aus Marseille. Zugegeben, er war einen gefährlichen Weg gegangen, aber dafür würde er doch nicht sein Leben lang büßen – nicht ein Mann wie er. Manchmal musste man seinem Glück eben auf die Sprünge helfen. Pascal lehnte sich zurück, schloss die Augen und spürte, wie ihn die Aircondition mit einem Schwall köstlicher kühler Luft anwehte. Die Dinge entwickelten sich zu seinen Gunsten, auch wenn es vielleicht nicht immer danach aussah. Pascal lächelte selig.

Die Faust traf ihn wie ein Blitzschlag und riss ihn von seinem Stuhl zu Boden. Es dauerte einen Moment, bis Pascal begriff, was da eben passiert war. Mühsam griff er nach der Sitzfläche und wollte sich nach oben ziehen, als ihn der nächste Schlag erwischte. Wieder ging er zu Boden. Diesmal spürte er, wie ihm jemand den Fuß auf die linke Wange stellte und seinen Kopf auf den schmutzigen Boden presste. Er blinzelte und erkannte den Mann über sich. Von ihm hatte er den Stoff übernommen, und ihm schuldete er auch das Geld. Die anderen nannten den Mann »Salvi«. Er hatte dunkles, welliges Haar. Mit seinen blauen Augen und den vollen Lippen schien er immer zu lächeln. Ein Verkäufer typ mit der Seele eines Skorpions.

»Was soll das?«, wollte Pascal sagen, aber es fiel ihm schwer zu sprechen, mit dem Fuß auf dem Kopf und dem Blut im Mund.

»Ta geule«, fuhr ihn Salvi an. »Du sprichst nur, wenn du gefragt wirst – kapiert?«

Pascal hustete und spuckte Blut.

»Lass mich das machen«, sagte eine andere Stimme. »Du versaust dir noch die schöne Jacke.« Pascal sah zum Eingang des Büros. Da stand ein zweiter Mann, übergewichtig und ungepflegt. Seine kakifarbenen Bermudashorts reichten bis knapp übers Knie. Das Hawaiihemd schlabberte über dem Hosenbund, und die dicken Füße quollen aus giftgrünen Nike-Sneakers. Der Dicke hatte sich die Sonnenbrille hoch auf den kahl rasierten Schädel geschoben.

»Ganz einfache Frage und ganz kurze Antwort, okay?« Salvi beugte sich zu dem zusammengekrümmten Pascal herunter. »Wo ist mein Geld?«

»Es gibt kein Problem mit dem Geld. Überhaupt kein Problem. Echt nicht.« Pascal hustete wieder. »Kann ich aufstehen?«

»Wo – ist – mein – Geld?«, wiederholte Salvi stur.

»Er hat's nicht kapiert.« Der Dicke baute sich neben Salvi auf und schüttelte den Kopf wie ein Lehrer, der von seinem Schüler enttäuscht worden war.

Salvi nickte kurz dem Mann mit der Glatze zu, und im gleichen Moment wurde Pascal vom Boden hochgerissen und auf den Stuhl zurückgestoßen. Dabei sagte der Mann kein Wort. Er bog Pascal einen Arm auf den Rücken, sodass der vor Schmerzen das Gesicht verzog. Mit der anderen Hand packte er Pascal bei den Haaren und zwang ihn, Salvi anzusehen.

»Ich war großzügig mit dir«, sagte Salvi. »Ich hab dir Zeit verschafft. Hab dir geholfen, als du in Schwierigkeiten gesteckt hast. Und was tust du?«

»Ich hab ja das Geld. Ich ... ich hab jede Menge Geld. Das einzige Problem ist ...«

In diesem Moment schlug der dicke Mann zu. Es war kein Faustschlag, sondern ein Schlag mit dem Handrücken in Pascals Gesicht, eher schmerzhaft für das Selbstbewusstsein als für den Körper. Der Mann wischte sich seine Hand an Pascals Hemd ab, wo sie eine Blutspur hinterließ.

»Scheiße, was soll das?«, stöhnte Pascal.

Der Glatzkopf hob die Hand zu einem weiteren Schlag, als er von Salvi gestoppt wurde. Pascal hatte sich schon geduckt. Jetzt richtete er sich vorsichtig wieder auf.

»Ich will mein Geld, jetzt«, sagte Salvi.

»Klar, bekommst du ja auch.« Pascal schwitzte. Er versuchte, cool zu klingen wie die Typen in den Mafiafilmen, die er so gerne im Fernsehen sah. Doch seine Stimme rutschte immer wieder in ein klägliches Kieksen ab. »Ich hab 'ne ganz tolle Nachricht für dich: Du gibst mir noch ein bisschen Zeit ... und dafür zahl ich dir die doppelte Summe zurück. Wie klingt das für dich?«

Der Dicke ließ die Haare los und versetzte Pascal einen Schlag in den Nacken wie einem Kaninchen. Dann riss er ihn vom Stuhl hoch, bog ihm wieder den Arm auf den Rücken und bugsierte ihn wortlos durch den Laden.

»Was ist? Sind wir jetzt im Geschäft, oder was?«, nuschelte Pascal.

In einer Ecke hatte er eine komplette Küche eingerichtet. Hier stellte er nicht nur die neuesten Geräte aus, sondern demonstrierte interessierten Kundinnen einmal die Woche, wie sich damit exotische Gerichte kochen ließen. Das hatte erstens den Vorteil, dass manche sofort ein Küchengerät bestellten, und zweitens lernte Pascal auf diese Weise einsame Hausfrauen kennen, die sich gerne von ihm trösten ließen. Doch jetzt verfluchte er sich dafür, dass er die Geräte angeschlossen hatte. Denn der Dicke schaltete eine der Induktions-Kochplatten ein.

»Letzter Versuch«, drohte Salvi, »falls du es vergessen hast: Du schuldest uns dreißigtausend.«

»Ich gebe euch sechzigtausend. Na, ist das ein Wort!«, versuchte es Pascal noch mal.

»Nein, das ist nur eine scheiß Ausrede«, sagte Salvi, zog ein Springmesser aus der Tasche seines Blousons und hielt es Pascal an die Kehle.

»He, hör auf! Bitte. Ich schwöre, ich habe Geld. Jede Menge Geld sogar.«

Aus dem Augenwinkel sah Pascal, wie der Dicke den Induktionsherd studierte. Für einen Augenblick atmete Pascal auf. Wenigstens gab es hier keine heiße Kochplatte, mit der sie ihn verbrennen konnten. Doch der Gangster schien sich mit modernen Herden auszukennen. Er nahm eine der Eisenpfannen, die an einer Stange neben der Abzugshaube hingen, und stellte sie auf die Induktionsfläche. Der Herd quittierte die Aktion mit einem elektronischen Piepsen. Dann griff der Glatzkopf zu einer Flasche Olivenöl, gab einen guten Schuss davon in die Pfanne und schob den virtuellen Regler auf der Glasplatte bis zum Maximum. In diesem Moment wurde Pascal klar, was der Mann mit ihm vorhatte.

»Bitte«, stöhnte Pascal leise, »bitte, macht das nicht! Ich gebe euch, was ihr wollt.«

Die Männer antworteten nicht. Der Dicke beobachtete stumm, wie das Fett zu sieden begann. Er spuckte in die Pfanne, und das heiße Öl zischte auf.

»Halt ihn gut fest«, sagte der Dicke zu Salvi und griff sich Pascals rechtes Handgelenk. Dann bog er die Finger nach oben und drückte den Handballen langsam in Richtung Pfanne ...

17. Kapitel

Isabelle und Masclau hatten ihren Streifenwagen genau vor dem Küchengeschäft gestoppt. Die Scherengitter vor den beiden Schaufenstern waren heruntergelassen, die Eingangstür verschlossen. Isabelle ging zum Tor, das zu einem Hof hinter dem Geschäft führte.

»Alles dicht«, sagte Masclau. »Den Typ kannst du vergessen, der ist weg.«

»Warum sollte er verschwinden?«, fragte Isabelle.

»Vielleicht, weil er seine Schwester ermordet hat?« Masclau versuchte, zynisch zu klingen.

»Wenn er sie getötet hat, um an ihr Geld zu kommen, dann würde er bestimmt nicht verschwinden.« Isabelle drückte auf die Klinke, und das Tor schwang auf. »Offen«, sagte Isabelle zufrieden und betrat den Hof.

»Das ist unerlaubtes Betreten eines Grundstückes«, sagte Masclau und lächelte.

Isabelle hob die Hand. »Da schreit einer …« Masclau blieb stehen.

Einen Moment war es still, dann hörte Masclau es auch. Es war der Schmerzensschrei eines gequälten Menschen. Nach einigen Sekunden war nur noch ein Wimmern wie von einem Kind zu hören. Das Klagen war nur schwer zu ertragen. Isabelle und

Masclau zogen fast gleichzeitig ihre Dienstwaffen. Sie deutete auf den Hintereingang, wo die Tür einen Spalt offen stand. Die beiden verständigten sich mit Handzeichen, während sie geduckt auf die Tür zuliefen. Masclau blieb vor dem Eingang stehen und sah seine Vorgesetzte an. Isabelle nickte, und Masclau stürzte in das Gebäude. Isabelle folgte ihm.

Im Verkaufsraum des Küchengeschäfts bot sich den beiden Polizisten ein absurdes Bild. Ein Mann hielt den Ladenbesitzer im Schwitzkasten, während der zweite Gangster den Handballen des Opfers in eine Pfanne mit siedendem Fett drückte. Pascal Moreau schrie gellend auf, als seine Hand erneut in das glühend heiße Öl gezwungen wurde.

»Lassen Sie ihn los, sofort!«, befahl Isabelle den beiden Männern.

»Auf den Boden, auf den Boden, alle beide!«, brüllte Masclau und stürzte auf die Gruppe zu.

Als der Dicke sich plötzlich umdrehte und nach Masclau griff, schlug der mit seiner Pistole zu und traf den Gangster im Gesicht.

»Masclau, hör auf!«, befahl Isabelle.

»Auf den Boden, na los!«, brüllte Masclau die Männer an. »Mit dem Gesicht nach unten.«

Die Männer gingen in die Knie und legten sich auf den Boden.

»Ich will eure Hände sehen«, herrschte Masclau die Männer an. Als einer der Gangster zögerte, trat Masclau ihm in die Seite.

»Masclau!«, mahnte Isabelle.

»Der Arsch hat nach mir geschlagen! Los, zeig mir deine Hände, *conard*!«, brüllte Masclau den Gangster an.

Pascal war verschüchtert stehen geblieben. Mit der Linken hielt er sein rechtes Handgelenk. Isabelle sah die nasse rote Brandwunde an seinem Handballen, wo sich die Haut in dicken Blasen vom Fleisch löste. Pascal Moreau zitterte und schwitzte gleichzeitig. Isabelle nahm ein Küchenhandtuch von einem Stapel und reichte es ihm.

»Hier, wickeln Sie sich das um die Hand, und stellen Sie sich hinter mich«, sagte sie.

»Keiner rührt sich«, drohte Masclau, die Pistole auf die Eindringlinge gerichtet.

»Ich kenne diese Leute nicht«, sagte Pascal Moreau.

Isabelle zog das Funkgerät von ihrem Gürtel und drückte die Ruftaste.

»Capitaine Morell hier, wir brauchen Verstärkung, sofort«, rief sie ins Funkgerät, »in die Rue Charles Cazin 12. Schnell!«

18. Kapitel

Leon parkte seinen Wagen auf dem Cap Nègre und stieg aus. Der felsige Küstenvorsprung reichte etwa einen Kilometer ins Meer hinaus und bildete die östliche Begrenzung der großen Bucht von Le Lavandou. Obwohl es ein heißer Tag war, boten die gewaltigen Schirmkiefern Schatten vor der stechenden Sonne. Das Konzert der Zikaden hatte unter der Mittagshitze seinen ohrenbetäubenden Höhepunkt erreicht. Dazu wehte eine stetige Brise Feuchtigkeit vom Meer über dieses kleine grüne Paradies.

Hier oben auf dem Cap, umgeben von Felsen und Meer, lagen einige der teuersten Villen der Gegend, aber es gab auch kleine Ferienhäuser, die schon Anfang des vergangenen Jahrhunderts gebaut worden waren. Zu einer Zeit, als wohlhabende Franzosen begannen, sich ein Feriendomizil an der Côte d'Azur zu leisten. Leon ging eine schmale Straße entlang. Zwischen den Zäunen quollen Ginster und Zistrosen so dicht hervor, dass man die Häuser in den Gärten nur erahnen konnte.

Die Straße endete vor einer Reihe größerer Felsbrocken. An einem verrosteten Zaun hing ein Schild: *»Privé – accès interdit«*. Leon stieg über den Zaun und folgte einem schmalen Pfad durch die Büsche. Der Weg endete nach wenigen Metern an der Spitze des Caps, wo die Klippen senkrecht ins Meer stürzten.

Dr. Pierre Bertrand hatte Leon den Weg zu dem Platz in den

Felsen genau beschrieben, dorthin, wo sich vor Jahren eine junge Frau vermeintlich in den Tod gestürzt hatte. Den pensionierten Doktor zu finden, war gar nicht so einfach gewesen. Er hatte seine Praxis schon vor Jahren aufgegeben und war zu seiner Schwester nach La Londe gezogen. Inzwischen war der Doktor einundachtzig Jahre alt und verbrachte die Tage am liebsten auf dem Balkon, von dem aus man, mit der nötigen Fantasie, zwischen den Nachbarhäusern sogar das Meer erahnen konnte.

Wie Doktor Bertrand erzählte, hatte ihn damals die Gendarmerie angerufen. Spielende Kinder hatten die Leiche einer Frau, einer gewissen Julie Foccat, gefunden. Die Tote lag in den Klippen des Cap Nègre. Es sei kein schöner Anblick gewesen, hatte sich Dr. Bertrand an diesen Morgen erinnert. Die Frau war ganz zweifellos von der zwanzig Meter hohen Klippe gesprungen und zwischen den Felsen aufgeschlagen. Damals befand sich die nächste rechtsmedizinische Abteilung an der Uniklinik in Toulon, fünfzig Kilometer entfernt. Die Dependance in Saint Sulpice wurde erst sechs Jahre später eingerichtet. Wegen einer Selbstmörderin hätten die Experten in Toulon damals niemanden nach Le Lavandou geschickt. In solchen eindeutigen Fällen genügte es nach dem französischen Gesetz, dass ein Arzt den Tod des Opfers bescheinigte und die Todesursache benannte.

»Im Fall von Julie Foccat bestanden für mich keinerlei Zweifel«, hatte Doktor Bertrand erzählt. »Die junge Frau hatte eine schwere Nierenerkrankung und litt darunter, dass sie zweimal pro Woche zur Dialyse musste. Sie war meine Patientin und hatte schon mehrfach Andeutungen darüber gemacht, dass das Leben so nicht mehr zu ertragen sei. Aber ich hätte nie erwartet, dass sie einen Suizid verübt.«

»Erinnern Sie sich noch, was Sie damals als Todesursache eingetragen haben?«, hatte Leon den alten Kollegen gefragt.

»Herzversagen«, hatte der Arzt geantwortet. »Sie hatte sich aus zwanzig Metern Höhe in die Klippen gestürzt. Was machte es da für einen Unterschied, ob sie zuletzt am Genickbruch, einer Schädelfraktur oder dem Riss des Herzbeutels gestorben war? Sie ist mitten in der Nacht gesprungen. Wollte sich wahrscheinlich ins Meer stürzen. Ist aber in den Felsen aufgeschlagen.«

»Ist Ihnen sonst noch etwas an dem Opfer aufgefallen? Gab es besondere Verletzungen?«

»Der Körper war übersät mit Verletzungen. Aber das war ja auch kein Wunder, bei dem stürmischen Wind, den wir in der Nacht hatten. Die Wellen hatten die Leiche immer wieder zwischen die scharfen Klippen gedrückt.«

»War die Tote bekleidet, als man sie fand?«

»Interessant, dass Sie das fragen«, meinte der Arzt. »Nein, sie war in der Tat nackt. Eine Frau – ich glaube, es war eine Anwohnerin – hat später ihr Kleid gefunden. Es lag irgendwo in den Klippen.«

Der alte Arzt hatte im Liegestuhl gesessen und eine Weile schweigend ins Leere geblickt.

»Doktor Bertrand?«, hatte Leon vorsichtig gefragt.

»Ich hoffe, ich konnte Ihnen helfen«, hatte Bertrand nach einer Weile gesagt, ohne Leon dabei anzusehen. »An heißen Tagen schwebt eine Dunstwolke über dem Meer. Manchmal sieht sie aus wie goldene Zuckerwatte. Haben Sie das schon einmal beobachtet?«

Leon hatte sich bei Dr. Bertrand bedankt, war zurück zum Auto gegangen und in seinem Cabriolet die alte Küstenstraße zum Cap Nègre gefahren.

Jetzt stand er auf den Klippen, machte ein paar vorsichtige Schritte nach vorn. Vor ihm stürzte der Fels tief nach unten. Von hier oben schien das Meer so klar, dass man glaubte, die Fische darin schwimmen zu sehen. Vom Strand klang Kindergeschrei zu ihm herauf.

»Was haben Sie denn vor?«, fragte plötzlich eine Frauenstimme hinter ihm.

Leon trat erschrocken einen Schritt zurück und sah sich um. Eine Frau, hoch in ihren Siebzigern, stand hinter ihm. In ihr lächelndes Gesicht hatte das Leben seine Geschichten geschrieben. Sie war eine imposante Erscheinung. Die Frau trug einen weit ausladenden Strohhut, um den sie ein Seidentuch geschlungen hatte. Ihr weites rotes Sommerkleid mit den weißen Punkten blähte sich im Wind. Es kam ihm so vor, als wäre er ihr schon einmal begegnet, aber er konnte sich nicht erinnern, wo das gewesen war.

»Ich wollte Sie nicht erschrecken.« Die Unbekannte lächelte erneut, und kleine Falten tanzten um ihre Augen.

»Haben Sie nicht.«

»Sie wissen aber schon, dass das hier Privatbesitz ist?«, stellte die Dame fest.

»Entschuldigen Sie«, sagte Leon und reichte ihr die Hand. »Leon Ritter. Gerichtsmediziner in Saint Sulpice.«

»Ein echter Médecin Légiste in meinem Garten …?« Sie nahm seine Hand. »Brigitte Marsenne. Enchantée, Docteur.«

Leon lächelte. Ihre altmodische Art gefiel ihm.

»Ich untersuche den Fall Julie Foccat«, erklärte Leon. »Vielleicht können Sie mir ja helfen, ein paar offene Fragen zu klären.«

»Das ist doch mindestens sechs Jahre her. Ich wusste gar nicht, dass es da noch offene Fragen gibt.«

»Ich wollte die Stelle sehen, von der sie gesprungen ist.«

»Sie stehen genau davor«, sagte Madame Marsenne. »Normalerweise kommen nur Liebespaare hierher, um den Sonnenuntergang zu bewundern oder um sich zu vergnügen. Voilà, c'est la vie.«

»Hatte Julie Foccat etwas hier oben zurückgelassen?«, fragte Leon. »Ich meine, bevor sie gesprungen ist?«

Madame Marsenne musterte Leon. »Warum gehen wir nicht rüber in mein Haus?« Sie wies auf einen kurzen Fußweg, an dessen Ende man eine weiß getünchte Mauer erkennen konnte.

»Sehr gerne«, sagte Leon und folgte der Frau.

Das Haus von Madame Marsenne war im typischen provenzalischen Stil erbaut. Ein einladendes Gebäude, weiß mit blauen Fensterläden. Neben der Eingangstür gab es eine Terrasse, über der eine Pergola aus wildem Wein Schatten spendete.

Leon war seiner Gastgeberin durch das Wohnzimmer gefolgt. Überall hingen Fotos. Gerahmte Vergrößerungen und ein paar Filmplakate. Und fast alle zeigten Madame Marsenne. Eine junge Madame Marsenne. Mindestens vierzig Jahre jünger, dachte Leon. In diesem Moment war ihm klar, wen er vor sich hatte. Brigitte Marsenne war in den Siebzigerjahren ein bekannter Filmstar gewesen.

Leon war vor einem der alten Bilder stehen geblieben, ein Szenenfoto, wie sie in früheren Zeiten in den Glaskästen neben den Eingängen der Kinos hingen. Sein Vater war ein großer Fan von Brigitte gewesen, wie sie überall genannt wurde. Nach dem Tod ihres Mannes, eines bekannten Regisseurs, hatte sie sich aus dem Geschäft zurückgezogen. Leon hatte keine Ahnung, dass sie sich in Le Lavandou niedergelassen hatte.

»Ich wusste doch, dass ich Sie irgendwoher kenne …«, sagte Leon etwas hilflos.

Madame Marsenne kicherte. »Sie sind definitiv kein Franzose.«

»Ich komme aus Deutschland.« Es klang wie eine Entschuldigung.

»Ich liebe Deutschland. Ich habe mit Rainer Werner gearbeitet.«

»Rainer Werner Fassbinder?«, fragte Leon beeindruckt.

»Da waren Sie noch ein Kind«, amüsierte sich die Schauspielerin über Leons Verunsicherung.

Wenig später saß Leon mit Madame Marsenne auf der Terrasse. Die Schauspielerin hatte einen Tee gemacht. Der Blick auf das Meer war atemberaubend. Von hier oben schien das Wasser so nahe zu sein, als befände man sich auf der Brücke eines Ozeandampfers, dachte Leon.

»Ich habe gehört, dass damals eine Anwohnerin das Kleid von Julie Foccat gefunden hat«, sagte Leon.

»Warum hat sie wohl ihr Kleid ausgezogen? Darüber habe ich mich immer gewundert.« Madame Marsenne sah Leon an. »Würde eine Frau ihr Kleid ausziehen, bevor sie sich in den Tod stürzt? Ich denke, nicht.«

»Sie sind eine aufmerksame Beobachterin«, bemerkte Leon. »Haben Sie das auch der Polizei gesagt?«

»Das hat damals niemanden interessiert. Alle waren sich einig, dass es Selbstmord war.«

»Aber Sie hatten Zweifel?«

»Es war eigentlich kein Kleid, sondern ein scheußlicher Umhang. Grau und aus grobem Leinen. Ein Büßerhemd. Keine Frau würde sich freiwillig so etwas anziehen.«

»Ist ihnen sonst noch etwas aufgefallen?« Leon spürte, dass da noch etwas war, woran sich Madame Marsenne erinnerte.

»Ich habe die junge Frau nur von hier oben gesehen. Den Anblick werde ich nie vergessen, wie sie da unten zwischen den Klippen lag. Wie eine Puppe, die jemand weggeworfen hat.« Leon betrachtete seine Gastgeberin, wie sie aufs Meer sah.

»Etwas beschäftigt Sie ...«, bohrte er vorsichtig nach.

»Es sah so aus wie ...« Sie zögerte. »... wie inszeniert. Verstehen Sie, was ich meine?«

»Wie kommen Sie darauf?«

»Schon dieser Ort. Wer würde ausgerechnet hierherkommen und in den Tod springen?«, fragte die Schauspielerin. »Und dann die Dinge, die sie zurückgelassen hat ...«

»Welche Dinge?«

»Das Büßerhemd und die Kette. So eine kleine mit einem goldenen Kreuz daran.«

»Gehörte die auch Julie Foccat?«

»Die Polizei meinte, ja. Und dann war da noch die Kerze ...«

»Eine Grabkerze? So eine, wie man sie auf Friedhöfen findet?«, hakte Leon nach.

»Sie kennen natürlich den Polizeibericht«, sagte Madame Marsenne.

»Nein, aber an der Autobahn A8 hat sich gerade ein ganz ähnlicher Fall zugetragen.«

»Sie meinen die Frau, die von der Brücke gesprungen ist?«

»Ist das nicht merkwürdig?«, sagte Leon.

»Wollen Sie es sehen? Ich habe alles fotografiert.«

»Sie haben Aufnahmen gemacht?«

»Es ist schließlich auf meinem Grundstück geschehen«, sagte Madame Marsenne. »Und seit es die Smartphones gibt, fotografiere ich alles. Finden Sie das sehr schrullig?«

»Überhaupt nicht. Na ja, vielleicht ein wenig.« Leon lächelte Madame Marsenne an.

Madame Marsenne holte ihr Handy aus dem Wohnzimmer und blätterte durch die Fotos. Ihre Augen schienen zu leuchten, als sie die gesuchten Aufnahmen in ihrer Sammlung fand. Die Geschichte von der Selbstmörderin in ihrem Garten erzählte sie ganz offensichtlich nicht zum ersten Mal.

»Das ist die Kerze.« Sie zeigte Leon das entsprechende Foto. »Sie brannte noch, als sie die Leiche in den Felsen fanden.«

Leon fiel ein weiteres Detail auf, und er vergrößerte das Bild.

»Wissen Sie, was das gewesen sein könnte?«, fragte er.

»Das gehörte bestimmt nicht dazu«, sagte die Schauspielerin.

»Sind Sie sicher?«

»Ganz sicher, das war nur eine tote Kröte.«

19. Kapitel

»Scheiße, nein, ich kenn die Typen nicht. Ich bin doch kein Gangster!« Pascal Moreau klang empört. Wie konnte überhaupt irgendjemand so etwas vermuten?

Der Ladenbesitzer saß auf einem einfachen Aluminiumstuhl, der dicht an einen Resopaltisch gerückt worden war. Seine rechte Hand war professionell versorgt und verbunden worden. Jetzt trug er sie in einer Schlinge vor der Brust. In seinem Gesicht zeigte ein Bluterguss auf dem linken Wangenknochen, wo ihn die Faust seines Peinigers getroffen hatte.

Auf dem Tisch stand ein digitales Aufzeichnungsgerät, dessen Kontrolllämpchen rot glühte. Im fensterlosen Vernehmungszimmer der Gendarmerie nationale war es heiß und stickig. Moreau schwitzte. Es fiel ihm sichtlich schwer, den arroganten Ton an den Tag zu legen, mit dem er sonst den Beamten der Gendarmerie begegnete. Vor ihm standen Polizeichef Zerna und Masclau. Isabelle beobachtete die Befragung von der Tür aus.

»Achtzig Gramm Kokain.« Commandant Zerna hielt ein durchsichtiges Plastiktütchen mit weißem Pulver hoch.

»Das ist nur für den Eigenbedarf«, sagte Moreau. »Deswegen bin ich doch noch lange kein Dealer.«

»Ihre beiden Freunde behaupten aber, Sie wären einer«, mischte sich Masclau ein.

Das war natürlich gelogen. Die beiden Männer, die Isabelle und Masclau festgenommen hatten, sprachen überhaupt nicht. Sie saßen in der Zelle und schwiegen, denn sie warteten auf ihren Anwalt, den sie in Marseille angerufen hatten.

»Was wollten die Männer von Ihnen?«, fragte Isabelle, die bisher nur zugehört hatte.

»Das habe ich Ihnen doch schon gesagt.« Pascal Moreau hielt anklagend seine Hand hoch. »Ich weiß es nicht.«

»Kann es sein, dass sie Geld wollten?«, hakte Isabelle nach.

»Warum sollten sie? Ich bin Geschäftsmann, ich verkaufe Küchen.«

»Jetzt hören Sie auf, uns zu verarschen, verdammt noch mal«, fuhr Masclau den Mann an. »Wir haben bei Ihnen im Büro achtzig Gramm Koks gefunden. Illegaler Besitz von Betäubungsmitteln. Schon mal gehört? Das ist eine Straftat.«

»Ich weiß, das war ein Fehler, damals«, gab sich Pascal Moreau auf einmal reumütig.

»Was war ein Fehler?«, fragte Isabelle misstrauisch.

»Als meine Eltern gestorben sind. Da bin ich irgendwie aus der Spur geraten.« Moreau sah Isabelle mit treuherzigem Blick an. »Irgendjemand hat mir was von dem Zeug angeboten, und ich habe Ja gesagt.«

»Wer, wann, wo?«, fragte Lieutenant Masclau emotionslos.

»Das weiß ich wirklich nicht mehr. Es war in einer Bar in Marseille.«

»Und dann kommen die Kerle den ganzen Weg bis hierher, nur um Sie zu verprügeln?«, fragte Isabelle.

»Die haben mich nicht verprügelt«, behauptete Moreau tapfer.

»Ach, haben die nicht?« Isabelle schüttelte den Kopf. »Sie sollten sich mal im Spiegel betrachten.«

»Ich hab gesehen, wie die Typen Ihre Hand in einer heißen

Pfanne gegrillt haben«, unterbrach Masclau. »Und Sie wollen trotzdem keine Anzeige erstatten?«

»Weil ich keinen Ärger will. Ich will in Ruhe meinen Laden führen. Das ist alles«, gab sich Moreau bescheiden.

Zerna war der Konversation eine Weile stumm gefolgt. Jetzt mischte er sich ein.

»Wissen Sie, was ich glaube?« Der Polizeichef sah dem Ladenbesitzer in die Augen, doch der wich seinem Blick aus. »Sie haben mit diesen Typen ein ganz anderes Ding am Laufen.«

»Ich hätte mit diesem verdammten Zeug nicht anfangen sollen, das weiß ich inzwischen auch«, versuchte Moreau das Thema zu wechseln.

»Davon rede ich nicht.« Zerna stützte sich mit den Händen auf dem Tisch ab und beugte sich nach vorn. Jetzt trennten ihn keine dreißig Zentimeter mehr von dem Verdächtigen. »Ich rede hier von Ihrer Schwester.«

»Was hat denn meine Schwester mit dem Überfall auf mich zu tun?«

»Hören Sie doch auf mit dem Theater, verdammt!« Zerna verlor allmählich die Geduld. »War es nicht so, dass die beiden Kerle für Sie einen Auftrag erledigt haben? Und Sie wollten sie nicht bezahlen!«

»Was denn für einen Auftrag?« Pascal sah zu Isabelle, als könnte er von dort Unterstützung bekommen.

»Wie wäre es zum Beispiel mit dem Mord an ihrer Schwester?«, schlug Zerna vor. Für einen Augenblick schwiegen die Beamten und starrten Pascal Moreau erwartungsvoll an.

»Warum ... warum hätte ich so etwas tun sollen? Das ist doch absurd. Was hätte ich denn davon?« Der Ladeninhaber begann zu schwitzen.

»Spielen Sie doch nicht den Ahnungslosen«, sagte Masclau.

»Wir wissen, dass der Tod Ihrer Schwester Sie zu einem reichen Mann macht.«

»Das ist verrückt. Ich bring doch nicht meine Schwester wegen eines Grundstücks um, das mir sowieso schon gehört.«

»Aber bisher konnten Sie es nicht verkaufen«, bohrte Masclau nach.

»Menschen sind schon für weniger getötet worden.« Isabelle sprach mit ihrer freundlichsten Stimme und ließ dabei den Verdächtigen keinen Moment aus den Augen. »Vielleicht hatten Sie ja einen ganz anderen Grund, Ihre Schwester zum Schweigen zu bringen.«

»Und der wäre?«, antwortete Moreau patzig.

»Schuldeten Sie Ihrer Schwester Geld?«

Pascal Moreau sah die Polizistin irritiert an. Isabelle nahm ein Blatt Papier aus einer Akte und hielt es Moreau hin.

»Das ist die Fotokopie eines Schuldscheins, den Sie Ihrer Schwester unterschrieben haben.«

»Woher haben Sie den?«

»Aus dem Haus Ihrer Schwester.«

»Den haben Sie doch gesucht, als Sie meine Kollegin niedergeschlagen haben?« Der Ton von Masclau wurde schärfer.

»Was soll das? Ich habe niemanden niedergeschlagen.«

»Haben Sie Ihre Schwester umbringen lassen, Monsieur Moreau? Weil sie das Erbe blockiert hat und Sie ihr noch siebzigtausend Euro schuldeten?«

»Nein, habe ich nicht, natürlich nicht«, versuchte sich Moreau zu verteidigen.

»Etwas verstehe ich dabei nicht«, meinte Masclau. »Wie konnten Sie es zulassen, dass diese Kerle Ihre Schwester auch noch gefoltert haben?«

»Ich sag Ihnen doch: Damit habe ich nichts zu tun. Absolut nichts«, stotterte Moreau.

»Zu Tode gefoltert«, wiederholte Masclau.

»Ich sage überhaupt nichts mehr. Ich will meinen Anwalt anrufen.«

»Capitaine Morelle, ich möchte Sie kurz draußen sprechen«, sagte Zerna, dann wandte er sich an Masclau. »Lieutenant, Sie bleiben hier bei dem Zeugen.«

Isabelle folgte ihrem Chef in den Flur. Sie konnte sehen, wie es in ihm arbeitete. Zerna war sauer, dass die Dinge nicht so liefen, wie er sich das vorgestellt hatte. Und sie wusste auch, dass er sie dafür verantwortlich machen würde.

»Wir haben nichts gegen Moreau in der Hand.« Zerna sah sich um, aber sie waren allein auf dem Flur. »Überhaupt nichts. Ich hatte schon Sorgen, dass er uns fragen würde, ob er gehen kann.«

»So, wie die Dinge liegen, könnte er durchaus recht haben.«

»Was meinen Sie?«, blaffte Zerna.

»Gut möglich, dass er wirklich nichts mit dem Tod seiner Schwester zu tun hatte.«

»Dass Sie es nicht geschafft haben, wasserdichte Beweise aufzutreiben, bedeutet noch lange nicht, dass der Kerl unschuldig ist.«

»Ich habe Ihnen alles vorgelegt, was wir ermitteln konnten in so kurzer Zeit.«

»Ich bitte Sie«, plusterte sich Zerna auf. »Moreau verschweigt uns etwas, das merkt doch jeder Dorfpolizist. Los, finden Sie heraus, was das ist!«

»Sie glauben doch nicht wirklich, dass Moreau zwei Killer auf seine Schwester angesetzt hat?«

»Haben Sie vielleicht eine bessere Erklärung?« Zerna klang bissig. »Dann mal los, ich bin gespannt!«

»Er ist einfach nicht der Typ, der seine Schwester wegen des Erbes umbringt.«

»Natürlich nicht«, sagte Zerna. »Darum hat er ja die Typen aus Marseille engagiert. Erst kauft er ihnen ein bisschen Koks ab. Dann kommt er mit der großartigen Idee rüber, dass sie seine Schwester umbringen und es als Selbstmord tarnen könnten.«

»Ach ja, und was wollten dann diese angeblichen Killer von ihm?« Inzwischen war Isabelle genervt.

»Das, was alle Auftragskiller wollen: mehr Geld.«

»Ich werde noch mal mit ihm reden«, schlug Isabelle vor. »Alleine.«

»Einverstanden. Was wir brauchen, sind Fakten«, sagte der Polizeichef. »Oder wollen Sie, dass ab morgen wieder Kommissarin Lapierre bei uns rumschnüffelt?«

Kommissarin Lapierre von der Mordkommission in Toulon war ein rotes Tuch für Polizeichef Zerna. Sie würde nach Le Lavandou kommen und sofort die Leitung des Falls an sich reißen. Wenn sie erst mal in der Wache war, dann hatte sie das Sagen, und das konnte Zerna in etwa so gut brauchen wie Hämorrhoiden.

»Ich habe nichts gegen die Kommissarin«, sagte Isabelle.

»Natürlich, die große Frauensolidarität«, ätzte Zerna. Damit drehte er sich um und marschierte zu seinem Büro.

Einen Moment später betrat Isabelle wieder den stickigen Befragungsraum. Moreau saß noch immer auf seinem Blechstuhl. Sein hellblaues Hemd war verdreckt. Unter den Achseln hatten sich handtellergroße Schweißflecken gebildet. Der Ladeninhaber sah aus, als hätte ihn die Gendarmerie unter der Brücke aufgesammelt.

»Kann ich jetzt gehen?«, fragte Moreau.

»Gleich«, antwortete Isabelle und wandte sich an Didier. »Könntest du uns einen Moment alleine lassen?«

»Mit Vergnügen. Hier drinnen stinkt es nämlich.« Die letzten Worte hatte der Lieutenant an den Gefangenen gerichtet und dann den Raum verlassen.

»Wir werden Sie nach Hause gehen lassen, Monsieur Moreau.«

Der Mann wollte sofort aufstehen, aber Isabelle legte ihm freundlich die Hand auf den Arm.

»Warten Sie noch einen Moment«, sagte sie und sah auf seine verletzte Hand. »Das war knapp heute. Ich möchte gar nicht wissen, was passiert wäre, wenn wir nicht vorbeigekommen wären.«

Statt einer Antwort gab Moreau nur ein kurzes Schnaufen von sich. Die Verletzung musste schmerzhaft sein, dachte Isabelle.

»Wir brauchen Ihre Hilfe«, sagte sie in freundlichem Ton. »Was denken Sie, warum ist Ihre Schwester gestorben?«

»Ich habe keine Ahnung.«

»Monsieur Moreau«, sagte Isabelle. »Sie haben sich doch bestimmt Gedanken über den Tod Ihrer Schwester gemacht. Jeder, der ein Familienmitglied unter solchen Umständen verliert, muss sich doch fragen, wie es dazu kommen konnte.«

»Wir haben in den letzten Monaten kaum noch miteinander geredet, Aline und ich. Ich weiß nicht, was sie gemacht hat, wirklich nicht. Außer dass sie gelegentlich dem Institut Provençal bei der Buchhaltung geholfen hat. Aber das habe ich Ihnen ja schon erzählt.«

»Das ist alles?«, bohrte Isabelle nach. »Kommen Sie, Monsieur Moreau. Sie war Ihre Schwester. Sie haben sie jede Woche im Laden gesehen. Da bekommt man doch irgendetwas mit. Telefonate, Verabredungen, Besuche. Jemand, der sie mal abgeholt hat?«

»Vielleicht dieser Roux. Aber der …« Moreau wedelte vielsagend mit den Händen.

»Roux, wer ist das?«

»So ein grüner Spinner. Hat das alte Pointu seiner Eltern umgebaut …« Er unterbrach sich. »Das ist so ein altes Fischerboot aus Holz.«

»Ich weiß, was ein Pointu ist.«

»Na, jedenfalls schippert er damit heute Touristen die Küste entlang«, erklärte Moreau und fügte hinzu: »Vor allem Touristinnen, sollte ich wohl sagen. Glaubt, auf diese Weise könnte er die Welt retten.«

»Und wo finden wir diesen Roux?«

»Keine Ahnung, aber das Pointu liegt im alten Fischereihafen.« Moreau stand auf. »Kann ich jetzt gehen?«

Isabelle öffnete die Tür.

»Selbstverständlich, Monsieur Moreau«, sagte sie. »Aber vielleicht haben wir noch Fragen an Sie. Ich möchte Sie also bitten, dass Sie Le Lavandou vorläufig nicht verlassen. Und wenn doch, geben Sie uns vorher Bescheid.«

Grußlos verließ Pascal Moreau den Raum.

20. Kapitel

Es war bereits später Nachmittag. Leon hatte sich an der Anlegestelle der Fähre auf eine Bank gesetzt und studierte die jüngste Ausgabe der *Frankfurter Allgemeinen*. Das lenkte ihn nicht nur von den Gedanken an die kurze Überfahrt mit dem Fährboot ab. Er konnte auch mit Genuss unter den Vermischten Nachrichten alles über das nasskalte Tiefdruckgebiet »Kevin« erfahren, das seit Tagen über Deutschland hing, während in Le Lavandou das Thermometer täglich auf dreißig Grad kletterte.

Eine Fähre legte an. Sie kam von den Iles d'Or, die im Dunst der Junisonne in zwanzig Kilometern Entfernung im glitzernden Meer schwammen. Die Passagiere wirkten erschöpft von ihrem Tagesausflug. Einige hatten als Erinnerung einen ordentlichen Sonnenbrand mitgebracht, der Hals, Schultern und Arme krebsrot leuchten ließ. Ein Mann mit einer jungen Blondine an seiner Seite wirkte blass und erinnerte Leon daran, dass er ebenfalls leicht seekrank wurde und darum Bootsfahrten tunlichst vermied. Es hatte ihn Überwindung gekostet, Tickets für die Fähre zu besorgen, aber das Schiff war die einzige Möglichkeit, zur Insel Port Cros zu gelangen. Und damit auch der einzige Weg in das romantische Hotel Le Manoir, in das er Isabelle für drei Tage eingeladen hatte.

Leon sah auf die Uhr. Die Fähre sollte in zehn Minuten ablegen, und von Isabelle war noch immer nichts zu sehen. Sie arbeitete zu viel, dachte Leon. Sie arbeitete immer bis zur letzten Minute und gerne noch eine Weile länger. Außerhalb ihres Jobs nahm sie es nicht so genau, vor allem, was die Pünktlichkeit anbelangte. Mit Isabelle auf eine Einladung zu gehen, war jedes Mal ein Geduldsspiel, das an Leons Nerven zerrte. Schließlich pflegte er seine Zeit akribisch genau einzuteilen, im Job genauso wie im Privaten. Lieber erschien er fünf Minuten zu früh, als den anderen auch nur eine Minute warten zu lassen. Bei Isabelle war es genau umgekehrt. Eine Verspätung von einer Viertelstunde gehörte in Südfrankreich geradezu zum guten Ton. Leon lächelte bei diesen Gedanken: Was war er doch für ein spießiger Pedant. Im Grunde genommen bewunderte er Isabelle für ihre südfranzösische Nonchalance im Umgang mit der Zeit.

Die Abendbrise trieb den Geruch von Hafenwasser über die Anlegestelle. Aber sie brachte auch ein wenig Abkühlung. Leon beobachtete eine Gruppe junger Frauen, die sich vor der Fähre gruppierten und kichernd ein Selfie machten. Er musste an die eigenartige Begegnung mit der Schauspielerin denken. Vielleicht irrte er sich ja, und der Tod auf der Autobahn und der Sturz von den Klippen hatten nichts miteinander zu tun. Wie sollte er auch einen Zusammenhang nachweisen, wenn er keine Leiche hatte, die er obduzieren konnte. Nicht einmal exhumieren hätte er sie können, denn sie war auf Wunsch ihrer Familie seinerzeit eingeäschert worden. Ja, er war sicher, dass Aline Moreau keinen Selbstmord begangen hatte. Aber was den Tod der Frau anging, die sich angeblich von den Klippen gestürzt hatte, da war alles Spekulation.

»Warten Sie auf jemanden?« Isabelle setzte sich lächelnd neben ihn und stellte die Reisetasche auf den Boden.

»Nein.« Leon sah Isabelle an. »Ich warte einfach ab, wen das Schicksal zu mir auf die Bank setzt.«

»Das nenne ich wahren Abenteurergeist.« Isabelle rutschte ein Stückchen näher an ihn heran.

»Haben Sie heute Abend schon etwas vor?«, fragte Leon.

»Ich bin aber keine Frau für eine Nacht.« Isabelle sah betont scheu zur Seite.

»So etwas würde ich nie denken«, sagte Leon mit einem breiten Lächeln. »Was würden Sie sagen, wenn ich Sie heute Abend zum Essen einladen würde?«

»Das ist alles, was Sie zu bieten haben?«, fragte Isabelle frech.

»Ich sollte vielleicht noch erwähnen, dass sich das Restaurant auf der Insel Port Cros befindet.«

»Das klingt schon interessanter …« Isabelle lächelte ihn an.

»In einem echten Château«, ergänzte Leon.

»Das wird ja immer besser«, säuselte Isabelle.

»Wir fahren natürlich mit meiner Jacht zur Insel …« Leon machte eine galante Geste in Richtung des alten Fährschiffs, von dem der Kapitän herüberwinkte, damit sie endlich an Bord kämen.

»Überredet«, sagte Isabelle und küsste Leon auf den Mund.

Eine Dreiviertelstunde später legte die Fähre an der Mole von Port Cros an. Das Meer war ruhig gewesen wie ein Bergsee. Leon und Isabelle waren ganz nach vorne zum Bug des Schiffes gegangen, hatten sich an der Reling festgehalten und nur noch dem Zischen und Rauschen zugehört, wenn der Rumpf der Fähre die langen Dünungswellen durchschnitt. Leon hatte seinen Arm um Isabelle gelegt, und für einen kurzen Moment hatten sie sich vorgestellt, sie wären Kate Winslet und Leonardo DiCaprio, die auf der Titanic zum Rande des Horizonts fuhren. Dann hatte Leon gespürt, dass er seekrank wurde, und für die restlichen zwanzig Minuten der Überfahrt hatte er unbeweglich dagestanden, die näher kommende Insel fixiert und gebetet, dass sie dort möglichst bald ankommen würden.

Neben Leon und Isabelle hatte nur eine Handvoll Einheimischer das Schiff verlassen. Leon war noch flau von der Überfahrt, und er ging mit weichen Knien von Bord. Aber mit jedem Schritt auf festem Boden fühlte er sich besser.

Port Cros war eine grüne Insel, deren Büsche, Bäume und Blumen so dicht und farbenfroh blühten, als befänden sie sich nicht siebzehn Kilometer vor der französischen Küste, sondern irgendwo weit weg in der Karibik. Es gab nur ein Dutzend Häuser auf der Insel, die rund um den Hafen entstanden waren. In den Siebzigerjahren hatte es mal so ausgesehen, als würde dieses Paradies von einer großen Hotelkette als Ferienresort vereinnahmt werden. Doch schließlich hatten die damaligen Besitzer, ein sehr wohlhabendes französisches Millionärsehepaar ein Einsehen gehabt. Sie machten die Insel dem französischen Staat zum Geschenk, mit der Auflage, dass sie für alle Zukunft von der Naturschutzbehörde verwaltet würde und absolutes Bau- sowie Autoverbot auf Port Cros herrschen sollte. Das hatte dazu geführt, dass die Insel mit den sie umgebenden Gewässern zu einem der schönsten naturbelassenen Flecken Frankreichs geworden war.

Leon und Isabelle gingen auf einem unbefestigten Weg die Bucht entlang. Die Thymian- und Rosmarinbüsche dufteten noch nach der Wärme des Tages. Ein Hain blühender Eukalyptusbäume roch so betörend, dass einem von den ätherischen Dämpfen schwindlig werden konnte. Nach hundert Metern stieß der schmale Weg auf ein blaues Holztor, und dahinter lag das provenzalische Schloss Le Manoir. Eine Bastide wie man hier sagte. Keine trutzige Burg, sondern ein fröhliches, einladendes Gebäude mit vier Türmen an den Ecken, roten Dachpfannen und Terrassen und Treppen aus Naturstein. Dazwischen wuchsen Palmen, Bougainvilleen und Pinien, die nach frischem Harz rochen.

Die weiß getünchten Wände des Herrenhauses mit den grünen Fensterläden leuchteten in der Abendsonne. Unter dem Portikus des Eingangs erwartete der Hotelbesitzer seine späten Gäste mit einem Glas eisgekühltem Crémant.

Außer Isabelle und Leon logierte nicht mehr als ein knappes Dutzend Gäste im Hotel. Isabelle und Leon nahmen in zwei alten, bequemen Liegestühlen auf der Terrasse Platz, tranken ihren Crémant und genossen den Blick auf die untergehende Sonne, die den roten Sandboden und die Bäume und Büsche zum Leuchten brachte.

Das Le Manoir war kein Luxushotel, weil es über goldene Wasserhähne oder Flatscreens mit Kabelfernsehen verfügt hätte. Das kleine Hotel auf der Insel zeichnete sich eher durch seine liebevoll gestaltete Einrichtung und die diskrete Aufmerksamkeit aus, die das Personal den Gästen entgegenbrachte. Aber der wahre Luxus bestand in der Tatsache, dass es hier in einem der letzten Paradiese im Mittelmeer ein Hotel gab, in dem man nicht nur übernachten, sondern auch noch hervorragend essen konnte.

Leon war schon einmal mit Isabelle im Le Manoir gewesen, kurz nachdem sie sich kennengelernt hatten. Seitdem hatten sie sich jedes Jahr geschworen, endlich mal wieder ein paar Tage auf Port Cros zu verbringen, aber immer war ihnen der Job dazwischengekommen. Dass sie es jetzt geschafft hatten, grenzte an ein kleines Wunder und war letztlich nur der Tatsache zu verdanken, dass Leon Isabelle einen Drei-Tage-Aufenthalt im Le Manoir zum Geburtstag geschenkt hatte, und auch der lag inzwischen schon wieder über einen Monat zurück.

Das Dinner war hervorragend gewesen. Als Vorspeise hatten beide die Caillettes, diese köstliche südfranzösische Antwort auf die Frikadelle, ausgewählt, dazu zwei Scheiben feine Gänseleberpastete. Anschließend gab es hausgemachte Aioli-Paste zu frittiertem Gemüse der Saison und anschließend noch ein Filet der Dorade Royal. Zum Abschluss, als Isabelle eigentlich nichts mehr essen konnte, hatten sie sich noch eine Crème brulée geteilt. Nach dem Essen machten die beiden einen Spaziergang zum Strand, den sie um diese Zeit ganz für sich allein hatten. Isabelle war stehen geblieben und hatte begonnen, sich ihr Kleid aufzuknöpfen. Dabei lächelte sie Leon herausfordernd an.

»Was hast du vor?«, fragte Leon.

»Ich möchte schwimmen gehen«, antwortete Isabelle vergnügt.

»Hier? Um diese Zeit?« Leon sah sich um. Aber da war niemand. In diesem Moment ging der Mond über dem Meer auf wie eine dicke Orange.

»Mach schon«, sagte Isabelle und streifte ihr Kleid ab.

»Ich ... ich hab keine Badehose an ...«, sagte Leon, während er seinen Gürtel öffnete.

»Im Paradies sind Badehosen verboten.« Isabelle lächelte und zog sich den Slip aus. »Hast du das nicht gewusst?«

Einen Augenblick später schwammen sie in den warmen Wellen des Mittelmeers. Als sie aus dem Wasser kamen, ging eine frische Abendbrise. Sie zogen sich schnell ihre Sachen über und liefen zurück zum Hotel. Sie hatten ein Eckzimmer im ersten Stock mit breitem Bett und altem, knarzendem Holzboden. Die großen Fenster standen weit offen und gaben den Blick frei über das Meer, das von der Sichel eines zunehmenden Mondes beschienen wurde. Im Garten des Hotels flatterten Fledermäuse zwischen den Pinien. Isabelle hatte eine Kerze auf dem Nachttisch angezündet und lehnte sich an Leon. Stumm betrachteten sie die nächtliche Welt. Es war einer der Momente, in denen man sich nicht traute zu atmen, aus Angst, dass man den Zauber zerstören könnte, dachte Leon. Isabelle drehte sich zu ihm.

»Komm«, flüsterte sie, nahm ihn bei der Hand und ging zum Bett. »Komm zu mir.«

21. Kapitel

Louise spürte einen leichten Windzug, der durch ihren Verschlag ging, und wusste, dass der Mann zurückgekommen war. Die Angst schickte eine lähmende Kälte durch ihren Körper. Eben hatte sie noch geschwitzt in der stickigen Zelle. Jetzt fror sie auf einmal, dass ihre Zähne aufeinanderschlugen.

In diesem Moment hörte sie wieder das Gemurmel. Als das Geräusch lauter wurde, erkannte sie, dass es ein Gesang war, der aus Dutzenden Männerkehlen zu kommen schien. Gregorianische Gesänge fielen ihr ein. Sie hatte sie zum ersten Mal bei der Besichtigung eines Klosters gehört. Und genau wie damals schienen sie auch jetzt aus einem Lautsprecher zu kommen. In diesem Moment hörte sie ein Quietschen, gefolgt vom Schrammen einer Blechtür auf dem felsigen Boden. Sie spürte, wie sie erstarrte. Aber es war nicht ihre Tür, die sie da hörte. Der Mann war an ihrem Verschlag vorbeigegangen. Sie entspannte sich ein wenig und versuchte sich jetzt auf jedes Geräusch zu konzentrieren.

Der Mann war irgendwo tiefer im Gang stehen geblieben. Dort, wo sie die Zelle ihrer Freundin Claire vermutete. Wie lange könnte ihre kranke Freundin diese Tortouren noch aushalten? Was wollte dieses Monster von ihnen?

Halt durch, beschwor sie sich. Du musst versuchen durchzuhalten. Es gibt einen Weg hier raus. Es gibt immer irgendeinen

Weg. Aber sicher war sie sich nicht. Sie hatte versucht, mit diesem Vieh zu reden, aber er schien sie gar nicht zu hören. Er kam nicht in den Keller, um mit ihnen zu reden. Er kam in den Keller, um sie zu quälen, bis aufs Blut zu quälen. Es war ganz egal, ob sie ihrer Freundin etwas zurief oder nicht. Louise war sich sicher, die Bestie hatte vom ersten Moment an vorgehabt, sie beide umzubringen.

Louise riss an der Kette, mit der sie an den Eisenring in der Wand gefesselt war. Die Metallglieder klirrten aneinander, wenn sie sich in ihre eisernen Fesseln warf. Verzweifelt, von Schmerzen gequält. Wieder und wieder. Aber jetzt spürte sie zum ersten Mal einen leichten Ruck, als hätte die Kette ein wenig nachgegeben. Und dann erkannte sie, dass sich der Ring in der Wand bewegte. Nur ein oder zwei Millimeter, aber genug, dass sie den veränderten Zug im Handgelenk spürte, dort, wo die Eisenkette mit einer Handschelle verbunden war. Wenn sie den Ring lösen und sich nur drei Meter weiter in Richtung Tür bewegen könnte, dann würde sie den rostigen Nagel erreichen, der dort auf dem Boden lag. Und mit diesem Nagel könnte sie ihre Handfessel ... Sie wagte es nicht, den Gedanken zu Ende zu führen. Noch war an Flucht nicht zu denken. Noch war sie dem Scheißkerl ausgeliefert. Sie zerrte erneut an ihrer Kette. Einmal nach rechts und einmal nach links. Wieder und wieder. Nein, das war keine Einbildung, der Eisenring in der Wand hatte nachgegeben. Noch einmal, dachte sie, irgendwie wirst du aus diesem Loch herauskommen.

In diesem Augenblick hörte sie Schreie, verzweifelte Schreie in Todesangst und dann ein ersticktes Flehen.

»Claire!«, rief sie. »Claire ...!?«

Louise hörte eine Stimme etwas antworten. Unverständlich, erstickt und verängstigt.

»Claire, halt durch, wir kommen hier raus …«, rief sie so laut sie konnte.

Im gleichen Moment hörte sie wieder einen verzweifelten Schrei und dann das Klatschen des Brettes. Sie wusste, was das bedeutete, kannte die Schmerzen dieser Prozedur. Zweimal war der Scheißkerl bei ihr gewesen, hatte sie mit den Handfesseln an den Haken unter der Decke gehängt. Dann hatte er mit dem Brett zugeschlagen. Wieder und wieder. Die Schmerzen waren unerträglich. Scharf wie Messerschnitte, die den ganzen Körper lähmten und in Wellen von den Oberschenkeln bis zum Nacken hinaufliefen. Anfangs hatte der Schmerz wieder nachgelassen, aber plötzlich hatte sie gespürt, wie ihre Haut aufplatzte. Dann war etwas in ihrem Körper zerrissen, und sie war ohnmächtig geworden.

Das Schreien ihrer Freundin hatte aufgehört. Jetzt stand sie ganz leise da und lauschte in die Dunkelheit. Nichts, nicht das geringste Geräusch war zu hören.

»Claire!?«, rief sie besorgt. »Claire …?«

Es war so still wie in einem Grab, dachte Louise und machte sich sofort Vorwürfe, so einen Gedanken überhaupt zuzulassen. Hatte sie sich nicht geschworen zu kämpfen? Das hier war kein Grab, nicht, wenn sie stark war. Wenn sie die Hoffnung und die Zuversicht nicht verlor, würden sie hier wieder herauskommen. Der Scheißkerl konnte sie nicht ewig hierbehalten. Man würde nach ihnen suchen. Und wie man nach ihnen suchen würde. Da machte sich der Kerl ja gar keine Vorstellungen.

In diesem Moment bewegte sich die Blechtür zu ihrem Verschlag. Sie schwang auf, und da stand er im Schatten des dunklen Gangs. Sie konnte ihn nicht sehen, aber sie konnte ihn atmen hören. Tränen schossen ihr in die Augen, und sie begann zu zittern, in Panik vor dem, was jetzt kommen würde.

22. Kapitel

Die Nacht war lau und ruhig gewesen. Kein Auto, keine betrunkenen Touristen, keine Straßenreinigung um sechs Uhr in der Früh, keine nervenden Nachbarn. Nur Ruhe, Frieden und das gelegentliche Heulen einer Eule. Leon und Isabelle konnten ausschlafen. Was in ihrem Fall bedeutete, dass sie bereits ab neun Uhr munter waren. Sie beschlossen, vor dem Frühstück noch einen kurzen Spaziergang zu machen. Sie gingen zum Strand und nahmen dann den Chemin de la Vigle, der immer am Meer entlang durch die Felsen führte, bis zum südlichen Ende der Insel.

Der Weg war stellenweise so dicht von Ginster und anderen Büschen überwuchert, dass man den Eindruck hatte, durch einen grünen Tunnel zu gehen. Die Grillen hatten schon früh mit ihrem Gesang begonnen, und die Zitronenfalter taumelten in der Wärme der Morgensonne. Leon und Isabelle waren ganz allein unterwegs. Der Weg schlängelte sich über die Klippen, und immer wenn die Vegetation ein paar Meter zurückwich, hatte man eine neue, spektakuläre Aussicht. Isabelle war stehen geblieben und betrachtete das Meer.

»Langsam hungrig?«, fragte Leon. »Lass uns zurückgehen. Die haben hier ein fantastisches Frühstück.« Leon sah Isabelle an, aber die schien ihn gar nicht richtig wahrzunehmen.

»Ich Robinson, du Freitag? Du essen?«, versuchte es Leon,

spürte aber, dass Isabelle im Augenblick keinen Sinn für seine Scherze hatte.

»Geht's dir gut?«, fragte er.

»Nicht so gut, fürchte ich.« Isabelle versuchte locker zu wirken, aber der traurige Unterton in ihrer Stimme war nicht zu überhören.

»Was ist? Haben wir gestern Abend zu viel getrunken, oder sind dir die Flusskrebse nicht bekommen?«

»Ich glaube, ich bin krank, Leon.« Isabelle sah ihn an.

»Wieso, was ist denn?« Plötzlich war Leon besorgt.

»Ich habe etwas im Unterleib, eine Zyste.«

Leon war stehen geblieben. »Bist du dir sicher? Warst du denn beim Arzt?«

»Natürlich. Meine Gynäkologin hat es ja selber festgestellt, beim Ultraschall.«

»Seit wann weißt du davon?«, fragte Leon. Isabelle zögerte.

»Seit April, so ungefähr …«, gestand sie schließlich kleinlaut.

»Zwei Monate? Und du hast nie was gesagt?«

»Ich wollte nicht, dass du dich aufregst.«

»Ich reg mich nicht auf. Aber du hättest längst irgendwo hingehen müssen.« Leon sprach schnell. »Ich kann dir über die Klinik doch jeden Kontakt machen, den du brauchst.«

»Siehst du, genau das meine ich.«

»Schatz, ich wollte doch nur sagen, dass du dringend zu deiner Frauenärztin gehen solltest.« Leon redete jetzt ohne Unterbrechung. »Oder besser noch, du gehst gleich zu Dr. Jospin. Das ist der neue Leiter der Frauenabteilung von Saint Sulpice. Er kommt von der Uniklinik in Marseille. Er hat einen fabelhaften Ruf. Er kann …«

»Leon …« Isabelle legte ihm die Hand auf den Arm, als wäre er krank und nicht sie. »Ich habe schon einen Termin in der Klinik, gleich wenn wir übermorgen zurückkommen.«

»Was hat deine Ärztin gesagt?«, fragte Leon und wusste im gleichen Moment, dass er die Antwort nicht hören wollte.

»Ich soll eine Ovarialbiopsie machen lassen«, sagte Isabelle.

»Dann vermutet sie also eine Veränderung an den Eierstöcken?«

Isabelle nickte und schwieg.

»So eine Biopsie, das ist nur ein ganz kleiner Eingriff«, beschwichtigte er sie. »Reine Routine. Also reg dich nicht auf.«

»Tu ich nicht«, meinte Isabelle.

»Du wirst sehen, da ist nichts. Ich sage dir, du machst dir umsonst Gedanken.« Leon klang tröstend.

»Lügner …« Sie lächelte ihm zu.

Leon sah Isabelle forschend an. In ihren Augen glitzerten Tränen. Es war ganz offensichtlich kein harmloser Befund gewesen, sonst hätte die Ärztin sie bestimmt nicht zur weiteren Abklärung in die Klinik geschickt. Eine Biopsie wurde nur empfohlen, wenn es Anlass zu ernsthafter Sorge gab. Plötzlich schwebte ein Wort, das keiner aussprechen wollte, wie eine dunkle Wolke über ihnen: Krebs.

»Ich glaube, jetzt habe ich doch Hunger«, sagte Isabelle.

»Na dann aber los.« Leon zwang sich, unbekümmert zu klingen.

Er griff nach Isabelles Hand, und sie gingen zurück zum Hotel.

23. Kapitel

»Die Frau hat gesagt, sie bräuchte das Geld, um zu ihrer kranken Mutter nach Montpellier zu kommen.« Der aufgewühlte Mann in den hellblauen Bermudas strich sich nervös mit der Hand über seinen schweißglänzenden Schädel.

»Wie viel haben Sie ihr gegeben?«, fragte Lieutenant Kadir.

»Zehn Euro«, antwortete der aufgeregte Tourist. »Man will ja helfen …«

»Und dann war Ihr Handy weg?«, stellte der Polizist nüchtern fest.

»Die müssen zu zweit gewesen sein. Bitte, Sie müssen was unternehmen!« Der Mann sah sich um, als könnte er irgendwo zwischen den Scharen von Touristen noch die Betrügerin entdecken und ihr den Polizisten auf den Hals hetzen.

»Vorsicht!« Lieutenant Kadir nahm den Mann am Ellenbogen und schob ihn auf das Trottoir, denn in diesem Moment tauchte die Prozession auf.

»Am besten, Sie melden sich gleich auf der Gendarmerie.« Kadir gab dem Mann seine Karte. »Erstatten Sie Anzeige.«

»Wollen Sie denn gar nichts unternehmen?«, fragte der Mann verärgert.

Kadir zuckte nur kurz mit den Schultern und breitete die Arme aus, um eine Gruppe Neugieriger zurückzudrängen.

»Lassen Sie die Prozession vorbei, messieurs dames!«, befahl der Lieutenant.

Der Zug wurde von einer Gruppe Musiker in historischer Tracht angeführt, die auf Querflöten eine Mischung zwischen Volksweise und Marschmusik bliesen. Ihnen folgten der Bürgermeister mit seiner Amtskette und mehrere Stadtabgeordnete mit ihren Schärpen. Hinter ihnen schritten würdevoll vier Männer in blauen Kostümen, die die Figur des heiligen Pierre trugen, des Schutzheiligen der Fischer und Stars dieses Festtages.

Die Holzfigur war einen knappen Meter hoch und mit Bronzefarbe »vergoldet«. Um den Heiligen zu tragen, hätten auch zwei Mann ausgereicht, aber man wollte auf Nummer sicher gehen. Vor einigen Jahren war Saint Pierre vom rechten Weg abgekommen, zu Boden gestürzt und hatte vorübergehend sogar seinen Heiligenschein verloren, nur weil einer der beiden Träger einen alkoholbedingten Schwächeanfall erlitten hatte. Seitdem hatte man die Zahl der Träger verdoppelt und Rosé vor zwölf Uhr verboten.

Begleitet wurde der Zug von den Schützen, älteren Herren, bewaffnet mit historischen Vorderladern. Die Männer trugen weite weiße Hosen und Hemden und verbargen ihre Bäuche unter farbigen Schärpen. Historisch gesehen gab es eigentlich keinen Grund für den Auftritt der Schützen, aber es war genau das, was die Touristen gerne sehen wollten. Und so blieb die Gruppe immer wieder stehen, und die Männer feuerten unter ohrenbetäubendem Krachen ihre Vorderlader in den Himmel ab, was begeisterten Beifall unter den Besuchern auslöste.

Le Lavandou war brechend voll. Der Festtag zu Ehren des heiligen Pierre zog aber nicht nur Touristen wie magisch an, sondern auch alle Arten von Trickbetrügern, Taschendieben und Autoknackern.

Der Schutzheilige der Fischer wurde langsamen Schrittes und

so würdevoll wie möglich durch die engen Gassen der Stadt getragen. Vorbei an Cafés, Brunnen und dem Bouleplatz, wo später die beliebte heilige *Messe en plain air* abgehalten würde. Aber zuerst musste der Heilige noch seine Pflicht tun. Unter Trommelschlägen wurde er auf das alte Fährboot umgeladen, von dem aus der Priester die Fischerboote segnen konnte, die sich in der Bucht von Le Lavandou versammelt hatten.

Es herrschte enges Gedränge auf dem Wasser. Denn zusätzlich zu den Fischerbooten hatten sich auch noch jede Menge Freizeitkapitäne mit ihren Jachten in der Bucht versammelt. Sie kamen aus Neugierde oder um ein wenig vom Segen des heiligen Pierre abzubekommen. Manche der Fischer waren aber auch nur da, um Touristen einen möglichst guten Blick auf das fromme Geschehen zu verschaffen. So wie Marcel Roux, der ein paar bunte Wimpel an sein Fischerboot geknotet und eine Handvoll neugieriger Touristinnen an Bord genommen hatte. Zwanzig Euro hatte jede der Damen zahlen müssen, um die Segnung hautnah miterleben zu dürfen. Wie nah das sein würde, ahnte noch keiner der Gäste an Bord, als das Pointu, das flache blau-weiße Holzboot, auf das Fährschiff zuhielt.

Eine halbe Stunde später hatten sich die Fischerboote draußen vor der Mole aufgereiht. In Schrittgeschwindigkeit tuckerte die Fähre an den Booten vorbei. Der Priester sprach seinen Segen und spritzte symbolisch etwas Weihwasser ins Meer. Auf dass die Doraden auch in Zukunft weiter so zahlreich in die Netze schwimmen und alle Fischer immer wieder sicher in ihren Hafen zurückfinden würden.

Bis zu diesem Moment hatte alles wie vorgesehen geklappt. Der Priester wollte gerade zu einem gemeinsamen Gebet anheben, als eine Touristin auf dem Boot von Marcel Roux einen hysterischen Schrei ausstieß und aufs Wasser deutete. Direkt neben dem Pointu, keine zwei Meter von der Touristin entfernt, trieb ein toter Körper im Wasser.

»*Arrêt!*«, schrie Roux in Richtung der Fähre, die langsam auf den Körper zuhielt.

»*En arrière!*«, rief der Matrose an Deck der Fähre seinem Kapitän auf der Brücke zu.

Der Kapitän riss den Maschinenhebel des Schiffsdiesels in den Rückwärtsgang, aber es war zu spät. Mit wirbelndem Propeller und aufschäumendem Kielwasser trieb das Fährschiff weiter auf den Körper zu. Schreie des Entsetzens von den Gästen an Deck des Fährschiffs wurden laut, als sie zusehen mussten, wie der im Wasser treibende Körper unter dem Schiffsrumpf verschwand.

24. Kapitel

Leon saß auf der Hotelterrasse im Schatten eines Eukalyptusbaums, vor sich ein Müsli und Rührei mit Speck. Er sah hinunter zur Bucht, wo jetzt eine Jacht nach der anderen vor Anker ging. Aber er hatte keinen Blick für die glänzend weißen Boote, die in den Wellen dümpelten. Er konnte sich nicht konzentrieren, musste sich immer wieder die Was-wäre-wenn-Frage stellen. Wenn Isabelle wirklich Krebs hätte …? Er wollte nicht darüber nachdenken. Er wollte optimistisch sein, ihr Mut machen.

In diesem Moment tauchte Isabelle auf, die sich am Frühstücksbuffet ihren Teller mit Käse, frischen Brombeeren und einem Joghurt gefüllt hatte.

»Hast du gesehen, was die hier für Früchte haben? Gigantisch!« Sie setzte sich zu Leon und musterte seinen Teller. »Rührei mit Speck, pah!«

»Ich habe noch mal nachgedacht«, sagte Leon. »Über das, was du vorhin auf dem Spaziergang gesagt hast.«

Isabelle legte ihre Hand auf seine und sah ihn an. »Tust du mir einen Gefallen? Lass uns hier nicht mehr darüber sprechen«, sagte sie. »Lass uns so tun, als ob wir ganz normal Urlaub machen. Genau wie all die anderen hier. Geht das?«

»Klar, natürlich geht das«, sagte Leon, aber es klang nicht

überzeugt. »Vielleicht kann ich ja telefonisch für dich schon irgendetwas klären. Damit wir keine Zeit ...«

»Ganz normalen Urlaub«, unterbrach ihn Isabelle.

Leon hob die Hände, als würde er aufgeben und sich in sein Schicksal fügen.

»Ich mag es, wenn du mir gehorchst«, sagte sie mit einem frechen Grinsen.

»Das ist aber eine einmalige Ausnahme«, antwortete er.

In diesem Moment klingelte Isabelles Handy.

»Ich dachte, wir wollten die Dinger im Zimmer lassen«, sagte Leon.

Das Smartphone klingelte ein zweites Mal. Isabelle nahm es in die Hand, schaute kurz auf das Display und zeigte es Leon.

»Zerna? Der weiß doch, dass du freihast.«

»Er würde mich nie ohne guten Grund im Urlaub stören ...« Wieder klingelte das Handy.

»Geh schon ran«, sagte Leon. Die anderen Frühstücksgäste sahen vorwurfsvoll zu ihnen herüber. Isabelle drückte die Ruftaste.

»Morell«, sagte sie. Dann hörte sie konzentriert dem Anrufer zu. »Ist klar. Ich werde ihn fragen .... Das werde ich ihm sagen ... Verstehe ... Hat das nicht Zeit? Danke, Sie müssen mir nichts über Dienstbereitschaft sagen, Thierry. Bis später!«

Isabelle legte auf und sah noch einen Moment auf das Display.

»Was ist passiert?«, fragte Leon. »Steht die Wache in Flammen?«

»Sie haben wieder eine Tote gefunden.« Isabelle sah Leon an. »Zerna will, dass ich komme. Er meinte, es sei ein Notfall, und er brauche jeden Beamten.«

»Du musst da nicht hin«, sagte Leon. »Sag ihm, dass es dir

nicht gut geht. Oder besser, lass mich mit ihm sprechen.« In einer stummen Geste hielt er ihr seine Hand hin und bat um ihr Handy.

»Ich soll dir sagen, dass du auch gebraucht wirst.«

»Ich mache aber zufälligerweise gerade Urlaub«, meinte Leon. »Sag ihm das.«

»Staatsanwalt Orlandy bittet dich dringend, dass du dir das Opfer ansiehst.« Isabelle warf Leon einen vielsagenden Blick zu. »Willst du wirklich, dass sie jemand aus Marseille schicken? In dein Büro, in deine Pathologie?«

»Aber in Ruhe frühstücken werde ich ja noch dürfen, oder?«, fragte Leon.

»Ich fürchte, nein.« Isabelle sah auf ihre Uhr. »Die Küstenwache ist auf dem Weg hierher. Sie holt uns in fünfzehn Minuten im Hafen ab.«

Leon nahm ein wenig Rührei auf die Gabel, roch daran, verdrehte die Augen und genoss den einzigen Bissen Frühstück, den er an diesem Tag bekommen würde.

»Was würden sie wohl machen, wenn wir jetzt beide Nein gesagt hätten?«

»Haben wir aber nicht«, stellte Isabelle sachlich fest.

Für einen Augenblick sah Leon Isabelle an und dachte, dass es ihr vielleicht ganz recht war, dass sie so überhastet zurück nach Le Lavandou mussten. Der Einsatz würde sie davon ablenken, weiter über ihre Krankheit nachzugrübeln.

25. Kapitel

Die Besprechung fand im Zimmer von Bürgermeister Daniel Robien statt. Nur zwei Stadträte, der Bürgermeister selber, Zerna und die Leiterin des Fremdenverkehrsamtes waren zu dieser eiligen Sitzung zusammengekommen. Ihnen gegenüber am Tisch saßen der Leiter des Kirchenvorstandes von Lavandou und Clément Roman, Gemeindemitglied und Koordinator der kirchlichen Veranstaltungen während der Saint-Pierre-Feierlichkeiten. Die Stimmung im holzgetäfelten Büro des Bürgermeisters war angespannt. Schließlich ging es um nichts Geringeres als die Frage, ob die Feierlichkeiten aus aktuellem Anlass abgebrochen werden sollten. Am Bouleplatz wartete das Orchester auf seinen Einsatz. Im Hafen standen die Touristen ratlos vor den abgedeckten Catering-Tischen, auf denen die Anchoiade, die berühmte provenzalische Sardellencreme, mit frischem Baguette serviert werden sollte.

»Die Veranstaltung weiterlaufen zu lassen, als wäre nichts geschehen, das wäre wie …« Der Gemeindevorstand rang nach den richtigen Worten. »Das wäre einfach unchristlich.«

»Das würde bedeuten, die moralischen Werte aller Christen mit Füßen zu treten«, pflichtete Monsieur Roman seinem Vorstand bei.

»Ich denke nicht, dass das die Bürgerinnen und Bürger unserer Gemeinde so streng sehen«, versuchte es Robien diplomatisch und zupfte an seiner Schärpe.

»Wir schlagen einen erweiterten Gottesdienst *en plein air* vor«, unterbrach ihn Monsieur Roman. »Allerdings ohne Orchester und im Anschluss die stille Auflösung der gesamten Veranstaltung.«

»Aber, Monsieur!« Die Frau vom Fremdenverkehrsamt riss theatralisch die Arme hoch und sah einen Augenblick zur Decke, als wäre von dort ein Zeichen zu erwarten.

»Jetzt machen Sie mal halblang, Messieurs«, blaffte Zerna die Kirchenvertreter an. »Was haben wir denn? Eine tote Frau. Das ist zwar sehr bedauerlich aber an der Côte d'Azur ertrinken jedes Jahr über hundertachtzig Menschen. Und ich habe noch nie gehört, dass der Tod dieser bedauerlichen Opfer Einfluss auf die Planung von Festivitäten genommen hätte.«

»Zumal wir ja noch nicht einmal wissen, ob die Tote überhaupt ...« Die Frau vom Fremdenverkehrsamt unterbrach sich kurz. »... ich meine, ob sie überhaupt Mitglied dieser Gemeinde ist.«

»Ich muss doch sehr bitten«, tadelte der Kirchenmann.

»Ist doch wahr«, polterte Zerna. »Ich muss da jetzt rausgehen. Also, was soll ich denen sagen? Die Leute werden ungeduldig.«

»Aber wir sind doch alle Christenmenschen«, erinnerte Monsieur Roman.

»Eben drum«, meinte Zerna. »Und alle wollen ihre Messe im Freien und anschließend was Ordentliches zum Futtern und dazu ein Glas Wein.«

»Ganz genau«, bestätigte die Dame von Fremdenverkehrsbüro. »Machen wir also weiter – wenn auch schweren Herzens.« Sie sah zum Gemeindevorstand, der schwieg.

»Dann sind wir uns also einig?« Der Bürgermeister sah sich

in der Runde um, und niemand widersprach. Er nickte Zerna erleichtert zu. »Voilà, machen wir weiter!«

»Wir sollten am Nachmittag in jedem Fall für das Opfer einen Gedenkgottesdienst in der Kirche veranstalten«, sagte Roman.

»Sehr würdevoll«, stimmte der Vorstand zu.

»Eine gute Idee.« Die Leiterin des Fremdenverkehrsamtes wandte sich an Zerna. »Jetzt müssen Sie nur den Hafen wieder freigeben. Wir haben da fünfunddreißig Tische aufgebaut. Die Leute kommen sogar mit ihren Booten zum traditionellen Anchoïade-Essen.«

»Der Hafen wird erst freigegeben, wenn der Rechtsmediziner hier war«, sagte Zerna. »Ich werde nicht zulassen, dass die Leute mit ihren Fischbrötchen in der Hand über eine Wasserleiche stolpern.«

26. Kapitel

Das Schnellboot der Küstenwache hatte für die Überfahrt von Port Cros keine zwanzig Minuten gebraucht. Leon hatte die Fahrt gut überstanden, was er auch der Tatsache verdankte, dass er ohne Frühstück aufgebrochen war. Lieutenant Masclau hatte Leon und Isabelle bereits an der Anlegestelle erwartet. Er informierte die beiden kurz über den Stand, während sie auf die Halle des Fischmarktes zugingen.

Die Fischer hatten die Wasserleiche mithilfe einer Plane geborgen und im Vorraum des Fischmarktes auf den Boden gelegt. Der Polizeichef war der Meinung gewesen, dass der Médecin Légiste die Leiche möglichst so sehen sollte, wie man sie gefunden hatte.

Ein Polizist hielt das Absperrband hoch, als die kleine Gruppe den Fischmarkt erreichte. Hinter der Absperrung drängten sich die Neugierigen mit ihren gezückten Smartphones. Die Nachricht von der Wasserleiche im Fischmarkt hatte sich schnell herumgesprochen, und jeder hoffte auf ein blutiges Foto, das er später im Bistro herumzeigen konnte. Aber sie würden kein Bild der Toten bekommen, und das war auch besser so, dachte Leon.

»Guten Morgen, Docteur!« Zerna kam auf Leon zu.

»Guten Morgen, Commandant!«, antwortete Leon höflich.

»Wir haben eine Wasserleiche, weiblich«, sagte Zerna und

wies auf den Eingang der Markthalle. »Sie liegt da drinnen, gleich im Vorraum.« Er drückte das Tor auf, und die Gaffer hinter dem Absperrband reckten die Hälse.

»Sie liegt auf dem Boden?«, fragte Leon.

»Auf die Fischtheke konnten wir sie ja schlecht legen«, meinte Masclau trocken.

»Könnte ich ein paar Handschuhe bekommen?«

»Moment!« Masclau reichte Leon einen Karton mit Einweghandschuhen, und Leon bediente sich.

Der Raum war mit hellblauen Fliesen gekachelt. Das Licht kam von Neonleuchten, die an der Decke summten. Alles war blank geputzt. Nur die flachen Stände, auf denen sonst der Fang auf Eis ausgelegt wurde, waren an diesem Feiertag leer. Trotzdem roch es unverkennbar nach Fisch. Am Boden lag eine grüne Plane, unter der die Konturen eines Menschen zu erkennen waren.

»Würden Sie bitte alle ein Stück zurücktreten?« Leon deutete auf eine imaginäre Linie am Boden, und die kleine Gruppe machte einen Schritt zurück. Aber keiner der Anwesenden ließ den Médecin Légiste aus den Augen.

Leon ging in die Hocke und schlug die Plane zur Seite. Einige der Anwesenden stöhnten leise auf beim Anblick, der sich ihnen bot.

Leon erkannte auf den ersten Blick, dass das hier kein Bootsunfall war und wahrscheinlich auch kein Selbstmord. Die Parallelen zu der Toten von der Autobahn und der Frau in den Klippen waren unübersehbar. Alles fügte sich in ein immer deutlicher werdendes Bild: Sie hatten es mit einem Serientäter zu tun. Auch wenn es genau das war, was Zerna jetzt am allerwenigsten hören wollte. Darum würde Leon ihm im Moment noch seinen Verdacht vorenthalten, vorläufig. Die Obduktion in der Gerichtsmedizin würde allerdings die Wahrheit ans Licht bringen. Da war sich Leon fast sicher.

»Sieht ja gruselig aus«, sagte Zerna.

»Verdammte Scheiße«, brummte Masclau, als Leon die Plane vollständig zurückschlug.

»Weiß jemand, wer sie ist?«, fragte Isabelle.

»Angeblich eine Touristin«, meinte Masclau. »Papiere hatte sie keine dabei.«

»Ich unterhalte mich schon mal mit den Zeugen.« Isabelle hatte sich umgedreht. Kein Wunder, dass ihr der Anblick zu viel war, dachte Leon.

»Die Zeugen sitzen auf der Bank neben dem Fährbüro«, meinte Masclau. »Marcel Roux hat die Tote entdeckt. Er hatte ein paar Touristinnen an Bord, aber die können wir als Zeugen vergessen.«

»Wer hat sie hierhergebracht?«, fragte Leon.

»Das war Roux mit zwei anderen Fischern von einem Nachbarboot.«

»Ich brauche die DNA aller Beteiligten, damit wir sie später ausschließen können.«

»Kümmerst du dich bitte darum?«, sagte Isabelle zu Masclau.

Leon betrachtete die Tote. Die Schiffsschraube hatte die Frau voll erwischt. Die Verletzungen sahen aus, als hätte jemand mit einem Beil zugeschlagen. Ein Schnitt der Schraube hatte den Oberschenkel getroffen. Zwei weitere Schnitte hatten den unteren Bauchraum und den Brustkorb geöffnet. Innere Organe und der rechte Lungenflügel waren aus dem Körper gequollen. Blut war keines zu sehen.

»Ist voll in den Propeller geraten«, konstatierte Masclau. »Der Sog hat sie gedreht wie ein Grillhähnchen.«

Leon hörte nicht hin. Er griff nach der Hand des Opfers, die sich leicht drehen ließ. Die Handfläche war aufgequollen und verschrumpelt, als hätte die Frau einen zu großen Gummihandschuh an, den sie jederzeit abstreifen konnte. Leon untersuchte die Fußsohlen, sie zeigten das gleiche Phänomen.

»Wie lange lag sie im Wasser, Docteur?«, wollte Zerna wissen.

»Starke Waschhautbildung an Händen und Füßen ...«, antwortete Leon. »Sie muss zwischen fünf und sieben Tagen im Wasser gelegen haben.«

»Könnte sehr gut ein Unfall gewesen sein ...« Zerna sprach betont deutlich, als müsste Leon genau verstehen, was der Polizeichef jetzt hören wollte. Aber diesen Gefallen tat ihm Leon nicht.

»Das denke ich nicht, Commandant.« Er richtete sich auf. »Erstens wäre ein entsprechender Bootsunfall bestimmt der Gendarmerie gemeldet worden, und was meine pathologische Einschätzung angeht: Die Frau war bereits tot, als sie ins Wasser fiel.«

»Das können Sie doch unmöglich jetzt schon sagen.« Zerna klang geradezu beleidigt.

Leon musste sich eingestehen, dass Zerna recht hatte. Er konnte im Augenblick tatsächlich noch nicht mit Sicherheit sagen, ob die Frau noch lebte oder schon tot war, als man sie ins Wasser geworfen hatte. Aber es gab einige Hinweise dafür, dass sie umgebracht worden war. Soweit er bereits durch die tiefe Wunde im Brustkorb erkennen konnte, war der Lungenflügel nicht überdehnt worden und auch nicht mit Wasser gefüllt gewesen. Natürlich gab es viele Faktoren, die den Zustand einer Wasserleiche beeinflussten. Da war die Wassertemperatur, Strömungen, Felsen, Algenbewuchs und schließlich jede Menge hungriger Fische und Krebse, die sich über den toten Körper hermachten, wenn er nur lange genug im Wasser trieb.

Stutzig machte Leon etwas ganz anderes. Der Körper dieser Frau war übersät mit Wunden und Hämatomen. Besonders auffällig waren die Verletzungen am Rücken. So etwas war untypisch für eine Wasserleiche, die in der Regel in Bauchlage im Meer trieb. Dabei wurden vor allem Fußrücken, Knie, Handrücken und Stirn von Sand und Felsen in Mitleidenschaft gezogen. Aber diese Verletzungen hier waren anders. Nach Leons Einschätzung war diese Frau kurz vor ihrem Tod schwer misshandelt worden. Aber so etwas ließ sich nur durch eine genaue Autopsie im Sektionsraum der Rechtsmedizin feststellen. Es gab aber noch etwas, das Leon stutzig machte. An den Oberschenkeln und am Bauch waren Zeichen zu sehen, die offensichtlich mit einem Messer in die Haut geschnitten worden waren.

»Ich weiß, was Sie gerne von mir hören würden.« Leon sah den Polizeichef an. »Dass diese Frau durch einen Unfall oder durch Selbstmord ums Leben gekommen ist. Aber ich würde beide Möglichkeiten ausschließen.«

»Bitte, Docteur, machen Sie sich keinen Kopf darüber, was ich gerne hören würde.«

»Wir sollten abwarten, was die Obduktion ergibt«, antwortete Leon.

»Richtig, also bleiben wir bis dahin erst mal bei der Unfalltheorie.« Zerna war einen Schritt näher an Leon herangetreten und sprach jetzt halblaut mit ihm. »Wir wollen den Besuchern unserer schönen Stadt doch nicht das Fest verderben.«

»Sie wissen, dass das kein Unfall war«, sagte Leon. »Irgendwann müssen Sie die Öffentlichkeit unterrichten.«

»Wie ich bereits sagte: Im Augenblick geht die Gendarmerie nationale von einem Unfall aus«, antwortete Zerna förmlich. »Für eine endgültige Einschätzung des Geschehens müssen wir die Untersuchungsergebnisse der Rechtsmedizin abwarten. Da habe ich Sie doch richtig verstanden, Docteur?«

»Ihnen ist schon klar, dass wir es hier mit einem Serientäter zu tun haben könnten?« Der Vorwurf in Leons Stimme war nicht zu überhören.

»Die Bestatter sind da«, meldete sich Masclau.

»Schicken Sie sie rein, aber schnell«, sagte Zerna und sah Leon an.

»Ich bin hier fertig«, erklärte Leon und zog die Plane über das Opfer, während hinter ihm die Bestatter die graue Kunststoffbahre hereintrugen.

27. Kapitel

In den Hügeln des Forêt des Maures konnte man sich leicht verfahren. Die Straßen waren schmal, und nur die wenigsten waren ausgeschildert. Vielleicht lag es aber auch daran, dass Isabelle sich im Augenblick nur schwer konzentrieren konnte. Es war ihr nicht leichtgefallen, Leon von ihrem Arztbesuch zu erzählen. Tagelang hatte sie dieses Gespräch immer wieder aufgeschoben. Eigentlich wollte sie das Untersuchungsergebnis abwarten, aber dann hatte sie das Gefühl gehabt, dass Leon ein Recht darauf hatte, die Wahrheit zu erfahren. Vielleicht war ja auch gar nichts dran an der Sache. Isabelle schluckte die Traurigkeit hinunter, die in ihr aufsteigen wollte. Der Aufbruch von Port Cros war so überstürzt gewesen. Seitdem hatten sie das Thema ganz bewusst nicht noch einmal angesprochen, aber Isabelle konnte spüren, wie sehr die Nachricht Leon belastete. Als Zerna sie fragte, ob sie zum Institut Provençal fahren könnte, hatte sie sofort Ja gesagt. Jede Aufgabe war ihr recht, wenn sie sie nur auf andere Gedanken brachte.

Inzwischen war Isabelle schon seit über einer Stunde unterwegs. Dabei lag ihr Ziel keine fünfundzwanzig Kilometer von Le Lavandou entfernt. Endlich entdeckte sie ein Schild am Straßenrand: »Institut Provençal – 2 km«.

Aline Moreau hatte in diesem Institut gelegentlich gearbeitet, und damit war es eine Spur in diesem geheimnisvollen Fall. Aber gab es tatsächlich eine Verbindung von Aline zu der toten Frau aus dem Meer und der angeblichen Selbstmörderin vor sechs Jahren, so wie Leon vermutete?

Morgen würden die ersten Ergebnisse aus der Rechtsmedizin vorliegen. Gut möglich, dass Toulon dann Kommissarin Lapierre schicken würde. In diesem Fall wollte Zerna sich nicht nachsagen lassen, er wäre mit seinen Beamten nicht jeder noch so vagen Spur nachgegangen.

Über das Institut Provençal hatte Isabelle nicht viel in Erfahrung bringen können. Auf seiner Homepage beschrieb sich das Institut als »Ein Schloss der Ruhe und Besinnung in den wilden Hügeln der Provence, der ideale Platz, um die Seele neu auszurichten«. Der Leiter des Instituts, ein gewisser Dr. Victor Fouché, hatte angeblich an der »Université François Rabelais« in Tours das Studienfach der Sozialökonomie mit Promotion abgeschlossen. Später hatte er eine Werbeagentur in Paris geleitet, vor rund sieben Jahren das Château erworben und sein Institut eröffnet. Was offenbar kein einfaches Unterfangen gewesen war, denn der lokale *Var-Matin* hatte in den letzten Jahren gleich zweimal gemeldet, dass das Institut vor der Insolvenz stand.

Das Schild war dunkelblau und in zwei Metern Höhe neben einem Tor aus Edelstahl angebracht. Über den Worten »Château« und »Institut Provençal« war ein Fantasie-Wappen mit Schwert und Einhorn zu sehen. Darüber schwebte eine kleine goldene Krone. Unter dem Wappen befand sich ein Spruchband mit den lateinischen Worten »Carpe diem«. Als Isabelle sich mit dem Streifenwagen dem Tor näherte, schwang es automatisch auf. Eine etwa hundert Meter lange Auffahrt führte zwischen einer Allee von Zypressen hindurch, genau auf ein Herrenhaus zu. Die Zufahrt endete auf einem Kiesplatz, auf dem Autos mit Kennzeichen aus den unterschiedlichsten Regionen Frankreichs geparkt waren. Von dem Gebäude schien nur der mittlere Teil aufwendig renoviert worden zu sein. Der Flügel und ein Anbau waren in weniger gutem Zustand. Doch üppiger Efeu, der über die Mauern kroch, kaschierte die gröbsten Schäden.

Der parkähnliche Garten war gepflegt, und vereinzelte Gäste kamen Isabelle entgegen, als sie auf den Eingang zuging. Die Empfangshalle mit dem breiten Aufgang zum ersten Stock hätte eher zu einem Grandhotel gepasst, dachte Isabelle, als sie das Haus betrat. Hinter einem antiken Schreibtisch im Foyer saß eine gepflegte Frau von Mitte dreißig, die sofort aufstand und auf Isabelle zukam.

»Capitaine Morell, bonjour«, stellte sich Isabelle vor. »Haben wir miteinander telefoniert?«

»Ja, mein Name ist Cloé«, sagte die Dame vom Empfang. »Entschuldigen Sie! Cloé Mair. Wir sprechen uns hier alle mit Vornamen an. Docteur Fouché erwartet Sie bereits im Pavillon.«

Breite Stufen führten einen sanften Hang hinunter, vorbei an einem großen Pool, in dem einige vom Weg abgekommene Käfer um ihr Leben strampelten, bis zu einem sechseckigen, weiß getünchten Pavillon.

»Auf dem Eingangsschild an der Straße habe ich ›Château‹ gelesen«, sagte Isabelle zu Cloé. »Aber ich sehe gar kein Schloss.«

»Es wurde 1789 im Zuge der Französischen Revolution abgerissen. Später hat man auf den Grundmauern dieses Herrenhaus gebaut. Wir nennen es aber immer noch ›das Schloss‹.« Cloé klang, als würde sie jedem Besucher das fehlende Chateau erklären müssen.

Cloé klopfte an die Tür des Pavillons, und jemand rief: *»Entrez!«* Die Empfangsdame öffnete die Tür und gab Isabelle mit einer Handbewegung zu verstehen, dass sie eintreten sollte. Der Raum war komplett mit hellbraunem Fichtenholz getäfelt. Sechs große

Fenster, die bis zum Boden reichten, sorgten für einen beeindruckenden Panoramablick über die wilden Hügel der Provence. In einem weißen Corbusier-Sessel saß ein Mann von Mitte vierzig im weißen Leinenanzug. Er hatte seine dunklen, welligen Haare nach hinten gegelt, sodass seine hohe Stirn besser zur Geltung kam. Der Mann trug eine Lesebrille mit auffallender roter Fassung. Als Isabelle den Raum betrat, stand er sofort auf, legte seine Unterlagen auf einen Beistelltisch und reichte der Besucherin die Hand. Er trug keine Uhr, sondern hatte stattdessen ein paar bunte Freundschaftsbändchen um sein linkes Handgelenk geknotet. Fouché sah sie über den Rand seiner Brille hinweg an, wahrscheinlich glaubte er, so intellektueller zu wirken. Isabelle fiel sofort auf, dass Fouchés linkes Auge tränte, was den Mann dazu zwang, gelegentlich mit einem blütenweißen Taschentuch seinen Augenwinkel trocken zu tupfen.

»Monsieur Fouché?«, fragte Isabelle. »Ich bin Capitaine Morell von der Gendarmerie nationale.«

»Docteur Victor Fouché«, korrigierte der groß gewachsene Mann mit einem falschen Lächeln seine Besucherin. »Ich bin erfreut, Sie kennenzulernen.«

»Das ist schön zu hören«, sagte Isabelle und lächelte ebenso falsch zurück. »Die meisten Menschen haben nicht so gern mit der Polizei zu tun.«

»Nur wenn sie ein schlechtes Gewissen haben, vermute ich. Wie kann ich Ihnen helfen? Bitte ...« Er wies auf die Sitzecke mit den Designermöbeln. »Cloé, wären Sie so lieb und würden unserem Gast und mir Eistee bringen, Sie mögen doch Eistee, Capitaine?«

»Nein danke, nichts für mich bitte.« Irgendetwas störte sie an der übertrieben höflichen Art ihres Gastgebers. Sie würde die Unterhaltung so kurz wie möglich halten.

»Ich hatte Sie schon früher erwartet«, sagte Fouché, um Small Talk bemüht.

»Ich bin zweimal falsch abgebogen. Leider sind die Straßen hier oben nicht gut beschildert.«

»Ja, es kann gefährlich werden, wenn man sich auf unbekanntes Terrain begibt.«

Isabelle war sich nicht sicher, ob Fouché gerade einen Scherz gemacht hatte oder ob das eine versteckte Mahnung war, ihre Nase nicht in fremder Leute Angelegenheiten zu stecken.

»In Ihrem Haus hat gelegentlich Aline Moreau gearbeitet.«

»Wieso hat? Sie tut es noch.«

»Oh, Sie haben nicht vom Tod der jungen Frau auf der Autobahn gehört?«

»Die von der Brücke gesprungen ist?«, fragte Fouché. »Sie meinen, das war Aline Moreau?«

»Wir sind ganz sicher«, sagte Isabelle.

»Mein Gott«, sagte Cloé, die in der Tür stehen geblieben war.

»Danke, Cloé! Würden Sie uns bitte allein lassen?«

»Ich dachte nur, ob Madame Morell vielleicht ...«, wollte Cloé sagen, als Fouché sie grob unterbrach.

»Ich sagte ›Danke‹.« Fouchés höflicher Ton war schärfer geworden.

Isabelle entging nicht die Bewegung seiner spinnenartigen Finger, mit der der Hausherr Cloé in Richtung Tür wies. Die Angestellte verließ sofort den Raum.

»Wie gut kannten Sie Aline Moreau?«, fragte Isabelle.

»Kennen ... Wie gut lernt man schon jemand kennen, der einem die Buchhaltung erledigt?« Fouché tupfte sein tränendes Auge. Dann steckte er das Taschentuch wieder zurück in seinen Leinensakko.

»Wie wir wissen, hat sie sich schon eine ganze Weile um Ihre Buchhaltung gekümmert.«

»Was wollen Sie damit sagen?«

»Monsieur Fouché, wenn man sich so oft sieht, erfährt man doch auch etwas über den anderen. Zum Beispiel, ob Aline Moreau einen Freund hatte?«

»Da fragen Sie den Falschen. Woher sollte ich das wissen? Sie kam immer mit ihrem Wagen. Ich kann mich nicht erinnern, dass sie jemals gebracht oder abgeholt worden wäre. Sie war kein Mensch, der viel von sich erzählt hat.«

»Wann war sie das letzte Mal bei Ihnen?«

»Sie kam immer dienstags.« Er dachte einen Moment nach. »Jetzt fällt mir ein, letzte Woche ist sie nicht erschienen. Ich hatte mich noch gewundert.«

»Sie haben Madame Moreau nicht angerufen?«

»Nein, ich dachte doch ... Mein Gott!« Er unterbrach sich und schüttelte wie in stummer Fassungslosigkeit den Kopf.

Warum hatte Isabelle das Gefühl, dass Fouché ihr etwas vorspielte? Das Gespräch mit dem Coach zog sich noch über eine halbe Stunde hin. Aber entweder wollte der Mann nicht mit Isabelle reden, oder er konnte wirklich nichts zur Aufklärung von Aline Moreaus Tod beitragen. Die Buchhalterin sei eine zurückhaltende Person gewesen, hatte Fouché gesagt, ein wenig schüchtern, aber immer pünktlich und zuverlässig.

»Bitte rufen Sie uns an, wenn Ihnen noch irgendetwas einfallen sollte«, hatte Isabelle zu ihm gesagt und Fouché ihre Karte dagelassen. Dann musste der Coach dringend ein Motivationsseminar abhalten. Er hatte die Teilnehmer bereits einige Minuten warten lassen. Isabelle zeigte Verständnis. Sie würde den Weg zu ihrem Auto auch alleine finden.

Als Isabelle durch die Eingangshalle ging, war der Empfang

unbesetzt. Was für ein merkwürdiger Mensch dieser Fouché doch war, dachte Isabelle. Kalt und hoch konzentriert. Immer versucht, möglichst professionell zu wirken. Trotzdem hatte sie gespürt, dass ihn etwas verunsicherte.

Als sie ihren Einsatzwagen erreichte, tauchte wie zufällig Cloé dort auf.

»Madame Mair?«, sagte Isabelle überrascht.

»Tut mir leid, wenn ich Sie hier so überfalle«, entschuldigte sich die Frau, »aber ich müsste Sie ganz dringend sprechen.«

Isabelle fiel auf, dass sich Cloé Mair nervös umsah, als müsste sie sichergehen, dass sie nicht beobachtet wurden.

»Wollen wir vielleicht ein Stück spazieren gehen?«, schlug Isabelle vor.

»Danke, gerne«, sagte Cloé.

Sie folgten einem kurzen Weg, der zu einer Bank unter einer Gruppe von Platanen führte.

»Bitte verstehen Sie mich nicht falsch. Ich will wirklich niemanden verdächtigen, aber ...«, begann Cloé und unterbrach sich gleich wieder.

»Wenn Sie dazu beitragen können, den Tod von Madame Moreau aufzuklären, dann ist daran nichts falsch«, beruhigte Isabelle sie.

»Es geht nicht um Madame Moreau.« Cloé räusperte sich.

»Sondern?«, fragte Isabelle.

»Ich habe in den Nachrichten von der Frau gehört, die vor Le Lavandou ertrunken ist.«

»Was ist mit ihr?« Isabelle war plötzlich alarmiert.

»Wir hatten hier kürzlich einen Gast, Claudine Lambert«, begann Cloé so vorsichtig, als würde sie über Eis gehen, von dem sie nicht wusste, ob es sie tragen würde.

»Ja?«, fragte Isabelle.

»Sie ist … verschwunden«, antwortete Cloé.

»Das verstehe ich nicht«, meinte Isabell. »Wenn ein Gast verschwindet, dann wird doch bestimmt nach ihm gesucht?«

»Madame Lambert ist ja auch nicht richtig verschwunden. Vielleicht sehe ich die Dinge ja auch viel zu schwarz. Ich hätte gar nicht davon anfangen sollen …« Die Mitarbeiterin des Instituts wollte aufstehen, als Isabelle ihr freundlich die Hand auf den Arm legte.

»Bitte, warten Sie! Madame Lambert ist also Gast in diesem Institut gewesen, und jetzt ist sie verschwunden? Was sagt denn Docteur Fouché dazu?«

»Das ist ja das Problem«, meinte Cloé, und Isabelle spürte, wie unangenehm der Frau das Gespräch war. »Die beiden hatten sich gestritten.«

»Madame Lambert und Monsieur Fouché?«

»Es ging um etwas Persönliches.« Cloé nickte. »Wenigstens glaube ich das.«

»Sie meinen, Fouché und Madame Lambert hatten eine Beziehung?«, fragte Isabelle, und Cloe nickte erneut.

»Ich habe den Streit ganz zufällig mitbekommen. Auf dem Parkplatz. Sie waren ziemlich laut. Sie hat ihm vorgeworfen, er würde sie ausnutzen. Und er hat gesagt, sie solle ihn endlich in Ruhe lassen und verschwinden. Dann ist sie in ihren Wagen gestiegen und weggefahren.«

»Wann war das?«, fragte Isabelle.

»Vor einer Woche.«

»Klingt nach einem Beziehungsstreit«, meinte Isabelle. »Da kann sich die Polizei nicht einmischen. Die beiden sind schließlich erwachsene Leute.«

»Aber seitdem ist Madame Lambert nicht wieder aufgetaucht«, wiederholte Cloé. »Gestern hat mich Monsieur Fouché gebeten, dass ich ihr Zimmer ausräume.«

»Das Zimmer von Madame Lambert, hier im Institut?«, fragte Isabelle erstaunt. »Hat sie denn etwas zurückgelassen bei ihrer Abreise?«

»Alles«, sagte Cloé. »Sie hat nichts mitgenommen. Keinen Koffer, keine Kleider, nicht mal ihre Unterwäsche oder ihre Kosmetika.«

»Verstehe ...« Isabelle dachte nach.

»Bitte, ich möchte Docteur Fouché nicht in Schwierigkeiten bringen. Aber als ich heute das von der toten Frau im Meer gehört habe, da ...« Cloé unterbrach sich.

»Wir könnten etwas versuchen.« Isabelle zog ihr Smartphone aus der Uniformtasche und drückte eine Kurzwahltaste. Auf der anderen Seite wurde beim ersten Läuten abgehoben.

»Didier«, sagte Isabelle, »ich bin es. Ich bin noch in diesem Institut bei Gonfaron. Eine Frage: Haben wir schon Fotos von der Toten aus dem Meer? ... Ich weiß, ich brauche auch nur ein Porträt ... Jetzt gleich ... Erzähle ich dir später ... Ich warte. Danke, Didier!«

Es dauerte keine drei Minuten, und Isabelles Handy gab einen kurzen, melodischen Signalton von sich. Isabelle öffnete den Nachrichteneingang, und ein Foto der Toten aus dem Meer erschien. Der Polizeifotograf hatte versucht, sie so aufzunehmen, dass sie möglichst natürlich wirkte, aber das war ihm beim Zustand dieser Leiche nicht recht gelungen. Salzwasser, Sand und Felsen hatten der Toten zu lange zugesetzt. Sie wirkte entstellt, fast wie ein Wesen aus einer anderen Welt. Vielleicht war es doch keine gute Idee, dieses Bild Cloé Mair zu zeigen.

»Ich fürchte, auf dem Foto ist nicht viel zu erkennen.« Isabelle wollte das Handy wieder einstecken.

»Zeigen Sie mir das Foto, bitte«, sagte Cloé.

»Das Wasser hat die Gesichtszüge stark verändert. Es ist nicht mehr viel zu erkennen.«

»Zeigen Sie es mir trotzdem«, wiederholte Cloé tapfer, als wäre sie es der verschwundenen Frau schuldig, sich das Foto anzusehen.

Isabelle hielt ihr das Handy mit der Aufnahme hin. Cloé sah einen Moment lang wie erstarrt auf das Foto. Nach einigen Sekunden wandte sie sich ab.

»Das ist Madame Lambert«, sagte sie und sah in die Blätter der Platane, die sie wie ein grünes Dach vor der Junisonne schützte.

»Sie haben sie tatsächlich auf diesem Foto erkannt?«, fragte Isabelle überrascht.

»Sie trägt diesen kleinen Silberring.« Die Frau tippte an ihren rechten Nasenflügel. »Das Piercing, hier in der Nase.«

Eine Viertelstunde später war das Motivationsseminar von Docteur Fouché zu Ende. Isabelle beobachtete, wie eine Gruppe von etwa zwanzig Frauen und Männern in teuren Marken-Trainingsanzügen den Schulungsraum verließ. Die Teilnehmer unterhielten sich halblaut, tief beeindruckt von der Stunde, die sie gerade mit ihrem Guru hatten verbringen dürfen. Eine auffallend attraktive Frau war bei Fouché stehen geblieben und überschüttete ihn mit Lob für sein Seminar. Isabelle konnte sehen, wie der Trainer die Bewunderung der jungen Frau genoss. Als die beiden als Letzte aus dem Seminarraum traten, sprach Isabelle den Seminarleiter an.

»Monsieur Fouché«, sagte sie.

»Ich dachte, Sie hätten uns bereits verlassen.« Fouché sah Isabelle an wie ein ekliges Insekt, das er trotz aller Bemühungen nicht losgeworden war.

»Wir müssen noch einmal miteinander reden, dringend«, bat Isabelle.

»Gerne ein anderes Mal«, sagte Fouché mit einem verschwörerischen Lächeln zu seiner Begleiterin. »Ich habe Vorträge bis heute Abend. Rufen Sie meine Sekretärin an, die wird mit Ihnen einen Termin vereinbaren. Gehen wir ...«

Fouché berührte die attraktive Dame neben sich sanft am Elenbogen und wollte sie in Richtung Gang bugsieren. Doch Isabelle stellte sich den beiden in den Weg. Fouché sah sie irritiert an. Er war es ganz offenbar nicht gewohnt, dass sich ihm jemand widersetzte, und schien verunsichert, wie er reagieren sollte.

»Ich muss aber jetzt mit Ihnen reden.« Isabelle rührte sich nicht von der Stelle.

»Darauf kann ich leider keine Rücksicht nehmen, Capitaine. Ich sagte Ihnen doch schon, meine Seminare sind alle ausgebucht.«

Einige Gäste hatten Isabelles Auftritt beobachtet. Sie waren in Hörweite stehen geblieben, um auch ja nichts von der Auseinandersetzung zu verpassen. Isabelle atmete einmal tief durch. Wenn Monsieur Fouché darauf bestand, konnte sie auch anders.

»Monsieur Fouché, ich fordere Sie hiermit auf, mich zu einer Befragung in die Gendarmerie nationale nach Le Lavandou zu begleiten. Und zwar jetzt gleich.« Sie hatte so laut gesprochen, dass alle es hören konnten.

»Was soll das, Capitaine?« Fouché lachte kurz auf, als wäre alles nur ein Spaß und ein Irrtum sowieso. »Alles, was ich über Madame Moreau weiß, habe ich Ihnen bereits gesagt. Es wäre wirklich sehr freundlich, wenn Sie mich jetzt mein nächstes Seminar halten ließen.«

»Es geht nicht um Madame Moreau, es geht um Madame Lambert«, sagte Isabelle überdeutlich.

»Claudine Lambert? Aber wieso?« Diesmal schien Isabelle den selbstgerechten Monsieur Fouché aus dem Konzept gebracht zu haben.

»Entweder Sie begleiten mich auf die Wache zu einer Zeugenbefragung …«, sagte Isabelle, »… oder ich nehme Sie fest, hier und jetzt.«

»Das ist doch Unsinn«, entgegnete Fouché tapfer, damit die Zuschauer es auch hören konnten. »Und das wissen Sie genau. Was wollen Sie mit Ihrem Auftritt erreichen?«

»Ich fordere Sie ein letztes Mal auf, mich zu begleiten, Monsieur Fouché, andernfalls muss ich Sie festnehmen. Wollen wir uns das nicht ersparen?« Isabelle hatte zu ihrem Handy gegriffen. »Ich kann auch Verstärkung anfordern …«

Fouché blickte kurz in die Runde seiner Seminarteilnehmer, dann hob er theatralisch die Hände.

»Schon gut, schon gut. Tun Sie, was Sie nicht lassen können. Die Kavallerie können Sie ruhig zu Hause lassen. Ich komme auch so mit. Aber fürs Protokoll: Es ist Ihnen klar, dass die Sache Folgen für Sie haben wird?«

»Das will ich doch hoffen«, sagte Isabelle und deutete in Richtung Gang. »Gehen wir.«

28. Kapitel

Leon hatte schon viele Tote gesehen. Menschen erlagen Schlaganfällen und Herzinfarkten im Schlaf. Andere wurden erschossen oder brachen sich bei einem Fahrradunfall das Genick. Das alles waren Opfer, bei denen Leon den Angehörigen guten Gewissens sagen konnte, er oder sie hätte nicht gelitten. Auch nach der Obduktion, wenn die Schnitte wieder verschlossen waren und Leon nur kurz das grüne Tuch für die Hinterbliebenen zurückschlug, sahen die Opfer oft aus, als würden sie nur schlafen. Doch das war bei der Toten aus dem Meer etwas völlig anderes.

Leon umrundete den Körper, der auf dem Obduktionstisch lag, bereits zum zweiten Mal. Das, was er sah, war verwirrend. Er musste sich zwingen, genau hinzusehen, um die einzelnen Verletzungen auseinanderhalten zu können. Was um alles in der Welt hatte man dieser Frau angetan? In welchem Moment ihres Lebens hatte sie den entscheidenden Fehler gemacht, der sie direkt in die Hölle geführt hatte? Wo sonst hätte man sie so zurichten können? Leon versuchte, all die Eindrücke zu verarbeiten und sich einen Reim darauf zu machen. Sich Situationen vorzustellen, die ein solches Grauen zur Folge gehabt haben könnten, aber es gelang ihm nicht.

»Haben Sie das Kleid des Opfers schon ins Labor geschickt?«, fragte Leon seinen Assistenten Rybaud.

»Selbstverständlich, Docteur«, antwortete Rybaud. »Die haben gesagt, es handle sich um einfaches Leinen. Sah aus wie ein Büßerhemd.«

Leon blickte kurz seinen Assistenten an. Der gleiche Gedanke war ihm auch gekommen, als er die Tote zum ersten Mal am Boden des Fischmarktes gesehen hatte. Das Opfer trug ein Büßerhemd. So etwas hatten die Jakobiner den adeligen Frauen angezogen, bevor sie geköpft wurden. Es war eine Geste der Erniedrigung, um die Adligen zum Gespött des Pöbels zu machen.

»Na gut«, sagte Leon. »Fangen wir an.«

Leon richtete das Mikrofon zu sich aus und begann, das Protokoll zu diktieren.

»Das Opfer ist weiblich, zwischen fünfundzwanzig und dreißig Jahre alt.« Er sah zu seinem Assistenten hinüber.

»Gewicht zweiundfünfzig Kilo, Größe ein Meter siebzig«, kam es sofort von Rybaud, der natürlich die ersten Daten bereits erfasst hatte.

»Gewicht etwa zweiundfünfzig Kilo«, wiederholte Leon, der wusste, dass er sich auf die Angaben seines Assistenten verlassen konnte. »Größe etwa ein Meter siebzig. Eine genauere Messung lassen die Schwere und Art der Verletzungen im Moment noch nicht zu.«

Leon schaltete das Aufzeichnungsgerät ab und betrachtete das Opfer. Seinem ersten Eindruck nach gab es drei Arten von Verletzungen. Die größte Zerstörung hatte die Schiffsschraube angerichtet. Doch die tiefen Schnitte, die die Propellerflügel in den Körper gerissen hatten, waren frisch und schon deshalb deutlich von den älteren Verletzungen zu unterscheiden. Die Schiffsschraube hatte mehrere Rippen durchschlagen und auf diese Weise die Nieren und den oberen rechten Lungenlappen freigelegt. Der Blick in den zerstörten Körper dieser Frau hatte etwas

Obszönes, dachte Leon. Die anderen Schläge der Schraube hatten Gesäß und Oberschenkel getroffen. Auffällig waren die Schnittkanten. Sie waren frisch und hell. In ihnen hatten sich noch keine Algen ansetzen können.

Die zweite Gruppe von Verletzungen waren dem Meer geschuldet. Ein Toter trieb meist in der Bauchlage, also mit dem Gesicht nach unten im Wasser. Wenn er von Wellen und Strömung in flachere Gewässer gespült wurde, schleifte der Körper zuerst mit Fuß- und Handrücken später auch mit Stirn und Knien über dem Grund. Dabei entstanden die typischen Treibverletzungen. Auch die Tote auf dem Obduktionstisch zeigte diese Spuren. Dazu kam ein hauchdünner Algenbewuchs. Natürlich war die Stärke des Bewuchses von der Wassertemperatur abhängig. Leon hatte sich erkundigt, die Meerestemperatur der vergangenen Woche hatte kontinuierlich zwischen neunzehn und dreiundzwanzig Grad gelegen. Anhand der Menge an Algenbewuchs errechnete Leon, dass der Körper etwa sechs Tage im Meer getrieben war.

Betrachtete man nur diese Verletzungen, hätte der Tod des Opfers auch durch Unfall oder Suizid verursacht worden sein können. Aber da gab es noch die dritte Gruppe von Verletzungen, und die veränderte das ganze Bild. Diese Frau hatte gelitten, entsetzlich gelitten.

Das Opfer war geschlagen worden. Systematisch und mit großer Kraft. Nach der Breite der Striemen zu urteilen, war sie mit einem elastischen, runden Gegenstand von etwa vier Zentimetern Durchmesser verprügelt worden. Leon vermutete, dass es sich dabei um ein Stück Schlauch oder eine elastische Eisenrute, einen sogenannten Totschläger, gehandelt hatte. Daneben gab es Verletzungen, die wie Schnitte aussahen oder die die Haut aufgerissen hatten. Wahrscheinlich stammten sie von einer Peitsche oder einem Elektrokabel. Leon überschlug die Zahl der Schläge und rechnete sie für den gesamten Oberkörper hoch. Er kam auf mehr als einhundert. Der Täter musste wie ein wildes Tier gewütet haben, dachte er.

»Helfen Sie mir bitte, den Körper auf den Bauch zu drehen«, befahl Leon, und Rybaud war sofort zur Stelle.

Der Rücken der Toten zeigte die gleichen Verletzungen wie im Bereich des Brustkorbs, des Gesäßes und der Oberschenkel. Aber am Rücken gab es eine Reihe von Verletzungen, die sich ausschließlich hier fanden. Es waren kreisförmige Hämatome von rund sieben Zentimetern Durchmesser. Sie traten immer in Gruppen von vier Stück auf. Diese Schläge waren mit so großer Kraft geführt worden, dass die Oberhaut aufgeplatzt und die tieferen Schichten des Bindegewebes regelrecht verflüssigt worden waren. Leon fiel kein Gegenstand ein, mit dem man eine solche Zerstörung des Gewebes anrichten konnte. Wer immer dies getan hatte, musste sich ein Brett mit den entsprechenden Löchern speziell für diesen einen Zweck gezimmert haben.

Es war selten, dass Leon eine Obduktion beginnen konnte, ohne die große Körperhöhle mit dem klassischen Schnitt aller Gerichtsmediziner, dem sogenannten Y-Schnitt zu eröffnen. Im Fall der unbekannten Frau hatte der Propeller diese Vorarbeit geleistet. Allerdings hatte die Schiffsschraube dabei mehrere Organe zerstört.

»Ich habe die Standardproben im Analysator«, meldete sich Rybaud. »Alle Werte im normalen Bereich.«

»Danke«, sagte Leon. Das bedeutete, sie war nicht vergiftet worden, hatte aber auch keine Betäubungsmittel erhalten, um ihre Schmerzen zu lindern.

Auch bei den Organen fand Leon keine Auffälligkeiten. Die Frau hatte ein gesundes Leben geführt. Bis auf die letzten Tage, in denen man ihr offenbar feste Nahrung vorenthalten hatte. Ob das auch für Flüssigkeiten galt, würde genauere Untersuchungen erfordern. Die Muskulatur des Opfers war gut ausgebildet und trainiert. Vielleicht hatte sie Yoga gemacht, dachte Leon. In jedem Fall hatte sie sich gesund ernährt. Sie hätte alt werden können.

Leon hatte von Anfang an mit seiner Einschätzung richtiggelegen. Diese Frau war definitiv nicht ertrunken. Ihre Lunge war nicht gebläht, unauffällig und hatte nie Wasser einatmen müssen. Als man diese Frau ins Meer warf, lebte sie bereits nicht mehr. Sie war vermutlich schon Stunden zuvor gestorben, auf eine äußerst qualvolle Weise. Den präzisen Ablauf ihres Todeskampfes konnte Leon rekonstruieren, als er eine Blutprobe des Opfers unter dem Mikroskop untersuchte. Winzige Fettteilchen hatten sich im Blut zu Tromben verbunden. Diese hatten wichtige Blutgefäße blockiert und schließlich eine Embolie ausgelöst, die zum Herzversagen führte. Diese Fettembolie war eine indirekte Folge der brutalen Schläge, die zur Verflüssigung des Untergewebes der Haut geführt hatten. Wer immer auf diese gesunde junge Frau eingeprügelt hatte, er hatte sie wortwörtlich totgeschlagen.

Leon war überzeugt, dass jeder Mörder seine ganz eigene Handschrift hatte. Die Art, wie er seine Tat ausführte, war so einzigartig wie die Signatur eines Menschen. Es bestand zum Beispiel ein gewaltiger Unterschied, ob jemand seine Opfer erschlug, um sie zu töten, oder ob er sie regelrecht zerstören wollte, um ihre physische Existenz auszulöschen. Das »Wie« verriet viel über die Psyche eines Täters und über die Art der Beziehung, die er zu seinem Opfer hatte. Dem Mörder, mit dem sie es hier zu tun hatten, ging es nicht vorrangig ums Töten, da war sich Leon sicher. Dieser Täter wollte sein Opfer vor allem leiden sehen, wollte es quälen, es unsägliche Schmerzen durchleben lassen. Den Tod seiner Opfer schien er dabei billigend in Kauf zu nehmen. Das führte Leon zu der wichtigsten aller Fragen, dem »Warum«. Warum tat ein Mensch einem anderen so etwas an? Was war die Geschichte dieses Täters?

Diesmal entdeckte Leon das Zeichen an der Innenseite des Oberarms der Toten. Wieder waren die Linien dem Opfer mit einem sehr scharfen Messer in die Haut geritzt worden. Da die Algen zunächst die Ränder dieser Schnittverletzungen besiedelt und dunkel gefärbt hatten, war diesmal die Form besser zu erkennen. Was diese Zeichen allerdings genau darstellen sollten, erschloss sich Leon nicht. Er konnte so etwas wie zwei Zacken und einen Halbkreis erkennen, die entfernt an Mond und Sterne erinnerten. Vielleicht bildete er sich auch nur etwas ein, dachte er, und diese Linien waren ohne jede Bedeutung.

»Davon brauche ich Aufnahmen aus verschiedenen Perspektiven«, sagte er zu Rybaud, der wie immer mit der Kamera die Obduktion dokumentierte. »Und machen Sie auch eine Aufnahme von dem Gesicht und ein Detail von der Nase.«

Isabelle hatte ihn angerufen und auf das kleine Piercing hingewiesen, das die Mitarbeiterin aus dem Institut Provençal wiedererkannt hatte. Es war wichtig, dieses Detail genauestens zu dokumentieren.

Eine halbe Stunde später wusste Leon, dass die Zeichen in der Haut seines Opfers sehr wohl eine Bedeutung hatten. Mehr noch, dass sie vielleicht sogar der Schlüssel zu dieser geheimnisvollen Mordserie waren. Um die Verletzungen der Schiffsschraube am Rumpf der Toten zu dokumentieren, hatte Leon eine ganze Serie von Röntgenaufnahmen erstellt. Diese Fotos konnten, falls es eines Tages zu einem Prozess kommen sollte, wichtige Beweise darstellen. Zu einem Zeitpunkt, zu dem der Körper des Opfers vielleicht längst verbrannt oder beerdigt sein würde.

Leon betrachtete die gebrochenen Rippen auf den Röntgenaufnahmen. Dabei stellte er fest, dass der Propeller auch das

Rückgrat zwischen dem neunten und dem elften Brustwirbel zertrümmert hatte, aber da war noch etwas. Unter dem linken Rippenbogen zeichnete sich auf dem Röntgenfoto eine etwa sechs Zentimeter lange Nadel ab. Das nur wenige Millimeter starke Metallstück hatte von außen Haut und Muskeln durchstoßen und war dann etwa einen Zentimeter tief in die Milz eingedrungen.

»Ich brauche eine von den Ochsner-Klemmen«, sagte Leon. Rybaud war sofort mit dem geforderten Instrument zur Stelle.

Die Ochsner-Klemme war leicht gebogen und erinnerte an eine Schere, besaß aber statt einer Schneide eine Art schmale Zange. Wenn man damit einen Gegenstand ergriff und die beiden Flügel fest zusammendrückte, rastete eine Arretierung ein, und man hatte einen sicheren Griff, etwa um einen Fremdkörper zu entfernen.

Vorsichtig, indem er immer wieder einen Blick auf die Röntgenaufnahme warf, packte Leon das obere Ende der Nadel und zog sie so aus dem Bauchraum. Anschließend legte er sie in eine Schale, die ihm sein Assistent hinhielt. Der Vergleich mit der Nadel aus der Leiche der Frau von der Autobahn war frappierend. Die Nadeln waren identisch.

29. Kapitel

»Ich sagte doch schon, ich brauche keinen Anwalt.« Fouché wirkte ungehalten.

Isabelle spürte, wie unangenehm dem Trainer der Besuch bei der Polizei war und wie viel Kraft es ihn kostete, seine Selbstsicherheit nicht zu verlieren.

»Ich wollte Sie nur daran erinnern, dass Ihnen ein Anwalt zusteht.«

»Damit es so aussieht, als hätte ich etwas zu verbergen?« Der Coach wedelte mit dem rechten Zeigefinger hin und her. »Nein, nein! Ich kenne Ihre Psychotricks. Sie vergessen wohl, was für einen Beruf ich habe.«

Seit fast einer Stunde saß Victor Fouché bei Isabelle im Büro. Sie hätte den Mann deutlich lieber im Verhörraum befragt. Verdächtige waren schneller bereit, die Wahrheit zu sagen, wenn sie sich in der bedrückenden Atmosphäre eines fensterlosen Vernehmungsraumes befanden. Aber infolge eines Kurzschlusses war schon vor Tagen im Vernehmungsraum der Strom ausgefallen. Was bedeutete, dass auch die Klimaanlage nicht mehr lief und es in dem Raum unerträglich heiß wurde. Also hatte Isabelle die Zeugenbefragung kurzerhand in ihr Büro verlegt. Hier gab es zwar keine Klimaanlage, aber das geöffnete Fenster machte die Lage erträglich. Zu der Befragung hatte Isabelle auch ihren Kollegen Lieutenant Kadir gebeten.

»In welchem Verhältnis standen Sie zu Madame Lambert?«, fragte Isabelle.

»Sie haben mir diese Frage schon mehrfach gestellt.«

»Das ist richtig, nur leider habe ich das Gefühl, dass Sie mir jedes Mal eine falsche Antwort gegeben haben.«

»Es gab kein Verhältnis zwischen Madame Lambert und mir, auch wenn Sie das gerne hören würden.«

»Mir würde es schon genügen, die Wahrheit zu hören, Monsieur Fouché.« Isabelle kontrollierte mit einem kurzen Blick auf das rote Lämpchen das Aufnahmegerät, das die Befragung protokollierte.

»Sie haben Vorurteile gegen mich«, sagte Fouché. »Das ist nicht gut, es verstellt Ihnen den Blick auf die Realität.«

»Die Realität ist, dass eine Frau verschwunden ist. Wegen Ihnen verschwunden ist.«

»Das ist reine Spekulation. Vielleicht nimmt sich Madame Lambert im Augenblick ja nur ein paar freie Tage am Strand.«

»Oder sie liegt tot in der Rechtsmedizin auf dem Obduktionstisch.« Isabelle hatte das ganz emotionslos von sich gegeben, aber sie konnte die Veränderung in Fouchés Miene sehen.

»Claudine Lambert ist tot?«, fragte Fouché noch einmal nach.

»So sieht es im Moment aus«, sagte Lieutenant Kadir.

In Wirklichkeit war es keineswegs klar, ob die Tote aus dem Meer tatsächlich die verschwundene Claudine Lambert war. Schließlich trugen viele junge Frauen als Schmuck ein Piercing im Nasenflügel. Aber die Nachricht hatte Fouché aufgerüttelt.

»Warum erzählen Sie mir das?«, fragte er verunsichert.

»Sie waren der Letzte, der mit Madame Lambert gesprochen hat, bevor sie verschwunden ist«, erklärte Isabelle.

Fouché fingerte das weiße Taschentuch aus dem Anzug und betupfte sich damit den Augenwinkel. Inzwischen war sein Sakko verknittert, und auf seinem T-Shirt hatte sich ein hässlicher Schweißfleck gebildet. In diesem Moment klopfte es, und Didier betrat das Büro. Er legte einen Ausdruck vor Isabelle auf den Tisch, und Isabelle studierte ihn. Fouché blickte sie dabei mit angespannter Miene an.

»Docteur Fouché ...«, begann Isabelle. »Sie sind doch Docteur Fouché?«

»Was soll das?«, erwiderte der Coach.

»Ich frage mich, wie man an einer Universität promovieren kann, die man gar nicht besucht hat?« Isabelle überflog noch einmal den Ausdruck, als hätte sie etwas überlesen.

»Hören Sie, Capitaine«, begann Fouché vorsichtig. »Ich gebe das ja ganz offen zu: Ich hatte eine kleine Auseinandersetzung mit Madame Lambert.«

»Jetzt also doch«, bemerkte Lieutenant Kadir trocken.

»Sie hat meine Seminare und Schulungen nicht ernst genommen. Sie kam zu spät zu den Besprechungen oder störte die Veranstaltungen. Die anderen Gäste hatten sich schon über sie beschwert.«

»Warum geben Sie eigentlich nicht zu, dass Sie scharf auf die Frau waren?«, provozierte ihn Kadir.

Fouché wollte dem Lieutenant gerade etwas entgegnen, wurde aber von Isabelle daran gehindert.

»Sie wollten uns gerade sagen, wo Sie promoviert haben«, bohrte Isabelle nach.

»Ist es denn so wichtig, welche Universität man besucht hat?«

»Wenn man gar keine besucht hat, dann schon.«

»Das Wichtigste in meinem Job sind nicht die Diplome, sondern die Menschenkenntnis.«

»Nachdem Madame Lambert so plötzlich verschwunden war«, bohrte Isabelle noch einmal nach. »Was haben Sie gedacht, wo sie sein könnte?«

»Hören Sie, in unserem Institut halten sich im Schnitt zwischen fünfzig und siebzig Seminarteilnehmer auf. Ich habe wirklich nicht die Zeit, darüber nachzudenken, wohin die alle ihre Ausflüge machen.«

»Zum Beispiel in den Autopsiesaal der Rechtsmedizin«, warf Lieutenant Kadir ein. Fouché sah den Polizisten misstrauisch an.

»Sie haben die persönlichen Sachen von Madame Lambert aus ihrem Zimmer holen lassen«, sagte Isabelle. »Haben Sie denn nicht mehr damit gerechnet, dass sie wiederauftauchen könnte?«

»Sie wollen mich missverstehen«, sagte Fouché. »Das ist mir völlig klar.«

»Ich habe nur eine einfache Frage gestellt.«

»Es war mir egal, wann sie zurückkommt.« Fouché klang genervt. »Ich wollte sie nicht mehr in meinem Institut sehen.«

»Sie haben nie am Meer gelebt?«, fragte Moma.

»Was soll die Frage?« Fouché sah Isabelle an.

»Sonst wüssten Sie, dass die Strömung die Toten immer an den Strand zurückspült.«

»Was soll denn das jetzt schon wieder heißen?«, fragte Fouché.

»Es ist nicht schlau, eine Tote im Meer zu entsorgen.«

»Ist die Befragung jetzt zu Ende?« Fouché legte die Hände auf die Stuhllehnen, als wollte er aufstehen.

»Wieso, wollen Sie uns doch noch etwas erzählen?«, fragte Isabelle.

Für sie gab es nur zwei Möglichkeiten. Entweder Fouché war ein brillanter Lügner, was sie ihm durchaus zutraute, oder der

Coach hatte tatsächlich keine Ahnung, was aus Claudine Lambert geworden war.

»Dann würde ich jetzt …« Fouché stand auf. »Dann würde ich jetzt gehen. Ich muss dringend zurück ins Institut.«

»Niemand hält Sie auf«, sagte Isabelle und machte eine Geste in Richtung Tür.

»Sie können mich ja anrufen, wenn Sie noch Fragen haben.« Fouché zögerte, als würde er jeden Moment damit rechnen, verhaftet zu werden. Aber nichts geschah.

»Das werden wir. Da können Sie ganz sicher sein«, sagte Isabelle. »Au revoir, ›Docteur‹!«

30. Kapitel

Es war noch früh am Nachmittag. Der Gottesdienst unter den Platanen zum Gedenken an den Heiligen Pierre war vorüber. Die letzten Klapptische wurden zusammengefaltet und mit den Stühlen abtransportiert. Auf dem Bouleplatz waren die ersten Spieler eingetroffen, und in den Bistros drängten sich Einheimische und Touristen. Die Spekulationen über den Tod der Unbekannten aus dem Meer wuchsen mit steigendem Rosé-Konsum.

Leon hatte sich eine Auszeit gegönnt und war auf einen Café crème ins Chez Miou gegangen. Es war aber nicht nur der Blick auf das glitzernde Meer und die sonnenverbrannten Touristen, der ihn hierhergeführt hatte. Leon war auf der Suche nach Daniel Simon, dem Kunsthistoriker. Die Autopsie der toten Frau aus dem Meer hatte Leon ins Grübeln gebracht. Es gab ganz offensichtlich etwas, das die drei Opfer miteinander verband. In den letzten Stunden hatte Leon eine kühne Vision vom Tod dieser drei Frauen entwickelt. Eine Theorie, die allerdings so verwegen war, dass er sie mit niemandem von der Gendarmerie besprechen konnte, und er würde sie auch bestimmt nicht in seinem Autopsiebericht erwähnen. Sie hatte etwas mit Religion zu tun, darum hatte Leon gehofft, vielleicht im Chez Miou auf den Kunsthistoriker zu stoßen. Nicht weil er jemand suchte, der seine Theorien bestätigte.

Ganz im Gegenteil, er hoffte, dass Simon seine Theorien zerreißen würde, damit er diese Nacht ruhig schlafen konnte.

»Docteur?« Yolande hatte sich zu ihrem Lieblingsgast hinuntergebeugt, aber Leon hatte keinen Blick für ihre abenteuerlich enge Bluse. Yolande klopfte sanft auf den Tisch. »Vielleicht noch einen Crème?«

»Oh, tut mir leid. Ich war ganz in Gedanken«, entschuldigte sich Leon.

»Das sind Sie schon seit einer halben Stunde«, antwortete Yolande und sah kurz zur Theke, wo Jérémy den Gästen Rosé nachschenkte.

»Ich hätte gerne noch einen Café«, sagte Leon.

»Ist sie eine von hier?« Yolande beugte sich zu Leon hinunter und flüsterte dabei so laut, dass es auch ja möglichst viele Gäste hören konnten. »Die Frau aus dem Wasser. Die Fähre muss sie ja grässlich zugerichtet haben?«

»Sie wissen doch ...«, begann Leon.

»Ich weiß, ich weiß.« Yolande hob entschuldigend die Hände in Richtung der Männer an der Theke. »Der Docteur darf nämlich nichts verraten, obwohl er alles weiß.«

»Schön wäre es.« Leon hob noch mal seine Tasse.

»Kommt sofort«, sagte Yolande und verschwand.

Aus der Reihe der Gäste, die an der Theke standen, hatte sich Clément Roman gelöst und war zu Leon herübergekommen.

»Ich hatte ja keine Ahnung, dass ich einen so wichtigen Mann kenne«, sagte Roman, aber er lächelte nicht.

»In der Gerüchteküche wird meine Meinung jedenfalls hoch gehandelt«, sagte Leon mit Blick auf Yolande, die mit ihrem Mann flüsterte.

»Ist es denn wahr, was man sagt?«, wollte Roman wissen.

»Was sagt man denn?«, fragte Leon.

»Dass Sie auch den Fall der Toten aus dem Meer untersuchen?«

»Die Rechtsmedizin ist für jeden Todesfall in diesem Arrondissement zuständig. Aber fragen Sie mich bitte nicht nach Einzelheiten.«

»Natürlich nicht, ich verstehe.«

»Setzen Sie sich doch.« Leon deutete auf den freien Stuhl. »Wie läuft es in der Olivenbranche?«

»Der Sommer ist die Zeit der inneren Einkehr, sage ich immer«, meinte Clément Roman. »Da betet man für eine gute Ernte. Anstrengend wird es dann im November, wenn wir die Ernte einholen müssen.«

»Das flüssige Gold der Provence.« Leon sagte es so, als würde er es auf der Zunge schmecken.

»Das denken alle Touristen.« Jetzt klang Roman bitter. »Das Geschäft ist hart, das kann ich Ihnen versichern. Und die Konkurrenz, pah ...« Roman schüttelte die rechte Hand vor seiner Brust. »Gnadenlos. Die großen Firmen in Italien und Spanien diktieren die Preise. Am Olivenöl ist nichts Romantisches mehr.«

Roman nahm einen Schluck aus seinem Glas. Leon war überrascht zu sehen, dass er keinen Wein trank.

»Ich dachte am Saint-Pierre-Tag herrscht allgemeine Rosé-Pflicht.«

»Ich trinke Cola.« Er hob sein Glas. »Nicht eben gesund, aber ich glaube, es ist eine lässliche Sünde.«

»Ich bin sicher, der Herr wird sie Ihnen nachsehen.« Leon hatte die Bemerkung nur so dahingesagt, aber an Romans Blick erkannte er, dass der Olivenbauer in diesem Punkt wenig Spaß verstand.

»Ich will nicht aufdringlich erscheinen ...« Roman räusperte sich. »Aber die Tote, die man aus dem Wasser geborgen hat, die war nicht von hier, oder?«

»Ganz ehrlich? Wir wissen es nicht.«

Das entsprach nicht ganz der Wahrheit. Leon hatte Isabelle angerufen und ihr bestätigt, dass die Tote aus dem Meer ein Nasenpiercing trug. Die Polizei wusste also, dass es sich bei der Toten aller Wahrscheinlichkeit nach um die verschwundene Seminarteilnehmerin aus dem Institut Provençal handelte. Inzwischen lief im Labor der Rechtsmedizin bereits ein DNA-Abgleich. Innerhalb der nächsten Stunden würde das Ergebnis vorliegen. Der Name wurde nur aus taktischen Gründen noch von der Polizei zurückgehalten.

»Ich habe heute einen Wagen der Gendarmerie nationale in den Hügeln gesehen«, sagte Monsieur Roman. »In der Nähe des Institut Provençal. Hab mich gefragt, ob die da jemand suchen?«

Wenn sie die Neugier packt, sind sie alle gleich, dachte Leon als er das Tattoo eines Ankers auf Romans Arm entdeckte. Ein guter Aufhänger, um das Thema zu wechseln.

»Zur See gefahren?« Leon tippte sich mit dem Finger auf seinen Oberarm, um Clément Roman zu zeigen, was er meinte.

»Ach das?« Roman schob schnell seinen Ärmel über das Tattoo. »Das ist aus einem anderen Leben. Ich komme aus Guadeloupe.«

»Klingt interessant«, meinte Leon.

»So interessant auch wieder nicht. Meine Mutter arbeitete in einer Apotheke, und mein Vater hat Klimaanlagen montiert.« Er sah Leon auf eine indiskrete Art an. »Sie wollen mir nicht den Namen der Toten sagen, oder?«

»Monsieur Roman, ich ...« Leon zuckte mit den Schultern.

»Schon gut. Wir halten eine Messe für die Tote. Um sechzehn Uhr in der Saint-Louis-Kirche. Vielleicht möchten Sie ja auch kommen?« Clément Roman stand auf. »Es ist besser, wenn die Toten einen Namen haben. Glauben Sie mir.«

Ohne sich zu verabschieden, verschwand Clément Roman.

Im selben Moment erschien Yolande mit einem frischen Kaffee an Leons Tisch.

»Die Bestellung für den Docteur«, sagte Yolande mit demonstrativem Augenaufschlag.

»Merci, Yolande«, erwiderte Leon. »Haben Sie zufällig Monsieur Simon in den letzten Tagen gesehen?«

»Den Archäologen?«

»Historiker«, korrigierte Leon.

»Archäologe, Historiker ...« Sie sah Leon verschwörerisch an und sprach halblaut: »Hat der etwa auch mit dieser ... mit dieser Sache zu tun?«

»Keine Ahnung, ich wollte jedenfalls nur einen Wein mit ihm trinken.«

»Nein, ich weiß nur, dass er in Notre Dame des Anges sitzt und die Wände aufkratzt.«

»In der Kirche?«

»Wo sonst? Hat mir Véronique erzählt. Sie hat ihn in Collobrières getroffen.«

31. Kapitel

Leon bereute keine Sekunde, in die Hügel gefahren zu sein. Dabei lag die Kapelle Notre Dame des Anges dreißig Kilometer von Lavandou entfernt. Keine Autobahnkilometer, sondern solche auf enger, kurvenreicher Landstraße, die über lange Strecken einspurig verlief. Wenn gelegentlich ein anderes Auto entgegenkam, musste Leon mit zwei Reifen in die Bankette, es sei denn, der andere wich aus, was so gut wie nie vorkam. Dafür waren aber Begegnungen mit anderen Autos hier in den Hügeln sogar im Sommer äußerst selten.

Leon genoss den Ausflug. Er hatte das Dach seines alten Peugeot Cabriolets aufgeklappt, saß zurückgelehnt in seinem Sitz und rollte gemütlich durch das Massif des Maures. Pinien und Seekiefern lösten sich ab mit Platanen, Korkeichen und gewaltigen Kastanienbäumen. Büsche von Zistrosen, Ginster und Wacholder säumten den Weg. Gelegentlich drängte die Vegetation so dicht an die schmale Straße heran, dass Leon das Gefühl hatte, durch einen grünen Urwald zu fahren. Dann wurde das Blätterdach wieder durchlässiger, und die heiße Junisonne schickte flirrendes Licht durch die Bäume. Sehr zur Freude der Grillen, die sich mit einem ohrenbetäubenden Spektakel bedankten.

Zweimal während der Fahrt hielt Leon an. Er stellte den Motor ab und sah über das Meer grüner Bäume, das bis zum Horizont reichte, wo es an einen Himmel stieß, der die Farbe von ausgebleichtem blauem Samt hatte.

In Collobrières war Markt. Leon kaufte ein frisches Brot, hausgemachte Tapenade und ein großes Glas Maronencreme, für die diese Gegend berühmt war. Es war ein Geschenk für Isabelle, die diesen Aufstrich liebte.

Kurz hinter dem Ortsschild von Collobrières zweigte ein unbefestigter Weg ab, der mitten ins Nirgendwo zu führen schien. Er zog sich den Kamm einer Hügelkette entlang, vorbei an schroffen Felsen und dornigen Büschen. Die letzten beiden Kilometer führte der Weg noch einmal steil bergauf und erreichte ganz plötzlich eine kleine Hochebene. Wenn man wie Leon aus dem Schatten des Waldes herausfuhr, mussten sich die Augen einige Sekunden an die gleißende Helligkeit gewöhnen, und dann lag sie direkt vor ihm: die Kapelle Notre Dame des Anges, die Kapelle der Engel.

Leon stellte seinen Wagen auf dem Parkplatz ab, wo schon ein Wohnmobil und ein Renault standen. Bis zur Kirche waren es keine fünfzig Meter, und Leon wäre am liebsten nach jedem Schritt stehen geblieben, um die fantastische Aussicht über das Land zu genießen. An der Südseite des Gebäudes sah er Simon, der mit einem Werkzeug die Wand untersuchte. Bei ihm stand eine üppige Dame in zu engen weißen Leggings und einer geblümten Tunika, die aufgeregt auf ihn einredete. Als sie Leon kommen sah, marschierte sie auf ihn zu.

»Dieser Mensch macht die Kirche kaputt«, sagte sie atemlos.

»Wahrscheinlich ein Ausländer.« Leon versuchte, hinter einem möglichst abfälligen Blick sein Grinsen zu verbergen.

»Nein, ein Franzose, ist das zu fassen!«, erwiderte die Frau. Sie hatte eine große Sonnenbrille in ihre blond gefärbten Haare geschoben und sah Leon empört an. Er schätzte sie auf Ende fünfzig, obgleich sie sich sichtlich bemühte, dass man sie für zehn Jahre jünger hielt. Der Schweiß hatte in ihr Make-up Spuren geschwemmt und verräterische Falten freigelegt.

»Ich spende jedes Jahr zwanzig Euro zur Erhaltung von Notre Dame des Anges, und dann kommt so einer, so ein Kleingeist, und macht alles kaputt.«

»Der darf das«, sagte Leon kühl. Die Frau sah ihn fassungslos an. »Er ist Kunsthistoriker.«

»Ach ja«, gab die Dame empört zurück. »Und warum sagt er dann nichts?«

»Ich werde ihn fragen. Einen schönen Tag noch, Madame«, verabschiedete sich Leon.

Die Dame stapfte in ihren goldenen Sandalen über den staubigen Weg davon.

»Guten Tag, Monsieur Simon«, sagte Leon.

Der Kunsthistoriker hockte auf dem Boden und bearbeitete mit einer Stahlbürste die Fugen zwischen den Steinen. Er sah genervt auf, doch seine Miene änderte sich, als er Leon erkannte.

»Ah, der Médecin Légiste. Was treibt Sie zu den Lebenden?«

»Ich bin auf der Suche nach einem intelligenten Menschen, der mir eine fixe Idee ausreden kann.«

»Da sind Sie hier ganz falsch.« Simon grinste. »Aber ich könnte Ihnen ein paar Oliven und ein Glas Wein anbieten.«

»Das klingt perfekt. Ich könnte ein frisches Baguette beisteuern.«

»Wer könnte da Nein sagen?«

Ein paar Minuten später hatte Daniel Simon vor seinem Wohnmobil einen Klapptisch aufgeschlagen und aus dem Kühlfach eine Flasche Wein geholt. Von ihrem schattigen Platz unter einer gewaltigen Pinie hatte man einen Panoramablick über die Hügel. Leon hatte dem Historiker einige Detailfotos aus der Autopsie gegeben. Sie zeigten die Schnitte im Arm von Claudine Lambert. Simon betrachtete die Bilder eine Zeit lang, ohne etwas zu sagen.

»Ich habe Ihnen diese Bilder nie gezeigt«, sagte Leon in das Schweigen hinein.

»Und ich habe sie nie gesehen«, ergänzte Simon. »Aber hätte ich sie gesehen, würde ich Ihnen recht geben.«

»Es sind also nicht nur Verletzungen, um einen Menschen zu quälen?«

»Das kann ich nicht beurteilen, das ist Ihr Fachgebiet.« Simon legte die Fotos auf den Tisch und deutete auf die oberste Aufnahme. »Aber das hier, das könnten Bogen und Spitze eines Pentagramms sein.«

»Kenne ich nur aus *Faust*«, erinnerte sich Leon. »Da fragt doch Faust den Teufel: ›Das Pentagramma macht dir Pein?‹«

»Richtig, das Pentagramm, das auf der Spitze steht, ist ein Zeichen, um den Teufel zu bannen. Der sogenannte Drudenfuß.«

»Der Drudenfuß ...« Leon griff nach dem Foto und drehte es ein wenig. Der Kreis mit dem Fünfeck, das auf der Spitzte steht. Warum hatte er das nicht gleich erkannt?

»Den Drudenfuß können Sie übrigens auch in vielen Fensterrosen gotischer Kirchen sehen. Er galt früher als probates Abwehrmittel gegen böse Geister aller Art.«

»Auch gegen den Teufel?«

»Vor allem gegen den Teufel«, bestätigte Simon und beugte sich noch einmal über die Fotos. »Hat der Mörder der Frau das Zeichen in den Arm geschnitten?«

»Darüber kann ich im Moment nur spekulieren«, sagte Leon und tippte auf das Foto. »Dann wären das hier die beiden oberen Spitzen des Pentagramms?«

»›Und ich sah, ein anderes Tier stieg aus der Erde herauf‹«, zitierte Simon. »›Es hatte Hörner wie ein Lamm.‹«

»Klingt nach der Bibel«, sagte Leon.

»Offenbarung 13, Vers 18. Die beiden Spitzen stehen demnach für die Hörner des Teufels.«

»Und am Pentagramm kam der Teufel nicht vorbei?«

»In der Vorstellung der Menschen in der Renaissance wirkte ein solches Zeichen in beide Richtungen: Es hielt einem erst mal Luzifer vom Leib. Man konnte damit aber auch den Teufel in einem besessenen Menschen einschließen.«

»Und wie wurde man Luzifer wieder los?«, fragte Leon und gab sich selbst die Antwort. »Mit einer Teufelsaustreibung, oder?«

»Richtig.« Der Historiker hob sein Glas. »Ich persönlich halte allerdings einen gepflegten Rosé für das probate Mittel, um mir lästige Teufel vom Leib zu halten.«

Leon drehte sein Glas in der Sonne und betrachtete versonnen die blasse Färbung seines Weines, bevor er einen Schluck nahm. Er spürte dem leichten Brombeergeschmack im Gaumen nach. »Teufelsaustreibung ...«, wiederholte er nach einer Weile nachdenklich.

»Vielleicht irren Sie sich ja auch, und das alles bedeutet gar nichts. Mal darüber nachgedacht?«, fragte Simon.

»Ich hatte gehofft, dass Sie als Kunsthistoriker ein wenig Licht in die Sache bringen könnten.«

»Das Übersinnliche ist normalerweise nicht mein Fachgebiet«, sagte Simon.

»Kann ich verstehen. Aber glauben Sie mir. In meinem Job fragt man sich gelegentlich, ob es nicht tatsächlich irgendwo einen Teufel gibt.«

»Ich weiß nur, dass die letzte verbürgte Hexenverbrennung in der Provence Mitte des achtzehnten Jahrhunderts stattgefunden hat.« Simon füllte noch einmal die Gläser. »Die Jagd auf den Teufel ist seitdem ein wenig aus der Mode gekommen.«

»Das liegt vielleicht nur daran, dass Luzifer seine Methoden verfeinert hat. Heute muss er mit seinen Opfern keinen blutigen Pakt mehr schließen. Heute kommt der Teufel ganz bequem per Internet, um sich seine Seelen zu holen.«

»Und ich habe immer gedacht, ich wäre ein Pessimist.« Leon hob sein Glas, und sie stießen an, während die Strahlen der Nachmittagssonne Notre Dame des Anges in ein warmes, rötliches Licht tauchten.

32. Kapitel

Isabelle wollte eigentlich längst zu Hause sein, doch dann hatte sie das Protokoll der Befragung von Victor Fouché bekommen. Nur einmal kurz überfliegen, dachte sie, als es an die Tür klopfte und Moma seinen Kopf hereinstreckte.

»Habe ich Herein gesagt?«, fragte Isabelle.

»Du sagst doch nie Herein«, meinte Moma. Er deutete auf jemanden, der offensichtlich vor der Tür stehen geblieben war. »Da gibt es jemanden, der etwas melden will. Es geht um verschwundene Frauen.«

»Wir haben doch gar keine verschwundenen Frauen mehr«, erwiderte Isabelle irritiert.

»Wenn es nach ihm geht, schon.« Moma nickte in Richtung Gang.

»Okay, schick ihn rein!«

»Es ist Paul«, sagte Moma, und es klang wie eine Entschuldigung.

»Oh nein, bitte nicht.« Isabelle verdrehte die Augen.

»Er will unbedingt mit dir reden«, sagte Moma. »Wir haben ihn wieder mal oben beim Supermarkt an der Rue de Gaulle erwischt. Hat sich auf dem Parkplatz rumgedrückt.«

»*Mon Dieu,* kannst du nicht mit ihm reden?«, fragte Isabelle genervt und fügte laut hinzu: »Kommen Sie rein, Monsieur Chatel!«

In diesem Moment betrat ein nackter Mann das Büro. Er hatte ein undefinierbares Alter, die Sonne der Côte d'Azur hatte seine Haut ausgetrocknet und schrumpelig werden lassen. In der Hand hielt er eine aufgerollte Badematte und eine Plastikflasche Perrier. Um den Kopf hatte er sich ein Piratentuch gebunden. Die Füße steckten in Badelatschen. Paul Chatel, den alle nur »Paul der Nackte« nannten, hatte ein naives, fast kindliches Gemüt. Er bewohnte das Haus seiner verstorbenen Eltern am Ortsrand von Bormes-les-Mimosas und tat niemandem etwas zuleide. Es gab niemals Übergriffe, weder auf Frauen oder Kinder noch auf Männer. Man konnte Paul nicht einmal als typischen Exhibitionisten bezeichnen, weil er seine Nacktheit grundsätzlich nicht versteckte. Ganz im Gegenteil, er vertrat die Meinung, dass der Mensch nackt geboren worden sei. Darum schuldeten es die Menschen dem Schöpfer, nackt über diese Welt zu wandeln. Dass er vorzugsweise dort wandelte, wo viele Frauen waren, bezeichnete Paul der Nackte als reinen Zufall. Das Problem an der Sache war nur, dass nicht alle Menschen in Lavandou Pauls Lebenseinstellung teilten.

Besonders in der Ferienzeit kam es immer wieder zu Zwischenfällen, bei denen erschrockene Touristinnen nach der Polizei riefen. Oder muslimische Männer gingen auf den nackten Paul los, um ihn zu verprügeln, wenn er sich ihren Frauen oder Töchtern nackt präsentiert hatte. Monsieur Chatel ergriff in diesen Fällen die Flucht und versteckte sich regelmäßig in irgendeinem Geschäft, vorzugsweise in der Praxis des Tierarztes, wo ihn dann die Gendarmerie abholte und nach Hause geleitete.

Die Beschwerden mehrten sich regelmäßig in der Sommersaison. So verbrachte Paul Chatel zwischen Juni und September meist einige Wochen in einer geschlossenen Einrichtung bei Draguignan, wo man ihm zwar seinen Spleen, aber keine Gemeingefährlichkeit attestierte. Das wiederum führte regelmäßig zu seiner Entlassung, was das Karussell von Neuem in Gang setzte. Im Winter wurde es ruhiger um Paul. Seit er älter geworden und vor drei Jahren während einer schweren Lungenentzündung nur knapp dem Tod entronnen war, fror er schneller als früher. Folglich blieb er im Winter die meiste Zeit zu Hause. Nur zweimal die Woche huschte er, lediglich mit einer Wolldecke bekleidet, zum nächsten Supermarkt, wo man ihn schon kannte und der Filialleiter extra für ihn den Markt eine Viertelstunde länger geöffnet hielt.

»Setzen Sie sich bitte«, sagte Isabelle, doch beim Blick auf Monsieur Chatels schrumpeligen Hintern überlegte sie es sich anders. »Nein, bleiben Sie bitte stehen! Das ist mir lieber.«

Der nackte Paul folgte ihren Anordnungen widerspruchslos. Paul war laut seinen Papieren vierundfünfzig Jahre alt. Aber die Sonne und der Mistral hatten seine Haut gegerbt und aus ihm einen alten Mann gemacht, dachte Isabelle. Sie versuchte nicht an die Stellen zu sehen, die Paul besser verborgen hätte. Aber es war ja nicht das erste Mal, dass der nackte Paul in ihrem Büro stand.

»Wir hatten etwas ausgemacht«, erinnerte Isabelle ihren Besucher.

»Ich bin ganz zufällig an dem Parkplatz vorbeigekommen, ehrlich.«

»Paul ... Sie wissen doch, was wir vereinbart hatten: Während der Saison keine Nackt-Spaziergänge zu den Parkplätzen oder in die Innenstadt«, sagte Isabelle in einem Ton, der Paul wissen ließ, dass sie die Wahrheit kannte.

»Er hat sie in sein Auto geschleppt«, sagte der Besucher, ohne sich auch nur einen Millimeter zu rühren. Als könnte jede Bewegung in der fremden Umgebung ihn in Schwierigkeiten bringen.

»Was kommt denn jetzt wieder für eine Geschichte?«

»Ich habe ihn gesehen. Der Mann hat Frauen geschleppt. Oben in Bormes, auf dem Parkplatz. Ich glaube, die waren tot«, sagte Paul, und seine Stimme klang ehrlich betroffen. »Haben sich nicht mehr gerührt.«

»Was haben Sie da oben gemacht, auf dem Parkplatz?«, fragte Isabelle streng.

Paul Chatel sah zur Seite, wie ein Schüler, den man beim Spicken erwischt hat. »War schon ganz dunkel. Ich wollte nur einen kleinen Spaziergang machen. Ich schwör's!«

»Um wie viel Uhr war das?«

»Hab keine Uhr.« Er hielt wie zur Demonstration seiner Ehrlichkeit seine beiden Handgelenke hin. »Ich brauche keine Uhr. Der liebe Gott hat uns ohne Uhr auf diese Welt geschickt. War spät, sehr spät.«

»Erinnern Sie sich vielleicht noch, an welchem Tag das war, Monsieur Chatel?«, fragte Isabelle betont höflich.

»Beim letzten Markt.«

Wahrscheinlich meint er den Markt in Bormes, dachte Isabelle. Jeden Tag zog der Markt an einen anderen Ort im Arrondissement rund um Le Lavandou. In Bormes-les-Mimosas wurde er am Dienstag aufgebaut.

»Vergangenen Dienstag haben Sie also beobachtet, wie ein Mann zwei Frauen über den Parkplatz geschleppt hat, richtig?«, versuchte Isabelle die eigenartige Aussage noch einmal zusammenzufassen. »Was hat er dann gemacht?«

»Weiß ich nicht«, sagte der Besucher. »Hat sie in sein Auto gelegt, glaube ich.«

»Ich dachte, Sie hätten alles genau beobachtet«, drängte Isabelle.

»Ich hab mich versteckt.« Paul Chatel war das Thema offenbar peinlich. »Ja, ich hatte Angst. Die Leute sind nachts manchmal komisch.«

Besonders wenn mitten in der Nacht ein Nackter aus dem Gebüsch springt, dachte Isabelle, sagte aber nichts.

»Kann es sein, dass Sie sich auf dem Parkplatz versteckt haben, um die Frauen abzupassen?« Isabelle hatte so einen Verdacht.

»Nein, so was mache ich nie!« Er klang empört. »Vielleicht hat er sie auch nicht geschleppt. Vielleicht hat er sie nur ... zum Auto begleitet.«

Isabelle sah ihren Besucher skeptisch an. In diesem Moment ging die Tür auf, und Moma kam ins Büro.

»Capitaine, wir haben da was in den Sachen von Claudine Lambert gefunden«, sagte Moma.

»Es ist nach acht Uhr, und ich will endlich nach Hause«, beschwerte sich Isabelle.

»Du bist der Chef«, meinte Moma schulterzuckend.

»Schon gut, schon gut. Ich sehe es mir selber an.« Das war die Gelegenheit, ihrem Büro und damit auch Monsieur Chatel zu entkommen.

»Sprich du noch mal mit Monsieur Chatel«, bat sie Moma.

»Du willst, dass ich mit ihm ... Quer durch die Wache? Bitte nicht.« Moma sah sie gequält an.

»Du kannst mit ihm hierbleiben und meinen Computer benutzen. Aber bitte, pass auf, dass er sich nirgendwo hinsetzt. Tut mir leid, Monsieur Chatel.«

»Ist kein Problem für mich«, sagte der Besucher.

Das Gepäck von Claudine Lambert lag sorgfältig geordnet auf dem Tisch des Besprechungsraums. Eine Beamtin reichte Isabelle eine Kopie der Inventarliste, als sie in den Raum kam.

Es war das typische Gepäck einer Frau, die eine Woche Sommerferien an der Côte d'Azur machen wollte, dachte Isabelle beim Anblick der Kleidungsstücke. Teure Unterwäsche. Rock und Blazer, Businessoutfit. Zwei leichte Sommerkleider mit dezentem Muster. Verschiedene Blusen, ein leichter Baumwollpulli, eine Designerjeans. Eine lederbezogene Schmuckschatulle. Der Inhalt war schlicht, aber echt. Kette, Ohrringe und ein Armreif. Welche Frau würde nach einem Streit nicht nur ihre Klamotten, sondern auch noch ihren Schmuck im Hotelzimmer zurücklassen?

Wenn Fouché die Wahrheit erzählte, dann war Madame Lambert nach dem Streit in ihr Auto gestiegen und fortgefahren. Offenbar hatte sie vor, später in das Institut zurückzukehren. Der Streit fand an einem Vormittag statt, wie die Mitarbeiterin erzählt hatte. Isabelle stellte sich vor, dass Claudine Lambert wütend war. Ein Beziehungsstreit. Die junge Frau wäre bestimmt ans Meer und nicht in die Berge gefahren. Schließlich kamen die Urlauber doch wegen der Strände und des kristallklaren Wassers nach Lavandou. Was war dann passiert? Wieso trieb Claudine Lambert sechs Tage später tot im Mittelmeer?

»Das hier haben wir gefunden«, holte die junge Polizeiassistentin Isabelle aus ihren Gedanken. »Lieutenant Kadir meinte, das würde Sie bestimmt interessieren.«

Die junge Polizistin reichte Isabelle eine durchsichtige Asservatentüte, in der sich eine Visitenkarte befand. Es war eine der Karten, wie man sie im Urlaub zu Dutzenden in die Hand gedrückt bekam. Beim Friseur an der Ecke, bei der Boutique mit der Besitzerin, die alle paar Tage eine neue Haarfarbe trug, beim fahrbaren Grill, der Hähnchen auf die Hand verkaufte, oder wie in diesem Fall von einem Bootsverleih. *»Promenade en bateau«* stand da in schwungvollen blauen Buchstaben auf der Karte. Daneben war ein stilisiertes Fischerboot aufgedruckt und darunter in kleinerer Schrift eine Mobilfunknummer und der Name Marcel Roux.

Isabelle drehte die Karte um. Dort hatte jemand mit Bleistift geschrieben: »Deine Augen funkeln wie die Sterne ... Ruf mich an. Marcel.«

»Wo haben Sie die denn gefunden?«, fragte Isabelle.

»In der Schatulle mit dem Schmuck.«

»Machen Sie mir bitte davon eine Fotokopie.« Isabelle hielt das Asservatentütchen in der Hand und betrachtete es nachdenklich. »Ich werde mich gleich morgen mit diesem Monsieur Roux unterhalten.«

33. Kapitel

Leon hatte die Zeit vergessen. Nach der Unterhaltung mit Daniel Simon war er noch einmal zurück in die Rechtsmedizin gefahren. Vielleicht konnte er im Büro und mithilfe der Untersuchungsberichte Ordnung in seine Gedanken bringen. Durch seinen Kopf wirbelten die wildesten Fantasien, und das lag nicht nur an der Flasche Rosé, die er mit Daniel Simon geleert hatte. Leon hatte auf einmal das Gefühl, dass tatsächlich etwas dran sein könnte an seinen Vorstellungen von Teufeln und Hexen. Simon hatte nicht versucht, ihm seine Theorien auszureden, im Gegenteil. Er hatte ihn mit seinen historischen Fakten nur noch mehr von seiner Theorie überzeugt. Jetzt saß Leon seit zwei Stunden vor seinem Computer und klickte sich Seite um Seite durch okkulte Foren und wissenschaftliche Beiträge, die das Internet für ihn bereithielt.

Hexenverbrennungen hatte es demnach in der Provence noch bis weit in das achtzehnte Jahrhundert hinein gegeben, und Teufelsaustreibungen wurden von der katholischen Kirche nach wie vor gebilligt. Natürlich gab es heutzutage keine blutigen Rituale mehr, um den Leibhaftigen zu verscheuchen. Ein paar Gebete mussten reichen. Andererseits, wer konnte das schon so genau wissen? Als Leon schließlich auf seine Uhr sah, war es bereits halb elf. Plötzlich kamen ihm Zweifel. Vielleicht, dachte Leon, war das

Ganze ja doch nur eine fixe Idee, die er besser für sich behielt, wenn er sich nicht vor allen zum Idioten machen wollte.

Genau in diesem Moment stieß er auf die Liste mit Foltermethoden, die alle den gleichen Zweck hatten: nachzuweisen, dass irgendeine unglückliche Frau vom Teufel besessen und damit eine Hexe war. Eine der aufgeführten Methoden ließ in seinem Kopf die Alarmglocken schrillen. Es ging um die sogenannte Nadelprobe. Dazu wurde der Beschuldigten mit einer Nadel tief in ein Muttermal gestochen. Floss kein Blut aus der Wunde, so die infame Regel, war die Verdächtige ohne Schuld. Blutete sie dagegen, was natürlich so gut wie immer der Fall war, dann war sie eine Hexe, und die Folterknechte konnten ihr grausames Werk fortsetzen.

Leon hatte noch einmal die Leiche von Claudine Lambert aus der Kühlkammer geholt und auf der Bahre in den Autopsieraum gerollt. Jetzt, tief in der Nacht, war es hier still wie in einer Gruft. Als er das grüne Tuch von der Toten zog, schaltete sich auch noch die Klimaanlage mit einem leisen metallischen Klappern ab. Plötzlich war die Stille so erdrückend, dass sie jede Bewegung zu einem Kraftakt werden ließ. Leon griff zu der Lupe an der Decke, zog sie zu sich herunter und schaltete die LED-Beleuchtung an.

Während der Obduktion hatte er die Nadel in der linken Seite des Opfers gefunden, wo sie tief in die Milz eingedrungen war. Er ging um den Tisch herum und schwenkte die Lupe auf den Bereich unterhalb des Rippenbogens. Die Propellerblätter der Fähre hatten das Opfer an dieser Stelle etwa dreißig Zentimeter weit aufgerissen. All das hatte Leon bereits gesehen und in seinem Bericht erwähnt, aber etwas hatte er nicht überprüft: die Stelle, an der die Nadel in die Haut eingedrungen war. Durch den tiefen Schnitt des Propellers hatte sich die Lage von Haut und Muskeln über den unteren Rippen zurückgezogen. Leon schob das Gewebe vorsichtig in seine natürliche Position zurück. Dann wischte er die Hautoberfläche sauber, die sich in Höhe der Milz befunden hatte, und da sah er es. Es war ein dunkles braunrotes Muttermal von der Größe eines Zweieurostücks, das in seiner Mitte einen kleinen runden Einstich aufwies. Der Täter hatte mit der Nadel das Mal durchbohrt und sie bis in die Milz hineingedrückt.

Leon spürte, wie sich sein Puls beschleunigte. Plötzlich lief ihm Schweiß den Rücken herunter. Flackerte das Licht, oder bildete er sich das nur ein? Leon glaubte, seinen eigenen Herzschlag zu hören. Ein dunkles Pumpen, das mit jedem Schlag heller wurde. Das Klopfen wurde lauter, als er zur anderen Seite des Opfers sah. Dort, wo die Schiffsschraube mit einem einzigen Schlag die inneren Organe freigelegt hatte, lag jetzt ein Fleischklumpen von der Größe einer Männerfaust und erzitterte in kleinen konvulsivischen Zuckungen. Es war das Herz eines Menschen, und mit jedem Schlag strömte Blut aus der Aorta, die der Propeller ebenfalls durchtrennt hatte.

Spontan wollte Leon hineingreifen in diesen zerstörten Körper und das Herz anhalten, aber er konnte seine Hand nicht bewegen, seine Muskeln schienen in dieser surrealen Situation wie festgefroren, wie gelähmt. Das Ganze dauerte nur Sekunden. Plötzlich hörte Leon die Klimaanlage wieder summen. Aus den Schächten an der Decke strömte die kühle frische Luft, und durch die offene Tür seines Büros konnte er das Licht seines Computerbildschirms flackern sehen. Leon atmete ruhig ein und aus. Dann zwang er sich, noch einmal den Körper des Opfers zu betrachten. Alles sah wieder genau so aus wie vor einer halben Stunde, als er die Tote aus der Kühlkammer geholt hatte. Es war die Leiche einer jungen Frau, professionell obduziert und anschließend wieder mit korrekten Nähten geschlossen.

Vielleicht hatte ja die Hitze oder der Rosé oder beides für die kurze Halluzination gesorgt. Aber jetzt war sich Leon sicher, dass er mit seiner Vermutung richtiglag. Die beiden Frauen waren Opfer eines satanischen Rituals geworden. Sie waren nach einem uralten Zeremoniell gefoltert und getötet worden. Nach einem Zeremoniell, das eigentlich schon vor über zweihundert Jahren abgeschafft und geächtet worden war. Doch Blutrausch und Besessenheit waren so alt wie die Menschheitsgeschichte selber. Und irgendwo in der Provence gab es jemanden, der danach lechzte.

34. Kapitel

Die rote Kerze stand in einer Mauernische und flackerte im leichten Luftzug, der durch den Gang wehte. Louise starrte die Kerze an wie das ewige Licht über dem Altar. Als Kind hatte sie sich immer gefragt, ob die Flamme beim ewigen Licht nicht doch gelegentlich ausging. Und ob es der Priester dann wieder anzündete, mit einem stinknormalen Streichholz. Aber jetzt, als die kleine Flamme flackerte, bekam Louise Angst, das Licht könnte für immer verlöschen und die ewige Finsternis würde sie verschlingen.

Louise zerrte an ihrer Kette und damit am Ring in der Wand. Sie tat das bereits seit Stunden. Seit er von ihr abgelassen hatte. Seit die Schläge aufgehört hatten. Seit sie mit geschwollenen und blau geprügelten Armen und Beinen aus der Ohnmacht erwacht war. »Reiß an der Kette und beweg den Ring«, beschwor sie sich immer wieder. Dieser eiserne Ring in der Wand war alles, was sie noch am Leben hielt. Zerren nach rechts, Zerren nach links. Leise klirrte die Kette, und jedes Mal bewegte sich der Ring in der Wand.

Am Anfang waren es nur Millimeter gewesen, aber jetzt betrug der Spielraum schon über einen Zentimeter. Der alte Mörtel, der diesen Ring vielleicht schon seit Jahrhunderten in einer Steinfuge hielt, war mürbe geworden. Jedes Mal, wenn Louise an der Kette riss, rieselte feiner Staub aus der Wand. Noch einmal klirrte die Kette und noch einmal. Louise kämpfte gegen ihre Schmerzen an. Sie hatte beschlossen, nicht zu sterben. Nicht hier, nicht in diesem Verlies.

Sie wollte mit dieser Bestie nicht sprechen. Ihre verdammten Fragen nicht beantworten. Nichts von sich preisgeben und sich nicht in ihre Seele sehen lassen. Sie wollte stark sein. Über sich hinauswachsen, so wie man es immer in den Geschichten las, von Soldaten, die dem Feind in die Hände fielen. Die über Jahre gefoltert wurden, aber doch nie ihre Geheimnisse verrieten. Aber die Realität sah anders aus. Wenn die Schmerzen unerträglich groß wurden, war nur noch der verzweifelte Wunsch da, dass sie endlich aufhören sollten. Louise zerrte erneut an ihrer Kette. Sie würde hier herauskommen. Nur ein paar Meter entfernt sah sie den Nagel liegen. Sie würde sich von ihren Ketten befreien.

35. Kapitel

Als Leon am nächsten Morgen aufwachte, war das Bett neben ihm leer. Das war ungewöhnlich, denn es war erst sieben Uhr in der Früh, und normalerweise war Isabelle das Murmeltier, das Leon wecken musste. Er lauschte in die morgendliche Stille, und zu seiner Erleichterung konnte er Klappern aus der Küche hören. Warum war er so besorgt?

Er erinnerte sich daran, dass es vergangene Nacht spät geworden war. Isabelle hatte bereits geschlafen, als er vom Institut zurückgekommen war, und ihre nächtliche Konversation hatte sich auf einige sanfte Worte seinerseits und liebevolles Gemurmel vonseiten Isabelles beschränkt. Kein Grund also zur Beunruhigung.

Eine kurze Dusche und eine Rasur später kam Leon in die Küche. Isabelle war dabei, frische Orangen mit der Saftpresse auszudrücken.

»Guten Morgen, mein Schatz«, sagte Leon und legte seinen Arm um Isabelle.

»Morgen!« Ihre Antwort kam kurz angebunden. Sie reagierte nicht auf seine Berührung.

»Hast du gut geschlafen?«, fragte Leon.

»Du hast es vergessen …« In Isabelles Stimme lag Enttäuschung. »Du weißt, dass ich heute den Termin in der Klinik habe.«

Leon erschrak, das war es also gewesen, was ihn beim Aufwachen so irritiert hatte. Nein, er hatte es nicht vergessen. Er hatte es nur verdrängt. Hatte heimlich gehofft, dass sich die ganze Sache in Luft auflösen würde, wie Nebel in der Morgensonne.

»Natürlich weiß ich, dass du deinen Termin hast.« Es klang nicht überzeugend. »Wann bist du dran?«

»Um vierzehn Uhr.«

»Du willst aber nicht vorher noch ins Büro gehen?«, fragte Leon.

»Natürlich gehe ich ins Büro. Denkst du, ich sitze den ganzen Vormittag zu Hause und zähle die Stunden?«

»Eine Untersuchung bedeutet nicht, dass man auch krank sein muss«, versuchte Leon sie zu beruhigen.

»Das gilt vielleicht bei Zahnschmerzen«, sagte Isabelle, »die wollen aber in meinen Bauch sehen.«

»Sie wollen nur punktieren. Du bekommst eine leichte Narkose. Das dauert keine Viertelstunde.«

»Leon, die schieben mir eine zwanzig Zentimeter lange Hohlnadel in den Eierstock. Ich hab es mir im Internet angesehen.«

»Das Internet ist kein guter Berater, wenn es um die Gesundheit geht.« Er sah sie an. »Ich kann zu dir auf die Station kommen, wenn du aus der Narkose aufwachst.«

»Versprich nichts, was du nicht halten kannst.«

»Warum musst du ins Krankenhaus, Mama?« Lilou stand plötzlich in der Tür. Sie trug noch ihr Nachthemd. Es war das XL-T-Shirt, das ihr Leon einmal geschenkt hatte. Darauf stand in großen Lettern: Johann-Wolfgang-Goethe-Universität.

»Hast du nicht gesagt, die ersten beiden Stunden fallen heute Morgen aus?«, versuchte Isabelle vom Thema abzulenken.

»Was ist eine Hohlnadel?«, insistierte Lilou.

Isabelle sah Leon mit einem Blick an, der so etwas sagte wie: Du musstest ja unbedingt mit der Sache anfangen.

»Deine Mutter hat eine kleine Routineuntersuchung, für die sie in die Klinik fahren muss«, erklärte Leon in sachlichem Ton.

»Ach ja, und wann wolltet ihr mir das erzählen?«

»Es ist wirklich keine große Sache«, meinte Isabelle ein bisschen zu cool.

»Keine große Sache ... Aber du musst in die Klinik?«, sagte Lilou vorwurfsvoll. »Mit mir kann man auch reden. Ich wohne nämlich hier, und ich bin siebzehn.«

»Du hast völlig recht.« Isabelle legte den Arm um ihre Tochter. »Ich wollte es dir erzählen, wenn ich ein Ergebnis habe.«

»Was für ein Ergebnis könnte das denn sein?«, fragte Lilou zaghaft.

Mit einem kurzen Blick gab Isabelle Leon zu verstehen, dass jetzt sein Einsatz gefragt war.

»Im Eierstock können sich aus den verschiedensten Gründen Zysten bilden, sogenannte Ovarialzysten. Mithilfe einer Punktion lässt sich eine winzige Probe von einer solchen Zyste entnehmen«, erklärte Leon. »So kann man sicherstellen, dass es sich nur um eine harmlose Schwellung handelt.«

»Und was ist, wenn diese Schwellung nicht harmlos ist?«

»Kann man so nicht sagen. Das muss dann die Analyse der Gewebeprobe klären.«

»Kann so was auch Krebs sein?« Lilou stellte die Frage in schonungsloser Offenheit.

»Theoretisch ja«, sagte Leon. »Aber es gibt eine ganze Palette anderer Möglichkeiten. Trotzdem wollen die Ärzte in einem solchen Fall natürlich auf Nummer sicher gehen.«

»Ich wollte nicht, dass du dich unnötig beunruhigst«, sagte Isabelle etwas hilflos.

»Ich bin aber beunruhigt«, antwortete Lilou trotzig.

Eine halbe Stunde später saß Leon im Besprechungsraum der Gendarmerie nationale. Das Meeting war gut besucht, wie immer, wenn der Polizeichef den Zwischenstand einer Ermittlung bekannt gab, und ganz besonders, wenn es sich dabei um so ungewöhnliche Todesfälle handelte wie bei der Frau von der Autobahn und der Toten aus dem Meer. Es wurde gerade der *Var-Matin* herumgereicht, der die Wasserleiche erst auf Seite zwei erwähnte, als Zerna in den Raum kam. Wie immer in tadellos sitzender Uniform und mit durchgestrecktem Rücken, um seine ein Meter zweiundsiebzig zu kaschieren, was ihm aber nicht wirklich gelang. Trotz seiner Cowboystiefel mit der extradicken Sohle.

»Messieurs dames, bonjour«, sagte er und setzte sich.

Stühle wurden gerückt, und die Unterhaltungen verstummten.

»Ich habe mir Ihre Berichte angesehen«, begann er. »Ich muss sagen, das ist alles ziemlich dürftig.«

Die Beamten sahen sich an, aber keiner wagte sich aus der Deckung, um sich zu rechtfertigen.

»Zwei Zeugen«, sagte Zerna und hielt zwei Finger hoch. »Pascal Moreau und dieser Victor Fouché, und beide auf freiem Fuß. Wenn Sie mich fragen, sind das keine Zeugen, sondern Verdächtige.«

»Wir sind ja dran, Patron«, meldete sich Masclau. »Aber bisher hat sich einfach nichts Neues ergeben.«

»Das ist sehr bedauerlich«, meinte Zerna. »Sie wissen, was das bedeutet?«

Jeder im Raum wusste, was das bedeutete. Wenn die Gendarmerie es mit einem Mord zu tun bekam, und danach sah es im Moment aus, musste sie den Fall an die Kriminalpolizei nach Toulon durchreichen. Das wiederum bedeutete, dass man Kommissarin Lapierre nach Le Lavandou schicken würde, die dann den

Einsatz leitete, als Vorgesetzte von Zerna. Die einzige Chance für den Polizeichef, in dieser Situation noch Punkte zu sammeln, bestand darin, Toulon wenigstens handfeste Ermittlungsergebnisse zu präsentieren.

»Hören wir uns erst mal an, was der Médecin Légiste zu sagen hat.« Zerna sah Leon an.

Alle Beamten wandten sich zu Leon um, der seinen üblichen Platz genau gegenüber vom Polizeichef eingenommen hatte. Leon rückte sich ein paar Ausdrucke zurecht.

»Guten Morgen«, begann er. »Inzwischen steht fest, dass es sich bei der Toten aus dem Meer um die verschwundene Claudine Lambert handelt. Das haben die DNA-Vergleiche mit den Haarproben aus den Reiseutensilien von Madame Lambert eindeutig ergeben.«

»Wir würden gerne wissen, wie sie gestorben ist«, unterbrach der Polizeichef den Rechtsmediziner.

»Darauf komme ich sofort«, sagte Leon und fuhr fort. »Das Opfer war achtundzwanzig Jahre alt und wies zum Zeitpunkt seines Todes keine organischen Krankheiten auf. Drogen und Alkohol ließen sich aufgrund der speziellen Auffindesituation nicht mehr nachweisen.«

»Sie wollten uns sagen, wie sie gestorben ist«, drängte Zerna.

»Ist doch klar bei einer Wasserleiche, würde ich denken«, mischte sich Masclau ein.

»Claudine Lambert ist nicht ertrunken, falls Sie das meinen«, sagte Leon. »Die Frau wurde buchstäblich zu Tode geprügelt. Sie starb an einer Embolie.«

Leon wartete ab, bis sich das Gemurmel legte, dann fuhr er fort.

»Es ist rechtsmedizinisch klar belegbar, dass Madame Lambert getötet und ihre Leiche anschließend ins Meer geworfen wurde.«

»Wie lange lag sie im Wasser?«, wollte Zerna wissen.

»Da kann ich nur eine ungefähre Angabe machen: drei bis fünf Tage.« Leon legte eine Pause ein.

»Ist das alles, was Sie für uns haben?«, fragte Zerna enttäuscht.

Leon zuckte mit den Schultern.

»Gar nichts, was uns weiterhelfen könnte?«, fragte Masclau.

»Es gibt Hinweise auf eine Verbindung zwischen den Morden von Aline Moreau und Claudine Lambert«, formulierte Leon vorsichtig.

»Und welche Hinweise wären das?«, wollte Zerna wissen.

»Zunächst wurden beide Opfer vor ihrem Tod gefoltert. Und das auf eine besonders brutale und wohlüberlegte Weise.«

»Das muss nichts heißen«, sagte der Polizeichef.

»Sie wissen ja gar nicht, wie viele Spinner bei uns rumlaufen«, kam es von einem jungen Beamten im Raum. Seine Kollegen lachten.

»Wir haben bei der Obduktion Zeichen entdeckt, die der Täter offensichtlich seinen Opfern in die Haut geritzt hat.«

»Was für Zeichen?«, hakte Zerna sofort nach.

»Das lässt sich leider nicht mehr genau feststellen. Wie Sie wissen, wurden die Körper stark in Mitleidenschaft gezogen, aber es finden sich auf beiden ähnliche Markierungen. Es könnte sich dabei auch um irgendwelche Symbole handeln.«

»Kein Scheiß?«, fragte der junge Polizist.

»Ist das alles, was wir haben, ein paar Kratzer auf der Haut?«, fragte der Polizeichef skeptisch.

»Dann wären da noch die Nadeln«, sagte Leon und machte

eine kurze Pause. Jetzt hatte er wieder die volle Aufmerksamkeit seiner Zuhörer.

»Was denn für Nadeln, zum Teufel?«, fragte Masclau.

»Stahlnadeln, sechs Zentimeter lang. Wir fanden eine im Gaumen von Madame Moreau und die zweite in der Leiche von Claudine Lambert. Sie steckte mehrere Zentimeter tief in ihrer Milz.«

Leon konnte regelrecht spüren, wie die Erwartungen aller Anwesenden jetzt auf ihm lagen. Es herrschte gespannte Stille im Raum. Keiner wollte etwas von dem verpassen, was der Médecin Légiste zu sagen hatte.

»Nadeln?«, fragte Zerna. »Das ergibt doch keinen Sinn.«

»Das haben wir zunächst auch gedacht, aber dann fiel mir auf, dass die Nadeln jeweils durch ein Muttermal auf der Haut in die Körper gestochen wurden. Zu einem Zeitpunkt, als die Opfer noch lebten.«

»Diese Typen werden immer perverser«, unterbrach der junge Polizist.

»Was soll das mit dem Muttermal bedeuten?« Zerna fragte mit einem Zögern in der Stimme, als wollte er am liebsten gar nicht hören, was der Rechtsmediziner da herausgefunden hatte.

»Ich habe mit einem Historiker über dieses Phänomen gesprochen«, berichtete Leon so nüchtern wie möglich. »Die sogenannte Nadelprobe galt noch vor einigen Jahrhunderten als probates Mittel, um festzustellen, ob eine Frau vom Teufel besessen war.«

»Echt? Ist ja voll krass«, rief einer der jungen Beamten.

»Das ist aber jetzt nicht Ihr Ernst, oder?« Zerna misslang ein spöttisches Grinsen.

»Sie haben mich nach meiner Meinung gefragt«, antwortete Leon. »Vielleicht haben Sie ja recht, und es ist tatsächlich nur ein dummer Zufall.« Er räumte seine Unterlagen zusammen. Mehr hatte er nicht zu sagen.

»Moment, Moment! Wollen Sie mir ernsthaft erklären, dass wir es hier mit so einer Art Teufelsaustreibung zu tun haben?« Der Polizeichef sah Leon mit mitleidigem Blick an.

»Gewissermaßen, ja«, sagte Leon. »Das wäre immerhin eine Erklärung.«

Getuschel und Raunen schwappte durch die Reihen, als die Spannung im Besprechungsraum sich Bahn brach. In diesem Moment war ein kurzes, hartes Klopfen zu hören, und im gleichen Moment ging die Tür auf. Ein Mann trat in den Raum. Zerna sah den Eindringling verärgert an. Der Fremde hatte graue Sommerhosen an und ein kurzärmeliges weißes Hemd. Darüber sah Leon die Riemen eines Schulterholsters, in dem eine Pistole steckte. Über dem Arm trug der Mann ein Sakko, in der Hand hielt er eine Ledermappe. Leon schätzte ihn auf Ende vierzig. Die Haare waren dunkel und hatten sich zu hohen Geheimratsecken gelichtet. Der Mund war klein und ohne Lippen, wie bei einem Reptil. Er wirkte nicht besonders sportlich, aber Leon wusste aus Erfahrung, dass man so etwas nur schwer einschätzen konnte. Leon hatte ihn noch nie gesehen. Direkt hinter dem Mann war Lieutenant Kadir in den Raum gekommen.

Zerna sah Moma kurz an. Wie konnte er es wagen, einen Fremden in seine Morgenbesprechung mitzubringen? Moma zuckte mit den Schultern und drehte die Handflächen nach außen. Was so viel heißen sollte wie: Da kann man nichts machen, der Mann hat einen höheren Rang als ich.

»Würden Sie bitte draußen warten?! Die Besprechung ist noch nicht zu Ende.« Zerna deutete mit dem ausgestreckten Finger in Richtung Tür, ohne den Fremden dabei anzusehen. Doch der marschierte weiter auf den Polizeichef zu, mit einem Blick, als wollte er ihn gleich festnehmen.

»Commandant Bertin, Sonderermittler bei der DCPJ in Paris«,

sagte der Mann. Dabei legte er Zerna ein kurzes Schreiben auf den Tisch, das er aus seiner Brusttasche gezogen hatte. »Ich müsste Sie jetzt sofort sprechen.«

Zerna ließ sich etwa zwanzig Sekunden Zeit mit dem Schreiben, obwohl es nur aus einem einzigen Absatz bestand, und auch der umfasste nur fünf Zeilen. Dann reichte er es dem Polizisten zurück.

»Na gut«, sagte Zerna, »gehen wir in mein Büro.«

»Ich hätte gerne auch Ihre Stellvertreterin bei dem Gespräch dabei«, sagte Bertin in einem Ton, der seinen Wunsch zu einem Befehl machte.

»Die ist leider heute Vormittag unabkömmlich bei einem Termin«, entschuldigte Zerna seine oberste Mitarbeiterin.

»Der hiesige Rechtsmediziner ist …« Bertin sah auf einen Zettel. »… ein gewisser Dr. Ritter. Können wir den dazuholen?«

»Aber natürlich, kein Problem«, sagte Zerna mit einem ebenso breiten wie falschen Lächeln. Dann wandte er sich an Leon. »Docteur, würden Sie uns bitte begleiten?«

Drei Minuten später saßen die Männer am Besprechungstisch von Zernas Büro. Leon musterte den Mann mit den Sondervollmachten von der DCPJ. Er hatte von der *Direction Centrale de la Police Judiciaire* gehört. Sie war eine Art übergeordnete Polizeibehörde, die direkt dem Innenminister unterstand und über weitreichende Kompetenzen verfügte, ähnlich wie das FBI in den USA. Bisher hatte Leon nur mit örtlichen Behörden zu tun gehabt. Dass sich Paris in einen Fall der lokalen Gendarmerie nationale einschaltete, hatte er noch nie erlebt.

»Die DCPJ fahndet mit Hochdruck nach zwei verschwundenen weiblichen Personen«, begann der Sonderermittler.

»Wir wissen von keiner derartigen Fahndung«, sagte Masclau, der auf Zernas Wunsch ebenfalls an der Runde teilnahm.

»Das liegt daran, dass wir den Fall zunächst nur im allerkleinsten Kreis in Paris diskutiert und aus den Medien herausgehalten haben. Mit Erfolg, wie Sie sehen.«

»Und um wen handelt es sich bei diesen Personen? Natürlich nur, wenn Sie uns damit nicht zu viel verraten«, sagte Zerna spitz, und Sonderermittler Bertin sah ihn streng an.

»Lustig«, sagte Bertin absolut humorlos. »Es geht um einen prominenten Bürger dieses Landes. Einen sehr prominenten Bürger möchte ich betonen.«

Leon beobachtete den Sonderermittler genau. Der Beamte saß völlig unbeweglich da und fixierte seine Gegenüber. Er schien nie zu blinzeln. Nur gelegentlich leckte er sich mit der Zunge über den schmalen, lippenlosen Mund. Bertin erinnerte Leon an seinen Lateinlehrer, der immer darauf gelauert hatte, einen Schüler bei einem Fehler zu erwischen, um den Unglücklichen dann vor der ganzen Klasse bloßstellen zu können.

»Auch in den Fahndungslisten haben wir keine neuen Namen«, sagte Masclau, und der Besucher lächelte nur dünn.

»Ich nehme mal an, dass Ihnen der Name Gérard Laval etwas sagt.«

»Sie meinen den Kultusminister von Frankreich?«, fragte Zerna ungläubig.

»Was, der Minister ist weg?« Masclau war um Fassung bemüht.

»Natürlich nicht«, antwortete Bertin. »Wie hätten wir so etwas geheim halten können? Wir suchen seine Tochter Claire.«

»Ist sie nicht seine Stieftochter?« Leon hatte bisher geschwiegen. Aber sein Instinkt sagte ihm, dass hier irgendetwas vertuscht werden sollte.

Bertin musterte ihn misstrauisch.

Leon hatte kürzlich einen Artikel über die junge Frau gelesen. Sie lebte zurückgezogen und scheute das ausgelassene Leben, dem sich die meisten anderen Ministerkinder so gerne hingaben. In der Klatschpresse tauchte sie überhaupt nicht auf. Sie galt als gesundheitlich angeschlagen. Diabetes, soweit Leon sich erinnerte. Außerdem war sie in einer Umweltgruppe aktiv, die sich für den Erhalt des brasilianischen Urwaldes einsetzte, und sie studierte Jura an einer der Eliteuniversitäten. Aber es gab einen dunklen Punkt in der Familie. Der politische Gegner hatte Gerüchte gestreut, dass die Ministertochter unter traumatischen Erinnerungen aus ihrer Kindheit litt. Die Rede war von sexuellem Missbrauch. Die Wahlen standen bevor. Und Minister Laval war als Präsidentschaftskandidat im Gespräch. Wenn er in diesen Tagen etwas nicht brauchen konnte, dann waren es Gerüchte und Skandale jeder Art.

»Stieftochter oder nicht. Was macht das für einen Unterschied?«, fragte Bertin.

»Sie sprachen von zwei Frauen«, sagte Zerna.

»Die zweite Frau ist die Freundin der Tochter des Ministers. Louise Paye. Die beiden studieren zusammen.«

»Und wie können wir Ihnen helfen?«, fragte Zerna.

»Es besteht Grund zur Annahme, dass die beiden Frauen sich in dieser Gegend aufhalten.«

»Aufhalten?«, fragte Masclau provozierend. »Warum auch nicht? Das hier ist ein beliebtes Urlaubsgebiet. Sie kennen das Polizeiaufgaben-Gesetz. Ohne Verbrechen keine Fahndung.«

»Wie kommen Sie darauf, dass die beiden Studentinnen ausgerechnet in Le Lavandou sind?«, unterbrach Zerna. »Das müssen Sie uns schon erklären.«

»Das Auto von Claire Laval ist gestern auf einem Campingplatz entdeckt worden. Im Camp du domaine«, sagte Bertin.

»Kenn ich«, meinte Masclau. »Ist ein Riesending auf dem Cap

Bênat, vier Sterne. Mit eigenem Supermarkt, Pool und zwei Restaurants.«

»Madame Laval hat sich nie auf dem Platz angemeldet«, sagte Bertin.

»Sie glauben also, ein Fremder hat ihren Wagen auf dem Platz abgestellt?«, fragte Zerna.

»Wir bitten Sie um Ihre Unterstützung, weil Sie die bessere Ortskenntnis haben.« Es stand dem Sonderermittler regelrecht ins Gesicht geschrieben, welche Überwindung es ihn kostete, die Gendarmerie von Lavandou um Hilfe zu bitten.

»Die DCP-Justiciaire bittet uns um Unterstützung.« Zerna legte die rechte Hand auf seine Brust. »Da wird einem ja gleich ganz patriotisch zumute.«

»Bleibt noch die Frage, warum die DCPJ glaubt, dass die beiden Frauen verschwunden sind«, sagte Masclau.

»Beide Familien haben seit vier Tagen nichts mehr von ihren Töchtern gehört. Ihre Handys sind ebenfalls abgestellt«, kam die Erklärung des Ermittlers. »Zuletzt waren sie bei einem Sendemast in Bormes-les-Mimosas eingeloggt. Das war Dienstagnacht um 23.04 Uhr. Seitdem ist jeder Kontakt abgebrochen.«

»Und worin besteht das Verbrechen?«, fragte Masclau ganz direkt.

»Wir wissen es noch nicht«, sagte der Sonderermittler. »Aber es muss sich hier, direkt in Ihrem Polizeibezirk, ereignet haben. Der Kultusminister ist sehr beunruhigt. Er erwartet von Ihnen, dass Sie ihm seine Tochter wiederbringen. Und zwar so schnell wie möglich. Sie können mit jeder Art von Unterstützung rechnen.«

»Zwei Studentinnen machen Party an der Côte d'Azur. Die Mädchen verschwinden, und jetzt sollen wir sie wieder einsammeln. Das habe ich verstanden. Aber was ist Ihre Aufgabe bei der Sache?«, fragte Zerna spitz.

»Ich bin hier, um Ihre Bemühungen zu optimieren, und ich berichte direkt an den Innenminister. Ach ja, und es steht mir frei, die Mitglieder dieses Teams jederzeit mit anderen Aufgaben zu betrauen.«

»Klingt ja echt verlockend«, sagte Masclau.

»Von welchem Straftatbestand sollen wir denn ausgehen?«, fragte Zerna patzig. »Von Entführung oder heimlichem Verlassen einer Strandparty?«

Der Sonderermittler schwieg und sah Zerna mit kaltem Blick an, als sich Leon einschaltete.

»Was ist mit dem Wagen von Madame Laval?«, fragte er. »Den würde ich mir gerne ansehen, bevor die Spurensicherung ihn übernimmt.«

»Einverstanden, Docteur«, sagte Bertin. »Wir möchten Sie ebenfalls in unsere Ermittlungen einbinden.«

Bertin hatte bei Leon einen auffallend höflichen Ton angeschlagen.

»Ich arbeite für die Staatsanwaltschaft in Toulon«, bemerkte Leon. »Es wäre vielleicht besser, wenn Sie das mit Oberstaatsanwalt Orlandy abklären würden.«

»Das haben wir bereits, Docteur«, meinte der Sonderermittler mit dem Eidechsengesicht. »Er ist einverstanden. Das bedeutet, Sie arbeiten ab sofort für die DCPJ.«

»Dann möchte ich mir zuerst den Wagen von Claire Laval ansehen.«

»Ich habe von Ihren Erfolgen gehört, aber auch von Ihren eigenwilligen Arbeitsmethoden«, sagte Bertin süffisant. »In diesem Fall werden wir streng nach Vorschrift vorgehen. Das bedeutet, jedes Untersuchungsergebnis wird zunächst an mich weitergeleitet.

Und noch etwas: Ich behalte mir vor, Sie während der Ermittlungen jederzeit durch einen unserer eigenen Rechtsmediziner ablösen zu lassen.«

Leon blieb ganz ruhig, obgleich der Affront nicht zu überhören gewesen war.

»Ich beschäftige mich bereits mit einem Fall, der mit dem Verschwinden der beiden Frauen in Zusammenhang stehen könnte.«

»Das klingt doch interessant«, unterbrach der Mann von der DCPJ ihn. »Und woraus schließen Sie das?«

»Lassen Sie mich eines vorausschicken«, sagte Leon. »Wenn Sie mich für Ihre Ermittlungen haben wollen, dann ist das auch der Fall des Rechtsmedizinischen Instituts von Saint Sulpice und damit mein Fall. Zumindest was den Bereich der Pathologie angeht. Sie werden also keinen Ihrer eigenen Rechtsmediziner hier einsetzen, außer ich bitte Sie darum. Wir würden aber gelegentlich gerne auf Ihr Labor zugreifen, falls unsere Kapazitäten nicht ausreichen.«

Georges Bertin presste seine Lippen so fest aufeinander, dass sie wie eine dünne Narbe aussahen. Es fiel ihm sichtlich schwer, seinen Zorn zu verbergen, als Leon fortfuhr.

»Wir untersuchen bereits zwei Todesfälle, bei denen es um Frauen ähnlichen Alters, ähnlicher Statur und ähnlicher Haarfarbe geht. Beide waren zunächst vermisst gemeldet worden. Die pathologischen Tests sind noch in der Auswertung.« Leon sah zu Zerna, der ein kleines Lächeln in seinem Gesicht versteckte. »Ich möchte eines klarstellen. Entweder ich arbeite als leitender Rechtsmediziner an diesem Fall, oder ich verschwinde auf der Stelle, und Sie lassen den Kollegen aus Paris einfliegen.«

Es dauerte einige Sekunden, bis der Sonderermittler Luft geholt hatte.

»Einverstanden«, rang Bertin sich seine Zustimmung ab.

Masclau sah zu Boden. Er konnte sich ein Grinsen nicht verkneifen.

»Ist der Wagen noch auf dem Campingplatz?«, fragte Leon, als wäre nichts gewesen.

»Er bleibt dort so lange, bis ich ihn freigebe.«

Leon nahm seine Unterlagen und stand auf. »Dann sollten wir so schnell wie möglich dorthin fahren.«

36. Kapitel

Leon war in die beruhigende Kühle der Rechtsmedizinischen Abteilung zurückgekehrt. Das hier war sein Reich. Wenn draußen die südfranzösische Sonne vom Himmel brannte und die Menschen sich nach Ferien am Strand und Baden im Meer sehnten, hatte Leon ein ganz anderes Ziel: die konzentrierte Ruhe des klimatisierten Sektionsraumes.

Die Untersuchung des Autos von Claire Laval hatte nichts zutage gefördert. Der kleine Clio stand ganz am Ende des Parkplatzes. Dort, wo die Wohnmobile abgestellt waren, deren Besitzer keine Reservierung hatten und die jetzt darauf hofften, dass vielleicht doch einer der angemeldeten Gäste nicht erscheinen und so ein Platz frei würde. Es war ein guter Ort, um ein Fahrzeug zu verstecken, hatte Leon gedacht. Manche Täter glaubten, man müsse Autos anzünden, um Spuren zu verwischen, aber das war eine schlechte Lösung. Am unauffälligsten konnte man ein gesuchtes Auto an einem Platz verschwinden lassen, der voller Autos war.

Der Wagen hätte dort Wochen, wenn nicht Monate bleiben können. Doch der Clio hatte auf sich aufmerksam gemacht, indem er Öl verlor. Als sich unter dem Wagen auf dem Campingplatz eine schwarze Pfütze im Staub bildete und das Kennzeichen zu keinem der Gäste gehörte, hatte der Platzwart die Police Municipale informiert.

In dem Clio auf dem Campingplatz befanden sich genau die Dinge, die zwei Freundinnen für ihren Urlaubstrip ins Auto packen würden, wie die Tüte mit den angebissenen Croissants oder das Stück Käse, das sich in der Hitze verflüssigt und in den Tiefen der Türablage ausgebreitet hatte und einen üblen Geruch absonderte. Auf dem Rücksitz lagen Badeutensilien. Ein Bikini, ein Badeanzug und zwei Handtücher. Alles zusammen in einen großen Bastkorb gestopft, wie man ihn auf dem Markt kaufen konnte. Eingewickelt in die Handtücher waren Sonnencreme und zuunterst zwei Taschenbücher. Der erotische und äußerst umstrittene Bestseller eines französischen Schriftstellers und ein Roman über die Flucht von Sklaven in den USA im neunzehnten Jahrhundert.

Leon hatte sich die Fundstücke genau betrachtet und versuchte sie den beiden Studentinnen zuzuordnen, denen er nie begegnet war. Die beiden Frauen begannen in seiner Fantasie langsam Konturen anzunehmen. Die zurückgezogen lebende Ministertochter und Louise, ihre lebenslustigere Kommilitonin. War es möglich, dass die beiden sich tatsächlich abgesetzt hatten, um alle Brücken hinter sich abzubrechen, auch wenn es nur für eine Weile war? Leon hegte einen winzigen Funken Hoffnung, dass es sich bei den beiden Freundinnen so verhielt. Dass sie, während sie hier den Wagen durchsuchten, vielleicht von zwei Frauen beobachtet wurden, die sich köstlich über die Ahnungslosigkeit der Flics amüsierten und einen herrlichen Sommer am Strand verbrachten. Als Leon kurz darauf die Heckklappe des Clio öffnete, musste er seine Hoffnung begraben. Im Kofferraum des kleinen Wagens standen zwei Koffer und eine Reisetasche.

Das Gepäck wurde der Spurensicherung übergeben, aber Leon wusste schon jetzt, dass sie nichts finden würde. Wer immer für das Verschwinden der Frauen verantwortlich war, hatte sicher darauf geachtet, so gut wie keine Spuren zu hinterlassen. Leon öffnete noch einmal die Fahrertür und setzte sich hinter das Steuer. Er musste seine Arme ausstrecken, um das Lenkrad zu erreichen. Auch die Pedale waren weit weg. Der letzte Fahrer musste den Sitz weit nach hinten geschoben haben. Wer immer diesen Wagen hierhergebracht hatte, war mindestens einen Meter fünfundachtzig groß oder darüber.

Leon nahm mit Klebefolie Proben von allen Sitzen. Er würde die DNA möglicher Hautschuppen analysieren. Eine Herkulesaufgabe bei einem Auto, das schon zwanzig Jahre alt war und in dem wahrscheinlich Dutzende von Menschen gesessen hatten. Vielversprechender waren da schon die Proben aus dem Fußraum. Auf der Fahrerseite konnte man den rötlichen Staub der Provence erkennen, während der Fußraum der Beifahrerseite nahezu sauber war. Einen interessanten Hinweis hatte allerdings das Handschuhfach zu bieten. Neben den Quittungen für die Autobahnmaut lag da eine Visitenkarte, weiß mit geschwungenen Buchstaben: *Promenade en bateau.*

37. Kapitel

Vom Parkplatz des Camp du domaine war Leon direkt in die Rechtsmedizin gefahren. Zusammen mit Rybaud hatte er die Leichen Aline Moreaus und Claudine Lamberts aus der Kühlkammer in den Sektionsraum geschoben. Hier wartete er jetzt mit Zerna und Rybaud nur noch auf Georges Bertin, der sich eine kurze Auszeit erbeten hatte. Dabei waren die Männer im Sektionsraum allein deshalb zusammengekommen, weil das der spezielle Wunsch des Sonderermittlers gewesen war. Der Mann aus Paris wollte unbedingt die beiden Opfer sehen. Er würde Leon fragen, was ihn auf die Idee brachte, der Tod der Frau von der Autobahn und der Frau aus dem Meer könnte mit dem Verschwinden der Ministertochter zu tun haben. Wenn Leon ehrlich war, waren seine Vermutungen in diesem Punkt äußerst vage. Er konnte dem Sonderermittler ja schlecht von seinen Gefühlen und seiner nächtlichen Halluzination in der Pathologie erzählen.

»Sie reden jetzt aber bitte nicht über diesen Hexenquatsch, Docteur«, meinte Zerna und musterte den Médecin Légiste mit gequältem Gesichtsausdruck.

»Ich bin Rechtsmediziner«, sagte Leon mit einem listigen Lächeln, »wir berichten nur über unsere Untersuchungsergebnisse.«

»Wo bleibt denn Monsieur Bertin?« Zerna wurde ungeduldig.

»Commandant Bertin«, betonte Leon, der natürlich genau

wusste, wie sehr es Zerna quälte, dass der Sonderermittler den gleichen Rang wie er innehatte.

»Ich habe ihn im Bad gesehen.« Rybaud lächelte. »Ich denke, ihm war etwas heiß.«

Leon sah zum x-ten Mal auf seine Uhr. Er hatte Isabelle versprochen, nach ihr zu sehen, wenn sie die Untersuchung hinter sich gebracht hatte. Mit dem Meeting in der Pathologie hatte keiner gerechnet. Und nur der Médecin Légiste durfte die Opfer im Obduktionsraum zeigen. In diesem Moment kam Kommissar Bertin in den Raum. Er stellte sich mit einigem Abstand hinter die Anwesenden, als wollte er den Docteur nicht von seinem angestammten Platz verdrängen.

»Bitte!«, sagte Zerna und bat den Ermittler mit großzügiger Geste in die erste Reihe.

Zögernd macht Bertin einen Schritt nach vorn. Leon hatte die grünen Tücher ein Stück weit zurückgeschlagen, sodass man nur die Gesichter der Frauen sehen konnte. Aber es war deutlich zu erkennen, dass es keine heilen Körper waren, die die Leichentücher verbargen. Leon spürte, dass der Sonderermittler Probleme mit dem Anblick von Toten hatte, zumindest wenn sie im Sektionsraum präsentiert wurden.

Zerna gab eine kurze Übersicht über die beiden toten Frauen und den Stand der Ermittlungen. Schweigend hörte der Mann aus Paris zu.

»Und worin besteht jetzt die Verbindung zwischen den beiden Toten?«, fragte Bertin, als Zerna geendet hatte.

»Es ist dieses Zeichen«, sagte Leon.

»Was für ein Zeichen?«, wollte Bertin wissen.

»Beide Opfer tragen ein ähnliches Zeichen auf dem Körper«, sagte Leon. »Es wurde ihnen in die Haut geschnitten, als sie noch lebten. Wir vermuten, dass dieses Zeichen ein Symbol ...«

»Vielleicht einer bestimmten Gruppe. Sie wissen schon, Aussteiger, Sektierer«, unterbrach Zerna schnell. »Im Massif des Maures finden Sie jede Menge Spinner. Das kann ich Ihnen versichern.«

Bertin ignorierte Zerna und sah stattdessen Leon fragend an.

»Ich möchte die Zeichen sehen«, befahl er.

Leon sah Zerna an. Der zuckte mit den Schultern.

»Wir haben die Verletzungen dokumentiert, wenn Sie vielleicht lieber die Fotos ...«, wollte Rybaud sagen.

»Jetzt machen Sie schon«, antwortete der Mann aus Paris ärgerlich.

»Na gut.« Leon und sein Assistent schlugen die Tücher, die die beiden Leichen abdeckten, fast im gleichen Moment zurück.

Leon sah aus dem Augenwinkel, wie der Sonderermittler erstarrte. Es war ein Unterschied, ob man Fotos von Toten sah und dazu einen Bericht las, oder ob man einen toten Menschen vor sich liegen hatte. Besonders dann, wenn eine der Toten von einem Vierzigtonner überrollt worden und die andere in eine Schiffsschraube geraten war. Die beiden Leichname erinnerten Leon an Figuren auf den Bildern von Hieronymus Bosch. Dort, wo die Höllenwesen zu sehen waren, die Entenfüße hatten oder nur noch aus einem Kopf mit Beinen bestanden. Damit man die sterblichen Überreste überhaupt hatte transportieren können, lagen die Toten mit ihren Unterkörpern in flachen Kunststoffwannen, zusammen mit ihren untersuchten Organen.

Leon hörte den Polizisten aus dem Innenministerium flach und kurz atmen. Er versuchte die Vorführung abzukürzen und gab eine knappe Erklärung ab.

»Sie sehen das Zeichen hier ...« Er deutete auf den Oberarm von Aline Moreau und dann auf den Oberschenkel von Claudine Lambert. »... und dort. Durch den Algenbefall der Wasserleiche sind die Konturen gut zu erkennen. Sie sind zwar unvollständig, aber wir glauben, dass es sich um ein religiöses Symbol handeln könnte.«

Leon sah, wie der Sonderermittler nervös auf seinen Füßen wippte. Ein feines Rinnsal Schweiß lief ihm über die Schläfe, und sein Gesicht war blass.

»Das ist allerdings nicht die Meinung der Polizei«, bemühte sich Zerna richtigzustellen.

Doch solche Details interessierten den Sonderbeauftragten schon nicht mehr. »Ich bin gleich wieder da. Machen Sie schon weiter«, brachte Bertin noch heraus. Dann lief er, ohne sich umzudrehen, aus dem Obduktionsraum, und man hörte, wie die Tür zur Toilette zugeworfen wurde.

»Schätze, das Mittagessen fällt heute aus«, sagte Masclau trocken.

Zehn Minuten später standen die Männer in der Eingangshalle des Krankenhauses Saint Sulpice. Bertins Gesicht wirkte wieder etwas rosiger.

»Die wichtigste Frage haben Sie mir noch nicht beantwortet«, wandte sich Bertin an Leon. »Wie kommen Sie darauf, dass unser Vermisstenfall etwas mit den beiden Opfern aus der Pathologie zu tun haben könnte?«

»Es sind alles junge Frauen unter dreißig Jahren. Sie sind blond und sportlich. Bis auf eine wollten sie hier ihre Ferien verbringen. Sie sind alle hier in dieser Gegend verschwunden. Sie sind …« Leon unterbrach sich, als wüsste er nicht, was er sonst noch anführen könnte.

»Das ist alles?« Der Polizist aus dem Innenministerium schnaubte verächtlich.

»Es ist mehr so ein Gefühl«, erklärte Leon. Bertin sah ihn skeptisch an. »Das ist schwer zu beschreiben. Aber wenn man wie ich diesen Beruf seit über fünfundzwanzig Jahren ausübt, dann entwickelt man einen Instinkt für solche Zusammenhänge.«

»Interessant, Monsieur le Médecin Légiste. So etwas nennen wir bei uns in Paris Zufall. Und dieser hier ist noch nicht einmal zwingend.«

»Ich glaube nun mal nicht an Zufälle«, sagte Leon und sah erneut auf seine Uhr.

»Wer kümmert sich um diesen Marcel Roux?«, fragte Bertin. »Sie wissen schon, der mit dem Boot.«

»Capitaine Morell hat das übernommen«, antwortete Zerna.

Leon sah betont auffällig auf seine Uhr. Er wollte längst im ersten Stock in der Frauenabteilung bei Isabelle sein.

»Tut mir leid, aber ich habe noch einen dringenden Termin«, sagte er. »Wenn Sie mich bitte entschuldigen würden.«

Leon wartete die Antwort gar nicht erst ab, sondern lief die Treppe in den ersten Stock hinauf, wo sich die Frauenabteilung befand. Er hastete die Station entlang. Als er den Stützpunkt erreichte, saß dort nur eine Schwester, die für die Patienten der Abteilung die Tabletten sortierte.

»Entschuldigen Sie«, sagte Leon. »Ich suche Madame Morell. Sie ist heute hier für eine Ovarialbiopsie.«

»Sind Sie Docteur Ritter?« Leon nickte und sah sie erwartungsvoll an. »Sie hat eine halbe Stunde auf Sie gewartet, dann sind die beiden weg.«

»Die beiden?«, fragte Leon.

»Eine Frau hat sie abgeholt, eine Polizistin. Madame Morell meinte, sie wolle zurück an ihre Arbeit. Ich habe ihr abgeraten und ihr gesagt, sie solle sich schonen. Aber sie meinte, wegen so einer kleinen Sache lässt sie sich doch nicht gleich krankschreiben. Sie haben eine tapfere Frau, Docteur.«

In diesem Moment tauchte der Leiter der Station, Docteur Jospin, auf.

»Der Kollege aus der Unterwelt, kann ich helfen?«, fragte er mit leichtem Spott in der Stimme.

»Ich wollte meine Frau, also meine Lebensgefährtin abholen«, sagte Leon.

»Madame Morell?«, fragte der Arzt, obwohl er natürlich wusste, dass der Rechtsmediziner und die stellvertretende Polizeichefin seit Jahren zusammenlebten.

»Hat die Punktion ein Ergebnis gebracht?«, erkundigte sich Leon.

»Ich habe die Probe eingeschickt. Das Labor in Toulon wird mir das Ergebnis in ein paar Tagen mitteilen.«

»Klingt nicht besonders beruhigend«, versuchte Leon einen Scherz.

»Das hat Ihre Freundin auch gesagt. Aber das ist nun mal das Prozedere bei solchen Fällen, das kann ich nicht beschleunigen.«

»Was ist mit der Probe selber, konnten Sie da etwas erkennen?«

»Bei Gewebeveränderungen bin ich immer sehr vorsichtig mit Prognosen«, sagte Dr. Jospin, und Leon hatte fast das Gefühl, als würde er es genießen, ihn so im Dunklen tappen zu lassen.

»Sie haben doch Erfahrung mit diesen Erkrankungen. Ich dachte, vielleicht ließe sich ja schon irgendetwas ausschließen.« Leon brachte es einfach nicht übers Herz, das Wort »Krebs« auszusprechen.

»Immer kommen Patienten zu mir und sagen: Bitte seien Sie ganz offen zu mir, Doktor Jospin«, sagte der Arzt. »Was sie in Wirklichkeit meinen, ist: Sagen Sie mir alles, aber um Himmels willen bringen Sie mir keine schlechte Nachricht.«

»*Touché.*« Leon rang sich ein Lächeln ab. »Dann geben Sie mir bitte eine gute Nachricht.«

»Kollegen sind immer die schwierigsten Patienten«, meinte Jospin gleichgültig. In diesem Moment meldete sich das Funkgerät in der Brusttasche seines Ärztekittels. »In zwei Tagen wissen wir alle mehr, Docteur. Entschuldigen Sie, aber meine Patienten warten.«

Der Arzt meldete sich auf dem Gerät und eilte davon.

38. Kapitel

Sonderkommissar Bertin war nach seinem Besuch in der Pathologie sofort zum Campingplatz zurückgekehrt. Er hegte allergrößte Zweifel daran, dass ein Zusammenhang zwischen den beiden weiblichen Leichen, die er gerade in der Rechtsmedizin gesehen hatte, und dem Verschwinden von Claire Laval und Louise Paye bestand. Mit seiner Kritik an dem Médecin Légiste hielt er vor Zerna nicht hinterm Berg, was bei dem Polizeichef eine gewisse Schadenfreude auslöste. Bertin ordnete an, die Umgebung rund um den Parkplatz, auf dem das Auto der vermissten Frauen entdeckt worden war, in einem Radius von hundert Metern abzusuchen. Fünfzehn Beamte der Gendarmerie nationale wurden dafür abgestellt, was die Schlagkraft von Zernas Ermittlern im Fall der beiden ermordeten Frauen stark reduzierte.

Der Einsatz am Campingplatz wurde von Masclau geleitet. Für den Lieutenant war das Ganze ein absolut sinnloses Unterfangen. Es gab dreihundertzwanzig Gäste auf dem Platz. Sie alle zu befragen, würde Tage dauern. Zumal am vergangenen Samstag rund hundert Besucher den Platz verlassen hatten und die nächsten hundert Urlauber nachgerückt waren. Sollte es also tatsächlich Zeugen gegeben haben, dann waren die höchstwahrscheinlich schon längst wieder in ihren Heimatstädten über ganz Frankreich verteilt.

»Wir werden unseren Kollegen aus Paris mit voller Kraft unterstützen«, kündigte Zerna vor versammelter Mannschaft an.

»Wir haben heute fünfunddreißig Grad, Patron«, beschwerte sich Masclau. »Sollen wir vielleicht die Leute am Strand in Badehosen befragen?«

»Selbstverständlich«, sagte Bertin. »Ich will wissen, wann und von wem der Wagen abgestellt wurde. Und zwar noch heute.«

Masclau und seine Leute verbrachten die nächsten Stunden damit, in Zelte zu spähen, an Wohnmobile zu klopfen oder sich sonst wie auf dem Campingplatz unbeliebt zu machen. Natürlich hatte niemand etwas gesehen. Keiner hatte beobachtet, wann der hellblaue Clio abgestellt worden war, geschweige denn von wem. Nachdem die fünfzehn Frauen und Männer der Gendarmerie über hundert Mitarbeiter und Gäste des Campingplatzes befragt hatten, war der Informationsgewinn der Ermittlungen bescheiden. Der Wagen hatte eines Morgens einfach auf dem Platz gestanden, und nachdem sich der Besitzer nicht unter den Gästen auftreiben ließ, hatte der Platzwart eine entsprechende Meldung an die Polizei weitergegeben.

Als Bertin von Zerna mehr Polizeibeamte forderte, lehnte der Polizeichef ab. Es würden sich weder Reifenspuren noch irgendwelche anderen Indizien auf dem Parkplatz finden lassen, über den inzwischen Hunderte von Touristen gelaufen und jede Menge Autos, Wohnwagen oder Camper gerollt waren.

Etwas erfolgreicher verlief die Ermittlung in Bormes. Der Wirt eines kleinen Lokals mit provenzalischer Küche konnte sich an die beiden Frauen erinnern, die ihm Masclau auf den Fahndungsfotos zeigte. Aber leider hatten die Frauen ihre Rechnung bar bezahlt, sodass die Kasse keinen Namen erfasst hatte. Die beiden weiblichen Gäste hatten das Restaurant angeblich gegen dreiundzwanzig Uhr verlassen. Genau fünfundzwanzig Minuten später waren ihre Handys abgeschaltet worden. Von diesem Moment an waren die Frauen verschwunden, als hätte sie der Erdboden verschluckt.

Am Nachmittag saß Bertin im Büro von Zerna und beschwerte sich über die mangelnde Unterstützung der lokalen Polizei. Zerna zwang sich, höflich zu bleiben. Er versprach, auch weiterhin jede Ermittlung zu unterstützen, die der Kommissar aus Paris anordnete, solange sie nur eine vage Chance auf Erfolg versprach. Aber bis dahin würde sich der Polizeichef an das halten, was sie hatten, und das waren nun mal die Spuren im Fall Moreau und Lambert.

39. Kapitel

Der Polizeiwagen stoppte bei den Anlegern hinter dem Fischmarkt. Isabelle und Moma mussten nicht lange suchen, denn jeder hier wusste, wo die *Promenades en bateau* ablegten. Ganz am Ende des Steges, vorbei an den anderen Fischkuttern, lag das Pointu, wie die flachen Fischerboote hier an der Küste genannt wurden. Gezimmert aus Pinienholz, war das Boot gute acht Meter lang. Nur die Geländer und Sitzplätze auf dem flachen Deck hatte der Besitzer nachträglich montiert. Das Boot war in strahlendem Weiß lackiert. Das Deck mit dem kleinen Steuerhaus und der Streifen rund um den Rumpf waren hellblau. Die alte Rolle im Bug, zum Einholen der Netze, erinnerte daran, dass dieses Schiff vor mehr als vierzig Jahren als Fischerboot gebaut worden war. Seitdem war es durch viele Hände gegangen, doch sein letzter Besitzer hatte schnell erkannt, dass mit dem Ausflugstourismus während der Sommersaison deutlich mehr zu verdienen war als mit dem Fang von Doraden.

Auf dem Steg stand ein Mann von etwa Mitte vierzig und spritzte mit einem Schlauch Rumpf und Deck von den glitzernden Salzkristallen frei, die die Gischt auf dem Boot hinterlassen hatte. Der Mann hatte dunkle, strubbelige Haare und einen Dreitagebart. Sein Gesicht hatte die Farbe von Milchschokolade. Die Fältchen an den Augenwinkeln verliehen ihm etwas von einem Abenteurer. Er trug ein T-Shirt mit dem Aufdruck »*promenades en bateau*«, das man auch in seinem Geschäft für Bootsausrüstung auf der gegenüberliegenden Straßenseite kaufen konnte. Er hatte seine Jeans über den Knien abgeschnitten und war barfuß unterwegs, was ihn für seine weiblichen Passagiere, die nur darauf warteten, endlich an Bord gehen zu dürfen, nur noch attraktiver machte. Marcel Roux besaß ein breites Lächeln, und er bemühte sich, den Dialekt der Südfranzosen zu sprechen, was bei der Kundschaft besonders gut ankam. Sieben weibliche Passagiere drängten sich, an Bord zu kommen, und hielten Marcel Roux ihr Ticket hin, als Isabelle und Masclau auftauchten.

»Monsieur Roux?«, fragte Isabelle, die wieder Uniform trug.

»Was gibt's denn?«, fragte Roux, ohne sich umzudrehen, während er einer Frau half, über das dreistufige Holztreppchen an Bord zu steigen.

Die Frau wurde von ihren Mitreisenden in Empfang genommen, und alle kicherten aufgeregt.

»Wir müssen mit Ihnen reden, Monsieur«, sagte Isabelle. »Jetzt gleich.«

»Können wir das vielleicht auf später verschieben?«, meinte Roux freundlich. »Ich kann doch diese reizenden Damen nicht warten lassen.« Wieder ertönte Gekicher von Deck.

»Capitaine Morell hat ›jetzt‹ gesagt.« Moma war einen Schritt näher an den Bootsbesitzer herangetreten.

»Wir möchten, dass Sie uns auf die Wache begleiten«, sagte Isabelle.

»Was kann denn wichtiger sein, als eine *Promenade en bateau?*«, versuchte es Roux mit einem Scherz, aber Isabelle spürte genau, dass der Mann nervös wurde.

»Aus dem Ausflug wird nichts, Roux«, sagte Moma scharf. »Gehen wir.«

»Ich mache Ihnen ein Angebot, das Sie nicht ablehnen können.« Roux schenkte Isabelle sein breitestes Lächeln, aber die stellvertretende Polizeichefin war gegen Offerten dieser Art immun. »Sie lassen mich meinen kleinen Ausflug machen. In genau einer Stunde sind wir wieder hier, und Sie können ganz nach Belieben über mich verfügen. Na, ist das ein Angebot?«

»Entweder Sie kommen jetzt mit auf die Wache, oder ich nehme Sie fest.«

»Aber Capitaine, jetzt machen Sie sich mal locker.« Roux hob seine Arme, als wollte er sich ergeben. »Das hier ist die Côte d'Azur. Die Leute machen Ferien. Alle wollen nur chillen. Sie müssen niemand festnehmen. Wir wollen doch nur ein bisschen Spaß haben. Das wollen wir doch, Leute, oder?«

Keine Antwort. Marcel Roux spürte, wie die Unterstützung seiner Passagiere sich gerade in Luft auflöste. Während die Besucherinnen eben noch über seine frechen Bemerkungen gelacht hatten, waren inzwischen die ersten bereit, wieder von Bord zu gehen.

»Wir können ja morgen wiederkommen«, sagte eine der Frauen und machte sich daran, das Boot zu verlassen.

»Nein, bleiben Sie doch.« Roux schob die Dame sanft, aber entschlossen zurück. »Das alles klärt sich gleich von ganz alleine auf.«

Inzwischen waren ein paar Fischer neugierig näher gekommen. Jeder wollte sehen, ob die Polizistin mit dem vorlauten Marcel Roux fertigwurde.

»Na gut«, sagte Isabelle ungerührt, aber so laut, dass es alle auf dem Steg mitbekamen. »Monsieur Roux, ich nehme Sie fest, um Sie als Zeuge im Fall Aline Moreau zu befragen. Lieutenant Kadir …!«

Moma packte Roux am Arm und griff mit der Linken zu seinen Handschellen.

»Bitte, bitte«, sagte Roux übertrieben unterwürfig und hielt demonstrativ dem Polizisten seine Hände hin. »Verhaften Sie mich, führen Sie einen französischen Bürger in Ketten ab. Aber, mein Gott, sagen Sie mir wenigstens, was ich getan haben soll.«

»Es geht um die Morde an Aline Moreau und Claudine Lambert«, sagte Isabelle kühl. »Ich kann mir nicht vorstellen, dass Sie das vor Publikum besprechen wollen.«

Isabelle sah, wie Roux das Gesicht verzog. Plötzlich war seine Lässigkeit verschwunden. Sie schüttelte kurz den Kopf, als Moma ihm die Handschellen anlegen wollte, und wies mit der Hand in Richtung ihres Einsatzfahrzeugs.

»Hier entlang, bitte«, sagte sie zu Roux.

40. Kapitel

Der Befragungsraum war stickig wie üblich, obwohl ein Techniker da gewesen war, um endlich die Klimaanlage zu reparieren. Seitdem schien die Temperatur in dem fensterlosen Raum eher noch einmal gestiegen zu sein. Vielleicht lag es aber auch an der Besetzung, dachte Isabelle. Normalerweise waren bei einer Zeugenbefragung neben dem Zeugen nur zwei Beamte anwesend, doch diesmal hatte sich zu Isabelle und Lieutenant Kadir auch noch Sonderermittler Bertin in den engen Raum gedrängt. Sie saßen dem Zeugen an einem blassgrünen Resopaltisch gegenüber. Moma stand neben der Tür.

Isabelle hatte sich Zeit genommen und war gerade dabei, das Vertrauen des Zeugen zu gewinnen, als Bertin aufgetaucht war und die Vernehmung an sich gerissen hatte.

»Ich will kein Gelaber hören, Roux«, blaffte der Sonderermittler den Zeugen an. »Was wir hören wollen, sind Fakten.«

»Ich hab der Capitaine doch schon alles gesagt, was ich weiß. Was wollen Sie denn noch von mir?«

»Wie wäre es mit der Wahrheit?« Die Stimme von Bertin hatte einen lauernden Unterton angenommen. »Fangen wir doch noch mal ganz vorne an.«

Der Zeuge hob erschöpft die Arme, sodass die Kettenglieder seiner Handschellen rasselten. Natürlich waren die Handfesseln völlig überflüssig und eigentlich auch unzulässig bei einem Zeugen. Schließlich hätte aus dem engen Befragungsraum nicht mal ein Schmetterling unerkannt entkommen können. Doch Bertin hatte auf den Handschellen bestanden. Handschellen hatten für Zeugen etwas Einschüchterndes und gaben Delinquenten das Gefühl, bereits mit einem Bein im Gefängnis zu stehen.

»Ich habe Rechte«, versuchte es Roux.

»Einen Scheißdreck haben Sie«, blaffte Bertin den Mann an. »Sie haben das Recht, den Behörden bei der Aufklärung dieses Falles zu helfen. Das ist alles.«

»Ich kann auch meinen Anwalt anrufen ...«, versuchte es Roux noch einmal. Aber der Ermittler aus Paris fuhr ihm über den Mund.

»Sie haben uns gesagt, Sie hätten mit alldem nichts zu tun. Haben Sie doch, oder?« Roux schüttelte den Kopf. »Na, dann brauchen Sie auch keinen Anwalt. Was war da mit Aline Moreau und Ihnen?«

»Mein Gott, wir waren mal zusammen, aber das ist ewig her.«

»Und Claudine Lambert«, bohrte Bertin nach.

»Kenne ich nicht.«

»Sie belügen uns ja schon wieder«, sagte Bertin, der wie nebenher in einer Akte blätterte.

»Wieso lügen? Ich kenn sie nicht, Ihre Madame Dingsda.« Roux versuchte cool zu wirken, aber sein Blick wanderte unruhig zwischen den Beamten hin und her. In diesem Moment legte Isabelle eine Kopie seiner Visitenkarte vor Roux auf den Tisch.

»Ihre Schrift?«, fragte sie.

Roux hielt den Kopf schräg, als wollte er die Karte studieren, fasste sie aber nicht an.

»Deine Augen funkeln wie die Sterne.« Zerna ließ sich die Worte süffisant auf der Zunge zergehen. »Wie poetisch ...«

»So etwas schreibt man an eine Frau, die man erobern will«, sagte Isabelle freundlich.

»Oder mit der man ins Bett will«, meinte Bertin weniger diplomatisch. Roux zuckte mit den Schultern. »Hatten Sie ein Verhältnis mit Claudine Lambert?«

»Mein Gott. Verhältnis, Beziehung, in was für einer Welt leben Sie denn? Das war ein Flirt mit einer Kundin, die bei mir auf dem Boot war. Man sieht sich an und weiß, da geht vielleicht was. Also steckt man ihr noch schnell seine Karte zu, wenn sie von Bord geht.«

»Und, ging was mit Claudine Lambert?«, hakte Isabelle nach.

»Das ist ein Ferienort. Hierher kommen Frauen, um ein bisschen abzuhängen, Spaß zu haben, weit weg vom Job. Alles klar?«

Bertin legte die Fahndungsfotos von Louise Paye und Claire Laval auf den Tisch.

»Und was ist mit diesen beiden? Kennen Sie die?«

»Nein, nie gesehen«, sagte Roux, ohne sich die Bilder richtig angesehen zu haben.

»Lassen Sie sich nur Zeit mit den Fotos«, sagte Bertin mit falscher Freundlichkeit.

»Kenn ich nicht. Echt nicht.« Roux schüttelte den Kopf.

In diesem Moment ging die Tür auf, und Lieutenant Masclau sah herein.

»Kommissar Bertin, sieht so aus, als hätten wir da was«, sagte Masclau und nickte zu den Fotos auf dem Tisch. »Jemand hat offensichtlich die beiden Vermissten entdeckt. In der Nähe von Grimaud.«

41. Kapitel

Masclau war hinter einer Gruppe Ginsterbüsche in Deckung gegangen. Er sah kurz durch sein Fernglas. Von hier aus konnte er das heruntergekommene Bauernhaus genau beobachten. Die Anlage machte einen verlassenen Eindruck. In der Zufahrt standen zwei neue SUV, die so gar nicht zu dem heruntergekommenen Gebäude passen wollten. Zumal es laut Polizei verlassen sein sollte.

»Den Nummernschildern nach sind die nicht von hier. Der eine kommt aus Marseille, der andere aus ... Slowenien oder Polen, würde ich sagen.« Damit gab er das Glas an Bertin weiter, der neben ihm stand und das Gebäude beobachtete.

»Langsam weiter vorrücken«, sagte Masclau in das Funksprechgerät. Hinter ihm bewegten sich sechs Polizisten vorsichtig in Richtung Bauernhof.

Der Tipp war von einem Mann gekommen, der seinen Namen am Telefon nicht nennen wollte. Er hatte nur von zwei jungen Frauen berichtet, beide blond, die nachts von zwei kräftigen Männern auf den Bauernhof geschleppt worden seien. Angeblich mit gefesselten Händen, so genau konnte er es im Scheinwerferlicht der Fahrzeuge nicht erkennen. Mehr konnte oder wollte der Anrufer nicht sagen. Außer dass die Männer noch zusätzlich auffällig große Kisten aus einem Lieferwagen geladen und ins Haus getragen hätten.

Vielleicht war der Informant ein Anwohner, dachte Masclau, der keine Lust hatte, sich von der Polizei befragen zu lassen. Oder es war ein streitsüchtiger Kerl, der seinem Nachbarn Probleme machen wollte. Die Polizei bekam ständig anonyme Anrufe, wenn sie in Mordfällen ermittelte. Bei den meisten lohnte es nicht, sie zu verfolgen. Doch dieser hier war etwas anderes.

Dieses Gebäude stand tatsächlich seit Jahren leer. Laut Polizeiakten war der ehemalige Besitzer dieses Hofs bereits vor fünf Jahren gestorben. Es gab angeblich eine Erbengemeinschaft, deren Mitglieder im Norden Frankreichs wohnten, zerstritten waren und sich nicht um das Anwesen kümmerten. Masclau sah sich um. Ein verlassener Hof, mitten im Nirgendwo. Der Platz war ideal als Versteck für eine Entführung. Sonderkommissar Bertin hatte darauf bestanden, diesem Hinweis sofort persönlich nachzugehen.

»Nur noch fünfzig Meter«, kam es aus dem Funksprechgerät.

»Keiner unternimmt etwas. Alle warten auf mein Kommando«, blaffte Bertin dazwischen.

Die Männer der Gendarmerie nationale hatten sich aufgeteilt. Vier Mann waren in einem weiten Bogen um das Gebäude gelaufen und sicherten jetzt die Rückseite. Weitere zwei bewachten den Eingang, auf den Masclau und Bertin jetzt zuliefen. Zwei Mann waren oben bei den Einsatzfahrzeugen geblieben und sicherten den Rückzug, falls es brenzlig werden sollte. Aber danach sah es im Moment nicht aus.

Von irgendwoher war klassische Musik zu hören. Masclau legte die linke Hand auf die Türklinke, in der rechten hielt er seine Dienstwaffe, durchgeladen und schussbereit. Direkt hinter ihm stand Bertin und nickte kurz. Im gleichen Moment stieß Masclau die Tür auf, ging in die Hocke und zielte in den Gang.

»Gendarmerie nationale!«, brüllte Masclau. »Alle mit erhobenen Händen rauskommen. Sofort!«

Es dauerte einen Moment. Dann hörte man Geräusche aus dem Inneren des Hauses, und im nächsten Moment erschien ein Mann in der Tür. Er war Anfang dreißig und hatte seine Haare zu einem Pferdeschwanz zusammengebunden. Das Hemd hing ihm über seine kakifarbenen Bermudashorts. An den Füßen trug er Sandalen. In der Hand hielt er eine Schale mit Müsli, in der noch der Löffel steckte.

»Bitte nicht schießen!« Der Mann sah erschrocken die vier Polizisten an, die mit den Waffen auf ihn zielten.

»Runter, runter auf den Boden!«, rief Masclau. Darum bemüht, das Müsli nicht zu verschütten, legte sich der Mann auf den Boden. In diesem Moment tauchten ein weiterer Bewohner und zwei Frauen auf, die alle mit erhobenen Händen aus der Eingangstür kamen.

»Auf den Boden, alle auf den Boden, sofort!«, brüllte Masclau.

»Was ist denn los? Wir haben doch gar nichts getan.«

»Hinsetzen!«, befahl Masclau, der angesichts der harmlos wirkenden Bewohner schon etwas milder gestimmt war.

»Wir haben Papiere«, sagte die Frau. »Das ist alles genehmigt. Fragen Sie im Rathaus von Grimaud nach.«

»Wo sind die anderen?«, fragte Bertin.

»Welche anderen?«, fragte einer der Männer und sah seine Mitbewohner an. »Hier gibt es keine anderen.«

»Die anderen Frauen.« Die Stimme von Bertin klang jetzt aggressiv. »Wo haben Sie die beiden Frauen versteckt? Reden Sie schon.«

»Hier gibt es nur uns«, sagte eine der Bewohnerinnen. »Wir arbeiten hier zu viert. Mehr sind für das Projekt auch nicht vorgesehen.«

»Projekt, was für ein Projekt zum Teufel?«, fragte Masclau.

»Über das Brutverhalten der Waldschnepfen«, antwortete die Frau. »Deshalb sind wir schließlich hier.«

»Soll eine Langzeitbeobachtung werden«, sagte der Mann mit dem Müsli.

Die Polizisten sahen Bertin an, der kurz den Kopf schüttelte. Sofort steckten die Beamten die Waffen zurück in die Holster. In selben Moment meldete sich Masclaus Funkgerät.

»Lieutenant?« Masclau drückte die Ruf-Taste.

»Ja, sprechen Sie«, sagte Masclau.

»Es geht um diesen Hof bei Grimaud, nach dem Sie gefragt habcn.«

»Was ist damit?«, antwortete Masclau knapp.

»Da gibt es inzwischen einen neuen Besitzer«, kam es aus dem Funkgerät. »Es handelt sich um die Französische Ornithologische Gesellschaft. Die betreibt da eine Beobachtungsstation.«

»Danke«, sagte Masclau sauer. »Das wissen wir inzwischen auch.«

42. Kapitel

Leon hatte den Weg durch die Gärten genommen, um zu Isabelles Haus zu gelangen, in dem er jetzt schon seit vier Jahren wohnte. Das Haus lag oberhalb von Le Lavandou, und gerade jetzt, in der einsetzenden Dämmerung, war der Weg dorthin ein ganz besonderer Spaziergang. Der Pfad schlängelte sich zwischen Mauern und über Treppen den Hang hinauf, vorbei an blühenden Gärten. Gewaltige Bougainvilleen quollen hinter den Mauern hervor und leuchteten im späten Licht orange und lila. Dazwischen kletterte Plumbago über die Steine und zog die unermüdlichen Honigsauger an, die wie Kolibris in der Luft schwirrten und ihre zentimeterlangen Rüssel in die Blütenkelche steckten. Ein Hauch von Jasmin und Rosmarin schwebte über dem Weg.

Leon sah zum Himmel, an dem dunkle Wolken aufgezogen waren. Im Osten über dem Meer sah man Wetterleuchten, und fernes Grollen war zu hören, das ein Sommergewitter ankündigte.

Leon hatte den ganzen Tag ein schlechtes Gewissen geplagt. Er hätte bei Isabelle sein sollen, als sie ihre Untersuchung in der Klinik hatte. Stattdessen musste er sich ja mit diesem Ermittler aus Paris beschäftigen. Natürlich hätte Isabelle niemals zugegeben, dass sie der Besuch in der Klinik beunruhigte, auch wenn das Ganze keine halbe Stunde gedauert hatte. Aber Leon hatte ihre Angst gespürt. Er wusste, dass sie tapfer war, aber er wusste auch, wann diese Tapferkeit nur aufgesetzt war. Hinter ihrer energischen und oftmals frechen Art verbarg sich eine mitfühlende und verletzliche Seele. Die Untersuchung an sich war keine große Sache gewesen. Ein kurzer Eingriff, minimalinvasiv unter Narkose. Aber über allem schwebte die Sorge »Was ist, wenn …?«. Es war eine unausgesprochene Abmachung zwischen Isabelle und ihm, über den schlimmsten Fall zu schweigen. Und doch schien er zum Greifen nahe zu sein.

Isabelle würde sich nie beschweren, dass Leon nicht bei ihr gewesen war, schließlich hatte er zu tun gehabt, und sie war ja selber am Nachmittag wieder ins Büro gegangen. Trotzdem wollte er sich bei ihr entschuldigen und hatte ihr deshalb ihre Lieblingsoliven mitgebracht. Andere Frauen würden vielleicht einen Blumenstrauß erwarten. Isabelle machte man eine größere Freude mit einem Schälchen Oliven aus der Epicerie Jacques. Sie waren in Knoblauch und Kräuter der Provence eingelegt. In dem kleinen Delikatessenladen hatte er noch eine Flasche Murennes mitgenommen. Ein Rosé von einem idyllischen Weingut, tief versteckt in den Hügeln des Massif des Maures. Leons Meinung nach war der Murennes Rosé einer der ausgereiftesten Weine der Gegend. Ein köstlicher Tropfen in der Farbe der letzten Sonnenstrahlen an einem heißen Sommerabend. Er war schon mehrfach prämiert worden und schmeckte wunderbar nach Beeren und einem Hauch von Mandarine.

Anschließend hatte Leon noch im Chez Miou vorbeigesehen und einen Noisette getrunken, den Espresso mit einem Löffel Milchschaum obendrauf, den er so mochte. Dazu hatte ihm Véronique einen Vortrag darüber gehalten, dass die Planeten seit einer Woche in Konjunktion stünden, wie sie das nur einmal alle acht Jahre tun. Diese Konstellation könnte Frauen nervös und kribbelig und Männer zu Bestien machen. Kein Wunder, dass sich ausgerechnet jetzt so schreckliche Dinge ereigneten wie der Tod von Aline Moreau oder der Frau aus dem Meer.

Leon, der normalerweise alles Esoterische belächelte, musste zugeben, dass die alte Véronique nicht so unrecht hatte. Ganz plötzlich waren zwei Leichen aufgetaucht, und fast gleichzeitig waren zwei junge Frauen spurlos verschwunden.

Jetzt ist es so weit, hatte Leon gedacht. Jetzt lässt du dir schon von einer zweiundachtzigjährigen Boulespielerin Ammenmärchen erzählen. Fehlt nur noch, dass sie dir die Karten legt. Auf der anderen Seite, in einem Fall wie diesem, bei dem man so im Dunkeln tappte, konnte man jede Hilfe brauchen. Da waren die Tipps einer alten Frau aus der Provence nicht schlechter als jede andere Theorie.

»Ist es wahr, was man sagt?«, hatte Véronique ihn gefragt.

»Was sagt man denn, Véronique?«

»Wegen der toten Frauen soll extra ein hohes Tier aus Paris angereist sein.«

»Glauben Sie nicht alles, was geredet wird«, war Leon ausgewichen.

»Es stimmt also. Dachte ich mir schon«, hatte Véronique schlau geantwortet. »Da ist was im Busch, richtig?«

Leon zuckte diplomatisch mit den Schultern. Yolande hatte die letzten Sätze gehört, wie sie sowieso alles hörte, was in ihrem Café geredet wurde. Sie hatte Leon den Noisette auf den Tisch gestellt und sich zu ihm hinuntergebeugt.

»Die Leute sagen, dass in Wirklichkeit noch viel mehr Frauen verschwunden sind.« Yolande hatte verschwörerisch geklungen.

»Welche Leute behaupten das?« Leon hatte sich gleichzeitig gefragt, wie lange das Verschwinden von Claire Laval und ihrer Freundin wohl noch unter der Decke zu halten wäre.

»Ist das so, Docteur? Gibt es wirklich noch mehr verschwundene Frauen?«

»So etwas würde sich kaum geheim halten lassen, oder?« Leon versuchte, ein möglichst neutrales Gesicht zu machen. Aber Yolande ließ nicht locker.

»Ich habe auch gehört, dass sie inzwischen nach zwei weiteren Frauen suchen.« Yolande sah Leon herausfordernd an.

»Vielleicht sprechen Sie besser mal mit Véronique. Die ist überzeugt, dass die Sterne an allem schuld sind.«

»Im Ernst?«, hatte Yolande gefragt. »Ich hab gelesen, dass das echt irgendwie zusammenhängt. Ich meine, was auf der Welt passiert und wie die Sterne stehen. Glauben Sie an die Kraftfelder der Sterne, Docteur?«

Leon hatte fünf Euro auf den Tisch gelegt und war aufgestanden. »Na klar«, sagte er, »und der Esel hat den Mond verschluckt.«

Er hörte im Gehen noch Véroniques Kichern.

Leon öffnete das verwitterte Holztor, durchquerte den Garten und erreichte die Terrasse genau in dem Moment, als die ersten Regentropfen fielen. In den letzten Minuten war es stockdunkel geworden. Die Wolken waren inzwischen so dicht, dass man weder Mond noch Sterne sehen konnte. Leon hastete die Stufen hinauf. Durch die Verandatür sah er Isabelle, die Zwiebeln in eine Pfanne schnitt. Er klopfte sanft gegen die Scheibe. Isabelle erschrak trotzdem. Sie öffnete die Terrassentür.

»Guten Abend, *chérie*! Ich wollte mich nicht anschleichen.« Er hielt ihr die Oliven und den Wein hin.

»Nächtliche Besucher, die Wein mitbringen, sind immer willkommen.« Sie küsste ihn und zog ihn in die Küche.

Draußen wirbelte eine erste Windböe Blätter von den Bäumen und warf fette Regentropfen gegen die Scheibe.

»Da kommt heute Nacht ordentlich was runter«, sagte Leon. Er sah zu der Pfanne, in der eine Tomatensoße köchelte. »Hm, riecht wirklich köstlich.«

»Ist nur für unsere Gäste mit Vollpension«, sagte sie und schubste ihn vom Herd weg.

»Ich biete einen Murennes Rosé. Hat letztes Jahr die Medaille d'Or gewonnen.« Er hielt ihr die Flasche mit beiden Händen hin, wie ein Sommelier, der einen Château Lafite kredenzen will. Isabelle warf nur einen kurzen Blick auf das Etikett.

»In Ordnung«, bemerkte sie frech. »Kann man trinken.«

Leon schenkte zwei Gläser ein, und sie stießen an.

»Santé«, sagte Leon.

»Darüber macht man keine Witze«, meinte Isabelle.

»Ich mache keine Witze«, erwiderte Leon ernst. »Hat Dr. Jospin irgendwas gesagt?«

»Die Tests im Labor können bis zu einer Woche dauern. Ich soll Geduld haben ...«

»Hab ich auch gehört.«

»Ich hab aber keine Geduld!« Sie stellte ihr Glas ab. »Scheiße, es geht um meine Zukunft.«

»Unsere Zukunft«, korrigierte Leon. »Ich denke, sie werden im Labor nichts finden.«

»Ach ja, und woher willst du das wissen?«

Leon hatte keine Ahnung. Er hatte es nur gesagt, um sie zu beruhigen. War das nicht legitim? Ein bisschen schwindeln, damit Isabelle die Hoffnung nicht aufgab, bevor die Ergebnisse kamen.

»Ist nur so ein Gefühl«, meinte er.

»Deine Gefühle ...«, sagte Isabelle.

Leon wusste, dass sie es nicht so abfällig meinte, wie es klang.

»Du weißt, dass ich meinem Bauch vertraue«, sagte er.

Isabelle lächelte zum ersten Mal an diesem Abend.

»Tut mir leid. Hast ja recht«, sagte sie.

Sie stießen an, und jeder trank einen Schluck. Der Wein war köstlich. Er schmeckte nach einem Picknick am Strand. Nach warmem Sand und einer Meeresbrise, die nach Salz und feuchtem Treibholz roch.

»Monsieur Bertin hatte heute so seine Probleme mit deinem Bauchgefühl.«

»Hat Zerna ihm etwa von den Hexen erzählt?«, fragte Leon.

»Du musst zugeben, dass deine Theorie gewöhnungsbedürftig ist.«

»Du glaubst, ich bin ein wenig schrullig und denke mir diese Sachen in meinem Sektionsraum aus. Richtig?«

»Ich denke, du bist mehr als schrullig, weil du viel zu lange in deinem düsteren Keller stehst.« Isabelle musste erneut lächeln.

»Du glaubst mir nicht?« Leon klang etwas beleidigt.

»Kann ich so nicht sagen.«

»Wie erklärst du es dir, dass jemand Frauen ein Pentagramm in den Leib ritzt und sie anschließend totschlägt und ertränkt?«

»Ich kann es mir nicht erklären«, sagte sie. »Ich weiß sowieso nicht, wie du das alles aushältst.«

»Ich versuche auch den schlimmsten Mörder zu verstehen. Seine Motive, seine Emotionen, was in ihm vorgeht, ihn antreibt, und die Toten helfen mir dabei.«

»Erzähl das besser nicht dem Sonderermittler.« Isabelle nahm noch einen Schluck und ließ ihn sich auf der Zunge zergehen.

»Ich hab mit meiner Methode eine Menge Fälle aufgeklärt.«

»Ich weiß, Leon. Und ich glaube ja auch an dich.«

»Aber die anderen nicht?« Leon klang enttäuscht.

»Sagen wir mal so: Die anderen tun sich schwer, zu akzeptieren, dass deine Methode so erfolgreich ist.«

Isabelle umarmte Leon und hielt ihn ganz fest. Draußen war

der Regen heftiger geworden, und als ein Blitz aus den Wolken krachte, konnte er für einen kurzen Moment ein schwarzes Meer sehen.

43. Kapitel

Louise stolperte durch die Nacht. Der Wind schlug ihr Regen ins Gesicht, und das schreckliche Kleid aus grauem Leinen klebte an ihrem Körper. Der Boden war steinig und die Büsche voller Dornen, aber das war ihr egal. Nur weg, weg von diesem entsetzlichen Platz, so schnell und so weit wie möglich. Am Anfang schienen die Schmerzen unerträglich, aber über diesen Punkt war sie längst hinaus. Sie empfand keine Schmerzen mehr, spürte nicht Äste noch Dornen, die ihr die Haut aufrissen. Fühlte nicht mehr die kleinen, scharfen Steine, die ihre Fußsohlen zerschnitten. Es war einzig ihr starker Wille, der sie am Leben erhielt. Dieser Wille hatte jedes Empfinden abgeschaltet. Es waren nur noch ihre Reflexe und ihr Instinkt, die sie weitertrieben. Stehen zu bleiben, auch nur für ein paar Sekunden, wäre das sichere Ende gewesen, das wusste sie. Ihre Muskeln und Sehnen arbeiteten gegen jede Vernunft. Laufen, laufen, laufen!, befahl ihr Gehirn den Nervenbahnen, die für immer neue Kontraktionen der Muskeln sorgten. Impulse, die ihrem geschundenen, blutenden Körper eine unfassbare Menge von Energie abverlangten und sie vorwärtstaumeln ließen. Einen Schritt nach dem anderen.

Ein Blitz schlug ganz in der Nähe ein. Das weißblaue Licht und der ohrenbetäubende Knall erreichten sie fast gleichzeitig. Für die Dauer eines Wimpernschlags glühte die Welt um sie herum, und da war er, keine hundert Meter hinter ihr. Sie konnte seine Stimme hören. Oder bildete sie sich das alles nur ein? Ein Licht blitzte zwischen den Bäumen auf. Das musste er sein. Der Mond tauchte immer wieder für Sekunden zwischen den Wolken auf. In seinem kalten Licht glitten die Büsche wie Schemen an ihr vorbei, als sie tiefer in die Nacht hineinlief, ohne auch nur zu ahnen, wo sie war. Nur fort von diesem schrecklichen Ort. Fort von diesem Menschen, der sie so lange gefoltert hatte. Fort aus ihrem Verlies, wo sie der sichere Tod erwartete.

Sie lief und streckte schützend und tastend ihre Hände aus. Das Unwetter hatte an Kraft verloren. Aber noch immer hörte sie in den Büschen und den Kronen der Korkeichen den Regen rauschen. Das Geräusch wurde lauter. Louise spürte einen Luftzug, und dann war es, als hätte ihr jemand den Boden unter den Füßen weggezogen. Sie fiel, sie stürzte in das schwarze Nichts. Für einen Moment glaubte sie, fliegen zu können, schwerelos zu sein. So musste er sich anfühlen, der gnädige Tod. Ein wunderbares, ewiges Schweben. In diesem Moment schlug sie auf dem Wasser auf. Die nasse Kälte riss Louise aus ihren Fantasien. Das Wasser war eiskalt, schnell und tückisch. Sie musste kämpfen, um nicht unterzugehen. Schwimm, schwimm!, trieb sie sich an. Das ist ein Fluss, und wo ein Fluss ist, da gibt es auch ein Ufer. Du musst dieses Ufer erreichen, und wenn es das Letzte ist, was du in diesem Leben noch schaffen wirst. Du wirst ihm entkommen. Er kann dich nicht umbringen. Nicht in diesem reißenden Fluss, nicht mitten in der Dunkelheit. Du wirst nie wieder zurück in seine Hölle gehen! Schwimm!

Als Louise zum letzten Mal in ihrer Zelle aufgewacht war, hatte sie keine Ahnung gehabt, wie lange ihre Ohnmacht gedauert hatte. Die Schmerzen erinnerten sie sofort an die entsetzlichen Schläge. An das Gefühl, wie ihr die Rippen brachen, als er mit dem Brett zuschlug, wieder und wieder. Sie konnte nicht mehr sprechen, keine Fragen mehr beantworten, keine Litaneien mehr aufsagen. Sie kämpfte nur noch darum, Atem zu holen, gegen den stechenden Schmerz. Sie wollte nur noch raus aus ihrer Zelle. Das war der Moment, in dem sie sich in die Kette geworfen hatte und der Eisenring mit einem Knirschen aus der Wand gebrochen war. Es war ein magischer Augenblick gewesen, als hätte ihr jemand eine Tür geöffnet, genau in diesem Moment größter Not. Plötzlich war er wieder da, der Funke Hoffnung. Trotz der Schmerzen, trotz der Angst, trotz der Verzweiflung. Jetzt bot sich die Chance, auf die sie seit Tagen hingearbeitet hatte. Die Kettenglieder klirrten über den Steinboden, als sie auf allen vieren vorwärtskroch. Genau vor ihr lag der Nagel. Sie nahm ihn vorsichtig und drehte ihn im Schein des Kerzenlichts wie einen wertvollen Diamanten. Sie hatte es in ihrer Fantasie hundertmal durchgespielt. Wie sie den Nagel mit zwei Fingern packen und dann in die Öffnung der Handschellen drücken würde. Dorthin, wo die dünne Metallfeder die Klammer blockierte. Sie brauchte die Feder nur hinunterzudrücken ... Es erklang ein mechanisches Klicken, und die Handschelle sprang auf. Erst die rechte Seite, dann die linke. Die Kette und die Handschellen fielen von ihr ab, wie ein böser Traum im Licht des Sonnenaufgangs. Louise war so überrascht gewesen, dass ihr die Tränen kamen.

Einen Augenblick hatte sie nur stumm dagesessen und sich umgesehen. Dann kehrte die Angst zurück. Sie hatte sich von ihren Ketten befreit, aber sie war immer noch eine Gefangene. Sie musste hier raus, und sie musste sich um Claire kümmern. Louise hatte genau aufgepasst, wenn sich der Mann ihrer Zelle genähert hatte. Er war jedes Mal von rechts gekommen. Sie hatte seine Schritte schon von Weitem hören können, wie aus einem langen Gang. Sie öffnete die Blechtür zu ihrem Verlies. Das Metall schrammte über den Steinboden. Für Louise hörte es sich an wie ein lauter Schrei. Wie versteinert blieb sie stehen, aber nichts geschah. Vor ihr lag ein düsterer Gang, spärlich erhellt von ein paar nackten Glühbirnen. Louise lief los. Ihr Körper brannte vor Schmerzen. Sie stützte sich an der Wand ab. Der Stein war feucht und roch nach Erde und Schimmel. Louise zwang sich weiterzugehen, Schritt für Schritt. Nach dreißig Metern sah sie eine Tür. Sie war mit einem simplen Riegel verschlossen. Louise schob sie auf, und im Schein einer Kerze sah sie Claire, die auf einer Matte am Boden lag. Ihr Körper war blutig geschlagen. Sie versuchte ein Lächeln, als sie Louise sah.

»Wir müssen hier raus«, flüsterte Louise. »Jetzt gleich. Bevor er zurückkommt.«

»Ich kann nicht.« Claires Antwort war nur ein heiseres Flüstern. Dabei deutete sie auf ihre Beine.

Louise sah, dass Claires rechter Fuß in einem grotesken Winkel verdreht war. Dieser Scheißtyp hatte ihr das Bein gebrochen.

»Ich werde dich stützen«, sagte Louise, die sich selber kaum auf den Beinen halten konnte. Claire schüttelte nur langsam den Kopf.

»Nein, wirst du nicht.« Louise musste sich zu ihrer Freundin herunterbeugen, um sie zu verstehen. Claire liefen jetzt Tränen über das zerschundene Gesicht. »Ich kann nicht laufen ... Du musst gehen. Alleine kannst du es schaffen.«

Louise sah ihre Freundin an. Sie blinzelte ihr zu, trotz der geschwollenen Augen, als hätte sie sich mit ihrem Schicksal abgefunden.

»Ich hole dich hier raus«, sagte Louise. »Das verspreche ich dir.«

Louise stand mühsam auf und sah noch einmal ihre Leidensgefährtin an. Dann drehte sie sich wortlos um und lief aus dem

Raum. Der Gang schien endlos. Sie lief, ohne zu wissen, ob sie nicht in die falsche Richtung unterwegs war. Sie hatte sich vorgenommen den Kabeln an der Wand zu folgen, als plötzlich die Lichter ausgingen. Louise konnte sich nur noch vorwärtstasten. Aber dann waren da plötzlich keine Kabel mehr. Irgendwo war sie falsch abgebogen. Wieder spürte sie Angst in sich heraufkriechen. Ich will hier raus, dachte sie, nur noch hier raus. Vorsichtig ging sie weiter. Bewegte sich durch die Finsternis, immer eine Hand an der Wand, als sie plötzlich einen leichten Wind im Gesicht spürte. Sie ging weiter. Noch einen Schritt und noch einen, als sie eine grobe Holzverschalung unter ihrer Hand spürte. Der Luftstrom wurde stärker. Es roch nach Regen, und plötzlich sah sie durch einen Schacht ein Stück Himmel über sich. Sie sah Wolken, die am Mond vorbeiglitten. An einer Wand waren rostige Mauerhaken in die hölzerne Schachtverkleidung geschlagen. Das war ihr Weg nach draußen. Sie kletterte, Sprosse um Sprosse. Bei jeder neuen Stufe hatte sie Zweifel, ob sie sich halten könnte oder ob sie zurück in die Finsternis stürzen würde. Noch eine letzte Sprosse. Sie hielt sich an einem Brett fest, stemmte sich mit aller Kraft über die letzte Schwelle und schob ihren Körper nach draußen. Das Erste, was sie wahrnahm, war der köstliche Geruch von Blättern und feuchter Erde. Sie war draußen. Sie war noch lange nicht in Sicherheit, aber sie hatte es geschafft, aus diesem Höllenloch zu entkommen.

Mühsam richtete Louise sich auf. Plötzlich waren die Schmerzen wieder da. Schnappten nach ihren Gelenken und Muskeln wie eine Horde wilder Hunde. Die Wunden am Rücken brannten. Beim Atmen fühlte sie Stiche, da, wo die Rippen gebrochen waren. Knie und Schultern schmerzten. Es war ihr egal gewesen. Sie war einfach losgelaufen. Mitten hinein ins Unbekannte, in die Büsche und die Dornen.

Jetzt war sie im Wasser. Louise kämpfte gegen das Ertrinken. Das Wasser um sie herum war schwarz wie altes Öl. Im Mondlicht, das immer wieder für Sekunden durch die Wolken brach, konnte sie ein Ufer erkennen. Das hier war kein Fluss, das war ein Bach, angeschwollen durch das Unwetter. Keine zwanzig Meter breit. Vor ihr war das Ufer. Aber sie hatte keine Kraft mehr, gegen die Strömung anzukämpfen. Sie versuchte, sich treiben zu lassen. An einem vorbeischwimmenden Ast hielt sie sich fest. Das Gewässer war hier breiter und ruhiger. Sie spürte, wie der Ast mit seinen Zweigen den Grund berührte, am Boden entlangschrammte und irgendwo hängen blieb. Sie zog sich an dem Ast vorwärts. Unter den Füßen konnte sie den Schlamm des Bachbetts spüren. Jetzt war das Ufer keine zwei Meter mehr entfernt. Dann spürte sie Kiesel unter den Füßen, und schon war das Ufer erreicht. Auf allen vieren kroch sie in Sicherheit. Erschöpft blieb sie liegen.

Louise musste einen Moment eingeschlafen sein. Als sie wieder aufwachte, fror sie. Hier konnte sie nicht bleiben. Sie musste weiter. Sie musste Hilfe finden. Als sie aufstand, unterdrückte sie einen Schmerzensschrei. Es kostete sie ihre letzte Kraft, wieder auf die Beine zu kommen. Sie würde dem Bach folgen. In diesem Moment sah sie vor sich Lichter durch die Büsche aufleuchten. Ein Auto! Es bewegte sich weg von ihr. Wo ein Auto war, da musste eine Straße sein, und dort würde es Hilfe geben. Bitte, lieber Gott, dachte sie, hilf mir, die Straße zu erreichen! Nur noch bis zu dieser Straße!

44. Kapitel

Arnaud Mercier verachtete sich dafür, dass er noch nach Mitternacht mit dem Auto unterwegs war. Nicht wegen der späten Stunde, nein, wegen seiner Schwäche. Er hatte sich geschworen, an diesem Abend sein Verhältnis mit Françoise zu beenden, hoch und heilig geschworen. Und dann war er doch wieder schwach geworden. Statt sich zu trennen, hatten sie sich für nächsten Monat in Paris verabredet. Wenn das jährliche Filialleitertreffen der Bank stattfand, dann würden er und Françoise ... Mein Gott, warum hatte er nicht einfach Nein gesagt? Oder dass ihn Chantal dieses Mal begleiten würde? Stattdessen war er auf ihren Vorschlag eingegangen. Weil er nicht genug von Françoise bekommen konnte. Weil er jetzt schon wieder an sie denken musste, wie sie auf ihn gewartet hatte in ihrem kleinen Appartement. Bereit, all die wunderbaren Dinge zu tun, die Chantal niemals mit ihm machen würde. Nicht machen wollte.

Chantal war eine wunderbare Ehefrau, die sich um das Haus und die Kinder kümmerte, wenn er in der Landwirtschaftsbank Kredite bewilligte. Auch jetzt glaubte sie, dass er in der Bank wäre. Weil er sich um den Vierteljahresabschluss kümmern musste. Zumindest hatte er ihr das gesagt. Sie vertraute ihm, und was tat er? Statt sich im Büro um die Abrechnung zu kümmern, war er den ganzen Weg nach La Londe gefahren, zu einer anderen.

Françoise war Yogalehrerin. Bei ihr zu Hause gab es keine quengelnden Kinder, keinen eifersüchtigen Mann. Sie war unabhängig, und sie war siebenundzwanzig Jahre jung. Sie gab ihm das Gefühl, dass das Leben da draußen weiterging. Dass auch er junge Frauen haben konnte und dass er nicht in einer Woche fünfzig Jahre alt wurde.

Es war ja nicht so, dass er unglücklich mit seinem Leben war. Wirklich nicht, wenn nur alles nicht so entsetzlich berechenbar und langweilig wäre. Wo waren die Abenteuer geblieben, wo die Überraschungen, die spontanen Reisen, die Sonntage im Bett? Hatten sie das wirklich alles wegen der Kinder aufgeben müssen?

Verdammt noch mal, er wollte spüren, dass er lebte, und Françoise erinnerte ihn daran, und wie sie ihn daran erinnerte! Trotzdem hatte er versucht, die Sache zu beenden. Noch vor einer Stunde hatte er ihr gesagt, dass sie vernünftig sein müssten. Dass erst mal eine Weile Funkstille zwischen ihnen herrschen müsste, weil seine Frau misstrauisch geworden war. Dass er seine Frau nicht verlassen wolle. Noch nicht. Vielleicht wenn die Kinder noch etwas älter waren, eine Trennung leichter verkraften würden. Als Arnaud an diesem Abend die Beendigung des Verhältnisses mit Françoise eingeleitet hatte, war sie nicht in Tränen ausgebrochen, wie er befürchtet hatte, und sie hatte ihn auch nicht angeschrien und beschimpft. Stattdessen war sie hinter ihm hergelaufen bis ins Treppenhaus des Appartementblocks. Dabei war sie splitternackt gewesen und hatte sich an ihn gedrängt, ihn geküsst und ihm gesagt, was für ein wunderbarer Liebhaber er sei und dass sie füreinander bestimmt seien.

In diesem Moment hatte er alles vergessen. Die guten Vorsätze, seine Frau Chantal und die Zeit. Stattdessen war er zurückgegangen in ihre Wohnung. Gut möglich, dass ihn sonst jemand im Haus erkannt hätte. Mein Gott, was für ein Skandal wäre das gewesen! Das würde ihm Chantal nie verzeihen. Sie würde die Scheidung fordern und die Aufteilung des Vermögens. In diesem Moment dachte Arnaud daran, dass Françoise die Hälfte des Hauses zustand, sogar mehr als die Hälfte. Schließlich hatte ihre Familie ihnen das Geld für den Umbau geliehen, den er nicht über seine Filiale finanzieren wollte.

Arnaud Mercier schaltete das Fernlicht ein. Der Regen hatte nachgelassen. Der Asphalt glitzerte im Scheinwerferlicht. Er musste vorsichtig sein. Das Unwetter hatte Äste und Blätter auf die Straße geschleudert. Wenn er auf dieser einsamen Straße hängen blieb, würde ihm niemand helfen. Seit über einer halben Stunde fuhr er jetzt durch die Hügel und war noch niemandem begegnet.

Vielleicht, dachte Arnaud nach einer Weile, kann man ja beides haben. Eine treue Frau und die Familie auf der einen und das erotische Abenteuer, den hemmungslosen Sex mit der heimlichen Geliebten auf der anderen Seite. Er lächelte über sich selbst. Er wusste genau, dass das nicht funktionieren würde. Eines Tages, wenn er am wenigsten damit rechnete, würde ihn das Schicksal dafür strafen – einfach so. Genau in diesem Moment sah Arnaud Mercier die unbekannte Frau.

Sie taumelte aus den Ginsterbüschen auf die Straße, wie ein Gespenst in einem Horrorfilm. Es dauerte den Bruchteil einer Sekunde, bis Arnaud klar wurde, dass dies kein Film war, sondern die Wirklichkeit, und er trat mit voller Kraft auf die Bremse seines BMW. Der Wagen schlitterte über den Asphalt, den der Sturzregen an dieser Stelle mit einer fingerdicken Schicht aus Schlamm überzogen hatte. Der Wagen schlingerte, stellte sich quer, erwischte die Frau mit der Front und schleuderte sie auf die Fahrbahn.

Für einen Moment saß Arnaud wie erstarrt in seinem Auto. Zwei Fragen brannten sich wie riesige Menetekel in sein Hirn.

Hatte er gerade wirklich eine Frau überfahren? Und was sollte er Chantal sagen, warum er mitten in der Nacht in den Hügeln der Provence unterwegs gewesen war? In diesem Moment wusste er, dass es nur einen Weg gab, aus der Sache wieder heil herauszukommen. Er musste den Unfall vertuschen.

Monsieur Mercier öffnete die Fahrertür und stieg aus. Die Frau lag keine fünf Meter entfernt auf der Straße. Er sah sich um, aber da war nur schwarze Dunkelheit. Vorsichtig trat er ein paar Schritte näher an das Opfer heran. Er war sicher, dass da eine Tote liegen würde, aber dann sah er ihre Hand, die sich bewegte, sich im Stoff ihres schäbigen Kleides verkrampfte. Die Frau lebte. Das veränderte alles.

Er würde sie nicht einfach liegen lassen können. Er musste ihr helfen. Arnaud war zwar kein Mediziner, aber er hatte sein freiwilliges Jahr als Sanitäter absolviert, sodass er Verletzungen beurteilen konnte, und diese Frau hatte schwerste Verletzungen. Ihr Gesicht war geschwollen, und Blut hatte den Rücken ihres Kleides rot gefärbt. War es möglich, dass der Unfall sie so zugerichtet hatte? Die Frau schien ihn anzusehen, aber als er seine Hand vor ihren Augen bewegte, zeigten die Pupillen keine Reaktion.

»Wie heißen Sie?«, fragte Arnaud und bewegte die Frau vorsichtig an der Schulter. Aber sie reagierte nicht.

Arnaud betrachtete die Schwerverletzte, die vor ihm im Nieselregen lag. Sie sah nicht so aus, als würde sie den Unfall überleben, aber vielleicht konnte man sie ja doch retten. Auf jeden Fall musste sie so schnell wie möglich in eine Klinik gebracht werden. Arnaud Mercier lief zu seinem SUV, öffnete die Heckklappe und legte die Rücksitze um. Dann lief er zurück zu dem Unfallopfer.

»Ich bringe Sie jetzt zu meinem Wagen«, sagte er. Die Frau blinzelte. Vielleicht verstand sie ja kein Französisch.

»Verstehen Sie mich? Docteur, hospital«, versuchte er es noch einmal, aber sie reagierte nicht mehr.

Arnaud Mercier drehte die Frau auf die Seite, schob seine Hände unter ihren Armen hindurch und ergriff ihren Unterarm. Das hatte er vor Jahren in einem Erste-Hilfe-Kurs gelernt. Dann zog er die Frau rückwärtsgehend behutsam zu seinem Auto. Es dauerte mehrere Minuten, bis er sie in den SUV gelegt hatte.

Arnaud Mercier kannte nur ein Krankenhaus in der Gegend, die Klinik Saint Sulpice. Er schloss die Heckklappe und fuhr los.

Seit dem Unfall waren mindestens zehn Minuten vergangen, aber kein anderes Fahrzeug war auf dieser einsamen Straße vorbeigekommen. Inzwischen hatte der Regen aufgehört. Monsieur Mercier fuhr vorsichtig. Es gab viele Kurven, und ab und zu glaubte er ein Stöhnen hinter sich zu hören. Was, wenn die Frau jetzt sterben würde, in seinem Auto, hier, mitten im Nirgendwo? Würde er sie dann hinter die Büsche zerren und davonfahren? Was wäre das dann? Fahrlässige Tötung, Totschlag oder Mord? Arnaud spürte, wie er zu schwitzen begann. Er wusste, dass seine Zukunft von der richtigen Entscheidung abhängen würde. Dutzende Szenarien dachte er sich aus. Es war wie bei einem Schachspiel, in dem sich die Figuren von alleine bewegten und damit ständig neue Konstellationen, neue Katastrophen heraufbeschworen.

Eine halbe Stunde später sah er das Schild am Straßenrand: »Klinik St. Sulpice 800 Meter«.

In diesem Augenblick hatte er seine Entscheidung getroffen: Er würde die Verletzte vor die Tür der Notaufnahme bringen, aber weiter würde er nicht gehen. Es war schließlich nicht seine Schuld, dass die Frau ihm ins Auto gelaufen war. Er durfte nicht zulassen, dass dieser gottverdammte Zufall sein ganzes Leben und das seiner Familie zerstörte. Er musste Prioritäten setzen. Er hatte die Frau hierhergebracht, das war doch wirklich genug.

Mercier schaltete das Licht seines BMW aus, als er auf den Parkplatz einbog. Von hier bis zum Eingang der Notaufnahme waren es keine fünfzig Meter. Über dem Eingang brannte ein Licht, ansonsten lag die Klinik Saint Sulpice im Dunkel. Der Mann schaltete die Innenraumbeleuchtung seines Wagens aus und öffnete leise die Fahrertür. Dann ging er um seinen SUV herum und ließ die Heckklappe aufschwingen. Die Frau hatte sich nicht bewegt, seit er sie in seinen Wagen gelegt hatte. Blut war von ihren Verletzungen auf den hellen Teppichboden seines luxuriösen BMW gelaufen. Darum würde er sich später kümmern, dachte er. Er nahm die Verletzte wieder in den Rettungsgriff und bewegte sich rückwärts im Schatten der Pinien und Oleanderbüsche zum Eingang der Klinik.

Vorsichtig legte er die Frau vor der Glastür ab und brachte sie in eine stabile Seitenlage. Dann drückte er auf den roten Knopf neben der Eingangstür, über dem ein Leuchtschild mit dem Wort »NOTDIENST – NACHTGLOCKE« befestigt war. Im Inneren der Klinik hörte er ein elektronisches Summen. Arnaud warf noch einen Blick auf die Frau am Boden, dann lief er los. Schon nach wenigen Metern hatte ihn die Dunkelheit verschluckt. Er erreichte seinen Wagen, schloss leise die Heckklappe und setzte sich hinters Steuer. Im Rückspiegel konnte er sehen, wie in der Notaufnahme die Lichter angingen. Rufe waren zu hören, Klinikpersonal kam angelaufen. Arnaud Mercier startete den Wagen und rollte langsam und ohne das Licht einzuschalten, in der Dunkelheit davon.

45. Kapitel

Leon kannte das Hotel nicht. Die Eingangshalle war altmodisch eingerichtet, mit Holz getäfelt und verlassen. Auch hinter dem Empfangstresen befand sich niemand. Wo war Isabelle? Leon wusste doch, dass er mit ihr verabredet war. Aber er hatte vergessen, wo, und es war niemand da, den er fragen konnte. Leon ging durch die messinggefasste Schwingtür nach draußen und stand am Strand. Auch hier war außer ihm keine Menschenseele. Er würde zu spät zu seiner Verabredung kommen. Der Strand war weit und leer. Das Meer lag völlig ruhig da. Er fühlte sich so alleine ohne Isabelle. Aus dem Hotel klang der aufdringliche Klingelton eines Handys, wieder und wieder – bis Leon aus seinem Traum erwachte und die Augen aufschlug. Neben ihm hatte Isabelle sich aufgerichtet. Sie schaltete die Nachttischlampe ein und griff nach ihrem Handy.

»Ja?«, sagte Isabelle kurz. In der falschen Hoffnung, dass es sich der Anrufer noch mal überlegen und wieder auflegen würde. »Wann sagen Sie, war das? ... vor drei Stunden?«

Sie deckte den Hörer mit der freien Hand ab und flüsterte zu Leon: »Sie haben eine junge Frau gefunden. Sie ist schwer verletzt.«

»Wo ist sie?« Leon war mit einem Schlag hellwach.

»In Saint Sulpice auf der Intensivstation.«

»Sag ihnen, wir sind in zwanzig Minuten da.«

Um 6.10 Uhr stoppte Isabelle den blau-weißen Einsatzwagen der Gendarmerie nationale mit flackerndem Blaulicht vor dem Haupteingang der Klinik. Leon und sie wurden bereits erwartet. Dr. Théo Menez hatte in dieser Nacht Notdienst. Bei ihm waren eine Schwester und eine Ärztin.

»Konnten Sie schon mit der Frau sprechen?«, fragte Isabelle.

»Leider nein«, antwortete der Arzt. »Sie lag bereits im Koma, als ich informiert wurde. Das Klinikpersonal hat sie im Eingang gefunden und sie sofort auf einer Trage zu mir in die Intensivstation gebracht.«

»Wäre es möglich, dass die Frau aus eigener Kraft die Klinik erreicht hat?«, fragte Isabelle.

»Das halte ich für völlig ausgeschlossen«, antwortete Dr. Menez. »Sie war stark unterkühlt, ihr Blutdruck ist immer wieder abgesunken, und der Puls stieg zeitweise bis auf hundertachtzig. Sie war ohne Bewusstsein und komatös. Keine Viertelstunde länger, und ihr Kreislauf hätte aufgegeben. Inzwischen ist sie aber stabil.«

»Das bedeutet, jemand muss sie hergebracht haben«, sagte Isabelle.

»Haben wir ihre Kleidung?«, fragte Leon. »Möglicherweise befinden sich daran noch brauchbare DNA-Spuren.«

»Das habe ich alles zu ihren persönlichen Sachen getan«, sagte die Schwester.

»Sehr gut«, meinte Leon. »Bitte achten Sie darauf, dass niemand mehr die Sachen anfasst. Ich werde sie anschließend mit ins Labor nehmen.«

»Wir kümmern uns darum, Docteur.«

»Sie sagten, dass sie vor der Notaufnahme abgelegt wurde«, fragte Isabelle nach.

»Gegen vier Uhr in der Früh. Einer der Krankenpfleger will ein

Auto gehört haben, das davongefahren ist. Aber der Fahrer hatte offenbar das Licht ausgeschaltet.«

»Hat sie Unfallverletzungen?«, fragte Isabelle.

»Das Beste wäre, Sie würden sich die Verletzungen gleich selber mal anschauen, Docteur.« Dr. Menez warf Leon einen Blick zu.

»In Ordnung«, meinte Isabelle. »Ich sehe mich mal um. Wenn sie mit dem Auto gebracht worden ist, muss der Wagen ja irgendwo abgestellt gewesen sein.«

»Es gibt eine Videoüberwachung am Eingang.« Dr. Menez deutete nach draußen. »Aber mir wurde gesagt, dass sie zurzeit nicht richtig funktioniert.«

Wenige Minuten später standen Leon und Dr. Menez in hellgrünen Ärztekitteln in der Intensivstation. Begleitet wurden sie von einer OP-Schwester. Die Patientin lag auf einem elektrischen Rollbett, angeschlossen an eine ganze Batterie von Computern und Messgeräten, die ihre Vitalwerte überwachten. Leon untersuchte das Opfer systematisch. Er tat das schweigend. Nur gelegentlich informierte er seinen Kollegen über bestimmte Spuren oder Verletzungen, um eine zweite Meinung einzuholen.

Es war offensichtlich, dass es sich bei dem Opfer nicht um Claire Laval handelte. Wahrscheinlich war die Verletzte Louise Paye. Sicher konnte Leon das erst sagen, wenn er ein Röntgenfoto des Zahnstandes zum Vergleichen hätte oder das Opfer aus dem Koma aufwachte. Aber danach sah es im Moment nicht aus.

Die junge Frau hatte an der linken Hüfte und im Bereich des Oberschenkels frische Prellungen und eine Schnittwunde.

»Linker Oberschenkel, außen«, sagte Leon und richtete die Lupe mit dem Licht auf die Stelle. »Könnte vom Zusammenprall mit einem Auto stammen.«

»Ich habe die Stelle absichtlich noch nicht gereinigt«, sagte Dr. Menez. »Ich wollte keine Spuren zerstören.«

»Danke, das war eine gute Idee. Könnte ich bitte eine Pinzette haben?«

»Größe?«, fragte die Schwester.

»Fein«, antwortete Leon.

Die OP-Schwester legte ihm das gewünschte Instrument in die Hand. Vorsichtig machte Leon sich an der Wunde zu schaffen.

»Ich entferne ein Stück Plastik und einen Farbsplitter fürs Labor«, kommentierte Leon seine Arbeit.

Die Schwester hielt ihm eine Glasphiole hin, in die Leon die Probe samt Pinzette steckte und mit einem Gummistopfen verschloss.

Leon fielen sofort zwei Arten von Verletzungen auf. Die einen waren ganz frisch, erst wenige Stunden alt und stammten aller Wahrscheinlichkeit nach von einem Unfall. Dazu gehörten neben den kleinen Schnittwunden auch Hämatome an Hüfte und Schulter, die sich noch nicht verfärbt hatten. Außerdem eine Schürfwunde mit Hämatom am Kopf in Höhe des rechten Scheitelbeins.

»Möglich, dass sie angefahren und auf die Straße geschleudert wurde«, sagte Leon. »Das würde die Schürfwunden und die Hämatome erklären.«

»Und die übrigen Verletzungen?«

»Sind ihr gezielt beigebracht worden. Zum Teil schon vor mehreren Tagen«, meinte Leon. »Könnten wir die Patientin ein Stück auf die Seite drehen? Aber vorsichtig, sie hat zwei oder drei gebrochene Rippen. Wir müssen aufpassen, dass wir …«

»Dass wir die Atmung nicht beeinträchtigen«, vervollständigte Dr. Menez mit einem freundlichen Lächeln Leons Satz. »Wir sind hier auf der Intensivstation, Docteur. Das ist unser tägliches Geschäft.«

»Entschuldigen Sie! Das passiert, wenn man zu lange im Keller arbeitet«, meinte Leon.

Die Patientin trug ein Flügelhemd der Klinik, das am Rücken geschlitzt war. Jetzt, nachdem sie von der Schwester und Doktor Menez in der Seitenlage gehalten wurde, konnte Leon den Rücken begutachten. Auch Dr. Menez warf einen kurzen Blick auf die flächigen Hämatome und die kreisförmigen Platzwunden, die sich teilweise bereits entzündet und an zwei Stellen sogar die Muskeln freigelegt hatten.

»Oh mein Gott!«, sagte die OP-Schwester, die die Verletzungen zum ersten Mal sah.

»Ich habe diese Art von Verletzungen schon einmal gesehen«, erklärte Leon seinem Kollegen. »Vor einigen Tagen, da haben sie allerdings zum Tod des Opfers geführt. Fettembolie.«

In diesem Moment begann eine der Lampen zu blinken, und der Computer gab einen schrillen Warnton von sich.

»Blutdruck fällt unter sechzig. Puls steigt auf hundertfünfzig, steigt weiter«, meldete die Schwester.

Leon trat sofort einen Schritt zurück, um seinem Kollegen den Zugang zur Patientin frei zu machen.

»Sättigung?« Dr. Menez versuchte ruhig zu sprechen, aber Leon konnte die Anspannung aus seiner Stimme heraushören.

»Unter achtzig Prozent«, antwortete die Schwester.

»Ich brauche Sauerstoff und Adrenalin, sofort.«

Eine quälende Minute lang herrschte konzentrierte Hektik am Bett des Unfallopfers. Dr. Menez, der erfahrene Unfallchirurg, arbeitete präzise und konzentriert. Die Schwester las die Werte ab und gab sie an den Arzt weiter.

»Puls wieder bei neunzig, sinkt weiter«, kam die erlösende Meldung der Schwester. »Blutdruck hundert zu achtzig. Sättigung jetzt wieder bei achtundneunzig Prozent.«

»Sehr gut«, sagte Dr. Menez. »Die Patientin muss die Sauerstoffmaske noch mindestens eine Stunde tragen. Außerdem brauchen wir Aufnahmen von den Rippenbrüchen. Wir müssen unbedingt verhindern, dass wir es hier mit einem Pneumothorax zu tun bekommen.«

In diesem Moment öffnete sich die Glastür zum Gang. Der Vorhang wurde zur Seite geschoben, und Georges Bertin stand mitten in der Intensivstation. Er war der Einzige, der in Straßenkleidung in die Abteilung der frisch Operierten und Schwerverletzten gekommen war. Für einen Moment verschlug es den Ärzten und der Schwester die Sprache.

»Wieso werde ich nicht über die neuesten Entwicklungen informiert?«, fragte Bertin ohne ein Wort der Begrüßung. »Wieso wird hier in meiner Abwesenheit eine Zeugin befragt?«

»Raus! Sofort raus aus meiner Station«, ging die OP-Schwester auf den Eindringling los, nachdem sie sich von ihrer Überraschung erholt hatte.

Bertin ignorierte die Schwester und wandte sich an Leon, den Einzigen im Raum, den er kannte.

»Sie hätten mich anrufen müssen«, blaffte er Leon an. »Ich dachte, ich hätte mich da klar genug ausgedrückt.«

»Ich bin nicht von der Polizei, Monsieur Bertin. Das habe ich Ihnen aber auch schon gesagt.« Leons Stimme blieb ganz ruhig.

»Na gut, dann werde ich jetzt diese Zeugin persönlich befragen.« Er sah sich zu Menez um. »Schicken Sie bitte alle Ihre Mitarbeiter aus dem Raum. Als behandelnder Arzt können Sie natürlich bleiben.«

»Sie werden hier niemanden befragen«, sagte Menez. »Außerdem liegt die Patientin im Koma.«

»Dann wecken Sie sie auf«, befahl der Sonderbeauftragte, und seine Stimme wurde schriller. »Sie wissen doch, wer das ist?«

»Die Patientin ist schwer verletzt und komatös. Das heißt, sie ist nicht an-sprech-bar«, betonte Menez überdeutlich.

»Danke, ich weiß, was komatös bedeutet ...«

»Dann verlassen Sie die Intensivstation. Jetzt, sofort!«

»Hören Sie Doktor, ich kann eine solche Befragung jederzeit erzwingen, das ist Ihnen hoffentlich klar.«

»Nicht, solange die Verletzte meine Patientin ist.«

»Raus, sofort raus hier!« Jetzt ging die Oberschwester mit ausgebreiteten Armen auf den Ermittler zu. Sie war schon mit wütenden Familienvätern, verzweifelten Müttern und rachsüchtigen Gangstern fertiggeworden. »Hier wird niemand befragt. Jetzt nicht und auch nicht in den nächsten Tagen.«

»Ich glaube kaum, dass Sie das zu entscheiden haben«, versuchte der Ermittler eine hilflose Verteidigung, zog sich aber gleichzeitig in Richtung Ausgang zurück. »Ich bin Sonderermittler des Innenministeriums.«

»Und wenn Sie der Präsident persönlich wären. Keiner kommt auf meine Station, der keinen Kittel trägt. Also raus, sofort!«

Einige Pfleger und Schwestern waren auf dem Gang stehen geblieben und beobachteten fasziniert durch die Scheiben das Schauspiel, das sich in der Intensivstation abspielte. In diesem Moment ergriff Leon den Sonderermittler freundlich, aber energisch am Ellenbogen.

»Warum überlassen wir die Patientin nicht den Ärzten und gehen einen Moment nach draußen, Monsieur Bertin?«, sagte Leon in seinem verbindlichsten Ton, als wollte er den Ermittler auf einen kleinen Klinikrundgang einladen. »Da können wir in aller Ruhe reden.«

46. Kapitel

Der Mann hatte seinen Wagen am Rand des Parkplatzes abgestellt. Mitten in die Sonne, weit weg vom Eingang der Klinik. Er fuhr zwar nur einen unauffälligen Peugeot, wie sie im Süden zu Hunderttausenden herumkutschierten, aber man konnte ja nie wissen. Er trug Sneakers, kakifarbene Bermudashorts und dazu ein Hawaiihemd, wie es in dieser Saison Mode war. Darüber hatte er eine graue Jacke an, deren Kapuze er sich über den Kopf gezogen hatte. Nicht ungewöhnlich um diese Tageszeit, wenn am Morgen die Luft noch feucht und kühl war. Der Mann sah aus wie einer der zahlreichen Besucher, die in der Klinik ein und aus gingen. Niemand würde sich an ihn erinnern.

Erst als er näher auf das Gebäude zukam, entdeckte der Mann die beiden Polizeiautos, die direkt neben dem gläsernen Eingang geparkt hatten. Zwei Beamte der Gendarmerie nationale standen auf den Stufen, sprachen miteinander und musterten aus dem Augenwinkel die Besucher des Krankenhauses.

Verdammt, dachte der Mann, jetzt konnte er nicht mehr umkehren, ohne sich verdächtig zu machen. Was wollten die Flics hier? Suchten sie vielleicht schon nach ihm? War das möglich? Er war nur hierhergekommen, um sich zu überzeugen, dass man die Frau nicht gefunden hatte. Dass sie gestorben war, irgendwo in der Einsamkeit der Hügel, zum Fraß geworden für Wildschweine und Füchse.

Natürlich hatte er die Nachrichten gehört. Dort wurde von einer Unbekannten gesprochen, die nachts vor der Klinik abgelegt worden war. Sie lag angeblich im Koma. Könnte das die Frau sein, die geflohen …? Unmöglich, beruhigte sich der Mann. Wahrscheinlich war die Person aus der Radiomeldung nur ein beliebiges Unfallopfer. Aber was wollten dann die Flics hier? Was, wenn sie die Frau tatsächlich gefunden hatten? Vielleicht hielt die Polizei ja Informationen zurück. Das machten sie doch dauernd.

Und wenn schon. Dann war das doch alles nur ein Zeichen mehr dafür, dass er recht hatte. Dass seine Wahl die richtige gewesen war. Diese Frau war eine Hexe, genau wie die anderen. Kein rechtschaffener Christenmensch hätte aus der Kammer fliehen können. Keine normale Frau hätte sich nachts durch die Macchia und dieses mörderische Unwetter schlagen können. Und keine Frau konnte einen Sturz in den reißenden Fluss überleben. Wenn dieses Weib es trotzdem geschafft hatte, dann gab es dafür nur eine Erklärung: Sie stand mit dem Teufel im Bunde. Darum konnte sie gar nicht ertrinken.

»Lass das Wasser nicht empfangen den Körper dessen, der vom Gewicht des Guten befreit durch den Wind der Ungerechtigkeit emporgetragen wird«, murmelte der Mann.

»Das habe ich nicht verstanden, Monsieur«, sagte die Schwester am Empfang, vor der er stehen geblieben war.

Erst jetzt wurde ihm klar, dass er laut geredet hatte. Er sah die Schwester erschrocken an.

»Die Überweisung«, sagte der Mann schnell. »Ich wollte nur sagen, dass ich die Überweisung im Auto vergessen habe.«

»Na, dann holen Sie sie«, meinte die Schwester. »Ohne Überweisung kann ich Sie nicht auf die richtige Station schicken.«

»Ja, ja, natürlich. Danke, Schwester«, stotterte der Mann. »Ich hol sie schnell. Ist im Auto.«

»Bis gleich!«, rief die Schwester ihm nach. »Und vergessen Sie die Karte Ihrer Krankenkasse nicht.«

Der Mann hob grüßend die Hand und verließ die Klinik. Er sah kurz zu den Polizisten hinüber. Als einer sich zu ihm umdrehte, blickte er starr zu Boden und ging zügig weiter. Vielleicht machte er sich ganz umsonst Sorgen. Vielleicht hatten die Flics ja nur einen verletzten Kollegen in die Klinik begleitet oder ein Unfallopfer hergebracht. Aber warum hatten sie sich dann am Eingang postiert und ihn so merkwürdig angesehen?

Wenn dieses Weib es wirklich bis hierher in die Klinik geschafft haben sollte, dann hatte er zwar seinen Beweis. Aber dann bestünde auch die Gefahr, dass er auffliegen würde, und dann könnte Satan sich in aller Ruhe neue Opfer suchen. Er wandte sich noch einmal um, blieb stehen, neigte den Kopf und schickte ein Stoßgebet in Richtung Klinik.

»O Jesus, schütze mich vor der Macht Satans, ich lege mein Leben in deine heiligen Hände. Rette mich vor dem Bösen. Befreie mich und nimm mich mit in deinen sicheren Hafen. Jetzt und in Ewigkeit. Amen!«

Er ging zu seinem Auto. Er würde wiederkommen und sich den bösen Mächten stellen. Nur dann konnte das Gute siegen. Er würde kämpfen müssen, denn ihn hatte der Herr unter seinen Dienern auserwählt.

47. Kapitel

Leon war gleich nach Zernas Anruf ins Präsidium gekommen. Der Polizeichef bat um seine Mithilfe. Und obwohl die Zusammenarbeit mit Zerna immer wieder aufs Neue kompliziert war, hatte Leon doch sofort gespürt, dass der Polizeichef in Schwierigkeiten steckte. Eine der beiden verschwundenen Frauen, Louise Paye, war wieder aufgetaucht. Daran bestand kein Zweifel mehr. Aber Claire Laval blieb verschwunden. Und Louise Paye lag nach wie vor im Koma. Das war für die Gendarmerie von Le Lavandou und ganz besonders für Zerna der Super-GAU. Der Kultusminister in Paris wollte Ergebnisse sehen, der Innenminister wollte Ergebnisse sehen, und sogar der Präsident der Republik wollte Ergebnisse sehen. Und alle schauten sie nach Le Lavandou, wo man dabei war, die größte Suche nach einer verschwundenen Person vorzubereiten, die es jemals im Var gegeben hatte. Doch sie hatten keine Ahnung, wo sie mit der Suche beginnen sollten.

Noch wussten nur ein paar wenige eingeweihte Polizeibeamte, wer hier genau vermisst wurde. Aber die Gerüchteküche brodelte, und Leon hatte das Gefühl, in ein Riesen-Wespennest zu steigen, als er die Wache der Gendarmerie nationale betrat. Lange würde das Geheimnis kein Geheimnis mehr bleiben.

Der Besprechungsraum war, wie immer, wenn sich ein ungewöhnlicher Fall abzeichnete, gestopft voll. Wie üblich hatte Zerna seinen Platz am Kopfende des großen Tisches eingenommen, nur dass diesmal zu seiner Rechten nicht Isabelle saß, sondern Sonderermittler Georges Bertin. Der Platz zu seiner Linken war ebenfalls von einem Gast besetzt. Kommissarin Patrizia Lapierre hatte es sich nicht nehmen lassen, bei der großen Suche dabei zu sein. Leon setzte sich ihnen gegenüber, neben Isabelle und Lieutenant Masclau.

»Guten Morgen«, grüßte Zerna in die Runde. »Ich möchte Ihnen zunächst unseren Gast aus der *Direction Centrale de la Police Judiciaire* in Paris vorstellen: Sonderermittler Georges Bertin.«

Zerna applaudierte, aber nur ein paar Beamte stimmten ein.

»Kommen Sie zur Sache, Commandant«, sagte Bertin ungeduldig.

»Na gut, wie einige von Ihnen bereits wissen, ist in der vergangenen Nacht eine Frau vor der Notaufnahme der Klinik Saint Sulpice abgelegt worden. Es handelt sich um eine gewisse Louise Paye. Diese Frau galt seit fünf Tagen als vermisst und wurde offenbar Opfer eines Unfalls.«

Unter den Zuhörern wurde geflüstert.

»Wer hat die Frau abgelegt?«, fragte einer der Polizisten.

»Das würden wir alle gerne wissen«, sagte Bertin. »Gibt es denn keine Kameras in der Klinik? Wie kann es sein, dass da mitten in der Nacht jeder vorbeikommen kann, um ein Unfallopfer abzulegen, ohne dass es irgendjemand bemerkt?«

»Leider war die Überwachungskamera an der Notaufnahme falsch eingestellt«, schaltete sich Isabelle ein. »Sie hat allerdings einen Wagen erfasst, der am Rand des Parkplatzes stand. Wir werten die Bilder zurzeit weiter aus.«

»Was wissen wir über diesen Unfall?«, fragte Bertin.

»Der Gendarmerie nationale ist in der vergangenen Nacht kein

Unfall gemeldet worden«, sagte Zerna, offensichtlich froh, überhaupt eine Information beisteuern zu können.

Leon saß gespannt auf seinem Stuhl. Er hatte sich fest vorgenommen, seine Theorien zum Verschwinden der Frauen zunächst für sich zu behalten. Er würde dieses Mal ausschließlich über die medizinischen Aspekte des Falls sprechen.

»Was sagt der Médecin Légiste zur Unfalltheorie? Sie haben sich die Verletzte bereits angesehen, wie ich gehört habe«, mischte sich Lapierre ein.

»Aus unserer Sicht gab es tatsächlich einen Unfall. Nach Spurenlage wurde das Opfer angefahren, umgerissen und schlug dabei mit dem Kopf auf der Straße auf«, begann Leon sachlich.

»Aber?«, fragte Bertin. »Das klingt bei Ihnen so, als gäbe es da ein Aber …?«

»Das Opfer hat eine Vielzahl unterschiedlicher Verletzungen, die zum Teil schon mehrere Tage alt sind«, erklärte Leon.

»Der Unfall liegt also schon Tage zurück?«, wunderte sich Bertin.

»Nein, die Unfallverletzungen sind erst wenige Stunden alt. Ich spreche von den massiven Schlägen gegen den Körper des Opfers. Diese haben zu gebrochenen Rippen, Hämatomen, Platzwunden und wahrscheinlich auch zu inneren Verletzungen geführt.«

»Und wie sollen diese Verletzungen Ihrer Meinung nach entstanden sein?«, fragte Bertin.

»Der Docteur kann hier nur einen Verdacht äußern«, sagte Zerna, der schon ahnte, was kommen würde.

»Immerhin hat der Docteur das Opfer als Einziger genauer untersucht«, bremste Bertin den Polizeichef aus. »Das haben Sie doch, Docteur?«

»Solche Verletzungen können meiner Erfahrung nach nur auf eine Weise entstanden sein: durch systematische Folter.«

Wieder ging ein Raunen durch die Reihen.

»Was sind typische Merkmale einer solchen ›systematischen Folter?‹«, meldete sich Kommissarin Lapierre zu Wort.

»Schnitte, Quetschungen, Schläge, Verätzungen durch Säure, Verbrennungen, Überdehnungen von Gelenken, Brüche«, zählte Leon auf.

»Und diese Verletzungen haben Sie alle bei Louise Paye feststellen können?«, fragte die Kommissarin.

»Nicht alle, aber einige. Ich glaube deshalb, dass es sich um Folterspuren handelt, weil sie eine sehr ähnliche Handschrift zeigen wie im Fall Lambert und Moreau. Sie haben die beiden Opfer ja selber in der Autopsie gesehen, Kommissar Bertin.«

»Das würde bedeuten, dass wir es mit ein und demselben Täter zu tun haben.« Kommissarin Lapierre klang, als hätte sie eine Frage gestellt.

»Der Verdacht liegt nahe. Aber wir ermitteln nur die medizinischen Fakten«, sagte Leon höflich, »die Schlüsse daraus zu ziehen, überlassen wir Ihnen.«

»Wie lange wird es dauern, bis Louise Paye aus dem Koma aufwacht?« Kommissar Bertin konnte seine Ungeduld kaum verbergen.

»Das kann man schwer voraussagen. Das kann wenige Tage dauern, aber manchmal auch Wochen«, antwortete Leon.

»So lange können wir aber nicht warten. Wir müssen mit der Suche beginnen, und zwar noch heute.«

»Suchen, wen denn?«, fragte der junge Polizist.

»Messieurs dames«, der Sonderermittler räusperte sich, »was ich Ihnen jetzt zu sagen habe, unterliegt der Geheimhaltung. Ich erwarte von Ihnen, dass Sie sich an diese Anordnung halten – und zwar ausnahmslos.«

»Also, wer ist es?«, fragte der junge Polizist.

»Louise Paye war mit ihrer Freundin unterwegs, als sie verschwand. Mit Claire Laval«, sagte Bertin.

»Laval, so wie der Kultusminister?«, fragte eine Polizistin.

»Korrekt, Claire Laval ist die Tochter des Ministers. Wir haben Grund zu der Annahme, dass sie entführt wurde.«

»Bordel de cul«, fluchte der junge Polizist fassungslos.

»Wir suchen nach einer vierundzwanzigjährigen Frau, deren Spuren vor einer knappen Woche mitten in der Nacht auf einem Parkplatz über Bormes-les-Mimosas enden«, sagte Isabelle. »Seitdem hat sich ihr Handy nicht wieder eingeloggt. Claire Laval hat in keinem Hotel in der Gegend eingecheckt. Keine ihrer Kreditkarten wurde seitdem mehr eingesetzt.«

»Was ist mit ihrem Auto? Die Frauen sind doch bestimmt mit einem Wagen unterwegs gewesen?«

»Den haben wir bereits gefunden, ein fünfzehn Jahre alter Renault Clio«, antwortete Zerna. »Die Spuren werden noch ausgewertet. Wir haben eine leise Hoffnung, bei der DNA fündig zu werden. Aber, wie gesagt, es handelt sich um einen alten Wagen, es gibt unzählige Spuren. Es kann Tage dauern, bis die alle ausgewertet sind.«

»Ich schätze, wenn es um die Tochter vom Kultusminister geht, dann wollen die Entführer Geld sehen«, meldete sich Masclau.

»Es gibt keine Forderungen«, widersprach Bertin.

»Was will ein Entführer denn sonst?«

»Falls es sich um einen Entführer handelt«, sagte die Kommissarin aus Toulon. »Könnte ja auch eine Frau sein.«

»Das halte ich für eher unwahrscheinlich«, antwortete Leon.

»Weibliche Kidnapper entführen in den seltensten Fällen Frauen, und sie foltern ihre Opfer auch nicht und schlagen sie anschließend tot. Den vorliegenden Verletzungen nach zu urteilen, das sagt mir meine Erfahrung, haben wir es mit einem männlichen Täter zu tun.«

»Legen wir los. Finden wir die junge Frau.« Masclau dauerte die Versammlung schon viel zu lange.

»Es gibt noch ein Problem«, sagte der Kommissar aus Paris. »Die Tochter des Ministers leidet unter Diabetes.«

»Er wird sie nicht umbringen«, sagte Leon, und sofort wurde es wieder still im Raum. »Zumindest jetzt noch nicht. Er foltert seine Opfer. Sie sterben an Schwäche, sie ertrinken, sie verbluten, sie ersticken. Aber er bringt sie nicht um. Im Gegenteil, er versucht ihre Qualen möglichst lange hinauszuzögern.«

»Was ist mit dieser Louise Paye?«, fragte der junge Polizist. »Warum hat er die nicht getötet?«

»Es ist ihr offenbar gelungen zu fliehen«, antwortete Leon.

»Fragen wir sie doch einfach, wo sie war.« Masclau hatte es nur so dahingesagt, und schon trafen ihn die Blicke der anderen. »Na ja, es wird doch irgendwas geben, um sie aufzuwecken. Eine Spritze, kaltes Wasser, irgendwas.«

»Die Patientin ist extrem geschwächt, ihr Kreislauf ist instabil, und sie liegt im Koma. Jeder Versuch, sie da mit Medikamenten herauszuholen, könnte ihren Tod bedeuten.« Leon sah Bertin an. Ihm war klar, dass Masclau genau das ausgesprochen hatte, was viele der Anwesenden dachten.

»Was sollen wir also Ihrer Meinung nach tun?« Masclau sah Leon provozierend an. »Warten, bis irgendwo die nächste Leiche auftaucht?«

»Wir werden ganz gezielt mit der Suche beginnen«, sagte Bertin. »Schließlich haben wir bereits erste Spuren.«

»Und wo sollen wir Ihrer Meinung nach beginnen?« Zerna deutete auf die große Karte an der Wand. »Allein unser Arrondissement umfasst rund dreißig Quadratkilometer. Das Versteck könnte überall sein.«

»Ich denke, sie wird in einem Keller gefangen gehalten«, schaltete Leon sich wieder in das Gespräch ein. »In einem Keller mit feuchten Wänden, auf keinen Fall in einer Scheune oder auf einem Dachboden.«

»Woher wollen Sie das wissen?«, fragte Zerna. »Sind Sie jetzt auch noch Hellseher?«

»Spermatophoren. Das sind winzige Netze von Silberfischchen«, erklärte Leon seinen Zuhörern. »Sie befanden sich unter den Fußnägeln von Louise Paye und den anderen beiden Opfern. Außerdem haben wir unter den Nägeln auffallende Mengen von Schwefel und Bauxit gefunden.«

»Das bedeutet was?«

»Mit großer Wahrscheinlichkeit befindet sich das Versteck in einem feuchten, nicht zu kühlen, aber dunklen Raum, so etwas wie ein Keller oder irgendein anderes kühlfeuchtes Gemäuer. In dem Kellerraum gibt es wahrscheinlich Holzbalken oder Holzregale, wie in einem Lagerraum. Der Keller, den wir suchen, ist alt. Mindestens hundertfünfzig Jahre, eher mehr. Damals wurden Lagerräume oder Weinfässer mit Hilfe von Schwefel gereinigt.«

»Und solche Spuren haben Sie auch an den anderen Opfern gefunden?«

»Richtig, da wir diese Spur an zwei der drei Opfer gefunden haben, vermute ich, dass sie alle am selben Ort festgehalten wurden.«

»Das scheint Sie nicht besonders zu überraschen.« Bertin fixierte Leon. »Wissen Sie vielleicht sonst noch irgendetwas, das Sie uns sagen könnten?«

Dieser Sonderermittler ist gut, dachte Leon. Er wusste genau, dass Leons Zuständigkeit an der Tür zur Gerichtsmedizin endete, aber er wusste auch, dass Leon sich längst eine Theorie zurechtgelegt hatte, womit sie es hier zu tun hatten.

»Zu Anfang gab es nur eine tote Frau, die von einer Autobahnbrücke geworfen worden war. Als aber die nächste Tote im Meer gefunden wurde, die ganz ähnliche Verletzungen wie das erste Opfer aufwies, war ich ziemlich sicher, dass wir es mit dem gleichen Täter zu tun hatten. Louise Paye bestätigt jetzt meine Theorie.«

»Ich dachte, Madame Paye hätte noch kein Wort gesagt«, bemerkte Zerna ironisch.

»Sie wurde ebenfalls mit einem Brett oder einem Ast geschlagen, genauso wie die beiden anderen Opfer«, fuhr Leon fort. »Und sie trug außerdem diesen Umhang aus Leinen, eine Art Büßerhemd, genau wie die anderen Opfer. Außerdem hatte sie dieselben Schnitte in der Haut.«

»Sie meinen diese Zeichen?«, wollte Bertin wissen.

»Das hat doch gar nichts zu bedeuten«, mischte sich Zerna ein.

»Schnitte, die Zeichen bilden« erklärte Leon.

»Was für Zeichen?«, fragte Lapierre.

»Fünfecke, sogenannte Pentagramme«, sagte Leon, und alle sahen ihn verständnislos an. »Ich bin kein Historiker.«

»Aber ich bin ganz sicher, Docteur«, bohrte Lapierre nach, »dass Sie bereits mit einem gesprochen haben. Also, wofür könnten diese Pentagramme stehen? Ich würde gerne Ihre ganz persönliche Einschätzung hören.«

»Meine Vermutung ist, dass wir es hier mit einem Fall von Teufelsaustreibung zu tun haben könnten.«

Für einen Augenblick war es im Besprechungsraum so leise,

das Leon zum ersten Mal das Rauschen der Klimaanlage hören konnte.

»*Merde alors!* Sind wir jetzt im Priesterseminar oder was?«, sagte Masclau laut.

Es war Gelächter zu hören. Dann stand der Sonderermittler auf.

»Commandant Zerna«, sagte er. »Ich möchte Sie in Ihrem Büro sprechen.« Dann sah er zu Leon. »Sie begleiten uns am besten gleich, Docteur.«

»Ich darf doch«, hatte Bertin zwei Minuten später gesagt und sich dann, ohne eine Antwort abzuwarten, in Zernas Büro auf dessen Ledersessel gesetzt.

Leon konnte sehen, wie es in dem Polizeichef arbeitete. Erst war Zerna vor seinen Leuten in der Besprechung blamiert worden, und jetzt versuchte dieser Ermittler aus Paris, ihn in seinem eigenen Büro zu demütigen. Vielleicht versteckte sich ja doch mehr hinter dem Besuch dieses Sonderermittlers, dachte Leon. Vielleicht stimmte es ja, was man über die Stützpunkte der Gendarmerie nationale an der Küste sagte. Viele der kleineren Reviere sollten geschlossen und in Zukunft nur noch zentral verwaltet werden.

»War das eben in der Besprechung Ihr Ernst?« Der Sonderermittler sah Leon lauernd an.

»Wieso? Kommissarin Lapierre hatte mich nach meinem ganz persönlichen Eindruck gefragt«, sagte Leon.

»Haben Sie sich schon mal gefragt, wie so etwas in der Öffentlichkeit ankommt? Die Medien spielen doch verrückt, wenn das durchsickert. Die Tochter des Kultusministers Opfer eines Teufelsaustreibers, mon dieu!«

»Ich glaube, Claire Laval ist es ganz egal, was die Leute denken«, sagte Leon. »Hauptsache, sie wird aus ihrer Hölle befreit.«

»Der Kultusminister hat mich hierhergeschickt, damit ich seine Tochter finde.« Bertin hatte seine Fäuste auf den Tisch gestemmt. »Und nicht, damit ich der Öffentlichkeit irgendwelche Schauermärchen von Teufeln und Hexen serviere.«

»Ich habe Sie von Anfang an gebeten, diese Theorie für sich zu behalten, Docteur. Aber Sie ...« Zerna riss die Hände hoch, als wollte er sich ergeben.

»Wenigstens intern sollten wir uns zu den Fakten bekennen«, erwiderte Leon nüchtern.

»Wollen Sie damit sagen, dass wir nach außen lügen?«

»Ich denke nur, dass wir jeden Hinweis berücksichtigen sollten, um Claire Laval zu finden«, antwortete Leon. »Und wenn er uns noch so ungewöhnlich vorkommt.«

»Na gut, ich erwarte aber von Ihnen, dass Sie alle neuen Erkenntnisse dieser Art zuerst mit mir besprechen, bevor sie in Ihren Berichten auftauchen«, sagte Bertin.

»Meine Berichte gehen ausschließlich an Staatsanwalt Orlandy in Toulon und an Polizeichef Zerna. So sieht es die Vereinbarung mit der Klinikleitung von Saint Sulpice vor, die mich auch bezahlt.«

»Bedaure, aber ich habe diese Informationskette soeben außer Kraft gesetzt.« Bertin sah Leon mit einem forschenden Blick an. »Das können Sie jederzeit auch gerne schriftlich haben.«

»Warten wir doch erst mal ab, was wir finden«, sagte Leon diplomatisch. »Ich werde mir noch einmal die Proben aus dem Labor vornehmen. Vielleicht lassen sich ja auf diese Weise die Möglichkeiten für ein Versteck noch weiter eingrenzen. Ich möchte außerdem vorschlagen, dass wir das Boot von diesem Marcel Roux auf Spuren untersuchen.«

»Ich habe das bereits an die Spurensicherung weitergegeben«, sagte der Polizeichef.

»Es wäre mir lieber, wenn ich mich selber darum kümmern könnte«, antwortete Leon.

»Meinetwegen. Tun Sie das.« Bertin verabschiedete Leon mit einer Handbewegung in Richtung Tür.

»Womit wollen Sie anfangen?«, fragte Zerna.

»Sie haben doch den Médecin Légiste gehört: mit den Kellern der alten Häuser.«

48. Kapitel

Nachdem der Fall Laval in der großen Runde besprochen worden war und anschließend erste Suchmannschaften eingeteilt wurden, gelang es immerhin, noch weitere drei Stunden das Verschwinden von Claire Laval geheim zu halten. Das war kein schlechtes Ergebnis, wenn man bedachte, dass normalerweise vertrauliche Informationen schon in der Stadt die Runde machten, noch bevor die Sitzungen beendet waren. Diesmal plauderte ein Mitarbeiter der Feuerwehr den prominenten Namen aus. Und das ausgerechnet im Chez Miou vor den neugierigen Ohren von Yolande, die das Gehörte sofort an Jérémy weitergab. Von diesem Moment an machte sich die Nachricht selbstständig. Wie die konzentrischen Wellen, die entstehen, wenn man einen Stein ins stille Wasser wirft.

Die Reaktion der Medien ließ nicht lange auf sich warten. In den nächsten Stunden rollten die Übertragungswagen der Fernsehstationen wie eine Tsunamiwelle durch das sommerliche Lavandou. Die Reporter überschlugen sich mit Spekulationen und Verschwörungstheorien. Natürlich erschien eine Entführung mit politischem Hintergrund am wahrscheinlichsten. Hatte sich doch der Minister in letzter Zeit für die Aufnahme von Flüchtlingen starkgemacht. Im Internet gab es sogar Foren, in denen zur »Bestrafung« und zum »Tod« des Ministers aufgerufen wurde. War es da nicht naheliegend, die Tochter zu kidnappen?

Dann gab es da noch die Menschen, die die Überzeugung vertraten, dass die französische Regierung von einer internationalen Mafiabande um eine Milliardensumme erpresst wurde, sich aber weigerte zu zahlen. Deshalb, so das Gerücht, wäre die Ministertochter schon längst nicht mehr am Leben. Gerne verbreitet wurde auch die Theorie, dass die vermisste Tochter sich freiwillig von ihrer Familie abgesetzt hatte. Grund war ein angebliches Missbrauchstrauma, das sie vor vielen Jahren als kleines Mädchen durch ihren Stiefvater, den heutigen Minister, erleiden musste. Natürlich gab es keinerlei Beweise für ein solches Ereignis. Die angebliche »Quelle« war eine »gute Freundin« der Vermissten. Die hatte einer Tageszeitung erzählt, Claire Laval hätte ihr dieses schreckliche Geheimnis unter dem Siegel der Verschwiegenheit anvertraut. Da die Zeitung den Namen der angeblichen Zeugin geheim hielt, war die Story nicht zu überprüfen.

Erstaunlicherweise war ausgerechnet die Theorie, die das Herz jedes Journalisten hätte höherschlagen lassen, bisher noch nicht ausgegraben worden: die Story von der Teufelsaustreibung. Aber Leon war sich sicher, dass es nur eine Frage der Zeit war, bis auch diese Bombe platzte.

Die Gerüchte um Claire Laval schlugen bald so hohe Wellen, dass sich schließlich der Pressesprecher des Kultusministers in Paris genötigt sah, eine Erklärung abzugeben. So wurde zum ersten Mal in der Geschichte auf den ehrwürdigen Stufen des Ministère de la Culture et de la Communication im Palais Royal eine improvisierte Pressekonferenz abgehalten. Aber zu dieser Zeit war Leon längst im Massif des Maures unterwegs.

Leon hatte das Dach seines Cabrios geöffnet und fuhr gemütlich die schmale D 39 in Richtung Gonfaron nach Norden. Er versuchte die Fahrt zu genießen und hatte das Radio laut gestellt, um die Gedanken an den arroganten Sonderermittler und den ganzen »Fall Claire Laval« – wie er inzwischen hieß – für eine Weile zu vergessen. Aber die Sache mit dem Pentagramm ging ihm nicht mehr aus dem Sinn.

Seit er die Leiche von Aline Moreau untersucht hatte, musste er immer wieder an okkulte Riten denken. Er erinnerte sich, dass er vor vielen Jahren als Jugendlicher über eine Teufelsaustreibung in einem Nachrichtenmagazin gelesen hatte. Damals waren zwei Priester in Deutschland wegen unterlassener Hilfeleistung verurteilt worden, weil sie eine Sechzehnjährige hatten sterben lassen. Die beiden Priester hatten an dem unglücklichen Mädchen eine sogenannte Teufelsaustreibung vollzogen, mit Billigung des zuständigen Bischofs.

Leon, der evangelisch und nicht besonders religiös erzogen worden war, hatte die Geschichte regelrecht verschlungen, und sie hatte ihm damals nächtelang schlechte Träume bereitet. Der Fall lag inzwischen Jahrzehnte zurück, und er glaubte ihn längst vergessen zu haben. Auch darüber hatte er nachgedacht, ob es möglich war, dass ihn eine verborgene Erinnerung aus der Kindheit auf eine falsche Spur gelockt hatte. Aber er hatte keine Antwort gefunden.

Das Thema Teufelsaustreibung war heikel. Zuerst wollte Leon mit dem Priester von Saint Trophyme über das Thema sprechen. Aber dann hatte er sich überlegt, dass die katholische Kirche nach all den Missbrauchsskandalen vielleicht doch nicht der geeignete Ansprechpartner war. Schließlich war ihm Clément Roman eingefallen. Ein freundlicher Mensch, relativ aufgeschlossen und Mitglied des Gemeinderats. Es wäre zugleich eine gute Gelegenheit, endlich die Olivenmühle von Monsieur Roman anzusehen. Schließlich hatte der ihn mehr als einmal dazu eingeladen.

Leon war fasziniert von Olivenöl. Seiner Vorstellung nach gehörte es zu so gut wie jedem südfranzösischen Essen. Er probierte ständig neue Sorten, sodass Isabelle inzwischen ein ganzes Regalbrett für die verschiedenen Ölvariationen freigeräumt hatte.

Um ein Haar wäre Leon an der Abzweigung vorbeigefahren. Von der Landstraße bog ein staubiger Feldweg ab, der sich in einer Allee aus Korkeichen und Zypressen verlor. Ein handgemaltes Schild zeigte das Logo der Plantage: zwei gekreuzte Olivenzweige mit großen dunklen Früchten, die von einem roten Band zusammengehalten wurden. Darunter der Name, *Olives des Maures*.

Der Weg führte durch einen Hain alter Olivenbäume, der sich in Terrassen den Hügel entlangzog. Nach einigen Hundert Metern verlief der Weg hügelabwärts und endete in einer grünen Senke, in der auch der Hof der Familie Roman lag. Ein traditioneller provenzalischer Bau aus dem ockerfarbenen Naturstein der Gegend. Dazu gab es noch ein paar Nebengebäude aus jüngerer Zeit, vor denen allerhand landwirtschaftliches Gerät stand. Die Kiesauffahrt führte direkt bis zum Eingang. Davor befand sich ein Brunnen, über dessen dick bemoosten Steinen frisches Quellwasser sprudelte.

Leon parkte den Wagen, schaltete den Motor aus und genoss für einen Moment die Ruhe, die nur vom Geräusch der Grillen und des Mistrals in den Blättern der Bäume unterbrochen wurde. Es schien niemand zu Hause zu sein. Vielleicht war es doch keine so gute Idee gewesen, ohne Anmeldung hier vorbeizuschauen. Leon griff hinter seinen Sitz und zog eine Tüte mit einer Weinflasche aus dem Fußraum.

Den Eingang erreichte man über drei ausgetretene Steinstufen. Neben der Tür hing eine Glocke, die mit einem kurzen Zugseil verbunden war. Leon musste nicht läuten. Noch während er auf das Haus zuging, öffnete sich die Tür, und Amélie Roman erschien.

»Bonjour, Madame«, sagte Leon. Die Frau nickte ihm kurz zu und sah ihn mit ihren großen Augen an. Ihr Blick hatte etwas Erschrockenes. Als hätte er die Privatsphäre dieser Frau verletzt, dachte Leon.

»Ich war in der Nähe und wollte Ihrem Mann etwas vorbeibringen.«

Leon hielt die Flasche hoch. Die Frau drehte sich um.

»Clément?«, rief sie in den Flur. »Da ist jemand für dich.«

»Ich kann auch ein anderes Mal wiederkommen«, bot Leon höflich an.

»Nein, nein, bleiben Sie«, sagte sie und fügte etwas traurig hinzu. »Wir bekommen hier draußen nicht viel Besuch.«

In diesem Moment erschien Monsieur Roman in der Tür, der Leon sofort erkannte.

»Bonjour, Docteur?«, sagte Roman vorsichtig und ließ die Begrüßung wie eine Frage klingen.

»Ich war in der Nähe.« Leon zog die Weinflasche aus der Tüte, die er dem Olivenbauern reichte. »Ich habe Ihnen doch kürzlich von meinem Wein erzählt.«

»Vielen Dank«, sagte der Bauer und hob die Hände. »Aber das ist wirklich nicht nötig.«

»Ich bestehe darauf«, erwiderte Leon. »Nachdem ich immer mit so viel Genuss Ihr Olivenöl verwende, möchte ich mich endlich revanchieren.«

Vor einigen Jahren hatte Leon von seiner einzigen Tante ein altes Weingut geerbt. Ein romantischer Bau ganz in der Nähe von Collobrières. Das Gut war zu klein, als dass sich der Anbau eigenen Weines gelohnt hätte. Darum hatte er die Weinstöcke an seinen Nachbarn verpachtet, der einen großen Weinberg bewirtschaftete. Bezahlt wurde die Pacht nicht in Euro, sondern Leon erhielt jedes Jahr achtzig Flaschen seines eigenen Weins, Lézard genannt, für den Isabelle und Lilou ein dekoratives Label mit einer Eidechse entworfen hatten. Die europäische Weinanbauverordnung gestattete ihm zwar nicht, den eigenen Wein zu verkaufen, aber trinken und verschenken durfte er ihn.

»Ein Rosé, aha.« Roman hielt die Flasche in die Sonne. »Wenig Farbe, das kommt vom sandigen Boden. Wollen Sie was trinken?«

»Ist es nicht zu früh für Rosé?« Leon klang überrascht.

»Aber doch keinen Wein.« Die Empörung klang echt. »Ein guter Christenmensch trinkt nie vor Sonnenuntergang. Außer einem Schluck Messwein sonntags beim Abendmahl.«

Leon war sich nicht sicher, ob dieser einsilbige Mann seine letzte Bemerkung ironisch gemeint hatte.

»Ich denke, das hält der Rechtsmediziner ganz ähnlich. Auch wenn er wie ich kein guter Kirchgänger ist.«

»Ein Glas Perrier?«, überging Roman die Bemerkung.

»Sehr gerne«, sagte Leon.

»Aber vorher zeige ich Ihnen die Mühle.«

Die Führung dauerte eine halbe Stunde. Leon war fasziniert von der Anlage, die aus einer Reihe altmodischer Maschinen aus glänzend gescheuertem Edelstahl bestand. Hier wurden ab Oktober die frisch geernteten Oliven gemahlen und dann mit einer hydraulischen Presse das Öl daraus gewonnen. Anschließend wurde das Öl mit kaltem Wasser versetzt, das in einer Zentrifuge zusammen mit allen Verunreinigungen wieder ausgeschwemmt wurde. Ganz am Ende der Anlage floss das reine, kalt gepresste Olivenöl dann hellgrün in einen Stahlcontainer.

Nach der Führung hatten sich Leon und Monsieur Roman in den Schatten eines alten Olivenbaums gesetzt, dessen Stamm dick war wie ein Fass.

»Ein fantastischer Baum«, sagte Leon. »Wie alt ist der? Hundert, zweihundert Jahre?«

»Dreihundert.« Es schwang ein wenig Stolz mit in der Stimme von Monsieur Roman. »Der Baum war der eigentliche Grund, warum ich diesen Hof gekauft habe. Mir gefallen alte Bäume. Sie sind nicht stumm, sie haben uns eine Menge zu erzählen.«

»Das kann ich sehr gut verstehen«, sagte Leon.

»Wirklich?« Roman hob den Zeigefinger und sah Leon an. »Bäume stehen für das Unvergängliche, für die Tradition. Und sie machen uns demütig.«

Leon war erstaunt, von diesem nüchternen Olivenbauern plötzlich so einfühlsame Bemerkungen zu hören.

»Sie sind bestimmt nicht gekommen, um mit mir über Olivenbäume zu sprechen. Warum sind Sie hier?«

»Weil ich einen Rat suche.«

»Und da kommen Sie zu mir, Docteur?«

»Es geht um Traditionen, alte christliche Traditionen, Glaubensrituale.« Monsieur Roman musterte seinen Gast aufmerksam.

»Was genau wollen Sie wissen?«

»Ich habe es zurzeit mit einem komplizierten Fall zu tun, und ich habe das Gefühl, dass das Motiv in einem alten kirchlichen Ritus zu finden sein könnte.«

Jetzt sah Roman ihn gespannt an. Offensichtlich habe ich seine Aufmerksamkeit, dachte Leon.

»Reden Sie nicht drum herum. Worum geht es?«

»Gibt es in der katholischen Kirche heute noch Teufelsaustreibungen?«

»Das ist jetzt nicht Ihr Ernst!« Der Olivenbauer sah ihn überrascht an.

»Gibt es sie noch?«

»Diese Protestanten …« Monsieur Roman nahm einen Schluck Wasser und schüttelte den Kopf. »Wieso fragen Sie da ausgerechnet mich?«

»Ich dachte … Sie sind schließlich im Kirchenvorstand. Sie kennen die Menschen auf dem Land. Außerdem haben Sie mir mal erzählt, dass Sie selber Priester werden wollten.«

»Was für ein Fall ist das, wenn ich fragen darf?«

»Darüber darf ich leider nicht sprechen«, sagte Leon.

»Das hat nicht zufällig mit den Frauen zu tun, über die sie die ganze Zeit im Fernsehen reden?«, fragte Roman. Leon sah sein Gegenüber schweigend an. »Also doch, dacht ich mir schon.«

»Gibt es heute noch so etwas in der Kirche?«

»Natürlich.« Jetzt klang der Olivenbauer fast heiter. »Aber nicht, wie Sie sich das vorstellen, nicht wie in den Horrorfilmen.«

»Wie soll ich mir es denn dann vorstellen?«

»Eher wie eine Beichte«, erklärte Roman. »Sie bitten unter den Augen eines Priesters um Vergebung ihrer Sünden. Und dass das Böse Ihre Seele verlässt. Daraufhin spricht der Priester die rituellen Worte.«

»Das ist alles?« Leon klang ein wenig enttäuscht.

»Was haben Sie erwartet? Zauberei mit Kruzifixen und Knoblauch? Hexenverbrennungen?« Er lachte. »Docteur, wir leben im einundzwanzigsten Jahrhundert.«

»Wenn ich sehe, was sich Menschen untereinander antun, dann habe ich eher das Gefühl, wir leben noch im Mittelalter«, erwiderte Leon.

»Das Böse versucht immer, in die Herzen der Menschen einzudringen. Gerade in den Zeiten von Handy und Internet.« Monsieur Roman sah Leon an. »Jetzt denken Sie wohl, ich wäre ein weltfremder Bauer.«

»Bestimmt nicht. In meinem Beruf habe ich ständig mit dem

Bösen zu tun«, sagte Leon. »Glauben Sie mir, da fragen Sie sich manchmal, ob es nicht tatsächlich einen Teufel gibt.«

»Diese Frage stellen wir Christen uns nicht. Wir wissen, dass es ihn gibt.« Roman lächelte Leon an. »Warum besuchen Sie uns nicht mal bei unseren Bibelgesprächen? Die sind immer donnerstagabends in Bormes, in der Kirche. Das wäre ein schönes Thema: Das Böse in der Gesellschaft.«

In diesem Moment tauchte Monsieur Romans Sohn Rodolphe auf. Er brachte eine Karaffe mit Wasser. Leon fiel auf, dass der Overall des jungen Mannes weit über den Knöcheln endete. Er sah immer aus wie ein Junge, der in einem viel zu großen Körper steckte.

»Wollen ... wollen Sie noch was trinken?«, fragte er Leon in seiner schleppenden Art. Dabei lächelte er ihn unsicher an. »Ich hab ... hab Eis reingetan.«

»Nein danke«, sagte Leon. Monsieur Roman erhob sich.

»Wir müssen noch mal zu den Oliven auf den oberen Terrassen, Gestrüpp wegräumen«, erinnerte Roman seinen Sohn. »Ist Sprit im Tank?«

»Ja, hab den Traktor vollgemacht, ganz voll. Bis obenhin«, sagte Rodolphe stolz. »Wir können ... können hinfahren. Kann ich fahren?«

»Ich will Sie nicht länger aufhalten.« Leon stand nun ebenfalls auf. »Und danke, dass ich Sie mit meinen Fragen über den Teufel belästigen durfte.«

»Was ... was für ein Teufel?« Rodolphe sah seinen Vater irritiert an. »Gibt, gibt doch gar keine Teufel mehr ...«

»Da hast du völlig recht, Rodolphe. Der Docteur hat nur einen Spaß gemacht.«

»Ich mach mich mal auf den Weg.« Leon reichte Monsieur Roman die Hand. »Danke für das Wasser Rodolphe!«

»Vorsichtig fahren«, sagte Rodolphe. »Ist gefährlich hier in den Hügeln.«

»Danke für den Tipp, ich werde aufpassen.«

Leon stieg in seinen Wagen und fuhr davon. Im Rückspiegel konnte er sehen, dass der Bauer stehen geblieben war und ihm hinterhersah. War vielleicht doch gut, dass er bei der Rechtsmedizin geblieben und nicht Winzer geworden war. Zu viel Arbeit in der freien Natur machte die Menschen eigenbrötlerisch.

49. Kapitel

Isabelle konnte sich nicht erinnern, schon einmal auf der Wache so viele Beamte gesehen zu haben. Für die bevorstehende Fahndung nach Claire Laval hatte Zerna Verstärkung aus allen Polizeidienststellen der angrenzenden Arrondissements angefordert. Als jedoch Bertin anfing, auch noch das Militär zu aktivieren, hatte der Polizeichef energisch widersprochen. Wenn sie die Gesuchte tatsächlich finden sollten, dann wollte er sich das auf seine Fahnen schreiben. Die Kunst bestand im Augenblick vor allem darin, die Medien zu überzeugen, dass alles Menschenmögliche unternommen wurde, um die Tochter des Ministers zu retten.

Isabelle hatte mit dem Sonderermittler und den leitenden Frauen und Männern der verschiedenen Dienststellen zwei Stunden im übervollen und überhitzten Besprechungsraum vor der großen Karte gesessen und Suchmannschaften eingeteilt. Das Zuständigkeitsgebiet der Gendarmerie nationale von Le Lavandou war groß und unübersichtlich. Sie brauchten also einen gut organisierten Plan, wenn sie auf dieser Fläche das Versteck der Entführer finden wollten.

Zuletzt hatte Zerna den Médecin Légiste angerufen und ihn gefragt, wie weit Louise Paye mit ihren Verletzungen hätte laufen können. Leon hatte geantwortet, dass die Studentin mit ihren Verletzungen kaum in der Lage gewesen war, überhaupt zu laufen, geschweige denn eine längere Strecke. Allerdings konnten weder Leon noch die Polizei einschätzen, wie weit die Verletzte mit dem Auto transportiert worden war. Schließlich einigte man sich darauf, den Parkplatz von Bormes-les-Mimosas zum Ausgangspunkt der Fahndung zu bestimmen. Schließlich hatten sich hier die Handys von Claire Laval und Louise Paye zum letzten Mal eingeloggt. Von hier aus sollten zunächst die Gebäude in den angrenzenden Hügeln durchsucht werden. Ein besonderes Augenmerk galt dabei solchen Gebäuden, die einen Keller hatten und mindestens hundert Jahre oder besser noch älter waren.

Es herrschte unausgesprochene Übereinstimmung unter den Beamten, dass all diese Aktionen im Augenblick vor allem eine große Show waren. Die Bevölkerung wollte etwas zu sehen bekommen für ihre Steuergelder, hatte Zerna gesagt.

Während die Suchmannschaften mit Blaulicht durch die Hügel kurvten, machte sich Isabelle noch einmal daran, die Zeugen im Fall Moreau und Lambert zu überprüfen. Ein wenig Erfolg versprechender Versuch, denn aus den Ermittlungsakten ließen sich kaum neue Spuren ableiten. Bis um sechzehn Uhr Bertin mit einer Nachricht in Isabelles Büro platzte, die alles änderte.

»Marcel Roux ist einschlägig vorbestraft«, erklärte der Sonderermittler stolz und legte Isabelle einen Computerausdruck auf den Tisch.

»Les Baumettes …«, las Isabelle laut. »Einer von den bösen Jungs.«

Les Baumettes galt als härteste Haftanstalt Frankreichs. Ein trutziger historischer Steinbau, mitten in Marseille. Das Gefängnis hatte 1977 traurige Berühmtheit erlangt, als hinter seinen Mauern die letzte Hinrichtung auf französischem Boden stattgefunden hatte. Zum letzten Mal seit der Französischen Revolution war damals das berüchtigte Fallbeil niedergesaust und hatte einen tunesischen Zuhälter und Mörder geköpft. Inzwischen war die Todesstrafe in Frankreich längst abgeschafft, aber Les Baumettes war das Gefängnis für gefährliche Gewaltverbrecher geblieben.

»Es kommt noch besser.« Bertin tippte auf den Ausdruck. »Roux hat zwei Vorstrafen. Außerdem wurde er unehrenhaft aus der Legion entlassen. Wegen der mutmaßlichen Vergewaltigung einer Einheimischen in Mali. Ihm konnte allerdings nichts eindeutig nachgewiesen werden.«

»Und weswegen wurde er in Frankreich verurteilt?«, wollte Isabelle wissen.

»Wieder Vergewaltigung. In zwei Fällen, und sexuelle Nötigung in mindestens drei Fällen.«

»Marcel Chantrel, geboren März 76 in Rennes ...«, las Isabelle. »Er hat seinen Namen geändert.«

»Er hat seine ganze Identität geändert. Wundert Sie das, bei dieser Vergangenheit?«

»Dann sollten wir uns dringend noch einmal mit ihm unterhalten«, meinte Isabelle und griff zum Hörer.

»Wen wollen Sie anrufen?«

»Ich frage kurz nach, ob wir das Team von der BRI bekommen, das man uns versprochen hat.«

Der Sonderermittler legte die Hand auf das Telefon und unterbrach den Anruf.

»Warten Sie! Nur einen Moment. Bitte, Capitaine Morell«, sagte der Ermittler in ungewohnt freundlichem Ton.

Die BRI, Brigades de Recherche et d'Intervention, war eine Spezialeinheit, die auf schwere Raubüberfälle und Geiselnahmen spezialisiert war. Die nächste Einheit der BRI war in Toulon stationiert. Es würde also eine knappe Stunde dauern, bis die Männer vor Ort waren.

»Heben wir uns den Einsatz der BRI lieber für Notfälle auf.«

»Ist das etwa kein Notfall?«, versuchte Isabelle zu widersprechen.

»Ich bitte Sie, Capitaine.«

Isabelle kannte natürlich den wahren Grund, warum der Sonderermittler die Leute des BRI nicht dabeihaben wollte. Wenn die Brigade gerufen wurde, dann übernahmen die Elitepolizisten automatisch das Kommando vor Ort, ohne jede Einschränkung. Dann konnte der Sonderermittler nur noch zuschauen.

»Ich würde mich besser fühlen, wenn wir die BRI dabeihätten«, sagte Isabelle.

»Wenn Sie sich nicht wohlfühlen, Capitaine«, Bertins Stimme triefte vor falscher Fürsorge, »dann können Sie selbstverständlich jederzeit hierbleiben. Ich nehme dann einfach zwei Ihrer Lieutenants zu dem Einsatz mit.«

Wenig später parkte Lieutenant Kadir den Einsatzwagen der Gendarmerie im Hafen am Quai du Labbé, der bis zum Ende der großen Mole führte. Hier draußen gab es nur noch ein paar verlorene Ladengeschäfte, die alle irgendwelche maritimen Dienstleistungen anboten. Die Läden wirkten heruntergekommen. Die Farbe an den Flachbauten war von den Winterstürmen und dem Salz in der Luft abgeschält worden. Isabelle und Kommissar Bertin gingen die aufgeheizte, leere Straße hinunter, wie zwei Touristen, die sich verlaufen hatten.

Das Geschäft von Marcel Roux befand sich ganz am Ende der Straße. Im Schaufester lagen ein paar Rollen Taue unterschiedlicher Stärke, und in einer Halterung standen ein gutes Dutzend Angelruten. Es gab einen Schreibtisch voller Unterlagen und Prospekte und an der Wand ein Regal mit ein paar Aktenordnern. Auf einem ausgebleichten Schild über dem Eingang stand »*Promenades en bateau*«. Daneben hing eine Korktafel, auf der ausgebleichte

Farbfotos aufgesteckt waren. Alle zeigten das gleiche Motiv: weibliche Passagiere an Deck des Pointu, des weiß-blauen Fischerbootes, mit strahlenden Gesichtern.

Isabelle musste ihre Augen mit den Händen gegen das grelle Sonnenlicht abschirmen, um durch die verschmutzte Scheibe etwas im Büro zu erkennen. Doch da war niemand. Auch die anderen Läden schienen verlassen in der Nachmittagshitze zu dösen. Direkt gegenüber, auf der anderen Seite der schmalen Straße, begann die Hafenmauer. Hier lagen die Segeljachten dicht an dicht. Der Mistral ließ die Leinen an ihre Masten schlagen, was ein sphärisches Klingeln verursachte.

In diesem Moment war lautes Hämmern zu hören, das offensichtlich aus einer kleinen Werkstatt hinter dem Laden kam. Isabelle gab Bertin ein Zeichen. Sie würde sich in einem Bogen der Werkstatt nähern, während Bertin von der anderen Seite kam. Lieutenant Kadir stand mit dem Einsatzwagen knapp zweihundert Meter entfernt und sicherte die Straße. Niemand auf der Mole würde ungesehen an ihm vorbeikommen.

Isabelle eilte zwei Stufen hinauf und folgte dann einem Betonband, das die Hinterhöfe der Geschäfte begrenzte. Plötzlich hörte sie Rufen und erkannte die Stimme von Bertin. Sie lief jetzt direkt zur Werkstatt und konnte gerade noch Roux sehen, der eine Waffe in der Hand hielt und in Richtung Hafenbecken verschwand. Isabelle zog ihre Beretta und rannte zurück zur Straße, wo sich eine skurrile Szene abspielte. Roux richtete eine Signalpistole auf Bertin, der verunsichert über den Pier zurückwich und statt seiner Waffe nur seine Dienstmarke in der Hand hielt.

»Ich bin Ermittler des DCPJ. Lassen Sie sofort Ihre Waffe fallen!« Die Stimme des Sonderermittlers klang verunsichert.

»Verschwinde, oder ich drück ab!«, rief Roux und machte einen weiteren Schritt auf den Ermittler zu.

»Bleiben Sie stehen, ich warne Sie, Roux. Das wird Folgen für Sie haben.« Der Sonderermittler gab eine klägliche Figur ab und stolperte einige weitere, unsichere Schritte rückwärts. Er hatte jetzt beide Hände vor sich gestreckt, als könnte er so den entschlossenen Roux stoppen.

Eine Signalpistole ist keine tödliche Waffe. Sie verschießt keine Kugeln, sondern Pyrotechnik. Doch die Leuchtraketen enthalten Phosphor und können heftige Verbrennungen verursachen, wenn sie einen Menschen treffen.

»Roux, Waffe runter!« Isabelle war zwischen den Läden aufgetaucht und hielt ihre Beretta im Anschlag.

Roux sah sie verwirrt an. Mit zwei Gegnern hatte er nicht gerechnet. Bertin nutzte den Moment, ebenfalls seine Waffe zu ziehen. Für einen kurzen Augenblick standen sich die drei wie in einem Western beim großen Showdown gegenüber. Dann glaubte Roux eine Bewegung zu sehen und drückte den Abzug der Signalpistole. Er hatte zu hoch gezielt, und eine fauchende rote Feuerkugel schoss auf die Segelboote zu, die nur wenige Meter hinter Bertin an den Pollern vertäut waren. Wie in einem riesigen Flipperspiel raste die Leuchtkugel zwischen den Masten hin und her, um dann genau auf den Sonderermittler zuzufliegen. Bertin wollte ausweichen, machte einen Schritt zurück – und verlor den Boden unter den Füßen. Einen Augenblick versuchte er gegen den Sturz anzukämpfen. Doch seine rudernden Handbewegungen hatten etwas Hilfloses. Bertin konnte die Schwerkraft nicht außer Kraft setzen und stürzte rückwärts ins Hafenbecken. Die Leuchtkugel raste nur Zentimeter über ihn hinweg, schlug noch eine Volte über den Wellen und versank dann zischend im Mittelmeer.

Isabelle sah einen Augenblick fassungslos auf das Hafenbecken, in dem in einem Strudel von Luftblasen der Sonderermittler auftauchte. Einen Atemzug lang schien Roux mit dem Gedanken zu spielen, eine Flucht zu versuchen. Obwohl Isabelle die Waffe auf ihn richtete, obwohl er den einzigen Schuss seiner Signalpistole vertan hatte und obwohl ein Streifenwagen mit Blaulicht und Sirene den Quai du Labbé herauf auf ihn zuraste.

»Auf die Knie«, sagte Isabelle ganz ruhig und resolut, »und Hände hinter den Kopf!«

Offenbar hatte Isabelle genau den richtigen Ton getroffen, oder Roux hatte die Ausweglosigkeit seiner Lage erkannt, jedenfalls ließ er die Leuchtpistole fallen und kniete sich brav auf den Asphalt. Aus dem Augenwinkel sah Isabelle, wie Kommissar Bertin die rostigen eisernen Sprossen hinaufkletterte, die in die Wand des Hafenbeckens eingelassen waren. Der Sonderermittler zog sich am Geländer hoch und stand im nächsten Augenblick triefend wie ein nasser Hund am Beckenrand. Wütend marschierte er auf Roux zu, der am Straßenrand kniete.

»Das wollte ich nicht …«, beteuerte Roux. Aber Isabelle hatte nicht den Eindruck, dass er seine Aktion ernsthaft bedauerte.

»Verdammtes Arschloch!«, brüllte Bertin den Mann an, holte aus und schlug ihm die Faust gegen den Kopf. Roux war im letzten Moment zurückgezuckt, sodass der Sonderermittler nur die Nase erwischte, aus der sofort das Blut lief.

»Hören Sie auf, sofort!«, brüllte Isabelle den Ermittler an.

Im gleichen Moment stoppte der Einsatzwagen bei der Gruppe. Moma sprang aus dem Wagen und hielt schon die Handschellen bereit.

»Hände auf den Rücken!«, sagte der Lieutenant zu Roux und trat die Leuchtpistole zur Seite.

Roux ließ sich widerstandslos festnehmen. Moma führte den Gefangenen zum Streifenwagen und bugsierte ihn auf den Rücksitz. Isabelle kümmerte sich um Bertin, der inzwischen sein Sakko ausgezogen hatte und vergeblich versuchte, es auszuwringen.

»Ihre Dienstwaffe ist weg.« Isabelle deutete auf das leere Schulterholster des Kommissars.

»Natürlich ist sie weg«, fluchte Bertin. »Die liegt in dem verdammten Becken. Organisieren Sie lieber jemand, der sie rausholt.«

»Ich werde den Taucher reinschicken. Können wir sonst noch etwas für Sie tun«, fragte Isabelle spöttisch.

»Nein, verdammt, holen Sie nur die Waffe da raus. Die Dienstmarke muss auch da unten liegen.«

»Wir werden uns gleich darum kümmern«, sagte Isabelle. »Da kommt jetzt ein Streifenwagen, der kann Sie in Ihr Hotel bringen.«

Im gleichen Moment tauchten drei Einsatzwagen mit Blaulicht und Sirene auf. Inzwischen waren einige der Ladenbesitzer aus ihren Geschäften gekommen. Auch ein paar Angler hatten sich zu den Neugierigen gestellt. Alle wollten den Flic sehen, der wie ein begossener Pudel am Rand des Hafenbeckens stand und dabei zuschauen musste, wie mit dem Wasser, das aus seinen klatschnassen Klamotten tropfte, auch noch der letzte Rest seiner Autorität im Hafenbecken verschwand.

Sonderermittler Bertin biss die Zähne zusammen. Er konnte nichts tun, als hier zu stehen und sich den spöttischen Blicken der Zuschauer zu stellen. Bis sich Isabelle schließlich erbarmte und dem Ermittler eine Decke aus dem Streifenwagen umlegte. Der Sturz des Sonderermittlers ins Hafenbecken würde noch tagelang Thema Nummer eins auf der Polizeiwache sein.

50. Kapitel

Leon saß an seinem Schreibtisch und arbeitete sich durch die Obduktionsberichte und die Befunde, die der Computer über das Blut der Opfer ausgeworfen hatte. Er suchte nach Ähnlichkeiten zwischen den Opfern. Nach körperlichen Gemeinsamkeiten, die vielleicht Hinweise auf ein Motiv dieser Morde geben könnten. Das Blutbild der Frauen war unauffällig. Es waren weder Drogen nachweisbar noch irgendwelche Medikamente, allerdings auch keine Betäubungsmittel. Was ein Hinweis darauf war, dass der Täter seine Opfer die ganze Wucht der Schmerzen spüren lassen wollte, die er ihnen zufügte. Die Magenuntersuchungen hatten ergeben, dass die Frauen schon eine Weile, mindestens aber zwei Tage vor ihrem Tod, keine Nahrung mehr aufgenommen hatten. Dem Zustand der Nieren nach zu urteilen, war den Opfern während der Gefangenschaft auch Flüssigkeit vorenthalten worden, notierte Leon in seinen Bericht.

Vielleicht wüssten sie ja schon bald mehr, dachte Leon. Falls Louise Paye wieder zu sich käme und berichten konnte, was ihr in ihrer Gefangenschaft widerfahren war.

Leon hatte mit seinem Freund Dr. Menez am Vormittag ernsthaft darüber diskutiert, ob man versuchen sollte, Louise Paye aus ihrem Koma zu wecken. Es ging schließlich um das Leben von Claire Laval, also einen Fall von größtem nationalem Interesse, wie der Sonderermittler nicht müde wurde zu betonen. Aber ein solcher medizinischer Eingriff war mit extremen gesundheitlichen Risiken verbunden. Zumal bei einer so stark geschwächten Patientin wie Louise Paye. Schon der Versuch konnte zu einem tödlichen Kreislaufversagen führen.

Und um ganz offen zu sprechen, hatte Leon dem Ermittler am Telefon geantwortet, niemand könne garantieren, dass die Tochter des Ministers überhaupt noch am Leben war.

Eine halbe Stunde später klopfte Rybaud an seine Bürotür. »Ich habe etwas, das Sie sich unbedingt ansehen müssen«, sagte er.

»Bei den DNA-Abgleichen?« Leon stand sofort auf.

»Abwarten«, meinte Rybaud.

Leon betrat den fensterlosen, abgedunkelten Raum, in dem Rybaud auf die neueste Computerauswertung der DNA-Tests wartete. Über dem sanften Summen der Computer lag das Wummern eines Heavy-Metall-Songs, der aus Rybauds Kopfhörern dröhnte. Der Assistent fischte ein Papier aus dem Drucker und reichte es Leon.

Leon nickte kurz in Richtung der Kopfhörer, worauf Rybaud mit dem Antippen seines Handys die Musik abstellte.

»Ist das die Blutspur, die wir auf dem Boot gefunden haben?«, fragte Leon.

»Genau, auf dem Boot von Marcel Roux.« Rybaud nahm einen zweiten Ausdruck von seinem Schreibtisch und reichte ihn Leon. »Und das ist die DNA von Claudine Lambert.«

Leon sah mehrere Sekunden lang schweigend auf die beiden Blätter.

»Legen Sie mir die beiden Bilder mal auf den Schirm«, sagte Leon.

Der Assistent tippte einen kurzen Befehl in die Tastatur, und auf dem Bildschirm erschienen zwei Bilder, die das typische Strichmuster von DNA-Tests zeigten. Mit der Maus schob Rybaud die beiden Bilder übereinander.

Kein Zweifel, dachte Leon, die Proben waren identisch. Die Blutspur, die sie auf dem Deck des Pointu gefunden hatten, stammte ohne Zweifel von Claudine Lambert.

Leon war immer skeptisch, wenn sich Spuren so perfekt ins Bild fügten. Gelegentlich kamen sogar Fehler bei DNA-Bestimmungen vor. Nicht weil das Analysegerät oder die Computer versagt hätten, es waren immer die Menschen, die die Fehler machten. Leon würde nie vergessen, wie eine Sondergruppe der Polizei in Deutschland jahrelang eine vermeintliche Intensivtäterin gejagt hatte, deren DNA an mindestens dreißig verschiedenen Tatorten nachgewiesen worden war. Nachdem sich die Ermittler in immer abenteuerliche Erklärungen verstiegen hatten und die Medien verrücktspielten, stellte sich heraus, dass die Wattestäbchen der Rechtsmediziner mit Fremd-DNA kontaminiert waren. Verursacht durch die Unachtsamkeit einer einundsiebzigjährigen polnischen Packerin.

»Sind Sie ganz sicher bei den Tests?«, fragte Leon noch einmal.

»Selbstverständlich, Patron. Ich hab alles mehrfach gegengecheckt. Die DNA aus dem Boot stammt definitiv von Claudine Lambert.«

Leon griff zum Telefon und wählte die Nummer der Gendarmerie von Le Lavandou. Er wurde sofort verbunden.

51. Kapitel

Weil die Klimaanlage immer noch nicht funktionierte, hatte Isabelle die Befragung von Marcel Roux kurzerhand in den Besprechungsraum verlegt. Nach dem Zwischenfall im Hafen hatte sie Roux erklärt, dass aufgrund der aktuellen Beweislage sein Status bei der Polizei sich soeben von Zeuge auf Verdächtiger verändert hatte. Was bedeutete, man hatte ihn festgenommen. Roux hatte einen Moment protestiert und die Beamten beschimpft. Jetzt saß er in Handschellen Isabelle gegenüber auf einem zerschlissenen Plastikstuhl.

Roux gab sich kooperativ, aber Isabelle war skeptisch. Für sie war er einer dieser Gefangenen, vor denen man auf der Hut sein musste. Neben ihr saßen Zerna und Bertin. Der Sonderermittler trug jetzt die Uniform eines Kommandanten der Gendarmerie nationale mit vier Streifen auf den Schulterklappen und dem stilisierten Tigerkopf auf dem rechten Ärmel. Seine nasse Kleidung hatte die Polizei für ihn in die Wäscherei gebracht. Neben der Tür hatte sich Masclau aufgebaut, was im Grunde überflüssig war. Nur ein Idiot hätte versucht, quer durch die vollbesetzte Wache zu fliehen. Dieses Mal schien Roux weniger selbstsicher zu sein als bei der ersten Befragung. Schließlich hatte er auf einen Polizisten geschossen, wenn auch nur mit einer Signalpistole. Aber jetzt sah es für den Skipper mit der besonderen Schwäche für seine weiblichen Kunden schlecht aus. Roux schien erschöpft und eingeschüchtert vor der Phalanx von Polizeibeamten zu sitzen, aber Isabelle konnte sehen, wie es in dem Gefangenen arbeitete.

»Vergewaltigung in vier Fällen.« Bertin warf den Auszug vor dem Verdächtigen auf den Tisch.

»Vergessen Sie nicht die Vergewaltigung in Mali«, ergänzte Isabelle.

»Richtig, und die Vergewaltigung in Mali«, bestätigte Bertin.

»Die ich nicht begangen habe«, verteidigte sich Roux halbherzig. »Es kam ja nicht mal zur Anklage.«

»Dieses Mal haben wir dich am Arsch, Roux«, sagte Bertin. Isabelle spürte, dass der Ermittler es genoss, den Mann unter Druck zu setzen, dem er den Sturz ins Hafenbecken verdankte.

»Sie können mir nicht etwas vorhalten, das ich gar nicht getan habe«, protestierte Roux.

Zerna überhörte die Bemerkung und griff zu einem weiteren Papier. »Sie können sich ja denken, was wir in Ihrem Lagerraum gefunden haben? Schiffselektronik, gestohlen von einem guten Dutzend Jachten. Alle mit Ankerplatz in Lavandou und Umgebung.«

»Meine Güte, sitz ich etwa deswegen hier?«, spielte Roux den Ahnungslosen. »Wegen irgendeinem blöden Navi? Das hat mir ein Bekannter gebracht. Der brauchte dringend Geld. Na gut, da habe ich ihm eben geholfen.«

»Es war wohl ein bisschen mehr als nur ein Navi.« Zerna sah auf die Liste. »Unsere Fachleute schätzen den Wert der gestohlenen Geräte auf über dreißigtausend Euro.«

Roux versuchte ein Lachen, das zeigen sollte, was er von den Anschuldigungen der Flics hielt. Aber es wurde nicht mehr als ein kurzes Husten.

In diesem Moment öffnete sich die Tür, und Lieutenant Kadir

betrat den Raum. Er ging gleich zu Isabelle und reichte ihr einen Computerausdruck.

»Von Docteur Ritter. Soll ich ihnen gleich bringen, hat er gesagt. Es sei wichtig.«

»Danke«, sagte Isabelle, ohne von dem Blatt aufzusehen. Sie war fasziniert von dem, was sie da las.

»Capitaine«, sagte Zerna bereits zum zweiten Mal. »Wären Sie vielleicht so nett und würden Ihre Informationen mit uns teilen?«

Isabelle ging nicht auf die Bemerkung ihres Chefs ein, sondern musterte einen Augenblick stumm den Gefangenen.

»Lassen Sie uns doch noch einmal über Claudine Lambert sprechen«, sagte sie dann.

»Ich habe doch schon mal gesagt: Die kenne ich nicht.« Roux rutschte unruhig auf dem Stuhl hin und her.

»Immerhin haben Sie ihr eine Liebesbotschaft geschrieben«, entgegnete Isabelle. »Sie erinnern sich ...?«

»Ich bitte Sie, das war doch nur ein Spaß. Ein kleiner Spaß mit einer Kundin.«

»Ein Spaß, bei dem Blut geflossen ist?« Isabelle sah Roux fragend an.

»Versteh ich nicht.«

»Nein? Die Spurensicherung hat auf dem Deck Ihres Bootes Blutspuren gefunden.«

Jetzt schob Isabelle dem Polizeichef den Ausdruck zu, der den Inhalt mit einem Blick erfasste und an Bertin weitergab.

»Davon weiß ich nichts.« Roux wirkte plötzlich nervös.

»Wir wissen auch, von wem das Blut stammt. Von Claudine Lambert.«

»Was soll das? Das ist nicht wahr!« Roux klang jetzt wie jemand, der mit dem Rücken zur Wand stand.

»DNA. Genauigkeit des Ergebnisses 99,9 Prozent.« Isabelle

griff noch einmal zu dem Blatt. »Jedenfalls behauptet das der Médecin Légiste. Und dem möchte ich mal glauben.«

»Das ist doch ...« Roux sah nervös zwischen den Beamten hin und her. »Warten Sie ... Ja, ich erinnere mich. Eine Kundin hatte sich mal verletzt, an einer der alten Klampen. Aber das war alles ...«

»Zwei Frauen wurden bestialisch umgebracht, Monsieur Roux«, sagte Bertin und schien seine Worte auszukosten.

»Damit habe ich nichts zu tun ...«, wollte Roux sagen, aber Bertin redete einfach über ihn hinweg.

»Eine der Frauen wurde totgeschlagen, die andere wurde ertränkt. Aber eine konnte entkommen. Die liegt jetzt in der Klinik, mehr tot als lebendig. Aber es gibt noch eine junge Frau ...« Bertin war aufgestanden. Er stellte sich dicht hinter Roux, beugte sich hinunter und sprach ihm ins Ohr, als würde er den Verdächtigen an einem Geheimnis teilhaben lassen. »Und diese junge Frau befindet sich noch immer in Gefangenschaft.« Er riss den Stuhl herum. »Also, wo zum Teufel haben Sie sie versteckt?«

»Keine Ahnung. Woher soll ich das denn wissen?« Jetzt sah Isabelle, dass Roux Angst hatte. »Ich habe nichts getan.«

»Sie hatten ein Verhältnis mit dem ersten Opfer, Sie schreiben dem zweiten Opfer Liebesbotschaften. Wir finden Blutspuren von einer der toten Frauen in Ihrem Boot.« Die Stimme von Bertin war schneidend scharf geworden. »Wie war das mit den anderen beiden Frauen? Haben die auch einen kleinen Bootsausflug bei Ihnen gebucht? Haben Sie denen auch Ihre Visitenkarte mit kleinen, schmierigen Botschaften zugesteckt? Ja, war das so? Haben die Ihnen auch vertraut?«

»Ich weiß nicht, was Sie meinen.« Roux wandte seinen Kopf von Bertin ab.

»Ist doch ganz einfach. Man lernt sich auf dem Schiff kennen.

Geht noch ins Bistro. Ein Wein und noch einer und dann, wenn die Frauen völlig arglos sind ... zack!« Bertin schlug mit der flachen Hand auf den Tisch. Es tat einen lauten Knall, der sogar Isabelle zusammenzucken ließ.

»Nein, ich ... ich kenne diese Frauen nicht. Ich schwöre es.«

»Ach ja, so wie Sie Claudine Lambert nicht gekannt haben? Bis wir ihr Blut auf Ihrem Boot gefunden haben.«

»Sie wissen, was einschlägig vorbestraft bedeutet? Jetzt kommt auch noch Einbruchsdiebstahl dazu. Schon dafür geht's zurück nach Les Baumettes«, sagte Isabelle.

Bertin nickte Isabelle kurz zu. Er zog sich den Stuhl noch näher an Roux heran und legte ihm die Hand auf die Schulter. Wie einem guten Freund.

»Ich habe einen Vorschlag, wie Sie aus dem ganzen Schlamassel herauskommen.« Roux sah den Kommissar an. »Sie helfen uns, die Frau zu finden, und wir helfen Ihnen.«

»Wie denn ...?« Roux klang verzweifelt.

»Sie werden demnächst vor Gericht stehen, das ist Ihnen doch klar. Da werden Sie einen Freund brauchen. Gut, Sie haben Scheiße gebaut, aber ich helfe Ihnen trotzdem. Wenn – und das ist die Bedingung –, wenn Sie uns sagen, wo Claire Laval ist.«

Roux hatte schon eine Weile nichts mehr gesagt. Isabelle konnte sehen, wie es in ihm arbeitete. Wenn er wirklich der Täter war, dann genügte nur noch ein kleiner Stoß, und er würde reden. Roux wollte etwas loswerden, das merkte man ihm an.

»Wollen Sie uns etwas sagen?«, fragte Bertin nach einer Weile.

»Sie können einer jungen Frau das Leben retten, Marcel Roux«, sagte Isabelle. »Zeigen Sie Einsicht! So etwas kommt gut an bei Gericht. So etwas würde sogar den Staatsanwalt beeindrucken. Ein Täter, der bereut. Geben Sie sich einen Ruck, helfen Sie uns! Retten Sie das Leben dieser Frau!«

Alle Augen waren auf Roux gerichtet. Als der Verdächtige nach der Wasserflasche auf dem Tisch griff, klirrten die Ketten der Handschellen. Roux nahm gierig ein paar große Schlucke. Er stellte die Flasche wieder ab und starrte stumm auf die Wand, als könnte er dort die Antwort auf seine verfahrene Lage finden. Alle schwiegen. Nach einer scheinbar endlosen Minute wandte Roux den Kopf und sah Bertin an.

»Könnte ich mit Ihnen allein sprechen?«, fragte er.

Ein Ausdruck des Triumphs huschte über das Gesicht des Sonderermittlers. Isabelle spürte ein wenig Neid in sich aufsteigen. Sie hätte sich gewünscht, dass der Verdächtige ihr dieses Angebot gemacht hätte. Egal, Hauptsache, sie würden Claire Laval finden und unversehrt ihrer Familie zurückbringen.

»Ich möchte Sie alle bitten, uns kurz alleine zu lassen«, sagte Bertin.

Isabelle und Zerna standen auf und gingen zur Tür, sie nickte Masclau kurz zu.

»Lassen wir die beiden alleine«, sagte Isabelle, und zu Bertin: »Wenn Sie uns brauchen, wir warten draußen im Gang.«

Der Ermittler nickte. Als die Tür hinter den beiden zufiel, sah er den Verdächtigen schweigend an. Roux war am Zug.

»Was bekomme ich, wenn ich Sie hinbringe?«, fragte er.

»Ist sie noch am Leben?«, fragte Bertin.

»Keine Ahnung«, sagte Roux. »Ich hab doch gesagt, ich hab die Frau nicht entführt.«

»Verstehe. Aber Sie wissen, wo Claire Laval ist, richtig?«, fragte der Ermittler, und Roux nickte. »Und Sie bringen mich zu ihr?«

»Sagte ich doch.«

»Wo genau befindet sie sich?«, wollte der Ermittler wissen.

»So genau kann ich das nicht sagen, aber ich erkenne das Haus, wenn ich dort bin.«

»Warum wollen Sie uns auf einmal helfen? Schlechtes Gewissen?«

»Ich habe niemand getötet, das habe ich Ihnen schon mal gesagt. Ich bin kein Mörder«, sagte Roux. »Aber wenn Sie nicht wollen, dass ich es Ihnen zeige …«

»In Ordnung, schon gut.« Der Ermittler hob die Hände, als würde er sich geschlagen geben.

»Nur Sie und ich«, sagte Roux.

»Was meinen Sie damit?«, fragte der Ermittler.

»Ich bring Sie zum Versteck, aber nur wenn Sie alleine mitkommen.«

Commandant Georges Bertin sah sich schon den Nachrichtenreportern von Canal6 ein Interview geben. Oder eine Pressekonferenz auf den Stufen des Rathauses abhalten. Einzeltermin beim Innenminister im Hotel de Beauvau. Er würde natürlich das Engagement der Kollegen in Le Lavandou wohlwollend erwähnen, aber er würde auch klarmachen, wem Frankreich die Rettung der Tochter des Ministers verdankte. Er, Sonderkommissar Bertin, war einfach besser als der Rest der Pariser Kriminalpolizei. Weil er wusste, was er wollte. Und diesmal wollte er gleich mehrere Stufen der Karriereleiter auf einmal nehmen. Er wollte fünf Streifen auf den Schulterklappen, er wollte Colonel werden. Leiter der Police Judiciere in Paris. Dafür war er bereit, auf fast jeden Vorschlag einzugehen, den Roux ihm machte. Aber er musste sich natürlich an die Vorschriften halten. Dazu gehörte auch, dass beim Transport eines Verdächtigen mindestens zwei Beamte mit im Streifenwagen sitzen mussten. Jetzt durfte Bertin keinen Fehler machen.

»Das wäre gegen die Vorschriften«, sagte er.

»Scheiß auf die Vorschriften.« Roux sah sich im Raum um, sie waren ganz alleine.

»Ein weiterer Beamter wird den Wagen fahren. Meine Bedingung, nicht verhandelbar«, sagte Bertin und hielt die Luft an.

Fünf Minuten später stand Roux, bewacht von drei Beamten im Flur der Wache. Isabelle und der Sonderermittler waren ein paar Schritte zur Seite gegangen.

»Und was, wenn er lügt?«, fragte Isabelle.

»Das Risiko muss ich eingehen« sagte Bertin halblaut. »Wir wissen nicht, wie es um Claire Laval steht. Wir wissen nicht mal, ob sie noch lebt.«

»Was für einen Grund hätte Roux, Sie zu dem Versteck zu führen?«

»Schlechtes Gewissen, oder er hat eingesehen, dass er verloren hat. Keine Ahnung. Aber es wäre fahrlässig, diese Chance nicht zu nutzen.«

»Ich weiß nicht ...« Isabelle sah nachdenklich in Richtung des Gefangenen.

»Nach der Sache im Hafen schuldet er mir was«, meinte der Ermittler selbstsicher. »Ich weiß, das werden Sie nicht verstehen.«

»Schon klar. Das ist so ein Männerding, richtig?« Isabelles Sarkasmus war nicht zu überhören.

»Ich wusste, dass Sie es nicht verstehen.«

»Wir werden Ihnen folgen«, sagte Isabelle.

»Hören Sie, ich habe ihm versprechen müssen, dass wir keine weiteren Fahrzeuge einsetzen.«

»Wir bleiben weit hinter Ihnen. Sozusagen unsichtbar. Wenn Sie uns brauchen sollten, sind wir Minuten später vor Ort. Das sind unsere Einsatzvorschriften.«

»Wenn Sie es vermasseln«, sagte Bertin, »und Claire Laval stirbt, können Sie sich schon mal nach einem neuen Job umsehen.«

»Machen Sie sich mal um meine Zukunft keine Sorgen«, sagte Isabelle.

»Los, gehen wir«, sagte Bertin zu den Polizisten.

Zehn Minuten später fuhr ein silbergrauer Renault Megane auf der D 41 in Richtung Norden. Nachdem die Gendarmerie nationale von Fernsehteams regelrecht belagert worden war, hatte der Sonderermittler angeordnet, mit einem Zivilfahrzeug zu fahren. Unbehelligt hatte der Renault den Hinterhof der Polizeistation verlassen. Roux hatte sich unter einer Decke im Fußraum vor der Rückbank versteckt. Jetzt schob er sich auf den Sitz.

Emile Nortier, der junge Sous-Lieutenant hinterm Steuer, hatte von Isabelle einen GPS-Tracker bekommen. Für den unwahrscheinlichen Fall, dass sie den Renault aus den Augen verlieren sollten. Bertin saß auf dem Beifahrersitz und hielt eine Karte der Gegend im Maßstab 1:75.000 auf den Knien. Roux hatte dem Ermittler nur ein paar vage Andeutungen über ihr Ziel gemacht. Ein einsamer Hof in den Hügeln, ein verlassener Weiler ... Sie würden bis nach Collobrières fahren und danach die D 39 Richtung Norden nehmen müssen. Bei den schlechten und schmalen Straßen lag eine knappe Stunde Weg vor ihnen.

52. Kapitel

Claire wusste schon lange nicht mehr, ob da draußen Tag oder Nacht war. Sie lag auf der schäbigen Matratze und dämmerte vor sich hin. Noch lebte sie, aber sie würde dieses Martyrium nicht überstehen. Da war sie sich sicher. Anfangs hatte sie stundenlang geweint. Jetzt fühlte sie sich nur noch leer. Der Scheißkerl, wie sie ihn heimlich nannte, brachte ihr regelmäßig Insulin und Müsliriegel. Anfangs hatte sie wirklich gedacht, er hätte Mitleid mit ihr. Dass das Ganze eine Entführung sei, weil jemand ihren Stiefvater erpressen wollte. Aber das war nicht der Grund. Den Grund, warum sie sich in diesem beschissenen Verlies befand, hatte sie gleich am ersten Morgen ihrer Entführung erfahren. Zumindest glaubte sie, dass es ein Morgen gewesen war, denn der Kerl hatte ihr das Handy und die Uhr weggenommen. An diesem Morgen hatte sie erst die Gesänge gehört, und dann kamen die Schläge. Hart und schmerzhaft. Der Kerl war ein Soziopath, der ihr irre Fragen stellte. Fragen nach den Teufeln in ihrer Seele. Nach den Namen des Antichristen. Fragen, auf die sie keine Antwort wusste. Dafür bekam sie Schläge, schreckliche, erbarmungslose Schläge. Es gab nur einen einzigen Grund, warum er ihr die Insulinspritzen nicht abgenommen hatte, warum er sie mit Müsliriegeln versorgte – damit sie nicht starb, damit er sie weiter foltern konnte.

Anfangs hatte sie noch Louise ihren Namen rufen hören. Das hatte ihr Kraft gegeben, Kraft, noch ein paar Stunden mehr, noch einen Tag länger durchzuhalten. Aber seit Louise' Flucht war es still geworden, still wie in einem Grab. Seitdem hatte sie ihn nicht mehr gesehen. Es war viele Stunden her, seit sie sich die letzte Dosis Insulin gespritzt hatte. Inzwischen waren ihre Vorräte aufgebraucht. Sie lag am Boden und dämmerte vor sich hin. Wenn sie sich auf ihrer Matte umdrehte, konnte sie beobachten, wie Tropfen von der Decke fielen. Sie bildete sich ein, dass es nur ein Tropfen in der Stunde war. Zwölf Tropfen waren ein Tag.

Wie lange war er jetzt schon nicht mehr bei ihr aufgetaucht? Lebte da draußen überhaupt noch jemand? Vielleicht hatte er Louise erwischt – die tapfere, selbstbewusste Louise, die sie in den ersten Tagen so schrecklich schreien gehört hatte. Warum hatte sie damals nicht den Mut gehabt, sich das ganze Insulin auf einmal zu spritzen und zu sterben? Ganz einfach: Sie war ein Feigling. Nur darum war sie noch hier. Während Louise wahrscheinlich irgendwo die gelungene Flucht feierte und sie längst vergessen hatte. Das ist doch Schwachsinn, tadelte sie sich sofort. Wenn Louise es wirklich geschafft hatte wegzukommen, dann würde sie auch Hilfe holen, ganz bestimmt.

Plitsch!, machte der Tropfen, der von der Decke auf den Steinboden fiel, dann kehrte wieder absolute Stille ein.

53. Kapitel

Sonderermittler Bertin starrte auf die Straße, die sich vor ihnen durch die Hügel zog. Die Fahrt dauerte schon viel zu lange. Dreimal hatten sie bereits an Feldwegen gehalten, die von der Landstraße abzweigten, vergeblich. Roux schien sich nicht mehr an die richtige Stelle erinnern zu können. Oder wollte dieser verdammte Kerl ihn vielleicht nur vorführen? War dieser ganze Ausflug sinnlos, und Roux wollte sich nur wichtigmachen?

Die Straße wurde jetzt so schmal, dass zwei Fahrzeuge nur noch knapp zwischen Felswand und Steilhang aneinander vorbeikamen. Aber sie begegneten niemandem. Die Gegend wirkte so einsam und verlassen wie der Mars. Rote Felsen, dazwischen Büsche, Korkeichen und darüber die heiße Junisonne. Die Straße erklomm einen Höhenzug, und der Blick reichte weit über die dichten grünen Wälder hinweg bis hinunter in die Ebene, wo der Fluss Aille an den Weinbergen entlangfloss und in der Nachmittagssonne glitzerte.

Lieutenant Emile Nortier nahm zügig eine enge Kurve und beschleunigte danach wieder, als würden sie an einer Verfolgungsjagd teilnehmen. Am liebsten hätte er Blaulicht und Sirene eingeschaltet, aber das war schließlich nur ein Zivilfahrzeug. Nortier fuhr so knapp durch die nächste Kurve, dass der Schotter der Bankette gegen den Radkasten prasselte.

»Fahren Sie langsamer, verdammt noch mal!« Bertin, dem die Kurvenfahrerei zu schaffen machte, war blass und schwitzte.

»Noch ein paar Minuten, dann kommt links ein Schild«, sagte Roux. »Da müssen wir rein.«

»Was für ein scheiß Schild soll das sein?« Der Sonderermittler drehte sich zu dem Passagier auf der Rückbank um.

»Weiß ich doch nicht mehr, was da draufstand«, sagte Roux. »Das war so ein Weingut mit Pension. Soweit ich mich erinnere. Es gehört einem Bekannten von mir. Ich war nur einmal da.«

In diesem Moment knallte der Renault in ein Schlagloch, und der Wagen tat einen kleinen Satz.

»Langsamer, habe ich gesagt, verdammt!« Bertin war sauer und starrte nach vorn. »Achten Sie auf Schilder am Straßenrand, Lieutenant.«

Hätte der Sonderermittler sich länger umgedreht, dann wäre ihm vielleicht aufgefallen, dass Roux die Schulter aus dem Anschnallgurt gezogen hatte und jetzt konzentriert nach vorne sah. Unauffällig schob er sich dabei ein Stück weiter auf die Mitte des Rücksitzes zu. Dabei tat er so, als wollte er helfen, das Schild am Straßenrand zu entdecken.

Vorsichtig hob Roux die Hände, die noch immer mit Handschellen gefesselt waren. Als der Wagen durch zwei kurze Kurven fuhr, beugte Roux sich blitzschnell vor, griff ins Steuer und riss es nach rechts. Der Megane schoss über die Bankette hinaus. Nortier trat mit voller Wucht auf die Bremse, aber es war zu spät. Der Schwung riss den Wagen vorwärts. Er schrammte mit dem Boden über die gemauerte Straßenkante, stellte sich quer und stürzte die Böschung hinunter. Sofort begann er sich zu überschlagen. Zweimal, viermal, fünfmal, der Motor heulte auf, dann knirschte es, Metall zerriss, und der Wagen blieb auf der Beifahrerseite liegen, inmitten von mannshohen Rosmarinbüschen.

Einen Augenblick lang geschah gar nichts, sogar die Zikaden schwiegen, als müssten sie erst mal das Spektakel verarbeiten, das sie gerade beobachtet hatten. Dann setzten sie ihr Konzert genauso plötzlich fort, wie sie es unterbrochen hatten. Noch bevor sich der Staub gesenkt hatte, wurde die Tür hinter dem Fahrer aufgestoßen, und Roux stemmte sich aus dem Autowrack. Er ließ sich neben dem Wagen in die Büsche fallen. Im selben Moment wurde die Fahrertür aufgestoßen, und Lieutenant Nortier versuchte, aus dem zerstörten Auto zu klettern, was ihm aber nicht gelang.

»Legen Sie sich auf den Boden«, rief er dem Gefangenen zu. Doch der hörte gar nicht hin.

Roux stolperte mit gefesselten Händen zwischen den Büschen bergab, während Lieutenant Nortier nach seiner Waffe fingerte. Als es ihm schließlich gelang, sie aus dem Holster zu ziehen, hatte der Flüchtende schon vierzig Meter gutgemacht.

»Stehen bleiben, sofort!«, rief Nortier.

Roux hastete unbeirrt weiter, und Nortier begann zu schießen. Es war schwer, von einen schwankenden Autowrack aus auf ein bewegliches Ziel zu feuern, das sich dabei auch noch entfernte. Das war etwas anderes als die Zielscheiben im Schießkeller der Polizei. Der Lieutenant feuerte fünfmal. Aber die Schüsse zeigten keinerlei Wirkung, außer kleinen Staubwolken, die durch die Kugeln aus dem rotbraunen Boden emporgeschleudert wurden. In diesem Moment stemmte sich auch Bertin aus der hinteren Tür.

»Feuer einstellen, sofort«, rief der Sonderermittler und drückte dem Polizisten mit der flachen Hand die Waffe nach unten.

»Der Gefangene haut ab«, wehrte sich Nortier, doch Bertin herrschte ihn an.

»Was ist, wenn Sie ihn erwischen? Wenn er uns nicht mehr sagen kann, wo er Claire Laval gefangen hält? Verdammt, können Sie nicht mitdenken?«

»Dann schnapp ich ihn mir so«, rief der Lieutenant, während er den Abhang weiter nach unten glitt und die Verfolgung aufnahm.

Bertin hatte zu seinem Handy gegriffen. Er wählte eine Nummer und hatte sofort Isabelle in der Leitung.

»Wir sind hier auf der D 39 und brauchen dringend Unterstützung.« Bertin konnte nur schwer seine Wut unterdrücken.

»Alles klar, ich sehe das Signal, wir sind nur vier Minuten hinter Ihnen. Was ist los?«, fragte Isabelle.

»Roux ist weg. Es gab einen Unfall …«

»Habe ich das richtig verstanden?«, fragte Isabelle. »Sie haben den Gefangenen verloren?«

Roux kam schnell voran. Er kannte sich aus, denn er war schon einmal hier gewesen, aber das lag viele Jahre zurück. Trotzdem verlor er keinen Moment die Orientierung. Er folgte einem schmalen Pfad bergab. Dabei wich er geschickt den dichten Dornenhecken aus, die in den feuchten Senken wuchsen. Er nutzte die Pfade, die die Wildschweine getrampelt hatten und die etwas oberhalb durch dichteres Gestrüpp führten. Roux hatte von Anfang an ein ruhiges Tempo angeschlagen. Ausdauernd und dabei schnell genug, um den Abstand zu seinen Verfolgern stetig zu vergrößern. Er setzte seine Füße geschickt zwischen die Wurzeln und sprang über ein paar kleinere, umgestürzte Fichtenstämme, die der Borkenkäfer zu Fall gebracht hatte. Staub wirbelte auf und glitzerte im Sonnenlicht. Auf den Felsen lagen Smaragdeidechsen in der Nachmittagssonne.

Gelegentlich blieb Roux stehen, kontrollierte seinen Atem

und achtete auf die Geräusche in seiner Umgebung. Doch da war nichts. Entweder seine Verfolger hatten aufgegeben, oder sie hatten seine Spur längst verloren. Nach einer Stunde hörte er einen Helikopter näher kommen. Doch die Maschine drehte ab, noch bevor sie ihn überflogen hatte. Er wusste, dass die Hubschrauber der Gendarmerie nationale über Infrarotkameras verfügten. Doch er wusste aus seinen Erfahrungen als Soldat in Afrika auch, dass die Kameras bei solchen Witterungsverhältnissen sinnlos waren. Sie würden nur die von der Sonne aufgeheizten Felsen abbilden. Roux ging langsamer. Die Flics würden ihn nicht finden, jetzt nicht mehr. Noch ein paar Kilometer, und er würde den Ort Gonferon erreichen. Dort würde ihm jemand helfen, die Handschellen loszuwerden. Zum ersten Mal an diesem Tag lächelte Roux.

54. Kapitel

Leon hatte lange gearbeitet. Der Fall der toten Frauen hatte in den letzten Tagen seine ganze Zeit und Aufmerksamkeit gefordert. Auch heute hatte er sich mit nichts anderem beschäftigt als mit der Frage, ob die Rechtsmedizin irgendwie helfen konnte, eine Spur zum Versteck von Claire Laval zu finden. Inzwischen waren die Laborergebnisse von der Analyse des Kleides von Louise Paye gekommen. Es waren im Wesentlichen die gleichen Spuren, die Leon auch unter den Nägeln der Schwerverletzen gefunden hatte, Pflanzenreste und der Staub der Provence. Das Material, das Leon in den Nähten des Umhangs der jungen Frau sichergestellt hatte, war da schon aufschlussreicher. Da war zum Beispiel eine winzige Schnecke, wie sie nur in Bächen vorkam, und die Schere eines Flusskrebses.

Leon rief auf dem Computer die Seite der lokalen Nachrichten auf. Die schweren Regenschauer der vergangenen Tage hatten mancherorts die Gewässer bedrohlich anschwellen lassen und kleine Rinnsale in reißende Sturzbäche verwandelt. Besonders betroffen waren die Gegenden von Canoules und Gonferon. Beide Ortschaften lagen an den nördlichen Ausläufern des Massif des Maures. Hier gab es mehrere Bäche, die bei den heftigen Schauern der letzten Tage über die Ufer getreten waren und einige Schäden angerichtet hatten. War es möglich, dass Louise Paye in eines dieser Gewässer geraten war? Leon griff zum Telefon, rief in der Gendarmerie an und informierte Isabelle über das Ergebnis seiner Untersuchungen.

Es war bereits dunkel, als Leon die Intensivstation von Saint Sulpice betrat, in der Louise Paye lag. Es war ein ruhiger Tag in der Provence gewesen. Keine Autounfälle, keine Badeunfälle und sogar die Barbesucher hatten sich bisher friedlich verhalten. Die Station lag wie verlassen da. Sie bestand aus einem großen Saal, in dem acht Betten nebeneinanderstanden, nur durch verstellbare Stoffwände voneinander getrennt. Neben jedem Bett befand sich ein rollbares Regal, in dem die Monitore für die Vitalwerte und die Infusionsautomaten untergebracht waren. Nur fünf der Betten auf der Station waren im Augenblick belegt. Die meisten der Patienten waren erst wenige Stunden zuvor operiert worden und schliefen ihre Narkose aus. Das Bett, in dem Louise lag, befand sich ganz am Ende des Raums. Das Krankenbett neben ihr war unbelegt.

Leon hatte kaum den Gang betreten, als er von Schwester Monique aufgehalten wurde, die zusammen mit zwei Pflegern von dem verglasten Stützpunkt aus die Intensivstation überwachte. Leon wusste, dass die etwas füllige, aber stets gut gelaunte Krankenschwester ihn verehrte, und das lag nicht nur daran, dass er ihr gelegentlich ein Croissant oder ein Pain au chocolat mitbrachte.

»Schwester Monique, wie immer bei der Arbeit«, sagte Leon. Die Schwester kicherte kokett.

»Ist ziemlich ruhig heute Abend.« Monique sah Leon mit einem breiten Lächeln an. »Wenn Sie wegen Madame Paye hier sind, die liegt jetzt auf der Acht, ganz hinten.« Sie warf einen kurzen Blick auf die Monitore, die alle Patientendaten in den Stützpunkt übertrugen.

»Irgendwelche Veränderungen?«, fragte Leon.

»Nein, aber sie ist stabil. Ihre Blutwerte haben sich in den letzten zwölf Stunden deutlich verbessert. Wir geben ihr Ringerlösung. Dr. Menez hat ein Schmerzmittel verordnet, nur zur Sicherheit.«

»Hat schon jemand aus ihrer Familie nach ihr gesehen?«

»Noch nicht«, sagte die Schwester. »Aber ich hab gehört, dass die Mutter kommen soll. Sie macht gerade Urlaub in den USA.«

»Ich sehe sie mir noch mal an«, sagte Leon.

»Tun Sie das. Wenn Sie etwas brauchen: Sie erreichen mich über den Notfallknopf.«

Leon zog sich einen der bereitliegenden grünen Arztkittel über und ging an den Abteilen vorbei zum letzten Bett.

Louise Paye schien sich tatsächlich etwas erholt zu haben. Ihr gestern noch so blasses Gesicht hatte wieder Farbe bekommen. Ihre Augen waren zwar geschlossen, aber unter den Lidern sah Leon, wie sich die Augäpfel bewegten. Ein gutes Zeichen, dachte er, das Gehirn arbeitete, auch wenn der Körper im Koma lag.

Als Leon nach ihrer Hand griff, fühlte sich ihre Haut warm und gut durchblutet an, die Muskeln schienen völlig entspannt zu sein. Leon betrachtete ihre Handflächen. An den Ballen waren zahlreiche kleine Schnittverletzungen zu erkennen. An den Knien und der Oberseite der Füße fand er die gleichen Schnitte. Es waren Verletzungen, wie sie sich jemand zuzog, der sich auf allen vieren über scharfe Steine oder Kies vorwärtsbewegte. Zum Beispiel jemand, der in einem reißenden Gewässer trieb und versuchte, ein Ufer zu erklimmen. Das war immerhin ein Hinweis. Er würde Isabelle informieren.

Eine Klimaanlage kühlte den Raum. Leon deckte die Patientin sorgfältig zu, löschte das Licht und ging zurück zum Stationsstützpunkt. Er hatte den Mann im grünen Ärztekittel nur aus dem Augenwinkel bemerkt, und es dauerte einen Moment, bis ihm klar wurde, was ihn an diesem Arzt so irritierte. Der Mann hatte die Intensivstation über einen der beiden OP-Räume betreten. Das war eigentlich nicht erlaubt, denn das Personal reinigte abends die OPs gründlich und sterilisierte und versiegelte sie für die ersten Operationen am nächsten Morgen. Kein Arzt wäre so leichtsinnig, den Weg durch einen sterilen OP als Abkürzung zu benutzen. Es sei denn, dachte Leon, es sei denn, dieser Mann war gar kein Arzt.

Leon blieb an der Tür des Saals stehen und drehte sich um. Durch die mit Stoff bespannten Stellwände konnte er im schwachen Licht der Kontrollleuchten sehen, dass der Mann sich über einen der Patienten beugte – über Louise Paye.

»Monsieur?«, rief Leon laut. »Monsieur!«

Der Mann stockte in seiner Bewegung, und Leon hörte, wie etwas zu Boden klapperte. Leon lief los. Im gleichen Moment reagierte auch der Unbekannte. Der Mann rannte zum Ende des Gangs und riss die Tür des Notausgangs auf, der in ein eigenes Treppenhaus führte. Irgendwo auf dem Stockwerk wurde mit dem Öffnen des Notausgangs ein Alarm ausgelöst. Als Leon die Fluchttür aufriss und ins Treppenhaus trat, konnte er nur noch sehen, wie der Unbekannte zwei Stockwerke tiefer durch den Notausgang ins Freie rannte und in der Dunkelheit verschwand.

Leon lief zurück zu der Patientin. Louise Paye lag in ihrem Bett, genau so, wie er sie vor wenigen Minuten verlassen hatte. Er sah sich um. Was konnte der Mann hier gewollt haben? In diesem Moment stieß er mit dem Fuß gegen einen Gegenstand, der unter das Bett rutschte. Er bückte sich und fand eine altmodische Spritze aus Glas, die er mit spitzen Fingern vor sich hielt.

»Was haben Sie ihr gegeben? Weiß Dr. Menez davon?« Schwester Monique, die von dem Stützpunkt hinübergelaufen war, sah Leon skeptisch an.

»Ich habe ihr gar nichts gegeben …« Leon hielt die Spritze zwischen Daumen und Zeigefinger und betrachtete sie nachdenklich. »Aber es war jemand hier an Louise' Bett, und er hatte diese Spritze dabei.«

»Ein Eindringling?«, fragte Schwester Monique entsetzt.

»Die Spritze ist leer …« Leon drehte sie vorsichtig im Licht.

»Leer?« Monique besah sich die Spritze. »Jedenfalls stammt das alte Ding nicht von unserer Station.«

»Leer«, stellte Leon fest. »Und der Kolben ist noch hochgezogen.«

»Dann konnte er ihr auch nichts spritzen«, antwortete die Schwester beruhigt.

»Außer Luft«, sagte Leon. »Luft würde eine Embolie auslösen. In ihrem Zustand würde Louise einen Infarkt kaum überleben.«

»Sie meinen? Mon dieu!« Monique hielt sich erschrocken die Hand vor den Mund.

»Informieren Sie Dr. Menez. Ich rufe die Gendarmerie an«, sagte Leon. »Die Intensivstation muss ab sofort überwacht werden.«

Vorsichtig legte er die Spritze in eine Nierenschale und stellte sie auf den Nachttisch. Dann griff er nach seinem Handy.

55. Kapitel

Es war bereits nach dreiundzwanzig Uhr, als Leon hörte, dass Isabelle nach Hause kam. Sie sah müde aus, als sie zu ihm in die Küche trat. Leon wollte sie in den Arm nehmen, aber sie drehte sich von ihm weg. Leon tat so, als hätte er es nicht bemerkt.

»Lässt Zerna die Intensivstation überwachen?«, fragte Leon.

»Rund um die Uhr.« Isabelle pickte sich eine Olive aus der Schale auf dem Küchenbord und brach sich dazu ein Stück Baguette ab. »Bertin hat eine Heidenangst, dass Louise etwas passieren könnte.«

»Irgendeine Spur von dem Mann von der Intensivstation?«

»Nichts. Wir haben zwar einen Fingerabdruck auf der Spritze gefunden, aber er ist nicht im System registriert.«

»Mist!«, sagte Leon. »Was ist mit Roux?«

»Wir überwachen die Straßen. Außerdem haben wir Leute an den Mautstellen der A8 und der A57.«

»Glaubst du, das bringt etwas?«

»Kaum, aber Paris macht Druck, und Toulon macht Druck, und unser Sonderermittler macht auch Druck. Also muss Zerna zeigen, dass er sich darum kümmert.«

»Vielleicht hat ja Roux nur geblufft, um fliehen zu können.«

»Gut möglich, aber wir können es uns nicht leisten, eine

Chance zu vergeben, die uns zu Claire Laval führen könnte. Und wenn sie noch so klein ist.«

»Was ist mit den Bächen, die Hochwasser geführt haben?«

»Das war eine gute Idee von dir. Damit konnten wir das Suchgebiet um fast die Hälfte reduzieren.«

»Sich vorzustellen, dass da irgendwo in den Hügeln ein Mensch gefoltert wird«, sagte Leon und ging auf die Terrasse. Isabelle folgte ihm. Es war inzwischen völlig windstill, und das einzige Geräusch in der Dunkelheit war der Ruf einer Eule, die irgendwo in den Zypressen saß.

»Wir tun, was wir können«, sagte Isabelle. »Das Innenministerium schickt morgen früh noch eine Hundertschaft aus Toulon zur Verstärkung.« Isabelle ließ sich mit einem leisen Seufzer auf das Rattansofa sinken. Leon fiel auf, wie blass und erschöpft sie aussah.

»Kann ich dir ein Glas Wein bringen?«, fragte Leon.

»Nein.« Isabelle schüttelte den Kopf. »Ich bleibe beim Wasser.«

»Was hast du? Irgendwas liegt dir doch auf der Seele.« Leon setzte sich neben sie. Isabelle schwieg und blickte auf das Meer, das blauschwarz war wie Tinte.

»Wenn ich Krebs habe«, sagte sie plötzlich, »wirst du mich dann verlassen?«

»Was soll …? Nein, natürlich nicht!« Leon spürte, wie sich sein Puls beschleunigte. »Außerdem hast du keinen … na ja, keinen Krebs.«

»Woher willst du das wissen? Bist du vielleicht Hellseher?« Die Antwort klang patzig, aber Leon spürte Isabelles Hilflosigkeit.

»Nein, bin ich nicht …«, sagte er. »Aber die Untersuchungen haben bisher nur einen Verdacht ergeben. Das ist eine sehr vage

Diagnose.« Leon hörte sich selber reden, und er wusste, dass seine Argumente sie nicht beruhigen würden.

»Ich habe gelesen, dass zehn Prozent aller Paare sich trennen, wenn einer von beiden Krebs bekommt.«

»Das habe ich noch nie gehört«, sagte Leon. »Jetzt warten wir erst mal die Tests aus dem Labor ab. Du wirst sehen ...«

»Mein Tumormarker steht bei 2,8.«

Leon spürte, wie plötzlich Angst in ihm aufstieg. Tumormarker galten als relativ sichere Indizien für ein Karzinom, das sich irgendwo im Körper ausbreitete. Aber eine Erhöhung war trotzdem noch kein Beweis, dass jemand krank war.

»Davon hast du mir gar nichts erzählt«, war alles, was er herausbrachte.

»Du hast ja auch nicht gefragt«, sagte Isabelle.

Sie hatte recht, dachte Leon. Er hatte sich in den letzten Tagen voll auf seinen Job konzentriert und Isabelles Untersuchung völlig ausgeblendet. Er hätte wissen müssen, wie sehr sie die Ungewissheit beschäftigte. Gerade dann, wenn sie sich nach außen nichts anmerken ließ.

»Leon?« Sie sah ihn an. »Hast du mich je betrogen?«

»Ob ich ...?« Leon legte seinen Arm um sie. Diesmal drehte sie sich nicht von ihm weg, und er spürte, dass sie zitterte. Er zog sie zu sich heran, und sie kuschelte sich an ihn und weinte stumm. »Ich liebe dich«, sagte er. »Und das weißt du auch.«

»Ich habe Angst«, sagte Isabelle leise.

»Ich bin bei dir«, sagte Leon. »Ganz egal, was geschieht.«

Isabelle drückte sich noch ein wenig enger an ihn, und Leon spürte ihre Wärme. So standen sie eine Weile schweigend auf der Terrasse und sahen den Fledermäusen zu, die wie heimatlose Seelen durch die Nacht flatterten.

56. Kapitel

Maurice Martin konnte schon seit Monaten nicht mehr richtig schlafen. Seit Mathilde ihn nach fünfundfünfzig Ehejahren für immer verlassen hatte. Er wachte häufig auf, und gelegentlich zog er sich mitten in der Nacht die Hausschuhe an und marschierte durch die leeren Gassen von Bormes les Mimosas. Danach klappte es meist besser mit dem Einschlafen. Aber nicht in dieser Nacht. Heute war er bereits zweimal aufgestanden, und jetzt war er schon wieder hellwach. Wieder schlüpfte er in seine Hausschuhe und zog sich den moosgrünen Bademantel über, den Mathilde ihm noch kurz vor ihrem Tod zu seinem 75. Geburtstag geschenkt hatte. Natürlich wusste er, dass man ihn beobachten konnte. Na und? Sollten sie sich doch das Maul über ihn zerreißen. Über den verrückten alten Witwer, der bei Vollmond durch Bormes humpelte mit seinen arthritischen Knien. Ihm war es egal.

Monsieur Martin stieg langsam die steile Gasse hinter der Kirche hinauf. Da war niemand, nur Pierre, der Kater von Madame Bayet, der auf der Mauer hockte und ein klägliches Miauen in Richtung Mond schickte. Noch einer, der nicht schlafen kann, dachte Monsieur Martin.

Als der alte Mann den Parkplatz erreichte, stand da noch immer der helle Lieferwagen. Der Transporter war ihm schon auf seiner ersten nächtlichen Runde aufgefallen. Das Autokennzeichen verriet, dass der Wagen in Lyon zugelassen war. Auf die Seite des Transporters war ein großer Thunfisch gemalt, und darunter stand: »Spezialitäten frisch aus dem Meer«.

Bei seiner ersten Runde hatte Monsieur Martin bereits bemerkt, dass das Fenster auf der Fahrerseite des Lieferwagens offen stand. Da hatte er noch gedacht, dass der Fahrer wahrscheinlich eine Lieferung Fisch ins Restaurant *La Tonnelle* gebracht hatte und gleich weiterfahren wollte. Aber das war schon über vier Stunden her. Jetzt war es zwei Uhr morgens, das Fenster war immer noch offen, und Martin sah, dass der Zündschlüssel steckte. In diesem Moment hörte er zum ersten Mal das Geräusch. Es war ein Klappern und schien aus dem Inneren des Laderaumes zu kommen. Für einen kurzen Moment wollte Maurice an den Wagen klopfen. Doch dann zögerte er. Vielleicht hatte er sich nur verhört. Er hörte in letzter Zeit öfter Geräusche, wo keine waren, wo keine sein konnten. Zum Beispiel die mahnende Stimme seiner Frau, wenn er mal wieder zu lange in seinem alten Sessel gesessen und aus dem Fenster gestarrt hatte.

Monsieur Martin machte einen kleinen Schritt zurück und sah sich um. Was, wenn ihn einer der Nachbarn erkannte, wie er nachts im Bademantel gegen fremde Autos klopfte? Die Leute würden doch sofort seinen Sohn in Orange anrufen. Der wartete nur auf eine Gelegenheit, damit er seinen Vater ins Heim schicken und sich endlich das große alte Haus in Bormes les Mimosas unter den Nagel reißen konnte. In diesem Moment hörte Maurice das Geräusch erneut.

Er umrundete leise den Wagen. Die rückwärtige Doppeltür war mit einem Vorhängeschloss gesichert. Für so etwas brauchte man den passenden Schlüssel oder einen Bolzenschneider, dachte

Maurice. Sollten sich doch die anderen im Ort darum kümmern. Er schuldete den Klugscheißern überhaupt nichts.

Mit grimmigem Gesicht marschierte Monsieur Martin davon. Aber was, wenn jemand in dem Lieferwagen eingeschlossen war? Maurice hatte am Abend nur mit einem Ohr hingehört, als im Radio die Lokalnachrichten liefen. Aber war die Polizei nicht auf der Suche nach einer verschwundenen Frau? Maurice blieb stehen. Was, wenn diese Person in dem Fischauto versteckt war? In diesem Moment konnte er wieder ein Klopfen hören, und war da nicht eine Stimme? Martin blieb stehen und atmete tief durch. Mathilde hätte ihm bestimmt Vorwürfe gemacht, wenn er jetzt einfach weitergegangen wäre. Bitte sehr … Was soll's, dann machte er sich eben zum Affen.

Monsieur Martin drehte sich um, marschierte zurück zum Lieferwagen und schlug mit seiner knochigen Faust gegen den Laderaum, dass es laut wie ein Donnerschlag durch die mitternächtliche Stille knallte. Aus dem Inneren des Wagens kam ein zaghaftes Klopfen zurück wie ein fernes Echo.

In diesem Moment öffnete sich ein Fenster. »Maurice«, rief eine Frauenstimme, »hör auf zu randalieren und geh heim in dein Bett.«

»Da ist einer drinnen«, rief Maurice und polterte erneut mit der Faust gegen den Wagen. Wieder glaubte er ein Klopfen als Antwort zu hören.

»Ich hab dich gewarnt. Ich rufe jetzt die Polizei«, rief die Frau wütend.

»Na los doch«, rief Maurice. »Dann tust du endlich mal was Vernünftiges.«

Es dauerte keine zehn Minuten, bis die Sirenen zu hören waren. Die Gendarmerie rückte in fünf Streifenwagen mit über zwanzig Beamten an. Reifen quietschten, und Blaulicht zuckte.

Die Polizei blockierte sofort alle Zufahrtstraßen nach Bormes. Acht Mann der GIGN, der Groupe d'intervention de la gendarmerie nationale, eines Spezialkommandos, rückten gegen den Lieferwagen vor. Die Männer trugen Schutzwesten und Helme mit schusssicherem Visier. Sie richteten ihre FAMAS – Sturmgewehre auf das Fahrzeug. Einer der Beamten lief zur hinteren Tür des Lieferwagens und setzte einen Bolzenschneider an. Mit einem leisen Klirren fiel der durchtrennte Riegel auf das Pflaster. Zwei Beamte rissen die Türen auf.

»Rauskommen, mit erhobenen Händen, sofort«, brüllte der Einsatzleiter und leuchtete mit einem Scheinwerfer in den Innenraum.

Für einen Moment geschah gar nichts, und man hatte das Gefühl, als hätte jemand im Kino den Film angehalten. Doch dann kam ein Stöhnen aus dem Laderaum. Im nächsten Moment sah man einen Mann völlig erschöpft auf allen vieren aus dem Fahrzeug kriechen.

»Help me, please …!«, stöhnte ein junger, bleicher Mann mit schwacher Stimme und versuchte die finster aussehenden Männer mit den Maschinenpistolen freundlich anzulächeln. Der Einsatzleiter gab seinen Leuten ein Zeichen, und sie ließen die Waffen sinken. Dann winkte er zwei Sanitäter heran, die sich um den Mann kümmerten und drei weiteren Männern aus dem Lieferwagen ins Freie halfen.

»Afghanistan«, sagte einer der Passagiere und trank gierig aus der Wasserflasche, die ihm einer der Helfer reichte.

Wie sich herausstellte, waren die Männer Flüchtige auf dem Weg nach Lyon. Sie hatten eine Menge Geld für ihre Flucht bezahlt. Doch bei Lavandou waren sie auf Straßensperren gestoßen, die die Gendarmerie wegen der Fahndung nach Claire Laval an allen Autobahnen und Departement-Straßen eingerichtet hatte.

Aus Angst vor Entdeckung hatte der Fluchthelfer schließlich die Männer im Lieferwagen eingesperrt und sich aus dem Staub gemacht. Das war viele Stunden her. Einen weiteren Tag in der Sonne und ohne Wasser hätten die Afghanen wohl kaum überlebt.

Die Flüchtigen wurden medizinisch versorgt und in ein Auffanglager nach Toulon gebracht. Die Polizei zog wieder ab, und Maurice Martin konnte nach all der Aufregung zum ersten Mal seit Monaten wieder bis vormittags um neun Uhr durchschlafen.

57. Kapitel

Hinterher hätte niemand mehr genau sagen können, wie die Sache ins Rollen gekommen war. Dabei hatte es, wie schon so oft, mit Yolande begonnen. Der Flic, der mit ihr gesprochen hatte, wollte sie eigentlich nur ein wenig beeindrucken. Aber nach dem vierten Rosé und Yolandes verführerischem Augenaufschlag hatte er das magische Wort ausgesprochen: Teufelsaustreibung. Er hatte es Yolande, natürlich nur unter dem Siegel der Verschwiegenheit, zugeflüstert. Einzig die Polizei und die Leute vom Innenministerium wussten bisher davon, und er natürlich. Weil er dabei gewesen war im Besprechungsraum, als das Wort zum ersten Mal fiel, und jeder an seine Schweigepflicht erinnert worden war. Alles war also »top secret«, was ab sofort auch für Yolande galt. Sollte sie mehr Details von diesem Fall hören wollen, dann hätte der Flic an diesem Abend noch nichts vor.

Yolande hatte ihren Verehrer auf einen anderen Tag vertröstet. Denn da gab es schließlich noch ihren Ehemann Jérémy. Außerdem hatte sie sowieso weniger Interesse an dem Flic als an seinen Geheimnissen, die sie auf gar keinen Fall für sich behalten würde. Und so nahm die Sache ihren Lauf. Yolande erzählte ihrem Mann davon, und der erzählte es Michel weiter. Michel war zwar überzeugt, dass Flüchtlinge aus dem Maghreb hinter den Morden standen, aber er wiederholte das Gesagte trotzdem so laut, dass

Madame Dubois, die Boutique-Besitzerin, es hören konnte, und da hätte man die Nachricht auch gleich auf ein Plakat schreiben und über der Hauptstraße aufhängen können.

Am nächsten Morgen hatte die Story von der Teufelsaustreibung die Runde gemacht, und die Bewohner von Le Lavandou kannten nur noch ein Thema. Die Reporter der Fernsehstationen liefen Amok. Sie standen bereits ab sieben Uhr morgens in Reih und Glied an der Promenade und berichteten für die Frühnachrichten vom Teufelsaustreiber aus der Provence. Im Hintergrund sahen die Zuschauer Palmen und das glitzernde Mittelmeer. Der *Var-Matin* titelte an diesem Morgen »Ministertochter von Teufelsaustreiber entführt – Blutige Rituale in der Provence«.

Commandant Zerna war stinksauer. Nicht nur, dass seit sechs Uhr in der Frühe sein Telefon ununterbrochen geklingelt und ihm damit sein Frühstück vermasselt hatte. Er war vor allem sauer darüber, dass es in seinem Revier jemanden gab, der diesen ungeheuerlichen Verrat begangen hatte.

Der Polizeichef stieg aus seinem Auto und nahm die Stufen zum Eingang der Wache, als ein Reporter vor ihn trat und ihm das Mikrofon vors Gesicht hielt.

»Warum hat die Polizei verschwiegen, dass Claire Laval Opfer eines Exorzisten geworden ist?«

Zerna empfand eine tiefe Abneigung gegenüber Journalisten jeder Art, aber er wusste auch, dass es klug war, sich gut mit ihnen zu stellen.

»Davon weiß ich nichts«, murmelte er mit zusammengebissenen Zähnen. »Aber wir haben eine Menge interessanter Hinweise aus der Bevölkerung bekommen, von denen wir natürlich jeden einzelnen überprüfen werden.«

»Was für Hinweise sind das, Commandant?«

»Wenn wir eine Pressekonferenz einberufen, dann werden wir

das den Medien rechtzeitig mitteilen. Am besten, Sie informieren sich bei unserer Pressestelle. Vielen Dank!«

Damit verschwand Zerna in der Wache und beorderte zwei Beamte an die Eingangstür, die die Aufgabe hatten, ab sofort keinen Journalisten mehr in das Gebäude zu lassen.

Die große Lagebesprechung in der Gendarmerie nationale war für acht Uhr in der Frühe angesetzt, aber schon um sieben Uhr vierzig herrschte emsiger Betrieb auf der Wache. Das war ungewöhnlich für eine Gegend, in der die Menschen es mit der Pünktlichkeit nicht so genau nahmen und wo man bei einer Verspätung von »einer kleinen Viertelstunde« sprach, auch wenn man in Wirklichkeit zwei Stunden zu spät kam.

Zerna hatte die Besprechung im letzten Moment in die Cafeteria verlegt. Erstens gab es hier mehr Stühle als in jedem anderen Raum der Wache, und mit einer bis auf den letzten Platz gefüllten Kantine würde er vor den auswärtigen Ermittlern mehr Eindruck machen als mit dem mickrigen Besprechungsraum. Zerna begann um acht Uhr, pünktlich auf die Minute, mit der Sitzung. Ein einmaliger Vorgang in der Geschichte der Polizeiwache.

»Es gibt unerfreuliche Nachrichten«, begann der Polizeichef.

Hinter ihm an der Wand hing eine große Karte von Le Lavandou und Umgebung. Neben ihm saßen Sonderermittler Bertin und die Kommissarin aus Toulon. Weiter hinten im Saal standen Leon und Isabelle, die sich ein paar Minuten verspätet hatten.

Leon beobachtete, wie die kleine Ader auf Zernas Schläfe pochte und sein Gesicht die Färbung eines leichten Sonnenbrandes angenommen hatte. Leon wusste, dass nicht die Sonne, sondern Zorn für die Verfärbung verantwortlich war.

»Offensichtlich sind die Medien ja umfangreich über den Stand unserer Ermittlungen informiert worden«, fuhr der Polizeichef mit drohendem Unterton fort. »Das bedeutet, dass jemand aus dieser Einheit Insiderwissen weitergegeben hat. Ich bin tief enttäuscht von Ihnen.«

Zerna ließ sich zurück in seinen Stuhl fallen und strich sich mit der Handfläche über die Stirn, als müsste er ein Fieber aus seinem Gesicht wischen.

»Augenblick, Commandant«, mischte sich Bertin ein. »Dieser abscheuliche Skandal ist noch nicht zu Ende. Ich habe bereits in Paris um Unterstützung bei der Aufklärung dieses ungeheuerlichen Vorfalls gebeten. Wer immer das zu verantworten hat, muss mit ernsthaften disziplinarischen Konsequenzen rechnen.«

»Kommen wir zum Stand der Ermittlungen«, verkürzte Kommissarin Lapierre den Redeschwall ihres Pariser Kollegen. Schließlich war sie bereits um sechs Uhr aufgestanden, um pünktlich zur Besprechung in Lavandou zu sein. Das hatte sie nicht getan, um sich Vorträge über Disziplinarmaßnahmen anzuhören.

»Zuerst zur Flucht von Roux«, meldete sich Isabelle.

»Darüber können wir später reden«, fiel ihr Bertin ins Wort, »wir sind im Moment dabei, das bedauerliche Verhalten des Sous-Lieutenant zu untersuchen, das diese Flucht möglich gemacht hat.«

Unter den Anwesenden erhob sich ein Raunen. Jeder wusste, was geschehen war und dass der Sonderermittler den Einsatz geleitet hatte. Darum war auch nur er verantwortlich. Aber Bertin hoffte, dass bei einem schnellen Fahndungserfolg die Flucht von Roux vergessen würde.

»Warum reden wir nicht jetzt darüber? Es gibt neue Erkenntnisse«, sagte Isabelle.

»Na gut, bitte.« Bertin winkte gönnerhaft in Isabelles Richtung.

»Wir haben Zeugenaussagen aus der Gegend bei Carnoules«,

berichtete Isabelle. »Angeblich wurde Roux nach seiner Flucht dort mindestens zweimal erkannt.«

»Ich habe bereits zwei Einsatzfahrzeuge nach Carnoules geschickt, um den Hinweisen nachzugehen«, meldete sich Masclau.

»Schnappen wir uns das Schwein«, rief einer der Anwesenden. Wieder brandete Gemurmel auf.

»Da müssen wir nur in der Klinik warten«, rief ein anderer. »Der kommt bestimmt noch einmal vorbei.«

»Fingerspuren auf der Intensivstation?«, erkundigte sich Bertin.

»Ein Fingerabdruck an der Spritze«, antwortete Kommissarin Lapierre. »Aber keine Übereinstimmung mit unseren Dateien.«

»Vielleicht hatte Roux ja Handschuhe an«, sagte Masclau.

»Wir sind dabei, seine Freunde und Verwandten zu überprüfen«, Zerna sah von seinen Notizen auf. »Auch hier hatten wir bisher noch keinen Erfolg.«

»Es steht keineswegs fest, dass Roux die Frauen entführt hat«, sagte Leon ganz ruhig in die aufgeladene Stimmung hinein, und die anderen drehten sich zu ihm herum.

»Und was ist mit der Blutspur?«, fragte Zerna. »Die haben Sie doch selbst auf dem Boot entdeckt. Stammt die etwa nicht von einem seiner Opfer?«

»Doch, tut sie«, antwortete Leon. »Aber wir haben an der Handfläche von Claudine Lambert einen kleinen Schnitt gefunden. Sie könnte sich diesen Schnitt durchaus auf dem Deck des Bootes zugezogen haben, so wie Marcel Roux behauptet.«

»Vielleicht hat Roux sein Opfer aber auch mit dem Boot transportiert«, sagte Zerna. »Zum Beispiel, um die Tote ins Meer zu kippen.«

»Wohl kaum«, sagte Leon. »Tote bluten in der Regel nicht.«

»Das ist doch kein Argument«, rief Masclau.

Leon sah Masclau an, um etwas zu erwidern, überlegte es sich dann aber anders und schwieg.

»Gibt es vielleicht etwas, das Sie uns noch sagen möchten?«, fragte Bertin mit leicht spitzem Unterton Leon.

»Ich denke, Roux ist nicht intelligent genug, um solche Verbrechen zu begehen«, sagte Leon nach einer Weile.

»Sadistische Morde zu begehen, ist wohl kaum ein Zeichen für besondere Intelligenz«, entgegnete Bertin.

Leon hob die Hände in einer Art Na-gut-wenn-Sie-meinen-Geste.

»Könnten wir jetzt endlich mit den Ermittlungsergebnissen fortfahren?«, drängte der Sonderermittler. »Wo stehen wir bei der Suche nach Claire Laval?«

»Lieutenant Masclau, bitte«, forderte Zerna seinen Beamten auf.

Lieutenant Masclau stand auf und trat vor die Wandkarte.

»Wir haben hier alle Gebiete schraffiert, in denen wir schon gesucht haben«, Masclau deutete auf die Flächen, die auf der Karte grün hinterlegt waren. »Ich muss leider sagen, wir haben absolut nichts gefunden.«

»Was ist mit dem Hinweis auf die Bäche?«, wollte Bertin wissen.

»Haben wir rauf und runter abgesucht, nichts. Wenn wir nicht bald neue Hinweise bekommen ...« Er unterbrach sich und hob in einer hilflosen Geste die Hände.

»Was ist, wenn Claire Laval längst tot ist?«, fragte einer der Polizisten.

»Wie groß schätzen Sie die Wahrscheinlichkeit ein, dass Claire Laval noch am Leben ist, Docteur Ritter?« Die Frage kam von Kommissarin Lapierre, die Leon gerne mit Fragen bedrängte.

»Schwer zu sagen«, antwortete Leon vorsichtig. »Gehen wir

davon aus, dass sie vom selben Täter entführt wurde wie die beiden anderen Opfer. Das würde bedeuten, dass er sie auch auf die gleiche Weise foltert wie die anderen Frauen. Claire Laval leidet unter Diabetes. Das bedeutet, sie hätte wahrscheinlich nicht lange die Kraft, solche Misshandlungen zu überstehen.«

»Wie lange …?«, ging Masclau dazwischen.

»Lieutenant, bitte …«, mahnte die Kommissarin.

»Claire Laval befindet sich also in Gefangenschaft, wird gefoltert und schlecht versorgt. Sie wird in einem feuchten Kellerraum gefangen gehalten. Wenn ich überlege, in welch erbärmlichem körperlichem Zustand Louise Paye in die Notaufnahme gekommen ist, dann würde ich sagen, Claire Laval ist wahrscheinlich bereits tot.«

»Aber?«, fragte Lapierre lauernd.

»Aber ich habe das Gefühl, der Täter versucht zu verhindern, dass sie stirbt«, antwortete Leon.

»Wie kommen Sie darauf?«, fragte der Sonderermittler. »Gibt es aus Sicht der Gerichtsmedizin irgendeinen Hinweis, der eine solche Schlussfolgerung nahelegt?«

»Nein, wie gesagt, es ist mehr ein Gefühl.«

»Ein Gefühl, na toll!« Zerna wollte dem Sonderermittler zeigen, was er von den Gefühlen des Médecin Légiste hielt.

»Ich denke, wir hätten sie längst gefunden, wenn er sie umgebracht hätte«, meinte Leon.

»Ist ja wunderbar«, spottete Zerna. »Und was sagt Ihr Gefühl, wie wir Claire Laval finden können?«

Leon tat so, als hätte er die letzte Bemerkung nicht gehört.

»Was denken Sie, Docteur?«, versuchte die Kommissarin den giftigen Unterton aus dem Gespräch zu nehmen. »Wie weit hätte Louise mit ihren Verletzungen auf der Flucht kommen können? Ich meine aus eigener Kraft.«

»Normalerweise würde ich sagen, keine hundert Meter«, Leon warf einen Blick in die Runde. »Aber in Todesangst sind Menschen zu erstaunlichen körperlichen Leistungen fähig. Allerdings gibt es auch hier medizinische Grenzen.«

»Sie vermuten, dass sie in einen Bach gestürzt ist«, sagte der Sonderermittler.

»Die Spuren an ihrer Kleidung lassen diesen Schluss zu.« Leon spürte, dass die Menschen in dem Raum jetzt wieder ihm zuhörten. »Lange kann sie nicht im Wasser geblieben sein, dafür war es zu kalt. Gehen wir mal davon aus, dass sie sich auf der Flucht befand. Es hatte in dieser Nacht stark geregnet, und es war finster, wegen der Wolken. Entweder sie ist ins Wasser gestürzt oder, was ich eher glaube, sie hat den Bach durchquert, um ihre Verfolger abzuschütteln.«

»Ganz schön riskant, so ein Sturz ins Wasser«, sagte einer der Polizisten.

»Nicht, wenn Sie von einem Mörder verfolgt werden«, meinte Leon. »Sie wurde ein Stück von der Strömung mitgerissen, bevor sie es schaffte, aus dem Bach wieder herauszukommen. Langsam und auf allen vieren. Das haben entsprechende Verletzungsspuren an Handflächen und Knien eindeutig ergeben.«

»Na gut, wir wissen also, dass sie ins Wasser gefallen und wieder rausgekrochen ist.« Masclau sah Leon an. »Aber wie hilft uns das bei der Suche weiter?«

»Nach der Durchquerung des Baches muss sie am Ende ihrer Kraft gewesen sein«, sagte Leon. »Vielleicht konnte sie sich noch fünfzig Meter weiterschleppen, aber das wäre das absolute Limit gewesen. Wahrscheinlich hat sie viel weniger geschafft. Wonach Sie suchen, ist also eine Stelle, wo eine Straße nahe an einem Bach vorbeikommt, der in der fraglichen Nacht Hochwasser führte. Das könnte der Punkt sein, an dem sie auf den Fahrer des Wagens getroffen ist, der sie zur Klinik gebracht hat.«

»Ich kenne die Gegend. Da kommen eigentlich nur zwei Gewässer infrage«, meldete sich Lieutenant Kadir. »Der Real d'Or und der Real Martin. Da queren die Straße zwei- oder dreimal die Bäche.«

»Dann werden Sie jetzt in der Umgebung dieser Bäche die Keller alter Höfe und anderer alter Gebäude untersuchen«, ordnete Zerna an.

»Das ist ein ziemlich großes Gebiet«, gab Moma zu bedenken.

»Dann sollten Sie und Ihre Männer möglichst schnell mit der Suche anfangen.« Die Drohung in der Anweisung des Sonderermittlers war nicht zu überhören. Moma stand auf und verließ mit einer Handvoll Polizisten die Cafeteria.

In diesem Moment erreichte Leon eine SMS auf dem Handy. Sie kam von Daniel Simon und lautete: »Es gibt etwas, das ich Ihnen unbedingt zeigen möchte. Sie finden mich bei Notre Dame des Anges.«

58. Kapitel

Leon hatte das Dach seines Cabrios geöffnet und fuhr nach Norden.

Die Besprechung in der Polizeiwache hatte noch eine weitere halbe Stunde gedauert. Leon hatte das Gefühl gehabt, dass Zerna nur sein übliches Feuerwerk für die Medien abbrannte. Tatsächlich tappte die Polizei weitgehend ziemlich im Dunkeln. Die Medien machten sich bereits lustig über die hilflose Provinzpolizei, der auch noch ihr einziger Verdächtiger durch die Lappen gegangen war. Eine Zeitung nannte Polizeichef Zerna den »Louis de Funès von Lavandou«, nach dem Schauspieler, der mit der Witzfigur eines Polizisten in den Sechziger- und Siebzigerjahren mit seinen Filmkomödien Erfolge gefeiert hatte. Für Zerna war das eine Kränkung allererster Güte.

Zwischendurch hatte es so ausgesehen, als würde Kultusminister Laval, der seit einigen Jahren Witwer war, persönlich nach Le Lavandou kommen, um bei der Rettung seiner Stieftochter vor Ort dabei zu sein. Aber dann hatte ihm sein PR-Berater den Trip in die Provence wieder ausgeredet. Zumal niemand mit Sicherheit sagen konnte, ob Claire überhaupt jemals wiederauftauchen würde.

Jetzt saß Leon in seinem Cabrio, den warmen Sommerwind im Gesicht, während auf Radio Nostalgie der unvergessene

Charles Trenet seinen Song »La Mer« zum Besten gab. Eine üble Schnulze, aber so südfranzösisch wie ein Glas Rosé oder eine Runde Boule am Nachmittag.

Als Leon die Abzweigung von der D 39 in Richtung Notre Dame des Anges nahm, roch er den Rauch. In der Sommersaison war das Betreiben von Holzkohlegrills streng untersagt. Hier, mitten im Naturschutzgebiet des Massif des Maures war nicht nur jedes Feuer, sondern sogar das Rauchen verboten. Überall wiesen große rot-weiße Schilder auf die Feuergefahr hin. Trotzdem gingen in der Provence jedes Jahr Dutzende, manchmal leider auch Hunderte Hektar Wald in Flammen auf. Die meisten Feuer brachen durch den Leichtsinn der Touristen aus, weil sie sich eben doch eine Zigarette im Wald angesteckt oder den Grill angeworfen hatten. Wenn sie dann von einer plötzlichen Windböe überrascht wurden, die die Funken der Holzkohle in die knochentrockenen Wälder fegte, waren die Flammen kaum noch aufzuhalten.

Leon spürte sein Herz klopfen. Panik stieg in ihm auf. Feuer war die Naturgewalt, die er wirklich fürchtete. Er hatte Brände in der Provence erlebt, die in Minuten ganze Wälder in staubige Mondlandschaften verwandelt hatten. Und er war einmal selbst vom Feuer eingeschlossen gewesen und konnte dem Inferno nur durch Glück entkommen. Jetzt überkam ihn erneut dieses Gefühl von Panik und ohnmächtiger Hilflosigkeit.

Dieser Rauch roch aber nicht nach Holz und brennendem Harz, hier roch es nach verschmortem Plastik und Gummi, wie auf einer brennenden Müllhalde. Als Leon auf die Lichtung zufuhr, auf der die Kirche stand, sah er zuerst nur den Rauch, der grau-schwarz zwischen den Bäumen aufstieg. Dann erkannte er die Flammen, die direkt vor ihm, mitten auf der Lichtung, aus dem Wohnmobil von Daniel Simon herausschossen. Niemand war da, um zu helfen. Niemand außer ihm.

Leon hatte instinktiv auf die Bremse getreten. Für einige Sekunden starrte er wie hypnotisiert auf die Flammen, unfähig, sich zu bewegen. Dann wurde ihm klar: Das hier würde sich innerhalb der nächsten Minuten in eine Katastrophe verwandeln. Er stellte den Motor ab und stieg aus. Ihm war klar, dass er das Wohnmobil nicht mehr retten konnte. Der ganze Wagen schien in den Flammen zu schmelzen und auf die Wiese der Lichtung zu fließen, wie brennendes Napalm.

Leon zog sein Handy aus der Tasche und alarmierte die Feuerwehr. »Verschwinden Sie da oben, solange sie es noch können«, riet ihm die Frau in der Notrufzentrale. Er hatte wortlos aufgelegt. Leon wollte nicht zusehen, wie das Wohnmobil zu einem großen Klumpen zusammenschmolz, während kleine Feuerzungen aus brennendem Kunststoff in Richtung Wald flossen und die ersten trockenen Büsche in Flammen setzten. Er wollte nicht warten, dass dieser Brand sich in eine Feuerwalze verwandelte, wenn er erst den Waldrand erreicht hatte.

Leon riss den Kofferraum seines Autos auf und griff sich den alten Tennisschläger, den er dort seit Monaten ungenutzt durch die Gegend fuhr, weil von den regelmäßigen Trainerstunden zusammen mit Isabelle nichts als die gute Absicht geblieben war. Er lief mit dem Schläger bewaffnet zur Wiese und schlug die kleinen Flammen aus, die rund um das Wohnmobil begonnen hatten, Gräser und Büsche in Brand zu setzten. Als eine Reihe von Windböen die Flammen anfachte, sah es so aus, als würde Leon den Kampf verlieren. Aber er gab nicht auf, trampelte auf den Glutnestern rum und lief schneller zwischen Büschen und Gräsern hin und her. Bis er nach einer Weile merkte, dass keine neuen Brände mehr entstanden. Auch die Flammen, die aus dem Wohnmobil schlugen, waren kleiner geworden.

Als eine Viertelstunde später Isabelle mit Lieutenant Masclau und einem ganzen Feuerwehrzug eintraf, war die Sache im Grunde gelaufen. Von dem ehemals glänzenden weißen Wohnmobil war nur noch ein ausgebranntes schwarzes Metallgerippe mit Achsen, Motor und halb verbrannten Reifen übrig, aus dem sich stinkender Rauch in den südfranzösischen Sommerhimmel kräuselte. Davor stand Leon, rußgeschwärzt mit dem Schläger in der Hand, den Blick auf die immer kleiner werdenden Flammen gerichtet, aber jederzeit bereit, neue Feuer zu löschen.

Die Feuerwehrmänner sprangen aus ihren Fahrzeugen. Der Einsatzleiter erteilte ein paar knappe Befehle, und die Hochdruckpumpe wurde angeworfen. Erste Schläuche wurden angeschlossen. Wasser nebelte das zerstörte Wohnmobil ein.

»Ist dir was passiert?« Isabelle kam mit Masclau zu Leon gelaufen.

»Nein, alles in Ordnung.« Leon winkte ab.

Isabelle legte die Hand auf seinen Arm. »Ich bin so froh, dass es dir gut geht«, sagte sie.

»Bin nur ein wenig angekokelt.« Er zeigte ihr seinen Ellenbogen, wo die Flammen den Stoff seiner Jacke erwischt hatten.

»Wir können froh sein, dass wir heute keinen Mistral haben.« Masclau reichte Leon eine Wasserflasche. »Wenn das die Bäume entzündet hätte, mon dieu.«

»Ich habe das Feuer mit meiner Geheimwaffe bekämpft.« Leon hielt den völlig verkohlten Tennisschläger hoch und trank dann einen großen Schluck Wasser aus der Flasche. »Merci.«

»Mit dem Ding da haben Sie den Wald gerettet?« Masclau schien beeindruckt.

»Den Wald vielleicht nicht, aber wenigstens ein paar Rosmarin und Lavendel«, sagte Leon. »Was mir Sorgen macht, Monsieur Simon meldet sich nicht auf seinem Handy. Wir waren hier verabredet. Es ist … war sein Wohnmobil, das da abgebrannt ist.«

»Und wer ist dieser Monsieur Simon?«, erkundigte sich Masclau.

»Ein Historiker. Er wollte mir etwas zeigen.«

»Was denn?«, fragte Isabelle.

»Ich habe keine Ahnung. Aber er hatte mir bei meinen Fragen zu Teufelsaustreibungen und Hexenverfolgungen geholfen. Er kennt sich gut mit dem Mittelalter und der frühen Neuzeit aus.«

»Ist es möglich, dass ihr Bekannter ...?« Lieutenant Masclau sprach die Frage nicht aus. Er nickte in Richtung des verkohlten Campingwagens.

Rund um das Wohnmobil standen die knallroten Fahrzeuge der Pompiers wie eine Wagenburg. Die Feuerwehr hatte mehrere Schläuche ausgerollt. Mit einem sprühten sie Löschschaum auf die letzte Glut, mit den anderen wässerten sie den Platz rund um den Brandherd, damit sich am Boden und in der Erde keine neuen Glutnester bilden konnten.

Der Leiter der Pompiers hatte das Visier seines silbernen Helms hochgeklappt.

»Sergent Bayet«, stellte er sich vor.

»Docteur Ritter. Bonjour, Monsieur«, sagte Leon, »Danke, dass Sie so schnell hier waren.«

»Gut, dass Sie uns gleich gerufen haben«, antwortete der Sergent.

»Hat sich dieser Dr. Simon inzwischen bei dir gemeldet?« Isabelle klang besorgt.

»Ist das der Besitzer des Wohnmobils?«, fragte der Feuerwehrmann. Leon nickte. »Wir müssen noch einen Moment warten, bis der Löschschaum sich auflöst, bevor wir etwas sagen können.«

»Haben Sie schon eine Idee, wie das Feuer entstanden sein könnte?«, fragte Isabelle den Einsatzleiter.

»Wir wissen im Moment nur, dass der Herd ausgeschaltet war.

Dafür war das Ventil der Gasflasche geöffnet. So wie es aussieht, war der Schlauch schadhaft. Gut möglich, dass Gas dort ausgetreten ist«, erklärte der Brandmeister.

»Und wie kann es sich dann entzündet haben?«, fragte Leon.

»Wir vermuten einen Kurzschluss im Sicherungskasten. So was geschieht an heißen Tagen öfter.« Er sah zu dem Wrack hinüber. »Diese Campingmobile brennen wie Zunder.«

In diesem Moment kam eine junge Feuerwehrfrau über den Platz gelaufen. Sie blieb vor Isabelle und dem Zugführer stehen. Leon fiel auf, dass sie blass war und schwitzte.

»Capitaine, wir haben da was ...« Sie räusperte sich. »Wir haben was gefunden, das sollten Sie sich besser mal ansehen.«

Leon, Isabelle und Masclau folgten den Feuerwehrleuten zu dem ausgebrannten Fahrzeug. Bei einem oberflächlichen Blick konnte man das, was sich da am Boden befand, nur für einen Haufen verrußter Drähte und halb verbrannter Isolationsmatten halten, aber beim genaueren Hinsehen wurde klar, dazwischen lag ein Mensch. Oder besser das, was das Feuer von einem Menschen übrig gelassen hatte.

»Sie müssen sofort das Wasser abstellen«, befahl Leon den Feuerwehrmännern. Die sahen Isabelle fragend an.

»Schon in Ordnung.« Isabelle nickte dem Einsatzleiter zu. »Docteur Ritter ist der Médecin Légiste.«

»Pardon, aber das Wasser spült sonst alle Spuren weg«, erklärte Leon.

Leon war zu seinem Auto gelaufen und hatte die alte, abgeschabte Aktentasche geholt, in der er immer eine rechtsmedizinische Grundausrüstung mit sich führte. Jetzt stand er vor dem Wrack und sah auf die verbrannten Reste von dem, was einmal ein Mensch gewesen war. Leon ging in die Hocke und nahm jedes Detail in sich auf. Der Körper musste schon auf dem Boden des

Wohnmobils gelegen haben, als das Feuer begonnen hatte, überlegte er.

»Vielleicht hat es eine Explosion gegeben.« Einer der Feuerwehrleute beugte sich über Leon und sah interessiert zu, während er seine groben Stiefel in die verkohlten Reste des Wohnmobils stemmte.

»Bitte, treten Sie zurück!« Leon, der Handschuhe angezogen hatte, bog vorsichtig die geschmolzenen Kunststoffreste des Aufbaus von der Leiche weg.

Nachdem er den Körper befreit hatte, hob er ihn ein Stück an und tastete den Rest der Hose ab, die der Mann mit seinem Körper vor den Flammen geschützt hatte. Er zog eine schmale Brieftasche hervor, die er Isabelle reichte.

»Er heißt Daniel Simon«, sagte Leon.

Isabelle hatte sich ebenfalls Latexhandschuhe übergezogen und blätterte vorsichtig durch die angesengte Brieftasche. Kreditkarte, Versicherungsausweis und Carte d'identité, alle ausgestellt auf den gleichen Namen.

»Das ist er, Daniel Simon, fünfunddreißig Jahre alt, aus Bordeaux«, sagte Isabelle. »Ich nehme die Brieftasche zu den Asservaten.«

Warum lag der Mann auf dem Boden?, fragte sich Leon. War er vom Feuer überrascht worden? Aber wie war das möglich? Campinggas wird vom Hersteller ein spezieller Geruchsstoff beigemischt, damit man es beim Ausströmen riechen kann. Meist werden diese Geruchsstoffe auf Schwefelbasis erzeugt und stinken intensiv nach faulen Eiern.

Leon machte ein paar vorsichtige Schritte in dem ausgebrannten Wrack und betrachtete den Toten von allen Seiten. Dem Kopf fehlte das Gesicht. Haut und Fleisch waren von den Flammen bis auf den Schädelknochen weggeschmolzen worden. Das Gleiche galt für Teile des Halses und für den Oberkörper, wo jetzt die verkohlten, rechten Rippen zu sehen waren. Die Haut und die Muskulatur der Arme waren von der Hitze regelrecht verkocht worden, sodass hier nur noch die Knochen zu sehen waren. Von der Kleidung war das meiste verbrannt. Leon war jetzt schon sicher, dass das Feuer Simon nicht im Schlaf überrascht hatte. Daniel Simon hatte die gleiche Weste getragen, die er an dem Tag anhatte, als er die Mauern der Kirche untersuchte. Außerdem hatte Simon seine Wanderschuhe angezogen. So als wäre er auf dem Weg zu seinen Restaurierungsarbeiten an der Kirche.

Nein, dachte Leon, du bist nicht im Schlaf gestorben. Und es sollte mich wundern, wenn du durch das Feuer getötet worden bist. In diesem Moment hörte er, wie ein weiterer Wagen auf dem Parkplatz hielt. Eine Autotür schlug zu, und keine dreißig Sekunden später stand Bertin neben ihm.

»Können Sie schon sagen, wie er gestorben ist, Docteur?«, hörte Leon die Stimme des Sonderermittlers ungewohnt höflich neben sich.

»Würden Sie bitte einen Schritt zurücktreten«, bat Leon. »Ich möchte verhindern, dass Spuren zerstört werden.«

»Das ist nicht der erste Tatort, den ich mir ansehe«, sagte der Mann aus Paris spitz, machte aber trotzdem einen Schritt zurück.

»Die Feuerwehr glaubt, dass der Brand durch einen undichten Gasschlauch ausgelöst wurde«, antwortete Isabelle für Leon.

»Ein Brandunfall also ...« Der Ermittler legte den Kopf schief, als könnte er sich so ein besseres Bild von dem Geschehen machen. »Klingt vernünftig, wenn ich mir das hier so betrachte.«

»Ich denke nicht, dass das ein Unfall war.« Leon sah den Ermittler an. »Warum liegt das Opfer auf dem Rücken? Warum hat er das Gas nicht gerochen? Warum ist er nicht davongelaufen, als es gebrannt hat, und warum hat er keine Löschversuche unternommen?«

»Weiß ich nicht. Sagen Sie es mir.«

»Er wurde hierhergelegt, als er bereits tot war.«

»Das vermuten Sie?«, fragte der Sonderermittler kritisch.

»Warum hat er mir kurz zuvor noch eine Mail geschrieben?«

»Sie glauben, das hier hat mit dem Fall Claire Laval und den anderen getöteten Frauen zu tun?«

»Keine Ahnung«, sagte Leon cool. »Meine Kompetenz endet bekanntlich an der Tür des Rechtswissenschaftlichen Instituts.«

»Ganz genau, vergessen Sie das nicht.« Der Ermittler wandte sich an Isabelle. »Sie bleiben bitte hier. Die Spurensicherung ist bereits unterwegs. Und rufen Sie mich sofort an, wenn sich Hinweise auf unsere laufenden Fälle ergeben sollten. Was ich allerdings bezweifeln möchte.«

Damit stapfte der Sonderermittler zurück zu seinem Auto und verschwand mit einer Staubwolke im Wald.

»Ich glaube, er mag mich«, sagte Leon mit einem zufriedenen Lächeln.

»Ich denke, der kann nicht mal sich selber leiden«, meinte Isabelle. »Ich rufe dann mal den Bestatter an.«

»Gut, aber sag ihm, es hätte noch etwas Zeit. Ich möchte mir das hier erst noch mal genauer ansehen.«

Die nächste Viertelstunde war Leon völlig mit dem Tatort beschäftigt. Das Feuer hatte ganze Arbeit geleistet. Trotzdem untersuchte Leon jeden Aschehaufen und jeden verbrannten oder versengten Gegenstand, der von dem Wohnmobil übrig geblieben war. Schließlich wandte er sich noch einmal dem Toten zu. Die Leiche von Simon lag auf dem Rücken, Arme und Beine gerade ausgerichtet, als wäre er gerade zu Bett gegangen. Nur die rechte

Hand schien er unter einen Schrank in der ehemaligen Küchenzeile geschoben zu haben.

»Kannst du mir mal die Lampe aus meiner Aktentasche geben?«

Isabelle reichte ihm eine dünne LED-Lampe, und Leon ließ sich direkt neben dem Toten auf die Knie nieder. Dann beugte er sich nach unten, bis er mit dem Kinn beinahe den rußigen Boden berührte, und leuchtete unter die Reste eines angebrannten Einbauschranks.

»Hast du was?« Isabelle klang neugierig.

»Sekunde!« Leon griff vorsichtig unter den Schrank. Dann zog er langsam die Hand des Toten hervor, die ein Notizbuch gehalten hatte.

Das Notizbuch hatte einen Kartondeckel, der genauso wie die meisten Seiten angesengt war. Das Löschwasser hatte die Seiten aufquellen lassen. Trotzdem erkannte Leon die sorgfältige Handschrift des Historikers. Die meisten Eintragungen waren mit Datum versehen. Soweit Leon das auf den ersten Blick feststellen konnte, waren es Anmerkungen zu Kirchen und deren Architektur. Auf den letzten Teil des Notizbuchs war geschmolzener Kunststoff getropft und hatte die Seiten zusammengeklebt. Leon würde sie im Labor voneinander trennen müssen.

»Für was hältst du das?« Isabelle betrachtete neugierig das verrußte Büchlein.

»Aufzeichnungen über seine Forschungsarbeiten«, meinte Leon. »So eine Art Tagebuch. Simon war schließlich Wissenschaftler.«

»Ich nehme es zu den Beweismitteln.« Isabelle hielt eine durchsichtige Tüte auf.

»Ich würde es mir gern vorher im Labor ansehen.« Isabelle

nickte, und er steckte das Notizbuch in die Tüte und legte sie dann in seine Aktentasche.

»Die Bestatter sind da«, meldete Masclau.

Am Rand der Lichtung hatte ein dunkelgrauer Van angehalten. Die beiden Bestatter in ihren weißen Hemden und den grauen, knielangen Kitteln, warteten neben ihrem Auto und plauderten.

»War's das, Docteur?«, fragte Masclau.

»Ja.« Leon zögerte und sah noch einmal auf die Reste des Wagens. Irgendetwas war da gewesen, was er nur mit dem Unterbewusstsein wahrgenommen hatte. »Warten Sie bitte noch einen Moment, Lieutenant.«

»Sie sind der Médecin Légiste«, bemerkte Masclau.

Leon betrachtete das Wrack. Sein Blick glitt noch einmal über das verbrannte Wohnmobil, von dem auf den ersten Blick kaum etwas das Feuer überstanden hatte. Sein Gehirn arbeitete wie ein Computerscanner, der jede noch so kleine Abweichung von der Norm registrierte. Das hier war zwar nur noch ein Haufen Schrott, trotzdem konnte Leon jedes Teil seiner bestimmten Funktion zuordnen. Sein Blick blieb auf einem hellen, daumendicken rohrartigen Gebilde hängen. Es ragte aus einem Haufen Asche heraus, die sich in dem Edelstahlspülbecken der ehemaligen Küchenzeile angesammelt hatte. Leon zog vorsichtig daran und hatte im nächsten Moment einen etwa fünfunddreißig Zentimeter langen Knochen in der Hand.

»Kann den die Explosion dahin geschleudert haben?«, wunderte sich Masclau.

»Das ist physikalisch unmöglich.« Leon wog den Knochen in der Hand. Er war nicht weiß, sondern eher gelblich braun und hatte eine glatte Oberfläche, fast wie alter Marmor.

»Ist der von ihm?« Isabelle betrachtete den Knochen mit einer Mischung aus Ekel und Neugier.

»Nur, wenn er drei Arme hatte«, sagte Leon. »Hast du noch einen Asservatenbeutel übrig?«

59. Kapitel

Die Auswertung der defekten Überwachungskamera am Krankenhaus hatte zumindest einen Teilerfolg geliefert. Die Gendarmerie kannte jetzt den Fahrzeugtyp, mit dem der Unbekannte die schwer verletzte Louise Paye in der Nacht zur Klinik gebracht hatte. Es handelte sich um einen sechzigtausend Euro teuren BMW X4. Die Vergrößerung der Videoaufnahmen zeigte außerdem die ersten beiden Ziffern des Nummernschildes. Eine erste Abfrage des Polizeicomputers war frustrierend gewesen. In Frankreich waren landesweit 1346 Fahrzeuge dieses Typs zugelassen. Also hatte Isabelle vorgeschlagen, zunächst nur solche Fahrzeuge zu überprüfen, die im Departement Var registriert waren. Das reduzierte die Zahl dieser teuren Autos auf fünfundsiebzig.

Die stellvertretende Polizeichefin teilte die Fahrzeughalter unter fünf Beamten auf. Das Gebiet war groß, und es würde eine Menge Fahrerei bedeuten. Aber die Chancen, dabei auf den richtigen Wagen zu stoßen, standen nicht schlecht. Darum saß Isabelle jetzt in ihrem Streifenwagen und fuhr die Route nationale Nummer 97 nach Westen in Richtung Le Luc. Sie hatte bereits seit dem Morgen mehrere Adressen abgeklappert. Der erste Wagen gehörte einer wohlhabenden Witwe, die vor zwei Monaten ihren Mann nach dreiundvierzig Ehejahren beerbt hatte. Außer einem gut gehenden Brillengeschäft in Pierrefeu übernahm die Dame von ihrem verstorbenen Mann auch noch ein Mietshaus und ebenjenen BMW, den außer ihr seitdem niemand gefahren hatte.

Vielversprechender war da schon die zweite Adresse gewesen. Der Halter des Wagens war zurzeit als Spezialist für Ölbohrungen vor der Küste von Französisch-Guayana tätig. Dafür benutzte sein zwanzigjähriger Sohn gelegentlich den teuren Wagen seines Vaters. Allerdings hatte der Student in der fraglichen Nacht bei seiner Freundin in Brignoles übernachtet, und seine Mutter behauptete, den Wagen am Abend benutzt zu haben, um sich mit einer Bekannten zu treffen. Isabelle hatte keinen Grund, das Alibi anzuzweifeln.

Der Nächste auf der Liste war ein gewisser Arnaud Mercier aus Gonfaron. Er war neunundvierzig Jahre alt und Filialleiter der örtlichen Landwirtschaftsbank. Von der Sekretärin bekam Isabelle den Tipp, dass Monsieur Mercier um diese Tageszeit im nahen Restaurant La Locomotive zu finden war. Dort gönnte er sich mit dem örtlichen Apotheker und dem Weinhändler ein verspätetes Mittagessen. Isabelle erkannte den Filialleiter auf den ersten Blick. Trotz der Hitze trug er ein hellblaues Sakko über dem weißen Hemd. Nur die Krawatte hatte er abgelegt. Die Stimmung am Tisch war ausgelassen, wozu zweifellos die beiden Flaschen Rosé beigetragen hatten, die jetzt leer und kopfüber in dem Kühler steckten. Die Männer lachten laut über einen Witz, als Isabelle in ihrer Uniform an den Tisch trat.

»Monsieur Mercier?«, fragte Isabelle förmlich.

»Ja, der einzige weit und breit.« Der Filialleiter versuchte lustig zu klingen, aber Isabelle spürte sofort, dass seine Selbstsicherheit nur gespielt war. »Und Sie sind …?«

»Capitaine Morell.« Isabelle reichte ihm die Hand. »Von der Gendarmerie nationale in Le Lavandou.«

»Oh, là, là, Arnaud«, sagte einer der Kollegen. »Eine echte Kapitänin.«

»Und noch dazu eine attraktive. Arnaud hat uns gar nicht erzählt, dass er so sympathische Bekannte bei der Polizei hat.«

Isabelle zeigte ein falsches Lächeln.

»Hätten Sie einen Moment Zeit?« Das war keine Frage, die Isabelle da stellte.

»Aber natürlich hat er Zeit für Sie, oder, Arnaud ...? Lass den freundlichen Capitaine bloß nicht warten.«

Die Männer lachten herzlich, aber Isabelle sah, das Monsieur Mercier eine Spur blasser geworden war. »Ich weiß nicht?«, sagte er und sah auf seine Uhr. »Ich habe noch eine Besprechung in der Bank.«

»Dann sollten Sie in der Bank anrufen und sagen, dass Sie sich verspäten werden.« Isabelle versuchte ihre Stimme jetzt weniger freundlich klingen zu lassen.

»Also, wenn es nicht so lange dauert ...«

»Das kann ich nicht versprechen.«

»Was hat er denn ausgefressen, unser guter Arnaud?« Die Männer gluckten vor Vergnügen.

»Hat er vielleicht in die Kasse gelangt, der Herr Bankdirektor«, sagte einer der Weinhändler, und die anderen schlugen sich vor Vergnügen auf die Schenkel. Nur Mercier lachte nicht.

»Das besprechen wir besser woanders«, sagte Isabelle. »Gehen wir in Ihr Büro?«

»Wir können doch auch da drüben reden.« Mercier deutete auf eine Bank, die auf der gegenüberliegenden Seite des Platzes unter einer großen Platane stand. »Übernimmst du das?« fragte Mercier den Weinhändler. Der nickte.

»Sie haben mich gar nicht gefragt, worum es geht.« Isabelle und Mercier waren vor der Bank stehen geblieben.

»Hat es mit der Filiale zu tun? Mit einem der Mitarbeiter?«

»Erinnern Sie sich an die Nacht zum Dienstag, als wir das schwere Gewitter hatten?« Isabelle ließ Mercier keinen Moment aus den Augen.

Er wich ihrem Blick aus. »Am Dienstag? Natürlich. Da habe ich bis spätnachts im Büro gesessen«, sagte Mercier. »Wir überprüfen vierteljährlich die Bonität unserer Kreditkunden.«

»Sie sind ganz sicher, dass Sie in Ihrem Büro waren?« Isabelle wollte ihm eine zweite Chance geben.

»Erst in meinem Büro, und anschließend bin ich nach Hause gefahren. Wir wohnen etwas außerhalb, Richtung Pignans.« Er deutete die Straße hinunter.

»Waren Sie mit Ihrem Wagen unterwegs? Sie haben doch einen BMW X4, oder?«

»Ja, habe ich ...« Er zögerte kurz. »Ich fahre immer mit dem Auto ins Büro.«

»Kann es sein, dass Sie in dieser Nacht einen Unfall hatten?«

»Einen ...? Nein. Na hören Sie mal, das wüsste ich aber!« Er lachte künstlich.

»Monsieur, wir ermitteln in einem Fall von Körperverletzung mit Fahrerflucht.«

»Aber ... aber warum kommen Sie dann zu mir?«

»Ihr Wagen wurde in dieser Nacht vor der Klinik Saint Sulpice gesehen.«

»Das ist völlig ausgeschlossen, ich ... nein, das ist unmöglich.«

»Monsieur Mercier ...« Isabelle zog das Handy aus ihrer Tasche. Inzwischen war sie sicher, dass Mercier der Fahrer war, den sie alle so dringend suchten. »Ich rufe jetzt die Spurensicherung an. Und ich beschlagnahme Ihr Auto.«

»Warten Sie, bitte, warten Sie!« Monsieur Mercier legte verzweifelt seine Hand auf Isabelles Arm. Isabelle sah kurz auf die

Hand, und er zog sie so schnell zurück, als hätte er einen elektrischen Schlag bekommen.

»Haben Sie mir etwas zu sagen, Monsieur?«, fragte sie mit eisiger Stimme.

»Ich habe die Frau nicht gesehen. Das müssen Sie mir glauben. Sie stand ganz plötzlich vor mir. Ich habe gebremst, aber ... Es war dunkel, und dann der Regen...«. Er hob in einer hilflosen Geste die Hände.

»Monsieur Mercier, was ich Sie jetzt frage, ist sehr wichtig. Wo genau hat sich der Unfall ereignet?«

»Das weiß ich nicht mehr so genau.«

»Sie müssen doch wissen, wo Sie gefahren sind.«

»Ich ...« Er brach ab.

»Monsieur Mercier. Wir ermitteln in einem Fall von Entführung und Mord.«

»Nein, nein, damit habe ich absolut nichts zu tun. Ich ... ich bin ganz zufällig auf der D 39 gefahren.«

»Mitten in der Nacht?«, fragte Isabelle. »Ich dachte, Sie waren im Büro ...«

»Ich habe da jemand besucht, in La Londe«, murmelte der Mann.

»Wen haben Sie besucht?«, bohrte Isabelle nach.

Monsieur Mercier lief jetzt der Schweiß in einem kleinen Rinnsal die Schläfe herunter. Er hatte das Sakko ausgezogen und trug es über dem Arm. Sein weißes Hemd zeigte dunklere Flecken unter den Achseln und auf Brust und Rücken. Mercier sah aus, als wäre er den ganzen Tag vernommen worden.

»Ich war bei einer Freundin.« Jetzt flüsterte Mercier. »Bitte, Capitaine, ich will nicht, dass meine Frau davon erfährt. Ich wollte doch nur helfen.«

»Indem Sie die Frau, die Sie angefahren haben, schwer verletzt vor den Klinikeingang gelegt haben wie einen Haufen Müll?«

»Bitte!« Er schlug die Hände vors Gesicht. »Es war am Real d'Or. Gleich da, wo der Feldweg nach Notre Dame de Figurier abgeht.« Er sah Isabelle mit Tränen in den Augen an. »Bitte, versprechen Sie mir, meine Frau und die Kinder aus der Sache herauszuhalten. Sie haben nichts damit zu tun.«

»Ich kann Ihnen gar nichts versprechen«, erwiderte Isabelle. Sie drückte auf die Kurzwahltaste ihres Handys.

Moma meldete sich sofort.

»Moma, ich bin in Gonfaron. Wir haben den Fahrer gefunden ... Ja, ich brauche hier die Spurensicherung. Wir sind bei Monsieur Mercier in der Bank. Bis später!« Sie beendete das Telefonat. »Wo steht Ihr Wagen?«

»Auf dem Parkplatz hinter der Bank.«

»Na gut. Gehen wir«, sagte Isabelle.

60. Kapitel

Patricia Paye hatte schon viel geweint an diesem Tag. Jetzt saß sie müde und erschöpft auf einem Sessel in einem Einzelzimmer der Frauenabteilung von Saint Sulpice. Sie trug Make-up auf und zog sich den Lidstrich nach. Dann betrachtete sie zum hundertsten Mal an diesem Vormittag die flimmernden Anzeigen und Lämpchen der Überwachungsmonitore, die alle signalisierten, dass ihre Tochter Louise noch lebte. Tat sie das wirklich? Seit Madame Paye in den frühen Morgenstunden in der Klinik eingetroffen war, hatte sie alles versucht, um irgendeine Art von Kontakt mit ihrer Tochter herzustellen, vergeblich. Aber sie wollte trotzdem nicht akzeptieren, dass ihre Tochter sie nicht hören konnte.

Also hatte Madame Paye beschlossen, so mit Louise zu sprechen, als läge sie gar nicht im Koma. Jetzt wartete sie auf Stationsarzt Dr. Menez. Sie lächelte beim Gedanken an den freundlichen Mediziner. Wie er sie angesehen hatte. Als sie die Tränen nicht mehr zurückhalten konnte und wollte, hatte er sie in den Arm genommen, vor ihrer Tochter. Die hatte davon zwar nichts mitbekommen, aber schließlich zählte die Geste.

Madame Paye sah zu ihrer Tochter hinüber. Sie glaubte die Geschichten von den Teufeln und Hexen nicht. Sie glaubte viel eher an eine Entführung, wie auch in den meisten Medien spekuliert wurde. Natürlich waren die Kidnapper hinter der Ministertochter her gewesen und nicht hinter ihrer Louise. Das arme Mädchen war unschuldig in politische Machenschaften geraten. Entführt von irgendwelchen Verrückten, die sie gequält hatten. Als der Arzt ihr das erzählt hatte, war Madame Paye zusammengebrochen.

Sie sah aus dem Fenster. Als ihr Blick zurück zu ihrer Tochter ging, blieb ihr fast das Herz stehen. Louise sah sie mit offenem, starrem Blick an. Madame Paye griff zur Klingel, drückte den roten Knopf und riss die Tür zum Gang auf, sodass der Polizist, der das Zimmer bewachte, beinahe vom Stuhl gerutscht wäre.

»Schwester, Schwester, kommen Sie!«, rief Madame Paye. Dann packte sie den Polizisten am Revers und schüttelte ihn. »Sie ist wach! Meine Tochter ist wach.«

Eine Minute später stand die Schwester im Raum und überprüfte die Monitore. Einen Augenblick später erschien Dr. Menez.

»Sie hat mich angesehen, Docteur, sie hat die Augen geöffnet und mich genau angesehen.« Madame Paye war ganz entrückt. »Mein kleines Mädchen ... Ich glaube, sie wollte mir etwas sagen. Hätte ich sie ansprechen müssen, Docteur? Ich war wie gelähmt. Habe ich es falsch gemacht, Docteur? Sie wollte mit mir reden. Das habe ich gespürt, hier drinnen.«

Madame Paye hatte die Hand auf ihr Herz gelegt und atmete hektisch. Mit der anderen Hand hielt sie sich am Bett ihrer Tochter fest.

Dr. Menez hatte vorsichtig ein Augenlid der Patientin nach oben geschoben und leuchtete ihr mit einer kleinen LED-Lampe ins Auge, doch die Pupille zeigte kaum Reaktion.

»Die Vitalwerte haben sich nicht verändert«, erklärte die Schwester nüchtern.

»Fast alle Komapatienten zeigen bestimmte reflexhafte Zuckungen, die man leicht für bewusst gesteuerte Bewegungen halten kann«, erklärte Dr. Menez. »Aber das sind sie leider in der Regel nicht.«

»Aber ich habe es doch gesehen, Docteur«, beteuerte die Mutter. Der Arzt und die Schwester wechselten einen schnellen Blick. »Louise wollte mir etwas sagen, ganz bestimmt.«

»Ich glaube Ihnen ja, und es ist bestimmt ein positives Zeichen gewesen«, sagte der Arzt geduldig.

»Vielleicht wollen Sie ja etwas zur Beruhigung haben«, wandte sich die Schwester an Madame Paye. »Ich kann verstehen, dass Sie das alles sehr aufregt.«

»Wenn Sie wieder eine Reaktion Ihrer Tochter bemerken, dann warten Sie ein paar Minuten ab«, riet Menez in seiner behutsamen und freundlichen Art. »Drücken Sie erst auf den Notknopf, wenn sich die Reaktion wiederholt. In Ordnung, Madame?«

Madame Paye nickte stumm. Der Arzt verließ das Zimmer.

»Ich bin vorne in der Station.« Die Schwester legte die Hand auf den Arm der Mutter. »Klingeln Sie, wenn Sie mich brauchen.«

Madame Paye hielt die Hand ihrer Tochter. Sie würde keinen Millimeter mehr von der Seite ihrer Tochter weichen. Nicht bevor Louise wieder aufwachte.

Niemand im Raum war auf die Idee gekommen, einen Blick unter die Decke am Fußende des Bettes zu werfen. Dort hatten sich die Zehen von Louise Paye wie kleine Fäuste zusammengekrümmt und begannen sich zu bewegen.

61. Kapitel

Im Sektionsraum war es kühl und ruhig wie immer. Leon hatte das grüne Tuch zurückgeschlagen und sah jetzt stumm auf den verkohlten Leichnam des Mannes, mit dem er noch vor wenigen Tagen gemeinsam Rosé getrunken hatte.

Würde er eines Tages auch auf einem Obduktionstisch enden?, fragte sich Leon. Würde er spüren, wie ihm ein Rechtsmediziner den Körper öffnete? Er schüttelte den Kopf. Es war sinnlos, über Fragen nachzudenken, die nicht zu beantworten waren. Der Wissenschaftler in ihm sagte natürlich, dass der Mensch sich mit dem Tod auflöste. Und ein sich auflösender Körper war zu keinerlei Denken mehr in der Lage. Aber da gab es ja immer auch noch die andere Seite. Die Seite mit der Seele. Vielleicht blieb ja doch irgendetwas zurück in dieser Welt, wenn man starb. Das schien Leon ein tröstlicher Gedanke zu sein.

Leon umrundete langsam den Toten. Ein paarmal blieb er stehen, als hätte er einen besonders interessanten Blickwinkel gefunden. Aber es war etwas anderes. Es waren die Vorstellungen, die ihn beim Anblick des zerstörten Körpers überkamen. Er sah den Mann, den er kennengelernt hatte. Den begeisterten Historiker, der seine Arbeit liebte und der sich darauf freute, alte Kirchen zu untersuchen. Ein handwerklich geschickter Mensch, der mit präzisen Instrumenten arbeitete. Würde so jemand tatsächlich einen beschädigten Gasanschluss in seinem Wohnmobil übersehen?

»Ich habe gelesen, dass er einen Unfall hatte.« Rybaud war aus dem Labor gekommen.

»Steht das so im Polizeibericht?«, fragte Leon.

»Brand nach Gasaustritt in einem geschlossenen Raum, haben die geschrieben.«

»Das war vielleicht ein wenig voreilig«, meinte Leon. »Reichen Sie mir bitte ein Skalpell.«

Rybaud riss die sterile Folie auf und entnahm ein frisches Skalpell, das er seinem Chef gab. Leon beugte sich über den Hals des Opfers. Das Feuer hatte die Haut weitgehend weggebrannt und dabei auch Sehnen und Muskeln zerstört. Ohne dass Leon einen Schnitt machen musste, konnte er die freiliegende Luftröhre und den Kehlkopf erreichen. Er setzte das Skalpell einen Fingerbreit unter dem Adamsapfel an und machte einen senkrechten Schnitt von etwa drei Zentimetern Länge in die Luftröhre. In den Schnitt schob er eine kleine Zange, mit der er die Öffnung aufspreizte. Dann beugte er sich tief über den Toten.

»Hab ich mir gedacht«, murmelte Leon. Sein Assistent sah ihn fragend an. »Keine Hitzeschädigung und keine Rußpartikel. Ich bin fast sicher, in den Bronchien werden wir auch nichts finden.«

Wenn ein Mensch die bis zu tausend Grad heiße Luft in einem brennenden Raum einatmete, wurden Luftröhre und Bronchien schwer geschädigt. Es kam zur Zerstörung der Schleimhäute und Verbrennungen in Bronchien und Lunge. Darüber hinaus entwickelte brennendes Plastik einen klebrigen schwarzen Ruß, der sich in den Atmungsorganen ablagerte. Doch von solchen Spuren war hier nichts zu finden.

»Das Opfer war bereits tot, als das Feuer im Wohnmobil ausbrach«, stellte Leon fest.

»Mord?«, fragte Rybaud.

»Würde mich nicht überraschen. Lassen Sie uns anfangen.«

Leon drückte auf den Startknopf des digitalen Aufzeichnungsgeräts.

»Wir haben einen männlichen Toten von …?« Er sah seinen Assistenten erwartungsvoll an.

»Fünfunddreißig«, sagte Rybaud.

»Von fünfunddreißig Jahren. Größe circa ein Meter fünfundsiebzig. Gewicht ist nicht mehr genau feststellbar, da der Körper durch Brandeinwirkung an Substanz verloren hat …« Leon stellte das Aufzeichnungsgerät ab.

Ihm war das rechte Knie des Opfers aufgefallen. Es musste im Feuer durch irgendeinen Gegenstand abgedeckt gewesen sein. Während das linke Knie zum Teil verbrannt war, konnte Leon im rechten ein kräftiges Hämatom mit einer starken Schwellung erkennen. Das Knie musste also verletzt worden sein, als Daniel Simon noch lebte. Leon ertastete vorsichtig die Kniescheibe und bewegte sie.

»Knie zertrümmert nach einem Schlag mit einem schweren, runden Gegenstand, nach der Form des Hämatoms zu urteilen. Vielleicht ein Baseballschläger oder ein Rohr.«

Rybaud hielt seinem Chef das Skalpell hin.

»Nicht nötig, das können wir später genauso gut röntgen«, sagte Leon. »Können Sie mir bitte mal helfen?«

Leon hatte unter den Brustkorb des Toten gegriffen und ihn angehoben. Rybaud hielt den Körper in dieser Position, während Leon den Rücken des Opfers untersuchte, der vom Feuer verschont geblieben war.

Es gab mehrere längliche Hämatome, von ähnlicher Form wie das am rechten Knie. Das waren eindeutig Spuren brutaler Schläge, dachte Leon. Er drückte mit dem Daumen seitlich gegen den vierten Rippenbogen und konnte ein leichtes Knirschen unter der Fingerspitze fühlen.

»Man hat ihm die Rippen gebrochen«, stellte Leon nüchtern fest.

»Aber warum?«

»Vielleicht ein Kampf. Vielleicht um ihn zu foltern. Diese Schläge waren ungemein schmerzhaft, und sie haben innere Organe beschädigt. Aber daran ist er nicht gestorben.«

Die Verletzung, die zum Tod des Historikers geführt hatte, entdeckte Leon wenige Minuten später. Am Hinterkopf, verdeckt von Ruß und Haarresten, war die Kopfhaut auf über sieben Zentimetern aufgeplatzt. Der Schädel darunter war gebrochen, und einzelne Splitter hatten sich ins Gehirn geschoben. Eine tödliche Verletzung, die dazu geführt hatte, dass zuerst die Atmung ausgefallen und dann das Herz stehen geblieben war. Aber vorher hatte jemand Daniel Simon geschlagen, und zwar so, dass er nicht starb, dachte Leon. Hatte der Täter von dem Historiker vielleicht eine Information erpressen wollen?

Danach hatte er ihn mit einem Schlag auf den Kopf umgebracht. Das war kein Schlag gewesen, den der Täter aus der Wut heraus geführt hatte, nicht aus Hass, sondern aus kühler Berechnung. Hatte er vorher noch erfahren, was er hören wollte?

62. Kapitel

Gegen einundzwanzig Uhr ging im Etagenstützpunkt der Überwachungsstation ein Alarm los. Die Nachtschwester starrte den Monitor mit den Vitalwerten der Patientin an. Die rote Linie für den Puls zeigte keinerlei Ausschläge mehr und verlief als waagerechter Strich quer über den Bildschirm, während in der rechten unteren Ecke eine Null blinkte. Das ließ nur eine Diagnose zu: Das Herz der Patientin hatte aufgehört zu schlagen. In diesem Moment sprang ein weiterer Alarm an. Diesmal war es die Blutdruck-Anzeige, die vom Bildschirm verschwunden war.

Die Nachtschwester fuhr hoch, und während sie zu Zimmer 211 am Ende des Ganges lief, alarmierte sie über Funk Dr. Menez.

»Kreislauf, möglicherweise Herzstillstand«, war alles, was sie ins Funkgerät rief, während sie weiterrannte.

Die Tür zu Zimmer 211 stand offen, und der Stuhl davor, auf dem rund um die Uhr ein Polizist sitzen sollte, war leer. Die Schwester stürzte ins Zimmer und sah eine weinende Madame Paye, die sich über das Krankenbett gebeugt hatte und ihre Tochter umarmte.

»Louise, Louise …«, schluchzte Madame Paye.

Die Nachtschwester erkannte sofort, dass die Mutter in ihrem Überschwang die Klebekontakte zur Überwachung von Puls und Blutdruck der Patientin abgerissen hatte.

»Bitte treten Sie zur Seite! Ich muss die Kontakte wieder anschließen.« Die Nachtschwester schob die Mutter zurück.

»Sie ist aufgewacht, meine Louise ist wach! Hörst du mich, mein Schatz, kannst du mich hören?«

»Madame Paye, bitte lassen Sie mich arbeiten. Sonst müssen Sie das Zimmer verlassen.«

Der Beamte der Gendarmerie stand etwas abseits und fragte sich, ob er die Mutter nicht in den Gang führen sollte oder ob er solche Dinge lieber dem medizinischen Personal überließ, als Dr. Menez in den Raum kam. Er überblickte sofort die Situation, fasste die Mutter freundlich, aber bestimmt am Ellenbogen und schob sie in Richtung Fenster, damit die Schwester ungestört arbeiten konnte.

»Es waren nur die Kontakte«, sagte die Schwester. »Tut mir leid.«

»Sie ist aufgewacht.« Madame Paye sah den Arzt mit tränennassen Augen an. »Meine kleine Louise ist wach. Sie hat gesprochen.«

»Das klingt doch sehr gut.« Dr. Menez' Stimme verriet, dass er Zweifel an dem hatte, was die Mutter da behauptete. »Ich mache jetzt mit Ihrer Tochter ein paar Tests.«

Die Mutter trat einen Schritt zurück, ließ aber den Arzt und die Schwester keine Sekunde aus den Augen. Inzwischen hatte der Monitor wieder angefangen, regelmäßig zu blinken. Der Puls zeigte jetzt fünfundsiebzig Schläge in der Minute, und auch der Blutdruck war stabil. Der Arzt schaltete das Deckenlicht aus. Jetzt brannte nur noch die indirekte Beleuchtung in der Leiste über dem Bett. Dr. Menez nahm die kleine Taschenlampe, schob mit der Fingerspitze das Lid hoch und leuchtete in das Auge. In diesem Moment zuckte die Patientin zusammen und drehte den Kopf zur Seite.

»Schon gut, schon gut.« Jetzt schwang Aufregung in der Stimme des Arztes mit. Er knipste die kleine Lampe aus. »Sie sind in Sicherheit.«

»Louise«, rief Madame Paye und wollte zu ihrer Tochter, doch die Schwester hielt sie zurück.

»Lassen Sie erst den Doktor mit ihr reden«, sagte sie. »Sie müssen ihr Zeit geben, bitte.«

In diesem Moment kletterte der Puls in wenigen Sekunden bis auf hundertvierzig Schläge. Das Anzeigegerät gab einen pfeifenden Warnton von sich.

»Geben Sie ihr ein Milligramm Taxor. Sublingual«, ordnete Dr. Menez an.

Die Schwester drückte eine dünne Tablette aus einer Folie und schob sie der Patientin unter die Zunge.

»Es ist alles gut.« Dr. Menez hielt die Hand von Louise fest, während er immer wieder zu den Anzeigen sah. »Es kann Ihnen nichts passieren.«

Madame Paye sah atemlos zu, wie ihre Tochter von Dr. Menez langsam zurück in die Wirklichkeit geholt wurde. Der Puls der Patientin war immer noch zu schnell, aber er stieg nicht mehr.

»Atmen Sie, atmen Sie ruhig«, sagte Menez, »ganz ruhig. Ein und aus und wieder ein und wieder aus … Sie machen das sehr gut.«

Tatsächlich begann sich die Atmung der Patientin, die ihre Augen noch immer geschlossen hielt, zu beruhigen. Auf dem Anzeigegerät konnte Dr. Menez beobachten, wie der Puls wieder unter hundert Schläge fiel. Alle Besucher in dem Raum schienen den Atem anzuhalten.

»Wo …?«, fragte in diesem Moment eine kaum hörbare Stimme. Es hörte sich mehr wie ein leises Krächzen an. »Wo bin ich?«

Louise hatte gesprochen. Ihre Mutter war so ergriffen, dass sie schwieg, zum ersten Mal an diesem Tag.

»Sie sind in der Klinik Saint Sulpice bei Hyères«, sagte Dr. Menez. »Es ist alles gut. Sie haben ein paar Verletzungen, aber nichts Schlimmes.«

»So hell …«, keuchte Louise. »Zu hell.«

»Halten Sie die Augen geschlossen.« Dr. Menez sah zu der Schwester, die ihm von dem kleinen Rollwagen eine einfache Sonnenbrille mit dunklen Gläsern reichte.

»Sie müssen sich erst an das Licht gewöhnen. Aber keine Sorge, das ist ganz normal. Schließen Sie einfach die Augen«, sagte Dr. Menez und setzte ihr sanft die Brille auf. »Das ist eine Sonnenbrille. Damit Sie nicht so geblendet werden. In ein oder zwei Stunden ist es schon viel besser. Wie fühlen Sie sich?«

»Müde … Kopfweh …«, sagte Louise leise und mit schwerer Zunge.

»Die Schwester gibt Ihnen etwas. Dann wird es Ihnen gleich besser gehen.«

Der Arzt hob die Hand, um der Mutter zu bedeuten, nicht näher zu kommen.

»Können Sie sich erinnern, wie Sie hierhergekommen sind?«, fragte er vorsichtig.

Louise versuchte etwas zu sagen, aber sie schaffte es nicht, einen ganzen Satz zu formulieren.

»Dunkel, Regen … Auto auf der Straße«, sagte sie schließlich.

»Sehr gut. Es hat in der Nacht sehr stark geregnet. Da haben Sie völlig recht. Wissen Sie noch, wie Sie in die Klinik gelangt sind?«

»Wasser war so kalt«, sagte Louise. »Bin so müde.«

»Das haben Sie wirklich gut gemacht«, sagte der Arzt. »Aber jetzt müssen Sie sich erst mal ein wenig ausruhen.«

»So müde …«, wiederholte Louise und war im nächsten Moment eigeschlafen.

»Wir müssen vor allem darauf achten, dass niemand hier hereinkommt und mit ihr spricht.« Er sah Madame Paye eindringlich an. »Außer Ihnen natürlich. Sie dürfen Ihre Tochter aber nicht überfordern. Ein Koma ist immer auch ein Versuch der Psyche, ein traumatisches Erlebnis zu verarbeiten. Aus diesem seelischen Zustand muss Ihre Tochter langsam auftauchen. Das ist sehr wichtig. Nur dann wird sie sich erinnern können. Wir brauchen diese Erinnerungen. Sie könnten die Polizei zu Claire Laval führen.«

Madame Paye nickte.

»Darf ich mich jetzt wieder zu ihr setzen?«, fragte sie.

»Natürlich. Aber lassen Sie sie schlafen. Wenn sie aufwacht, ich bin die ganze Nacht im Haus.«

63. Kapitel

Es war spät geworden, als Leon die Rechtsmedizin verlassen hatte. Jetzt saß er zu Hause auf der Terrasse, hatte sich einen Tee gemacht und schaute auf die Lichter von Le Lavandou, die sich im tintendunklen Wasser des Meeres spiegelten.

Er dachte an die toten Frauen und an Claire Laval, von der noch immer jede Spur fehlte. Niemand konnte sagen, ob sie überhaupt noch lebte, und er hatte nichts dazu beitragen können, sie schneller zu finden. Er war dazu verdammt, Opfer zu untersuchen, Berichte zu schreiben und der Gendarmerie nationale bei der Fahndung zuzusehen. Dabei waren sie an diesem Abend der Lösung dieses Falls so nahe gewesen. Das war in dem Moment, als Louise Paye aus dem Koma erwachte und alle hofften, dass sie den entscheidenden Hinweis geben würde. Aber die Erinnerungen der Studentin setzten in dem Augenblick aus, in dem sie fünf Tage zuvor mit ihrer Freundin über den nächtlichen Parkplatz von Bormes ging. Und sie setzten erst wieder ein, als sie im strömenden Regen auf einer Straße stand und die grellen Lichter eines Autos auftauchten, das sie zu Boden riss. Dazwischen herrschte Dunkelheit.

Leon und Dr. Menez hatten vergeblich versucht, der jungen Frau bei ihren Erinnerungen zu helfen. Es war ganz normal, dass Komapatienten Gedächtnislücken hatten. In der Regel kehrten die fehlenden Erinnerungen aber nach und nach wieder zurück. Es kostete Zeit und viel Geduld, solche Erinnerungslücken zu schließen. Aber sie hatten keine Zeit. Wenn sie Claire Laval retten wollten, brauchte die Polizei diese Erinnerungen jetzt.

Leon hatte die Leiche von Daniel Simon obduziert, aber auch das hatte wenig neue Erkenntnisse gebracht. Leon konnte nicht sagen, ob der Tod dieses Mannes in irgendeinem Zusammenhang mit den anderen Todesfällen stand. Fest stand nur, dass der Historiker bereits tot gewesen war, als sein Wohnmobil in Flammen aufging. Jemand hatte ihn verprügelt und mit einem Schlag auf den Kopf getötet.

In den letzten Jahren hatte es immer wieder Überfälle in den Hügeln des Massif des Maures gegeben. Auf einsame Wanderer und Wildcamper. Aber ein Beweis, dass auch Daniel Simon überfallen worden war, war das trotzdem nicht.

Leon nahm das verkohlte Notizbuch des Historikers in die Hand, das neben ihm auf dem Rattansofa lag. Er hatte im Labor das schmale Büchlein so gut es ging von Ruß und Schmutz gereinigt. Die ersten dreißig Seiten waren voller Notizen und Skizzen. Meist Details aus Kirchen der Provence. Ein markanter Schlussstein in einem Deckengewölbe, ein seltenes Maßwerk in einem Fensterbogen oder ungewöhnliche steinerne Ornamente über einem Türstock. Daniel Simon hatte eine sichere Hand gehabt, seine Skizzen waren kleine Kunstwerke. Die letzten Seiten waren mit Kunststoff verklebt, der sich in der Hitze des Feuers verflüssigt hatte und über das Buch gelaufen war. Leon hatte sich ein scharfes Küchenmesser zurechtgelegt und damit begonnen, die Seiten vorsichtig aufzuschneiden. So wie sein Vater früher die Seiten in den Büchern mit den französischen Biografien hatte aufschneiden müssen, die er so gerne las.

Diese hinteren Seiten des Notizbuchs waren mit weiteren Notizen gefüllt. Es ging vor allem um die Apsiden verschiedener Kirchen in der Provence, die Simon offensichtlich besucht hatte und die in seltenen Fällen auch noch über eine Krypta verfügten.

Es war bereits zweiundzwanzig Uhr, als Leon die letzten beiden Seiten aufschnitt. Auf der Doppelseite gab es keinen Text, sondern nur die Skizze einer Wand mit mehreren Nischen, in denen wohlgeordnet Schädel, Bein- und Armknochen lagen – wie Leon auf der präzisen Zeichnung sofort erkennen konnte –, solche wie der Unterarmknochen, den er im Wohnmobil gefunden hatte. Er schätzte das Alter dieses Knochens auf mindestens hundertfünfzig, höchstens aber auf dreihundert Jahre. Der Knochen war über lange Zeit in einem kühlen, trockenen Raum gelagert worden. In dieser Zeit hatte sich die Oberfläche verhärtet und eine marmorähnliche Struktur angenommen. War es das, was ihm Simon hatte zeigen wollen? War das seine Antwort auf Leons Fragen über die Hexenverfolgungen?

Leon wurde nicht schlau aus dieser Botschaft. Offensichtlich hatte der Historiker bei seinen Recherchen einen Platz entdeckt, an dem Knochen aufbewahrt wurden. Und zwar seit mehr als hundertfünfzig Jahren. So etwas hatte Leon bisher nur in den Krypten großer Kathedralen gesehen. Kapellen oder kleinere Kirchen in der Provinz kannten solche unterirdischen Begräbnisstätten in der Regel nicht. Aber möglicherweise hatte Simon genau eine solche Krypta entdeckt.

Lilou kam in die Küche. »Bist du allein?«, fragte sie.

»Lilou«, wunderte sich Leon. »Ich wusste gar nicht, dass du schon zu Hause bist. Was machen die Reisepläne?«

»Hmmm«, brummte Lilou schlecht gelaunt.

»Klingt aber nicht direkt nach Vorfreude.« Er betrachtete Lilou, die sich verdrossen einen Orangensaft einschenkte.

»Ingrids Eltern wollen auch nach Korsika kommen«, sagte sie nach einer Weile.

»Kann man ihnen kaum verdenken. Ist schließlich ihr Haus.«

»Aber es sind unsere Sommerferien. Sechs Wochen Sommerferien. Die können wir jetzt voll vergessen.«

»Aber Ingrids Eltern sind doch nett.«

»Nett …? Da kann ich auch gleich mit euch an die Loire fahren und die blöden Schlösser anglotzen.«

»So schlimm muss es ja nicht gleich kommen«, sagte Leon mit einem Lächeln. »Isabelle und ich, wir hatten ja nur gedacht, die Schlösser könnten dich vielleicht auch interessieren.«

Es war Leons Idee gewesen, Lilou in ihren Urlaub mitzunehmen. Anfangs schien sie sogar interessiert, bis dieser Bertrand in ihrer Urlaubsplanung aufgetaucht war. »Wie geht's Bertrand?«, fragte er.

»Sprich seinen Namen nicht mehr aus«, antwortete Lilou düster.

In diesem Moment hörte Leon, wie die Eingangstür aufgeschlossen wurde.

»Isabelle«, sagte er. Von Lilou kam nur ein genervtes Brummen.

Isabelle trat in die Küche.

»Bonsoir, ma chérie«, sagte sie zu Lilou.

»Ich geh in mein Zimmer.« Lilou nahm ihr Glas mit Orangensaft und marschierte die Treppe hinauf in den ersten Stock.

»Was hat sie denn?« Isabelle sah ihrer Tochter nach.

»Ich glaube, Bertrand ist in Ungnade gefallen«, antwortete Leon.

»Was für ein Glück«, meinte Isabelle. »Bist du sicher?«

»Sie ist sogar bereit, mit uns zusammen an die Loire zu fahren.«

»Dann ist die Sache wirklich ernst«, sagte Isabelle.

Leon sah Isabelle an. Sie sieht müde aus, dachte er.

»Du hast zu lange gearbeitet«, sagte er.

»Und es hat rein gar nichts gebracht.« Isabelle klang eher enttäuscht als verärgert.

»Louise Paye hat sich also nicht erinnert?«, folgerte Leon.

»Wir haben alles versucht. Ich glaube, sie hat gemerkt, wie wichtig uns ihre Erinnerung ist, aber sie konnte nicht helfen. Es war, als hätten wir ein Buch gefunden, in dem die Seiten leer sind.«

»Was ist mit der Aussage von dem Mann mit dem SUV? Der hat dir doch genau gesagt, wo er das Mädchen angefahren hat?«

»Hundertfünfzig Beamte suchen seit elf Stunden das Gebiet ab.« Isabelle klang resigniert.

»Keine Spur?«, fragte Leon.

Isabelle schüttelte den Kopf. »Wir reden immer noch über fünf bis zehn Quadratkilometer. Und die liegen mitten in den Hügeln des Massif des Maures.«

»Was ist mit alten Gebäuden?«

»Nichts, dabei habe ich in den letzten Stunden mehr alte Keller durchsucht als in meinem ganzen Leben vorher.«

Isabelle sah schweigend in die Dunkelheit.

»Es ist nicht deine Schuld, dass ihr sie nicht findet«, sagte Leon und wollte Isabelle in den Arm nehmen. Aber sie wich ihm aus.

»Ich geh ins Bett.«

»Ich kann dir einen Tee bringen, mit Honig. Ist gut zum Einschlafen«, sagte er. Isabelle lächelte.

»Besprechung ist morgen schon um halb acht. Du sollst auch daran teilnehmen.«

»Vielleicht sucht ihr in den falschen Kellern«, sagte Leon.

»Was meinst du?« Isabelle ließ es wie einen Vorwurf klingen.

»Vielleicht solltet ihr lieber in den Kirchen suchen …«

»Wie kommst du darauf?«

»Nur so eine Idee. Ich hab mir das Tagebuch von Dr. Simon angesehen. Lass uns morgen bei der Einsatzbesprechung darüber reden.«

»Gute Nacht!« Sie gab ihm einen schnellen Kuss auf den Mund.

»Ich komme auch gleich«, sagte er. »Ich warte nur noch ein paar Minuten, bis der Mond aufgeht.«

»Romantiker.«

»Nein, Rechtsmediziner. Wir träumen den ganzen Tag von Licht, Luft und Wärme.«

»Armer alter weißer Mann«, sagte sie mit einem Lächeln.

64. Kapitel

Morgens um sieben Uhr dreißig war die Wache bereits so voller Menschen, als hätte niemand die letzte Nacht zu Hause verbracht. Mittlerweile suchte die Gendarmerie nationale schon seit fünf Tagen nach Claire Laval. Es hatte sich bei den Polizisten eine regelrechte Wut auf den unbekannten Täter angestaut. Einmal wegen der Grausamkeiten, die er an seinen hilflosen Opfern beging, und zum zweiten, weil alle Beamten der Gendarmerie nationale gebraucht wurden und Zerna ihnen deshalb vorerst ihre freien Tage gestrichen hatte.

Wie schon beim letzten Meeting hatten sich auch diesmal die Beamten in der Cafeteria versammelt. Leon saß bereits und sah sich vergeblich nach Isabelle um, die nur kurz in ihrem Büro vorbeisehen wollte. Er hielt den Platz neben sich auch noch frei, als Zerna auf den Tisch klopfte, um die Besprechung zu beginnen. Neben dem Polizeichef saßen Sonderermittler Bertin und eine unausgeschlafen wirkende Kommissarin Lapierre.

»Messieurs dames, guten Morgen«, begann Zerna, und die Zuhörer stellten ihre Gespräche ein. »Gibt es neue Hinweise zum Aufenthaltsort von Claire Laval?«

»Also ...« Masclau, der seinem Chef gegenübersaß, räusperte sich. »Wir hatten gestern insgesamt hundertfünfzig Beamte im Einsatz. Mit diesen Kollegen haben wir weitere Gebäude durchsucht. Bisher haben wir zweiundvierzig Kontrollen durchgeführt, alle waren ...«

»Wir wollen nicht wissen, wie viele Leute Sie eingesetzt haben«, unterbrach ihn Bertin, »sondern was Sie gefunden haben.«

»Na ja, wir ...« Masclau räusperte sich. »Wir haben nichts gefunden. Wir haben allerdings die Suche zwei Stunden nach Sonnenuntergang eingestellt, damit wir in der Dunkelheit nichts übersehen.«

»Was ist mit Louise Paye?«, wollte Bertin wissen.

»Ihre Erinnerungen sind nach wie vor sehr lückenhaft«, antwortete Polizeichef Zerna. »Ich habe vor einer Stunde mit Dr. Menez, dem leitenden Arzt, gesprochen. Nichts Neues. Er meinte, Madame Paye brauche vor allem Ruhe und Zeit, um sich zu erholen.«

»Zeit, Zeit ... Wir haben aber keine Zeit, verdammt!« Der Sonderermittler war immer noch darüber verärgert, dass der behandelnde Arzt ihm nicht erlaubt hatte, Louise Paye zu vernehmen. Dazu hatte Dr. Menez nicht nur die Zustimmung des Klinikleiters, sondern sogar die der Präfektur in Toulon eingeholt. Aber Bertin war bereits zum Gegenangriff übergegangen und hatte sich mit dem Innenministerium in Verbindung gesetzt. Dort wollte man im Augenblick noch kein grünes Licht geben, aber Bertin hoffte darauf, dass er in den nächsten Stunden mit der Befragung beginnen könnte. Ihm würde diese Frau antworten, da war sich der Sonderermittler ganz sicher.

»Was ist mit diesem Filialleiter aus Gonfaron?«, fragte Kommissarin Lapierre.

»Sein Alibi ist wasserdicht«, sagte Masclau. »Wir haben mit seiner Geliebten in La Londe gesprochen. Sie hat alles bestätigt.«

»*Merde!*«, fluchte der Sonderermittler leise.

In diesem Moment ging die Tür auf, und Isabelle betrat die

Cafeteria. Sie hatte einen Computerausdruck in der Hand und drängte sich an den Kollegen vorbei zu Leon. Sie setzte sich neben ihn und gab ihm eine ausgedruckte Liste in die Hand. Dazu flüsterte sie ihm etwas ins Ohr. Leon überflog den Ausdruck und wechselte leise ein paar Worte mit Isabelle. Sonderermittler Bertin hatte die Unterbrechung des Meetings mit gequältem Gesichtsausdruck beobachtet.

»Vielleicht wollen Sie uns ja an Ihren neuesten Ermittlungsergebnissen teilhaben lassen, Capitaine«, forderte er Isabelle auf. »Natürlich nur, wenn es sich um nichts Privates handelt«, fügte er süffisant hinzu. Einige Beamten lachten.

»Es gab einen Apothekeneinbruch in Puget Ville«, begann Isabelle.

Der Sonderermittler wechselte mit Zerna einen genervten Blick.

»Na schön. Können wir jetzt mit dem Fall Claire Laval weitermachen?«

»Ich denke, der Einbruch hängt mit dem Fall Claire Laval zusammen«, sagte Isabelle ruhig, aber bestimmt.

»Ein Apothekeneinbruch?«, fragte Zerna erstaunt.

»Es geht darum, was dort entwendet wurde.« Isabelle sah Leon an und schenkte ihm ein kleines Lächeln. »Sie können das besser erklären, Docteur.«

»Guten Morgen«, sagte Leon und hielt die Liste in die Luft. »Auf der Schadensliste der Apotheke sind nur zwei Präparate aufgeführt. Das erste Medikament gehört zur Gruppe der sogenannten Biguaniden. Das sind Stoffe, die die Zuckerbildung in der Leber unterdrücken. Beim zweiten Präparat handelt es sich um Insulin zum Nachfüllen eines Insulinpens. Das ist eine mehrfach nutzbare Spritze, mit der sich Diabetiker selbst behandeln können.«

»Und das bedeutet?«, fragte einer der jungen Beamten.

»Der Einbrecher war ausschließlich an Medikamenten interessiert, die zur Behandlung einer fortgeschrittenen Diabetes 1 oder einer beginnenden Diabetes 2 dienen.«

»Claire Laval leidet doch unter Diabetes?«, fragte Zerna in Richtung des Ermittlers, der nur kurz nickte, als wollte er sich jetzt auf keinen Fall ablenken lassen.

»Und wo ist diese Apotheke, sagten Sie?«, fragte Bertin.

»In Puget Ville«, erwiderte Lieutenant Masclau. »Ist kurz vor Cuers.«

»Wie weit ist dieses Puget Ville von der Stelle entfernt, wo Louise Paye angefahren wurde?«, wollte der Sonderermittler wissen.

»Vielleicht zwanzig Kilometer«, sagte Lieutenant Masclau. »Eher etwas weniger.«

»In der Gegend haben wir alle infrage kommenden Gebäude abgesucht. Da war nichts.« Masclau klang regelrecht beleidigt.

»Dann waren Sie vielleicht nicht sorgfältig genug«, stichelte Bertin.

»Oder es wurde noch nicht in allen alten Gebäuden gesucht«, fügte Leon hinzu.

»Ich sag doch, wir haben alles durchsucht.« Masclau klang verärgert.

»Moment!« Zerna hob die Hand, und Masclau schwieg. Dann wandte er sich an Leon. »Haben Sie vielleicht noch einen weiteren Vorschlag für uns?«, fragte er. »Die Idee mit den alten Kellern kam ja von Ihnen, wenn ich mich richtig erinnere.«

»Ich habe mir inzwischen das Notizbuch von Daniel Simon ansehen können«, berichtete Leon.

»Moment mal, ist das nicht Beweismaterial?« Der Sonderermittler sah sich empört zu Zerna um. »Das gehört zum Ermittlungsmaterial der Polizei.«

»Genau da liegt es ja auch«, meinte Leon mit einem leisen Lächeln. »Alles nach Vorschrift. Ich habe mir allerdings erlaubt, schon mal einen Blick darauf zu werfen. Schließlich hatte mir Monsieur Simon eine Nachricht geschickt, dass er mir dringend etwas zeigen wolle.«

»Und was hat das bitte mit dem Notizbuch zu tun?«, fragte Bertin.

»Auf der letzten Seite gibt es eine Skizze von einem Gebeinhaus.«

»Einem was?«, fragte einer der Polizisten.

»Schädel und Knochen, penibel geordnet. Im Mittelalter hat man häufig die Gebeine Verstorbener auf diese Weise aufbewahrt«, erklärte Leon. »Diese Begräbnisstätten hießen Krypta und befanden sich unter den Kirchen im Bereich der Altäre.«

»Danke, wir wissen, was eine Krypta ist«, kam es vom Sonderermittler.

»Na gut«, sagte Leon, »vielleicht war es das, was mir Monsieur Simon zeigen wollte. Eine Krypta würde ein gutes Versteck abgeben.«

»Wie viele Kirchen und Kapellen gibt es in unserem Suchgebiet?«, fragte Zerna in die Runde.

»Vielleicht ein Dutzend. Kommt drauf an, wie weit wir den Suchkreis abstecken.«

»Ich halte es für sehr unwahrscheinlich, dass der Täter seine Opfer in einer Kirche versteckt hat, die mitten in einem Ort liegt«, sagte Leon. »Ich denke, die können Sie gleich mal von der Liste streichen«.

In diesem Moment ging die Tür auf, und Lieutenant Kadir

kam den Gang nach vorne zu Zerna. Man sah dem Lieutenant an, dass er gerannt war. Vor dem Polizeichef blieb er stehen.

»Patron, wir haben Roux gefunden«, sagte er etwas atemlos.

»Na also, geht doch«, meinte Zerna. »Wo ist er?«

»Im Supermarkt Carrefour in der Avenue Maréchal Juin«, sagte Kadir. »Er hat eine Geisel genommen.«

65. Kapitel

Zerna hatte den Parkplatz rund um den Supermarkt komplett absperren lassen. Wo sich sonst um diese Tageszeit oft hundert und mehr Besucher drängten, herrschte jetzt eine gespenstische Ruhe. Ein paarmal öffnete sich noch die automatische Glastür, und ein letzter Kunde wurde von schwer bewaffneten Polizisten in Sicherheit gebracht. Nur eine kleine Gruppe marschierte direkt auf den Eingang zu, flankiert von Beamten mit Schutzausrüstung und durchgeladenen Maschinenpistolen. Es waren Leon, Masclau und Sonderermittler Bertin mit ihren Bewachern.

Dass Leon mit dabei war, geschah auf Wunsch von Zerna. Leon war zwar kein ausgebildeter Vermittler, wie sie üblicherweise bei Geiselnahmen eingesetzt wurden. Aber der Spezialist der Kripo saß in Toulon fest, wo er eine Selbstmörderin davon abhalten musste, sich mit ihrem Baby vom Verwaltungsgebäude der SNCF, der französischen Bahn, zu stürzen. Dieser Einsatz würde sich noch eine Weile hinziehen, und weitere Polizeipsychologen standen im Augenblick nicht zur Verfügung. Leon dagegen hatte der Gendarmerie nationale schon einmal erfolgreich geholfen, mit einem Geiselnehmer zu verhandeln. Auch damals war sein Einsatz aus der Not geboren. Warum sollte ihm das nicht noch einmal gelingen? Bertin hätte die Verhandlung mit dem Geiselnehmer natürlich am liebsten selber geführt. Aber er konnte sich bei Zerna nicht durchsetzen, und eine Auseinandersetzung mit Leon erschien ihm wenig erfolgversprechend.

Die kleine Gruppe betrat den Supermarkt. Zwischen zwei Regalen mit Oliven und Brot wurden sie vom Einsatzleiter erwartet.

»Der Mann, den Sie suchen, ist da oben im Büro.« Der Capitaine deutete auf eine Treppe, die am Ende des Gangs zu einem kleinen Verwaltungsbereich führte. Das Büro lag etwa drei Meter über dem Niveau des Supermarktbodens, sodass der Filialleiter und seine Mitarbeiter von ihrer erhöhten Position aus den gesamten Verkaufsraum übersehen konnten. Jetzt war hinter dem großen Fenster eine Jalousie so weit zugezogen, dass die den Blick auf das Geschehen im Büro verhinderte.

»Er hat eine Geisel«, sagte der Polizist. »Celine, achtzehn Jahre, arbeitet als Aushilfe im Supermarkt.«

»Hat er Forderungen gestellt?«, fragte Leon.

»Nur, dass er mit jemandem reden will, ›der das Sagen hat‹. So hat er es ausgedrückt.«

»Das kann er gerne haben.« Der Sonderermittler lächelte selbstgefällig.

»Haben Sie mit ihm reden können?«, fragte Leon den Einsatzleiter.

»Nur ganz kurz.« Er zögerte und sah Leon an. »Ich glaube, er hat Angst.«

»Kann ich mir vorstellen«, meinte Leon. »Sagen Sie ihm, ich komme hoch.«

»Warten Sie«, sagte der Ermittler knapp. Dann sah er den Einsatzleiter an. »Bewaffnung?«

»Die Sicherheitsleute haben Roux erkannt, als er an der Kasse vorbeiwollte«, sagte der Einsatzleiter. »Da ist er zurückgelaufen und hat sich ein Küchenmesser aus einem Regal geschnappt. Dann hat er sich mit der Kleinen oben im Büro verschanzt.«

»Scharfschützen?«, fragte Bertin. Er mochte den militärischen Ton.

»Zwei. Einer beobachtet das Fenster zum Büro, der andere hat die Tür im Auge.« Der Polizist reichte dem Sonderermittler ein Funkgerät. »Sie erreichen die Scharfschützen auf Kanal sieben.«

»Sollen sich bereithalten«, befahl Bertin. »Dann wollen wir dem Kerl doch mal zeigen, wer hier das Sagen hat.«

»Sind Sie mit ihm verbunden?« Leon deutete auf das Mobiltelefon, das der Einsatzleiter in der Hand hielt.

Der Mann nickte. Leon hielt ihm die offene Hand hin und hoffte, dass die anderen nicht sahen, wie sie zitterte. Es war ein Drahtseilakt, den er da vorhatte. Er konnte nicht wissen, wie entschlossen Roux war. Schließlich wurde der Mann in Zusammenhang mit mehreren Morden gesucht. Aber genau hier setzten Leons Zweifel ein. Roux mochte ein vorbestrafter Gewalttäter sein. Ein gesellschaftlicher Außenseiter. Aber für Leon war er kein Killer. Darum sah er eine Chance, an diesen Mann heranzukommen und ihn zur Aufgabe zu überreden.

Der Beamte drückte den Anrufkopf und gab Leon das Telefon. Leon stellte das Gerät auf Lautsprecher.

»Monsieur Roux?«, fragte er.

»Wer sind Sie denn schon wieder?«

»Leon Ritter, ich bin der, mit dem Sie sprechen wollten.«

»Ich rede nur mit jemand, der hier was zu sagen hat.«

»Dann werden Sie wohl oder übel mit mir sprechen müssen, Monsieur Roux. Ich komme jetzt hoch zu Ihnen. Ach ja, und ich bin unbewaffnet.«

»Wenn Sie kommen, bring ich die Frau um.«

»Wir wollen doch nur reden«, beschwichtigte ihn Leon und versuchte möglichst professionell zu klingen. »Und am Schluss gehen wir hier alle gesund wieder raus. Wie finden Sie das?«

»Ich sag es Ihnen, ich mach die Kleine kalt.«

Leon hörte, dass die Stimme des Geiselnehmers leicht zitterte. Er klang schon nicht mehr so entschlossen wie noch vor einer Minute, dachte Leon.

»Die junge Frau heißt übrigens Celine«, sagte Leon.

»Ich will nur hier weg.« Leon konnte hören, unter welchem Druck Roux stand. »Ich will ein Auto und … und zehntausend Euro will ich auch.«

»Sie wollen Geld? So was dauert aber«, sagte Leon.

»Scheiße, die brauchen hier doch nur in die Kasse zu greifen. Die sind doch alle gestopft voll.«

»Hören Sie, Monsieur Roux«, sagte Leon. »Ich komm jetzt zu Ihnen, dann können wir ohne Telefon reden. Ist doch viel besser, wenn nicht alle mithören.«

»Sie werden doch nicht wirklich zu dem Irren da hochgehen?«, flüsterte der Sonderermittler. Er hielt Leon seine Glock hin. »Nehmen Sie wenigstens die hier mit.«

Leon schüttelte energisch den Kopf.

»Haben Sie heute überhaupt schon was gegessen?«, fragte Leon ins Telefon.

Roux antwortete nicht.

»Dacht ich mir schon …« Leon begutachtete die Regale, vor denen sie standen, und nahm sich ein kleines Plastikschälchen mit verpackten Oliven in Basilikum und Knoblauch, dazu ein Brot.

»Ich bring Oliven und Baguette mit. Nicht so gut wie das Brot von Chez Papou, aber auch nicht schlecht.«

Während er sprach, ging Leon auf die Treppe zu. Wie diese Geiselnahme ausging, würde sich in den nächsten fünf Minuten entscheiden. Geiselnahmen beendete man am besten sofort. Je länger sie sich hinzogen, umso mehr sanken die Chancen, sie unblutig zu beenden.

Mit dem Brot unter dem Arm hätte Leon auch ein Kunde beim Einkauf sein können. Wenn da nicht die schwer bewaffneten Männer der Gendarmerie national gewesen wären, die ihm, gut gedeckt von den Regalen, folgten. Im Vorbeigehen nahm Leon noch einen Camembert und eine Flasche Mineralwasser mit.

Dann schaltete er das Handy ab, steckte es ein und stieg die Stufen hoch. Für einen kurzen Augenblick sah Leon, wie jemand die Lamellen ein paar Zentimeter nach unten bog, als wollte er kontrollieren, ob Leon wirklich alleine kam. Leon spürte, wie die Angst in ihm aufstieg. Was war, wenn er sich irrte? Wenn Roux in ihm nur eine neue, geeignetere Geisel sah? Eine, für die er bessere Bedingungen aushandeln konnte? In dem Fall würde er zumindest im Austausch das Mädchen frei bekommen, tröstete er sich. Dann stand er vor der Bürotür und klopfte.

»Hier kommt das Frühstück. Kann ich reinkommen?«

Leon wusste, dass im Moment mindestens zwei Scharfschützengewehre auf das Büro gerichtet waren. Die Beamten würden sofort schießen, wenn der Entführer auf ihn losgehen würde. Aber Leon hatte das sichere Gefühl, dass das nicht geschehen würde. Er hatte die Angst dieses Mannes gespürt. Es war die Angst von jemand, der sich in eine ausweglose Lage manövriert hatte. Ein verzweifelter Mensch, der nur darauf wartete, dass ihm jemand die Hand reichte. Da war ein Frühstück mit Käse und Oliven gar kein schlechter Anfang, dachte Leon.

Roux hatte auf Leons Klopfen nicht reagiert. Also drückte Leon die Klinke herunter und öffnete langsam die Tür. Hinter einem Schreibtisch, außerhalb der Schusslinie der Polizei, stand Roux. Er hatte die junge Frau von hinten gepackt und seinen kräftigen Arm um ihren Hals gelegt. Mit der anderen Hand drückte er ihr die Messerspitze unter das Kinn.

»Darf ich?« Leon tat so, als wäre das, was er da sah, die selbstverständlichste Sache der Welt. Er legte die mitgebrachten Sachen auf dem Schreibtisch ab. Während er sprach, richtete er eine Art provisorisches Frühstück her und zog den Deckel von dem Olivenschälchen.

»Diese Oliven schmecken wirklich hervorragend. Und ich habe schon viele probiert.« Leon schob das Schälchen in Richtung Roux. »Hier, versuchen Sie. Na los, Sie sehen aus, als hätten sie heute noch nichts gefrühstückt.«

Leon setzte sich auf einen der Bürostühle.

»Ich bleibe hier sitzen«, sagte Leon. »Sie können ruhig das Messer runternehmen. Ist besser, wenn da später keine Spuren zu sehen sind. Von wegen Körperverletzung und so.«

»Was wollen Sie?«, fragte Roux.

»Ich möchte mit Ihnen möglichst schnell hier rausmarschieren. Das ist alles. Und bitte, legen Sie das Messer weg. Meine einzige Waffe ist dieses Baguette hier.« Er brach ein Stück Brot ab und legte es neben die Oliven. »Hier, essen Sie. Damit riskieren Sie gar nichts.«

Roux drückte die junge Frau in den Stuhl hinter dem Schreibtisch.

»Bleib da sitzen!«, befahl er. »Und wehe, du rührst dich.«

Eingeschüchtert setzte sich Celine auf den Stuhl. Sie hatte noch kein Wort gesagt. Roux beobachtete Leon misstrauisch, aber der schien völlig entspannt zu sein.

»Ich warne Sie. Eine falsche Bewegung, und ich steche sie ab«, drohte Roux.

»Würde ich nicht machen.« Leon zerkaute ungerührt eine Olive.

»Was?«

»Das Messer benutzen. Wenn Sie das Messer benutzen, dann werden die da draußen sauer. Dann geht es gleich um Geiselnahme mit Körperverletzung oder sogar versuchten Totschlag. Bisher ist es nur Freiheitsberaubung. Wenn Sie einen guten Anwalt haben.« Leon hob vielsagend die Hände.

»Ich geh nicht noch einmal nach Les Baumettes. Ganz bestimmt nicht«, sagte Roux.

»Kann ich verstehen.«

»Sie? Sie haben doch keine Ahnung, was im Knast abgeht.« Roux nahm sich jetzt eine Olive und biss dazu heißhungrig ein Stück von dem Brot ab. Mit der anderen Hand hielt er das Messer immer noch fest umklammert.

»Noch haben Sie es in der Hand.« Leon schob dem Mann den Camembert über den Tisch. Roux sah Leon an. »Sie entscheiden hier und jetzt, wie es weitergeht. Wenn Sie es geschickt anstellen, können Sie Ihre Lage nur verbessern.«

»Scheiße, die da draußen, die wollen mich fertigmachen.«

»Nicht, wenn Sie das Messer weglegen und ich mit Ihnen da zusammen rausgehe.«

»Schwachsinn«, sagte Roux, aber Leon konnte sehen, wie es in dem Mann arbeitete.

»Sie haben doch gar nichts mit dem Fall Lambert zu tun, richtig?«

»Scheiße, nein. Natürlich nicht.«

»Wenn Sie jetzt auch noch die da draußen überzeugen, dass das hier nur eine Kurzschlussreaktion war, dann kommen wir hier alle heil wieder raus.«

»Sie vielleicht. Ich bestimmt nicht.«

Leon wusste, dass der Mann recht hatte. Er würde einen sehr

guten Anwalt brauchen und eine Menge Glück, um aus diesem Schlamassel wieder heil herauszukommen.

»Es ist jetzt Ihre Entscheidung: Entweder Les Baumettes, oder Sie kassieren ein oder zwei Jahre wegen Diebstahl. Wahrscheinlich gibt's die sogar auf Bewährung.«

»Ich hab ein Messer, haben Sie das nicht kapiert?« Er hielt Leon anklagend die Waffe hin.

»Wirklich? Ein Küchenmesser? Das hatte ich noch gar nicht gesehen«, sagte Leon. »Vielleicht findet die Polizei das ja später im Papierkorb. Was denken Sie?«

Roux betrachtete das Messer in seiner Hand und dann den Papierkorb.

Fünf Minuten später öffnete sich die Türe zum Büro. Als Erster erschien Leon, dicht hinter ihm ging Roux. Mindestens fünf Polizisten hatten ihre Waffen auf die kleine Gruppe gerichtet.

»Los, nehmen Sie die Hände hoch.« Masclau zielte auf den Entführer.

»Könnten Sie die bitte runternehmen«, sagte Leon. »Sie sehen doch, wir sind unbewaffnet.«

»Hände hinter den Rücken.« Masclau legte Roux Handschellen an.

»Umdrehen!«, befahl der Polizist und klopfte den Gefangenen ab.

»Wo ist die Waffe?«, fragte Bertin scharf.

»Welche Waffe?«, fragte Roux unschuldig.

»Wenn Sie das Küchenmesser meinen«, sagte Leon, »Ich glaube, das liegt oben im Papierkorb. Wir haben damit den Camembert aufgeschnitten.«

»Kommen Sie mir nur nicht so«, erwiderte Bertin zornig.

»Scheiß Flics«, sagte Roux, und im gleichen Moment machte

Bertin einen Schritt nach vorn, packte den Gefangenen an der Jacke und stieß ihn mit Wucht gegen die Wand.

»Schon gut, Commandant«, sagte Leon. »Beruhigen Sie sich!«

»Wir beide reden später.« Bertin sah Leon grimmig an.

»Aber gerne«, sagte Leon. »Kommen Sie doch in meinem Büro vorbei. Rufen Sie aber vorher an, vielleicht bin ich ja unterwegs.«

66. Kapitel

Zwei Stunden später saß Marcel Roux noch immer im Befragungsraum der Gendarmerie nationale. Zerna hatte ihn verhört, Masclau hatte ihn verhört, und sogar Kommissarin Lapierre hatte ihm Fragen gestellt. Natürlich geschah das alles unter den kritischen Blicken von Bertin, der sich immer wieder in die Vernehmung einschaltete. Die Beamten waren erschöpft von der Befragung und der stickigen Luft in dem engen Raum. Nur Roux war erstaunlich gesprächig, aber er hatte auch nichts Neues gesagt. Nichts, was eine Spur zu Claire Laval aufgezeigt hätte.

Mit der Entführung der Ministertochter habe er nichts zu tun, war Roux' Aussage, von der er nie abwich. Bei seiner ersten Befragung hätte er die Entführung nur deshalb gestanden, so erklärte er, weil er sich so eine Gelegenheit zur Flucht verschaffen konnte. Angeblich tat es ihm leid, dass dabei ein Polizeiauto zerstört wurde. Aber zum Glück habe ja niemand Schaden genommen.

Als Roux merkte, dass die Polizei nichts gegen ihn in der Hand hatte, entspannte er sich zusehends. Sonderermittler Bertin fiel es dagegen immer schwerer, sich zu beherrschen. Er wollte Antworten von diesem verhassten Verdächtigen, der ihn vor den Kollegen lächerlich gemacht hatte. Er wollte endlich wissen, wo Roux die Ministertochter versteckt hielt. Bertin wollte und konnte nicht akzeptieren, dass die Gendarmerie nationale sich möglicherweise geirrt hatte mit ihrem Verdacht gegen Roux.

Der Ermittler brauchte einen Erfolg, und er brauchte ihn jetzt. Er wollte endlich das Telefongespräch führen, das seine Karriere verändern würde. Er wollte den Kultusminister persönlich anrufen, um ihm mitzuteilen, dass er seine Tochter gefunden hatte. Stattdessen hielt sie dieser miese kleine Versager seit Stunden hin. Am liebsten hätte sich Bertin diesen Roux alleine geschnappt und die Wahrheit aus ihm herausgeprügelt.

Roux kannte die Menschen. Er hatte in der Fremdenlegion gedient, und er hatte in den übelsten Gefängnissen des Landes gesessen. Die Schwächen anderer zu erkennen, war an solchen Orten überlebenswichtig gewesen. Darum hatte Roux auch schnell begriffen, dass Bertin längst nicht so selbstsicher war, wie er tat. Ganz im Gegenteil. Bertin war nur stark, solange die Menschen um ihn herum das Amt respektierten, das er vertrat. Taten sie das nicht mehr, reagierte Bertin unkontrolliert und war angreifbar. Er würde den Jähzorn dieses Mannes wecken, dachte Roux, und es würde nicht mehr lange dauern.

Im Besprechungsraum lief die Klimaanlage noch immer nicht. Anfangs hatte der Sonderermittler es für einen besonders schlauen Trick gehalten, die Befragung in dem überhitzten Zimmer durchzuführen. Doch inzwischen waren es die Polizeibeamten in ihren Uniformen, die am meisten unter den Temperaturen litten, während der Verdächtige in seinen Bermudas und dem kurzärmeligen Hemd nicht das geringste Problem mit der Hitze zu haben schien.

»Wir können auch anders«, drohte der Sonderbeauftragte mit leiser Stimme. »Ganz anders.«

Roux reagierte nicht, sondern sah die Wand an, an der ein

Werbeplakat hing, mit dem die Gendarmerie nationale um Polizeianwärter warb.

»Vielleicht sollte ich mich bei Ihrem Verein bewerben.« Roux lächelte.

»Ist Ihnen das Leben von Claire Laval denn völlig egal?« Der Sonderermittler sah den Verdächtigen an.

»Ganz ehrlich?« Roux zuckte mit den Schultern. »Ich kenn sie ja nicht mal.«

»Na dann, noch mal von vorne«, sagte Bertin. »Wann sind Sie Claudine Lambert zum ersten Mal begegnet?«

»Das habe ich Ihnen doch schon hundertmal erzählt.«

»Ich will es aber noch einmal hören, und zwar in allen Einzelheiten.«

»Warum denn?«, fragte Roux. Bertin sah ihn mit wütendem Blick an.

»Warum, warum? Weil ich es will!«, blaffte der Ermittler ihn an. »Darum.«

Masclau, der die ganze Zeit neben Bertin gesessen hatte, stand auf. Er brauchte eine Pause.

»Ich hol mir einen Kaffee.« Der Lieutenant öffnete die Tür. »Wollen Sie auch einen?«

»Nein, jetzt nicht.« Bertin war genervt von der Störung.

»Bin gleich wieder da«, sagte Masclau und verschwand.

»Also, was war mit Claudine Lambert?«, fragte Bertin. »Ich höre …«

»Gar nichts hören Sie«, sagte Roux. »Weil ich nämlich nichts mehr sagen werde.«

»Wann haben Sie Claudine Lambert zum ersten Mal getroffen?«, fragte der Ermittler weiter.

Roux sah den Ermittler an und schwieg einen Moment.

»Lèche mon cul«, sagte Roux dann langsam und überdeutlich – leck mich am Arsch!

Das war der Augenblick, in dem der Sonderermittler die Nerven verlor. Er sprang auf, lief um den Tisch, packte den Gefangenen an seinem Hemd und knallte ihn mit dem Rücken gegen die Wand. Noch einmal und noch einmal.

Roux hatte so seine Erfahrungen mit wütenden Flics, und darum wusste er auch, dass er sich auf keinen Fall wehren durfte, wenn die Situation nicht komplett aus dem Ruder laufen sollte. Außerdem waren seine Hände sowieso mit Handschellen gefesselt. Er musste nichts tun, als die Schmerzen zu ertragen, und dabei zusehen, wie dieser dämliche Flic sich mit jedem Schlag selbst beschädigte.

»Ich mach dich fertig, du mieses Stück Scheiße!«, schrie der Sonderermittler seinen Gefangenen an. »Ich mach dich fertig.« Dann schlug er dem Gefangenen die Faust ins Gesicht. Das war der Moment, als Masclau die Tür öffnete.

»Hören Sie auf, sofort ...«, rief Masclau.

Der Lieutenant ließ die beiden Plastikbecher fallen. Café au lait spritzte wie aus Fontänen gegen die Wand. Masclau packte den Sonderermittler und riss ihn von Roux zurück. Dann hielt er ihn im Polizeigriff, als wäre der Sonderermittler der Täter.

Roux hustete und spuckte etwas Blut auf den Boden.

»Plötzlich ist er auf mich los wie ein Verrückter«, sagte er. »Mann, der ist echt gefährlich.«

»Halt du den Mund«, raunzte Masclau den Gefangenen an.

»Lassen Sie mich los, verdammt noch mal«, fluchte Bertin, als plötzlich Zerna in der Tür stand.

Der Polizeichef erfasste die Situation mit einem Blick.

»Masclau und Monsieur Bertin, in mein Büro. Aber bringen

Sie erst den Verdächtigen in seine Zelle, Lieutenant.« Dann sagte Zerna zu Roux: »Benötigen Sie einen Arzt?«

»Scheiße, nein.« Roux deutete auf Bertin, der mit übertriebenen Gesten sein Sakko sauber klopfte. »Halten Sie mir bloß diesen Mann vom Leib.«

Zerna saß in seinem großen Ledersessel und sah Masclau und Bertin an, die vor seinem Schreibtisch standen. Der Lieutenant hatte gerade geschildert, was sich im Befragungsraum abgespielt hatte.

»Danke, Lieutenant«, sagte der Polizeichef zu Masclau.

»Dieser Roux hat mich angegriffen«, versuchte Bertin den Zwischenfall umzudeuten. Er wusste genau, der Vorfall im Befragungsraum, für den er sich jetzt verfluchte, konnte ihn seine Karriere kosten.

Masclau holte Luft, aber Zerna bedeutete ihm mit einer kleinen Handbewegung zu schweigen. Denn jetzt hatte der Polizeichef seinen unerwünschten Besuch aus Paris genau dort, wo er ihn haben wollte.

»Diese kleinen Drecksäcke, die kennen wir doch alle. Haben nichts anderes im Sinn, als uns das Leben schwerzumachen.« Zerna rieb sich zufrieden die Hände. »Ist doch so. Oder, Lieutenant?«

»Nur allzu wahr, Patron«, sagte Masclau.

»Manchmal geht es eben auch etwas rauer zu bei der Befragung von Verdächtigen. Das ist bei Ihnen in Paris bestimmt nicht anders als hier bei uns.«

»In Paris ist das ganz genauso.« Bertin, der noch bis vor einer Minute gedacht hatte, dass Zerna ihn der Dienstaufsicht melden würde, konnte sein Glück kaum fassen.

»Hinterher ist es immer schwer, festzustellen, was bei einer Befragung schiefgelaufen ist.« Zerna sah seinen Lieutenant an.

»Funktioniert eigentlich die Videoaufzeichnung im Befragungsraum wieder?«

»Leider nein«, sagte Masclau, »soll aber nächste Woche repariert werden.«

»So ein Pech.« Zerna wirkte überaus entspannt.

Zum ersten Mal, seit sie das Büro des Polizeichefs betreten hatten, schien sich die Miene des Sonderermittlers aufzuhellen. Die Erleichterung stand ihm ins Gesicht geschrieben. Zerna lehnte sich in seinem Sessel zurück und betrachtete den Mann, der ihn mit dankbarem Blick ansah.

»Das wollen die braven Bürger nicht verstehen, dass es gelegentlich eine harte Hand braucht, wenn man erfolgreich für Ordnung sorgen will«, sagte Zerna zufrieden.

»Sie haben ja so recht, mon Commandant«, schleimte Bertin.

»Würden Sie uns bitte einen Moment allein lassen, Masclau?« So, wie Zerna das sagte, war es keine Bitte, sondern ein Befehl. Masclau nickte und ging.

Auch nachdem Masclau den Raum verlassen hatte, bot Zerna seinem Besucher keinen Stuhl an. »Ich denke, wir sollten alle diesen kleinen Zwischenfall vergessen«, schlug Zerna vor.

»Ich verstehe gar nicht, wie das passieren konnte.« Bertin schüttelte den Kopf, als spräche er nicht über sich, sondern über einen Kollegen. »Ich würde mich natürlich gerne für Ihr Verständnis in dieser Angelegenheit revanchieren.«

»Vielleicht beginnen Sie damit, Ihre Kontaktleute im Innenministerium darüber zu informieren, was für eine engagierte und effiziente Arbeit die Frauen und Männer der Gendarmerie nationale in Le Lavandou leisten.«

»Aber natürlich. Das kann ich aus voller Überzeugung unterschreiben, mon Commandant«, versprach der Kommissar.

Zerna lächelte zufrieden.

67. Kapitel

Louise Paye hatte angefangen, sich an Einzelheiten ihrer Gefangenschaft zu erinnern. Isabelle war die erste Polizistin, die mit der jungen Frau sprechen würde. Allerdings müsste Isabelle alleine kommen, darauf hatten Dr. Menez und Madame Paye bestanden. Aus medizinischer Sicht wäre mehr als ein Gesprächspartner im Moment noch zu anstrengend für die Patientin. Es bestand die Gefahr, dass Louise Paye unter Stress einen Rückfall erleiden könnte. Bertin hatte noch am Vormittag geschäumt, als Isabelle ihn darüber informierte. Er hatte sogar gedroht, über die Staatsanwaltschaft in Toulon den behandelnden Arzt absetzen zu lassen und stattdessen einen Vertrauensarzt des Innenministeriums mit allen Vollmachten einzusetzen. Aber vor einer Stunde war der Sonderermittler dann ganz überraschend bei Isabelle im Büro aufgetaucht und war die Höflichkeit in Person gewesen. Natürlich sollte Capitaine Morell die Patientin alleine besuchen. Isabelle hätte schließlich sein volles Vertrauen, und er wünsche ihr für die Befragung viel Erfolg. Isabelle wunderte sich, hatte aber keine Zeit, Bertins merkwürdiger Verwandlung nachzugehen.

Auf dem Parkplatz der Klinik konnte Isabelle erst nach längerem Umherfahren eine Lücke für ihr Auto finden. Überall standen die Übertragungswagen der Fernsehstationen. Längst hatte sich herumgesprochen, was da oben im zweiten Stock des Krankenhauses vor sich ging. »Aufgewacht?« titelte der Var-Matin an diesem Morgen auf der ersten Seite. Die Journalisten berichteten ausführlichst über Vorgänge, über die es eigentlich gar nichts zu berichten gab. Im Hintergrund sahen die TV-Zuschauer immer wieder den Eingang zur Notaufnahme von Saint Sulpice. Diese Betonfassade strahlte etwas Beunruhigendes aus, wurden die Reporter nicht müde zu betonen. Denn dort oben, im zweiten Stock, lag die Frau, die ihrem Entführer entkommen war und die sich vielleicht schon in den nächsten Minuten erinnern würde, wo ihre Freundin, die Ministertochter Claire Laval gefangen gehalten wurde.

Isabelle nahm den Aufzug. Die Klinikleitung hatte, mithilfe der Gendarmerie, die Sicherheitsvorkehrungen deutlich verschärft. Nicht noch einmal sollte es einem Unbefugten gelingen, bis zu Louise Paye vorzudringen.

Die Überwachung lag inzwischen in den Händen von Lieutenant Kadir, der auch die Beamten vor Ort einteilte. In jedem Gang der Abteilung saß inzwischen ein Polizeibeamter. In der Inneren Abteilung, vor der Tür zu Zimmer 211, wohin man die Patientin inzwischen verlegt hatte, war sogar eine Doppelwache aufgestellt worden. Auch hier, im zweiten Stock, konnte man die Spannung spüren, die in der Luft lag.

»Hat sie gesprochen?«, wollte Lieutenant Kadir von Isabelle wissen, als sie den Flur entlangkam.

»Das müsstest du doch als Erster wissen«, antwortete Isabelle.

»Die Ärzte hier machen ein Riesentamtam. Als würde der Präsident persönlich da drin liegen.« Moma deutete auf die geschlossene Tür von 211. »Dr. Menez ist auch gerade gekommen.«

»Was ist mit der Mutter?«, fragte Isabelle.

»Weigert sich, auch nur für eine Minute das Zimmer zu verlassen. Ich glaube, wenn es nach der ginge, wären längst die Journalisten hier, und sie gäbe eine Pressekonferenz.«

»Moma ...«, tadelte Isabelle.

»Ist doch wahr. Ich hab gehört, wie sie am Handy um Geld gefeilscht hat. Exklusivinterview. Du weißt, was ich meine.«

»Also, gut aufpassen.« Isabelle öffnete die Tür.

Die Vorhänge waren zugezogen. Nur durch einen schmalen Spalt fielen die grellen Strahlen der Junisonne herein und tauchten den Raum in ein dramatisches Licht. Louise setzte die Sonnenbrille ab. Jetzt konnte Isabelle erkennen, was der Entführer der jungen Frau angetan hatte. Die Augen waren von den Schlägen geschwollen. Dunkle Hämatome zeichneten sich in den Augenhöhlen und über den Wangenknochen ab. Es gab zwei kleine Platzwunden am Jochbein. Jetzt klebten Pflaster auf den Wunden, und man konnte die schwarzen Fäden sehen, mit denen sie genäht worden waren. Die junge Frau sah wirklich bemitleidenswert aus. Dennoch vermittelte sie Isabelle nicht den Eindruck eines traumatisierten Menschen, der nur knapp mit dem Leben davongekommen war.

Louise schien zu spüren, wie Isabelle sie musterte.

»Tut nicht so weh, wie es aussieht«, sagte Louise. »Sie haben mir eine Menge Schmerzmittel gegeben.«

»Isabelle Morell von der Gendarmerie nationale.« Isabelle hielt der Patientin ihre Hand hin.

Louise hob nur kurz ihre dick verbundene rechte Hand.

»Sie kann Ihnen nicht die Hand geben.« Isabelle hatte die Mutter noch gar nicht bemerkt, die in einem kleinen Sessel in der Ecke des Raumes saß.

»Das macht nichts«, sagte Isabelle und blickte zu Dr. Menez, der neben dem Bett stand und gerade mit der Spritze eine farblose Flüssigkeit in das Ventil der Infusion gedrückt hatte.

»Guten Morgen, Capitaine«, begrüßte sie Dr. Menez.

»Guten Morgen, Docteur«, antwortete Isabelle und sah dann Louise an. »Ich brauche nicht lange.«

Der Arzt blickte die Verletzte fragend an.

»Ist schon in Ordnung«, sagte Louise tapfer.

»Aber bitte nicht länger als zehn Minuten, Capitaine«, meinte der Arzt und richtete sich an seine Patientin. »Bleiben Sie ganz entspannt, auch wenn Ihnen nicht alles gleich wieder einfällt.«

»Bitte sagen Sie mir, wenn es Ihnen zu viel wird«, bat Isabelle die Patientin.

»Sie müssen leider im Trüben fischen«, antwortete Louise und versuchte ein Lächeln, das der Schmerz gleich wieder vertrieb.

»Was ist der letzte Augenblick, an den Sie sich vor Ihrer Entführung erinnern?«

»Abendessen in Bormes-les-Mimosas. In einem Lokal an der Hauptstraße. Es hieß ... La Terrasse.« Louise schüttelte den Kopf. »Komisch, dass mir das jetzt wieder einfällt.«

»Was geschah dann?«

»Wir sind zurück zum Auto. Auf dem Parkplatz waren wir ganz allein. Ich habe noch gedacht: Es ist ganz schön unheimlich hier ... Dann sprang das Auto nicht mehr an.«

»Ihr Auto war kaputt?«

»Das ist vorher noch nie passiert. Und dann war da plötzlich dieser Mann.«

Isabelle war alarmiert. Sie beobachtete die junge Frau jetzt ganz genau.

»Erzählen Sie mir von diesem Mann.« Isabelle versuchte, ihre Anspannung vor Louise zu verbergen.

Alle im Zimmer hielten die Luft an.

»Hat er dir wehgetan, Louise?« Madame Paye hielt das Schweigen nicht mehr aus. Louise hatte plötzlich Tränen in den Augen.

Madame Paye war aufgesprungen und wollte ihre Tochter in den Arm nehmen, aber der strenge Blick von Isabelle hielt sie zurück.

»Nein, hat er nicht«, sagte Louise nach ein paar Sekunden. »Zumindest da auf dem Parkplatz noch nicht.«

»Beschreiben Sie den Mann«, forderte Isabelle sie auf.

Louise sah Isabelle nachdenklich an. »Er hat in meiner Erinnerung kein Gesicht. Tut mir leid.«

»Erinnern Sie sich vielleicht an etwas anderes? Seine Stimme, die Hände, die Augen?«

»Auf dem Parkplatz war er freundlich. Aber später dann hat er mich geschlagen, immer und immer wieder ...« Louise zögerte und sagte leise, als wollte sie den Strom ihrer Erinnerungen aufhalten: »Er hat mir wehgetan, schrecklich wehgetan.«

Isabelle nahm die Hand von Louise. Die junge Frau drehte den Kopf zur Seite und starrte zur Wand.

»Reden wir von etwas anderem«, schlug Isabelle vor. »Erinnern Sie sich daran, wo Sie gefangen gehalten wurden? Sagen Sie einfach, was Ihnen einfällt.«

»Matratze«, sagte Louise sofort.

»Sie haben auf einer Matratze geschlafen?«

»Kette an der Wand«, redete Louise weiter.

»Sie waren angekettet?«, fragte Isabelle.

»Knochen«, sagte Louise.

»Knochen – welche Knochen?«

»Übereinandergestapelt in dem Schacht.«

»Sie meinen, wie in einem Gebeinhaus?«, fragte Isabelle.

Louise nickte. »Und dann war da immer Musik, wenn er kam.«

»Welche Art von Musik?«

»Ich kann mich nicht genau erinnern. Doch, warten Sie. Es war Kirchenmusik.«

»Was ist dann geschehen, in diesem Raum mit der Kette?«

»Gebete, immer diese Gebete ...« Louise sah zum Fenster.

»Und außer den Gebeten?«

»Schmerzen.« Jetzt sprach Louise ganz leise. »So furchtbare Schmerzen.«

»Bitte hören Sie auf«, sagte die Mutter. »Merken Sie denn nicht, wie Sie sie quälen?«

»Gleich« sagte Isabelle zur Mutter und hob die Hand. »War es ein Haus, in dem Sie da gefangen gehalten wurden?«

»Ich weiß nicht. Ich war nur im Keller. Es war feucht, aber es war nicht kalt.«

»Haben Sie Claire Laval gesehen?«

Louise nickte. Sie schloss die Augen. Tränen quollen unter den geschlossenen Lidern hervor.

»Sie war so schwach.« Louise sprach leise. »So schwach ... Ich konnte sie nicht mitnehmen. Musste sie dort lassen. Verstehen Sie? Ich habe sie im Stich gelassen, bei dieser Bestie.«

»Bitte, hören Sie auf!« Die Mutter wollte aufstehen, aber diesmal drückte Dr. Menez sie sanft zurück auf ihren Stuhl.

»Sie haben sich wirklich nichts vorzuwerfen«, sagte Isabelle. »Sie haben mehr getan, als jeder andere in einer solchen Situation getan hätte. Sie sind geflohen, um Hilfe zu holen. Ich bin ganz sicher, dass wir zusammen Claire finden werden.«

»Wenn ich die Augen schließe, dann sehe ich sie immer auf ihrer schmutzigen Matte liegen. Und um sie herum ...« Sie unterbrach sich.

»Sie müssen darüber jetzt nicht sprechen, Louise. Darf ich Louise sagen?« Die junge Frau nickte. »Ich heiße Isabelle. Als du aus dem Keller geflohen bist, erinnerst du dich da an eine Treppe, die nach oben geführt hat?«

»Nein, aber da war ... da war so eine Leiter.« Louise schüttelte den Kopf. »Nein, das macht keinen Sinn. Ich bringe alles durcheinander. Tut mir leid.«

»Erinnerst du dich an ein Haus?«

»Nein. Plötzlich war ich draußen. Es war alles dunkel, und es hat wie verrückt geregnet. Dann war da der Bach ... es war so kalt. Ich musste raus aus dem Wasser. Das Auto fuhr einfach auf mich zu. Sonst weiß ich nichts mehr.«

»Besser, Sie machen jetzt erst einmal eine Pause«, sagte Dr. Menez zu Isabelle. Sie nickte.

»Ich sehe später noch mal nach dir«, sagte Isabelle.

Isabelle hatte schon die Klinke in der Hand, als Louise noch etwas sagte.

»Du hast doch nach seinen Händen gefragt. Er hatte starke Hände, aber sie waren gepflegt, und er hatte keine Uhr um, sondern Bändchen.«

»Was für Bändchen?«, hakte jetzt Dr. Menez nach, der bisher Isabelle die Befragung überlassen hatte.

»Meinst du diese Freundschaftsbändchen?«, fragte Isabelle.

»Ja, viele Freundschaftsbändchen«, antwortete Louise. »Er wirkte immer so freundlich, wenn er sprach. Aber im nächsten Moment konnte er böse werden, böse wie der Teufel.«

68. Kapitel

Claire Laval schlug die Augen auf. Es dauerte einige Augenblicke, bis sie die Wirklichkeit registrierte. Die muffige Matte, auf der sie lag, die feuchte Zelle, die eiserne Kette. Auf dem Steinsockel über den Nischen mit den Knochen und Schädeln brannte jetzt eine rote Grabkerze. Er musste also hier gewesen sein, dachte sie. War das möglich?

Wenn sie sich nicht bewegte, hatte sie kaum Schmerzen. Dann erschien ihr alles wie ein Film. Gleich würde jemand das Licht anmachen, die Vorstellung wäre zu Ende, und sie könnte nach Hause gehen. Oder bildete sie sich das nur ein? War vielleicht auch der Traum nur eine Vision in einem größeren Traum?

Ich habe den Bezug zur Realität verloren, dachte sie. Vielleicht war sie ja doch längst tot. Vielleicht war das die Unterwelt, und draußen, vor der rostigen Tür, die ihre Zelle verschloss, lief der Hades vorbei. Wenn das hier die Totenwelt war, dachte sie, dann hatte sie es wirklich beschissen getroffen.

Hör auf zu fantasieren, sagte sie sich, du siehst deine Zelle, also gibt es auch deine Zelle. Aber sie müsste doch längst tot sein. Kein Patient mit Diabetes 1 konnte über Tage ohne Insulin auskommen. Und doch war sie hier, und sie war ganz offensichtlich am Leben. In diesem Moment sah sie den Insulinpen auf dem Hocker liegen. Die kugelschreibergroße Spritze, mit der man sich präzise die benötigten Dosen Insulin geben konnte. Dieses Gerät musste er beschafft haben, und er hatte ihr ganz offensichtlich auch die lebensrettenden Injektionen verabreicht. Für ein paar Sekunden war sie so dankbar, dass ihr die Tränen kamen. Aber das war nicht die rührende Geschichte von dem Mörder, der über Nacht zum guten Menschen geworden war. Das war ein Wahnsinniger, der verhindern wollte, dass sie starb.

Mach dir nichts vor, sagte sich Claire. Das Schwein will dich quälen. Du sollst leben und dafür bezahlen, dass deine Freundin Louise geflohen ist.

Claire hob ihren Kopf und sah an sich hinunter. Sah die Verletzungen, die Blutergüsse, die offenen Schnitte, die Verbrennungen. Und plötzlich waren die Schmerzen wieder da. Sie kamen wie eine gewaltige Welle über ein stilles Meer. Es war nicht nur ein einzelner Schmerz. Es war ein Tsunami von Schmerzen, der nicht aufhören wollte, der sie in einen Abgrund zu reißen schien. Claire schrie auf, aber es kam nur ein Krächzen aus ihrem Mund.

Und dann hörte sie wieder die Gesänge, sie schienen von weit her zu kommen und sangen ihre düstere Litanei.

»Also denn beschwören wir dich, du verfluchter Drache, und den ganzen teuflischen Anhang, bei dem lebendigen Gott, bei dem wahren Gott, bei dem heiligen Gott, bei Gott, der die Welt so sehr geliebt hat, dass er seinen eingeborenen Sohn dahingab, damit alle, die an ihn glauben, nicht verloren gehen, sondern das ewige Leben haben.«

Claire begann haltlos zu weinen.

69. Kapitel

Es war diese letzte Antwort von Louise, die Isabelle keine Ruhe ließ. Es fühlte sich an, als hätten die Worte ein Programm in ihrem Kopf gestartet. Eine Art Suchprogramm quer durch ihre Erinnerungen. Auch wenn sie versuchte, sich auf etwas anderes zu konzentrieren, schien ihr Gehirn von ganz alleine weiterzusuchen. Isabelle war längst auf dem Rückweg und keine Viertelstunde mehr von der Wache entfernt, als es ihr wieder einfiel. Auf einmal wusste sie, warum sie Louise' Bemerkung über die Freundschaftsbändchen so beschäftigt hatte. Sie erinnerte sich an ein Handgelenk, um das ein halbes Dutzend dieser Bändchen geknotet war, und sie sah auch den Mann dazu: Dr. Victor Fouché.

Der arrogante Coach mit seiner selbstgefälligen Art war ihr vom ersten Moment an unangenehm gewesen. Er war hochintelligent, ohne Zweifel. Aber er war auch ebenso kalt und unempathisch. Aber traute sie ihm einen Mord zu? Würde ein Mann wie Fouché tatsächlich Frauen zu Tode quälen? Auf der anderen Seite war die Liste der Frauenmörder, denen man ihre blutigen Taten nicht zugetraut hätte, genauso lang wie die Geschichte der Kriminalpolizei.

Natürlich musste die Polizei in jede Richtung ermitteln. Da konnten die Unbescholtenen genauso verdächtig sein wie die mit dem langen Vorstrafenregister. Das galt ganz besonders bei Gewaltverbrechen. Trotzdem gab es Verdächtige, die man mochte, und solche, denen man von Anfang an jede Gemeinheit, jede blutige Tat zutraute. Für Isabelle gehörte Fouché zu dieser Kategorie. Alles, was sie bisher herausgefunden hatte, machte den Coach verdächtig. Er hatte sowohl Kontakt zu Aline Moreau als auch zu Claudine Lambert gehabt. Wahrscheinlich bestand da sogar mehr als nur eine oberflächliche Bekanntschaft. Fouché war außerdem ein Schwindler und ein Hochstapler, der versuchte, sich mit gefälschten Auszeichnungen interessanter zu machen. Ein Indiz dafür, dass er unter mangelndem Selbstbewusstsein litt – eine Charaktereigenschaft, der man bei Gewalttätern häufig begegnete. Viele waren Angeber mit kleinem Ego, was sie gelegentlich in grenzenloser Brutalität gegen Frauen auslebten. Bei Fouché hatte sie von Anfang an das Gefühl gehabt, dass er etwas vor ihr verbarg. Sie wusste nur nicht, was es war. Jetzt hatte Louise mit ihrer Erinnerung an die Freundschaftsbändchen eine neue heiße Spur gelegt, und sie führte direkt zu Fouché.

Isabelle fuhr auf der schmalen Straße durch die Weinberge. Die Gendarmerie hatte in dieser Gegend bereits alle alten Bauernhäuser, Scheunen, Ställe und sonstigen Gemäuer nach Kellern und verborgenen Räumen durchkämmt, aber nichts gefunden. Genauso hatte es sich mit den Kirchen und Kapellen verhalten. Die meisten besaßen keine Krypta, und auch sonst gab es keine verborgenen Räume oder Gebeinhäuser, in denen ein Entführer seine Opfer über Tage oder sogar Wochen hätte verstecken können. Was die Polizei allerdings bisher übersehen hatte, waren neue Gebäude, die auf den alten Grundmauern ehemaliger Châteaus oder Herrenhäuser errichtet worden waren. Genau mit einem solchen Gebäude hatten sie es bei dem Institut Provençal zu tun. Mit einem Haus, das man nach der Französischen Revolution auf das Fundament eines Weinschlösschens aus dem siebzehnten Jahrhundert gestellt hatte, wie die Leitung des Instituts nicht müde wurde zu betonen.

Isabelle war rechts rangefahren und hatte den Motor ihres Polizeiautos abgestellt. Bis zum pompösen Eingangstor des Instituts war es nur noch ein Kilometer. Sie hatte bereits von unterwegs die Einsatzleitung verständigt. Zerna hatte angeordnet, dass Isabelle warten solle, bis Verstärkung eintraf. Wenn sie tatsächlich mit ihrer Vermutung richtiglag, dann war bei Fouché mit Widerstand zu rechnen. Oder der Coach könnte versuchen zu fliehen.

Es vergingen keine fünfzehn Minuten, bis zwei Streifenwagen auftauchten. Zerna hatte es sich nicht nehmen lassen, die Razzia im Institut persönlich zu leiten. Die Lieutenants Kadir und Masclau begleiteten ihn. Im zweiten Streifenwagen saßen vier weitere Beamte. Außerdem hatte Zerna sicherheitshalber einen Krankenwagen zum Institut Provençal beordert, der bereits auf dem Weg war.

»Man kann nie wissen, was kommt«, sagte Zerna zu seiner Stellvertreterin. »Das war gute Arbeit.«

»Danke«, antwortete Isabelle. »Aber warten wir erst mal ab.«

Als die drei Polizeifahrzeuge wenige Minuten später durch das Tor mit dem Wappen bogen, hatten sie Blaulicht und Sirene eingeschaltet. Und als sie vor dem Eingang des Instituts hielten, kam ihnen bereits Cloé entgegen.

»Bonjour, Capitaine«, sagte die Sekretärin höflich. »Was kann ich für Sie tun?«

»Wir müssen mit Monsieur Fouché sprechen«, erklärte Isabelle. »Wir haben einen Durchsuchungsbeschluss für dieses Gebäude.«

Cloé sah erschrocken in Richtung Empfangshalle, wo das Haustelefon auf einem Tisch stand. »Ich müsste ihn anrufen.«

»Machen Sie das«, befahl Masclau. »Wir werden schon mal anfangen.«

»Das wäre dem Docteur aber ganz bestimmt nicht recht.« Cloé klang verunsichert. »Wenn Sie einen Moment warten würden. Ich habe ihn bestimmt gleich gefunden.«

»So viel Zeit haben wir aber nicht.« Zerna drängte sich nach vorne und hielt Cloé einen Ausdruck vors Gesicht. »Das ist ein *Mandat de perquisition*, und der gilt ab sofort.«

In diesem Moment kam Fouché die breite Treppe herunter, die in einem schwungvollen Bogen vom ersten Stock in die Halle führte. Er setzte ganz bewusst einen Fuß vor den anderen, was seinem Auftritt etwas von Provinztheater gab. Dazu hielt er ein strahlend weißes Taschentuch in der Hand, mit dem er sich nervös das linke Auge trocken tupfte. Zerna beobachtete Fouchés Gehabe mit einem gewissen Ekel.

»Messieurs dames, willkommen im Institut Provençal!« Fouché lächelte falsch. »Wie kann ich der Polizei helfen?«

»Die Polizei hat einen Durchsuchungsbeschluss mitgebracht«, sagte Cloé eingeschüchtert und reichte das Papier an ihren Chef weiter.

Der warf nur einen kurzen Blick auf das Papier, als hätte er geahnt, dass so etwas passieren würde. »Ich möchte meinen Anwalt anrufen«, sagte Fouché und wedelte abfällig mit dem Beschluss. »Ich will, dass er das hier zuerst einmal prüft.«

»Aber sicher«, sagte Zerna. »Ihr Anwalt kann den Beschluss des Untersuchungsrichters prüfen, solange er will. Aber wir werden jetzt mit der Durchsuchung beginnen.« Er deutete auf die Treppe, die nach unten führte. »Geht es da in den Keller?«

»Ja schon, aber ich kann Sie da doch nicht so einfach runtergehen lassen!«

»Sie können nicht, Sie müssen«, belehrte Isabelle den Coach.

»Ich möchte Sie darauf aufmerksam machen, dass Sie ab sofort keinerlei Unterlagen mehr aus dem Haus räumen dürfen. Außerdem können Sie das Gelände vorerst nicht verlassen, ohne sich vorher bei uns abzumelden. Das gilt übrigens auch für Ihre Mitarbeiter.«

»Sie beide gehen da runter. Und keinen Raum auslassen.« Zerna deutete auf zwei seiner Beamten, die sofort zur Treppe liefen.

»Was soll denn das Theater?« Inzwischen klang Fouché gar nicht mehr so überheblich. »Könnte ich vielleicht erfahren, wonach Sie suchen?«

Zerna gab Isabelle mit einem kurzen Nicken zu verstehen, dass sie die Fragen von Fouché beantworten solle.

»Wir ermitteln in zwei Mordfällen, schwerer Körperverletzung und einer Entführung«, erklärte Isabelle. »Aus diesem Grund werden wir das Gebäude durchsuchen.«

»Aber das ist doch absurd. Wer sollte das denn sein?«

»Claudine Lambert, Louise Paye, Claire Laval«, zählte Isabelle mit provozierendem Unterton auf. »Diese Namen vielleicht schon mal gehört?«

»Sie glauben, dass ich …?« Fouché deutete mit beiden Händen auf sich. Dann schüttelte er den Kopf. »Das ist absurd.«

»Wir wollen alle Räume in diesem Gebäude sehen, ausnahmslos. Kraftfahrzeuge, die auf Ihren Namen oder Ihre Firma angemeldet sind, können von uns ebenfalls durchsucht werden.«

»Das können Sie nicht machen!« Fouché versuchte, sich den Beamten in den Weg zu stellen. Doch Masclau schob ihn einfach zur Seite, wie einen aufdringlichen Hund, der unerlaubt aus seinem Körbchen gesprungen war.

»Wir können Ihnen auch Handschellen anlegen, Monsieur«, drohte Masclau.

»Das wird ein Nachspiel für Sie haben.« Fouché sah Isabelle wütend an. »Für jeden Einzelnen von Ihnen. Das lasse ich mir nicht bieten. Wir sind schließlich keine Verbrecher.«

Den letzten Satz hatte er so laut gesagt, dass auch die neugierigen Gäste ihn hören konnten, die inzwischen in den Empfangsraum gekommen waren.

Die Durchsuchung des Instituts dauerte eineinhalb Stunden. Nachdem die Polizisten schließlich auch noch die Küche, die Meditationsräume und das Poolhaus samt Umwälzanlage kontrolliert hatten, mussten sie die Aktion ergebnislos abbrechen. Immerhin hatten sie bei den Akten im Keller Kontoauszüge der schweizerischen UBS-Bank gefunden, die auf Dr. Fouché liefen. Die Buchungen zeigten, dass auf das Konto in Genf regelmäßig erhebliche Bareinzahlungen getätigt wurden, die in Schweizer Wertpapieren angelegt worden waren. Isabelle war sich sicher, dass das Konto nicht bei der Steuer gemeldet war und das Finanzamt sich über diese Information freuen würde.

Nachdem Masclau und zwei seiner Beamten auch noch den Dachstuhl des alten Hauses durchsucht hatten, brach Zerna die Aktion genervt ab. Der Polizeichef musste sich eingestehen, dass die Durchsuchung ein Schlag ins Wasser gewesen war.

»Und wer räumt jetzt hier wieder auf?« Fouchés Stimme klang vorwurfsvoll, aber vorsichtig.

»Sie wollten doch der Polizei helfen«, sagte Masclau sauer. »*Allons-y.*«

Die Beamten fuhren unverrichteter Dinge zurück nach Le Lavandou. Zerna, der zu Isabelle in den Wagen gestiegen war, sprach auf den dreißig Kilometern kein Wort. Diesmal hielt Isabelle die Fenster geschlossen und stellte die Klimaanlage an. Zerna würdigte seine Stellvertreterin keines Blickes. Den Fehlschlag bei Fouché nahm er ihr persönlich übel.

70. Kapitel

Leon hatte sich an diesem Tag früher freigegeben. Das war der Vorteil, wenn man Chef der eigenen Abteilung war. Dabei hätte es durchaus genug zu tun gegeben. Da war ein toter alter Mann aus einem Appartementbau in Cavalière. Eine schwierige Obduktion, da der Mann schon vor über zwei Monaten verstorben war. Aber wer vermisste schon einen neunundsiebzigjährigen Pensionär aus Dijon, der während irgendeiner Showsendung in seinem Fernsehsessel eingeschlafen und nie wieder aufgewacht war?

Nach zwei Stunden stand fest, dass der alte Mann eines natürlichen Todes gestorben war. An einem Herzinfarkt. Damit hatte sich der Verblichene eine Menge Probleme erspart, dachte Leon, denn er hatte außer dem Infarkt bei dem Toten auch noch Bauchspeicheldrüsenkrebs im fortgeschrittenen Stadium festgestellt. Der alte Mann hätte höchstens noch ein halbes Jahr gehabt und wäre dabei qualvoll gestorben.

Es war Leons Beruf, tote Menschen zu untersuchen. Akribisch genau nachzuweisen, was zu ihrem Ableben geführt hatte. Wenn es um die eigene Gesundheit ging, war Leon deutlich zurückhaltender. Obwohl er eigentlich ein bekennender Hypochonder war, schob er Untersuchungen gern vor sich her. Als hätte er Angst, dabei erfahren zu können, dass irgendwo in ihm eine tödliche Krankheit lauerte. Dass vielleicht seine letzten Jahre, Monate oder

Wochen längst angezählt waren. Immer wenn er einsame alte Männer obduzierte, fragte er sich, wie er wohl selbst eines Tages sterben würde. Ob er auch alleine sein würde, irgendwo in einem Appartement am Strand mit Blick aufs Meer?

»Leon, Ihr Wurf ... Wir warten.« Véronique riss ihn aus seinen Gedanken. »Und sehen Sie nicht so trübselig in die Welt. Retten Sie lieber unser Spiel.«

»Davon träumen Sie aber nur, Docteur.« Michel, der mit Clément Roman die gegnerische Mannschaft bildete, war in die Hocke gegangen und analysierte die Lage der Kugeln.

»Das schafft er nicht«, erklärte Monsieur Roman siegessicher.

»Und wenn er einen Kanter versucht?«, fragte Michel.

»Wie denn? Die Kugel liegt genau vor dem Begrenzungsbalken. Das kann nicht klappen, keine Chance.«

Ein Kanter war ein Wurf, bei dem die Kugel nicht gerollt wurde. Der Spieler warf sie vielmehr in einem exakt kalkulierten Bogen und traf so die gegnerische Kugel von oben. Allerdings lag die Kugel von Monsieur Roman nur wenige Zentimeter vom Begrenzungsbalken des Bouleplatzes entfernt. Leon nahm Maß. Er liebte scheinbar aussichtslose Situationen, in denen man durch richtige Planung, Erfahrung und Risikobereitschaft doch noch ans Ziel kam. Beim Boule genauso wie im Leben.

»Na, traut sich unser Held des Tages nicht?«, rief ihm Michel zu.

»Lass ihn. Er muss sich konzentrieren«, nahm ihn Véronique in Schutz.

»Was heißt hier Held des Tages?«, fragte Clément Roman.

»Sagen Sie bloß, Sie haben es nicht mitbekommen: die Geiselnahme, heute im Supermarkt.«

»Das war er?« Monsieur Roman deutete auf Leon. »Ist das wirklich wahr, Docteur? Die Geiselbefreiung, das waren Sie?«

Monsieur Roman brach ab und legte sich demonstrativ den Finger auf den Mund. Leon achtete nicht auf ihn. Für ihn gab es in diesem Moment nichts Wichtigeres als diesen Wurf. Konzentriert wog er die Kugel in der Hand, als müsste er ihr gut zureden, dass sie ihn jetzt bloß nicht im Stich ließ. Dann pendelte er den Arm vor und zurück, schätzte ein letztes Mal das Gewicht und korrigierte den Griff, als er am Handrücken einen leichten Seitenwind wahrnahm. Schließlich holte er aus, ließ den Arm nach vorn schwingen und gab die Kugel frei. Die Eisenkugel stieg auf, beschrieb eine saubere Kurve und flog genau auf die hölzerne Bande zu. Für einen Augenblick glaubten alle, der Wurf wäre verloren. Doch dann knallte die Kugel an die Innenseite des Begrenzungsbalkens, von dort mit ungebremster Wucht gegen die gegnerische Kugel und schlug sie aus dem Weg.

»Fehlwurf, der ist ungültig!«, rief Michel sofort.

»Unsinn.« Véronique hob ihre Kugeln mit einem Magneten auf, der an einer Schnur befestigt war. Seit einem halben Jahr machte ihr das rechte Knie Probleme. »Das war kein Fehlwurf. Die Kugel hat die Bahn ja nicht verlassen. Du bist ein schlechter Verlierer, Michel.«

»Wir akzeptieren die Niederlage.« Monsieur Roman hob beide Hände in einer Geste der Unterwerfung. »Der Wurf war große Klasse, Docteur.«

»Merci«, sagte Leon bescheiden.

»Ihr Team hat die Runde Rosé ehrlich verdient.«

»Vielen Dank!« Véronique zündete sich eine neue Zigarette an.

»Über die Bande spielen«, murmelte Michel immer noch sauer. »Wir sind hier doch nicht beim Billard.«

»Halt die Klappe!«, sagte Véronique.

Die Spieler gingen zurück ins Chez Miou und reihten sich am

Tresen auf. Man stieß mit Rosé an, und Monsieur Roman schob zwanzig Euro über den Tresen.

»Die Kleine, die abgehauen ist ...« Michel hatte sein Glas mit einem Schluck heruntergekippt und sah Leon an. »Die im Krankenhaus ... Ist das wahr, die ist gefoltert worden?«

Es war immer das gleiche Spiel. Die Gäste im Chez Miou liebten Klatschgeschichten, und Leon sollte sie ihnen liefern.

»Sie wissen doch, wie es läuft«, sagte Leon. »Ich bin nur für die Toten zuständig. Um die Ermittlungen kümmert sich die Gendarmerie.«

»Jetzt mal nicht so bescheiden!« Jean-Claude kam in das Café gerollt. »Ohne Sie wären die Flics doch aufgeschmissen.«

»Da hast du ausnahmsweise mal recht.« Véronique hustete rau.

Leon wunderte sich, dass die Zweiundachtzigjährige überhaupt noch husten konnte, nach über fünfzig Jahren Kettenrauchen. Für den Bruchteil einer Sekunde sah er eine Raucherlunge vor seinem inneren Auge. Ein Bild, das er sofort wieder aus seinen Gedanken verscheuchte.

»Unser Médecin Légiste weiß genau Bescheid.« Yolande kam mit leeren Gläsern von der Terrasse herein. »Stimmt doch, Docteur.«

»Ich habe gehört, die Flics waren schon wieder bei Fouché?« Das kam von Clément Roman und klang wie eine Frage.

»Keine Ahnung.« Leon zuckte mit den Schultern, denn natürlich hatte ihn Isabelle über die fehlgeschlagene Razzia informiert.

»Ich verstehe zwar nicht genau, was dieser Fouché da in seinem Institut anstellt, aber ein tüchtiger Geschäftsmann ist er in jedem Fall«, sagte Monsieur Roman. »Ich weiß nur, dass er schon wieder ein Stück Land dazugekauft hat. Und ein Haus steht auch drauf.«

»Wie? Noch ein Haus?«, fragte Michel. »Da fragt man sich doch, woher er die ganze Kohle hat?«

»Bist ja nur neidisch.« Véronique ließ sich noch einmal das Glas füllen, nachdem Leon eine weitere Runde bestellt hatte.

»Manche können eben den Hals nicht vollbekommen.« Michels Stimme waren die diversen Rosés dieses Tages bereits anzuhören.

»Was redest du für einen Stuss, Michel.« Jean-Claude nahm sich seinen Pastis von der Theke. »Das war doch nur ein Schuppen. Den hat ihm der Cousin meiner Schwägerin verkauft. Fouché war nur scharf auf das Land. Hat meinen Bekannten voll über den Tisch gezogen.«

»Fouché will billiges Land. Dann baut er ein Haus drauf und verkauft alles mit fettem Gewinn.« Michels Zunge stolperte etwas.

»Wer soll das denn noch bezahlen?«, fragte Véronique mit Vorwurf in der Stimme.

»Ich bestimmt nicht.« Jérémy zeigte Erbarmen und füllte Michel noch einmal das Glas.

»Und wo soll dieses Grundstück sein?«, Leon gab sich Mühe, sich seine Neugier nicht anmerken zu lassen.

»Stößt gleich im Süden an das Grundstück vom Institut Provençal. So eine kleine Hütte steht auch drauf«, Monsieur Roman machte eine wegwerfende Handbewegung. »Keine Ahnung, warum jemand sich so 'ne Rumpelbude kauft.«

»Um damit Kohle zu machen«, erklärte Jean-Claude. »Sag ich doch die ganze Zeit. Reiche Russen zahlen jeden Preis für ein Grundstück mit Blick aufs Meer.«

»Es kommt noch so weit, dass wir uns unser eigenes Land nicht mehr leisten können.« Véronique zog an ihrer Zigarette.

»Na, Docteur, wann wird Ihr Killer die Nächste aufschlitzen?« Michel genoss es, blutige Geschichten zu hören.

»Du bist so was von pietätlos«, sagte Yolande. »Vielleicht lebt sie ja noch, die Tochter von Laval.«

»Ich möchte doch nur, dass unser Docteur was zu tun bekommt.« Michel lachte alleine über seinen Witz. »Bekomm ich noch einen, Jérémy?«

»Nein, du hattest genug.«

»Sie stirbt in den nächsten drei Tagen«, sagte Véronique, als wäre es eine unabänderliche Wahrheit.

»Ach ja? Woher willst du denn das wissen?« Yolande sah die alte Frau herausfordernd an.

»Das Gesetz der Sterne: Jupiter überholt Saturn, die Schicksalskonjunktion«, belehrte Véronique sie mit bedeutungsvoller Stimme.

»Jetzt dreht sie durch, die Alte.« Michel hielt Jérémy immer noch vergeblich sein Glas hin.

»Hör gar nicht hin. Von so was verstehen Männer nichts«, wandte sich Yolande an Véronique.

»Mich interessiert es aber.« Leon sah Véronique an. »Was passiert bei der Schicksalskonjunktion?«

»Saturn und Jupiter.« Bei Véronique klang das so, als müsste jeder Mensch auf der Welt wissen, was das bedeutet. »In der Astrologie ist das ein planetarischer Tsunami. Der kommt nur alle sieben Jahre einmal.«

»Das glauben Sie doch nicht wirklich, Madame?«, fragte Clément Roman.

»Ach nein? Dann habe ich schlechte Nachrichten für die Herren. Aline Moreau ist in der ersten Nacht der Konjunktion gestorben. Claudine Lambert in der dritten Nacht, und Claire Laval wird in drei Tagen sterben.«

Leon konnte ein Schmunzeln nicht unterdrücken.

»Lachen Sie nur, Leon. Sie werden es erleben.« Véronique klang genervt von so viel Ahnungslosigkeit.

»Ich denke, Ihre Mitspielerin hat nicht ganz unrecht, Docteur.« Monsieur Roman hob sein Glas. »Seit Jahrhunderten vermuten die Menschen kosmische Kräfte, die durch bestimmte Sternenkonstellationen ausgelöst werden.«

»Das klingt vielleicht spießig«, sagte Leon. »Aber ich glaube nun mal an die Gesetze der Physik. Das bedeutet aber auch, dass ich allergrößten Respekt habe vor den unbegreiflichen Wundern unseres Universums.«

»Sie schließen die Existenz Gottes also nicht aus?«, hakte Clément Roman sofort nach.

»Habe ich nie behauptet«, sagte Leon vieldeutig.

»Schade, dass wir Sie nie in der Kirche sehen«, sagte Monsieur Roman.

In diesem Moment betrat Rodolphe das Café. Er trug wie üblich seine zu kurze Latzhose, die ihn immer wie ein großes Kind aussehen ließ, das zu schnell gewachsen war.

»Bonjour, Rodolphe«, begrüßte ihn Leon.

Rodolphe lächelte breit, als Leon ihn mit seinem Namen ansprach. »Bonjour, Docteur.«

»Hast du alles erledigt?«, fragte Roman seinen Sohn.

»Oui, Monsieur.« Rodolphe grinste über seinen Scherz, den Vater mit Monsieur anzureden.

»Auch die Säcke für die Oliven?« Clément Roman hielt seinem Sohn die offene Hand hin, in die der den Autoschlüssel legte.

»Alles schon ... schon im Camion«, sagte der junge Mann, der sich unter den erwachsenen Männern sichtlich unwohl fühlte.

»Dann machen wir uns mal wieder auf den Weg.« Monsieur Roman reichte Leon die Hand. »Das nächste Mal geben Sie mir aber Revanche.«

»Mit dem größten Vergnügen«, antwortete Leon. »Bonne Soirée.«

Leon sah den beiden hinterher, dem stämmigen Olivenbauern aus Guadeloupe und seinem Sohn, der ihn fast um einen Kopf überragte und mit unbeholfenen, schlaksigen Bewegungen neben seinem Vater hertrottete.

71. Kapitel

Die Sonne würde bald im Westen hinter den Hügeln verschwinden. Es war kühler geworden, dachte Isabelle und ließ die Seitenscheibe des Streifenwagens hochfahren. Hinter dem Steuer saß Lieutenant Kadir, dem sie verboten hatte, Blaulicht oder Sirene einzuschalten. Sie wollte in Ruhe nachdenken, während sie unterwegs zu Fouché waren. Das war bereits das dritte Mal, dass sie zum Institut Provençal fuhren. Dieses Mal hatte es sie eine Viertelstunde Überzeugungsarbeit gekostet, bis Zerna zugestimmt hatte. Überzeugt hatte sie ihn trotzdem nicht, das konnte sie an seinem skeptischen Blick erkennen und daran, dass er ihr Lieutenant Kadir als Aufpasser mitgegeben hatte.

Das Problem war, sie zweifelte selbst am Nutzen dieser Aktion. Leon hatte ihr von dem Haus berichtet, das Fouché gekauft, aber der Polizei bei der Razzia verschwiegen hatte. Warum war dieses ominöse Haus nie zur Sprache gekommen? Und was war von einem Tipp zu halten, den Leon auf dem Bouleplatz bekommen hatte? Ausgerechnet von einem Mann, der für seine Schwäche für Pastis bekannt war.

Jetzt fuhren sie also durch die Hügel des Massif des Maures. Sie sahen zu, wie die flache Nachmittagssonne die roten Felsen zum Leuchten brachte. Und Isabelle fragte sich, ob sie sich nicht lächerlich machte, wenn sie jetzt schon wieder bei Fouché auftauchte.

Noch eine Dreiviertelstunde, dachte Isabelle, dann würde die Sonne ganz untergehen, und sie könnten jede Spurensuche vergessen.

»Beeil dich, es wird bald dunkel.«

»Kann ich das Blaulicht einschalten?«, fragte Moma.

»Mach schon«, sagte Isabelle.

Die Reifen pfiffen auf dem warmen Asphalt, als Moma mit Schwung die nächste Kurve nahm. Isabelle hielt sich am Türgriff fest. Sie sah jetzt stur geradeaus auf die Straße, auf der die Touristen respektvoll rechts ranfuhren, wenn der Einsatzwagen mit Blaulicht und Sirene hinter ihnen auftauchte.

Zehn Minuten später bogen sie in die Einfahrt des Institut Provençal ein.

Isabelle und Moma waren kaum ausgestiegen, als ein aufgebrachter Dr. Fouché im Eingang seines Instituts auftauchte.

»Sie stören kontinuierlich den Ablauf unserer Seminare!« Fouché klang verärgert. »Dafür kann ich Ihre Dienststelle verklagen.«

»Darauf können wir leider keine Rücksicht nehmen, Monsieur Fouché«, antwortete Isabelle.

»Bitte, worum geht es diesmal?« Fouché klang kurz angebunden.

»Sie haben uns bei unserer letzten Durchsuchung nicht die ganze Anlage gezeigt.«

»Was soll das heißen?« Fouché tat empört. »Sie waren doch selber dabei, als die Polizei hier alles auf den Kopf gestellt hat. Hab ich Sie vielleicht von irgendetwas abgehalten? Nein, ich habe diese sinnlose Aktion als guter Bürger und Steuerzahler sogar noch unterstützt.«

»Es gibt aber auf dem Gelände noch ein Haus, das Sie uns nicht gezeigt haben«, sagte Lieutenant Kadir.

»Ach, ja? Das müsste ich aber wissen.«

»Es liegt auf einem Nachbargrundstück, das Sie kürzlich erworben haben.« Isabelle hatte ihren Ton verschärft, obwohl sie keine Ahnung hatte, ob Leons trinkfreudige Boulefreunde ihm nicht nur Märchen erzählt hatten.

»Sie meinen aber jetzt nicht den Schuppen …?«, fragte Fouché mit offensichtlich gespieltem Erstaunen. »Wegen dieses alten Dings sind Sie noch mal den ganzen Weg hierhergefahren?«

Isabelle hatte plötzlich das sichere Gefühl, dass sie diesmal auf der richtigen Spur waren.

»Und dieses Gebäude befindet sich wo?« Kadir sprach im unnachgiebigen Polizeiton.

»Was soll das? Das ist eine alte Schäferhütte. Ich habe dem Gärtner erlaubt, sie für seine Geräte zu benutzen.«

»Genau diese Hütte wollen wir jetzt sehen«, sagte Isabelle, die spürte, wie Fouché versuchte, sie an der Untersuchung zu hindern.

»Es wird gleich dunkel. In der Baracke gibt es nicht mal richtiges Licht«, erwiderte Fouché.

»Dann sollten wir uns beeilen.« Isabelle deutete auf einen Weg, der zwischen einer Hecke aus Oleanderbüschen verschwand. »Da runter?«

»Ich denke nicht, dass Ihnen das in irgendeiner Weise weiterhilft.«

»Lassen Sie das mal ruhig unsere Sorge sein«, sagte Moma.

Isabelle und die beiden Männer folgten dem Weg, der gerade breit genug für einen Lieferwagen war und an Rosmarin- und Ginsterbüschen vorbeiführte. Nach knapp zweihundert Metern stießen sie auf ein kleines Haus. Der Eingang lag ebenerdig, die

Wände waren aus Naturstein und strahlend weiß getüncht. Auf dem Dach hatte sich Efeu breitgemacht. Das Haus, eher eine Hütte, maß keine zehn Meter in der Breite und besaß nur ein Fenster, das mit einem blauen Laden verschlossen war. In früheren Zeiten dienten solche Hütten als willkommene Unterstände für Hirten, die ihre Schaf- und Ziegenherden durch das Hinterland trieben.

»Das ist also der Schuppen?«, fragte Isabelle spitz.

»Ich weiß, ich habe ihn ein wenig herrichten lassen.« Fouché schien um eine Erklärung bemüht. »Ich bin gelegentlich dort ... wenn ich mal abschalten will. Alleine sein, verstehen Sie?«

Sie waren vor dem Haus stehen geblieben. Es war ganz still hier draußen, nur der Gesang der Zikaden war zu hören. Isabelle sah sich um. Von hier oben konnte man über die Hügel bis hinunter zum Meer sehen. Ein außergewöhnlicher Platz, mitten in der wilden Maccia.

»Alleine abschalten ...« Isabelle sah Fouché an. »Das verstehe ich. Ich möchte mir jetzt das Haus ansehen.«

»Es ist bestimmt abgeschlossen. Ich weiß auch gar nicht, wo der Schlüssel ...«, sagte Fouché, als Moma die Klinke herunterdrückte.

»Kein Problem, die Tür ist offen«, erwiderte der Lieutenant.

Das kleine Haus sah ganz und gar nicht aus wie der Schuppen eines Gärtners. Im Gegenteil. Die Eingangstür führte direkt in den einzigen Raum. Ein alter Drehknopf hinter der Tür schaltete eine dezente, stimmungsvolle Beleuchtung ein. Kerzen standen aufgereiht auf der Fensterbank. Dicke Wachstropfen zeigten, dass sie schon oft gebrannt hatten. In dem großen eisernen Leuchter, der in der Ecke stand, steckten noch mehr Kerzen. Auf den ersten Blick hätte man die Hütte tatsächlich für das Refugium eines gestressten Großstadtmanagers halten können. Doch wenn man genauer hinsah, erkannte man schnell, dass dieses Haus ein ganz spezielles Geheimnis hütete.

Die Einrichtung des Raumes war ebenso simpel wie eindeutig. Sie bestand aus einem Doppelbett aus Messing, das an den Bettpfosten mit Handschellen bestückt war. Daneben stand eine hölzerne Kommode, über der ein großer Spiegel mit goldenem Rahmen hing, von dem die Farbe abblätterte.

»Das sieht mir aber gar nicht nach Geräteschuppen aus«, bemerkte Isabelle etwas schnippisch.

Die stellvertretende Polizeichefin hatte die Schublade der Kommode aufgezogen und nahm mit spitzen Fingern eine Peitsche und verschiedene Dildos heraus. Moma war neben das Bett getreten und zerrte an einer eisernen Kette, die an der Wand befestigt war.

»Macht einen soliden Eindruck«, sagte der Lieutenant mit einem süffisanten Lächeln.

»Das sind meine privaten Räume«, versuchte Fouché eine hilflose Verteidigung. »Dafür bin ich niemandem Rechenschaft schuldig.«

»Ihre Sexspielzeuge sind uns egal«, erklärte Isabelle nüchtern. »Aber Sie hätten uns die Hütte zeigen müssen.«

»Sie haben gesagt, dass Sie nach Kellerräumen suchen. So was gibt's hier nicht«, sagte Fouché zu schnell.

»Aber, Monsieur Fouché …« Isabelle sprach mit leichtem Tadel.

»Es ist nicht so, wie Sie denken.«

»Ach ja, was denke ich denn?«, fragte Isabelle spöttisch.

»Alles, was hier geschieht, das geschieht freiwillig. Ich weiß, dass Sie das nicht verstehen können, aber wir wollen nur unseren Spaß haben …«

»Hatten Aline Moreau und Claudine Lambert hier auch ihren Spaß?«

»Die waren niemals hier!« Fouché klang empört.

»Ich denke, das hier sollte sich die Spurensicherung ansehen.« Isabelle hatte ihr Handy aus der Tasche gezogen und wollte eine Kurzwahl eingeben.

»Warten Sie, bitte ... Also, was genau wollen Sie wissen? Wir können doch über alles reden.« Inzwischen klang Fouché gar nicht mehr arrogant.

»Da hat jemand etwas verloren.« Moma hatte sich auf den Boden gekniet und zog etwas unter dem Bett hervor. Es war ein Goldkettchen, in dessen Schließe zwei Diamanten gefasst waren, schlicht, aber kostbar. An dem Kettchen hing noch etwas: ein runder Anhänger aus Edelstahl, der etwa zwei Zentimeter Durchmesser hatte.

»Sieht teuer aus«, sagte Moma anerkennend und gab die Kette an seine Chefin weiter.

Isabelle war keine Expertin, was Schmuck anging, aber dieser Anhänger schien nicht so recht zu der Goldkette zu passen. Sie drehte ihn um und erkannte eine Gravur.

»S-O-S Diabetes«, las Isabelle und drehte den Anhänger zwischen den Fingern.

»Ein Notfallanhänger«, sagte Moma. »Die Dinger kann man aufschrauben. Die Infos sind drinnen.«

»Diese Kette hab ich nie gesehen«, beteuerte Fouché. »Keine Ahnung, wie die hierhergekommen ist.«

Isabelle drehte vorsichtig an der Fassung des Anhängers, und der Deckel sprang auf. Alle medizinischen Informationen standen dort in deutlich lesbaren Buchstaben.

»Diabetes 1. Blutgruppe 0, RH positiv«, las Isabelle laut vor.

»Claire Laval. Telefon: 06 087 948 6 59804.« Sie blickte von dem Anhänger auf und sah Fouché an.

»Was soll das? Wie kommt das hier ins Haus? Sie glauben doch nicht, dass ich das …?«

»Victor Fouché, ich nehme Sie fest unter dem Verdacht, Claire Laval entführt zu haben«, sagte Isabelle kühl. »Sie werden außerdem verdächtigt, mitverantwortlich am Tod von Aline Moreau und Claudine Lambert zu sein.«

Moma hatte automatisch nach seiner Waffe gegriffen. Aber Fouché schien zu überrascht, um Widerstand zu leisten.

72. Kapitel

Leon lief eine Straße hinunter. Er hatte diese Straße noch nie gesehen. Er wusste nur, dass er hier irgendwo sein Auto geparkt hatte. Aber wo? Jetzt erinnerte er sich, das war in Frankfurt gewesen, vor vielen Jahren. Das Auto würde bestimmt nicht mehr dort stehen, wo er es damals abgestellt hatte. Aber warum war er in Frankfurt? Er stand plötzlich an der Autobahn. Auf der anderen Seite, getrennt durch vier Fahrspuren, stand Sarah und winkte ihm zu. Aber er konnte nicht zu ihr, weil ein Auto hinter dem anderen über diese Autobahn raste. Und wenn er es trotzdem versuchte? In diesem Moment sah er einen Lastwagen heranrasen, direkt auf sich zu. Leon stürzte ins Bodenlose – und wachte auf.

Er brauchte einen Moment, bis er sich orientiert hatte. Das alles war nur ein Traum gewesen. Natürlich, Sarah war schließlich seit über acht Jahren tot. Er lebte glücklich mit Isabelle in Le Lavandou. Das hier war ihr gemeinsames Schlafzimmer, und neben sich hörte er ihren regelmäßigen Atem.

Ein Albtraum hatte Leon geweckt, wie so häufig in den letzten Nächten. Seine Träume kreisten immer um das gleiche Thema. Er war auf der Suche nach etwas. Die Zeit drängte, aber er war in einem Labyrinth unvollständiger Erinnerungen gefangen. Leon wusste, was das bedeutete. Es war sein aktueller Fall, der ihn nicht losließ. Irgendwo in seinem Kopf gab es noch einen Gedanken, den er noch nicht zu Ende gedacht hatte. Eine Spur, die er dringend weiterverfolgen musste. Sein Unterbewusstsein hatte diese Spur längst aufgenommen, aber seine Gedanken konnten sie nicht festhalten.

Leon sah auf die Uhr. Es war fünf Uhr morgens. Er setzte sich auf. Jetzt konnte er hinter den Dächern das Meer sehen und den blassrosa Lichtstreifen, der den Sonnenaufgang ankündigte.

»Leon?«, fragte Isabelle. »Geht es dir gut?«

»Schlaf weiter, alles ist gut.« Leon strich ihr sanft über die Schulter. Isabelle gab ein leises Schnurren von sich und drehte sich wieder auf die Seite. So leise wie möglich schlüpfte Leon aus dem Bett.

Fünf Minuten später saß er in der Küche und hielt eine Tasse heißen Tee in der Hand. Er war schon zu wach, um noch einmal ins Bett zu gehen. Also trank er den Tee und versuchte, seine Gedanken zu ordnen.

Isabelle war erst spät nach Hause gekommen. In der Gendarmerie nationale war sie für die Verhaftung von Fouché gefeiert worden. Sogar Sonderermittler Bertin hatte ihr gratuliert. Alle waren überzeugt, dass ihnen endlich der Mann ins Netz gegangen war, nach dem Hunderte von Polizisten seit Tagen gesucht hatten. Der Mann, der Claire Laval entführt und versteckt hatte. Jetzt brauchte die Polizei eigentlich nur noch das unglückliche Opfer zu befreien, und der Fall wäre gelöst. Doch der Verdächtige schwieg beharrlich.

Selbst als die Polizei in der Hütte Fläschchen mit K.-o.-Tropfen fand, verweigerte Fouché die Aussage. Schließlich hatte der Festgenommene nach seinem Anwalt verlangt, und Zerna hatte zähneknirschend zustimmen müssen. Strafverteidiger Pierre König war ein gerissener Jurist aus Marseille, der schon vielen

Gangstern geholfen hatte, den Kopf aus der Schlinge zu ziehen. Dieser Klient war allerdings eine ganz andere Spielklasse. Und so hatte König noch am Abend eine improvisierte Pressekonferenz auf den Stufen des Rathauses gegeben. Aber auch ihm war es nicht gelungen, seinen Mandanten dazu zu bewegen, der Polizei den Aufenthaltsort von Claire Laval zu verraten.

Einziger Gewinner dieses Abends war Marcel Roux. Denn der Haftrichter war nicht bereit gewesen, zwei Verdächtige in diesem Entführungsfall in U-Haft zu behalten, auch wenn es um die Tochter des Ministers ging. Also hatte der Staatsanwalt Roux erst einmal entlassen müssen, aber nur, um ihn umgehend wieder in U-Haft zu nehmen. Jetzt drohte ihm eine Anklage wegen Diebstahl, Freiheitsberaubung und gefährlichem Eingriff in den Straßenverkehr.

Jetzt steckte die Gendarmerie in einer Zwickmühle. Die Polizei wusste aus Erfahrung, dass Entführungsopfer kaum länger als ein paar Tage überlebten, wenn sie von der Versorgung durch ihren Kidnapper abgeschnitten waren. Bei Claire Laval kam noch erschwerend hinzu, dass sie krank war. Die andere traurige Regel in Entführungsfällen lautete: Wenn ein Entführer schwieg, dann meist, weil sein Opfer nicht mehr lebte und er keinen Mord gestehen wollte. Vielleicht hoffte Fouché auch einfach nur darauf, dass man das Opfer nicht fand. Keine Leiche, kein Mord, hieß diese simple Strategie.

Aber es gab natürlich noch eine Möglichkeit, und die hatte Leon an diesem Morgen um fünf Uhr aus einem Albtraum aufwachen lassen. Was wäre, wenn sich alle irrten? Was wäre, wenn Fouché tatsächlich mit dem Verschwinden von Claire Laval nichts zu tun hatte?

Vielleicht hatte Véronique ja recht. Vielleicht wartete irgendwo da draußen der wahre Entführer darauf, dass die Sterne richtig standen, um sein blutiges Werk zu beenden.

Noch in der vergangenen Nacht hatte sich hoher Besuch bei Zerna angemeldet. Kultusminister Laval hatte seine Reise nach Kanada abgebrochen. Er wurde an diesem Morgen auf dem Flughafen von Marseille erwartet, von wo aus ihn ein Hubschrauber der Gendarmerie nationale nach Lavandou bringen sollte. Was genau er vorhatte, wusste nur Zerna, mit dem er während seines Rückfluges eine Viertelstunde lang telefoniert hatte.

Um kurz vor sieben Uhr morgens summte Leons Handy. Dr. Menez bat ihn um Unterstützung. Das Innenministerium hatte sich bei ihm gemeldet, um mit Louise Paye zu sprechen, und Dr. Menez fürchtete um das Wohlergehen seiner Patientin. Leon war in diesem Fall der zuständige Forensiker, und Dr. Menez würde sich sicherer fühlen, wenn er den Médecin Légiste an seiner Seite wüsste. Leon versprach, so schnell zu kommen, wie er konnte.

73. Kapitel

Eine Stunde später blickte Leon aus dem Fenster der zweiten Etage von Saint Sulpice und beobachtete, wie vor dem Haupteingang der Klinik drei Streifenwagen hielten. Polizisten stiegen aus. Einer der Beamten hielt die hintere Wagentür auf. Ein schlanker Mann Anfang fünfzig im grauen Sommeranzug stieg aus. Leon erkannte den Besucher sofort. Es war Gérard Laval, der Kultusminister von Frankreich.

Die Begrüßung einige Minuten später auf dem Gang der Abteilung verlief kurz und professionell. Außer Leon waren nur Dr. Menez, Isabelle, Zerna, Minister Laval und Lieutenant Kadir anwesend. Weitere Polizisten warteten am Stationsstützpunkt am Ende des Gangs. Sonderermittler Georges Bertin hatte sich, nach einem kurzen Gespräch mit Zerna, entschuldigt. Er würde inzwischen weiter die Suche nach Claire Laval koordinieren.

»Sind wir dann so weit?«, fragte Zerna. Leon hörte, wie nervös die Stimme des Polizeichefs klang. »Wir wollen doch Monsieur le Ministre nicht unnötig warten lassen.«

»Nein, nein.« Minister Laval hob abwehrend die Hand. »Die Gesundheit der Patientin hat natürlich Vorrang. Aber da vertraue ich ganz der Entscheidung der Ärzte.«

Leon sah, wie der Minister ihn mit kaltem Blick musterte, und wusste im gleichen Moment, dass der Politiker sich nur eine Frage stellte: Wie würde die Aktion beim Wähler ankommen? Dabei schien ihn die gesundheitliche Verfassung von Louise Paye herzlich wenig zu interessieren. Hauptsache, seine wichtigste Forderung wurde erfüllt, und die war, vorsichtig ausgedrückt, »sehr ungewöhnlich«. Der Minister bestand auf einer Gegenüberstellung von Victor Fouché und Louise Paye im Krankenzimmer.

Eine solche Begegnung war im Regelwerk von Polizei und Justiz nicht vorgesehen. Im Gegenteil, es war sogar verboten, dass ein tatverdächtiger Gewaltverbrecher und sein mutmaßliches Opfer sich außerhalb der Hauptverhandlung überhaupt begegneten. Hinzu kam, dass niemand vorhersagen konnte, wie Louise Paye auf eine Begegnung mit ihrem mutmaßlichen Kidnapper reagieren würde. Schließlich war die Patientin traumatisiert und noch immer körperlich stark angegriffen.

Zerna wusste genau, dass er und seine Leute sich an diesem frühen Morgen auf dünnes Eis begaben, wenn sie diese Aktion unterstützten. Darum hatte der Polizeichef auch Isabelle dazugebeten. Zwei leitende Polizeioffiziere würde man nicht so einfach in den vorzeitigen Ruhestand versetzen können, falls die Sache schieflief oder an die Presse geraten sollte. Die ganze Aktion war überhaupt nur machbar, weil der Justizminister über seinen Staatssekretär zu verstehen gegeben hatte, dass er sich einem solchen Vorhaben nicht in den Weg stellen würde.

»Eine zufällige Begegnung in der Klinik«, hatte der Secrétaire d'État dem Polizeichef versichert, »so etwas kann immer mal vorkommen.«

Hintergrund dieser Ausnahmeregelung war die Tatsache, dass Kultusminister Gérard Laval und der französische Präsident Studienfreunde waren. Und natürlich, dass das Leben von Minister Gérard Lavals Stieftochter in höchster Gefahr war. Die Suche nach Claire Laval dauerte nun schon über eine Woche, und inzwischen waren Justiz und Polizei bereit, nach jedem Strohhalm zu greifen, wenn es darum ging, die entführte Ministertochter zu retten.

Dr. Menez klopfte an die Tür des Krankenzimmers, und als man von innen ein leises »Ja, bitte …?« hörte, bat er Leon und den Minister hinein. Dr. Menez hatte den Termin extra so früh angesetzt, weil um diese Zeit die Mutter von Louise Paye noch in ihrem Hotel war. Auch die übrigen Besucher würden kaum vor neun Uhr in die Klinik kommen.

Louise lag in ihrem Krankenbett. Der Überwachungsmonitor über ihrem Bett zeigte ihre Vitalfunktionen. Ihr Blutdruck war normal, die Sauerstoffsättigung des Bluts war ausreichend, nur der Puls war ein wenig hoch, dachte Leon. Über einen Zugang in ihrer Armvene wurden der Patientin Schmerzmittel und Antibiotika verabreicht. Man konnte der jungen Frau ansehen, dass sie sich in den letzten beiden Tagen erholt hatte. Trotzdem waren die Hämatome im Gesicht und die anderen schweren Verletzungen ein Anblick, an den man sich nur schwer gewöhnen konnte. Louise lächelte tapfer, als sie Isabelle erkannte. Einen Moment schwiegen die drei Männer.

»Bonjour, Madame Paye«, unterbrach Leon schließlich das Schweigen. »Ich bin Dr. Ritter, der Rechtsmediziner, ich möchte Ihnen Monsieur le Ministre vorstellen.«

»Bitte, einfach nur Monsieur Laval«, sagte der Minister übertrieben freundlich und hielt der Patientin seine Hand hin. Als er ihre Verbände sah, zuckte er zurück. »Ich habe zu meiner Freude gehört, dass es Ihnen schon wieder besser geht.«

Louise versuchte ein Lächeln, das man in ihrem verletzten Gesicht kaum erkennen konnte.

»Ich habe Madame Paye bereits gesagt, dass Sie mit einer Bitte zu ihr kommen würden.« Dr. Menez verbarg nicht, wie wenig er von dem ganzen Plan hielt. »Ich möchte Sie daran erinnern, dass Sie das Gespräch jederzeit abbrechen können, Madame Paye.«

»Ich möchte Sie natürlich auf keinen Fall überfordern, Madame«, versicherte der Minister schnell.

»Geht schon«, antwortete Louise tapfer.

»Ich werde es kurz machen«, sagte der Minister im Ton eines Sitzungsleiters. »Wie Sie ja bereits wissen, hat die Gendarmerie von Le Lavandou gestern einen Verdächtigen festgenommen. Die Polizei ist sich sicher, dass es sich dabei um den Entführer handelt.«

»Hat er es gesagt ...?« Sie brach ab und hustete. »Hat er gesagt, wo Claire ist?« Ihre Stimme zitterte so sehr, dass man sie kaum verstehen konnte.

»Leider noch nicht.« Der Minister sah die beiden Mediziner an, als wollte er sich versichern, dass er fortfahren konnte.

»Die Polizei könnte den Verdächtigen aber stärker unter Druck setzen, wenn sie sicher wäre, dass er der Täter ist.«

»Wie ... ich weiß nicht, wie ich Ihnen da helfen kann«, sagte Louise.

»Wir würden Sie bitten ...« Der Minister räusperte sich. »Also, wenn Sie sich den Verdächtigen ansehen und ihn identifizieren könnten.«

»Sie meinen, er kommt hierher?« Die Angst stand ihr ins Gesicht geschrieben, als sie zur Tür blickte.

Leon sah auf dem Monitor, wie der Puls von Louise Paye anstieg. Er stand bereits bei hundert Schlägen pro Minute.

»Sie müssen das nicht tun«, erinnerte Leon sie und wechselte einen schnellen Blick mit Dr. Menez.

»Wenn Sie sich nicht in der Lage fühlen, dann ...«, wollte Dr. Menez sagen, als ihn der Minister unterbrach.

»Ich weiß, das ist sehr viel verlangt.« Jetzt wechselte Laval in den künstlichen Betroffenheitston des Politikers. »Aber es geht um das Leben meiner Tochter, Ihrer Freundin Claire. Ich kann Sie nur inständig bitten. Sie würden meiner Familie und mir Hoffnung geben. Bitte helfen Sie uns!«

74. Kapitel

Victor Fouché wurde über den Notausgang zum Versorgungslift an der Rückseite der Klinik gebracht. Der Verdächtige wurde wie ein Top-Terrorist bewacht. Handgelenke und Füße waren mit Handschellen gefesselt, die mit einer dünnen Edelstahlkette verbunden waren. Von rechts und links führten Polizisten im Kampfanzug, mit Gesichtsmasken und schwarzen Lederhandschuhen den Gefangenen. Vor und hinter ihm gingen zwei weitere Polizisten, die ihre FAMAS-Maschinenpistolen schussbereit hielten. Im zweiten Stock wurde die Gruppe bereits von Zerna, Isabelle, Leon und Dr. Menez erwartet.

»Dr. Menez?«, wandte sich der Leiter des Einsatzkommandos an Leon.

»Das ist Docteur Menez.« Leon wies auf seinen Kollegen. »Ich bin Docteur Ritter von der Rechtsmedizin.«

»Ins Krankenzimmer können Sie aber nicht alle mitkommen«, sagte Dr. Menez mit Blick auf die Polizisten.

»Wir haben unsere Anweisungen aus Toulon«, antwortete der Leiter der Bewacher knapp.

»Wie wäre es, wenn nur einer von Ihnen mit ins Zimmer kommt ...?«, schlug Isabelle vor. »Die anderen warten vor der Tür. Commandant Zerna, ich und die Ärzte sind ja auch noch dabei.«

»Einverstanden, aber die Tür bleibt nur angelehnt«, sagte der Bewacher. »Wo ist es?«

»Gleich dort drüben, Zimmer 211.« Isabelle deutete auf die erste Tür im Gang.

Leon ließ Victor Fouché keinen Moment aus den Augen. Der Coach hatte noch kein Wort gesagt. Er machte einen übernächtigten Eindruck. Sein sonst so sorgfältig rasiertes Kinn zeigte Bartstoppeln, und dem hellen Leinensakko sah man an, dass er damit in der Zelle übernachtet hatte. Der Mann sah irgendwie gebrochen aus, dachte Leon, und für einen Augenblick tat er ihm beinahe leid, wie er da durch den Gang kam, an Händen und Füßen gefesselt. Seine Tippelschritte mit der rasselnden Kette hatten etwas von einem wilden Tier an sich, das seinen Häschern endlich in die Falle gegangen war.

»Herein!« Diesmal antwortete Louise sofort auf Dr. Menez' Klopfen.

Zuerst betraten die Ärzte das Zimmer. Ihnen folgten Isabelle und Zerna, die gleich neben der Tür stehen blieben.

»Wie fühlen Sie sich?«, fragte Isabelle die Patientin mit einem aufmunternden Lächeln.

»Nicht so gut.« Louise klang eingeschüchtert.

»Wenn Sie nicht möchten, dass wir weitermachen ...«, wollte Dr. Menez sagen, doch Louise unterbrach ihn.

»Ich werde nicht mit ihm reden«, flüsterte sie, als könnte Fouché sie hören.

»Das sollen Sie auch nicht. Auf gar keinen Fall«, sagte Zerna.

Leon sah auf dem Kontrollbildschirm, dass der Puls der Patientin erneut anstieg. Dr. Menez und er hatten mit der Gendarmerie besprochen, dass der Verdächtige nur kurz den Raum betreten sollte. Gerade lange genug, dass Louise ihn erkennen konnte. Dann musste er sofort wieder hinausgeführt werden. Das Ganze sollte auf keinen Fall länger als eine halbe Minute dauern. In der Zwischenzeit sollte der Kultusminister mit einem Polizeibeamten gleich nebenan in einem freien Krankenzimmer warten. Egal wie die Sache ausging, der Politiker wollte unbedingt mit dem Verdächtigen sprechen. Das hatte er sich bei Zerna ausbedungen, und so war es auch mit dem Justizministerium abgesprochen worden.

Der Puls von Louise Paye stand jetzt bei hundertzehn Schlägen in der Minute.

»Ich denke, es ist besser, wenn wir anfangen«, sagte Leon, und Dr. Menez nickte zustimmend.

Isabelle sah zur Zimmertür der Patientin. »Bringen Sie ihn rein«, sagte sie.

Im nächsten Moment hörte Leon wieder das leise Klirren der Fesseln. Aus dem Augenwinkel beobachtete er, wie Louise die verbundene Hand vor ihr Gesicht hob. Als der Gefangene das Zimmer betrat, wandte sich Louise ab.

Der Wachbeamte hatte Fouché in der rechten Armbeuge gepackt. Auf der anderen Seite stand Zerna, der die Handschellen festhielt. Aber Fouché leistete keinerlei Widerstand. Im Gegenteil, er machte den Eindruck eines Mannes, der aufgegeben und sich in sein Schicksal gefügt hatte.

»Bitte, sehen Sie sich ihn an«, sagte Isabelle. »Nur ganz kurz.«

Fouché hatte sich zum Fenster gedreht und sah hinaus in den Sommermorgen. So, als hätte das alles nichts mit ihm zu tun. Als Louise vorsichtig zu ihm hinübersah, konnte sie zunächst nur seinen Hinterkopf erkennen.

»Umdrehen!« Zerna zerrte kurz an Fouchés Handfesseln. Der Mann wendete seinen Kopf, und plötzlich sah Louise ihm genau ins Gesicht. In diesem Moment sprang ihr Puls auf über hundertfünfzig Schläge in der Minute, und das Gerät gab einen hellen

Warnton von sich. Louise hatte für einen Moment die Augen entsetzt aufgerissen. Dann schlug sie sich die Hände vor das Gesicht.

»Mein Gott, nein«, stöhnte sie. »Raus, raus ... Er soll gehen, bitte!«

Verstört sah Fouché seine Bewacher an, dann blickte er wieder zu Louise.

»Bitte ... Ich habe das doch alles nicht ...«, sagte er, als Louise laut zu wimmern begann. Sie klang wie ein Kind in Todesangst.

»Alle raus hier!« Dr. Menez stellte sich mit ausgebreiteten Armen in den Raum und trieb die Polizei und den Gefangenen aus dem Krankenzimmer.

Nur Isabelle war im Raum geblieben. Sie hatte sich auf das Bett gesetzt, Louise' verbundene Hand ergriffen und redete jetzt beruhigend auf die Patientin ein.

»Er kann dir nichts mehr tun, Louise«, sagte sie. »Er wird streng bewacht. Er kann nichts mehr anrichten ... nie mehr.«

Isabelle spürte, wie Louise sich entspannte. Dr. Menez und Leon nickten ihr zu. Der Warnton des EKG-Geräts hatte sich abgeschaltet. Louise' Puls war jetzt wieder ruhiger.

»Tut mir leid. Das eben ...«, sagte Louise leise.

»Du brauchst dich doch nicht zu entschuldigen.« Isabelle hielt noch immer Louise' Hand. »Wenn plötzlich der Mann auftaucht, der einem so etwas angetan hat. Da würde jeder in Panik geraten.«

»Ich weiß nicht ...« Louise sprach nicht weiter.

»Was weißt du nicht?«, fragte Isabelle.

»Ob ich ihn erkannt habe.«

»War das denn nicht der Mann, der dich misshandelt hat?«

»Doch, doch, das heißt ...« Louise schien verwirrt. »Ich denke, er war es ... Es war alles so furchtbar.« Und dann sagte sie leise: »Ich kann mich nicht mehr genau an sein Gesicht erinnern.«

Kurz darauf saß Isabelle zusammen mit Fouché und dem Kultusminister in einem unbelegten Krankenzimmer. Genauer gesagt lag dort Fouché. Er war mit Hand- und Fußfesseln auf das Krankenbett gekettet. Ihm gegenüber, in sicherem Abstand, saß der Minister auf einem harten Besucherstuhl. Er hatte sich nach vorn gebeugt und sah dem Verdächtigen in die Augen. Gleich neben Fouché stand Isabelle. In ihrem Halfter steckte die Beretta 9 Millimeter, durchgeladen und entsichert. Sie fühlte sich nicht alleine, denn vor der Tür im Gang wartete ein halbes Dutzend schwer bewaffneter Polizisten nur darauf, dass Fouché einen Fehler machte und ihnen so einen Vorwand lieferte, das Zimmer zu stürmen und ihn niederzuschlagen.

Isabelle hatte die Hand auf ihre Waffe gelegt und beobachtete seit Minuten, wie Laval vergeblich versuchte, Fouchés Vertrauen zu gewinnen.

»Sie wollen nicht sprechen? Ich verstehe das. Sie wollen sich jede Option offenhalten«, sagte Minister Laval. »Das ist schlau. Vielleicht ist das sogar die beste Strategie, die Sie wählen können.«

Fouché schien durch den Minister hindurchzusehen. Er lag schweigend auf dem Krankenbett. Unbeweglich wie eine Puppe starrte er zur Decke.

»Wir alle wissen, was Sie getan haben.« Der Minister machte eine ausholende Geste in Richtung Wand. »Gleich nebenan liegt die Frau, die Sie gefoltert haben und die Sie wiedererkannt hat. Es geht hier nicht mehr um Schuld oder Unschuld. Es geht jetzt nur noch um das Leben meiner Tochter.«

Der Minister machte eine Pause und beobachtete den Mann auf dem Krankenbett. Aber seine Worte schienen an Fouché abzuprallen wie an einer Betonwand.

»Na gut. Sie wissen ja, was Ihnen droht. Entführung in mindestens zwei Fällen. Und wenn meine Tochter nicht überlebt, kommt Mord dazu. Sie werden das Gefängnis nie mehr verlassen.«

»Ich – kenne – die – Frau – nicht«, war alles, was Fouché sagte. Er sprach langsam, als stände er unter Drogen. Aber der Minister schien gar nicht zuzuhören.

»Es gibt nur eine einzige Sache, die ich von Ihnen wissen möchte. Wo halten Sie meine Tochter versteckt?«

Fouché sah wieder zur Decke und schüttelte langsam den Kopf.

»Was haben Sie davon, sie sterben zu lassen?«, sagte der Minister in einem Ton, als müsste er sich die einzelnen Worte aus der Seele schneiden. Zum ersten Mal, seit sie in diesem Zimmer waren, klang so etwas wie Emotion aus Lavals Worten.

»Es wird für Sie eine verdammt schwere Zeit werden, im Gefängnis. Die Mitgefangenen werden Sie wie Dreck behandeln. Jeder wird wissen, was Sie den Frauen angetan haben. Sie werden durch die Hölle gehen.«

Isabelle hörte, dass Fouché schwer atmete.

»Aber ich könnte Ihre Lage verbessern.« Zum ersten Mal sah Fouché den Minister an. »Ich könnte Ihnen verbindlich zusagen, dass Ihnen Ihre Zukunft im Gefängnis erleichtert wird. Sie würden in eine moderne Haftanstalt kommen. Sie hätten maximale Vergünstigungen und eine garantierte Überprüfung Ihres Falls bereits nach sieben Jahren.«

Isabelle spürte, wie Zorn in ihr aufstieg. Wie verzweifelt mussten die Behörden sein, wenn sie einem Schwerverbrecher solche Zusagen machten?

»Ich weiß nicht, wo Ihre Tochter ist, ich weiß es doch nicht …«, flüsterte Fouché leise.

75. Kapitel

Die Sonne hatte das Meer in den letzten Tagen aufgewärmt. Leon lief barfuß am Strand entlang und genoss das Gefühl, wenn die zurücklaufenden Wellen sich um seine Füße kräuselten und ihm den Sand unter den Sohlen fortspülten. Hier, am Strand mit dem Blick auf die Inseln, die noch im Dunst des frühen Tages lagen, konnte er am besten nachdenken. Zumal er bei seinem Spaziergang heute nicht alleine war. Isabelle hatte, genau wie er, ihre Jeans aufgekrempelt und hielt Schuhe und Socken in der Hand.

»Was, wenn wir uns irren?«, fragte Leon.

»Das ist jetzt nicht dein Ernst, oder?« Isabelle blieb stehen, und Leon zuckte nur mit der Schulter. »Wir haben eine Zeugin, die ihren Entführer wiedererkannt hat. Wir haben außerdem Spuren, die mindestens in zwei Mordfällen Fouché belasten. Wir haben … Ich weiß gar nicht, wo ich da anfangen soll.«

»Genau das meine ich.« Leon war ebenfalls stehen geblieben. »Die Polizei hat so viele Spuren und Zeugen, dass die wichtigste Frage gar nicht mehr gestellt wird.«

»Und die wäre?«, fragte Isabelle herausfordernd.

»Die Frage nach dem ›Warum‹. Warum sollte dieser Fouché so etwas tun?«

»Warum, warum? Ist es nicht die Aufgabe des Polizeipsychologen, das herauszufinden?«

»Wie ist die Stimmung im Präsidium?«

»Gedämpft«, sagte Isabelle.

»Fouché hat also immer noch nicht geredet?«

»Sie haben schon darüber diskutiert, ob sie nicht maximalen Druck machen sollen, wie sie das nennen«, sagte Isabelle. Leon sah sie mit Stirnrunzeln an. »Was würdest du denn machen, wenn ein Menschenleben auf dem Spiel steht?«

»Was ist, wenn er es trotz aller Beweise und Zeugen nicht getan hat?«

»Du meinst, jemand hat das manipuliert, um Fouché unter Verdacht geraten zu lassen?«

»Möglich«, sagte Leon. »Vielleicht will der wahre Mörder die Polizei nur ablenken. Kann doch sein, dass er noch etwas vorhat mit seiner Geisel.«

»So, und was sollte das sein?«

»Das will die Polizei doch gar nicht wissen.«

»Komm schon! Du stellst unseren Hauptverdächtigen infrage, da kannst du mir ruhig sagen, was der geheimnisvolle Unbekannte deiner Meinung nach vorhat.«

»Er will seine Geisel opfern. An einem ganz bestimmten Datum.«

»Und das wäre?« Isabelle klang verärgert über so viel Selbstsicherheit.

»Der Täter richtet sich nach den Planeten, und die stehen bald in einer ungewöhnlichen Konjunktion zueinander.«

»Na klar, und wann soll das bitte sein?«

»In achtundvierzig Stunden«, erklärte Leon, als müsste das jeder wissen.

»Wenn ich das Zerna sage, schmeißt er mich raus. Und dich dazu.«

»Ich glaube nicht, dass Fouché es getan hat. Ihm fehlt das nötige Maß an kreativer Besessenheit.« Isabelle sah ihn fragend an. »Er ist ein Angeber. Ein Kleingeist.«

»Er steht auf SM-Sex.«

»Aber keines der Opfer ist missbraucht worden«, meinte Leon.

Isabelle sah ihn an. »Du glaubst also, der Täter hat keinerlei sexuelle Motive?«

»Kann ich nicht sagen«, Leon hob in gespielter Ahnungslosigkeit beide Hände, »du weißt doch: Wir Rechtsmediziner liefern nur die pathologischen Ergebnisse. Für das Tatmotiv seid ihr zuständig.«

»Danke!« Isabells Stimme klang etwas beleidigt. »Ich muss zurück ins Büro.« Sie zog ihre Socken und Schuhe wieder an.

»Wir sehen uns später.« Sie nahm Leon kurz in den Arm und lief dann zurück in Richtung Uferpromenade.

In diesem Moment entdeckte Leon den Stein. Er lag im Sand, gleich zu seinen Füßen. Ein bräunlicher Quarzit mit einem goldenen Einschuss, der in der Sonne glitzerte. Der Stein war glatt geschliffen, wie nur das Meer und der feine Sand es vermochten, und er hatte genau die richtige Größe, sodass Leon ihn gut mit der Hand umschließen konnte. Er besaß im Büro eine ganze Teedose voller solcher Handschmeichler, die er seine Denksteine nannte und die er alle auf seinen Strandspaziergängen gefunden hatte. Wenn er sie in der Hand drehte, verbesserte sich seine Konzentration, jedenfalls redete er sich das ein. Dass ein solcher Stein ausgerechnet heute vor seinen Füßen lag, wertete er als ein besonderes Zeichen.

Es war eigentlich zu spät, um noch auf den Wochenmarkt zu gehen, dachte Leon. Auf der anderen Seite war der Markt keine fünf Minuten vom Strand entfernt, und es fand sich immer etwas an den Ständen, womit sich die Vorräte der Küche ergänzen ließen. Ab zehn Uhr gehörte der Markt eigentlich nur noch den Touristen, und es war bereits halb elf.

Die Besucher schoben sich durch die engen Gänge. Vorbei an Körben, Gemüse und billigen T-Shirts. Frauen in zu engen Leggings standen vor den Klamottenständen und hielten ihren genervten Männern bunte Bermudas vor die Bäuche. Junge Pärchen machten Selfies.

In den engen Gassen roch es nach Gewürzen, Schweiß und Sonnenöl. Leon mochte das lebendige Gedränge um die Auslagen, die lautstarken Verkäufer, das riesige Angebot und das ganze bunte Treiben. Außerdem wollte er schnell noch Isabelles Lieblingsoliven bei Clément Roman besorgen. Leon nahm ein Schälchen Oliven mit Knoblauch und Basilikum und dann noch von den pikanten »Exotiques«, die in Zitrone und Curry eingelegt waren. Außerdem dunkle und helle Tapenade, diese unvergleichlich köstliche Olivencreme, die nur schmeckte, wenn sie frisch und hausgemacht war.

Leon hatte die Abkürzung über die Rückseite des Marktes, an den Lieferwagen der Standbesitzer vorbei, genommen. Da gab es zwar nichts zu sehen, aber dafür kam man schneller vorwärts. Neben dem Camion von Olives des Maures stand Rodolphe Roman und holte Nachschub für den Stand seines Vaters. Er hatte eine gewagte Sammlung kleiner Plastikbehälter voller Oliven auf seinen Armen gestapelt. Doch jetzt hatte er keine Hand mehr frei, um die Tür des Lieferwagens zuzuschieben. Als er es versuchte, fiel der Autoschlüssel auf den Boden des Laderaums.

»Warte, Rodolphe«, rief Leon, »ich helfe dir.«

»Nein, nicht helfen. Geht schon ...«

Leon sah, dass die Plastikbehälter gleich im Dreck des Marktplatzes landen würden. Er beugte sich in den Laderaum und griff nach dem Autoschlüssel, als ihm der gelbe Staub am Boden auffiel.

»Rodolphe, wo bleibst du denn? Die Kunden warten auf die Oliven.« Clement tauchte zwischen den Lieferwagen auf. Er schien überrascht, als er Leon sah. »Was machen Sie denn hier?«

»Zu … zu … zu viele Oliven.« Rodolphe zeigte seinem Vater, was er alles auf den Armen balancierte und grinste verlegen.

»Jetzt gib schon her, Dummkopf.« Verärgert nahm er Rodolphe ein paar der Plastikbehälter ab.

»Wollte dir alle bringen!« Rodolphe sah seinen Vater verschüchtert an.

»Mach schon, schließ ab!«, motzte der Vater ihn an.

Unglücklich sah sich Rodolphe um. Mit den Schuhen schob er Müll am Boden hin und her, als könnte er so den Schlüssel finden.

»Sag bloß nicht, du hast schon wieder den verdammten Schlüssel verloren?«

In diesem Moment streckte Leon seine Hand aus und hielt Rodolphe den Autoschlüssel hin, der den heiligen Christophorus als Anhänger hatte.

»Suchen Sie den? Lag da unten.« Leon deutete auf den Boden.

»Ich wüsste nicht, was Sie das angeht«, brummelte der Vater und nahm Leon den Schlüssel ab.

»Ich wollte Ihrem Sohn nur helfen …«

»Danke, wir kommen schon zurecht«, sagte Roman abweisend und schloss die Tür.

»Na dann … Bonne journée«, erwiderte Leon.

Der Olivenbauer antwortete nicht, sondern verschwand mit seinem Sohn zwischen den Lieferwagen. Nur Rodolphe sah sich noch einmal kurz nach Leon um und lächelte. Sekunden später hatte der Strom der Besucher Vater und Sohn verschluckt.

76. Kapitel

Die Beamten der Gendarmerie nationale gingen wortkarg und konzentriert ihren Aufgaben nach. Von der Euphorie der vergangenen vierundzwanzig Stunden war nichts mehr zu spüren. Isabelle hatte das Gefühl, als hätten die Kollegen inzwischen die Hoffnung aufgegeben, Claire Laval noch lebend zu finden.

Die Vormittagsbesprechung war auffallend ruhig verlaufen. Im Gegensatz zu den anderen Tagen waren ein Drittel der Stühle im Besprechungsraum leer geblieben. Was hätte der Polizeichef auch schon sagen sollen? Dass Fouché immer noch nicht gestanden hatte? Dass es keinerlei neue Spuren gab? Dass die Polizei eine sinnlose Razzia nach der anderen unternahm? Dazu kamen noch die Fahrzeugkontrollen, in der Hoffnung, dass der Entführer unter dem Fahndungsdruck seine Geisel vielleicht verlegen würde und man sie in einem Kofferraum finden könnte. Stattdessen zogen die Beamten nur ein paar alkoholisierte Fahrer aus dem Verkehr, die nach Erfassen ihrer Daten und Einbehaltung des Autoschlüssels die Wache wieder verlassen durften. Auch die stichprobenartigen Kontrollen der Hotels, die nur ein paar heimliche Liebespaare aufscheuchten, verliefen im Sand. Was sich nicht fand, war eine Spur von Claire Laval.

Das Foto der Entführten in Internet und Fernsehen hatte ebenfalls keine konkreten Hinweise gebracht. Natürlich hatten besorgte Bürger angerufen, sogar Dutzende. Aber die meisten wollten sich nur wichtigmachen oder ihr »tiefes Bedauern« über das Verschwinden der Tochter des Ministers zum Ausdruck bringen. Dann gab es noch die, die behaupteten, Claire Laval gesehen zu haben. In Saint Tropez in der Disco, in Lyon im Café, in Montpellier im Bus und sogar auf Guadeloupe beim Golfspielen. Isabelle fragte sich inzwischen, ob es wirklich eine gute Idee war, die Fotos des Entführungsopfers in den Medien zu veröffentlichen.

Zerna referierte die jüngsten Fahndungserfolge. Was nichts anderes hieß, als dass er die Arbeit der Gendarmerie und des Militärs lobte und behauptete, dass man die Zahl der eingesetzten Beamten noch einmal verstärkt habe. Minister Laval hielt eine ergreifende kleine Ansprache auf einer improvisierten Pressekonferenz, in der er der Gendarmerie nationale für ihre »hervorragende« Arbeit dankte und über die tiefe Liebe zu seiner Tochter sprach. Dabei wusste doch jeder, der sich für Klatsch interessierte, dass Claire und ihr Stiefvater sich seit Jahren aus dem Weg gingen.

Nach der Pressekonferenz war auch Georges Bertin sang- und klanglos abgetaucht. Nachdem der Sonderermittler nach der Festnahme von Fouché mehrfach versucht hatte, die Leitung der Suche nach Claire Laval zu übernehmen und dabei sogar den Minister in Verlegenheit gebracht hatte, rief Gérard Laval seinen Kollegen im Innenministerium in Paris an. Keine Viertelstunde später bekam Bertin einen kurzen Anruf, und Isabelle konnte miterleben, wie sich der vermeintliche Großstadthai in eine harmlose Sardelle verwandelte. Ohne ein Wort des Abschieds verschwand Bertin, und niemand in der Gendarmerie von Le Lavandou weinte ihm auch nur eine Träne nach.

Die Gendarmerie stand mit ihren Ermittlungen wieder ganz am Anfang. Fouché galt weiter als Täter und sollte ununterbrochen befragt werden. Schließlich hatte Louise Paye den Entführer ja wiedererkannt, wie Zerna nicht müde wurde zu betonen.

Aber hatte Louise Paye das wirklich? Louise' Angst war nicht gespielt gewesen, als sie Fouché in der Klinik sah. Aber hatte sie in ihm auch ihren Entführer erkannt? Isabelles Zweifel wurden immer größer.

77. Kapitel

Leon hatte das Dach seines Peugeot geöffnet und rollte gemütlich durch die Hügel in Richtung Norden. Auf Radio Nostalgie sang Desireless »Voyage, voyage«, und Leon überlegte, ob er dabei war, sich ordentlich Ärger einzuhandeln. Schließlich hatte Zerna ihn um Unterstützung bei einer Pressekonferenz gebeten. Aber statt sich neben dem Polizeichef den Medien zu stellen, war Leon lieber ins Büro gefahren. Er hatte schließlich seine eigene Theorie über die Hintergründe im Fall Claire Laval. Aber diese Theorie war im Augenblick noch ziemlich dünn und weit davon entfernt, den Fragen einer neugierigen Medienmeute standzuhalten. Ganz zu schweigen von Zerna und der Gendarmerie nationale, wo man immer noch versuchte, den einzigen Verdächtigen auszuquetschen. Isabelle hatte ihn gewarnt, Zerna seine vagen Theorien vorzutragen. Also tat Leon das, was ihm der Polizeichef strikt verboten hatte: Er ermittelte auf eigene Faust.

Zunächst war Leon zur Rechtsmedizin gefahren um nachzudenken. Manchmal war es gut, die Dinge wie ein Außenstehender zu betrachten. Mit völlig neuem Blick an alles heranzugehen. Sozusagen als Besucher im eigenen Büro, der zum ersten Mal die Unterlagen betrachtete. Leon hatte auf seinem Stuhl gesessen, sich zurückgelehnt, den Stein vom Strand in der Hand gedreht und auf seinen Computer gestarrt, der nichts weiter als das Logo der Klinik gezeigt hatte.

Dann hatte er sich noch einmal die Akten von Aline Moreau und Claudine Lambert vorgenommen. Schließlich lagen die ausgebreiteten Berichte und Fotos quer über seinen ganzen Tisch verstreut. Einem Außenstehenden wären die Aufnahmen, die Rybaud während der Obduktionen gemacht hatte, vielleicht wie Szenen aus einem Horrorfilm vorgekommen. Für Leon waren es stumme Hilferufe der unglücklichen Opfer.

Leo hatte mit Aline Moreau begonnen. Er hatte schnell durch die Unterlagen geblättert, bis er bei den Spurenuntersuchungen auf die Laborberichte gestoßen war. Darunter befand sich auch der Bericht des Geologischen Instituts der Universität von Aix-en-Provence. Eine Bodenanalyse war streng genommen gar nicht erforderlich gewesen, aber Leon hatte sich über die Jahre angewöhnt, beim Verdacht auf ein Serienverbrechen zusätzlich auch solche Untersuchungen anzufordern. Die Bodenanalyse hatte ihm schon öfter geholfen, den wahren Tatort oder den letzten Aufenthaltsort eines Opfers zu bestimmen.

Die Anhaftungen von Erde, die Leon unter den Nägeln der toten Aline Moreau isoliert hatte, schienen zunächst unauffällig. Es handelte sich um Granit, Gneis und Fluorit. Dieser Boden war typisch für die Hügel des Massif des Maures. Wenn da nicht dieser auffällig hohe Anteil von Schwefel gewesen wäre. Aufgrund dieses Ergebnisses war Leon fast sicher gewesen, dass es sich beim Versteck des Entführungsopfers um einen alten Kellerraum oder ähnliches Gemäuer handeln musste. Doch die Suche der Polizei war trotzdem erfolglos geblieben.

Das zweite Opfer, Claudine Lambert, hatte zu lange im Salzwasser getrieben, als dass man noch Spuren unter den Nägeln hätte finden können. Das dritte Opfer war Louise Paye, die zum

Glück die Torturen überlebt hatte und geflohen war. Auch von ihr hatte er Proben unter den Nägeln sichergestellt und routinemäßig ins Labor nach Aix geschickt. Inzwischen lagen die Ergebnisse vor. Auch in diesen Proben fand sich der auffällige hohe Schwefelgehalt wieder.

Aber es gab noch einen Toten, bei dem Leon von Anfang an überzeugt war, dass er nicht Opfer eines Unfalls geworden, sondern ermordet worden war – den Historiker Daniel Simon, verbrannt in seinem Wohnmobil. Auch unter seinen Nägeln hatte er Proben isoliert und nach Aix geschickt. Die Ergebnisse waren erst heute Morgen zurückgekommen. Leon öffnete die Mail mit der Analyse aus dem Labor: der gleiche, auffällig hohe Anteil an Schwefel!

Leon hatte von der Verwendung von Schwefel nur eine vage Vorstellung. Das gelbe Pulver mit dem Geruch von faulen Eiern diente in früheren Zeiten als Desinfektionsmittel zur Reinigung von Weinfässern. In einer Biografie über Napoleon hatte Leon einmal gelesen, dass Schwefel dem Schwarzpulver beigemischt wurde, um dessen Explosionswirkung zu erhöhen. Damit schossen die Kanonen bei Waterloo und Austerlitz. Aber das alles war schon zweihundert Jahre her. Wo gab es heute noch Schwefel in der Provence? Gab es so etwas wie eine ehemalige Schwefelfabrik oder ein altes Lager? Vielleicht erfuhr er mehr, wenn er sich in der Gegend umhörte, in der all diese Fäden zusammenzulaufen schienen. In dem kleinen Städtchen Gonfaron.

Die Straße führte aus den Hügeln hinaus, hinunter in die Ebene, überquerte die Autobahn und erreichte nach wenigen Kilometern den Ort Gonfaron. Leon stellte seinen Wagen auf dem Parkplatz hinter der Église de l'immaculée Conception ab und ging zu Fuß ins Zentrum. Am Place de la Victoire saßen die Menschen in der Nachmittagssonne und genossen den Sommer.

Für Leon gab es zwei Möglichkeiten, seine Theorie zu untermauern. Entweder er meldete sich ganz offiziell bei der Gemeindeverwaltung, und musste sich dann mit irgendeinem wenig motivierten Vertreter des Fremdenverkehrsamtes unterhalten, oder er recherchierte direkt an der Basis. In diesem Fall schien ihm das Café des Sports am Place de la Victoire der geeignete Ort zu sein.

Das Café war klein, hatte nur fünf Tische, aber die waren unbesetzt. Dafür drängten sich die überwiegend männlichen Gäste an der Theke, wo bereits am frühen Nachmittag Rosé und Pastis in den Gläsern schwappte. Ein Kellner balancierte Getränke und Eisbecher über die Straße zu den Besuchern, die unter den Sonnenschirmen saßen und schwitzten. Leon bestellte beim Patron an der Theke einen Café crème.

Neben ihm stand ein Mann mit einem üppigen Bauch, der ihn zwang, Abstand zu seinen Gesprächspartnern zu halten. Der Mann trank Pastis. In seinen großen, fleischigen Händen wirkte das Glas so klein, als käme es aus einer Puppenstube. Im Kontrast zu seiner gewaltigen Leibesfülle hatte der Mann eine helle Stimme, fast wie eine Frau. Seine blauen Augen schienen unentwegt zu lächeln. Gerade so, als würde er sich über sich selber lustig machen.

»Sie sind nicht von hier«, stellte der dicke Mann fest.

»Stimmt«, meinte Leon. »Ich wohne in Le Lavandou. Das heißt, eigentlich komme ich aus Deutschland.«

»Ah, die Deutschen«, sagte der Mann vieldeutig. »Kein Alkohol vor achtzehn Uhr, richtig?«

»Ganz so streng sind wir heute nicht mehr ...« Leon hob seine Cafétasse und sah auf die elektronische Uhr, die auf einem schmalen Bord hinter der Theke stand. »Um siebzehn Uhr ist Alkohol auch schon erlaubt.«

»Das ist kein Alkohol, das ist Pastis«, erwiderte der Mann mit der hellen Stimme.

»Na dann«, meinte Leon.

»Was macht ein Mann aus Deutschland in der Provence?«

»Ich arbeite an der Klinik in Saint Sulpice.«

»Oh, là, là!« Der Mann deutete eine anerkennende Verbeugung an. Dann wandte er sich an die Männer der kleinen Runde. »Wir haben einen Docteur aus Deutschland bei uns.«

Die Männer hoben unisono ihre Gläser und grüßten Leon.

»Sie sind doch bestimmt alle in dieser Gegend groß geworden«, sagte Leon. »Was mich interessieren würde: Gab es hier irgendwo einmal eine Fabrik, in der Schwefel produziert oder verwendet wurde?«

»Schwefel?«, fragte der Mann mit den großen Händen. Leon hätte genauso gut fragen können, wo hier der Flughafen der Außerirdischen war.

»So was haben wir hier nicht.«

»Hat es auch nie geben«, pflichtete ihm ein alter Mann bei, der beim Sprechen den Kopf schief hielt. Dabei sah er ihn durch eine Hornbrille an, deren Gläser so verdreckt waren, dass Leon sich fragte, ob er die anderen Gäste überhaupt wahrnahm.

»Wenn Vincent es nicht weiß, dann hat es so was hier wirklich nie gegeben. Vincent ist immerhin schon ... Wie alt bist du, Vincent?«

»Vierundneunzig Jahre werden es am fünfzehnten August«, krächzte Vincent und grinste breit. »Der Tag, an dem wir die Provence von den *Boches* befreit haben.«

»Jetzt lass aber gut sein, Vincent.« Der dicke Mann klopfte Leon freundlich auf den Arm. »Der Alte meint es nicht so.«

Sales Boches war während des Krieges das Schimpfwort für die Deutschen gewesen. Es bedeutete, höflich übersetzt, »Schweine«. Leon hatte es schon lange nicht mehr gehört.

»Früher, da gab es hier mal Minen«, sagte ein Mann um die fünfzig, der kurze Hosen und Socken in den Sandalen trug. Neben seinen Füßen stand ein Bastkorb mit frischem Gemüse.

»Minen, was für Minen?«, fragte Leon neugierig.

»Darf ich vorstellen: Monsieur Mercier, der Erdkundelehrer.« Der dicke Mann machte eine ausholende Handbewegung.

»Ich bin Biologielehrer«, korrigierte der Mann. »Die Heimatkunde ist nur ein Hobby.«

»Fragen Sie den nach einem Stein, und er erzählt Ihnen was von der Entstehung der Welt«, mischte sich der Patron von der anderen Seite der Theke ein.

»Ganz so schlimm ist es nicht«, meinte der Lehrer. »Aber es gab hier tatsächlich mal Minen. Die gab es sogar noch bis zum Ende der Renaissance.«

»Was wurde in den Minen abgebaut?«

»Alles, was die Hügel hergaben. Am Anfang ging es nur um Silber. Aber später wurde auch eine Zeit lang Schwefel gewonnen. Soweit ich informiert bin.«

Leon spürte ein Kribbeln auf dem Rücken, ein sicheres Zeichen, dass er auf einem guten Weg war.

»Weiß man, wo sich diese Stollen befanden?«

»Nein«, sagte der Lehrer. »Während der Französischen Revolution wurden die Eingänge gesprengt und zugeschüttet.«

»Mein Vater hat immer erzählt …«, begann der Alte.

»Bitte, verschon uns mit deinen alten Geschichten«, unterbrach ihn der dicke Mann.

»Was hat Ihr Vater erzählt? Das interessiert mich«, sagte Leon.

»Mein Vater hat immer erzählt, während der letzten Pest … Also damals haben sie die Pesttoten in die Minen geworfen.«

»Warum das denn?«, wollte Leon wissen.

»Es ging das Gerücht, dass die Pestopfer in den Bergwerkschächten versteckt wurden, um eine Panik unter der Bevölkerung zu vermeiden«, erklärte der Lehrer. »Aber das konnte nie bewiesen werden. Vielleicht sind die Leute in Wirklichkeit auch nur verschwunden, weil sie vor der Pest geflohen sind.«

»Gibt es irgendwo noch Karten dieser Stollen? Vielleicht existieren ja noch alte Eingänge?«, sagte Leon.

»Dafür interessiert sich heute niemand mehr«, meinte der Patron hinter der Theke.

»Was für ein Docteur sind Sie eigentlich? So eine Art Indiana Jones, oder was?« Einer der Gäste lachte über seinen Scherz.

»Ist für eine wissenschaftliche Untersuchung«, meinte Leon vage.

»So eine richtige Landkarte meinen Sie?«, wollte der dicke Mann wissen. »Vielleicht gibt es so was im Rathaus im Grundbuchamt.«

»Ich bezweifle, dass die da 'ne Karte haben. Die wissen ja nicht mal, wann der Zug nach Toulon geht«, rief der Patron hinter dem Tresen. Die Männer lachten, und Leon spendierte eine Runde Rosé.

Zehn Minuten später ging Leon die vier Stufen hinauf, die zu einem steinernen Eingang führten, über dem die Trikolore wehte und in goldenen Lettern »Hôtel de Ville«, Rathaus, stand. Das Innere des Gebäudes war angenehm kühl. Leon schien der einzige Besucher zu sein. Es gab eine Angestellte an der Rezeption, die nur kurz von ihrem Strickzeug aufsah, als Leon auftauchte.

»Sie wünschen?«, fragte die Frau abweisend.

»Das Grundbuchamt ist doch hier im Haus, Madame, oder?«

Die Dame deutete stumm mit dem Zeigefinger zur Decke.

»Die Treppe hoch?«, fragte Leon.

»Ich weiß aber nicht, ob Sie da um diese Zeit noch jemanden finden.«

Das Grundbuchamt schien nur aus einem einzigen großen Raum zu bestehen. An der Wand befand sich ein deckenhohes Regal mit flachen Schubladen, die voller Karten waren. Davor stand ein überlanger Schreibtisch. In der Ecke unter dem Fenster gab es einen weiteren Tisch, an dem eine Frau hinter einem Computer saß.

»Wir haben schon geschlossen«, sagte sie, noch bevor Leon eine Frage stellen konnte.

»Schade«, sagte Leon. »Ihre freundliche Kollegin meinte, Sie schließen erst um sieben.«

»Heute schon um halb sechs. Tut mir leid«, brummelte die Frau missmutig.

»Stammen Sie aus dem Elsass?« Leon war der leichte Akzent der Frau nicht entgangen. Sie sah ihn irritiert an. »Mein Onkel mütterlicherseits wohnte im Elsass, in Riquewihr. Ich habe ihn da oft besucht.«

»Was brauchen Sie denn?«, fragte die Frau jetzt schon freundlicher.

»Haben Sie hier zufällig noch eine Karte, die den Verlauf der früheren Bergwerksstollen zeigt?«, fragte Leon so höflich wie möglich.

Die Mitarbeiterin des Grundbuchamtes sah von ihren Unterlagen auf.

»Die wollte noch nie jemand sehen«, sagte sie mit leichtem Tadel in der Stimme. »Und ich arbeite hier schon seit über zwanzig Jahren.«

»Na ja, ich bin Mediziner und würde die Karte gerne für eine

Forschungsarbeit einsehen«, erklärte Leon schnell. »Ich würde Sie natürlich in meiner Arbeit erwähnen. Sagen wir als geografische Beraterin.«

»Im Ernst?« Jetzt lächelte die Frau. »Vielleicht hätte ich da ja was für Sie.«

Wenige Minuten später beugte sich Leon über zwei Pläne. Der eine war ein historischer Druck, der das Massif des Maures darstellte und laut Stempel aus dem Jahr 1760 stammte. Die handschriftlichen Korrekturen in der Karte waren nachträglich, im Jahr 1801, also einige Zeit nach der Französischen Revolution, hinzugefügt worden. Leider war die Karte bei Weitem nicht so genau, wie sich Leon das erhofft hatte. Dafür hatte die freundliche Dame ihm noch eine zweite Karte herausgesucht. Diese war eine aktuelle Kopie aus dem Grundbuch der Gemeinde Gonfaron. Die Karte stimmte, wegen der unterschiedlichen Maßstäbe, mit der historischen Vorlage nicht genau überein, aber etwas erkannte Leon sofort: Mitten im Gebiet der ehemaligen Mine lag heute das Institut Provençal von Fouché. Und es gab noch ein Grundstück im fraglichen Gebiet, dessen Besitzer Leon kannte: den Olivenhain von Clément Roman.

78. Kapitel

Für Claire hatte die Zeit ausgesetzt. Sie lag auf der feuchten, muffigen Matratze, während ihr Fetzen von Erinnerungen durch den Kopf gingen. Wie sie als kleines Kind in den warmen Armen ihrer Mutter gelegen hatte, oder die Erdbeeren im Garten ihres Großvaters. Das Pony, auf dem sie mit sieben Jahren zum ersten Mal reiten durfte, und das offene Grab ihres Vaters mit den vielen Menschen in ihren schwarzen Mänteln und den Bergen von Blumen.

Gelegentlich waren ihre Schmerzen genauso weit weg wie die Erinnerungen. Dann fühlte Claire sich ganz leicht, als könnte sie durch den Raum schweben, sich selber von oben betrachten, wie sie da auf der Matratze lag. Diese Sekunden – oder waren es Stunden – waren so schön, dass sie sich gewünscht hätte, sie mögen nie vergehen. Bis sie dann der Schmerz wieder einholte.

Der Schmerz kam so plötzlich wie der Biss eines wütenden Hundes. Dann lag sie wieder am Boden, zusammengekrümmt im Schmutz, und fror in diesem scheußlichen Fetzen von Kleid, das er ihr angezogen hatte. Es scheuerte auf ihren Wunden und stank nach abgestandenem Schweiß und nach Urin. Claire war froh, dass sie sich nicht wirklich sehen konnte.

»Heute Nacht wirst du befreit. Heute Nacht werden wir dir den Antichrist aus dem Leib reißen«, hatte der Mann gesagt.

War schon Nacht? Würde er jeden Augenblick durch die Tür kommen? Oder hatte sie sich das alles nur eingebildet?

In diesem Augenblick hörte sie das Geräusch schwerer Schritte aus dem Gang dringen. Dann vernahm sie die Gesänge. Er kam. Er kam, und niemand würde ihr helfen.

79. Kapitel

Leon war in Gonfaron geblieben. Er hatte im Café des Sports einen Croque Monsieur gegessen und dazu ein Perrier getrunken. Seine neuen Bekannten hatten mehrfach versucht, ihn zu einem Glas Rosé zu überreden, aber Leon brauchte für das, was er vorhatte, einen klaren Kopf.

Nach dem Besuch im Rathaus hatte Leon Isabelle angerufen. Die hatte sich seinen Bericht bis zum Ende schweigend angehört.

»Und damit soll ich ernsthaft zu Zerna gehen?«, fragte sie schließlich.

»Ich glaube, dass das eine wirkliche Chance sein kann, in dem Fall weiterzukommen«, beharrte Leon.

»Weil ein Olivenbauer ein Grundstück in der Nähe einer ehemaligen Silbermine besitzt. Damit brauche ich Zerna gar nicht zu kommen.«

»In den Minen wurde Schwefel abgebaut, und Spuren von Schwefel haben wir im Labor immerhin an drei der Opfer gefunden. Und im Lieferwagen der Romans.«

»Aber das bedeutet noch lange nicht, dass die Opfer sich in einer alten Silbermine aufgehalten haben müssen«, sagte Isabelle. »Es gibt bestimmt eine Menge Stellen in der Provence, an denen sich Schwefel befindet.«

»Zugegeben, im Moment ist das nur eine Theorie.« Leon ärgerte sich über Isabelles Einwand. »Aber Minen haben bekanntlich Stollen, und die wären das perfekte Versteck.«

»Hast du nicht gerade erzählt, dass sie die Stollen schon vor zweihundert Jahren gesprengt haben?«

»Ich weiß, für die Polizei kommt sowieso nur Fouché als Täter infrage.« Leon überlegte schon, ob er nicht einfach auflegen und nach Lavandou zurückfahren sollte.

»Die meisten Spuren weisen nun mal in seine Richtung, Leon«, erinnerte ihn Isabelle. »Vergiss nicht: Bei ihm haben wir das Kettchen von Claire Laval gefunden. Daran besteht nicht der geringste Zweifel.«

»Die Hütte liegt keinen Kilometer von Romans Bauernhof entfernt, richtig?«, erklärte Leon. »Er hat genau mitbekommen, wie Ihr bei Fouché die Razzia gemacht habt.«

»Du denkst, Roman hat den Beweis in der Hütte platziert?«

»Er war es ja auch, der beim Boule das Thema auf die Hütte von Fouché gebracht hat«, sagte Leon. »Du willst dir nur nicht vorstellen, dass Clément Roman der Mörder ist.«

»Als wir die alten Gebäude gecheckt haben, haben wir auch die Ölmühle von Monsieur Roman durchsucht«, sagte Isabelle. »Da war nichts. Genauso wenig wie in all den anderen Kellern.«

»Clément Roman stammt aus Guadeloupe«, sagte Leon.

»Das weiß ich«, erwiderte Isabelle.

»Er ist vor sieben Jahren hierher gezogen. Hat er mir erzählt.«

»Was bedeutet ...?«, fragte Isabelle.

»Du erinnerst dich an die erste Tote? Julie Foccat, die von der Klippe gestürzt ist?«, fragte Leon. »Das geschah kein halbes Jahr, nachdem Clément Roman die Ölmühle übernommen hatte.«

»Du weißt, wie dünn das ist«, meinte Isabelle am Telefon.

»Du könntest doch mal den Namen Clément Roman in Guadeloupe überprüfen«, sagte Leon. Isabelle antwortete nicht.

»Hast du nicht eine Freundin auf der Insel?«

Guadeloupe lag zwar in der Karibik und war gut dreizehntausend Kilometer von der Provence entfernt, aber es handelte sich um eine französische Überseeprovinz. Und damit war sie auch französisches Territorium. Was wiederum bedeutete, dass auch dort die Gendarmerie nationale für Ordnung sorgte, so wie im Mutterland. Während ihrer Polizeiausbildung hatte Isabelle sich mit einer Kollegin aus Guadeloupe angefreundet.

»Du weißt, dass ich Ärger bekomme, wenn Zerna erfährt, dass ich dich mit polizeilichen Interna versorge?«

»Wir könnten es doch so machen: Du siehst nach, ob du was findest. Wenn ja, treffen wir uns hier in Gonfaron. Wenn nicht, lade ich dich ins Auberge provençale zum Essen ein.«

»Ich hoffe, ich finde nichts«, hatte Isabelle daraufhin geantwortet.

Kurz darauf leuchtete eine SMS auf Leons Handy auf. Sie war von Isabelle: »Ich komme zu dir nach Gonfaron. Bis gleich!«

Als Isabelle eine halbe Stunde später im Café des Sports auftauchte, war es bereits nach zweiundzwanzig Uhr. Leon zog einen Stuhl heran, und Isabelle setzte sich neben ihn.

»Du hattest recht«, sagte sie leise. »Clément Roman wurde in einem Fall von Brandstiftung mit fahrlässiger Tötung als Verdächtiger vernommen.«

»Brandstiftung?«

»Auf Guadeloupe war eine Mädchenschule in Brand gesetzt worden. Es hatte drei Opfer gegeben. Alle drei waren afrikanischer Abstammung. Alles junge Frauen Anfang zwanzig. Sie starben, weil jemand sie gefesselt und dann Feuer gelegt hatte.«

»Feuer ...« Leon schien dem Klang des Wortes zu lauschen.

Isabelle sah ihn fragend an.

»Feuer war eine der sogenannten Hexenprüfungen. Wenn die

Flammen dir nichts anhaben konnten, dann galtest du als unschuldig. Bist du verbrannt, dann war das der Beweis, dass du vom Teufel besessen warst.«

»Feuer, Hexen, Teufel«, sagte Isabelle. »Wir leben im einundzwanzigsten Jahrhundert, Leon.«

»Das gilt leider nicht für alle Menschen.«

»Was hast du vor?«, fragte Isabelle.

»Ich werde mit Monsieur Roman sprechen.«

»Lass uns wenigstens so lange warten, bis ich ein paar Leute zur Verstärkung hierhabe. Nur zur Sicherheit.«

»Das dauert mindestens eine Stunde«, sagte Leon. »So viel Zeit haben wir vielleicht nicht mehr.«

»Wie kommst du darauf?«

»Das willst du nicht wissen«, sagte Leon. Isabelle sah ihn herausfordernd an. »Es hat etwas mit der Konjunktion der Planeten zu tun. Hat mir die alte Véronique erklärt.«

»Das ist jetzt nicht dein Ernst, oder?«

»Diese Spur ist jedenfalls nicht schwächer als alles, was ihr habt«, meinte Leon ganz ruhig. »Das musst du zugeben.«

Den Tag über war es heiß und stickig gewesen, aber mit dem Einbruch der Dunkelheit war ein kühler Mistral aufgekommen und hatte den Himmel blank gefegt, sodass man jetzt die Sterne und den Mond sehen konnte. Leon fuhr auf der Departement-Straße, die direkt in die Hügel führte. Während der Wind am Stoffdach seines Autos zerrte und immer wieder am Straßenrand kleine Staubwolken aufwirbelte, sah Leon im Rückspiegel die Scheinwerfer von Isabelle, die ihm mit dem Einsatzfahrzeug folgte.

80. Kapitel

Er war da. Und diesmal würde er es zu Ende bringen, da war sich Claire ganz sicher. Die gregorianischen Gesänge waren immer lauter geworden und dann ganz plötzlich verstummt. In diesem Moment hatte der Mann, mit tief ins Gesicht gezogener Kapuze, ihren Kerker betreten. In der Hand trug er eine Kerze, die er auf das steinerne Bord in der Wand stellte. Claire konnte die Totenschädel und Knochen in den steinernen Nischen sehen, die im flackernden Kerzenlicht lebendig zu werden schienen.

»Im Namen Jesu Christi und durch die Fürsprache der unbefleckten Jungfrau und Gottesmutter Maria, des heiligen Erzengels Michael, der heiligen Apostel Petrus und Paulus und aller Heiligen unternehmen wir zuversichtlich den Kampf gegen die Angriffe und die Arglist des Satans«, murmelte der Mann, während er das Schloss öffnete und die Kette, mit der Claire gefesselt war, von dem eisernen Ring an der Wand löste.

Er zog an der Kette, aber Claire hatte einfach keine Kraft mehr, aufzustehen. Sie wälzte sich unter Stöhnen auf alle viere. Ihr gelang es kaum, sich aufzustützen. Sie sah, wie ihre blonden Haare in den Schmutz des Zellenbodens hingen.

»Bitte ... aufhören ...«, stöhnte Claire leise.

Den Mann schien ihr Leid und ihr Schmerz nicht zu erreichen.

Er riss an der Kette, und sie fiel nach vorn. Sie wollte schreien, aber sie brachte nur noch ein Röcheln zustande.

»Du willst mich täuschen, Satan?«, sagte der Mann. »Nein, du bekommst mein Mitleid nicht. Glaube niemals dem, was du siehst, glaube nur deinem Herzen.«

»Ich tu, was Sie wollen, bitte ...«, stöhnte Claire.

»Schweig«, murmelte der Mann und begann erneut sein Gebet.

Er griff das lose Ende des Seils, das über ein Rad unter der Decke geführt war. Am Ende des Seils befand sich ein Karabinerhaken, den er in die Kette einklinkte, die die Handgelenke von Claire Laval umschloss.

»Bitte nicht«, wimmerte Claire. »Bitte ...«

»Apage Satanas!« Der Mann zog mit Kraft an dem Seil, und Claire wurde an ihren ausgestreckten Armen nach oben gerissen. Für einen Augenblick spürte sie einen so rasenden Schmerz in Schultern und Armen, als würden sie ihr bei lebendigem Leib abgehackt. Für einige Sekunden hielt sie den Atem an, dann stieß sie ihren Schmerz in einem einzigen langen Schrei heraus. Jetzt hing sie so hoch, dass ihre Zehen gerade noch den Boden berührten. Der Mann schlang das Seilende um einen Haken an der Wand.

»Weichet, ihr bösen Geister, im Namen des dreieinigen Gottes, des Vaters und des Sohnes und des Heiligen Geistes!«, rief der Mann. »Der Herr, unser Gott, euer Herr, gebietet euch: Weichet und kehret nicht wieder im Namen des Vaters und des Sohnes und des Heiligen Geistes.«

Claire Laval hing in ihren Handschellen und hatte das Gefühl, um ihren vor Schmerzen brennenden Körper lodere das Feuer eines Scheiterhaufens.

81. Kapitel

Zwanzig Minuten später passierte Leon die Einfahrt, die zum Hof von Clément Roman abbog. Die alten Olivenbäume standen bis an die Zufahrt. Beim Näherkommen erkannte er Licht in einem der Fenster des Gebäudes. Der Lieferwagen parkte vor dem Hof, wie es aussah, war Monsieur Roman zu Hause.

Leon stoppte in der Kiesauffahrt, und Isabelle hielt direkt hinter ihm. Als die beiden die Stufen zum Eingang hinaufstiegen, öffnete sich die Tür, und das blasse Gesicht von Amélie Roman erschien.

»Es ist keiner da«, sagte sie und achtete darauf, die Tür nicht mehr als einen Spalt zu öffnen.

»Guten Abend, Madame Roman«, sagte Leon, so freundlich er konnte. »Wir hätten nur ein paar kurze Fragen an Ihren Mann.«

»Clément ist nicht da«, erklärte sie, aber es klang nicht überzeugend.

»Bonsoir, Madame Roman, ich bin Capitaine Morell von der Gendarmerie.« Isabelle streckte der Frau die Hand hin, aber sie nahm sie nicht. »Ihr Mann könnte uns wirklich helfen.«

»Ich sage doch, er ist nicht hier.«

»Wo ist denn Ihr Mann?«, hakte Isabelle nach.

»Weiß ich nicht. Er ist nach Gonfaron gefahren«, antwortete Amélie Roman etwas zu schnell.

»Ist er zusammen mit Ihrem Sohn unterwegs?«, fragte Leon weiter. Madame Roman zuckte nur mit der Schulter.

»Vielleicht können Sie uns ja auch helfen«, schlug Isabelle vor. »Wir suchen eine junge Frau, Claire Laval, vielleicht sind Sie ihr ja irgendwann einmal begegnet?«

Madame Roman sah plötzlich nervös zwischen den beiden Besuchern hin und her. »Ich weiß nicht, von wem Sie da sprechen.«

»Meine Kollegen waren vor einigen Tagen hier. Sie haben die Häuser kontrolliert. Sie erinnern sich?«, fragte Isabelle, die die Angst der Frau spürte. »Haben Sie vielleicht der Polizei nicht alle Räume auf Ihrem Hof gezeigt?«

»Die wollten nur die Keller sehen. Und die habe ich ihnen auch gezeigt. Tut mir leid, aber ich hab noch zu tun im Haus.«

In diesem Moment tauchte Rodolphe hinter seiner Mutter auf.

»Bonsoir«, sagte er mit einem freundlichen Lächeln.

»Geh sofort zurück in dein Zimmer«, befahl Amélie Roman ihrem Sohn.

»Bonsoir, Rodolphe«, sagte Leon freundlich. »Kannst du uns vielleicht sagen, wo dein Vater ist?«

Der junge Mann sah seine Mutter fragend an.

»Sie sehen doch, er weiß es auch nicht«, sagte sie.

»Ich darf nicht in den Schuppen gehen«, erklärte Rodolphe hilflos. »Zu gefährlich. Da darf nur Papa hingehen.«

»Ist dein Vater jetzt in dem Schuppen?«, fragte Leon.

»Er weiß es nicht«, ging Madame Roman dazwischen. »Sie sehen doch, mein Mann ist nicht hier. Kommen Sie morgen wieder.«

»Wo ist dieser Schuppen?«, fragte Leon.

»Darüber darf ich nicht reden.« Er schüttelte den Kopf. »Da darf nur Papa hingehen.«

»Stimmt das, ist ihr Mann hier irgendwo auf dem Gelände?«

»Ich sag Ihnen doch: Er ist nicht da!«

Leon fiel auf, dass Madame Roman immer wieder in Richtung Wald sah, der den Olivenhain begrenzte. Er folgte dem Blick der Frau und sah eine Stromleitung, die von der Hausecke zu den Bäumen gespannt war und dann in der Dunkelheit verschwand.

»Wohin führt diese Leitung?«, fragte Leon.

»Das ... das weiß ich nicht.«

»Vielleicht sollten wir einfach mal nachsehen«, meinte Isabelle.

»Ich glaube, die geht zum Schuppen«, schien es Madame Roman in diesem Moment wieder einzufallen.

»Und wo ist dieser Schuppen?«, wollte Isabelle wissen.

»Da darf ich nicht hingehen. Ist verboten«, sagte Rodolphe.

»Keine Sorge«, sagte Isabelle sanft. »Das geht schon in Ordnung. Wir müssen deinen Vater nur etwas fragen.«

»Also, wohin genau führt die Leitung?«, fragte Isabelle.

»Zum alten Steinbruch«, sagte die Frau und schob schnell hinterher: »Aber da gibt's bestimmt nichts zu sehen. Besser, Sie kommen morgen noch mal her, wenn mein Mann wieder hier ist. Dann kann er Ihnen alles zeigen.«

»Ich denke, so lange können wir nicht warten.« Das hatte Leon in Richtung Isabelle gesagt.

»Ich darf nicht in den Schuppen gehen. Das hat Papa verboten.«

»Keine Sorge. Du wartest hier mit deiner Mutter«, sagte Isabelle zu Rodolphe und dann zu Madame Roman: »Sie warten mit Ihrem Sohn hier, bis die Polizei kommt. Das wird nicht lange dauern.«

82. Kapitel

Isabelle hatte die starke Lampe mitgenommen, die zur Grundausstattung jedes Einsatzwagens gehörte. Eigentlich wollte sie allein zum Steinbruch gehen, aber Leon hatte darauf bestanden, sie zu begleiten. Isabelle hatte kurz in der Gendarmerie angerufen. Lieutenant Kadir hatte versprochen, so schnell wie möglich zum Hof der Romans zu kommen. Isabelle sollte auf keinen Fall einen Alleingang unternehmen.

Leon und Isabelle waren der Stromleitung gefolgt. Der alte Steinbruch lag keine fünf Fußminuten vom Bauernhaus entfernt. Das Erste, was Leon auffiel, als Isabelle den Lichtkegel des Scheinwerfers auf den Holzschuppen richtete, waren die hohen Wacholderbüsche, die den offenen Platz vor dem Steinbruch begrenzten.

Der Schuppen war alt und aus dunklem Holz grob zusammengefügt. Mit der Rückseite stieß der Bau gegen die steile Wand des Steinbruchs. Verschlossen wurde er von einer Schiebetür. Leon war vorausgegangen und drückte jetzt gegen den eisernen Rahmen. Ohne Kraftanstrengung und fast geräuschlos ließ sich die Tür zur Seite schieben.

»Warte!«, sagte Isabelle, die ihre Waffe gezogen hatte. »Ich sehe mir das zuerst einmal an.«

Aber Leon war einfach weitergegangen. Im Licht von Isabelles

Scheinwerfer konnte er ein paar rostige Schaufeln, eine Motorsäge und Dutzende von Leitern erkennen. Doch da gab es etwas, das Leon wie angewurzelt stehen bleiben ließ. Dort, wo der Raum an der Felswand eigentlich enden müsste, klaffte eine Öffnung, und das Stromkabel, dem sie die ganze Zeit gefolgt waren, verschwand in einem dunklen Gang. Leon betrat zögernd diesen Schacht, bei dem jemand die Wände mit einer Holzverschalung und Stützbalken verstärkt hatte.

»Das ist ein Bergwerksstollen …« Leon starrte verblüfft in die Dunkelheit.

»Wir warten hier auf Verstärkung«, befahl Isabelle.

»Wozu?«, fragte Leon provozierend. »Ich dachte, Roman ist nur ein harmloser Olivenbauer.«

»Du weißt genau, wie ich es gemeint habe«, sagte Isabelle.

In diesem Moment läutete Isabelles Handy. Es war die Zentrale.

»Morell … ja, Moma«, sagte Isabelle, dann wurde ihr Blick ernst und konzentriert. »Seid ihr sicher? Wir stehen vor diesem Steinbruch. Knapp fünfhundert Meter westlich vom Hof. Wir warten auf euch.«

Isabelle beendete den Anruf, dann sah sie Leon an. »Du hattest recht.«

»Was meinst du?«

»Der Fingerabdruck an der Spritze in der Intensivstation. Er stammt von Clément Roman. Sie haben ihn mit den Unterlagen aus Guadeloupe abgeglichen.«

»Gehen wir«, sagte Leon.

»Lass uns auf die Verstärkung warten«, meinte Isabelle.

»Und wenn wir zu spät kommen?«, fragte Leon.

In diesem Moment war ein Schrei zu hören. Im ersten Moment dachte Leon, das Geräusch käme von einem Tier im Wald.

Auch Isabelle schien etwas gehört zu haben. Dann vernahm Leon den Schrei zum zweiten Mal. Diesmal lauter und verzweifelter. Der Schmerzensschrei eines Menschen.

»Er hat das Mädchen«, rief Leon, »wir müssen da jetzt rein.«

»Ich gehe. Du wartest hier draußen auf die anderen.«

»Das kannst du vergessen!« Leon griff sich den Stiel einer Hacke. »Ich lass dich doch da nicht allein reingehen.«

Wieder war ein entfernter Schrei zu hören, der aus dem Inneren des Berges zu kommen schien.

Isabelle hielt in der einen Hand ihre Waffe, in der anderen die Lampe. »Du bleibst direkt hinter mir!«, befahl sie.

83. Kapitel

Was jetzt geschah, konnte Claire nur noch durch einen Schleier wahrnehmen. Gelegentlich spürte sie eine völlige Gefühllosigkeit und Leichtigkeit, als würde sie neben sich stehen und ihre Situation wie eine Fremde beobachten. Doch dann kamen die Schmerzen zurück, so plötzlich wie ein Blitzschlag, und rissen sie zurück in die kalte Wirklichkeit. Dann verkrampfte sich ihr ganzer Körper, und sie glaubte zu ersticken.

Claire sah, wie der Mann einen flachen Holzkasten öffnete. Heraus holte er eine lange Stahlnadel. Claire spürte einen kühlen Luftzug an ihrer linken Seite, dort, wo der Mann ihr das Kleid aufgerissen hatte. Was hatte er vor? In diesem Moment spürte sie die groben Finger ihres Peinigers, der sie am Rücken, in Höhe ihrer Nieren berührte. Als ihr klar wurde, was der Mann vorhatte, begann ihr Körper unkontrolliert zu zittern. An dieser Stelle hatte sie ein Muttermal, und sie konnte aus dem Augenwinkel sehen, dass der Mann genau dort die Stahlnadel ansetzte.

»Hehre Königin des Himmels, höchste Herrin der Engel«, begann der Mann seine Litanei. »Du hast von Gott die Macht und den Auftrag, das Haupt des Satans zu zertreten. Deshalb bitten wir dich demütig, sende uns die himmlischen Legionen zu Hilfe.«

Dann stieß der Mann zu. Für Claire fühlte es sich an, als würde die Nadel glühen.

84. Kapitel

Der Gang war trocken und verlief mit leichtem Gefälle bergab. An manchen Stellen war von den Schachtwänden Gestein in den Gang gestürzt. Im Licht des Scheinwerfers konnte Leon gelben Staub am Boden erkennen – der faulige Geruch von Schwefel hing in der Luft. Der Gang beschrieb eine Linkskurve, und im nächsten Moment war Licht zu sehen, das aus einem Raum ganz in der Nähe kam. Die rostige Blechtür war offen. Davor am Boden stand ein altmodischer Kassettenrecorder, der abgeschaltet war. Eine Litanei war zu hören, die aus dem Raum drang.

»O Jesus, schütze mich vor der Macht des Satans. Ich lege mein Leben in deine heiligen Hände. Rette mich vor dem Bösen …«, hörte Leon eine Männerstimme.

Es folgte ein Klatschen wie von einem festen Schlag und dann der verzweifelte Schrei einer Frau.

Mit einem Schritt stand Isabelle in der offenen Tür. Leon folgte ihr und sah ein Bild, das er sein Lebtag nicht mehr vergessen würde.

Die junge Frau war an den Händen über dem Kopf gefesselt und hing an einem Seil von der Decke. Neben ihr stand Clément Roman. Er nahm seine Hand von einer blutenden Wunde am Rücken der Frau und rieb seine Hände aneinander, als wollte er sie waschen.

»Blut ...!«, rief er. »Apage Satanas! Verlasse diesen Leib. Du kannst dich nicht verstecken.«

Blut lief der Gefangenen am Körper herunter und tropfte auf den Boden. Inzwischen konnte sie nicht mehr schreien, nicht einmal mehr wimmern – sie hatte aufgegeben.

Leon erkannte Claire Laval sofort. Als er ihre verdrehten Pupillen sah, wusste er, dass sie ohnmächtig geworden war.

»Aufhören!«, brüllte Isabelle. Und ihre Stimme klang dabei so wütend, wie Leon sie noch nie gehört hatte.

Im nächsten Augenblick geschahen mehrere Dinge gleichzeitig. Clément Roman stieß Isabelle zur Seite und stürmte so überraschend aus dem Raum, dass sie nicht mehr dazu kam, die Waffe auf ihn abzufeuern. Leon trat einen Schritt nach vorn und nahm die ohnmächtige Claire in die Arme.

»Schnell, mach das Seil los«, rief er Isabelle zu.

Isabelle löste das Seil von dem Haken in der Wand, und Leon legte den schlaffen Körper von Claire Laval vorsichtig auf der Matratze am Boden ab. Er untersuchte die Wunde am Rücken, aus der noch immer Blut quoll, und drückte seine Hand darauf.

»Was hat er mit ihr gemacht ...?« Isabelle sah die Verletzte fassungslos an.

»Wir brauchen hier dringend den Notarzt.«

Isabelle sah auf das Display ihres Handys.

»Kein Signal, verdammt!«, sagte sie und ging zur Tür. »Kümmre du dich um die Frau, ich schnappe mir Roman«, rief Isabelle.

»Lass ihn laufen, sollen deine Kollegen ihn suchen!«, sagte Leon.

»Und was, wenn Roman abhaut? Das würde ich mir nie verzeihen.«

Damit verschwand Isabelle in der Dunkelheit.

85. Kapitel

Isabelle war froh, dass sie die starke Lampe dabeihatte. Denn hier, wo es keine Beleuchtung mehr gab, war es in dem Stollen so dunkel wie in einem Sarg. Vorsichtig bewegte sich Isabelle vorwärts. Sie war sich sicher, dass sich Roman noch irgendwo in der Nähe befand. Er musste schließlich damit rechnen, dass der Zugang des Schuppens überwacht wurde. Aber hatte Louise nicht von einem zweiten Ausgang erzählt?

In diesem Moment hörte Isabelle ein leises Knirschen, als wäre jemand auf loses Gestein getreten. Sie erstarrte und schwenkte den Lichtkegel der Lampe vor sich durch die Dunkelheit. Hatte sie sich das Geräusch nur eingebildet? In diesem Augenblick traf sie der Schlag. Roman hatte ihr hinter einem Felsvorsprung aufgelauert und ihr das Brett so hart gegen den Arm gerammt, dass Isabelle die Lampe aus der Hand gerissen und zwischen die Stützbalken geschleudert wurde. Schlagartig wurde es dunkel.

Doch diesmal war Isabelle vorbereitet. Sie ging in die Knie, hielt ihre Waffe vor sich und feuerte zweimal kurz hintereinander. Der Knall der Neun-Millimeter-Patronen echote ohrenbetäubend durch den engen Gang. Im Aufflammen des Mündungsfeuers konnte Isabelle erkennen, dass sie Roman getroffen hatte. Sie hielt die Waffe weiter im Anschlag und verharrte völlig still.

Es vergingen nur Sekunden, dann hörte sie ein leises Stöhnen und das schlurfende Geräusch eines Mannes, der im Gehen sein Bein nachzog. Es musste in diesem steinernen Labyrinth einen zweiten Ausgang geben, und genau zu diesem Ausgang war Clément Roman unterwegs, dachte Isabelle. Sie folgte ihm, so leise sie konnte, und versuchte dabei, genügend Abstand zu halten. Dabei musste sie aufpassen, dass sie Roman in diesem Gewirr von Stollen und Quergängen nicht verlor.

Es vergingen keine drei Minuten, bis Isabelle merkte, dass sie Romans schlurfende Schritte nicht mehr hörte. Sie blieb abrupt stehen. Es herrschte absolute Stille in dieser Schattenwelt. Da war kein Geräusch mehr, da war gar nichts mehr. So musste sich das Ende der Welt anfühlen.

Roman war verschwunden, und Isabelle hatte keine Ahnung, wie sie aus diesem Labyrinth jemals wieder herausfinden sollte. Sie fühlte Panik in sich aufsteigen.

»Ganz ruhig«, beschwor sie sich, »bleib ganz ruhig!« Es musste einen Weg aus dieser Finsternis geben, und genau den musste Roman gegangen sein. In diesem Moment spürte Isabelle einen Windhauch auf ihrem Gesicht. Sie wagte nicht, sich zu bewegen. Wo es einen Luftzug gab, da musste es auch eine Verbindung nach draußen geben. Wieder spürte sie die leichte Luftbewegung und tastete neben sich die Wand ab. Da war eine Öffnung, ein schmaler Verbindungsstollen, den sie nicht bemerkt hatte. Hier musste Roman abgebogen sein, dieser Gang musste nach draußen führen.

Isabelle stolperte mit ausgestreckten Händen den Stollen entlang. Sie spürte, wie der Weg wieder anstieg und dass der Luftzug stärker wurde. Noch ein Dutzend Schritte weiter, und der Gang war zu Ende. Ihre Hände berührten den nackten Felsen, und der kalte Wind kam jetzt von oben. Isabelle blickte hinauf und erkannte den Ausgang eines Schachts und hoch über sich den Nachthimmel mit den Sternen. Neben sich an der Wand ertastete sie eiserne Mauerhaken, die wie eine Leiter nach oben führten. Dort hinauf musste sie, dem Luftzug entgegen. Sie stieg Sprosse um Sprosse nach oben, und dann konnte sie sogar den Mond sehen. Plötzlich stieß ihre Hand ins Leere, und noch zwei Sprossen weiter hatte sie es nach oben geschafft. Sie stand zwischen Korkeichen und Rosmarinsträuchern und sah zu den unzähligen Sternen des Nachthimmels hinauf.

Sekunden später entdeckte sie im blassen Mondlicht den flüchtenden Roman in einer Senke unter ihr. Er bewegte sich in etwa fünfzig Metern Entfernung von ihr fort. Seine Bewegungen wirkten unsicher. Er taumelte und musste immer wieder stehen bleiben. Die Schussverletzung hatte ihn langsam werden lassen. Isabelle würde ihn leicht einholen können. Sie brauchte nur dem Pfad den Hügel hinunter zu folgen. In der rechten Hand hielt sie ihre Waffe. Noch einmal würde er ihr nicht entkommen.

Der Weg führte durch einen kleinen Wald, in dem es nach feuchten Steinen und Eukalyptus roch. Hier verzweigte sich der Pfad, und Isabelle zögerte. Doch dann entdeckte sie den dunklen Fleck auf dem Granitfelsen neben sich. Sie berührte die Stelle mit den Fingerspitzen. Das war Blut. Isabelle lief jetzt schneller, sie war auf dem richtigen Weg.

Als sie einen Moment später eine kleine Ebene erreichte, sah sie Roman keine vierzig Meter vor sich. Er hatte sich mit einer Hand gegen eine Korkeiche gestützt und atmete schwer. Als er Isabelle auf sich zukommen sah, drehte er sich um und lief weiter. Weiter in Richtung des Verkehrslärms und der Lichter, die die nahe Autobahn ankündigten.

Roman war auf den letzten Metern immer langsamer geworden. Er stolperte einen kleinen Hang hinunter, stürzte, überschlug sich mehrfach und schaffte es doch noch einmal, sich wieder aufzurichten. Jetzt stand er unsicher schwankend am Straßenrand. Keine drei Meter vom Asphaltband der Autobahn entfernt, auf dem die Laster in Richtung Nizza donnerten.

Isabelle hielt die Beretta im Anschlag und zielte auf Roman, während sie langsam näher kam.

»Knien Sie sich auf den Boden, sofort!«, befahl Isabelle.

»Das kann ich nicht.« Roman hatte die Hände erhoben, sodass Isabelle sehen konnte, dass er unbewaffnet war. Als er sich zu ihr umdrehte, sah sie den großen Blutfleck, der sich von seiner Hüfte das Bein herunterzog. Ihre Kugel musste ihn im Bauch oder am Oberschenkel erwischt haben. Bei diesem Blutverlust würde Roman nicht mehr lange durchhalten.

»Hinknien, jetzt!«, rief Isabelle.

»Nein«, keuchte Clément Roman und schüttelte den Kopf. »Ist Ihnen überhaupt klar, welchen großen Dienst ich der Menschheit erwiesen habe?«

Mit der linken Hand zog Isabelle das Handy aus ihrer Brusttasche und drückte die Kurzwahltaste. Die Einsatzzentrale meldete sich sofort.

»Capitaine Morell«, sagte sie kurz. »Ich stehe an der Autobahn, der 57er, Südseite, Höhe Verge d'Emile. Ich brauche Verstärkung und einen Krankenwagen, schnell!«

Roman schien überhaupt nicht mehr wahrzunehmen, was um ihn herum geschah. Er sah hinauf zu den Sternen, während Isabelle ihr Handy abschaltete und zurück in die Tasche ihrer Uniformweste schob.

»Ich habe den Menschen geholfen, das Böse von dieser Welt zu vertreiben«, erklärte Roman jetzt in ruhigem, geradezu belehrendem Ton. »Eines Tages werden Sie mir das danken. Alle werden es mir danken.«

Isabelle zog mit der linken Hand die Handschellen aus ihrer Gürteltasche.

»Legen Sie sich mit dem Gesicht auf den Boden, und strecken Sie Ihre Hände auf den Rücken«, befahl Isabelle.

»Begreifen Sie denn nicht, dass wir auf der gleichen Seite kämpfen?« Roman taumelte. Isabelle hatte den Eindruck, dass er sich kaum mehr auf den Beinen halten konnte. »Sie und Ihre Kollegen bekämpfen das Böse und sorgen für Ordnung in unserer Welt. Das habe ich immer bewundert.«

»Hinlegen, sofort!«, rief Isabelle erneut und machte einen Schritt auf ihn zu. Jetzt trennten sie keine zwei Meter mehr von dem Mann, der vier junge Frauen gefoltert und getötet hatte.

»Ich dagegen, ich bekämpfe das Böse in den Herzen der Menschen.« Er tippte sich mit den Fingern gegen die Brust. Im gleichen Moment schwankte er und schien sich gerade noch fangen zu können.

»Dann setzen Sie sich auf den Boden, na los!«

»Sonst was?«, fragte Roman mit Blick auf die Waffe in Isabelles Hand. Seine Stimme klang völlig entspannt. »Wollen Sie mich sonst erschießen?«

Der Mann lächelte Isabelle an und stürzte sich im selben Augenblick auf sie. Der Angriff kam so plötzlich und unerwartet, dass Isabelle nicht mal mehr die Hand mit der Waffe heben konnte. Roman schlug mit voller Wucht gegen ihren Arm, die andere Hand rammte er ihr gegen die Schulter. Isabelle spürte, wie ihr die Waffe aus der Hand geschleudert wurde. Sie strauchelte einen Schritt rückwärts und stürzte dann nach hinten. Clément Roman war knapp ein Meter neunzig groß und wog mindestens dreißig Kilo mehr als sie. Als er sich auf sie warf, blieb ihr für einen Moment die Luft weg. Dann spürte sie, wie der Mann mit beiden Händen ihre Kehle packte und erbarmungslos zudrückte. Verzweifelt tastete sie mit ihrer freien Hand über den Erdboden. Nur Steine und Wurzeln, wo war ihre Waffe? Der Druck an der Kehle wurde unerträglich. Isabelle versuchte Luft zu holen, vergeblich. Sie hörte ihr Blut in den Ohren rauschen, als ihre Lunge nach Sauerstoff rang. Es war nur noch eine Frage von Sekunden, bis sie ihr Bewusstsein verlieren würde. Konzentriere dich ... Werde ihn los, du musst dieses Schwein loswerden. Egal wie. In diesem Moment berührte ihre tastende Hand kaltes Metall, ihre Waffe. Sie packte die Beretta, stieß sie in diesen verhassten Körper, der sie in den Staub drückte, und begann zu feuern. Einmal, zweimal, dreimal ... Plötzlich ließ der Druck an ihrer Kehle nach.

Clément Roman rührte sich nicht mehr. Isabelle musste ihren Ekel überwinden und ihn berühren, um sich von ihm zu befreien. Sie drückte gegen die Schulter des Mannes und wälzte ihn von sich weg in den Staub. Dann sprang sie auf, die Waffe im Anschlag. Sie war bereit, auch noch die restlichen Patronen auf den Mörder abzufeuern. Aber Roman rührte sich nicht mehr. Er war tot. Die Neun-Millimeter-Geschosse hatten seine Rippen zertrümmert, den Brustkorb aufgerissen und den Herzbeutel zerfetzt. Blut quoll noch immer aus der großen Wunde an seiner Hüfte. Plötzlich spürte Isabelle den kühlen Nachtwind. Sie griff an ihre Jacke. Von der Schulter bis zum Gürtel war ihre Uniform nass, getränkt vom Blut des Mörders.

86. Kapitel

Es war drei Uhr morgens, und der Bauernhof der Familie Roman wurde von Dutzenden Scheinwerfern und Blaulichtern erhellt. Immer noch tauchten neue Einsatzfahrzeuge auf, und immer mehr Beamte der Gendarmerie nationale trafen ein und sicherten das Gelände. Der sonst so idyllische Olivenhain sah aus wie der Kommandoposten eines großen nächtlichen Manövers. Dabei gab es gar nichts mehr zu schützen. Clément Roman war tot, seine Frau Amélie war mit einem Nervenzusammenbruch nach Saint Sulpice gefahren worden. Ihr Sohn Rodolphe saß verstört in seinem Zimmer, wo Kommissarin Lapierre und ein Polizeipsychologe sich vergeblich bemühten, ihn zu den Vorfällen zu befragen. Rodolphe schwieg, und wenn er doch etwas sagte, bewies es nur, wie verwirrt der junge Mann war. Es wurde schnell klar, dass weder Madame Roman noch ihr Sohn Rodolphe in die düsteren Machenschaften ihres Mannes eingeweiht waren. Und sollten Mutter und Sohn doch etwas geahnt haben, so hatten sie nie darüber gesprochen und ihre Beobachtungen verdrängt.

Bei der Zahl der Frauen, die Clément Roman zum Opfer gefallen waren, gingen die Schätzungen auseinander. Die Polizei sprach von mindestens drei, die Medien würden diese Zahl schon bald auf zehn erhöhen. Die Wahrheit lag wahrscheinlich irgendwo dazwischen. Es würde Wochen dauern, bis man das Gelände der

Romans und die alten Stollen durchsucht hatte. Immerhin hatten erste Überprüfungen schon ein historisch bemerkenswertes Ergebnis gebracht. In den Stollen lagen tatsächlich die Gebeine der unglücklichen Pestopfer aus dem achtzehnten Jahrhundert, die in den Wirren der Französischen Revolution an diesem merkwürdigen Ort versteckt worden waren.

Gegen drei Uhr dreißig in der Früh schwebte ein Helikopter der Küstenwache ein und sorgte für Staubwolken wie bei einem Sandsturm, als er auf einer freien Fläche neben dem Hof landete. An Bord befanden sich Zerna und der Kultusminister Gérard Laval. Zerna führte seinen Gast stolz ins Scheinwerferlicht vor dem Eingang des Bauernhauses.

Der Einsatzleiter stellte sich vor und wollte dem hohen Gast einen Lagebericht geben, als er von Minister Laval schroff unterbrochen wurde.

»Wo ist sie?«, fragte Laval knapp. Als er sah, dass bereits ein TV-Team vor Ort war und die Kamera auf ihn gerichtet hatte, streckte er den Rücken durch und wiederholte, diesmal mit dramatischem Timbre in der Stimme: »Wo ist sie? Wo ist meine Tochter?«

In diesem Moment tauchte eine kleine Gruppe aus dem Schatten des Waldes auf und lief auf das Bauernhaus zu. Ein Notarzt und ein Unfallsanitäter hielten eine Trage, auf der Claire Laval lag. Leon lief neben der Trage her und hielt einen Infusionsbeutel. Weitere fünf Polizisten drängten Neugierige zur Seite und machten den Weg in Richtung Helikopter frei, als sich der Minister in den Weg stellte.

»Lassen Sie mich zu meiner Tochter«, forderte er und drängte nach vorne.

»Jetzt nicht«, mahnte Leon schroff. »Sie muss sofort auf die Intensivstation.«

»Sie können mit mir fahren«, bot Zerna dem Minister an.

»Ich fliege selbstverständlich mit meiner Tochter!« Gérard Laval klang empört.

»Das wird leider nicht gehen, Monsieur le Ministre«, erklärte Zerna. »Es gibt nur zwei Plätze im Helikopter, und die sind dem medizinischen Personal vorbehalten.«

Leon hatte die Unfallsanitäter kurz instruiert. Die Intensivmediziner sollten sofort ein Ganzkörper-CT machen. Es musste davon ausgegangen werden, dass dem Opfer eine Nadel in den Körper gestochen worden war, die lebenswichtige Organe bedrohte. Nur eine Stunde später sollte sich herausstellen, wie richtig Leon in seiner Einschätzung lag. Claire Laval wurde noch rechtzeitig eine Nadel entfernt, die bereits ihre linke Niere durchbohrt hatte. Sie konnte gerettet werden.

Kaum dass die Sanitäter die Trage mit der Patientin in die Maschine geschoben hatten, hob der Helikopter auch schon wieder ab. Im gleichen Moment stoppte ein weiteres Einsatzfahrzeug mit blinkendem Blaulicht vor dem Bauernhaus. Isabelle und Lieutenant Masclau stiegen aus und kamen auf Leon zu.

»Wie sieht es aus?«, erkundigte sich der Polizeichef.

»Wir haben den Tatort gesichert«, verkündigte Masclau bereits im Näherkommen. »Die Spurensicherung ist jetzt vor Ort.«

In diesem Moment erkannte Leon das Blut auf Isabelles Jacke.

»Um Gottes willen, bist du verletzt?«, fragte er und griff besorgt nach ihrem Arm. Isabelle sah blass aus und zitterte, als würde sie frieren in dieser warmen Nacht.

»Das Blut ist nicht von mir«, sagte sie. »Das stammt von Roman.«

»Sie hat den Scheißkerl viermal erwischt.« In Masclaus Stimme schwang Stolz auf seine Kollegin mit. Er hielt die Hand hoch und zeigte den Kollegen vier Finger. »Viermal, echt krass.«

»Schon gut, Masclau.« Zerna deutete zur Absperrung, unter der sich gerade ein Journalist durchzwängte. »Sorgen Sie dafür, dass die Leute hinter dem Band bleiben.«

Isabelle wirkte abwesend. Leon legte ihr den Arm um die Schultern und zog sie zu sich heran.

»Wie fühlst du dich?« Er klang besorgt.

»Es war so schrecklich, Leon«, sagte sie nach einer Weile.

Leon sah Zerna an. »Ich bringe sie jetzt nach Hause.«

»Ja, tun Sie das«, sagte der Polizeichef. »Wir können gerne einen Psychologen für sie holen.«

»Ich brauche keinen Psychologen«, sagte Isabelle. »Ich will nur eine Dusche und einen Tee.«

»Bekommst du.« Leon lächelte.

Isabelle zog ihre Beretta aus dem Holster. Sie ließ das Magazin aus dem Griff gleiten und lud vor Zernas Augen die Waffe einmal durch. Die Kammer war leer. Mit zurückgezogenem Schlitten und mit dem Griff voraus, reichte sie die Pistole ihrem Chef.

»Meine Dienstwaffe, Commandant«, sagte sie förmlich.

»Danke, Capitaine!« Zerna nahm ihr die Waffe ab. »Das war sehr mutig von Ihnen.«

»Danke«, sagte Isabelle.

»Nur eines noch.« Zerna sah Isabelle an. »Ich möchte Sie heute nicht vor Mittag im Büro sehen.«

Isabelle lächelte. Leon nahm ihre Hand und ging mit ihr zu seinem Auto.

87. Kapitel

Leon und Isabelle saßen auf dem alten Sofa auf der Terrasse. Isabelle hatte geduscht und sich umgezogen. Leon hatte für sie beide Tee gemacht und dann eine Decke aus dem Wohnzimmer geholt und ihr über die Schultern gelegt. Jetzt, da die Aufregung der letzten Stunden langsam abebbte, hatte Isabelle zu frieren begonnen. Nun saßen die beiden dicht aneinandergekuschelt und sahen auf das nächtliche Meer hinaus, wo am Horizont ein erster schmaler Lichtschimmer den nahen Sonnenaufgang ankündigte.

Es war bereits vier Uhr morgens gewesen, als Leon und Isabelle endlich den Hof der Romans verlassen hatten. Sie waren beide seit knapp vierundzwanzig Stunden auf den Beinen gewesen. Jetzt legte sich die Müdigkeit über sie.

»Manchmal frage ich mich, ob der Sonnenaufgang nicht noch schöner ist als der Sonnenuntergang.« Leon blinzelte in das erste Licht, das übers Meer kroch.

»Du bist mehr der Sonnenuntergangs-Typ.« Isabelle trank einen Schluck heißen Tee.

»Woher willst du das wissen?«

»Du bist ein Romantiker. Alle Romantiker mögen Sonnenuntergänge.«

»Und wie ist es bei dir?«, fragte er Isabelle.

»Ich bin Pragmatikerin. Weißt du doch. Ganz klar Sonnenaufgangs-Typ.« In diesem Moment sah Leon, dass Isabelle einen Briefumschlag in der Hand hielt.

»Was ist das?«, fragte er, obwohl er genau wusste, was für ein Brief das sein musste. »Der Bericht?«

Isabelle nickte und reichte ihm das verschlossene Kuvert.

»Wie lange hast du ihn schon?« Leon drehte den Brief in der Hand.

»Seit Freitag.«

»Das ist ja fast eine Woche ...?« Er hielt den Brief vor sich, als wäre er toxisch.

»Ich will gar nicht wissen, was drinsteht.« Sie sah demonstrativ in Richtung Meer. »Mir geht es doch gut. Warum kann nicht alles so bleiben, wie es ist? Warum können wir nicht einfach hier sitzen? Alles andere ist doch unwichtig ...«

Leon zog sie jetzt ganz dicht an sich heran. »Was immer passiert«, sagte er. »Ich bin an deiner Seite.«

Jetzt sah Isabelle ihn an. Sie berührte den Brief, den Leon noch immer festhielt. »Glaubst du, da steht drin, dass ich sterben muss?«

»Quatsch. Das ist ein histologischer Befund. Da steht höchstens drin, wie die Zyste heißt.«

»Und wenn ich auch das nicht wissen will?«, fragte sie. Leon sah sie schweigend an. »Okay, mach schon. Na los, mach ihn auf!«

Leon riss ihn auf und überflog den Inhalt des Briefs. Isabelle beobachtete nur Leons Blick. Wortlos faltete er den Brief wieder zusammen und steckte ihn zurück in den Umschlag.

»Und? Na sag schon ...«

»Histologie unauffällig. Sie sagen, du sollst dich in drei Jahren wieder testen lassen. Nur zur Sicherheit.«

Isabelle sagte gar nichts und schmiegte sich an Leon. Stumm

saßen sie nebeneinander und sahen aufs Meer hinaus, wo sich der Himmel blassrosa gefärbt hatte und die Sonne aufging.

ENDE